启笛

又响起回声

周岭 著

《红楼梦》中的饭局

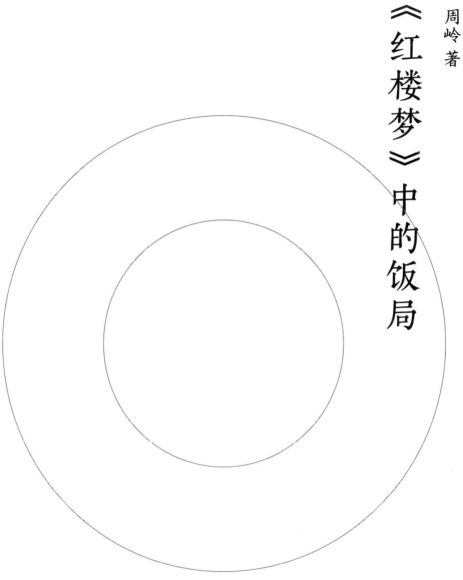

前　言 / 001

第一章　虚实食单 / 001

"红楼第一菜"之谜 / 003

隔锅的饭香，薛姨妈家的"糟鹅掌鸭信" / 009

宝玉连喝两碗的"酸笋鸡皮汤" / 013

宝玉留给晴雯的"豆腐皮儿的包子" / 018

史湘云为什么在螃蟹宴上"出一回神"？ / 023

馋煞人的螃蟹诗 / 028

刘姥姥的螃蟹账和食蟹趣话 / 034

吃螃蟹的第一人和央视1987版电视剧的"蟹八件" / 040

怡红院的丫头竟然能吃上御用米 / 045

儿童不宜的"牛乳蒸羊羔" / 051

宁荣二府过年缘何不吃饺子 / 057

曹雪芹的"合欢花"情结 / 062

"鸡髓笋"和成语"呆若木鸡" / 068

原著的那些"好汤"和续书的"火肉白菜汤" / 073

贾家一天吃几顿饭？ / 078

贾母吃个饭挺"事儿"的 / 083

大观园的低调奢华和中国人的无所不吃 / 089

第二章　南北食材 / 095

"乌进孝交租"的单子和"芦雪广联句"的"广"字 / 097

交租单子上的"石"和"斛"各是多少斤？ / 103

宁国府收到的鲟鳇鱼是"二个"还是"二百个"？ / 110

宁荣二府"鱼与熊掌兼得"的生活 / 116

"獐子"和"狍子"怎么吃？ / 122

贾府的"汤羊"和王熙凤的"紫羯褂" / 127

宝玉和黛玉的那一盘"风腌果子狸" / 132

"汤猪"和"家腊猪" / 137

"龙猪"和"暹猪" / 142

宁荣二府一年要吃掉近千只野鸡 / 147

第三章　茶事析疑 / 155

说说妙玉"烹茶" / 157

贾母为什么不吃六安茶 / 161

"老君眉"为什么不是绿茶不是黄茶也不是岩茶 / 166

终于把"老君眉"说清楚了 / 171

贾母不仅懂茶,还很懂水 / 176

什么是"旧年蠲的雨水" / 180

妙玉给黛玉补了一节"品水"课 / 186

"普洱茶"与《红楼梦》/ 190

贾府的"普洱茶"是哪一种茶?/ 196

"女儿茶"是什么茶?/ 200

"暹罗"产茶吗?/ 207

黛玉为什么喜欢"暹罗茶"?/ 211

"吃茶"与"定终身" / 216

"枫露茶"之谜 / 222

让人脑洞大开的"枫露茶" / 227

被"枫露茶"毁了前程的茜雪 / 232

第四章　饮具鉴真 / 241

差点儿被扔掉的"成窑五彩小盖钟" / 243

不可小觑的外围茶具 / 248

"风炉"和那"扇滚了的水" / 252

张之洞与"锡茶壶" / 257

"瓟斝"惊艳出场 / 261

"瓟斝"上为什么不该有王恺和苏轼的名字 / 267

犀牛不复返,空余"点犀盉" / 272

周汝昌与沈从文关于"杏"与"点"的论战 / 276

"槛外人"的"绿玉斗" / 281

大俗至雅的"竹根雕"茶具 / 288

竹根与酒及茶之关系 / 293

妙玉与"漆器"的对话 / 299

第五章　酒与酒令 / 305

"黄酒"和"九酝法" / 307

芳官儿和"惠泉酒" / 312

"合欢烧酒""青梅煮酒"和"西洋葡萄酒" / 317

贾珍口中的"戏酒" / 323

大观园"行令罚酒"和朱虚侯"行令杀人" / 329

两宴大观园终于"吃"对了大观楼的位置 / 335

"牙牌"是怎样炼成的 / 341

贾母示范"牙牌令" / 346

刘姥姥意外出彩，林黛玉无心出错 / 352

大观园里"顶风作案"的生日宴 / 358

"湘云眠芍"的"红香圃"怎么走？ / 363

宝钗为什么说"射覆"是"酒令的祖宗"？ / 369

"射覆"开局 / 375

会者不难的"射覆" / 379

湘云搅局，香菱救场 / 385

"拇战"赢家史湘云虐了宝玉一把 / 390

湘云设局，黛玉解围 / 395

史湘云掉进自己挖的坑里了 / 400

史湘云醉里逞才情 / 405

意犹未尽的生日夜宴 / 410

"怡红夜宴"的座次和"占花名"的骰子 / 415

曹雪芹版的《赏花时》 / 420

"任是无情也动人"让宝玉想到了什么？ / 425

"日边红杏倚云栽"全诗的意味 / 430

李纨为什么不掷骰子 / 436

史湘云就是大观园里的苏东坡 / 441

宝玉的伤感和中国酒文化的"微醺"境界 / 447

香菱和朱淑真，连理枝头断肠人 / 452

黛玉的"死因"在欧阳修的一句诗里 / 458

袭人"桃花签"背后的故事 / 463

第六章　吃出迷途 / 469

端午节的粽子 / 471

平安醮、屈原、端午节 / 477

端午节"赏午"和"五毒""五黄" / 483

"玫瑰露"和"大马士革玫瑰" / 489

给"茯苓霜"正名 / 495

柳五儿和芳官儿的交情 / 500

大观园里的大案要案 / 505

说说"银霜炭" / 512

曹雪芹的祖上"曹国舅" / 517

曹雪芹是汤显祖的知音 / 523

黛玉就是不能说"您" / 529

"拔取金钗当酒筹"与"占花名"的签子 / 534

妙玉的清修之地是"拢"翠庵还是"栊"翠庵 / 539

妙玉"能持否"？ / 543

"千红一窟"和"万艳同杯" / 548

后　记 / 555

前　言

中国是一个"吃"的国度。从"神农尝百草"开始,"神农"们就率领着子民,"吃"而后已,一直要吃到地老天荒。中国人如果没有无所不吃的勇气,繁衍后代都成了问题。所以久而久之,形成了一个系统的、绵延不断的"吃文化"。这种"吃文化",也折射在《红楼梦》里。

这种"吃文化"的核心,叫作"民以食为天"。也就是说,中国人的普遍共识,"饮食"是第一重要的事情,一切的满足、欢乐、美好,无不根植于此。

例如,中国最早的一部字书《说文解字》,对"美"字的解释是"从羊从大"。一只肥肥大大的羊,就是最美的。为什么呢?好吃。这种认识与西方相比,差别非常之大。在英文、法文里,"美"的词根是beauty,是美色、美女的意思,跟"吃"没有丝毫关系。

意大利文艺复兴时期的诗人但丁,在他的史诗《神曲·炼狱篇》里写了一位"猪哥",跟猪八戒名字有点儿像。这位猪哥,也跟猪八戒似的,非常贪吃。因为贪吃,所以被上帝罚在地狱里,受雨淋之苦,永世不得超生。

同样是神话故事,中国的《西游记》就不一样了。同样是猪哥,这位叫猪八戒。他也是因为贪吃,结果西天取经之后,被佛祖封为

"净坛使者",还得了一个官儿,待遇全然不同。由此可以看出,东西方文化对于"吃",有着完全不一样的理解。

中国自古以来,大多文人、名人都是吃客。例如苏东坡,他在元丰七年写过一首《浣溪沙》,中有咏"吃"的一句,尽人皆知:"人间有味是清欢。"此前的元丰三年,他因为"乌台诗案"为人构陷,侥幸死里逃生,被贬到湖北黄州去了。遭此劫难之后,他居然说,黄州这地方好,来到这里,是不虚此行。为什么呢?他发现了"黄州好猪肉",又好吃,又便宜。赏味之余,居然还提笔写了一首情感真切的《猪肉颂》:

> 净洗铛,少著水,柴头罨烟焰不起。待他自熟莫催他,火候足时他自美。黄州好猪肉,价贱如泥土。贵者不肯吃,贫者不解煮,早晨起来打两碗,饱得自家君莫管。

这首诗,堪称烹煮猪肉的不二法门。这等烧法,烧出来的猪肉,当然很香很好吃。难怪苏东坡一大早,就忍不住要吃上两大碗。

其实古代猪肉吃得不多,主要是吃牛、吃羊。虽然猪肉的级别低于牛和羊,但由于苏东坡的提倡,后世在餐桌上的地位竟一天天高了起来。苏东坡不仅懂吃,还非常贪吃。他专门写了一篇《老饕赋》,直接为贪吃张目。

"老饕"是什么呢?传说上古有一种极其贪吃的怪兽,叫作"饕餮",古代钟鼎彝器上多刻其头部形状以为装饰。这种纹饰,被称为"饕餮纹"。后世的各种食具上,多能见到。后来,"饕餮"一词,成为贪吃的代称,竟然并不含贬义。苏东坡自称"老饕",不仅仅是自嘲,更有一种雅谑的意味。《红楼梦》第三十八回,贾宝玉写的螃蟹诗里有一句："饕餮王孙应有酒",就是继承了这种有趣的笔法。所以,《红楼梦》说"吃",是有传统的。

《礼记·礼运》记载了孔子说的一句话:"饮食男女,人之大欲存焉。"《孟子·告子上》也记载了告子说的一句话:"食色,性也。"这两句话,都代表了先贤对于人生须臾不可离开的饮食的看法。我们常说,《红楼梦》是中国封建社会的百科全书,自然也在传承诸多法统的同时,传承并发扬了"吃"的文化。

中国古代饮食文化的一个现象很有意思,不惮于把自己的名字与吃的东西联系在一起,例如杜康酒、东坡肉等。虽然这种联系都是别人或者后人所为,并不是自己刻意标榜,但杜康、苏东坡们却也并未觉得有什么不快。就算今天起东坡于地下,他大概也不会有什么意见。再看看西方,什么时候见过"莎士比亚肉饼""巴尔扎克烤鱼"之类的说法?想都别想,不可能的。这就是因为,西方与中国对于"吃"的感情大异其趣。

再说说过节,西方大大小小的节,大都是玩儿,至多承载了一些纪念的意义。而中国的节不一样,不管大节小节,"吃"是最重要的内容。随便数一数,从一元复始起算,前一天的大年三十要吃年夜饭。春王正月初一的凌晨,要吃饺子吃年糕。之后的数日,无论大户人家还是小户人家,人请请人,吃喝不断。其间每日都有各种名目,成为"吃"的理由。诸如拜年、迎财神、回娘家、老鼠娶亲、破五、人日、谷日等。吃的品类也是变化多端,只要能想到的,都上了餐桌。直到正月十五吃了元宵,才算告一段落。但紧接着,又该吃春饼了,又该休禊"曲水流觞"了,又该吃清明节的青团了;入了夏,五月初五端午节的粽子;入了秋,八月十五中秋节的月饼,九月初九重阳节的菊酒、螃蟹、重阳糕;入了冬,吃了腊八粥之后，糖瓜祭灶，又接上除夕夜的大餐了。

除了节日，平居生活当中，也都是借着各种名目大吃特吃。人和人之间，关系好了，要吃。关系不好了，还要吃。甚至还有更凶险的，例如鸿门宴。所谓"宴"就是吃，然而"宴无好宴，会无好会"，聚在一起吃，差点儿吃出血案来。项羽的唯一谋士范增，极力撺掇项羽，在与刘邦共吃的鸿门宴上，预先埋伏好刀斧手，摔杯为号，把刘邦干掉。民间的婚丧嫁娶，也都要吃。不单是喜事要吃，丧事要办得风光也要吃。荒年颗粒无收，草根儿、树皮、观音土，凡能勉强入口的东西，统统吃光。这就是中国古代各种各样的"吃"，从古至今，蔚为大观。

更有甚者，就连生活当中的诸多用语，都能跟"吃"联系上。例如，干活儿辛苦，叫作"吃力"；坚持不下去，称"吃不消"了；行船的术语，"吃水深、吃水浅"；被人打了一拳，叫作"吃了一记老拳"。诸多此类用法，思之甚奇。

回到《红楼梦》——《红楼梦》的特点是以小见大，平中见奇。家长里短、一饮一馔之中，寓了一些大意思，并且写得极为生动。

中国古代小说写"吃"写得精彩的，还有一部《金瓶梅》，但与《红楼梦》的写法有诸多不同。《金瓶梅》写吃，写得比较实。因为《金瓶梅》和《红楼梦》反映的社会面不同。《金瓶梅》是市井生活，《红楼梦》是贵族生活。所以《金瓶梅》里所写的，无论是家常菜，还是酒宴，都很具体。每一道菜都很好做，也都能做出来。

我曾经专门去济南，品尝过山东研制的一套《金瓶梅》菜，非常之好吃。有人挤兑山东菜，说山东菜就是三个特点："黑乎乎、黏乎乎、咸乎乎。"实际上鲁菜是中国第一大菜系，简单概括它的特点：一是选料精细，多用北方的海产品，并以大量葱姜提味。二是各种烹调方法兼备，彰显着大度包容。因为《金瓶梅》故事的发生地是在山东，就连它的母本《水浒传》里写到的水泊梁山，一百零八将，也都在山东。所以吃的喝的，都跟鲁菜分不开。在鲁菜的基础上研制出来的《金瓶梅》菜，应该发扬光大，因为太好吃了。举个例子，书中的一个人物宋惠莲有一道拿手菜，"一根柴火烧猪头"。这可是个绝活，只用一根柴火，就能把一个大猪头烧得软烂酥香。今天有高压锅，能把猪头烧烂并不稀奇。那个时候，可是全靠火功。这道菜，不仅极其诱人，还卖了一个大噱头。

《金瓶梅》里的饮食，的确写得很好。但是跟《红楼梦》相比，还差了一个层次。《金瓶梅》所描写的是市井生活，《红楼梦》侧重描写贵族生活。即使是居常饮馔，二者也有很大的区别。《金瓶梅》写实，《红楼梦》则是有虚有实。尤其是虚实之间的结合过渡，如羚羊挂角无迹可寻。《金瓶梅》里的吃食，几令人馋涎欲滴。但《红楼梦》里的吃食却不仅仅能够引发读者的食欲，还能让读者在不知不觉中得以步入饮食文化的高层次的审美享受之中。

孙中山先生深谙中华美食的要义，他说：

> 我国近代文明进化，事事皆落人后，惟饮食一道之进步，至今尚为文明各国所不及。中国所发明之食物，固大盛于欧美，而中国烹调法之精良，又非欧美所可并驾。

《红楼梦》中的饮食描写，正是这种"饮食一道之进步""烹调法之精良"的集中代表。孙中山先生又说：

> 夫悦目之画，悦耳之音，皆为美术，而悦口之味，何独不然？是烹调者，亦美术之一道也。

把烹调上升到美术，这是何等的眼光？曹雪芹地下有知，一定会引孙中山先生为知己。更重要的是，《红楼梦》在状写饮食的时候，也不忘"假作真时真亦假"的艺术宗旨和哲理呈现。这一点，就是《红楼梦》能够携"饮食一道之进步""烹调法之精良"以及"美术之一道"，并且升华到"真真假假、扑朔迷离"的哲理高度的缘由。这样的饮食描写，不单是《金瓶梅》，放眼古今中外之文坛，有哪一部作品能与之比肩？

总之，《红楼梦》是一部很好看的小说。但由于时代的隔膜，更由于文化的断裂，不少人对《红楼梦》尤其是所谓的"红学"望而生畏，觉得这大部头，啃不动。依我说，这要看你从哪里入门。你可以跟着我，从饮食文化这条路进去，从吃喝玩乐这条路进去，你一定会觉得非常有趣。以这样一个视点，再试着步步深入，看看这部书究竟写的是什么？

第一章 虚实食单

"红楼第一菜"之谜

《红楼梦》原著的前八十回,居然有六十四回写到吃。有的实,有的虚,有的虚实结合,有的干脆是调侃,有的甚至要吃出哲理来。我们从"红楼第一菜"说起,看看这道菜寄托了作者什么样的思想。

这道菜叫什么呢?"茄鲞",出现在《红楼梦》第四十一回。前边的第四十回,刘姥姥来了,这是她第二次进荣国府。贾母很高兴,请刘姥姥游园子。不单是请"游",还要请"吃"。"两宴大观园",还连着请了两顿。第二顿大餐,上了一道菜,这道菜就是"茄鲞",说起来真是奇妙极了。

先要说说"茄鲞"的"鲞",是个什么意思。"鲞"其实就是干鱼。这是怎么来的呢?据说,当年吴王阖闾攻打越国,走的是海上。行船的过程当中,军粮没了,于是命军士捕鱼。打上来的鱼吃不完,就码上盐风干。结果一尝,比新鲜的鱼还好吃。阖闾大喜,给它起了个名字,叫"鲞"。

这个"鲞"字,是用两个字拼在一起造出来的一个字。上边是个"美"字的上半边,下边是一个"鱼"字。古代有"造字六书"之说,其中一法,叫作"会意"。"鲞"者,"美鱼"也,典型的会意字。直到今天,这个"鲞"字还活着。江浙一带,就把干鱼叫作"鲞"。绍兴有一道名菜,叫作"白鲞扣鸡",就是用干鱼烧鸡,咸鲜合一,好吃极了。

"茄鲞"二字，从字面上看，似乎应当是"干鱼烧茄子"。真的这样烧，也是咸鲜合一，想来味道也应该不错。然而，大观园里的这道菜，当中有干鱼吗？咱们来看看，书中是怎么说的：

> 贾母笑道："你把茄鲞搛些喂她。"凤姐儿听说，依言搛些茄鲞送入刘姥姥口中，因笑道："你们天天吃茄子，也尝尝我们的茄子弄得可口不可口。"刘姥姥笑道："别哄我了，茄子跑出这个味儿来了，我们也不用种粮食，只种茄子了。"众人笑道："真是茄子，我们再不哄你。"刘姥姥诧异道："真是茄子？我白吃了半日。姑奶奶再喂我些，这一口细嚼嚼。"凤姐儿果又搛了些放入口内。刘姥姥细嚼了半日，笑道："虽有一点茄子香，只是还不像是茄子。告诉我是个什么法子弄的，我也弄着吃去。"

王熙凤怎么说呢？说了一句："这也不难。"这道菜是王熙凤做的吗？肯定不是。但是她居然说"这也不难"，接着说了一大套，而且说得煞有介事，把刘姥姥吓了一跳：

> 凤姐儿笑道："这也不难。你把才下来的茄子把皮刨了，只要净肉，切成碎钉子，用鸡油炸了，再用鸡脯子肉并香菌、新笋、蘑菇、五香腐干、各色干果子，俱切成钉子，用鸡汤煨了，将香油一收，外加糟油一拌，盛在瓷罐子里封严，要吃时候拿出来，用炒的鸡瓜一拌就是。"

刘姥姥当时就惊呆了：

> 我的佛祖！倒得十来只鸡配他，怪道这个味儿！

大家注意了,这道菜叫作"茄鲞",凤姐儿把食材做法说得很细。但是,有干鱼吗?没有。那为什么叫"鲞"呢?为了解释这个问题,各路专家们无不大开脑洞。有的说,不单是干鱼,凡是干片状的食材,都可以叫作"鲞",所以干茄子片就是"茄鲞"。对吗?不对。王熙凤说茄子切成片了吗?没有,说的是切成"茄丁子",更不曾晾干或者晒干。这个说法显然是硬往"鲞"上扯,太牵强了。

已故的邓云乡先生提出了另一种意见,说"茄鲞"是一种"路菜"。所谓"路菜",就是旧时行路必备的途中佐餐小菜。邓先生说:

"茄鲞"以"茄"名"鲞",似乎必然有以下几个特征:

第一是陈菜,即保存若干时日的茄子制品,而非新鲜的、现炒的。

第二是干菜,腊味一类的菜,是干的,没有什么汤、卤、菜汁等。

第三是咸而香,有嚼头,具有各种"鲞"的特殊风味,不然何必以"鲞"名之呢。

第四是习惯冷吃,既不像是热炒那样的热菜,也不同于随时烹制的冷荤,它如糟、醉、脯等,要经过较长时间才能入味好吃。最普通如腌鸡蛋,不能今天腌了明天就吃。

第五这种菜既能下酒,而更适宜于就稀饭、就粥吃。如常见的肉松、咸鸭蛋,以及榨菜炒肉丝、佛手炒肉丝等。

把"茄鲞"归于"路菜",未尝不见心思。但有两点说不通:一,从未见过、也从未听说过有种"路菜"叫作"茄鲞"。二,贾母在大观园宴请刘姥姥是寻常家宴,为什么要上一道供行路人应急的"路菜"?而且还要由凤姐煞有介事地专门介绍?除了这两点,还要加上一问:"茄鲞"是"习惯冷吃"的凉菜吗?所以,邓先生的说法还是未能解惑。

其实,包括邓先生在内,大家在说"茄鲞"的时候,都不自觉地陷入了一种循环论证的误区。查资料的时候,都知道"鲞"就是干鱼。怎么才能跟茄子靠上呢?大家急于解惑,所以聪明人也难免做了回糊涂事:把需要论证的结论作为前提,再用这个前提证明结论。于是推论:"鲞"是干鱼,"茄鲞"却没有"干鱼",那就可能是把茄子做成"鲞"的样子。如果这种用法成立,则各类果蔬制成"干"状,都可以名为"鲞"。所以茄子干,就是"茄鲞"。《红楼梦》的用法即是一例,"茄鲞"得解。有些荒唐对不对?我曾经跟邓先生聊过这个意见,他也觉得的确应该再推敲。

那么,究竟应该怎么诠释"茄鲞"呢?咱们细品一下凤姐的那番话,其实是大有问题的。

第一个问题,两宴大观园是什么季节呢?是深秋。怎么知道的?此前的第三十七回,贾政过了中秋节就赴外任去了,所以这个时间点已经是中秋之后。贾政一走,贾宝玉解放了,史湘云也来了,正好可以放开了折腾。到了两宴大观园的时候,吃的茄子一定是秋茄子。

我们知道,茄子是夏天一季,秋天一季。既然吃的是秋茄子,这秋茄子跟新笋,可不是产在一个季节。新笋什么时间有呢?是春天,而且是早春。新笋最多吃到初夏,再往后就长成竹子了。到刘姥姥来大观园的深秋时分,哪里还有新笋呢?那个年月,不像现在,没有大棚,没有反季节的蔬菜,吃的都是时令菜。即使是有培植的,那也是罕见。所以新笋和茄子,不在一个季节。曹雪芹知道不知道?当然知道。他为什么要这样写呢?咱们先搁在这儿,待会儿一块儿说。

第二个问题更大了。按照凤姐所说,做出来的这个菜,要"拿香油一收,外加糟油一拌,盛在瓷罐子里封严了"。封多长时间?没细说。只是说吃的时候,再从瓷罐子里取出来。那么,这是什么菜?一定是冷菜对不对?取出来的冷菜并不直接吃,而是"用炒的鸡瓜一拌"。注意了,这"炒的鸡瓜"一定是热菜对不对?也就是说,这道菜是用"热菜"跟"冷菜"拌在一起的!大家想想,这是个什么吃法?谁家用热菜拌冷菜呀?那口感能好才怪!粗粗一看,大家都被这道菜吸引住了,都跟刘姥姥似的,馋涎欲滴。注意力都被凤姐的绘声绘色带到那个匪夷所思的制作过程里去了,谁也无暇再去顾及细节的真实性。刘姥姥惊呆了,读者也惊呆了。如果冷静下来,细细地读进去,把凤姐这段话多多品味几遍,问题就来了。咦?初春的新笋和深秋的茄子,两个时令菜,碰不到面呀!怎么把这两个不会同时出现的时令菜给捏到一块儿了?再一个,冷菜和热菜拌在一起,这不对呀!

其实这道菜,本就是个写小说的噱头,认真去做,是不会成功的。也就是说,"茄鲞"是做不出来的一道菜。那么,曹雪芹为什么要这样写?

首先,是要醒人眼目。"茄鲞"的名字一出,就吸引了所有人的注意。这就给了王熙凤"逞才"的机会,也给了刘姥姥"目瞪口呆"的机会,也给了读者"叹为观止"的机会。于是,用一道令人瞠目结舌的菜品,把所有人的感官都调动起来了,尤其是读者。读者随着刘姥姥吃惊,随着众人谑笑。这是何等的写人的技巧,在场所有人的神态都跃然纸上，简直太好看了！也就是说，曹雪芹造出一个"茄鲞"，一个重要的目的，是为了写人。写王熙凤，写刘姥姥，写贾母，写在场的一众主子和下人。

其次，曹雪芹写这部书的宗旨，是"假作真时真亦假，无为有处有还无"。他经常要借着人物故事乃至一饮一馔，来提醒读者，不要太"泥"了。这部书不同于别的书，读法自然与别的书迥不相同。就像"风月宝鉴"一样，有正面有反面。作者要借着这种手法，阐发一个道理：世间的事，有真有幻，有实有虚。读者要有自己的慧眼，有自己的辨析力，才能到达一个"顿悟"的境界。

再次，作者经常故作认真地讲故事，当把读者带入情境之时，转而不显山不露水地调侃一下，用一种类似于"间离效果"的手法，再把读者给带出来。这比简单的"当头棒喝"，又要高明了许多。也就是说，作者的意图，不单是要带着读者入梦，更重要的，还要带着读者出梦。

记得 20 世纪 80 年代，我应邀参与过几乎所有的"红楼宴"的研制和推广。例如：北京北海公园内的"红楼宴"，指导专家：王学泰（已故）、胡小伟（已故）、钱竞（已故）、张国星、周岭；北京中山公园内"来今雨轩"的"红楼宴"，指导专家：胡文彬（已故）、周岭；扬州外办的"红楼宴"，指导专家：冯其庸（已故）、周岭。其中扬州外办的"红楼宴"，曾于 1988 年跟随中国红楼梦文化艺术展去新加坡，代表团顾问戴临风（已故）、团长冯其庸（已故）、副团长胡文彬（已故）、学者邓云乡（已故）、学者吕启祥、秘书长兼总体设计周岭；复于 1989 年跟随中国红楼梦文化艺术展去广州，组委会顾问李雪峰（已故）、顾问贺敬之、主任委员李希凡（已故）、副主任委员冯其庸（已故）、秘书长周岭。

记得在"来今雨轩"的一次中外专家品尝会上,"茄鲞"上来之后,邓云乡先生尝了一口,悄悄跟我说:"酱爆鸡丁。"周策纵先生听见,补了一句:"嗯,加了点儿凉茄丁。"你看,大名鼎鼎的"茄鲞"就是这个效果。若要真的按照凤姐开出来的菜谱做,即使能做得出,也就是冷菜拼热菜,做成这个样子了。但是你不按那个菜谱做,那还算是红楼菜吗?所以,红楼宴的研制,是颇费工夫的,更是颇费心思的。

最后,提醒一下各位"看官",如果有机会莅临各种以"红楼宴"为名的场面,请务必格外关注一下"茄鲞"这道菜。不管是不是"忠于原著"的做法,也不管好吃不好吃,千万别太当真!

隔锅的饭香,薛姨妈家的"糟鹅掌鸭信"

前边说到的"茄鲞",把刘姥姥给唬住了。实际上呢,这个"茄鲞"是做不成的,即使按照王熙凤的菜谱硬做出来,也不会好吃。这是曹雪芹为了写人物,为了写故事,也为了调侃读者,同时是为他的著书之旨服务的。

其实,一个大家族日常的吃穿用度,并没这么神秘。例如《红楼梦》第三回,林黛玉进了贾府,与众人初见,自是一番谈笑唏嘘。之后,王夫人引她到自己的上房。林黛玉注意到,一溜椅子上边,是"一色半旧弹墨椅袱"。这个地方,甲戌本有一段眉批,说"这是大家风范"。一般小户人家的想象当中,大户人家所有的东西全都是新的。其实真正的大家风范,却常常是"一色半旧"的东西。清朝的时候,有人形容内务府的暴发户是"树小、房新、画不古"。此等人家，才是处处求新，一如满嘴金牙。

甲戌本第三回有一段脂批，很有意思：

> 近闻一俗笑语云：一庄农人进京回家，众人问曰："你进京去可见些个世面否？"庄人曰："连皇帝老爷都见了。"众罕然问曰："皇帝如何景况？"庄人曰："皇帝左手拿一金元宝，右手拿一银元宝，马上稍着一口袋人参，行动人参不离口。一时要屙屎了，连擦屁股都用的是鹅黄缎子，所以京中掏茅厕的人都富贵无比。"

显然此人自己无知，为了唬住一众庄稼人，不惜大吹特吹，说见了皇帝。竟然还有细节：皇帝手里抓着庄户人做梦都想得到的元宝，吃人参跟吃萝卜似的；更臆想出皇帝出恭用鹅黄缎子，所以富了城里的环卫工人。可惜此人被想象的天花板给限制住了，竟把皇帝带进了街边公厕。

实际上贵族家庭日常的一饮一馔，跟一般的家庭并没什么太大的区别。例如第八回，贾宝玉来看薛宝钗，正跟薛宝钗谈论通灵宝玉和金锁的事。林黛玉来了。黛玉正好听见了这一段话，想着自己没有玉，也没有金锁。不由得脱口说道："嗳哟，我来的不巧了！"为什么呢？"早知他来，我就不来了。"这就是"探宝钗黛玉半含酸"。他们三个人之间这种很美的小儿女态的心理关系描写，就是从这个时候开始了。

有人说，《红楼梦》就是宝黛钗的爱情婚姻悲剧故事。对不对呢？不对。为什么呢？在属于原著的八十回中，他们三个人之间的这种故事，从第八回开始，到第三十二回，以后就不再提起了，所占篇幅并不多。也就是说，这部书的主要内容，并不仅仅是三个人之间的感情纠葛,还有更重要的指向。

宝玉明白黛玉话里有话,赶快打岔:

> 宝玉因见他外面罩着大红羽缎对衿褂子,因问:"下雪了么?"地下婆娘们道:"下了这半日雪珠儿了。"宝玉道:"取了我的斗篷来不曾?"黛玉便道:"是不是?我来了他就该去了。"宝玉笑道:"我多早晚儿说要去了?不过拿来预备着。"……
>
> 这里薛姨妈已摆了几样细巧茶果来留他们吃茶。宝玉因夸前日在那府里珍大嫂子的好鹅掌鸭信。薛姨妈听了,忙也把自己糟的取了些来与他尝。

这里提到了"糟"的鹅掌鸭信。"糟"是什么意思呢?"糟"就是用"香糟"炮制。"香糟"是怎么做的呢?过去用粮食酿造黄酒,滤出来的是酒,剩下的是渣子,这渣子叫作酒糟。酒糟可是好东西,不能扔。把酒糟闷在坛子里,过一段时间,它会继续发酵,释放出一种特殊的香味。除了酒香,还有糟香。这个东西,就叫"香糟"。从江浙一带一直到福建,到处都有香糟。香糟怎么用呢?要先把它做成糟卤,也叫糟油。前边说到的"茄鲞",有一道制作工序,就是"外加糟油一拌"。

糟油的制作方法,是用香糟按比例加上黄酒、糖、盐和糖桂花。其中最重要的是香糟和黄酒的比例,如果用半斤香糟,就要加两斤黄酒,一比四的比例。把所有的东西放在一起充分搅拌,然后用细布把汁子滤出来,去掉渣子。滤出来不带渣子的制成品,就叫糟卤或者糟油。当然,现在用不着这么麻烦了,到处都可以买到成瓶的糟油,已经调制好了,直接就可以用。

再说鹅掌鸭信。首先,鹅掌和鸭信一起吃,很有意思。为什么呢？中医讲，鹅掌是热性的，而鸭信是凉性的。也就是说，把鹅掌和鸭信合在一起，凉性和热性互相克制，吃进去对身体毫无坏处。尤其是用"香糟"一糟，味道简直好极了。

吃鹅，在中国有很长的历史。最早见于记载，是在魏晋南北朝。北魏有一个作家，名字叫作贾思勰。他写了一本重要的书，叫作《齐民要术》。在这本书里有一章，专门讲怎么吃鹅，怎么烹饪。自那以后，吃鹅之风大盛。因为鹅比其他的禽类好吃，所以很多人喜欢吃鹅，尤其是吃鹅掌。鹅掌比鸭掌的肉厚，吃起来的口感更好。五代南唐的时候，有个和尚法号"谦光"，当时和尚还可以吃荤，他就特别喜欢吃鹅掌。吃法也很特殊，先将鹅掌烤熟，拆去掌骨，用糟卤浸泡入坛密封，每天滚动圆坛，七天后食用。此时鹅掌糟香四溢，糯韧弹牙。由于谦光嗜好鹅掌，他曾梦想"鹅生四掌"。这句名言，现在还被不断地引用。鹅掌太好吃了，可惜一只鹅只有两个掌，要是能长出四掌，该有多好。唐宋以后吃鹅掌的记载很多，兹不一一细说。

再说鸭信。鸭信就是鸭舌头。鸭身上能独立出来的就是舌头，其他部位分不开，是一只整鸭子。很多人都喜欢吃鸭舌，例如慈禧太后。她有一个宫廷女官德龄，写了一本书叫作《御香缥缈录》。据书中记载，慈禧太后几乎每顿饭都要吃鸭子，尤其是要吃鸭舌。一盘当中，总得有几百条鸭舌。

鹅掌、鸭信糟在一起，不仅好吃，而且是一种讲究。连曹雪芹的祖父曹寅都非常喜欢吃，他的《楝亭诗》当中就写到鹅掌、鸭信。所以，曹雪芹把鹅掌鸭信写进《红楼梦》，就是顺理成章的事了。《红楼梦》中的贾、史、王、薛四家，都是金陵、扬州一带的人，饮食习惯都差不多。宝玉、黛玉、宝钗吃到的"糟鹅掌鸭信"，应该是家乡的味道。

但是,这"糟鹅掌鸭信"是不是一年四季都能吃得上呢?不是。为什么呢?因为这个东西的制作,是讲时令的。先说说制作方法,第一道工序是把鹅掌、鸭信煮了。第二道工序,剔出掌骨,当然也可以不那么讲究,留着掌骨。第三道工序,泡进糟卤。泡多长时间呢?一般是一天一夜。

请注意,糟制过程当中一定要控制好温度,不可超过10摄氏度,温度高了一定会坏。当年是没有冰箱的,所以夏天不行,一定是冬天才能吃到此物。《红楼梦》写得很细,"下了这半日的雪珠儿",正是吃"糟鹅掌鸭信"的好时候。这是《红楼梦》里具体写到的第一种佳肴,而且是从客居贾家的薛家开始写起的。那么,这一顿吃喝,除了"糟鹅掌鸭信",还有什么好东西呢?

宝玉连喝两碗的"酸笋鸡皮汤"

薛姨妈家里糟的鹅掌鸭信,可是下酒的好菜,所以大家就撺掇着喝了一点儿黄酒。酒后上了一道汤,叫作"酸笋鸡皮汤",这可是解酒的好汤,宝玉连喝了两碗。那么,这个"酸笋鸡皮汤"是怎么做出来的呢?

先说酸笋。酸笋是用笋做成的。笋从哪儿来?有竹子的地方,就一定会有笋。竹子在北方不多,因为气候条件不适合竹子生长。庭院里面点缀几株看看而已,成不了气候。南方可不得了,过了长江,从东南到西南,从江浙到福建,到两湖两广,到云贵川,到台湾,到海南,漫山遍野,到处都是大片的竹林。有竹子就有竹笋,竹笋又很好吃。过去，大家以为竹笋没有什么营养，实则不然，竹笋含钙、含磷、含铁、含大量的无机盐，对身体好处很多。

竹笋有几种吃法，一种是"鲜"，一种是"干"，一种是"酸"。"鲜"不用说了，江浙一带用鲜笋做的名菜很多。素的，有油焖笋；荤的，有腌笃鲜：用竹笋加上鲜肉和咸肉，再加上百叶一起炖成汤，非常美味。"干"就是干笋，用晒干了的竹笋，泡发以后，加上猪肉，做成干笋烧肉，也是很下饭的好菜。南宋《吴氏中馈录》"晒淡笋干"条：

> 鲜笋猫耳头，不拘多少，去皮，切片条，沸汤焯过，晒干，收贮。用时，米泔水浸软，色白如银，盐汤焯，即腌笋矣。

"酸"就是用鲜笋制作成酸笋，这酸笋可是大受欢迎的好东西。尤其是东南一带的苏浙闽粤和西南一带的云贵川，米粉大都和酸笋一起烹制，例如桂林米粉、海南酸粉。酸笋的食用历史和腌制历史很久远，《周礼》"天官"中记录有"笋菹"，就是腌竹笋。北魏贾思勰的《齐民要术》这本书里，详细地写到了酸笋的做法：

> 笋去皮，三寸断之，细缕切之；小者手捉小头，刀削大头，唯细薄；随置水中。削讫，漉出，细切紫菜和之。与盐、酢、乳。用半奠。

到了清代乾隆年间，酸笋的制作方法又有所不同，但各地大同小异。无非就是把鲜笋剖开了，或者切片，或者切块，或者切丝，直接用泉水或者用井水泡就可以了。泡的时间，短则二十天即可食用，长则泡上半年。有的做法，是先把它煮了，把苦水煮出去，然后再用冷水泡。还有的做法更复杂一些，要加点盐，再加点米饭，让它快点发酵。无论哪种泡法,泡出来的笋即成酸笋,可以用来配制很多的美味佳肴。发酵过后的酸笋汤也是好东西,可以用来防止食物变馊。在没有冰箱的时代,隔夜的饭菜最好的保质办法,是在饭菜上淋一点儿酸笋汁,第二天一定不会馊。

我曾经在海南,看到过非常惊人的一种酸笋做法。很多农户的房前屋后,扣着一口一口的大缸。起初我看不明白大缸下面扣的是什么,后来才知道,缸底下扣的都是生长着的竹笋。为什么要扣起来呢?通常是竹笋稍微一破土,就把笋挖出来吃了。要让收获更丰厚一些怎么办呢?就用一口大缸扣起来,不让它见光。不见阳光,笋就很嫩。海南人知道,竹笋在缸里面长,不见光,即使长成一棵大竹子,它还是很鲜嫩的。差不多的时候,把缸掀开,满满一缸,盘曲着的都是竹笋。一缸就是一棵竹笋,一棵竹笋就可以腌一缸酸笋。海南人家家户户都离不开的酸笋,居然是这等做法,北方绝对见不到这种光景。

我曾经跟着海南的朋友去钓鱼,人家带着什么呢?带着锅,带着酸笋。钓上来鱼,就手在水边收拾干净了,烧上一锅水,把鱼扔在锅里,再把酸笋放进去,加点佐料加点盐,好了。这一锅煮出来,味道其鲜无比。

有些地方腌酸笋,要把它腌得过分一点。所谓的过分,就是除了酸还要略带一点臭味。中国人是无所不吃的,所有的味道,酸甜苦辣包括臭都涉及。北方吃王致和的臭豆腐,南方吃臭豆腐臭鳜鱼,苏鲁豫皖吃臭鸡蛋臭酱豆子,海南广东云贵川吃臭笋等。不接受这个味儿的自然就要掩鼻远去,如果接受了就会喜欢,喜欢就会离不开。酸笋无论带不带臭味,都是配菜的极好的东西。酸笋解腻、去油、爽口,还可以解酒,难怪薛姨妈用酸笋做了一道汤给宝玉解酒。

这道汤的第二个食材是什么呢？鸡皮。一说鸡皮，很多人都会说鸡皮不能吃。我们都是讲科学的，都知道鸡皮里面含有大量的胆固醇，对身体不好。这种说法不对，为什么呢？鸡皮最主要的成分是什么？胶原蛋白，吃鸡皮可是养颜的。鸡皮还含有多种营养成分，包括人体必需的氨基酸。实际上，它的脂肪含量并不多。我请教过中医先生，他们告诉我，鸡皮可是好东西。自古以来鸡皮不仅可以食用，还可以药用。例如，鸡皮可以降血脂。因为谁都不可能一口气把整只鸡甚至几只鸡的皮全给吃了，更不会连皮下大块大块的脂肪一起吃。一般用来食用的鸡皮，都是清洗得干干净净，刮去了脂肪的。这样处理过的鸡皮口感好，营养丰富，又能美颜，是个好东西。

有人说，做酸笋鸡皮汤所用的"鸡皮"其实是鸡蛋摊成的皮。对吗？非也。如果是鸡蛋摊成的皮，就直接写"鸡蛋皮"或者"蛋皮"好了，为什么要写"鸡皮"？而且鸡皮入馔，有很多记载。例如清朝大盐商童岳荐的《调鼎集》说：

> 冬月宜汤，鸡蹼、鸡皮、火腿、笋四物配之，全要用鸡汤，方有味。

这里说的"鸡蹼"，就是剔骨后的鸡爪子。"鸡皮"，就是刮去脂肪的鸡皮，并不是鸡蛋摊成的皮。用的"火腿"，一定是金华火腿，提鲜最好。"笋"是必须用的，可以是泡发后的干笋，更多使用的是酸笋。酸笋是去腻的，即使鸡皮里面还有些许胆固醇，酸笋也能把它克制住。所以鸡皮跟酸笋一起用，不必担心。

最后说到汤，"全要用鸡汤，方有味"。这汤是鸡汤，很讲究。

当年京城里做官的多为江浙一带的人，所以人请请人大都是江浙菜。很多官宦家庭请的大厨，也都是江浙师傅。做这道汤，都用事先熬制好的鸡汤。现在除了江浙大厨，粤菜川菜大厨做菜也都离不开鸡汤。尤其是粤菜，粤菜大师傅有一个算一个，都是先用几十只鸡，把汤熬得浓浓地放在炉边备用。炒菜的时候，就直接用这种鸡汤调味。

那么，鸡汤会不会太浓太腻？"酸笋鸡皮汤"所用的鸡汤，是另外一种制法。第一步，也是用鸡熬出来的汤，这个汤是白汤。直接用白汤不行，第一不好喝，第二不好看。那怎么做？提醒大家，四川有一道名菜叫什么呢？叫"开水白菜"。是开水吗？绝对不是开水，是鸡汤，地地道道的浓鸡汤。但是，看上去跟开水没有两样。这个可是四川最考功夫的一道菜，大师傅都知道，做不了"开水白菜"，别想评级。这"开水白菜"的鸡汤怎么熬，可是有诀窍的。先把鸡汤熬成一锅浓汤，再用蛋清和鸡肉茸净汤。蛋清和鸡肉茸怎么用，要掌握火候，要等到落滚的时候，把握最佳时机把蛋清和鸡肉茸打进去。蛋清和鸡肉茸在撤火的过程当中，就把所有的颜色和渣滓全都抓下去了。这时的浓汤，就成为像开水一样透亮的清汤。但是味道不改，还是浓浓的鲜味。川菜大厨，就是用这样的清汤来做开水白菜，漂亮极了。讲究的"酸笋鸡皮汤"，也要用这样处理过的清汤。又美味，又好看。当然，一般人家也可以做得粗一些，没那么讲究。但像薛家这样的世家，又是江南人氏，"食不厌精，脍不厌细"，这道汤一上来，宝玉不喝两碗才怪。

这顿饭肯定还有其他的配菜，而且，宝玉还专门打发人给晴雯送回来一碟"豆腐皮儿的包子"。

宝玉留给晴雯的"豆腐皮儿的包子"

俗话说"隔锅的饭香",别人家做的东西一定比自己家的好吃。贾宝玉跑到薛姨妈家大吃了一顿,酒足饭饱之后,又喝了两碗"酸笋鸡皮汤"。然后带着酒意,晃晃悠悠回到了自己的住处。要茶吃的时候,有问题了。自己一早临出门的时候,泡好的一碗"枫露茶"不见了。一问,被李嬷嬷给喝了。此前就听晴雯说起,自己专门打发人给晴雯送回来的"豆腐皮儿的包子",也被李嬷嬷拿走,给她自己的孙子吃了。所以非常生气,于是就发了一通火。这一段故事以后再聊,先说说这个"豆腐皮儿的包子"。

豆腐皮儿有两种,一种薄的,一种厚的。薄的是煮豆浆的时候,从表面挑出来的皮。厚的又叫千张,是用豆浆点过卤之后压制而成。说到豆制品,在中国起源很早,大约是在汉代。南宋时的大儒朱熹写过一首豆腐诗:

种豆豆苗稀,力竭心已腐,早知淮南术,安坐获泉布。

诗中自注:"世传豆腐本为淮南术。"意思是说,第一个发明豆腐的人,是汉代的淮南王刘安。李时珍的《本草纲目》接续了这个说法:

豆腐之法,始于汉淮南王刘安。凡黑豆、黄豆及白豆、泥豆、豌豆、绿豆之类,皆可为之。

清代王士雄的《随息居饮食谱》说得更细:

以青黄大豆,清泉细磨,生榨取浆,入锅,点成后,嫩而活者胜。其浆煮熟，未点者为腐浆。清肺补胃，润燥化痰。浆面凝结之衣，揭起晾干为腐皮，充饥入馔，最宜老人。点成不压则尤嫩，为腐花，亦曰腐脑。榨干所造者，有千层，亦名百叶。有腐干，皆为常肴，可荤可素。

说起这位淮南王刘安，可是赫赫有名。他是汉高祖刘邦的亲孙子，汉文帝的时候被封为淮南王。这个人有两个特点，一个是好道好神仙，一个是有野心。因为好神仙，所以延揽了很多方士。因为有野心，又延揽了很多奇才。手下的门客有数千人之多，其中八位最为有名，号称"八公"。淮南有一座山，因"八公"之名，被称为"八公山"。明末清初的大诗人吴梅村有句云："登高怅望八公山，琪树丹崖未可攀。"说的就是这座山。

"八公山"的故事很多。例如前秦苻坚的大军攻打东晋，东晋谢安命谢石、谢玄叔侄在这个地方布阵拒敌，打了一场大胜仗。前秦苻坚的队伍，号称百万之众。苻坚说，手下兵将把鞭子投入淝水，能把河水拦断，所以留下一个成语："投鞭断流。"前秦兵强马壮，不承想，谢家叔侄这一仗，把苻坚打得大败而逃。结果又留下了一个成语："风声鹤唳，草木皆兵。"这都是发生在八公山的故事。

传说刘安最爱烧丹炼汞，还真炼成了。他吃了仙药，白日飞升，带着八公一起走了。剩下的药渣子，被鸡和狗吃了，居然也跟着升天了。所以也留下了一个成语："一人得道，鸡犬升天。"

刘安可是留下了不少著作，著名的《淮南子》，又叫《淮南鸿烈》，就是刘安主持撰写的一部哲学著作。但他的野心太大了，总在窥测时机，妄图取皇帝而代之。所以，实际上并没有飞升，阴谋败落之后，死于非命。带累他的夫人、儿子、女儿，通通被杀掉了。

那么，豆腐是怎么回事呢？这可是淮南王刘安做的一件大好事。因为烧丹炼汞，接触的材料比较多。今天这个，明天那个，有可能混来混去，无意中就混出一些新的发明来。他喜欢喝豆浆，不小心把石膏掉到豆浆里了。本来是个失误，但是一看，豆浆结成块了。小心翼翼地尝了尝，没想到居然很好吃，这就是豆腐，豆腐就是这么发明出来的。后来陆续发现，不仅石膏有这个功效，用盐卤、用醋也可以点成豆腐。《本草纲目》总结了淮南王的经验，说：

> 造法：水浸硙碎，滤去渣，煎成，以盐卤汁或山叶（山矾叶）或酸浆、醋淀就釜收之。又有入缸内，以石膏末收者，大抵得咸、苦、酸、辛之物，皆可收敛尔。其面上凝结者，揭取晾干，名豆腐皮，入馔甚佳也。

豆腐的诞生地在淮南八公山，直到今天，味道就是与别处不一样。我曾经慕名专程去八公山找这口儿，果然是名不虚传。山下村里家家做豆腐，都是绝活。他们每天做出来的豆腐，往四乡里送，往城里送。不能用牛车，更不能用马车，甚至不能用人拖的车。为什么呢？怕把豆腐颠坏了。后来，有了汽车，还是不行。那怎么送？全部是肩挑。不管多远的路，只要人能走到的地方，挑着担子送。所以，近处还有这个口福。稍远一些，想吃到这地方的豆腐，是不大容易的。

我在村里，随便找到一家。顺便说一句，家家都说自己是这村里做豆腐做得最好的，我就当这家是最好的一家吧。好吃到什么份儿上呢？主人家给我打了一块豆腐，放在一个大碗里，跟我说，不用放任何佐料，就是白豆腐，你吃一碗，吃吃看。我当然半信半疑，不料一入口，一种醇美的、从来不曾体验过的豆腐香，充满了齿颊之间。结果一大碗白豆腐，很快就被我狼吞虎咽吃完了。越吃到后面，吃得越快，真是美味无比。没想到，素豆腐能这么好吃。

八公山的豆腐世家说，做好豆腐关键是两点：一、水要好；二、人要勤快：选材料，上磨，过滤，煮浆，板压，一丝不苟。八公山豆腐是传统的做法，其实各地也都差不多，差别主要是在点豆腐。正如李时珍所说："以盐卤汁或山叶（山矾叶）或酸浆、醋淀就釜收之。又有入缸内，以石膏末收者。"至于嫩豆腐和老豆腐的区别，则主要看板压的时间长短。如果做豆腐花，则点好了不压即可。

那么，豆腐皮儿呢？"千张"则要点好之后，先铺一层布撒一层豆浆，再铺一层布再撒一层豆浆，一层一层铺好，用板子压上，压成取出都带着布纹。另一种，则如李时珍所说："其面上凝结者，揭取晾干，名豆腐皮，入馔甚佳也。"

宝玉打发人给晴雯送来的"豆腐皮儿包子"的皮儿有了，或是"千张"，或是"揭取晾干"的薄皮儿。馅儿呢？一般就是猪肉加开洋的馅。所谓"开洋"，就是海米。我吃过的最好吃的豆腐皮儿包子，是在杭州的西湖边上。多年以前，我在杭州读书。平时在学校里吃食堂，星期天就到外边去改善一下生活。我一般都是早上带着两本书、一壶水，跑到西湖边，找一个安静地方读半天的书，中午饿了找地儿吃饭。每次我都去的一家包子店叫"湖州千张包子"。江浙一带，好吃的小吃很多，最有名的是"湖州千张包子"。西湖边儿的这一家做得好极了：一碗粉丝汤底，汤是鸡汤，已经很好喝了，八分钱。加上"单件"或"双件"，这个自己可以选。所谓"单件双件"，就是汤底上加一个豆腐皮包子或两个豆腐皮包子。那年月，"双件"已经很奢侈了，我从没见过有谁再多要过。"单件"是一毛二，双件是两毛四。加上八分钱的粉丝汤底，一碗要么是两毛，要么是三毛二。隔壁是一家山东馆子，做大饼。桌面这么大的千层饼，啪啪切下来，五分钱一块。这一顿，吃得美极了。

多年以后，旧地重游，可惜这家馆子找不着了。现在回忆起当年，为了"单件"还是"双件"，经常迟迟疑疑。穷学生，没钱。能吃个"双件"，简直就满足得不得了。但这一口儿，再也找不着了。找遍杭州，虽标榜是"湖州千张包子"，但端上来一吃，完全不是那个味儿。

后来有一次，我应湖州政府的邀请，去给他们的一个项目做顾问。下马接风，我说别招待，你们给我找一碗"湖州千张包子"，好不好？我有这个情结。他们赶快找来了，结果一尝，不对。第一汤不对；第二粉丝不对，不是那种细粉，成粗粉了；第三皮儿不对；第四馅儿不对。这已经是"千张包子"的发祥地了，还到哪儿再去找当年西湖边上的那一口儿呢？有朋友说，你这是"珍珠翡翠白玉汤"效应吧？我不觉得是。

总而言之，每读《红楼梦》，看到晴雯的这个"豆腐皮儿的包子"，就会激起我的美好回忆。但她的这一碟，没有粉丝汤底，应该功夫全在皮儿和馅儿上了。如果皮儿用的是"揭取晾干"的薄皮儿，馅儿是纯肉馅儿加开洋，再加上鲜虾仁，一个包子里一个鲜虾仁，味道肯定不错。

有一年，我应邀参加北京电视台一个节目的制作。这个节目叫作《春妮的周末时光》。那一次是三个嘉宾,我、英达和邓婕,共赴春妮的饭局,见面聊得很开心。英达问东道主咱们吃什么?春妮说,我这儿备好了一些材料,但是要大家动手一起做。周老师给支个招,您对《红楼梦》那么熟,咱们弄一个红楼小吃好不好?我看了看春妮准备的食材,心里有底了,跟他们几位说,别的做起来有点儿复杂,我出一个主意,现场做晴雯吃的"豆腐皮儿包子"如何?春妮照着我的要求备好了肉馅、虾仁和千张。邓婕问,用什么封口?我说,用香菜系上。待上了蒸笼,我们一边聊天儿一边等。蒸好揭锅,白皮绿嘴,很漂亮。一尝味道,大家都赞不绝口。英达说,应该搁点儿"开洋"。他说得很对,当年我吃的"湖州千张包子"里边儿就有"开洋"。邓婕说,最好再加点儿火腿丁。看来,都是吃家。

春妮家的试手很成功。其实,再好听的名头,也要好吃才行。薛姨妈家里的第一顿,已经令人神往不已了,荣国府里的讲究就更多了,一定是步步精彩。

史湘云为什么在螃蟹宴上"出一回神"?

《红楼梦》里吃的故事,多数发生在大观园里。其中写得最生动、最精彩的桥段,除了"茄鲞",就是"螃蟹宴"。这是发生在第三十七、三十八、三十九回当中的故事。

第三十七回,史湘云来了,没赶上"海棠诗社",非常懊恼。这写诗,怎么能不带上我呢?于是她就说:"明日先罚我个东道,就让我先邀一社可使得?"当然,大家都说好。当天晚上,她住在蘅芜苑里,跟宝钗住在一起。她跟宝钗的私交最好,她也最敬佩这个宝姐姐。有什么烦难之事,她不能跟别人说,只能跟宝钗说。例如,她从小父母双亡,是跟着婶娘过日子。婶娘对她并不太宽厚,每个月的月钱又少,干的活儿又多。虽然女红针黹,是每一个女孩子都要做的。但是,你看看大观园里谁正经做针线活儿?只有一个史湘云,在家里每天做活儿做到二更天,很苦。因为不是自己的亲爹娘,也说不出什么来。亏得这孩子"幸生来英豪阔大宽宏量",这些事不大往心里去。但是,难受起来也得找个人说说。她只能跟宝钗说,所以宝钗最了解她。睡觉前,宝钗跟她商量起诗社的事儿,给她泼了点儿冷水。宝钗说:你要做东是不是?做东是要花钱的,如果钱不够了,你是朝这里要呢,还是回去跟你婶娘去要呢?这一下把湘云给问住了。是啊,自己每个月也就那几串子钱,是不够的呀。湘云这才明白过来,话说早了。这怎么办呢?看看宝钗怎么说:

> 这个我已经有个主意。我们当铺里有个伙计,他家田上出的很好的肥螃蟹,前儿送了几斤来。现在这里的人,从老太太起连上园里的人,有多一半都是爱吃螃蟹的。前日姨娘还说要请老太太在园里赏桂花吃螃蟹,因为有事还没有请呢。你如今且把诗社别提起,只管普通一请。等他们散了,咱们有多少诗作不得的。我和我哥哥说,要几篓极肥极大的螃蟹来,再往铺子里取上几坛好酒,再备上四五桌果碟,岂不又省事又大家热闹了。

湘云听了,心中当然感服,极赞宝钗想得周到。宝钗接着说:

> 我是一片真心为你的话。你千万别多心,想着我小看了

你，咱们两个就白好了。你若不多心，我就好叫他们办去的。

湘云赶忙表示不会多心：

> 好姐姐，你这样说，倒多心待我了。凭他怎么糊涂，连个好歹也不知，还成个人了？我若不把姐姐当作亲姐姐一样看，上回那些家常话烦难事也不肯尽情告诉你了。

的确是这个情况，也就是史湘云，宝钗能出这个主意，要是换了林黛玉，是断断乎不能这么说的，因为人的性格不一样。如果是林黛玉听到这番话，一定会触动敏感的神经。什么？我请客，你替我出钱，这让我的脸往哪儿搁？林黛玉一定不干的。但史湘云没问题，宝钗知道她的性格，所以就替她做主了。

螃蟹宴有着落了。大家接到湘云的邀请，都很开心，尤其是老太太。湘云是史家的人，她请客，其实是给老太太脸上添光，老太太当然要来了。老太太说：咱们扰她去。一家大小，就全来了。

螃蟹宴设在哪儿呢？肯定是在园子里了。园子里什么地方呢？当然是最好的赏桂花处。进园子过了假山不远，小山坡的上边就有两棵桂花树开得正好，对面隔着水就是藕香榭。这藕香榭在水中央，四面都有桥，或者通到岸上，或者通到半山。还有一条路，通向九曲桥，桥头不远处是芦雪广。后来，第四十九回烤鹿肉，离开芦雪广，就是过了九曲桥，过了藕香榭，就到了惜春住的蓼风轩。这藕香榭跟蓼风轩挨着，对面是沁芳桥。两边邻着两处，一处是怡红院，另一处是潇湘馆，都在藕香榭的附近。

藕香榭四面开窗，采光、透气、观景都非常好。地方也宽敞，可以摆上三桌。第一桌是上桌，老太太带着宝玉、黛玉、宝钗、迎有一位是薛姨妈。薛家是亲戚，一定要坐上桌。第二桌略靠东面下首，是王夫人和做东的史湘云，陪坐的有迎春、探春、惜春姐妹。这是两个主桌，每桌坐五个人。靠门口处设了一个小桌，这小桌就两人，一个是王熙凤，一个是李纨，俩媳妇。她们俩这一桌，形同虚设。为什么呢？这两人没时间坐下来吃，得张罗着，一会儿给这个剥螃蟹，一会儿给那个剥螃蟹。不单要招呼屋里的两个主桌，还要出去招呼外头。外头廊上两桌，坐的都是所谓的有脸的大丫头。像贾母的丫头鸳鸯，跟着王熙凤的平儿，以及琥珀、彩霞、彩云。山坡上另摆了一桌，袭人、紫鹃、司棋、待书、入画、莺儿、翠墨等一处共坐。山坡桂花树底下铺下两条花毡，那些负责答应的婆子及小丫头等也都坐了，只管随意吃喝，等使唤再来。

　　螃蟹上来了，吃着螃蟹喝着酒，大家都很开心。王熙凤里外张罗着，跟鸳鸯说：你该敬我一杯酒，为什么呢？我替你伺候着里头，你好在这儿慢慢吃啊，鸳鸯赶快倒了杯酒敬她。平儿极有眼色，忙剥了一壳的蟹黄给王熙凤。结果互相打趣的时候，一不小心把蟹黄抹在王熙凤的脸上了。里头坐着的老太太听见外头闹闹嚷嚷的，问什么事儿。鸳鸯要讨老太太的开心，就说，平儿她们主子奴才两个为争吃螃蟹打起来了，平儿抹了她主子一脸子的蟹黄子。这老太太开心极了！笑着说，你们都可怜可怜那个凤丫头，给她点儿小腿子肉，给她点儿脐子肉吃吧。大家都知道，螃蟹脐子是不能吃的，小腿子上是没有肉的。这就是贾母老太太的一个雅噱，所以大家都跟着笑成一片。

　　只有一个人的表现却一反常态，谁呢？史湘云。她什么表现呢？她做东，自然要前后张罗。王熙凤跟她说，你就坐下来，踏踏实实吃你的，我替你张罗。但她肯定坐不住，不能光让别人忙活，她还得起来。凡湘云出场，每次都是大笑、大闹，这是她的性格，从来没有消停的时候。但是，这一次的表现，却是"出一回神，又让一回袭人等，又招呼山坡下的众人只管放量吃"。

写湘云"出一回神"，全书仅此一见。如许热闹场面，又是东道主，正应该尽欢的，却"出一回神"，为什么？

《红楼梦》中"无泛泛语"，表面上平淡的、似乎是漫不经心的一笔，常常正是作者用大心思的地方。"出一回神"这四个字，在读书的时候经常被忽略过去，实际上是写史湘云最重要的一笔。史湘云怎么了？

请注意这四个字，设身处地替湘云想一想。谁请大家来的？史湘云。谁做东？史湘云。谁花的钱？宝钗宝姐姐，不是史湘云。好了，拿着别人的钱，自己做脸，这心里边该是什么滋味呢？

虽然几篓子肥蟹，显得挺多。但是，开宴之时，众人一分，加上又给赵姨娘送去两只，后来还被王熙凤要走了十来只。正像后面周瑞家的跟平儿的一番对话。周瑞家的说："若是上上下下只怕还不够。"平儿道："哪里够，不过都是有名儿的吃两个。那些散众的，也有摸得着的，也有摸不着的。"这话是什么意思呢？就是螃蟹实际上是不够吃的。史湘云知道不知道？当然知道了。拿着不够吃的东西，还要招呼山坡下的众人"只管放量吃"。这心里边又该是什么滋味呢？史湘云能不"出一回神"吗？

所以，这个段落，表面上是写吃螃蟹，实际上是写人物。写了这么多人物，最后要烘托出来的，要重点描摹的，是一个史湘云。

由此又想到曹雪芹写人物的特殊笔法，不是一次写尽，而是有如画家"三染法"。东一笔西一笔，前一笔后一笔，主一笔辅一笔，正一笔侧一笔，这样才能把一个人活画出来。设想，如果只写了史湘云没心少肺闹闹嚷嚷的样子，这个艺术形象是不是完整了呢？不是。她居然也有"出一回神"的时候。而且，这么重要的一笔，竟藏在不显山不露水处，须细细地读、反复地品，才能悟到个中三昧。

所以，这一顿螃蟹真不是白吃的。好了，吃完螃蟹该作诗了，这诗怎么作呢？下面接着聊。

馋煞人的螃蟹诗

螃蟹宴非常成功，上上下下老老小小，都很开心。正如宝钗所料，老太太、太太带着一众人等，散席之后出园回府，留在原地的宝玉和一众姐妹开始作诗。诗题是头一天晚上，宝钗和湘云拟好的。诸如忆菊、访菊、种菊、对菊、供菊、咏菊、画菊、问菊、簪菊、菊影、菊梦、残菊，等等，都簪在墙上。不限韵，但要"以菊花为宾，以人为主"。

大家各自认了诗题，点上一炷香，开始写诗。宝钗写了两首，宝玉写了两首，黛玉写了三首，湘云写了三首，探春写了两首，总计十二首。诗成之后，放在一起品评。说到"以菊花为宾，以人为主"，不单是对局内写诗人的要求，更是对局外读诗人的提醒。这每一首诗，其实都带有谶语的性质。也就是说，各人写的诗，都关合写诗的人最后的命运和结局。这个以后再说，先评一评诗。

评下来，技压群芳的压卷之作，公推林黛玉。所以这一回的回目，是《林潇湘魁夺菊花诗》。林妹妹得了第一，宝玉特别高兴。他时时刻刻最关心的，就是他的林妹妹。本来，螃蟹也吃了，诗也作了，该散了。不承想，宝玉意犹未尽，提笔写了一首螃蟹诗。写完了以后还叫板,他说:"今日持螯赏桂,亦不可无诗。我已吟成,谁还敢作呢?"这一下,招得众人都围上来看。黛玉看完之后说:"这样的诗,要一百首也有。"接着提笔也写了一首。你叫板,人家比你还厉害。你看看,这些小儿女态,写得多好看啊!

这个头一起,收不住了,宝钗也提笔写了一首。湘云和探春因为才都写了"菊花诗",可能如宝玉所说"才力已尽",所以没再应战。大家纷纷围过来,品评写成的三首。先看看宝玉的第一首:

> 持螯更喜桂阴凉,泼醋擂姜兴欲狂。
> 饕餮王孙应有酒,横行公子却无肠。
> 脐间积冷馋忘忌,指上沾腥洗尚香。
> 原为世人美口腹,坡仙曾笑一生忙。

说实话,螃蟹诗能写到这个分儿上,已经算得上乘之作了。

首句"持螯更喜桂阴凉",点出时令。食蟹于桂花树下,已是秋景。"持螯",典出南朝宋刘义庆《世说新语·任诞》:"毕茂世(毕卓)云:一手持蟹螯,一手持酒杯,拍浮酒池中,便足了一生。"后世的诗人,持螯把酒的时候,都会想起这个典故。

第二句"泼醋擂姜兴欲狂",吃螃蟹的细节出来了,有醋有姜。说到"泼醋擂姜",真是古人的智慧。螃蟹性冷,所以用醋和姜来中和克制。同时,醋和姜还能激发蟹肉的鲜味,去除腥味。我曾得南方大厨的真传,姜醋汁更合口的配制方法,须加入大量的糖,一定要是红糖。调出来的姜醋汁略有些挂碗,用以食蟹美味至极。

第三句"饕餮王孙应有酒","饕餮"是古时候传说当中的一种贪吃的猛兽。因为贪吃,口大无身。这个形象很有意思,古时的食具和祭器上,多有装饰,名为"饕餮纹"。后世引申了一下,把贪吃的人称为"老饕"。苏东坡还专门写过一篇《老饕赋》,既是自嘲,也是雅谑。宝玉自称"饕餮王孙",这个豪爽劲儿,既有毕卓的任诞,亦得东坡的神韵。

第四句"横行公子却无肠",对句的"横行公子"对上面出句的"饕餮王孙"。对得很工整,也很巧妙。"横行"者,螃蟹也。"公子"则是一个噱头。王孙"应有酒",公子"却无肠"。宋代傅肱的《蟹谱》,引了《抱朴子》的一个说法:"山中无肠公子者,蟹也。"这就是宝玉用典的出处。

下一联也很好,写实而有转折。"脐间积冷"和"指上沾腥",似乎是说食蟹的弊端。但"馋忘忌"和"洗尚香",有动态,有画面,甚至有味道,这两个转折转得太好了。凡有食蟹经验的人,都有这种体会,只是难为宝玉是怎么想出来的这两句?

尾联收束得余味无穷:螃蟹忙来忙去就是给人吃的,人忙来忙去就是为了口吃的,君不见"坡仙"之佳句乎?"坡仙"指的是苏东坡。苏东坡有两句诗:"自信平生为口忙,老来事业转荒唐。"意即人一辈子"吃"为上,事业有甚重要?

再联想到宝玉其人,他有个雅号叫什么呢?"无事忙"。其实,这首诗也可以题作《无事忙诗》,乃是宝玉的胸臆,宝玉的自我写照。

再看黛玉的一首:

> 铁甲长戈死未忘,堆盘色相喜先尝。
> 螯封嫩玉双双满,壳凸红脂块块香。
> 多肉更怜卿八足,助情谁劝我千觞。
> 对斯佳品酬佳节,桂拂清风菊带霜。

开篇就很好。首联直入蒸熟了的螃蟹,仍然不忘战斗姿态。虽然呈搏击状,但堆盘红色,引动的却只有人们的食欲了。

众所周知,螃蟹活着的时候,通体青色。其实蟹壳上有各种各样的色素,因为其中的青色素最强,遮盖了其他的色素。遇热之时,各种色素耐不住热,一一挥发殆尽,只有虾红素是不怕热的。所以蒸熟了或者煮熟了的螃蟹,颜色尽呈红色。凡甲壳类的虾蟹之属,莫不如此。

颔联递进一层,把硬壳剥开了看,更是诱人。仿佛嫩玉般的蟹肉和红脂般的蟹黄都映入了眼帘,此刻,怕是任何事情都不能够使人转移开视线了。"双双满",这是吃蟹的最好时间,大钳子里满满的蟹肉。"螯封"的"封"字用得特别好,不是说蟹肉长在大钳子里头,而是说外边的壳把里边的蟹肉给封起来了。"块块香",这个时候的蟹黄,饱满得几乎要从壳里凸出来了。

黛玉写完之后,显然自己并不满意,都给撕了。可见,黛玉是个真诗人,而且是个求完美的诗人。下面的四句,其实也非常好。但是,尊重她的意见吧,不多说了。咱们重点说说宝钗的那首压卷之作。

<blockquote>
桂霭桐阴坐举觞,长安涎口盼重阳。
眼前道路无经纬,皮里春秋空黑黄。
酒未敌腥还用菊,性防积冷定须姜。
于今落釜成何益,月浦空馀禾黍香。
</blockquote>

首联两句不仅把节近重阳的时间点说了,还把筵开藕香榭、杯酒赏桂花的事儿,说了。更重要的,把对无上美味的期待说了。"长安涎口",用了杜甫《饮中八仙歌》的典故:"汝阳三斗始朝天,道逢

麹车口流涎。"汝阳王李琎，是唐玄宗的侄子。他每次觐见天子之前，都要先饮酒三斗。已经带着醺醺酒意了，路上碰到装载酒曲的车，还是馋得口水直流。但是，此处的口水，却不是为美酒而流。"盼重阳"三个字，已经隐隐地指向肥美的螃蟹了。这比宝玉的"泼醋擂姜"，黛玉的"螯封嫩玉""壳凸红脂"，又高出了一个层次。她不能再重复那些具体的描写，必须另辟蹊径。于是，颔联一转："眼前道路无经纬，皮里春秋空黑黄。"看到这里，众人不禁叫绝。大家为什么喝彩？因为诗贵在"层次"，一层"言在此"，一层"意在彼"。这种弦外之音、言外之意，既有审美的意蕴，又有"言志"的追求。

前一句，表面上写的是螃蟹，很形象，横着走，根本不管往前还是往后，往左还是往右，必须横行。经线纬线，其奈我何？横行就是蟹们的规矩，不许问对不对，只问你服不服。这是在说螃蟹吗？谁看了这一句，都会立即联想到一种类别的人，就是"走别人的路，让别人无路可走"的那一类。

后一句"皮里春秋"又是一个典故，出自《晋书·褚裒传》："曰：'季野有皮里春秋。'言其外无臧否，而内有所褒贬也。"皮里：指内心。《春秋》相传是孔子修订的一部记载鲁国历史的书，书中对历史人物和事件进行了隐含的褒贬评论而不直言。这是形容口头上不作评论，心中却有所褒贬。但"空黑黄"三个字，将前边的"皮里春秋"一笔抹倒。表面上仍是螃蟹，壳下有黑有黄。然而语带双关，说的还是"那类人"，分明已是不屑之意溢于言表了。

所以宝玉说："写得痛快！我的诗也该烧了。"

其实，下面的颈联和尾联，倒没有什么精彩可言了。但评价一首诗，只要有一句立意不凡，便为上品。古人留下无数诗篇，真正令后人反复玩味的，都是一些名句。所以大家看了宝钗的这首诗，都说"这是食螃蟹绝唱"，就是这个原因了。所谓"绝唱"，就是指的颔联的两句。这就是宝钗，不鸣则已，一鸣惊人。区区一个螃蟹的题材，竟写出这么大个意思来。正如这些真正懂诗的公子小姐们的评价："这些小题目，原要寓大意才算是大才。"对于"寓"的这个"大意"，不同的人当有不同的感受。对于一般没有身受"那类人"之苦的旁观者，自然会说："讽刺世人太过了些"；待贾家败落、诸芳流散之时，旁观者变为"身受者"，他或她们再忆起这首诗，又会是什么样的心境呢？而"那类人"，倘若有点儿文化，读懂了宝钗的意思，应该也会如同"芒刺在背"吧？我们真的佩服这位表面上"不干己事不开口，一问摇头三不知"的宝姐姐，竟能借着这首诗，把深藏着的针砭，无比准确地下到了"那类人"的死穴。

由此又想到时下的一些诗作，下品兹不论列。即使掌握了一些技巧，避免了出律出韵的低级错误，但多数仍属凑字凑句之作，难得见到一句两句可供传诵，更遑论"小题目寓大意思"了。当年乾隆皇帝曾经对科举考试只考文章表达过不同意见，他说，能写文章的人不一定能写诗，而能写出好诗的人一定能写出好文章。所以，诗非小道，应该接续这个香火。其实，学写诗也是有捷径可走的。我曾经写过一篇文章《跟着林黛玉学写诗》，就是希望给有志于此的朋友指一条简单的路径。说起来，何止黛玉，跟着宝钗学写诗，也是一条不错的路径。

中国历史上的格律诗，唐宋两朝各擅其长。简言之，唐诗重情趣，宋诗重理趣。同写一个题材，李白笔下的庐山：

日照香炉生紫烟，遥看瀑布挂前川。

飞流直下三千尺,疑是银河落九天。

苏东坡笔下的庐山:

横看成岭侧成峰,远近高低各不同。
不识庐山真面目,只缘身在此山中。

前一首抒情到了极致,后一首说理直开茅塞。有如双峰对峙,二水分流,未可论高下也。试看黛玉、宝钗二人的螃蟹诗,前者之诱惑,后者之洞彻,不正好是各得了情趣、理趣的精髓吗?

吃完螃蟹了,还有些螃蟹的余话,我们要说一说。刘姥姥又到荣国府来了,她听说后边园子里正在吃螃蟹,发了一通感慨,是什么感慨呢?咱们下面接着聊。

刘姥姥的螃蟹账和食蟹趣话

大观园里吃螃蟹的时候,刘姥姥来了。刘姥姥这可是二进荣国府,听周瑞家的说:

早起我就看见那螃蟹了,一斤只好秤两个三个。这么三大篓,想是有七八十斤呢。

于是,刘姥姥就给算了一笔账:

这样螃蟹,今年就值五分一斤。十斤五钱,五五二两五,三五一十五,再搭上酒菜,一共倒有二十多两银子。阿弥陀佛!这一顿的钱够我们庄家人过一年了。

刘姥姥到底是个庄户人家过小日子的明白人，对于物价知道得清清楚楚，尤其是攸关生计的食材。看看那个时候的螃蟹价，这顿螃蟹宴真是挺奢侈的。

说到奢侈，就不能不联想起几个人来。一位是比曹雪芹稍早一些，顺治康熙年间的一个大戏剧家李渔，李笠翁。著名的《笠翁十种曲》《闲情偶寄》，都出自他的手笔。这个人还是个大吃家，他最喜欢吃的就是螃蟹。每年快入夏时，他就开始攒钱。想尽一切办法，卖他的文章。攒钱干什么呢？入秋以后，得靠挣出来的钱吃螃蟹。所以，他把这种钱叫作"买命钱"。要续命，就不能不吃螃蟹。

他对螃蟹的喜爱，跟别人可不一样。到什么程度呢？一入秋，便一切以食蟹为中心。首先，把这个季节名之为"蟹秋"。家里的缸，改称"蟹瓮"。所存的酒，改称"蟹酿"。就连伺候他吃螃蟹的小丫头，他都给改了一个名字，叫作"蟹奴"。你看看，他简直就是"无事不蟹"了。

吃起螃蟹来，也跟别人不一样，说他"几近疯狂"也不为过。疯狂到什么份上呢？一顿就要吃二三十只。你看贾府里吃螃蟹，"摸得着的"，也就吃个一两个。像林黛玉那种身子，怕螃蟹寒凉，也就吃个一两口而已。而这位李渔，一顿要吃个二三十只。而且，他可不是只吃一顿，吃完了就算了。他可是天天要吃，一直吃到螃蟹下市，实在买不着了才能停口。

李渔这个吃法，还是挺幸运的。天天吃，顿顿吃，一顿要吃个二三十只，居然没吃出毛病来。螃蟹这东西是大凉，这种吃法竟得以无恙，真是个异数。近现代有个大师，就因为贪吃了几口，殉了螃蟹了。谁呢？黄侃，黄季刚。

黄侃可是著名的国学大师，上绍汉唐，下承乾嘉。他一辈子就认两个人，一个是章太炎，一个是刘师培，其他的人根本不放在眼里。他见了胡适，骂不绝口。他口才又好，胡适竟无言以对。记得20世纪70年代初，我在《汉语大词典》编写组。那个时候，整个编写组里，都是耆硕大儒，有不少人都是黄侃的学生。这位黄侃，最喜欢吃的就是螃蟹。此公之孝顺，也是出了名的。只要端上了螃蟹，他第一句话一定要问，母亲那边送了没有。母亲那边开始吃了，他才开始吃。

有一次他中了彩票，文人中彩票可是不容易，一下子来了一大笔钱。他高兴得不得了，要好好庆祝一下。就带着全家老小，下馆子吃螃蟹。平时虽然喜欢吃，但还要有个节制。一个是考虑身体，一个还要考虑点儿成本。这玩意儿太贵，花不起太多的钱。中了彩票，怎么都得要放开吃一顿。结果，这一顿吃大发了。吃到什么情况呢？回家后胃出血，大病了一场，抢救不过来，死了。对外不好说是吃螃蟹坏了性命，就说是病死了。外间传言，说是中酒而死。实际上，他就是吃螃蟹吃太多了。章太炎给他写的墓志铭，只提到他喜欢吃螃蟹，对于他真正的死因，还是讳莫如深。两相对比，真是不得不佩服李渔。他吃螃蟹的这等吃法，居然没事。黄季刚却一顿就把命送了。

旧时的名人，大都喜欢吃螃蟹，也留下了不少关于螃蟹的佳话。

例如名医施今墨，他的"蟹学"很渊博。他把各地出产的蟹分为六等，每等又分为两级：一等是湖蟹，阳澄湖、嘉兴湖为一级，邵伯湖、高邮湖为二级；二等是江蟹，芜湖为一级，九江为二级；三等是河蟹，清水河为一级，浑水河为二级；四等是溪蟹；五等是沟蟹；六等是海蟹。

文人除了吃蟹，还留下了不少关于蟹的文字。鲁迅写过蟹，梁实秋写过蟹，丰子恺写过蟹。鲁迅在《论雷峰塔的倒掉》一文中说，那个专与白娘子作对的法海，最后是逃到蟹壳里去了：

> 秋高稻熟时节，吴越间所多的是螃蟹，煮到通红之后，无论取哪一只，揭开背壳来，里面就有黄，有膏；倘是雌的，就有石榴子一般鲜红的子。先将这些吃完，即一定露出一个圆锥形的薄膜，再用小刀小心沿着锥底切下，取出，翻转，使里面向外，只要不破，便变成一个罗汉模样的东西，有头脸，身子，是坐着的，我们那里的小孩子都称他"蟹和尚"，就是躲在里面避难的法海。

丰子恺的父亲，最喜欢吃螃蟹。因为家道并不是很富裕，所以每顿饭只能保证他父亲一个人吃一只。有时候，给小孩子掰个腿吃。丰子恺从小的记忆，就是父亲吃螃蟹的样子。他吃螃蟹，就是从螃蟹腿开始，跟着父亲学起来的。等到自己有资格吃一只的时候，父亲告诫他，既有螃蟹，便不可再吃别的菜。这玩意太贵了，有一个螃蟹就饭就可以了。那就是一口蟹肉，两大口米饭，得这么吃才行。而且，还教他如何把螃蟹吃得干干净净。所以丰子恺写吃蟹的过程极为细腻，怎么用螃蟹的小腿做工具，怎么捅，怎么抠，怎么剔，写得非常生动。

文人吃蟹，意犹未尽，还要吟唱出来。自古以来的大量"蟹诗"，就是这样留下来的。例如苏东坡、黄庭坚、陆游，有一个算一个，都喜欢吃蟹，都留下了很多脍炙人口的"蟹诗"。当然，文人吃螃蟹，也得考虑成本。苏东坡有句云："堪笑吴兴馋太守，一诗换得两尖团。"什么意思呢？苏东坡与丁公默，两人既是同科进士又是好友。这位同年给他送来了螃蟹,他却煞有介事地说,这是用诗换来的。其实两人之间多有往来唱和的诗作,用诗算螃蟹账是一种雅谑。所谓"尖"就是公蟹,"团"就是母蟹。

说起来,曹雪芹真是令人佩服。古往今来这么多大诗人都写过螃蟹诗,一般人不会再用这个题材逞才。没想到,他却知难而上,在《红楼梦》中安排一个小男孩和两个小女孩,三个人援笔立就,写了三首螃蟹诗。放在这些大师的诗作当中,丝毫不见逊色。而且,薛宝钗的这一首,恐怕还是最好的一首,这真是不得了。

此外,有些"记趣"文字,也很有意思。如宋代沈括在《梦溪笔谈》中说:"关中无螃蟹,怖其恶,以为怪物。人家每有病疟者,则借去悬门户。"说的是,陕西人不认识螃蟹,看到那个样子很凶恶,就把它挂在门上驱鬼。这美味东西,岂不是便宜了"疟鬼"?沈括接着说:"不但人不识,鬼也不识也!"

那么,中国人吃螃蟹,最早见于记载是什么时候呢?是周代。《周礼》有一篇《庖人篇》,就记载了周天子在宫廷里吃蟹。那时候,吃的是山东送来的海蟹。怎么做的呢?全部做成蟹酱,用以佐餐。后世关于螃蟹的记载,就多了去了。单一个宋代,最有名的,就有《蟹经》《蟹谱》《蟹略》三大本书,都是写螃蟹的。

宋代有一道治蟹名菜,叫"蟹酿橙"。用上好的橙子,从上边切开一个圆口,把盖子拿掉,挖去全部的橙肉,留少许橙汁借味儿。把剔好的蟹肉、蟹黄、蟹膏,全都装在橙子里,再把盖子盖上。所用的橙子,越大越好,螃蟹肉装得多。然后上蒸锅,锅内须加盐水,再加黄酒。蒸熟之后,去盖,加少许齑盐调味即成。这宗美味当前,再读"长安涎口盼重阳",又是一番感受了吧。

近年间,杭州又把这道"蟹酿橙"给恢复了,做法比宋代要复杂得多。所谓"复杂",盖因螃蟹价格太贵,如果用大橙子,再填满蟹肉,成本则太高。所以改良的做法是,加鸡蛋,加各种配菜,以求不失原意的同时,好卖一些。然而真的要探寻宋代的原汁原味,大概只能是"书中自有蟹酿橙"了。

江浙一带吃蟹,自有它的文化。不像北方,北京到山东这一带蟹少,所以吃法比较粗。记得我小时候,家里吃蟹,一般都是红烧,这就是山东、北京的吃法了。买来的蟹,不管大小,依次放在案板上。把刀藏在身后,为什么呢?据说这螃蟹只要一看见刀,腿就全掉了。讲究一手抓住螃蟹一侧的腿,果断出刀,啪的一下,切成两半,顺手蘸上面糊,放在油锅里一炸,炸成焦黄,再放上葱姜蒜糖盐酱油和其他佐料红烧。

这种吃法,广东人就笑话了,怎么这么暴殄天物啊。广东吃蟹,花样很多,炒花蟹、炒肉蟹,潮州还有一个做法,叫作"冻花蟹",做得都很讲究。

广东人的吃法又会被江浙人笑话了,吃蟹可是要吃原味。除了原味蒸煮、"泼醋擂姜"这种吃法之外,还有用糟油做成的"糟蟹",用黄酒做成的"醉蟹"。这些可都是生吃的蟹,这才是真正的原味。最有特点的一种,是舟山群岛渔民的吃法。多年以前,我在杭州读书的时候,每年都要去舟山群岛,吃他们独一无二的鲜味"呛蟹"。

"呛蟹"是怎么做的呢?海里边打上来的活蟹,把它码在坛子里,浇上浓盐水。海水不就是盐水吗?不能用海水。也不能用开水,凉开水也不行。用什么水呢?必须是生水兑出来的浓盐水。一般是两斤水兑一斤盐,最过分的是一斤水兑一斤盐。要炮制得快一点咸一点,就多加盐。超浓盐水加进去,半天就可以吃了。舟山群岛渔民的吃法,就是在船上吃呛蟹。生蟹的肉是稀散的,口感不好。这呛蟹虽然也是生的,但在浓盐水里一呛,时间够了拿出来,整个就变成红颜色了,像蒸过煮过的一样。把壳扒开一看,里边蟹膏、蟹黄、蟹肉,全都凝固了,像熟了一样,真是很奇妙。这就是捕蟹的渔民吃出来的名堂。想渔民在船上,开一壶老酒,一手持螯,一手持酒,颇有"晋人风度"。

1932 年 11 月 22 日,鲁迅在北平辅仁大学作了题为《今春的两种感想》的演讲。鲁迅说:

  许多历史的教训,都是用极大的牺牲换来的。……譬如吃东西,某种是毒物不能吃……这一定是以前有多少人吃死了才知道的。所以我想,第一次吃螃蟹的人是很可佩服的,不是勇士谁敢去吃它呢?……像这种人我们当极端感谢的。

鲁迅所说的"第一次吃螃蟹的人"是谁呢?咱们下面接着聊。

吃螃蟹的第一人和央视 1987 版电视剧的"蟹八件"

中国历史上第一个吃螃蟹的是谁呢?还真有这么一个人。这个人叫巴解,是跟着大禹治水的一个人,这就很早了。他是怎么开始吃螃蟹的呢?既然治水,就要经常涉水。他带着众人赤脚走在水里,常被一种虫子把腿给夹得鲜血淋漓。大家管这种东西叫"夹人虫",有水的地方就有"夹人虫"。尤其是田边水塘和小河沟里,都是"夹人虫"的世界。

这怎么办呢?得治水,还得干农活,不能总让这"夹人虫"肆虐。他想了一个办法,挖了一条沟,烧开了水往沟里灌,然后把成群的"夹人虫"都赶到开水沟里。结果满沟泛红，还溢出阵阵香气。大家一看，原来青色的"夹人虫"，外壳都变成了红色。尤其是，这香气非常诱人。他就拿起一个来，掰开一看，里边是白白的嫩肉，红红的脂膏。他大着胆子尝了一口，竟然美味得很。众人在一旁担心着，犹豫着，这会不会中毒呢？眼看着巴解吃了一只又一只，根本没有任何中毒的迹象。于是一拥而上，大快朵颐。这就是吃蟹的开始。为了纪念他，就在他的名字"巴解"中的"解"字下面加了一个"夹人虫"的"虫"字，造出了一个"蟹"字，给"夹人虫"正式命名，一直用到今天。

当然，"蟹"字是不是这么来的，待考。有这么个传说是真的。君不见，今天的阳澄湖畔，有一个镇子就叫"巴城镇"。这个镇子的文化，就是蟹文化。此地盛产大闸蟹，每年都有"蟹文化节"。四方老饕云集于此，乐不思蜀。

那么，这个世界上第一个吃蟹的人真的就是巴解吗？还真不是，有考古成果为证。考古学家在西班牙的一个山洞里，发现了很多的蟹壳化石。显然是被吃掉的，而且吃得很干净。这些蟹是什么时候被吃掉的呢？又是被什么人吃掉的呢？

这个山洞虽然在西班牙，但是离葡萄牙的海边很近。考古发现，很早以前，这个地方曾经住着一个族群，叫作"尼安德特人"。早到什么时候呢？十万年以前。这可比中国的这位巴解，要早太多了。而且那个时候的"尼安德特人"，还不能叫"人"，是原始人向智人发展的阶段，一个过渡的人种。严格地说，应该算是早期智人的一个分支。那时候的人，就知道靠海吃海了。

考古学家还发现，蟹壳和蟹骨都是很仔细地剔下来的。应该是用工具吃的，没有工具吃不了这么干净。那么，尼安德特人在那个时候，用的会是什么工具呢？

说到工具，就想起来一个问题：从古到今，是从什么时候开始用工具吃螃蟹的呢？根据现存的历史文献资料，在明中叶以前没有记载。明代有个太监刘若愚，写了一本书叫作《酌中志》。这本书中，记载着当年他们在宫里吃东西的情况。每年八月，蟹始肥，宫中必要食蟹。他说：

> 凡宫眷内臣吃蟹，活洗净，蒸熟，五六成群，攒坐共食，嬉嬉笑笑。自揭脐盖，细将指甲挑剔，蘸醋蒜以佐酒。或剔蟹胸骨，八路完整如蝴蝶式者，以示巧焉。

那时宫女太监都留着长指甲，所以吃蟹时用指甲剔，把蟹壳蟹骨剔得干干净净。不单剔得仔细，还要剔得艺术。能把螃蟹的胸骨，剔成"八路完整如蝴蝶式者"，摆成一朵一朵的蝴蝶。当年的"尼安德特人"是不是用指甲作为工具不得而知，吃不出这等艺术来是肯定的。从《酌中志》记载吃螃蟹的过程可以看出，当时还没有专用的吃蟹工具。其后不久，民间即出现了最早的锤、刀、钳"三大件"。到明末清初的时候，用工具吃蟹蔚成风气，就逐渐添置出更多的物件，包括小方桌、腰圆锤、长柄斧、长柄叉、圆头剪、镊子、钎子、小匙，称作"蟹八件"。

然而，大观园里的螃蟹宴，却没有写到工具。写吃螃蟹，写互相打趣，写螃蟹诗，过程写得非常细腻。但是，居然没有写到工具。想象一下，贾母、薛姨妈、王熙凤、林黛玉等一干人，以她们的矜持，一定不会像刘若愚笔下的宫女太监那样，用指甲剔蟹。尤其是，以她们的力道，又是怎么把蟹钳子给掰开的呢？想来一定有工具。而且，到了《红楼梦》问世的时代，"蟹八件"早已经风行南北。甚至有些人家嫁女，时兴的嫁妆之中，已经把"蟹八件"算进去了。也就是说，此处虽然没有写工具，但一定是用了工具。

工具发明之后，吃蟹遂有"文吃""武吃"之说。一般人家是"武吃"，就是直接用手掰着吃。你看薛姨妈，她就说：你不要让我，我自己掰着吃更香。这就是"武吃"。"文吃"呢？就一定是用工具。

由此想到我们拍1987版《红楼梦》电视剧序集的时候。序集里过了一个中秋节，甄士隐请贾雨村到家里来过节。两个人喝酒聊天之后，甄士隐还资助了贾雨村盘缠，让他得以进京赶考。那么，这一顿饭该怎么吃？《红楼梦》里没有具体的描写。小说里不写，电视剧可是很具象的。比如，是圆桌还是方桌，用的什么餐具，用的什么酒杯，上的什么餐食，都要定下来。袁枚在《随园诗话》里说"美食不如美器"，拍电视剧"美器"尤为重要。还有，时令怎么表现？细节很重要，中秋节除了拍月亮，总得把中秋的时令菜给摆出来吧？吃的东西最能体现这个时令的是什么呢？就是螃蟹。颜色又好看，"堆盘色相喜先尝"嘛。

那么，问题来了：两人是"武吃"呢？还是"文吃"呢？如果武吃，一边掰着，一边啃着，一边聊着，这就显得不雅。所以，还是要"文吃"。而且，那个时代应该已经有工具了。这就给道具部门出了个大难题：到哪儿去找"蟹八件"？

螃蟹年年有，但是退回到我们拍摄《红楼梦》的20世纪80年代初，吃螃蟹的生活，对于绝大多数的平民百姓来说，已经是个遥远的记忆了。更别提"蟹八件"了，整整一代人，几乎谁也没见过。

记得梁实秋的《雅舍说吃·蟹》说道,"食客每人一件小木槌,小木垫,黄杨木制,旋床子定制的,小巧合用,敲敲打打"。这是民国年间的普通食肆。大馆子的排场可不一样,不要说"蟹八件",最多的吃蟹"家什"有"六十四件"之多。当然,甄士隐家用不着这许多,但怎么也得有两套"蟹八件"吧?

我记起家里老一辈的人说过,他们当年在北京的"正阳楼"吃螃蟹的光景。"正阳楼"是北京八大楼之一,以应时应季专吃螃蟹闻名。余生也晚,没能赶上那个时代。除了小时候吃过几次家里红烧的山东、北京小螃蟹之外,正经肥蟹从没有见过。到了拍摄《红楼梦》的年月,就连那种红烧小蟹也已经暌违多年了。

当年"正阳楼"的螃蟹是从哪儿来的呢?有人说去"正阳楼"吃海蟹,那一定是弄错了。"正阳楼"从来没有海蟹,吃的是河蟹。那年月哪来的河蟹?从白洋淀来。天津附近有一个镇子,叫胜芳镇,在白洋淀边上。当年水网交错,一片江南风光,鱼虾蟹的产量巨丰。每年到了吃蟹的季节,"正阳楼"早早地就已经在胜芳订好了整季的蟹,每天往北京送。"正阳楼"吃螃蟹,就是用的"蟹八件"。

于是,我把这件事跟原央视的老台长戴临风说了,他拉上我就去了正阳楼。可惜,彼处早已经不做这个生意了,连大厨都没见过"蟹八件"。失望归来,真的想不出还能去哪里搜求。只好跟道具组说,去问问外贸部门,他们多年以来,出口螃蟹换汇,没准儿连带着出口一些"蟹八件"也未可知。结果真的找到了。在什么地方呢?北京工艺美术品总公司。他们也只有一套,是准备去拿外贸订单的。就那么一套样品,我们给借过来了。

"蟹八件"摆出来了,真是好看。可惜的是,序集拍完编好,送审时没有通过。理由很荒唐:什么甄士隐贾雨村的,都一集了,宝黛钗还没有出场,这"皮儿"也太厚了!结果,序集就这么砍掉了。连带我们费了这么大的劲儿,好不容易找来的"蟹八件",也都砍了。可惜啊可惜!

怡红院的丫头竟然能吃上御用米

《红楼梦》第八回,宝玉在薛姨妈家吃了喝了,临走之前又吃了半碗"碧粳粥"。好,说到主食了。还有第六十二回,宝玉过生日,席设红香圃。大家喝酒猜拳,史湘云醉后,躺在一块石头上睡着了,芍药花落了一身。这时候,宝玉发现芳官不见了,几处找芳官。有人说,芳官可能回去了。宝玉找回怡红院,芳官果然回了怡红院。芳官没跟大家一起吃,她专门跟园子里的小厨房要了点东西。厨娘柳家的给她送了一个食盒,打开一看,几样小菜,按下不表。其中,有一大碗"热腾腾碧荧荧蒸的绿畦香稻粳米饭"。前面第八回说的是"碧粳米粥",这 回说的是"碧粳米饭"。

同样一个"碧"字,就很清楚了,这个米的颜色是碧绿色的,做出来的粥也好饭也好,颜色也都是碧绿色的。这碧绿色的粳米,跟我们今天所见到的白米不同,是一种很特殊的米。我曾经在中国北京、中国香港和美国加州都买到过绿颜色的米,但用水一洗,都掉色了,绿颜色是染上去的。据说,是用竹粉染的色,对人有益无害。煮出来的粥和饭,有一种竹香,挺好吃的。那么,《红楼梦》中的"碧粳米",跟这种染色的米,是一回事吗?咱们来查查史料。清代乾隆年间的内阁学士谢墉在《食味杂咏》中说到了这种"碧粳米":

> 京米，近京所种统称京米，而以玉田县产者为良，粒细长，微带绿色，炊时有香。其短而大，色白不绿者，非真玉田也。

原来真正的"碧粳米"非染色而成，乃是当时的京畿玉田县出产，"粒细长，微带绿色，炊时有香"的一种"京米"。同时，还有冒称"京米"的"色白不绿"的米，实为以次充好的假"京米"。清代初年，"碧粳米"种植不多，仅供上用而已。据说康熙皇帝每天吃饭，御膳房必备两碗"碧粳米粥"，一碟奶皮饼，一碟翠玉豆糕，一碟金丝烧麦，一碟水晶梅花包，以及鸡丝银耳、桂花鱼条、八宝兔丁、冬笋蕨菜、虾油黄瓜、花菇鸭信、莲蓬豆腐几样冷热小菜。其中的两碗"碧粳米粥"，几十年不变。雍正皇帝做皇子的时候，每日上学堂前吃的早饭就是"碧粳米"做成的米饭。后来，大臣田文镜生病，雍正皇帝曾经将"碧粳米"赐给田文镜做调理身体之用。

当时的一般家庭，是吃不上这种米的。《红楼梦》里的贾家，不但主子能吃上"碧粳米"，就连大观园里的丫头都能吃上这种"碧荧荧的香稻米饭"。虽说到了晚清，街面上已经有"碧粳米"做成的粥饭卖了。例如张江裁《燕京民间食货史料》记载："粳米粥，俗称京米粥。汤纯青，味美，附售脆麻花与此同食，此为燕京清晨点心之一。"但是，在《红楼梦》问世的时代，"碧粳米"可不是一般人家能够见得到的。

《红楼梦》里除了这种"碧粳米"，还有更好的米，是什么呢？第七十五回过中秋节的时候，贾母老太太吃了半碗"红稻米粥"。剩下的半碗，吩咐送给凤姐吃去。这里看似漫不经心的一笔，其实大有看头。接着，贾母负手看着众人吃饭，很高兴。后面这段很有意思：

（贾母）因见伺候添饭的人手内捧着一碗下人的米饭，尤氏吃的仍是白粳米饭，贾母问道："你怎么昏了，盛这个饭来给你奶奶？"那人道："老太太的饭吃完了。今日添了一位姑娘，所以短了些。"鸳鸯道："如今都是'可着头做帽子'了，要一点儿富余也不能的。"

这一段的着眼点，乃是贾家的拮据，已经反映到贾母的餐食上了。一句"可着头做帽子"非常形象，今不如昔的光景直透纸背。写的是"红稻米"吗？从"一点儿富余也不能的"话，谁都能想到，这个家已经由盛转衰了。连老太太吃的"红稻米"都快不能保证了，其他方面的日渐窘迫便可想而知了。

"红稻米"的颜色显然是红色的，跟前面的"碧粳米"颜色不同，一红一绿。那么，这两种米是同一个品种吗？"红稻米"和"碧粳米"相比，哪一种更好呢？

第五十三回乌进孝交租的时候，那个大租单子上写了很多东西。其中有一项，写的是"御田胭脂米"。胭脂是红颜色，"胭脂米"就应该是红颜色的米了。前边还有两个字"御田"。还有，第四十二回也提到过"御田粳米"。显然贾母日常吃的"红稻米"就是"御田粳米"，也就是"御田胭脂米"。

那么，这个"御田"跟那个种植"碧粳米"的"玉田"，读音相同，是一回事吗？答曰：此"御田"非彼"玉田"，不是一回事。那个"玉田"是京畿河北玉田县，因为其他地方都不产"碧粳米"，只在这一带，所以据地名称作"玉田碧粳米"。这个"玉"字，是"宝玉"的"玉"。"御田粳米"或称作"御田胭脂米"的"御"字，和那个"玉"就不是一个字了。这个"御"，是御用的"御"。这一字之差,两个米的等级就分出来了。之所以叫作"御田",显然不是一般的农田。就连玉田县都不能称作"御田"。那么,这个"御田"在什么地方呢?"胭脂米"又是怎么种出来的呢?

这还要说到康熙皇帝。康熙年间跟《红楼梦》成书的年代相去不远,跟那个时代对照一下,《红楼梦》中的"御田胭脂米"就有了着落。据记载,康熙皇帝经常在政务之暇去中南海一带看他的"一亩三分地"。中南海和北海最早叫作"太液池",一直都是皇家的御花园。康熙年间在御花园里的南海建了一处房子,叫作"丰泽园"。这个地方除了房子,还辟出了一块农田,就是所谓的"御田"了。

中国自古以来就是个农耕国家,历朝历代的皇帝都必须重视农事。如果年成好,风调雨顺,粮食丰收,则天下太平。如果年成不好,粮食歉收了,这就可能出事,甚至可能动摇国本。所以皇上最最关心的一件事,就是庄稼怎么样了。如果真遇上歉收,就得赶快赈灾,千万不能让百姓吃不上饭。百姓吃不上饭,就有可能揭竿而起。闹大发了,就有可能政权不保。

康熙皇帝尤其重农事。他跟臣下奏折来奏折去、朱批来朱批去,经常聊的都是什么?雨水怎么样,庄稼怎么样,有什么灾情,如何赈济,等等。从江宁织造曹寅、苏州织造李煦的大量奏折以及朱批,就可以看出,多为这一类的内容。

康熙皇帝为了能够亲自体察农事,就在丰泽园亲自种了几亩地。以小见大,见微知著,防备臣下糊弄自己。他在这块地上种的主要作物是什么呢?稻子。他种的稻子当然是优良品种,就是河北玉田县的"玉田碧粳米"。这个"玉",就是"宝玉"的"玉"。由于这块田是在御花园的丰泽园里,又是皇上亲手操弄,所以换了一个字,叫作"御田"。那么"御田胭脂米"又是怎么来的呢?康熙皇帝

亲自编纂的《几暇格物编》是这样说的:

> 丰泽园中有水田数区,布玉田谷种。岁至九月始收获登场。一日循行阡陌,时方六月下旬,谷穗方颖。忽见一棵高出众稻之上,实已坚好。因收藏其种,待来年验其成熟之早否。明岁六月时,此种果先熟。从此生生不已,岁取千百。四十余年来,内膳所进,皆此米也。其米色微红而粒长,气香而味腴。以其生自苑田,故名御稻米。一岁两种,亦能成两熟。口外种稻至白露以后数天不能成熟,惟此种可以白露前收割,故山庄稻田所收,每岁避暑用之尚有赢余。

这番话是在康熙末年时所说,很清楚,"红稻米",也就是"御田胭脂米",是康熙皇帝亲自从"御田"所种的"玉田谷种"之中,偶然发现了变异的稻穗,历四十余年筛选积累而成的优良品种。正常情况,"玉田稻"每年收成是在阴历的九月。他在六月的一次"循行"时,看到一棵稻子长得特别高,高出其他稻子之上。其他的稻子刚开始灌浆,而这棵稻子却在六月里已经成熟了。康熙皇帝就赶快把它采下来,第二年用这个稻子做种,结果长势良好。又是六月里全熟,早于"玉田谷种"的成熟几近三个月。并且这个稻子还有个特点,颜色是红的,碾出来的米也是红颜色的。用康熙皇帝的话说,是"米色微红而粒长,气香而味腴"。以后的四十多年间,年年种植,年年丰收。而且,皇帝的御膳,也全部换成了这种"御田胭脂米"。说实在的,康熙之亲历农事并勇于创新,在历朝历代的皇帝当中实属难得。不仅如此,他为了推广这个成果,一次一次地把这个良种交给南方的地方大员试种。

例如,康熙五十四年(1715),赐给时任苏州织造的李煦"御稻米"种子一石，让他在苏州试种双季稻。李煦自康熙五十四年至康熙六十一年（1722），每年都要以奏折的方式向康熙详细报告试种的情况。故宫博物院藏《李煦奏折》，详细记载了李煦进行双季稻试验的方法和效果。康熙五十四年四月初十，李煦开始了第一次试种插秧，七月十三日第一次收割，种植时间为一百天。而苏州当地的单季稻，种植时间约为一百五十天。随后，他选取了部分谷种，在七月二十八日再次插秧，秋后进行第二次收割，双季稻试种成功。只是收成略低，亩产量不足一石。康熙提醒李煦，调整种稻的时间。因为苏州不比京城，温度稍高。接着，康熙又简派了一位精通水稻种植的官员去苏州，给李煦现场指导。第二年，李煦扩大了试验种植面积，根据苏州的节气特点，将插秧和收割时间均适当提前，结果获得了较好的试验效果，并证明了双季稻比苏州当地的单季稻亩产量更高。同年，康熙朱批谕李煦，希望将御稻米进一步推广到江西、浙江等地。这样一来，双季稻就在南方地区逐渐普及。这样种出来的米统称为"御田胭脂米"。李煦跟曹寅是姻戚，分任苏州、南京两处织造。苏州种了，南京自然也会种。他们两家，肯定也不会缺了这种"红稻米"。《红楼梦》中折射这种生活，是合理的。可以想见，贾母老太太先是吃"玉田碧粳米"，后来改吃"御田胭脂米"，也就在情理之中了。

中国种稻子的历史很悠久，河姆渡文化遗址就有稻子出土。传统的稻子一般分类，就是两类。一类是粳米，一类是籼米。粳米和籼米的区别，就是有油性和没有油性。如果按黏性分，还能分出一个糯米。从乌进孝交租的单子上就可以知道，贾家上下日常吃的主要是粳米。"下用常米"，则应该是籼米。

由此想到，整部《红楼梦》当中，大家吃的主食，无论是吃粥还是吃饭，都是各种米。例如第二十回，袭人感冒了，不能吃饭，吃的是米汤。为什么是米汤，而不是面汤呢？第六十二回，宝玉过生日的时候，芳官说了一句："我又吃不惯那面条子。"因为是过生日，所以煮了一点寿面。还是王子腾送来贺生日的礼品，"上用的银丝挂面"。吃面，全书仅此一见。象征性地吃一吃，平时吃饭基本上全都是米。如果《红楼梦》写的是北方生活，应该是以面食为主，诸如大饼、面条、馒头等。同样是文人写的小说，同样写吃的写得很详细的《金瓶梅》就不同了。说起《金瓶梅》的吃食，第一个想起来的就是武大郎卖的"炊饼"。这个"炊饼"，有人说是"烧饼"。不对，不是"烧饼"，是"蒸饼"，宋代的时候叫"炊饼"。为什么呢？是要避讳。宋仁宗的名字叫"赵祯"，要避讳，连谐音字都不能用。说"蒸饼"就犯忌了，所以必须改一个字，把"蒸"字改成"炊"字。其实，"蒸饼"更接近馒头。

那么，《红楼梦》真的只写了南方的生活吗？吃的东西里只有南方的食材吗？非也。咱们后面细说。

儿童不宜的"牛乳蒸羊羔"

第四十九回，下雪了。宝玉、探春等出了园子，来到贾母房里，准备吃了饭出去赏雪。这段文字说到了一样特殊的菜品：

> 一时众姊妹来齐，宝玉只嚷饿了，连连催饭。好容易等摆上来，头一样菜便是牛乳蒸羊羔。贾母便说："这是我们有年纪的人的菜，没见天日的东西，可惜你们小孩子们吃不得。今

儿另外有新鲜鹿肉，你们等着吃。"

"牛乳蒸羊羔"，顾名思义，应该就是用牛奶蒸制的小羊羔。贾母为什么要说"这是我们有年纪的人的菜"？不就是一道菜吗？中医认为羊肉能暖中补虚，补中益气，开胃健身，益肾气，养胆明目，治虚劳寒冷、五劳七伤。民间认为，越小的东西越补。所以懂吃的主儿，要吃"马蹄鳖""笔杆鳝""毛鸡蛋"，甚至"紫河车"，也就是头生男孩儿的胎盘。羊肉有补益作用，羊羔当然更好。但是，举凡大补的东西都属热性，老年人身体虚弱，食之有益。小孩子阳气盛、火力壮，不可以吃这种热性的食物。所以贾母说："可惜你们小孩子们吃不得。"

为什么要用牛奶蒸呢？古人对牛奶的补润之功早有认识。例如北宋唐慎微的《证类本草》说：

> 牛乳、羊乳实为补润，故北人皆多肥健。

意思是说，北方的游牧民族就是因为常喝牛奶、羊奶，所以长得壮实。明代李时珍的《本草纲目》更说到了牛奶的药理性：

> 牛乳，味甘性微寒，无毒。能补虚，止渴，养心肺，解热毒，润皮肤。

更早的时候，北魏的贾思勰在《齐民要术》里就记载了挤牛奶的原始方法。唐代诗人白居易喜欢牛奶，写有《晚起》诗：

> 融雪煎香茗，调酥煮乳糜。
> 慵馋还自哂，快活亦谁知。

睡了个懒觉，起床后用雪水煎茶，又煮了一碗牛奶粥，心情大好。宋代诗人陆游的《老学庵笔记》有制作可口小食的文字，也提到"牛乳"："豆腐，面筋，牛乳之类，皆渍蜜食之。"看来他尤喜牛奶制成的奶制品，写有《初夏》诗：

槐柳成阴雨洗尘，樱桃乳酪并尝新。
古来江左多佳句，夏浅胜春最可人。

奶制品在宋朝已经有专门的作坊经营，宋代袁褧的《枫窗小牍》一书中，就记载了一家"王家乳酪"。

既然牛乳有滋养润护的作用，羊肉有补髓益精的作用，羊羔比寻常羊肉更好，所以用牛奶蒸制羊羔，就是补上加补，自然成为老人家的菜，小孩子无福受用了。然而，贾母还说了一句"没见天日的东西"，指的是羊羔。为什么"没见天日"？从字面上看，就是用牛奶蒸的小羊羔，大概跟小乳猪情况差不多吧？其实有很大的不同。乳猪是生下来以后又喂了一个多月才开始用，而这种羊羔，则是还没睁眼就给做成菜了。没睁眼是什么情况呢？说起来，这种吃法不可取，太残忍。但是过去这种吃法很多，历朝历代都有。母羊从受孕到产仔要六个月，在母羊怀孕五个月时，把不足月的羊羔从母羊腹中活活剥出。一种吃法是带皮吃，杀了以后用开水烫，用钝刀把毛煺掉，带着皮洗干净，再用牛乳蒸制。另一种吃法是不带皮，只吃净肉。皮剥下来，另有用途。

因为胎羊皮特别软，毛又是卷的，剥下来绷在墙上，干了以后，可以熟制做成"小毛衣服"。这种皮上的毛呈自然弯曲状，轻薄柔软，质地细嫩，如绸缎一般，是当时皮货店中的珍品。这种皮也叫"肚剥羔皮"或"血羔皮"。因"肚剥羔皮"洁白如雪，经营这种羔皮的货栈自成一行,称为"白货业"。羔皮的获取非常残忍,一张小小的羔皮两条命。羔皮毛色很漂亮,所以又叫"珍珠毛",还有个名字,叫"一斗珠"。

《红楼梦》第四十二回,贾母穿了一件衣服,"青皱绸一斗珠的羊皮褂子",用的就是这个材料。贾母虽然是个老太太,身量不太高,但做成这样的一件褂子,怎么也得用上几十张这样的小羊羔皮。

过去像贾母这样的家庭,尤其像贾母这样的老年人,一年要穿半年的皮衣服。皮子是按季节分的,分为小毛、中毛、大毛。像这种"珍珠毛",或者叫"一斗珠"做的衣服,就是"小毛"。深灰鼠、灰鼠、银鼠,称作"中毛"。灰鼠就是松鼠,银鼠别称伶鼬、白鼠,夏季背部棕色,腹部白色,冬季全身纯白色,皮可御轻寒。貂皮、狐皮、猞猁狲、水獭皮则称为"大毛"。一般是入了秋,阴历的八九月间,天气转凉,就开始穿"小毛"衣服。初冬的十月,换穿"中毛"。一进腊月,就开始穿"大毛"了。过了年,立春后,再换上"中毛"。到春三月,天气转暖,再换回"小毛"。

贾母穿的"一斗珠",以及她吃的"有年纪的人的药",就是这么来的。羊羔从母羊的肚子里被扒出来,还没见过天日,肉就被做成美味佳肴,皮被做成轻软衣服。吃肉的人,穿衣的人,只知道享受,谁曾想过这等的残忍?

说起来,还有更残忍的吃法。把怀胎五个月的母羊,活着扔到火里直接炙烤,母羊烤焦后,从羊腹中取出胎羊蘸蘸盐食之,母羊则弃之不用。吃这道菜的人,竟然能下得去筷子,动得了嘴,简直是舌尖上的罪恶,所以被斥为"十大血腥菜之首"。

当然,这种残忍之所以在相当长的时间里能够大行其道,还是因为人们用"饮食文化"和"服饰文化"做了包装。况且人辛苦养了羊，目的就是为人所用，这就使得当事的人坦然面对而无动于衷了。

由此想起了另一个"坦然"的事例，这可是一位出了名的简朴的人。此人先是皇四子弘历的嫡福晋，弘历登基后成为皇后，谥号非常多，大家比较熟悉的就是"孝贤纯皇后富察氏"。这位富察氏九岁的时候，雍正皇帝就非常赏识她。等她长到十六岁，雍正亲自做主，把她嫁给了自己的儿子皇四子弘历。这位富察氏知书达理，跟弘历的感情好极了。两个人婚后如胶似漆，非常恩爱。雍正皇帝驾崩，乾隆皇帝登基，她被册封为皇后。这正是曹雪芹写作《红楼梦》的时代。

这位皇后，人长得好，脾气性格也极好，待下人很宽厚，很有才华，又很简朴。她的简朴，是整个清朝所有的皇后、妃子当中出了名的，可以说是母仪天下当之无愧。她贵为皇后，所有的贵重首饰都不用。平时在宫里穿戴极其简单，淡扫蛾眉，轻施粉黛。所用的饰品，多数都是用"通草花"做成的。她舍不得用珠宝玉器，觉得太过奢侈，没有必要。《清史稿·列传·后妃》说她：

乾隆二年，册为皇后。后恭俭，平居以通草绒花为饰，不御珠翠。岁时以鹿羔麛绒制为荷包进上，仿先世关外遗制，示不忘本也。上甚重之。

"通草"又名"通脱木""寇脱""离南""大通草"，是中国的原生植物，其主干中的白色茎髓可入药，唐代陈藏器的《本草拾遗》中记载"内有瓤，轻白可爱，女工取以为饰物"。具体的制作方法是取出通草的白色茎髓，经手工转削成片，类似纸张，名为"通草纸"，匠人把"通草纸"湿润后，通过剪、刻、染、捻、捏、揉、压、搓、上色等多种手法和多道工序，制作成各种高度仿真的工艺花卉，称为"通草花"。

《红楼梦》写到元妃省亲当晚，大观园里布置得很辉煌。但那个季节并没有实物花草，装点园景的花卉都是"通草花"。大观园的这种装饰，应该来自当时的现实生活。李斗的《扬州画舫录》中就有这种装饰的描述：

> 四边饰金玉沉香为罩，芝兰涂壁，菌屑藻井，上垂百花苞蒂，皆辕门桥象生肆中所制通草花、绢蜡花、纸花之类，象散花道场。

"通草"做花，最早是从宫里面传出来的，清代"通草花"的使用远多于前朝。这位孝贤纯皇后所戴的饰品，就是这种低值的工艺品假花。

上述清史稿还记载了富察氏亲手制作荷包，送给她的夫君乾隆皇帝。这个荷包，不是绣金绣银，而是"渗绒"，就是"逆绒"，通俗地说，就是"反绒"，毛朝外。材质是"鹿羔"，用的是小鹿皮。这个"鹿羔"，却不是生出来的小鹿，也是把母鹿的肚子剖开，把那个没见过天日的小鹿取出来，把皮剥下绷在墙上，再熟制成为极薄极软的上好皮子。这位号称俭朴的孝贤皇后，每年可是都要用这样的鹿羔皮做荷包，一张小鹿皮就是母子两条命。

环保人士的口号"没有需求，就没有伤害"，是有道理的。

宁荣二府过年缘何不吃饺子

《红楼梦》第五十三回写忙年，写得很细。写过年的那顿年夜饭，倒是一笔带过。这个年夜饭有个名字，叫作"合欢宴"，是个好口彩。"合欢宴"都有什么菜呢？没有具体的描写。但是，从乌进孝交租的那个单子上，我们可以想见，这顿"合欢宴"的菜品，一定非常丰富。两府的厨下，既有关外的大鹿、獐子、狍子、野猪、野鸡等野味，又有南方的风鸡、风鸭、风鹅、风羊等风腌；既有超大的鲟鳇鱼和各色杂鱼、大对虾，又有超小的龙猪和进口的暹猪；既有活鸡、活鸭、活鹅、兔子，又有熊掌、鹿筋、海参、鹿舌、牛舌、蛏干、干虾和各色干菜；再加上各种制法的猪羊和节日的零食榛子、松子、桃穰、杏穰等。即使用上一小部分，也已经丰富得不得了。

但是细心的读者发现，年夜饭居然没吃"饺子"。不单是这个年夜饭没吃"饺子"，好像整部《红楼梦》当中，"饺子"就没怎么提起过。这就很容易让人想起一个问题：宁荣二府贾家究竟是在南方还是在北方呢？北方过年，不管是大户人家还是小家小户，可是一定要吃"饺子"的。

"饺子"起源很早，从汉代就开始出现了。据说是医圣张仲景的发明，本来是做药用的东西。张仲景发现，寒冬腊月，很多人的耳朵冻伤了。他就用面皮包上羊肉和中药，煮熟了给冻伤了耳朵的人食用。这样吃上几次，冻伤的耳朵痊愈如初。因为这个药食跟耳朵有关，所以叫作"娇耳"。为了不生冻疮，一到冬天最冷的时候，家家都要吃"娇耳"。后来"娇耳"越包越精致，成为冬天必备的美食。

宋代以后,"饺子"的包法和吃法就多起来了,但是名字仍然不叫"饺子",叫什么呢?叫"汤饼",叫"扁食",叫"馎饦"。并且,也不是过年的吃食。直到明代,才开始有了过年吃"饺子"的记载。明代有一个宫里的太监刘若愚,写了一本《酌中志》。前边说到吃螃蟹的时候说过这个人,也说过这本书。《酌中志》记载宫廷生活很细,可补正史之不足。这本书里记载明代的宫廷里,每到年初一交五更的时候,开始吃这个东西,但是仍然不叫"饺子"。什么时候才正式有了"饺子"之名呢?是到了清代才开始叫作"饺子"。但是,"饺子"还不是唯一的名字,"馎饦""扁食"这些名字照样使用。尤其是民间,"煮馎饦""煮饺子""煮扁食"的说法一直同时存在。

清代基本上形成了北方过年的一个重要的民俗内容,就是大年三十晚上阖家团圆,一起吃完年夜饭之后包"饺子",并且要等到"一夜连双岁"的子时开吃,所以又称作"交子"。后来"交子"转音,读成了"饺子"。

《红楼梦》一书,虽然作者宣称"朝代年纪皆失落无考",但写作时间,应该是在清代的乾隆年间。而这个时候北方的生活,无论是富户还是平民,到了过年的时候,都要吃顿"饺子"。但整部《红楼梦》原著的前八十回中,居然过了十五个年,都没写到过吃"饺子"。为什么呢?有可能过的是南方的年。南方过年不吃"饺子",尤其是在明清两代。看看《红楼梦》里的年夜饭"合欢宴",提到了年酒和几样点心,就很说明问题。什么呢?先是"屠苏酒",接着是"吉祥果""如意糕",还有"合欢汤"。"屠苏酒"是在年夜饭上用的,年夜饭上有名分的,却不是"饺子",而是这几样讨口彩的点心。

"屠苏酒"的起源甚早,据说是汉代华佗所创制。晋代的葛洪称"屠苏酒""此华佗法",并在《肘后备急方》中记述了最早的配方,有大黄、川椒、白术、桂心、桔梗、乌头、菝葜等。唐代孙思邈《备急千金要方》说:"饮屠苏,岁旦辟疫气,不染瘟疫及伤寒。"明代李时珍亦称"元旦(即今日之春节)饮之辟疫疠"。那么,饮用"屠苏酒"的方法是什么呢?唐代韩鄂的《岁华纪丽》中说得很清楚:

> 晋时瘟疫四起,"每岁除夜遗闾里一药贴,令囊浸井中,至元日,取水置于酒樽,合家饮之,不病瘟疫。谓曰:屠苏酒,屠,割也,苏,腐也"。

原来"屠苏酒"并不是真正的酒,而是用药包浸过的井水,不过是盛在酒器里,当作酒"合家饮之"而已。怪不得小孩子、老年人都能喝了。

历朝历代的诗人,例如宋代的苏东坡、顾况、苏辙、陆游、文天祥、明代的叶颙、清代的林则徐等,都有诗写到屠苏酒。其中最为人熟知的是王安石的《元日》诗:

> 爆竹声中一岁除,春风送暖入屠苏。
> 千门万户曈曈日,总把新桃换旧符。

过年饮"屠苏酒",已是一种风俗。《红楼梦》中写的是"献屠苏酒",看字面的意思是先敬长辈。对吗?不对。屠苏酒谁先饮谁后饮,与常日不同。南朝梁宗懔的《荆楚岁时记》说:

> 岁饮屠苏,先幼后长,为幼者贺岁,长者祝寿。

原来"屠苏酒"是从小到老依次饮起的。谁的辈分最小,谁的年龄最小,谁先饮"屠苏酒";谁的年龄大,谁的辈分高,谁最后饮屠苏酒。所以苏轼的《除夜野宿常州城外》写道:"但把穷愁博长健,不辞最后饮屠苏。"苏辙的《除日》也说:"年年最后饮屠苏,不觉年来七十余。"对于这种从小到老"序齿"的排法,晋代的海西令问议郎董勋早有解释:

> 元日饮屠苏酒何故从少者起?勋对曰:世俗以少者为得岁,故贺之;老者失岁,故罚之。

因为小孩子过年长了一岁,所以大家要祝贺他;而老年人过年则是过一年老一年,拖后一点时间喝,就拖后一点减岁。

贾府的年夜饭,除了屠苏酒,还有糕点和汤,先按下不表,后边再说。还是接着说贾府过年,为什么不吃"饺子"。北方过年,有个口号:"初一饺子初二面,初三盒子往家转。"看来,贾府过的不是北方的年。北方年夜饭过后,交子时吃饺子,接着从初一到初五,几乎天天离不开饺子。贾府不但是初一没吃,初五讲究"破五"吃饺子,也都没吃。据此是不是可以断定,宁荣二府在南方呢?不能这么说。光看吃年夜饭,只是部分生活内容,不能下这个定论。为什么呢?毕竟这个年夜饭的菜谱,没有明着写出来。但是,我们从乌进孝交的单子上知道,有很多是从关外来的东西。如果贾家住在南方,则距离关外就太遥远了,而且与坐落"都中"的说法也有矛盾。其实,作者是故意做这种指东说西的安排,以收真真假假、扑朔迷离之效。理解了这一点,就不必处处替作者强去坐实了。

过年没吃饺子,是不是整部书里就没提饺子呢?还真不是。第

四十一回两宴大观园,大家酒足饭饱之后,上了几种点心:

> 一时只见丫鬟们来请用点心。贾母道:"吃了两杯酒,倒也不饿。也罢,就拿了这里来,大家随便吃些罢。"丫鬟听说,便去抬了两张几来,又端了两个小捧盒。揭开看时,每个盒内两样:这盒内一样是藕粉桂糖糕,一样是松穰鹅油卷。那盒内一样是一寸来大的小饺儿。贾母因问什么馅儿,婆子们忙回是螃蟹的。贾母听了,皱眉说:"这油腻腻的,谁吃这个!"那一样是奶油炸的各色小面果,也不喜欢。因让薛姨妈吃,薛姨妈只拣了一块糕。贾母拣了一个卷子,只尝了一尝,剩的半个递与丫鬟了。
>
> 刘姥姥因见那各式各样的小面果子都玲珑剔透,便拣了一朵牡丹花样的笑道:"我们那里最巧的姐儿们,也不能铰出这么个纸的来。我又爱吃,又舍不得吃,包些家去给他们做花样子去倒好。"众人都笑了。贾母道:"家去我送你一瓷坛子。你先趁热吃这个罢。"别人不过拣各人爱吃的吃了一两点就罢了;刘姥姥原不曾吃过这些东西,且都作的小巧,不显盘堆的,他和板儿每样吃了些,就去了半盘子。剩的,凤姐又命攒了两盘并一个攒盒,与文官等吃去。

这一段描写的各色点心很具体很新奇,其中就有一种是"螃蟹馅的饺子"。用螃蟹做馅,是极费工夫的。凡吃过螃蟹的都有体会,熟蟹拆肉已经麻烦极了,很多人就是因为没有这个耐心而拒吃螃蟹。包饺子用的馅儿可不是熟蟹拆肉,而是要生拆,这就难多了。再说,蟹肉很少,一只蟹生拆出来的肉大概只够包一两个饺子。若是席上的众人每人吃上一个,这就把厨师给折腾得够呛了。这么不容易做成的饺子，老太太还嫌油腻不吃，众人大概也都不太当回事，真是辜负了这一道难得的美味。

如今这样精致的点心，北方不易见到，大概做得比较好的，要数香港的高端酒楼了。不同的是，香港做的是"蟹黄包子"或"蟹粉包子"，而不是饺子。价钱很贵，一个汤包二十五港币。还有一点不同，这种包子的馅儿，可不是纯蟹肉，而是以猪肉馅儿为主，略加上些许蟹黄蟹肉而已。要是真的按照贾府的配方全用蟹肉做馅儿，那成本就太高了。不单是材料成本，人工成本更高。

两宴大观园不过是贾府的生活常态，饺子只是一道点心，并没有上了过年的餐单。也就是说，这个饺子，跟过年没有关系。

回到贾府的那顿年夜饭，各色点心不细说了，因为"如意糕""吉祥果"之类的东西只是口彩，没有什么具体的描写。但是有一样东西值得说一说，什么呢？合欢汤。"合欢"不也是口彩吗？是口彩，但也还有另一层的内容，下面细细说来。

曹雪芹的"合欢花"情结

贾府的年夜饭没吃饺子，席上除了"献屠苏酒、吉祥果、如意糕"，还有一道"合欢汤"。这个"合欢汤"可不仅仅是口彩，是用"合欢花"做的汤。

合欢是一种树，合欢树的花叫作"合欢花"。每年合欢树开花的时间，是阴历的四月到六月。合欢树很容易生长，从北方到南方，很多地方都有。过去北京的二里沟，路边上都是合欢树。每到开花的季节，整条马路都很漂亮。"合欢花"的花形很有特点，呈丝状开放,很像马脖子上挂着的缨子。红白相间,越往下端,颜色越重,越往根部,颜色越浅。所以它又有一个俗名,叫"马缨花"。

云贵高原海拔 2000—3100 米的灌木丛中或松林下,也有一种叫作"马缨花"的植物,那是"马缨杜鹃",属杜鹃花科,是杜鹃花的一种。它跟别称"马缨花"的"合欢花",不是一个物种,很多人弄不清楚,混为一谈了。

长得像马缨子的"合欢花",属豆科,还有一个名字叫作"楷"。《红楼梦》第七十六回中秋之夜,黛玉和湘云二人逃席,来到凹晶溪馆联句,湘云联出了一句"庭烟敛夕楷":

> 黛玉听了,不禁也起身叫妙,说:"这促狭鬼,果然留下好的。这会子才说'楷'字,亏你想得出。"湘云道:"幸而昨日看历朝文选见了这个字,我不知是何树,因要查一查。宝姐姐说不用查,这就是如今俗叫作明开夜合的。我信不及,到底查了一查,果然不错。看来宝姐姐知道的竟多。"

这个"楷"树就是合欢树,《本草纲目》引用唐代陈藏器的说法:"其叶至暮即合,故云合昏。"因为花朵白昼开放夜晚闭合,所以也叫作"合昏"。清代李渔的《闲情偶寄》说:"此树朝开暮合,每至黄昏,枝叶互相交结,是名合欢。"故"合欢"又有"夜合"之名。

有关"马缨花"的传说很多,兹举一例。《聊斋志异》里有一篇《王桂庵》,说的是河北大名府的世家子弟王桂庵,有一年到江南游历,看上一个美貌的船家女芸娘,但是芸娘对之不屑一顾。王桂庵念念不忘伊人,于梦中来到一个山村:

> 一夜,梦至江村,过数门,见一家柴扉南向,门内疏竹

为篱，意是亭园，径入。有夜合一株，红丝满树。隐念：诗中"门前一树马缨花"，此其是矣。

又过了一年多，王桂庵再次到江南镇江去。城南徐太仆，是王家的世交，请王桂庵去喝酒。王桂庵赴宴途中迷了路，误入一个小村，忽觉村中景物好像在哪儿见过似的。一家院门里，正有一株高大的合欢树，"门前一树马缨花"，宛然是梦中曾见的情景。他惊喜极了，投鞭翻身下马，闯了进去。院内景物，果然与美梦无异。再往院内走，房舍格局也全然符合。梦境既然应验，王桂庵不再犹豫，直奔后院小南屋而去，芸娘果然正在屋中。王桂庵上前诉说相思之苦，并说自己尚无妻室，芸娘要其请媒人来以体现诚意，几经波折，两人终于成婚。

这个故事里的标志性景物，就是一棵绽放着"马缨花"的"合欢树"。关于"门前一树马缨花"这句诗的出处，道光年间注释《聊斋志异》的吕湛恩说：

《水仙神》诗："钱塘江上是奴家，郎若闲时来吃茶。黄土筑墙茅盖屋，门前一树马缨花。"冯镇峦谓是虞集诗，但不见于《道园学古录》及《道园类稿》。

意思是说，嘉庆年间评点过《聊斋志异》的冯镇峦说，这首《水仙神》诗的原作者是元代的大诗人虞集，但是在虞集的《道园学古录》及《道园类稿》里却都没有著录。其实，这首诗是改造元代道士诗人张雨的《湖州竹枝词》而成：

临湖门外是侬家，郎若闲时来吃茶。
黄土筑墙茅盖屋，门前一树紫荆花。

张雨是虞集的学生,这首《湖州竹枝词》就误传为虞集所作了。但蒲松龄活用了原作,将"紫荆花"改成了"马缨花",在《王桂庵》的故事里起到了关键的作用。不但是这首诗,就是《王桂庵》的故事,也是活用的元代陶宗仪的《南村辍耕录》卷四"奇遇"条所记载的元代大诗人揭傒斯的一次奇遇:

> 揭曼硕先生未达时多游湖湘间。一日泊舟江涘,夜二鼓,揽衣露坐,仰视明月如昼。忽中流一棹,渐逼舟侧,中有素妆女子,敛衽而起,容仪甚清雅。先生问曰:"汝何人?"答曰:"妾商妇也。良人久不归,闻君远来,故相迓耳。"因与谈论,皆世外恍惚事。且云:"妾与君有夙缘,非同人间之淫奔者,幸勿见却。"先生深异之。迫晓,恋恋不忍去。临别,谓先生曰:"君大富贵人也,亦宜自重。"因留诗曰:"盘塘江上是奴家,郎若闲时来吃茶。黄土作墙茅盖屋,庭前一树紫荆花。"明日,舟阻风,上岸沽酒,问其地,即盘塘镇。行数步,见一水仙祠,墙垣皆黄土,中庭紫荆芬然。及登殿,所设象与夜中女子无异。

显然,蒲松龄是读了陶宗仪《南村辍耕录·奇遇》中所记揭傒斯的故事。揭傒斯为"元儒四家"之一,与虞集齐名。蒲松龄的《王桂庵》脱胎于《南村辍耕录·奇遇》的这个故事是明显的,但《王桂庵》的故事更为动人,尤其是改"紫荆花"为"马缨花"最具点铁成金的效果,"马缨花"成为整个故事的一个隐喻性、象征性的符号。读者掩卷沉思,"马缨花"的意象栩栩如在目前。

"马缨花"也是一味药。我国最早的中药学著作、成书于汉代的《神农本草经》记载:"合欢,味甘平。主安五脏,利心志,令人欢乐无忧。"晋代"竹林七贤"之一的嵇康,在他的《养生录》里说："合欢蠲忿，萱草忘忧。"清人李渔则更看重"合欢树"：

> 凡见此花者，无不解愠成欢，破涕为笑，是萱草可以不树，而合欢则不可不栽。

可见"合欢"是个好东西，不仅寓意和和美美，并且真的有"解愠成欢"的药效。"萱草"就是我们常吃的黄花菜，也是食之"忘忧"的好东西。但李渔两相比较，更推重"合欢"。

"合欢"既可直接入药，又可以做成"合欢粥""合欢汤"和"合欢酒"。"合欢粥"的做法比较简单，用粳米加上一点枣仁，再加上"合欢花"煮熟即可食用。如果是干"合欢花"，用 30 克；如果是新鲜的"合欢花"，用 50 克。"合欢粥"微甜，十分可口，可以调整睡眠。"合欢汤"的做法稍复杂一些，要加猪肉、猪肝同炖。"合欢花"的用量与"合欢粥"一样。"合欢汤"浓郁馨香，是个好口彩，还有养心安神的作用。《红楼梦》中的"合欢宴"，只上了"合欢汤"。

《红楼梦》第三十八回的螃蟹宴上，还提到了"合欢花酒"：

> 黛玉放下钓竿，走至座间，拿起那乌银梅花自斟壶来，拣了一个小小的海棠冻石蕉叶杯。丫鬟看见，知他要饮酒，忙着走上来斟。黛玉道："你们只管吃去，让我自斟，这才有趣儿。"说着便斟了半盏，看时却是黄酒，因说道："我吃了一点子螃蟹，觉得心口微微的疼，须得热热的喝口烧酒。"宝玉忙道："有烧酒。"便令将那合欢花浸的酒烫一壶来。黛玉也只吃了一口便放下了。

"合欢花浸的酒"，"浸"就是泡。"合欢花"泡酒必须用烧酒，即蒸馏酒，今天称之为"白酒"，度数比黄酒要高很多，一般都在 50

度以上。浸泡的时间可长可短，用干花鲜花均可。我曾经试过，"合欢花"浸泡在白酒中十天后，白酒的颜色即呈微粉红色，口感亦稍觉柔和。中医主张，时间长一些更能浸出药性。

己卯本和庚辰本在这个地方，有一条相同的脂批：

> 伤哉，作者犹记矮颤舫前以合欢花酿酒乎，屈指二十年矣。

这"矮颤（ǎo）舫"是什么地方不得而知，应该是作者和批书人都非常熟悉的一个地方。二十年前，他们曾经在这个地方一起酿过合欢花酒。"伤哉"二字，凸显了对往事追忆的感慨。

这里说的却不是"合欢花浸酒"，而是"合欢花酿酒"。"浸"和"酿"一字之差，却是两种不同的工艺。酿酒，先要投料，就是粮食，同时拌入酒曲。粮食和酒曲的比例要掌握好，酒曲多了则味过苦，酒曲少了则味过甜。酿制的过程要多次投料和投曲，传统的酿酒技术就有"九酝法"。还要不断地调整比例，以求出酒量和口感达到最好。酿制完成要上锅蒸制，才能得到蒸馏后的高度烧酒。如果要酿制"合欢花酒"，则要在最前道工序，也就是投料投曲的时候，就要把干合欢花一起拌入。这种做法，在酿造酒中比较常用，在烧酒工艺中极为少见。例如"待到重阳日，还来就菊花"，用菊花酿酒，就是头一年用菊花和菊叶拌在粮食和酒曲中，酝酿一年，到第二年的重阳节开坛饮用。但这一定是酿造酒，不是烧酒。

那么，这条脂批所写的"合欢花酿酒"的"酿"字，结合《红楼梦》第三十八回的"合欢花浸酒"看，可能是无心之误。这条脂批表明，作者和批书人二十年前曾在"矮颤舫"前，用合欢花"浸"过烧酒。

总而言之，通过《红楼梦》能够增长不少的知识，尤其是能够了解很多今天已经消失了的古代生活常态。

"鸡髓笋"和成语"呆若木鸡"

《红楼梦》第七十五回写到贾母房中摆饭。各房按照旧规矩，另外孝敬了两大捧盒的菜色。鸳鸯一边点收，一边报给老太太听，其中有一碗"鸡髓笋"。

我看了一些考证"鸡髓笋"的文章，都说得底气十足。说"鸡髓"就是鸡骨髓，"鸡髓笋"就是把鸡的骨头敲开，用里面的骨髓跟竹笋一起烧制的一道菜。或者，是用鸡骨髓跟竹笋拌在一起的一道凉菜。是不是这么回事呢？非也。

鸡骨髓本身就很少，即使能取得出来，也没法使用。况且，是生鸡骨头敲开了把骨髓挖出来呢？还是熟鸡骨头敲开了把骨髓挖出来呢？实际上，这道"鸡髓笋"根本就跟鸡没有任何关系。跟鸡骨头，跟骨髓，都没有任何关系。是什么呢？就是一碗笋。看看书上是怎么说的：

> 鸳鸯又指那几样菜道："这两样看不出是什么东西来，大老爷送来的。这一碗是鸡髓笋，是外头老爷送上来的。"一面说，一面就只将这碗笋送至桌上。贾母略尝了两点，便命："将那两样着人送回去，就说我吃了。以后不必天天送，我想吃自然来要。"媳妇们答应着，仍送过去，不在话下。
>
> 贾母因问："有稀饭吃些罢了。"尤氏早捧过一碗来，说是

红稻米粥。贾母接来吃了半碗,便吩咐:"将这粥送给凤哥儿吃去。"又指着,"这一碗笋和这一盘风腌果子狸给颦儿宝玉两个吃去,那一碗肉给兰小子吃去。"

鸳鸯送至桌子上的,是"这碗笋"。老太太吩咐给黛玉和宝玉的,也是"这一碗笋"。老太太认识这个菜,还略尝了两口。鸳鸯跟着老太太,早就成了半个美食家了,岂有看不明白的?一眼就看出来这个笋的品种是"鸡髓笋"。

"鸡髓笋"是一种竹笋的名字,跟鸡没有关系。江浙一带都有它的踪迹,只不过名字各异。主产地是什么地方呢?浙江天目山。

宋代有一部关于竹笋的专著,名字叫作《笋谱》。南宋著名目录学家、藏书家晁公武的《郡斋读书志》说是宋代的僧人惠崇所撰。南宋的另一位著名目录学家、藏书家陈振孙的《直斋书录解题》说是吴越王钱镠时的"两浙僧统"赞宁所撰。《宋史·艺文志》与陈振孙的说法一致,也说是赞宁所撰。

《笋谱》一书分为五个部分。第二部分是介绍笋的各种名称,其中有"鸡头竹笋"和"鸡胫竹笋"。虽然这两种笋都有"鸡"字,但跟"鸡"没有任何关系,只是用"鸡"身体的不同部位形容"笋"的形状。尤其是"鸡胫竹笋",很形象。所谓"鸡胫",就是鸡的小腿骨。"鸡胫竹笋"是形容这种竹笋很细小,就像是一根鸡的小腿骨。《笋谱》引了《吴录》的一段话:"马援至荔浦见冬笋,名曰苞笋,其味美于春夏笋也。"《笋谱》在"春夏笋也"的后面专门加了一个注:"即鸡胫竹笋。"就是说,"鸡胫竹笋"是一种春夏间的小笋,不是汉伏波将军马援在广西荔浦见到的名叫"苞笋"的冬笋。

浙江天目山出产的竹笋就是这种"鸡胫竹笋",名字类似,按颜色分为两种，一种叫作"白鸡笋"，一种叫作"乌鸡笋"。当地人取其嫩尖，制作成为"扁尖"。食用时泡软撕成细丝，加调料烹制即成。此时的小笋丝，比鸡的小腿骨还要细很多，已经从"鸡胫"变为"鸡髓"了。

这一碗笋，跟鸡没关系，但并不是说贾府就不吃鸡了。乌进孝交租的单子上有活鸡二百只，这大概只够过一个年吃的。平时吃的鸡应该是随时采购，一年下来，怎么都得上千只鸡，这可是一大笔开销。

历史上，鸡的价钱比猪牛羊肉要贵很多。汉代一只鸡的价格是三十六个钱。那时候用的钱，主要是五铢钱。三十六个钱，是什么概念呢？猪牛羊肉，是六个钱到十个钱一斤。那时的鸡都是散养的走地鸡，没有后来这么重。一只鸡就算两斤重，就要十八个钱一斤，差不多是猪牛羊肉的两三倍。所以一般人吃肉还吃得起，吃鸡吃不起。有人说不对吧，《左传·庄公十年》中的"曹刿论战"篇里曹刿说过一句话："肉食者鄙。"这"肉食者"指的是上等人，一般的小民可吃不着肉。汉以后，情况就不一样了。战争年代过去了，生产力发展了，老百姓安居乐业了。经过一段时间的休养生息，到汉代的初、中期，一般的农家按五口人算，一年的收入大概有一万多个钱。除去生产成本、生活成本等所有的开销之外，这五口之家能剩余一千多个钱。一只鸡三十六个钱，买鸡还是买得起的。当然这个钱不可能全用来买鸡，但说明吃鸡并不是很困难的一件事。

到了唐代，百姓的日子更宽裕一些。孟浩然有两句诗："故人具鸡黍，邀我至田家。"也就是说，普通的田家吃鸡已比较普遍。唐宋两代承平时期较长，一般的百姓家里，根据当时的收入和物价水平，虽然不可能天天吃鸡，但一个月吃两三次鸡是有可能的，一个月吃十来次肉更是有可能的。

明清之际,鸡的价格大概在猪牛羊肉的十倍以上。所以不是有钱人家,吃鸡还真就不是那么容易了。虽然鸡不便宜,但作为老饕,最喜欢吃的还是鸡。例如袁枚的《随园食单》里,介绍最多的就是鸡。光是鸡的烹饪之法,就说了二十多种。

顺便说一下,乌进孝交租的那个单子上,有家鸡,有野鸡。这个家鸡是从野鸡驯养而成的吗?不对,家鸡和野鸡是不同的两个品种。野鸡驯养过之后,也不能成为家鸡。家鸡的祖先叫作原鸡。在中国这块土地上,原鸡的驯养,至少有一万年的历史了。从出土的情况看,河北省就曾经出土过八千年以前的鸡骨头,是家鸡的鸡骨头。殷商时期的甲骨文,鸡字就有十种以上的写法。其中的一种,字形似手牵一只用绳子系住的"鸡"。由此推测,殷商时期的先民可能是将鸡拴着养的。《诗经》里边有一篇《鸡鸣》:"鸡既鸣矣,朝既盈矣。"此时的鸡,已经养来为人报时了。

历朝历代,关于鸡的记载文字非常之多,甚至有些成语,都跟鸡有关系。例如"闻鸡起舞""呆若木鸡"等。说到"呆若木鸡"这个成语,还挺有意思的。这是《庄子·达生》篇里记载的一个故事:

> 纪渻子为王养斗鸡。十日而问:"鸡已乎?"曰:"未也,方虚憍而恃气。"十日又问,曰:"未也,犹应向景。"十日又问,曰:"未也,犹疾视而盛气。"十日又问,曰:"几矣。鸡虽有鸣者,已无变矣,望之似木鸡矣,其德全矣,异鸡无敢应者,反走矣。"

这里说的是,有一个人叫作纪渻子,是个斗鸡专家,齐王请他驯养斗鸡。十天以后，齐王问，鸡驯好了吗？纪渻子说，不行，现在还有点浮躁。十天后齐王又问，纪渻子回答说，还不行，它见了鸡的影子还有些激动。十天后齐王又问，纪渻子回答说，不行，还是左顾右盼、意气强盛。又过了十天，齐王再问，纪渻子说，现在差不多了，即使听见别的鸡打鸣，它也没有反应了，看上去像一只木头鸡，但是别的鸡只要一见到它，撒腿就跑，没有敢应战的。

后来"呆若木鸡"就成为一个成语。其实最早没有任何贬义，是夸奖这只鸡。传着传着就成了另外的意思了。

关于鸡的传说、故事、吃法非常之多。宋代有一个官员，是太平兴国年间的状元，叫吕蒙正，此人曾经三次拜相。他非常喜欢吃鸡，一顿要吃几十只鸡。这么多鸡怎么吃得下？他吃鸡舌。一碗鸡舌汤，就要几十只鸡。有一次他退朝回家，看到院子里鸡毛翻飞，跟着鸡毛找过去，发现旁边一个院子里，鸡毛堆得像山一样。他忙问是怎么回事，下人回话说，因为老爷喜欢吃鸡舌，一次就要宰杀几十只鸡，积日鸡毛未及清扫，风一吹都飘起来了。

吕蒙正是个大学问家，为官清正，刚正不阿，对同僚、对下属都很宽厚。但在吃鸡这件事上，疏于自察。他听到下人回话之后，猛然警醒，追悔莫及。他觉得自己为了一碗鸡舌汤，竟然杀生如此之多，实在不应该，从此以后再也不吃鸡舌汤了。

这鸡舌汤肯定很好吃，否则吕蒙正不会被它吸引。其实，不只是鸡舌，鸡的各个部位都很好吃。例如鸡翅、鸡腿、鸡脖子、鸡爪子，都能做成脍炙人口的吃食。尤其是鸡爪子，在广东大厨的手里，简直是点铁成金，直令人流连不已。鸡爪子在粤菜里叫作"凤爪"，至少有三种做法，是其他菜系不能比的。一是"盐焗凤爪"，二是"沙姜凤爪"，三是"豉汁凤爪"。其中最让人时时念想的，就是粤菜"早茶"的重头茶点"豉汁凤爪"。我第一次吃，就被迷住了。主人请用"早茶"，要客随主便，你不好专门点这一味。所以，我就经常找个事由，婉谢接待，自己出去吃早茶。最过瘾的，是落座之后，点上"一壶茶，十笼凤爪"。踏踏实实，大快朵颐。我后来还专门写了一首小诗记录这件趣事：

> 旌旗壮岁寄烟霞，半世文章未足夸。
> 长作岭南知味客，十笼凤爪一壶茶。

每当此刻，都会想起，设若曹雪芹来过广东，一定也会爱上"早茶"吧？一定也会钟情于"豉汁凤爪"吧？那么，《红楼梦》里，又会出现怎样令人目眩神驰的文字呢？

原著的那些"好汤"和续书的"火肉白菜汤"

《红楼梦》前八十回写到了不少次汤。例如第八回里，宝玉喝的"酸笋鸡皮汤"，就是一道好汤。后来还有"虾丸鸡皮汤"，也是用鸡皮做的汤。当然还有其他的汤，像第四十三回的"野鸡崽子汤"，是王熙凤孝敬给贾母的一道汤。还有"火腿鲜笋汤"，也是不得了的好汤，是用火腿和鲜笋两味不同鲜味的食材熬制而成，鲜上加鲜。扬州就有这道汤，是地方特产。它还有一个很特殊的名字，叫"一啜鲜"。"啜"就是喝，喝上一口，就把人给鲜倒了。这个说法，在江南一带传着传着就传走样了。像上海有一道名汤，叫作"腌笃鲜"。实际上，就是从"一啜鲜"来的，"一啜"两个字念白了，成了"腌笃鲜"。

当然,"腌笃鲜"从字面说,也能说得通。上海人的解释,是就食材说的。这道汤用的是火腿,再加上咸肉,两样都是"腌"。上海人把小火炖,叫作"笃",一如北方的"咕嘟"。小火炖的声音就是"笃笃笃",这个"笃"字很传神。"鲜"呢?"笃"出来以后,一定很"鲜"。所以三个字拼起来,叫作"腌笃鲜"。

这道上海的"腌笃鲜",或者扬州的"一啜鲜",其实《红楼梦》里早就写到了,名字就是上面说的"火腿鲜笋汤"。火腿和鲜笋自然是鲜上加鲜,但这道汤更值得说的,还是"笃"这两种食材的汤。与"酸笋鸡皮汤""虾丸鸡皮汤"所用的汤一样,都不是白水,而是一种特殊方法"治"过的鸡汤。

"治"是什么意思呢?首先,这道汤看上去是像白水一样清澈的汤,而这种"白水状"却是精心熬制出来的。这种"白水",是用老母鸡长时间熬制,再把握好开锅撤火的"落滚"时间,迅速用蛋清或鸡肉茸倒入锅中吸附杂质,反复吸附两三次之后,原本浑浊的鸡汤清透如水,但香浓醇厚之味丝毫不减。用这种鸡汤,再下入火腿、咸肉、鲜肉和鲜笋一起熬制,"笃"出来的滋味,真的是喝一口就能把人给鲜倒了。

这种调汤的方法,很多地方的大厨都能熟练掌握。尤其是淮扬菜和粤菜大厨,这是基本功。川菜有一道最考功夫的菜,叫作"开水白菜"。所谓的"开水",其实也是鸡汤,与上述的调汤之法,有异曲同工之妙。

还有一道汤,名字是"小荷叶儿小莲蓬儿的汤"。第三十五回,宝玉因为"流荡优伶",被忠顺王府找上门来,又遭贾环告了一个刁状,所以被他的父亲贾政痛打了一顿。养伤之时,宝玉忽然想吃这道汤,贾母让王熙凤吩咐下去,王熙凤命人找出做汤的模具:

薛姨妈先接过来瞧时,原来是个小匣子,里面装着四副银模子,都有一尺多长,一寸见方,上面凿着有豆子大小,也有菊花的,也有梅花的,也有莲蓬的,也有菱角的,共有三四十样,打的十分精巧。因笑向贾母王夫人道:"你们府上也都想绝了,吃碗汤还有这些样子。若不说出来,我见这个也不认得这是作什么用的。"凤姐儿也不等人说话,便笑道:"姑妈哪里晓得,这是旧年备膳,他们想的法儿。不知弄些什么面印出来,借点新荷叶的清香,全仗着好汤,究竟没意思,谁家常吃他了。那一回呈样的作了一回,他今日怎么想起来了。"说着接了过来,递与个妇人,吩咐厨房里立刻拿几只鸡,另外添了东西,做出十来碗来。

凤姐跟薛姨妈说的这段话,有两点很关键:一是说"全仗着好汤",再一点是"吩咐厨房里立刻拿几只鸡"。这就说明,所谓的"好汤",也是用鸡熬成的汤。而"另外添了东西"则无非是火腿、鲜笋之类。再加上"不知弄些什么面印出来"的"小荷叶儿小莲蓬儿",这道汤就做成了。

汤是谁送来的呢?是王夫人房里的玉钏儿。这就尴尬了,为什么呢?宝玉这次挨打,一是因为蒋玉菡,二是因为玉钏儿的姐姐金钏儿。蒋玉菡是个承应忠顺王府的戏子,结果逃跑了。忠顺王府知道蒋玉菡与宝玉交好,于是派了长史到贾家问难。宝玉支吾不过,只好说出蒋玉菡的栖身之所。贾政听了,怒不可遏,送走了长史,就要下手收拾宝玉。在这个节骨眼上,贾环又跟贾政告状,说宝玉调戏王夫人的丫鬟金钏儿,"逼淫母婢",致使金钏儿跳井而死。这一下把贾政气疯了,下狠手要打死宝玉。幸亏贾母闻讯赶到,才把宝玉救了下来。但宝玉已经被打得皮开肉绽，差点儿丢了性命。这就是养伤的时候想起来要这种汤吃，可巧王夫人又派了金钏儿的妹妹玉钏儿前来送汤。

金钏儿之死，宝玉心里有愧。见到玉钏儿，很不是滋味，一心想让玉钏儿开心才好。就骗玉钏儿说汤不好喝，要玉钏儿来尝，玉钏儿于是尝了一口。富察明义写的《读红楼梦二十首绝句》里，就有一首专门写了这个情节："小叶莲羹亲手将，绐他无味要他尝。""绐"，就是欺骗。"绐他无味要他尝"，实际上，就是要缓和关系，表达自己的歉意。

以上这一道道好汤，写得都很馋人。最重要的，并不是为写汤而写汤。每一道汤，都是为了塑造人物，推进情节，都不是游离于故事之外的，而是小说不可分割的有机组成部分。

对比一下后四十回，也写到一道汤，是什么汤呢？火肉白菜汤。给谁喝的呢？林黛玉。原文是：

> 紫鹃走来，看见这样光景，想着必是因刚才说起南边北边的话来，一时触着黛玉的心事了，便问道："姑娘们来说了半天话，想来姑娘又劳了神了。刚才我叫雪雁告诉厨房里给姑娘作了一碗火肉白菜汤，加了一点儿虾米儿，配了点青笋紫菜。姑娘想着好么？"黛玉道："也罢了。"紫鹃道："还熬了一点江米粥。"黛玉点点头儿，又说道："那粥该你们两个自己熬了，不用他们厨房里熬才是。"紫鹃道："我也怕厨房里弄的不干净，我们各自熬呢。就是那汤，我也告诉雪雁和柳嫂儿说了，要弄干净着。柳嫂儿说了，他打点妥当，拿到他屋里叫他们五儿瞅着炖呢。"

先说说什么是"火肉"。《红楼梦大辞典》的解释是"火熏肉或熟火腿",网上还有一种说法是"火烧肉"。首先,这几个说法,从字面上看,都有点儿像,但问题是只是"像"而已,都不叫"火肉"。其次,前八十回多次说到"火腿",未见有"火肉"之名。如果说"火肉"就是"火腿",为什么要改个名?其实"火肉"就是用油炸过的肉,是做汤或做菜用的半成品,有的地方称之为"小酥肉"。至今豫南光山地区还把它叫作"火肉",是这个地区家家户户都要吃的传统菜式。其最常见的做法,就是用"火肉"炖白菜,是地地道道的"火肉白菜汤"。

奇怪的是,这道汤竟然是跟"江米粥"一起吃的。第四十三回贾母专门说过:"那汤虽好,就只不对稀饭。"贾母说得很对,岂有汤和粥同吃的道理?这是什么吃法?不要说贾家这样的大户人家,就是小门小户也不会这样吃。这只能说,后四十回的作者完全不懂烹饪,更不懂原作者写饮食的学识和用意。同理,"江米"和"青笋",前八十回里都不是这样的表述,而是写作"糯米"和"鲜笋"。显然,这位续作者是个地地道道的北方人。常言道,魔鬼在细节中,语言习惯不慎暴露了面目。

下面更离谱,还要给黛玉备上一些"五香大头菜",再加上点儿"麻油和醋"。最不可思议的是,林黛玉居然还接受了,这是林姑娘还是刘姥姥?

看看前八十回原著里,上的都是什么汤?"野鸡崽子汤""酸笋鸡皮汤""虾丸鸡皮汤""火腿鲜笋汤""小荷叶儿小莲蓬儿的汤""建莲红枣汤"。喝的都是什么粥?"碧粳粥""燕窝粥""鸭子肉粥""枣儿熬的粳米粥""红稻米粥"。配的都是什么小菜?"野鸡瓜齑""胭脂鹅脯""椒油莼齑酱"等。不要说主子了,前八十回里,连丫头吃的都比后四十回的林黛玉好得多。

所以，从饮食一端，也能看出后四十回续书有大问题。前八十回写了多少美食？不单是具体的一饮一馔，还有那些隐喻的意思呢？还有那些真真假假的烟云模糊之妙呢？还有折射时代的生活风貌呢？还有与"吃"并存的人物性格和形象呢？奇怪的是，还有人一口咬定后四十回就是曹雪芹的原著，或者后四十回虽不是原著但写得很好，真不知道是怎么读的书。喝一口前八十回那些精彩的汤，再喝一口后四十回林黛玉的"火肉白菜汤"，难道还醒不过来吗？

贾家一天吃几顿饭？

贾家的宴饮活动很多，不单是逢年过节戏酒不断，就是待客过生日，也都吃得很丰富。推杯换盏间，还伴有诸多的娱乐活动，例如行酒令等。那么，他们平居是怎么吃饭的呢？一天吃几顿饭呢？这就要从中国古代吃饭的习俗和规矩说起，再对比一下贾家的情况。

上古先民可吃的东西少，生活资源贫乏，所以吃得比较简单，一天最多吃两顿。帝王也一样，不过餐食的内容丰富一些而已。从殷商出土的甲骨文卜辞当中可以看出来，至少在殷商时代的宫廷里，一天也只是吃两顿饭。民间更不用说了，有口吃的就不错了。每天两顿饭的吃法，延续了很久，分为"大食"和"小食"，就是早餐和晚餐。"大食"有个专用的名字叫作"饔"（yōng），"小食"也有个专用的名字叫作"飧"（sūn）。《孟子·滕文公上》说：

> 贤者与民并耕而食，饔飧而治。

意思是古时候的贤人与庶民同耕同食，都是一顿早餐一顿晚餐，所以天下治理得井然有序。

那么，这两顿饭都在什么时候吃呢？"饔"，"大食"，一天中的第一顿，一般是在巳时用餐，上午的九十点钟。"飧"，"小食"，一天中的第二顿，一般是在申时，下午的三四点钟。那个时候，一般都是日出而作，日落而息。百姓家没有夜生活，晚上不会点灯熬油，天一黑就早早睡下了，天一亮就要起来干活儿。这"日出而作"的意思，就是起床后要先干活儿，并不是先吃饭。要干到差不多巳时，有饭吃的人家才开饭，没饭吃的人家只有饿着。帝王也是同样的情况。早上要早朝，天一亮就上朝，既不能睡懒觉，也不能先吃饭。作为帝王，虽然生活过得比一般平民要奢侈得多，但做事也非常辛苦。历代帝王，除了一些昏君以外，基本上都是一样的。

古代是不是一直都吃两顿饭呢？也不是。到了周朝的时候，周天子吃的顿数就多了一顿，一日三餐。《周礼·天官膳夫》里边专门有记载，说："王齐日三举。""齐"字是"斋"字的假借字，"举"就是宰杀牲口以备馔。按照晚清大儒孙诒让的说法，周天子的三顿饭非常讲究，早饭宰牛羊猪，午饭和晚饭各宰一次羊和猪。吃饭的排场，也是"礼"的一部分。孔子说"克己复礼"，这个"礼"就是周礼。但这时的一天三顿，只是周天子的吃法，并不是人人都可以吃三顿，老百姓能吃上一顿两顿就不错了。

到了汉代，又加了一顿，这指的是宫廷，并不包括平民，皇帝吃四顿饭。为什么要多吃一顿呢？三顿已经很好了。因为天下太平了，物质也丰富了，讲究也就多了。"四"是个好数字，要讨口彩。

一年之中分为"四时",都要顾到,都要平平安安吧?东西南北四方朝贡之物,也有个"四"对吧?为了照应"四时"和"四方",所以吃饭要吃四顿。这四顿怎么吃呢?无非就是把周朝以来的三顿再添上一顿。四顿的饭时就不能按照早中晚来分了,一般是把原来的午饭时间一分为二,一顿提前,一顿错后。这种吃法,也是不包括百姓的。

一天吃四顿饭还是太麻烦了,所以到了东汉时候,就减了一顿,恢复为早中晚三顿。这种安排一直施行到隋唐之际,每日三餐成为定制,而且正式把第二顿称作"午餐"。三餐当中,本来最重早餐,称作"大食"。这时把"大食"调整为午餐,不是早餐了。本来早上那顿是最重要的一餐,调整之后,早上吃得略为简单一些,最正式的一顿改在中午,晚餐也稍微简单一些。唐宋诗词里多处提到"三餐"这个概念,例如唐代李世民的《执契静三边》:"衣宵寝二难,食旰餐三惧。"宋代苏辙的《和子瞻和陶渊明杂诗十一首其一》:"身世俱一梦,往来适三餐。" 宋代陆游的《老景》:"疾行逾百步,健啖每三餐。"都是当时生活方式的实录。这段时期,"三餐"的概念和"午餐"的概念都出来了,当然民间并没有条件跟着走,多数人家还是保持上古遗风,一天吃两顿。

到了清朝,又不一样了。清朝是满族人主,满族最初是生活在东北苦寒之地,因为物产比较贫乏,所以满族人的生活习惯,行军和狩猎的时候,每天只能吃一餐。骑在马上饿了怎么办呢?满族人的腰上都束着腰带,腰带上都挂着荷包,用来装各种东西,其中就有装着零食的荷包。实在饿了,从荷包里取点零食,在马背上随便吃上几口。平居时候,每天也就是吃两餐。无论是皇家、王公贵族,还是一般的平民,都是这样,已经形成了日食两餐的习惯。一直到入主中原之后，仍然保持这个习惯。康熙、雍正、乾隆，一直到晚清慈禧太后，都保持着一天两顿饭的习惯。既然吃两顿饭，早餐就比较重要了，下午这一顿就稍微简单一些。

帝王吃两顿饭，饿了怎么办？饿了可以加餐，最多能加到六七顿，当然都是小食，各种点心，像甜食、粥品等。当然作为皇帝，吃饭的仪式感还是要讲究的。传膳的时候，不管吃几口，都要摆上一大片。不是说每一样东西都要吃，有的是可以吃的，有的只是摆摆样子。这些摆样子的菜，就叫作"看菜"。后来名厨做整桌的席，尤其是淮扬菜，都有"看菜"一说。"看菜"是专门做出来看的，不是吃的，讲究刀工。最常见的是用萝卜黄瓜等食材，雕刻成花鸟鱼虫，活灵活现，非常漂亮。"看菜"可不是一道，是很多道。实际上，"看菜"最早就是御膳上用的。当年乾隆皇帝传膳的时候，面前的桌子上摆得满满当当，大部分都是"看菜"。到慈禧太后，加到一百多道菜，怎么吃得过来？也就是眼前几样是真能吃的，远处都是摆样子的，看看而已。不过伺候慈禧可不大容易，这些"看菜"，也都得认真做。因为老佛爷有可能往远处一指，那是个什么东西啊？端过来我尝尝。这要是糊弄她可不行，就得端过来。她看着喜欢，非要尝上两口，要是不能入口的菜，或是剩菜，把她吃坏了可是不得了的大事，得多少人掉脑袋。

《红楼梦》成书是在乾隆年间，在一定程度上折射了清代王公贵族的生活。宫里边儿吃两顿，王公贵族家庭也一样吃两顿。民间渐渐地也都形成了这样的一个习惯，尤其是北方，基本上都是吃两顿。南方日照时间较长，田里的活儿也比较累，粮食收得也多，物产比较丰富，所以大都保持一日三餐的习惯。

那么，《红楼梦》里的贾家一天吃几顿饭呢？也是两顿。例如，刘姥姥来了，贾母招待她，"两宴大观园"就是两顿，上午一顿，下午一顿。第一顿，摆在探春住的"秋爽斋"，阔朗广厦，地方比较宽敞。第二顿摆在缀锦阁，并且还让十二个小戏子，隔着水在藕香榭"作场"佐餐。也就是说，这一天是吃两顿饭。再如，第三回林黛玉从扬州来到贾府，那顿饭就是晚饭。晚饭其实并不晚，差不多也是申时，三四点钟的时候。林黛玉正在王夫人屋里聊着，老太太这边传晚饭了。吃饭的规矩很大，老太太坐在上首的榻上，桌子是现摆的。王夫人和李纨、王熙凤在一旁伺候，摆盘的摆盘，捧羹的捧羹，上菜的上菜。尤其是李纨和王熙凤，始终站着布菜。王夫人有个座儿，但就是陪坐着，并不吃。吃饭的几位，就是老太太带着三个孙女，再加上远道而来的林黛玉。

王熙凤让林黛玉坐在老太太左手的第一张椅子上。林黛玉是大家小姐，懂规矩的。她一看舅母和两位嫂子都站着，姐妹们还没入座，自己怎么能坐在这儿呢？贾母就跟她说：

你舅母和嫂子们是不在这里吃饭的。你是客，原该这么坐。

原来只是陪着，各房还是分灶吃饭。这可不是偶尔陪一次，也不是专为陪黛玉这个远客，而是老太太吃每顿饭，儿媳妇孙媳妇都得陪着，待老太太吃好了，各人才能回自己的房中吃饭，可见贾府的规矩很大。林黛玉听贾母说了，这才入座。

贾母坐在正面的榻上，林黛玉坐在贾母左手的第一张椅子上，迎春坐在贾母右手边的第一张椅子上，探春坐在贾母左手的第二张椅子上，惜春坐在贾母右手的第二张椅子上。这个坐法，就是典型的大家礼仪。

还有一个例子，第六回刘姥姥初进荣国府，周瑞家的带着她来见王熙凤。刚坐下等着，就听着说王熙凤要传饭了。过了一会儿，就看着捧着食盒子的、捧着巾帨的丫头们进进出出。没过多大工夫，上去的菜肴就撤下来了。刘姥姥一看，大鱼大肉都没动几筷子。她的外孙板儿闹着要吃肉，刘姥姥给了他一巴掌。这是在人家府里，不能这么没规矩。这个时候，就听着自鸣钟"当的一声"，接着又"当当当当"响了八九下。这是什么时间？算一算，正交"巳正"，也就是上午十点。显然是王熙凤伺候老太太用膳过后，回到房里自己吃早饭的时间。这是平居时的第一顿饭，下一顿应该是下午了。

这里说清楚了，《红楼梦》中的贾家一天吃两顿饭。

贾母吃个饭挺"事儿"的

说起来，人这一辈子，除了吃进肚子里的东西，其他都是身外之物，你再喜欢都不可能永远拥有。譬如，有人喜欢收藏，拿到一件好东西，捡一个漏，简直是欣喜若狂。但是，看看历史上的名人字画也好，古玩玉器也好，易手的情况太多了，谁都不可能独自占有，更不可能永远拥有。唯独吃到肚子里的东西是自己的，其他都不是自己的。所以，老百姓有一句话叫作"民以食为天"，没有什么比天还大，就是这个道理。

《红楼梦》的作者曹雪芹深深地体会到"吃"之于老百姓，之于无论大家小家的每一个人，都是最重要的事。所以，《红楼梦》里凡写到"吃"，都是极尽详备之能事。有的地方写得很具体，有的地方写得很有趣，有些地方还结合各种各样的娱乐活动。并且一馔一饮，都离不开人物故事，都是为人物故事服务的。

谁吃了什么，谁怎么吃，谁吃这个东西的时候发生了什么样的故事，和谁都是什么样的关系，这才是最重要的。那么，我们就来看一看《红楼梦》里所写到的贾家，尤其是荣国府，都是怎么吃东西的。除了那些庆典活动，平居都是谁做给他们吃的，吃的都是什么？

这就要分层次来聊一聊。最高层是谁呢？当然是贾母。我们经常说，《红楼梦》折射了中国的社会。也就是说，社会的构成与家庭的构成，除了大小的区别，性质是一样的。宫里谁最大？皇帝。但是皇帝的日常起居，一馔一饮，是他自己说了算的吗？不是。谁说了算？皇太后。皇太后把作息时间和食单都给他规定好了，他只是按照定规执行而已。该睡觉的时候睡觉，该吃饭的时候吃饭，该上朝的时候上朝。晨昏定省，一样都不能少。尤其是吃东西，得照着安排来，不能自己想吃什么就吃什么。

民间也是一样，无论是大家还是小家，都像一个小朝廷。例如贾家这样的家庭谁最大？并不是贾赦和贾政，贾母最大，如同皇太后。即便是早年当家的王夫人，后来当家的王熙凤，虽然管着事，按现在的说法叫作 CEO，也不可以坐大。真正的最后决策人，是那位甩手掌柜、董事长贾母。全家大小都要围着她转，说话做事都要讨她的喜欢。老太太高兴了，大家都开心；老太太不高兴了，这日子没法过。所以，老太太最重要。

老太太怎么吃饭呢？谁做给她吃呢？都吃些什么呢？前边曾经说到，大观园里有一个小厨房，专供园子里的人吃饭。管着这个小厨房的是柳家的。第六十一回，这柳家的曾经跟一个小丫头莲花说过一番话：

> 既这样，不如回了太太，多添些分例，也像大厨房里预备老太太的饭，把天下所有的菜蔬用水牌写了，天天转着吃，吃到一个月现算倒好。

原来老太太是单有一个厨房的，不叫小厨房，叫大厨房，这就显出来老太太的尊贵了。这大厨房只做给老太太一个人吃。吃的都是什么东西呢？是"天下所有的菜蔬"。乍一听，好像是个夸张的说法。其实不然，从食材说，看看乌进孝交租单子上的那些东西，就知道"天下所有的菜蔬"此言不虚。如此丰富的食材，怎么做呢？是"用水牌写了，天天转着吃"。"水牌"指临时记事用的漆成白色或黑色的木牌或薄铁牌，因用后以水洗去字迹可以再写，故称"水牌"。明代郎瑛的《七修类稿·辩证八·简板水牌》说：

> 俗以长形薄板，涂布油粉，谓之简板，以其易去错字而省纸。官府用之，名曰水牌，盖取水能去污而复清，借义事毕去字而复用耳。

其实不仅是官府，旧时商铺和家庭记事都离不开"水牌"，连寺院也会用到。例如元明杂剧《招凉亭贾岛破风诗》"三"中就说到水牌：

> 今日施主人家请我赴斋去，你和五戒则在寺中，你将这三门闭上，怕有宾客至，你记在水牌上，等我回来看。

俗话说，好记性不如烂笔头。何况是贾母的菜谱，那可得记清楚了，所以要写在"水牌"上，"天天转着吃"。那就是每一天都不能重样，每一顿更不能重样。要轮换"水牌"上的食单，得一个月吃下来再说。一般的人，能有这样的福分吗？不可能，只有一个老太太。

饶是这般讲究，贾母毕竟是上了年纪的人，每天每顿也吃不了几口，但菜品和程序绝不能马虎将就。当然，除了极特殊的场合，例如祭祖之类，平居的饭菜一般是不会准备"看菜"的。备出的东西，都是能入口的。可以想见，每顿的菜品都不会少。老太太喜欢吃的就吃几口，不喜欢吃的或者吃不下的，就赏给下面的人。都赏给谁呢？首先是赏给她喜欢的小辈，例如王熙凤、贾宝玉、林黛玉、贾兰等孙子辈重孙子辈的几个人。再吃不完，就赏给几个心腹大丫头，像鸳鸯、袭人等。虽然大都是吃剩下的，但这是一种关爱，一种荣耀。

贾母吃饭，一般都是一个人单吃。她高兴了，会招呼几个人来陪着她吃。最常招呼的就是几个孙女，迎春、探春、惜春，再加上林黛玉。后来宝钗来了，偶尔也把宝钗叫上。当然，贾宝玉是一个例外，贾母最宠爱他，随时都可以上桌。多数时间，贾母都是自己一个人吃。虽然贾母一个人吃饭，却每顿都有一大群人伺候。不单是丫头下人，儿媳妇、孙媳妇都要在跟前捧盏布菜，这是规矩。这些儿媳妇、孙媳妇必须伺候贾母吃完饭，才能回到自己房里开自己的餐。例如第六回刘姥姥求见王熙凤，就是等着王熙凤伺候贾母吃完饭，她再下来吃自己的饭，然后才见上了。为什么家里的一大群孙女和外孙女都不行伺候礼呢？这也是旧家的规矩，未嫁的女孩儿最为尊贵，是不伺候长辈的。第三回黛玉进贾府的第一顿饭就是这种安排，孙女外孙女都有座位，都跟着老太太吃饭，而王夫人、王熙凤、李纨等儿媳妇孙媳妇，却都要站在一旁伺候。

贾母吃饭的第二个规矩，就是除了专有的大厨房给自己做饭，分灶吃饭的各房，还要揣度老人家的喜好，给她送过来一两样菜品。书里多次写到各房送菜，就连贾赦也要给她送菜。喜欢不喜欢是贾母的事儿，吃了吃不了是贾母的事儿，送不送可是个大家规矩，都要遵守。第七十五回，贾家的日子已经有些拮据了。贾母吃饭的时候，大家送菜来了：

> 贾母见自己的几色菜已摆完，另有两大捧盒内捧了几色菜来，便知是各房另外孝敬的旧规矩。贾母因问："都是些什么？上几次我就吩咐，如今可以把这些蠲了罢，你们还不听。如今比不得在先辐辏的时光了。"鸳鸯忙道："我说过几次，都不听，也只罢了。"王夫人笑道："不过都是家常东西。今日我吃斋，没有别的。那些面筋豆腐老太太又不大甚爱吃，只拣了一样椒油莼齑酱来。"贾母笑道："这样正好，正想这个吃。"鸳鸯听说，便将碟子挪在跟前。……

贾母说各方送菜的规矩都蠲免了，这只是她的意思，但这规矩能废吗？废不了，该送的还得送。也就是说，各房分灶吃饭，除了自己要吃的，还要拣上可口的、软烂的、老太太能吃得动的、老太太可能喜欢的菜品，给老太太都送过去。此外各房送菜，还体现出了一个远近亲疏的关系。贾赦送来的菜，鸳鸯知道老太太不太待见，所以介绍的时候，说了句"这两样看不出是什么东西来，大老爷送来的"，轻轻带过，也没有端上桌。贾母更是连看也不看，吩咐送回去。这些细节处，最能凸显人物关系。至于各房之间互相送菜，甚至宁荣二府之间送菜，则是一种人情份往的关系，并不属于规矩之列。

贾母的下一辈下两辈，像王夫人和王熙凤，都有自己的小院儿，都是自己的小家各自起伙。王夫人是跟丈夫贾政一起吃饭，有时候也把宝玉和贾环叫来。他们吃饭的时候，贾政的两房妾室周赵二姨娘，都要在旁边伺候着，不能上桌。待他们夫妻吃完，周赵二姨娘才能坐下吃剩下的饭菜，或是下去吃自己的那份儿饭。因为妾室在下人面前是主，在主子面前是奴，属于半奴半主。严格说来，更偏于奴的身份。所以主子进出门儿，要负责打帘子。哪怕是少爷和小姐来了，她也得给打帘子。因为少爷小姐是主子，哪怕是自己亲生的也一样，例如赵姨娘与贾环、贾探春的关系。

贾府里除了主子，还有大量的下人怎么吃饭呢？是不是还有一个下人的大食堂呢？并没有大食堂，是分为两种情况。第一种，各房的丫头，基本上是跟着主子吃，一般是主子吃剩的她们吃，或是厨房另做下人的饭菜。第二种，大量干杂活的下人，有几百口子，都是各回各家。因为这些人，多数都是拖家带口的。贾家无论是宁国府还是荣国府，后边一带都是下人居住的地方。下人成家了，当然是自起锅灶。那么，锅上的食材和锅下的柴炭都是谁给呢？从乌进孝交租的那个单子上，就可以看出来，都是府里按照分例发给的。其中有食材，例如"下用常米"之类；还有锅下烧的，例如"柴炭"之类。"下用常米"一般是籼米，没有什么油性，但做饭"出数"，比粳米显得多。今天的老年人，经过20世纪60年代饥饿生活的都知道，买米要买籼米，不能买粳米。虽然不好吃，但压饿最重要。所谓"下用"，就是仆人用的。不是在府里用，是分给他们回去用。有了锅上的，还得有锅下的，否则烧不了饭。乌进孝交租的单子上写着"柴炭三万斤"，这是宁国府的，荣国府人多，"柴炭"还要多一些。一般家庭烧饭用炭，一天二斤到三斤。三万斤够一百个家庭烧一年。府里的下人多为全家当差,算下来应该不到一百个家庭,差不多够用了。主子们的厨房,主食是粳米,有碧粳米,有胭脂米,有粉粳米。锅下则有"柴炭",甚至兼用一些中等"银霜炭"。"上等银霜炭"不是烧饭用的,是主子们冬天取暖用的。此外下人们还有月钱,想吃点儿好的,可以从月钱里支出,自己贴补。

如果像贾府这样的一个大家庭,吃的问题不解决好,各房之间的关系、主仆之间的关系就搞不好。所以要井然有序,就一定要先把吃饭的事情安排妥当才行。

大观园的低调奢华和中国人的无所不吃

《红楼梦》第六十三回"群芳开夜宴",是怡红院的八个丫头凑钱给宝玉过生日。要先说清楚座位的顺序是怎么排列的,掷骰子是怎么掷的,以及骰子究竟用了几颗等。有的朋友可能要问:需要说得这么细吗?需要。为什么呢?因为小说的这个地方语焉不详。既然是"说红楼梦",就要解释给大家听。还有一点,真正从头到尾读过这部小说的人并不是很多,绝大多数人的"红楼梦知识"都是来自不同样式的改编作品,例如"1987版电视剧《红楼梦》"。今后,改编的事还是要继续做,无论排演舞台剧还是拍摄电影、电视剧,都是不能直接照着小说来的。因为原著和改编作品是两种不同的艺术样式,所以需要进行全面的转换。而转换的最重要的中间环节,就是剧本。剧本是一剧之本。从原著到剧本,要完成两个任务:一是要注释小说,二是要转换成为可供排演或者拍摄的样式。

小说的审美过程是阅读,是从文字获得形象。舞台和影视改编作品的审美过程，则是要同时调动起视觉和听觉，从形象获得思想。以第六十三回"群芳开夜宴"为例，谁坐在炕上，谁坐在炕下，谁挨着谁；掷骰子的时候，盒子一打开，里面是几粒骰子，都要在剧本里确定下来。这个活儿不能交给导演，必须在剧本里细化。无论是出于帮助读者阅读原著的需求，还是出于帮助名著改编的继行者降低难度的需求，都要把小说里的抽象描写具象化，一一地诠释清楚。

另一个要说的，是丫头们凑了三两二钱银子，交给园子里小厨房柳家的备办果菜。都有什么东西呢？书上说：

> 那四十个碟子，皆是一色白粉定窑的，不过只有小茶碟大，里面不过是山南海北，中原外国，或干或鲜，或水或陆，天下所有的酒馔果菜。

这"或干或鲜，或水或陆，天下所有的酒馔果菜"，虽然说得很笼统，但是很中国。为什么呢？因为只有中国人，才能吃遍"天下所有的酒馔果菜"，外国人是做不到的。外国人食单上的食材范围要窄得多，不像中国人那样无所不吃。中国人只要能想到的，就没有不能入口的。中国人餐桌上的有些东西，外国人常常不敢吃。例如美国有一个社会学家，名字叫作伊恩·罗伯逊，他写了一本书叫作《社会学》，20世纪80年代作为教材引进到中国，翻译成了中文。这本书很有意思，其中说到各个国家和民族，对于饮食材料的不同的态度：

> 美国人吃牡蛎不吃蜗牛，法国人吃蜗牛不吃蝗虫，非洲人吃蝗虫不吃鱼类，穆斯林吃牛肉不吃猪肉，印度教徒吃猪肉不

吃牛肉，俄国人吃牛肉不吃蛇肉……他们都有所吃有所不吃，而中国人是全世界最大的吃家，什么都吃。

伊恩·罗伯逊清楚地知道各个国家和民族都有不吃的东西，只有中国人"什么都吃"。说实在的，幸亏中国人有这种勇气，在开发食材方面敢为世界先。不仅是地上长的、土里生的、山上跑的、水里游的、天上飞的都可以大吃特吃，就是传说中的"龙肉"也敢在想象中吃。甚至荒年的时候，连不能算作食材的草根、树皮、观音土都吃尽了。否则，在数千年间改朝换代动辄消失半数人口的杀戮中，还能不断地繁衍生息，是绝无可能的。

有一位旅澳作家写过一篇东西，她说很多年以前，有五十六个中国的船民，因为船在海上遇到风暴迷航了，结果漂到了大洋洲的西北部海岸。登陆以后，进入了一个荒原，这个荒原叫作金伯利高原。这是个无人区，没有人居住，只有各种野兽爬虫栖息出入。一望无际的荒原上几乎没有可以歇息的地方，温度在40℃以上。这五十六个人，在断粮的情况下，冒着酷暑走了很多天。这种环境连大洋洲本地的土著都很难活得下来，但是一个多月以后，居然五十六个人一个不缺，全部走到了安全的地方。就连途中掉队走丢了的一个人，都活着找到了队伍。当地的报纸报道了这个消息，说这段漫长的行程非常凶险，有很多大鳄鱼不时出没。这五十六个中国人能活着走出来，简直是个奇迹。他们不仅没有被鳄鱼吃掉，反而吃掉了不少鳄鱼。消息一出，举国惊叹。如果不是无所不吃的中国人，活着走出无人区的概率微乎其微。

外国人真的不了解中国人"吃"的精神，从中国的先民开始直到今天的现代人，面对着各种活物，无论是弱小的虫豸还是凶恶的庞然大物，反映到大脑中的影像都是各种佳肴。例如，在异国他乡旅游的时候，看见草地上叫不出名字的两只美丽的恩爱的大鸟，首先想到的是一只清炖一只红烧。朋友聚在一起聊天，最常聊起的话题是谁吃过最稀罕的动物。所以那五十六个中国人怎么会怕鳄鱼呢？这是上天赐给他们的礼物，幸亏有鳄鱼，才得以活命。如果事后他们聊起这段经历，最遗憾的大概是后悔身上没带着调味的作料。

回过来再看曹雪芹这漫不经心的一笔："山南海北，中原外国，或干或鲜，或水或陆，天下所有的酒馔果菜。"虽然夸张，但，是不是很中国？当然除了夸张，还有调侃的意味。这就是《红楼梦》的写法，让读者跟着作者入梦，再跟着作者出梦。

还有一个问题，"天下所有的酒馔果菜"都盛在四十个碟子里，是"一色白粉定窑"的碟子。一般读者读到此处，不会有什么特殊的感觉。但如果是喜欢收藏的朋友，大概要伸出舌头来了。今天谁的手里有一件这个东西，就不得了了。

先说说什么是"定窑"。这个"定窑"，可是宋代五大名窑之一。五大名窑依次是"官""哥""汝""钧""定"，传世的瓷器不多，都是稀世之宝。其中的"定窑"，窑址在宋代的定州，就是现在的河北曲阳一带。"定窑"创烧于唐，极盛于北宋和金代，以产白瓷著称，兼烧黑釉、酱釉和绿釉，分别名为"白定""黑定""紫定"和"绿定"。其中，最重要的代表色是白色。定州产优质高岭土，称为"白瓷土"，土质细腻，用以烧制的白瓷，胎质薄而有光，为白玻璃质釉，釉色纯白滋润。明代张应文《清秘藏·论窑器》云：

> 定窑有光素、凸花二种，以白色为正，白骨而加以泑水有

如泪痕者佳，间有紫色、黑色者不甚珍也。

清末民初的许之衡《饮流斋说瓷》云：

> 宋瓷之佚丽者，莫如粉定。粉定雕花者，穷研极丽，几于鬼斧神工。

他所说的"粉定"就是"白定"，是胎质粉白柔润，釉为白玻璃质的定窑白瓷佳品。而"穷研极丽，几于鬼斧神工"，指的是定瓷的刻花及印花工艺。宋代的其他名窑，大都以颜色釉瓷而享名于世，唯独定窑为白釉瓷。所以多有精湛的刻、划、印等装饰工艺，一时独步。

《红楼梦》第十七回贾政带着宝玉游大观园，先站在园门外，看到大门两边的围墙是"一溜粉墙虎皮石"。此处的"粉"就是"白"，"粉墙"就是"白墙"，与"白定""粉定"之称是同样的道理。所以怡红夜宴所用的"一色白粉定窑"碟子，颜色就是定窑的代表色白色。

定窑瓷器之所以贵重，除了质量绝佳，还有一个原因，就是元代停烧了，后世没有了这个品种，传世器物少之又少，所以得一件精品非常之难。南宋时期曾经烧制过一些仿品，所用的瓷土和烧制的工艺远不如原先的定窑。这种仿品，入元以后也停烧了。

有人说，《红楼梦》里的"一色白粉定窑"的碟子会不会是仿品？我的看法是，江宁曹家一定会有定窑的瓷器，这些瓷器一定不是仿品。曹雪芹自小耳濡目染，对这一类的东西不会陌生。那么，他在写《红楼梦》的时候，顺手把定窑瓷器写进小说，是情理中事。所以，大观园里的"一色白粉定窑"的碟子一定不是仿品。

《红楼梦》中的贾家是一个世家，所谓的旧家风范，是一种不经意的低调奢华，并不像后人所臆想的那样张扬。例如第三回黛玉进府之初，随王夫人来到正房旁边的"东廊三间小正房内"，房里的摆设是：

> 正面炕上横设一张炕桌，桌上磊着书籍茶具，靠东壁面西设着半旧的青缎靠背引枕。王夫人却坐在西边下首，亦是半旧的青缎靠背坐褥。

这才是真正的旧家气象，炫的不是"崭新"，反而是"半旧"。大观园里的生活也是一样，一饮一馔当中，都透出这种不经意的奢华。四十个"白粉定窑"的碟子，初看并不觉得炫目，但细细一想，一个碟子就不得了了，一下子就端出来四十个，这是什么阵势？再加上里边盛着的"不过是山南海北，中原外国，或干或鲜，或水或陆，天下所有的酒馔果菜"。分明是全世界的好东西"全伙在此"了。再琢磨一下前面轻描淡写的三个字"不过是"，是一种什么样的感觉？如果你有幸受邀去蹭上一顿，再上手摸一摸那些"一色白粉定窑碟子"，惊不惊喜？但你看人家那十六个人，包括一众大丫头和小丫头，有谁当回事儿了吗？

第二章

南北食材

"乌进孝交租"的单子和"芦雪广联句"的"广"字

《红楼梦》真的只写了南方的生活吗？吃的东西里只有南方的食材吗？非也。《红楼梦》第五十三回，快过年了，给贾家管着庄田的庄头乌进孝带着一个大车队，来到宁国府交租子。荣国府和宁国府各有庄田，乌进孝管着宁国府的庄田，他弟弟管着荣国府的庄田。庄田上由他们兄弟二人负责组织生产、收租，每年过年之前到府里交租。

贾珍跟乌进孝有番对话：

> 贾珍道："你儿子也大了，该叫他走走也罢了。"乌进孝笑道："不瞒爷说，小的们走惯了，不来也闷的慌。他们可不是都愿意来见见天子脚下世面？他们到底年轻，怕路上有闪失，再过几年就可放心了。"

显然，他们这个差事，还是世袭的。乌进孝说今年雪大，下了四五尺深的雪。这四五尺深的雪，换算一下，差不多一米多深。什么地方下这么大的雪？显然是东北。也就是说，这些庄田应该在关外。

再看看他交租的单子是不是这个情况。果然，租单上写着的大都是关外的产物。这就折射了清朝京城里的生活实况。一到年根儿底下，一队一队的大车队，都从关外拉着满满当当的货进京城。进京城可不是做生意，是给达官显贵们家里交租子，像乌进孝一样。

满族是从关外来的,他们的根在关外。京城里的满族勋贵,在关外基本上都有自己的庄田。这些人就像贾家一样,除了俸禄之外,每年的消耗品,基本上都是来自庄田。光靠俸禄是不行的,那可都是穷官儿。清朝京官儿的俸禄很低,仅能勉强养家。像贾家这样的世家就不同了,靠的不仅仅是那点儿俸禄。"乌进孝交租",反映了清代满族勋贵的生活情景。看看交租的单子上是怎么写的:

> 大鹿三十只,獐子五十只,狍子五十只,暹猪二十个,汤猪二十个,龙猪二十个,野猪二十个,家腊猪二十个,野羊二十个,青羊二十个,家汤羊二十个,家风羊二十个,鲟鳇鱼二个,各色杂鱼二百斤,活鸡、鸭、鹅各二百只,风鸡、鸭、鹅二百只,野鸡、兔子各二百对,熊掌二十对,鹿筋二十斤,海参五十斤,鹿舌五十条,牛舌五十条,蛏干二十斤,榛、松、桃、杏穰各二口袋,大对虾五十对,干虾二百斤,银霜炭上等选用一千斤、中等二千斤,柴炭三万斤,御田胭脂米二石,碧糯五十斛,白糯五十斛,粉粳五十斛,杂色粱谷各五十斛,下用常米一千石,各色干菜一车,外卖粱谷、牲口各项之银共折银二千五百两。外门下孝敬哥儿姐儿顽意:活鹿两对,活白兔四对,黑兔四对,活锦鸡两对,西洋鸭两对。

单子一开头,是"大鹿三十只"。为什么打头不从别的动物写,先写鹿呢?因为,以"鹿"字当头,就是为了讨个口彩。"鹿"字的谐音,是"福禄寿"三星的"禄"。《说文》释"禄"字:"禄,福也。"有禄就有福。所以,庄田上来交租子,最好的口彩,就是"鹿"字打头。不单是民间,就连朝廷都用"鹿"字来讨口彩。清朝一朝,每到年下,皇帝赏赐大臣的时候,经常赏鹿肉。跟什么一起赏呢？皇上御书两个字，一个"福"字，一个"寿"字。加上鹿肉，就是寓意"福禄寿"。《林则徐日记》里，就记载着皇上多次赏他鹿肉。林则徐是一品大员，曾经做过湖广总督、陕甘总督和云贵总督，任所离京城都很远。皇上的恩赏，就等于送来了"福禄寿"三星。臣下得了，无不感激涕零。

满族是马上得天下，又是从关外来。龙兴之地在关外，最早以狩猎为生。所以，一直忘不了吃肉的生活习俗，尤其是鹿肉。要吃鹿肉，就得猎鹿。虽然已经入主中原了，已经在关内坐天下了，但还是忘不了经常出去打猎。皇家打猎，主要是在承德一带的"木兰围场"。每年秋天，皇帝带着群臣出京北行，浩浩荡荡来到"木兰围场"，称作"木兰秋狝"。"木兰"不是地名，原意是哨鹿用的哨子。是用什么做的呢？用桦树皮。做成的哨子约有两三寸长，吹出来的声音有点儿像公鹿的叫声。公鹿一叫，就把母鹿给吸引来了。母鹿一来，又把公鹿吸引来了。如果鹿出现了，就开始布阵围猎。围场的功能，就是围猎。哨鹿的人披着鹿皮，戴着鹿角，边吹哨子，边把鹿引到一箭以内的地方。这时候，众随从都不准引弓，要让皇上先射。康熙的时候康熙皇帝先射，雍正的时候雍正皇帝先射，乾隆的时候乾隆皇帝先射，这是规矩。康熙皇帝自己说，他这一辈子，做了六十一年皇帝，几乎每年都要到热河的"木兰围场"射鹿，他亲手射杀的鹿就有一百多头。每射中之后，周围山呼万岁，然后过去把鹿拉出来。皇上射下的第一头鹿，照例一定要快马驮着立送京城。一个是祭祀，再一个是敬献皇太后，这可是皇上的一片孝心。

上有所好，下必效焉，京城官宦，皆以吃鹿肉为时尚。所以乌进孝交租，单子上打头就是"大鹿"。下面紧接着写的是獐子和狍子,这两种野物跟鹿都是近亲,都是鹿属。有个顺口溜:"棒打獐子瓢舀鱼,野鸡飞到饭锅里。"说的是北大荒,其实当初关外都是这个情况。

承平时期不打仗,即使打仗,皇帝也基本上用不着御驾亲征。皇帝忘不了的是,从马上得到的天下,不能荒疏了马上的功夫。不打仗又不能丢了祖宗的强项,所以年年"木兰秋狝",亲自猎鹿,吃鹿肉,也给臣下赏赐鹿肉。

鹿肉是很好的东西,蛋白质高,脂肪低,含有多种营养成分。但是鹿肉性纯阳,如果身子弱,吃鹿肉还要稍微注意一点儿。例如《红楼梦》里史湘云能吃,林黛玉就得悠着点儿。《红楼梦》第四十九回写到了雪天的大观园,史湘云撺掇着在芦雪广"割腥啖膻",大烤了一顿鹿肉。

说到这个"芦雪广",那要说一个字儿,"芦雪广"的"广"。有的本子写成"芦雪亭",有的本子写成"芦雪庭",有的本子写成"芦雪庵",可能是因为不认识这个"广"字,或是怕读者不认识这个"广"字,无心或者有心,反倒给改错了。这个"广"字是怎么写的呢?一点一横一撇,就是现在简化字广州的"广"。其实,这个字的读音是"yǎn"。甲骨文和金文的写法像屋墙屋顶,是个象形字。《说文解字》卷九:"广,鱼俭切(yǎn)。因广为屋,象对刺高屋之形。"即是说"广"字的本义,是傍山的建筑。这个"芦雪广"的命名很有古意,大观园里景点名字已经有榭有庵有亭,如果再用芦雪亭、芦雪庵,不仅重了,也了无新意。所以"芦雪广"之名,既古雅,又比较合理。庚辰本就是"芦雪广",就是这个"广"字。人民文学出版社通行本,是按庚辰本校注的,所以此处写的也是"芦雪广"。

"芦雪广"依山傍水,比较宽敞,平时又是不住人的,所以李纨提议选这个地儿聚会,这可称了史湘云的心意。史湘云跟宝玉弄了一块鹿肉,鬼鬼祟祟地计议要烤着吃,这芦雪广可太合适了。于是命老婆子们拿了铁炉、铁叉、铁丝蒙子来,把鹿肉烤上了。烤鹿肉的香气引得众人一拥而上,连凤姐都跟着大吃。只有林黛玉说:

> 那里找这一群花子去!罢了,罢了,今日芦雪广遭劫,生生被云丫头作践了。我为芦雪广一大哭!

史湘云说:

> 你知道什么!"是真名士自风流",你们都是假清高,最可厌的。我们这会子腥膻大吃大嚼,回来却是锦心绣口。

一句"是真名士自风流",把林黛玉给怼回去了。史湘云说我们现在"大吃大嚼",待会儿作诗的时候"锦心绣口"。到第五十回,吃完鹿肉以后开始作诗,史湘云果然大逞其才,这就是著名的"芦雪广联句"。

所谓"联句",就要有人起头,然后众人依次接一句"对句",再出一个"出句"。这样一直联下去,直至结尾。那么,这位起头的诗翁是谁呢?居然是一个不懂作诗的王熙凤。这一笔写得好极了!既在情理之外,又误打误撞以拙取胜,出了个好句子。看看凤姐是怎么起的第一句:

> 凤姐儿想了半日,笑道:"你们别笑话我。我只有一句粗话,下剩的我就不知道了。"众人都笑道:"越是粗话越好,你说了只管干正事去罢。"凤姐儿笑道:"我想下雪必刮北风。昨夜听见了一夜的北风,我有一句,就是'一夜北风紧',可

使得?"众人听了,都相视笑道:"这句虽粗,不见底下的,这正是会作诗的起法。不但好,而且留了多少地步与后人。就是这句为首,稻香老农快写上续下去。"

凤姐凑趣凑得好,不但引出了后面叠相联属的佳句,还引出了众人一番诗论。细细品味,真的可以作为接着林黛玉教香菱学诗的后续教材了。

此时的"芦雪广"里都有谁呢?书中说住在园子里的人,能来的都来了。数数十二个人,计有宝玉、湘云、黛玉、宝钗、探春、李纨、香菱、邢岫烟、宝钗的妹妹宝琴、李纨的两个妹妹李纹、李绮,再加上一个王熙凤。二姑娘迎春病了,四姑娘惜春告假了,就少她们两人。这次联句十二个人参加,可以说是结社以来的一个高潮。人最多,最热闹。尤其是联到后来,已经不叫作诗,按湘云说的话:简直是抢命了。联句本来应该一个一个联下来,井然有序。到最后大家抢着联,尤其是湘云、宝琴和黛玉这三个人,抢到最后竟乱了规矩,不是一个人"对"上一句再"出"一句,而是抢到一人才说一句,下一句就被抢了。结果是一句接一句,密不透风,谁也不让谁。联句成了三个人争相逗才,好看之极。

历史上有不少的联句之作,但因为太长,能够传唱的不多。再加上参与联句的人往往水平参差不齐,因此有的句子不错,有的就比较一般。但是这一首联句,几乎每一句都很好。最重要的,还是那个特点,按头制帽,每一个人的诗句,都不脱落每一个人的性格、学识、才气、境遇。尤其是这些诗句都是曹雪芹一个人写的,并不是十二个人。但是每一句,都像是"那个人"的身份。这真是太不容易了。《红楼梦》中的诗词曲赋,都是小说的有机组成部分。

每一首诗，都是为了写人。这两回，一个烤肉，一个芦雪广联句，又成功地给了湘云一个塑成性格的机会。

从烤鹿肉说回贾府的食材，不单有北方的食材，也有南方的食材，其中还有一些今天已经很陌生的食材。

交租单子上的"石"和"斛"各是多少斤？

乌进孝交租的那个大单子上面列了很多东西，其中有各种粮食，还有标定粮食的两种量具。例如"御田胭脂米两石"，"下用常米一千石"。这里出现了一个计量单位"石"。还有，"碧糯五十斛""白糯五十斛""粉粳五十斛""杂色梁谷各五十斛"，又出现了一个计量单位"斛"。这个"石"和"斛"各是多少呢？

说起来，古代的量具很复杂。首先，在秦没有统一之前，七国的量具差异很大。常常是名字相同，但是容量却有很大的不同。秦统一之后，度量衡改制。确定一斛十斗，一斗十升，一升十合。

虽然秦始皇下令统一了度量衡，但因并吞六国以后，幅员广大，政令管不到的地方，还是沿用旧制。复因秦朝存在的历史太短，它后面的朝代，并未完全继承秦的制度。所以统一度量衡，实际上并没有完全落到实处。其次，这些量具的名称很乱，有的时候是名称相同而容量不同，有的时候是容量相同而名称不同。再次，换算关系也比较乱，例如"石"，一石是十斗，一斛也是十斗，这"石"和"斛"虽然是两个名称，两个量具，但跟斗的关系，却都是一样的。并且越往后，量具的名称就越多，功能就越复杂，区别就越来越大，换算关系也就越来越乱。

南北朝晋宋之时的谢灵运，曾经用量具来比喻才气。李瀚《蒙求集注》引谢灵运说：

天下才共有一石，子建独得八斗，我得一斗，自古及今，同用一斗。

如果天下的才气加起来总共有"一石"的话，"子建独得八斗"。子建就是曹植，谢灵运非常推崇曹植。曹植一个人就占了"八斗"，百分之八十。剩下"两斗"怎么分呢？"我得一斗"，谢灵运自己得一斗，够狂妄的吧？剩下的"一斗"，天下人分。这就是很形象地用"石"和"斗"来比喻才气的大小。由此可以看出，那个时期的量具"石"和"斗"，用得很普遍。

到了宋代，朝野都觉得再这样乱下去不行，还是要统一计量和换算关系，所以就彻底整顿了一下，把"石"和"斛"做了一个分工：一石两斛，一斛十斗，一斗十升，一升十合。大体上还是秦统一时候的分法，又回去了。不过这一次把"石"和"斛"的换算关系明确了，"一石"是"两斛"。

前边说到，乌进孝交租的单子上出现的两个量具，一个是"石"，一个是"斛"。"石"和"斛"的换算关系是沿用宋代的规定吗？不是。明代的万历年间又做了一次调整，进一步理顺了各种量具的关系，并且与称重的重量单位做了一个相对确定，由当时的内阁首辅大学士张居正一手操办。作为一个成熟的国家管理者，不能容忍这些乱象再继续下去了。这一次不仅确定了度量衡，还主持了全国土地的大规模丈量。

当时的国家管理，主要是农业管理。耕地丈量要有一个标准尺度，粮食收成要有一个标准量具。所以，张居正首先要做的，就是制定标准。量具和重量的换算关系至关重要，必须统一，并且确定下来。那么，"一石"是多少"斤"呢？这次确定为"一百二十斤"。"一石"是"两斛"，"一斛"就是"六十斤"。"一石"是"十斗"，"一斛"就是"五斗"，"一斗"就是"十二斤"。"一斗"是"十升"，"一升"的重量就是"一斤三两二钱"。因为那时"斤"与"两"的关系是特殊的"十六进制"，即"一斤"等于"十六两"。所以，"一升"的重量不是"一斤二两"，而是"一斤三两二钱"。

清承明制，清代的度量衡基本上没有什么变化。《红楼梦》大体折射了明清时期的生活面貌，这个换算关系就清楚了。乌进孝交租的单子上，量具所换算的重量，"一石"是"一百二十斤"，"一斛"是"六十斤"。那么，"两石御田胭脂米"，就是"两百四十斤"。也就是说，黑山村的乌进孝，每年要给宁国府交来"两百四十斤"的"御田胭脂米"。

说起来，这点米实在不算多。有资格吃这种米的主子，应该不止两三位。但区区"两百四十斤"，真的放开量吃，一个人怕都不够。荣国府和宁国府的情况差不多，荣国府比宁国府的人口还要多一些，尤其是最高辈分的老太太还在。乌进孝的兄弟管着荣国府八个庄田的进项，大概比宁国府略多一些，交租总量比宁国府也要略多一些。就算是荣国府收到的"御田胭脂米"比宁国府多出"一斛"，共计"三百斤"，也不够两个人吃一年。老太太一个人吃，略有富裕。偶尔再分给这个一碗那个一碗，那可就不够分的了。"可着头做帽子"的话，应该是靠谱的。所以第七十五回，尤氏来了，老太太吩咐给尤氏盛碗饭，一看盛的是白米饭，问那个"红稻米粥"哪去了？下面回说只够老太太自己吃，不够别人吃了。大体上算算账，的确是这个情况。

单子上还写着,"下用常米一千石"。"一千石"是"十二万斤",这可着实不少。其实细算算账,就知道并不算多了。像荣国府和宁国府,单一个府里的下人,就不少于三百个。别看就这几个主子,伺候主子的人要比主子多很多。还有那些干粗活的人,就更多了。这些下人都是要吃饭的,一个府里按三百个下人算,一个人平均一年四百斤,就是十二万斤。一个人一年四百斤算多吗?对于干活儿的人来说,四百斤可真不算多。

如果一家人都在府里当差,例如林之孝和林之孝家的,加上女儿小红,一家三口住在府里,吃穿用度都是府里给的,每个月还各自都有月钱,再平均一个人有四百斤米,应该说日子过得还行。如果一个家庭只有一个人在府里当差,挣的粮食就是四百斤,他自己还要吃饭,再要养家,怎么养得起呢?这一家子人就得再干点儿别的活计,比如说再种点儿粮食,再种点儿菜,再养点猪羊鸡鸭之类,大概才能过得下来。

当然也有一些过得很好的下人,就是所谓"有脸的"奴才。例如那些大丫头,平日吃穿都不用自己花钱,还有月银二两。这份儿月钱存下来,一年就是二十四两。再加上逢年过节额外的恩赏,一年存个三四十两银子不是什么难事。有家人的,还可以周济家人。没有家人的,就是将来自己成家的储备。按刘姥姥那个算法,二十两银子够庄户人家活一年,这要是存个十年八年,将来出去,过个小康日子,应该是不愁的。

小户人家过日子的量具,就不能用"石"用"斛"了。用什么呢?用"斗"用"升"。所以有一个说法,叫作"升斗小民"。为什么呢?小户人家没这么多粮食,最常用的就是"升"和"斗"。从这个量具就可以看出来,大家族和一般家庭的差别太大了。

给宁国府交租的单子上，各种粮食加在一起显得挺多的：

御田胭脂米二石，碧糯五十斛，白糯五十斛，粉粳五十斛，杂色粱谷各五十斛，下用常米一千石。

刚才简单算一算，第一项"御田胭脂米"，一两个主子吃都不大够。末一项"下用常米"，阖府下人勉强敷用。中间一项"粉粳"，粉就是白，"粉粳"就是"白粳米"。《尚书·益稷》郑玄注："粉米，白米也。"这种"白粳米"，显然是主子们的口粮。数量是多少呢？"五十斛"，就是三千斤。宁国府的主子，要是细数一数，应该不止十个人。三千斤分到每个人，不过是三百斤而已。三百斤吃一年，男女老少匀一匀，大概差不多够吃了。但是，同样的数量在荣国府，可是不够的。不算老太太，文字辈贾赦、贾政加上邢王二大人是四位，玉字辈贾琏、王熙凤两口子加上宝玉、贾环再加上贾珠的遗孀李纨是五位，草字辈贾兰一位，这就有十位了。园子里住着的小姐们，诸如黛玉、宝钗、迎春、探春、惜春、妙玉又是六位，再算上依亲常住的史湘云、薛宝琴、邢岫烟、李纹、李绮又是五位，这又十一位了。这还没算上应该属于半个主子的贾赦的妾室、贾政的妾室、贾琏房里的平儿等。薛姨妈、薛蟠和香菱虽然也是常住，但属于客居，应该有自己的进项出项，不算是荣国府的人口。就是这样简单算下来，荣国府地地道道的主子，也有二十几位了。也就是说，荣国府一年收到乌进孝的弟弟交来的"粉粳"，至少要比宁国府多出一倍来，才勉强够用。

其他的如"碧糯""白糯"，两种颜色稍有差别的糯米，是做点心用的，当不得正经粮食。"杂色粱谷"则只能是喂马所用了。有个十匹二十匹马，都挺紧张的。

不算不知道，一算吓一跳。这"可着头做帽子"，真不是随便说的。连林黛玉这个对理财毫无兴趣的娇小姐都看出来了，第六十二回宝玉跟黛玉说起探春理家的才干，黛玉说：

要这样才好，咱们家里也太花费了。我虽不管事，心里每常闲了，替你们一算计，出的多进的少，如今若不省俭，必致后手不接。

谁说黛玉只计较感情的事？早在"冷子兴演说荣国府"的时候，贾府已经是"外面的架子虽未甚倒，内囊却也尽上来了"。黛玉身处其中，又是一个极聪明的人，不会没有感觉。那么，"管事"的人应该更知道府里的情况了。所以贾珍看了交租的单子，才会跟乌进孝有那样一番对话：

贾珍皱眉道："我算定了你至少也有五千两银子来，这够作什么的！如今你们一共只剩了八九个庄子，今年倒有两处报了旱涝，你们又打擂台，真真是又教别过年了！"

乌进孝道："爷的这地方还算好呢！我兄弟离我那里只一百多里，谁知竟大差了。他现管着那府里八处庄地，比爷这边多着几倍，今年也只这些东西，不过多二三千两银子，也是有饥荒打呢。"贾珍道："正是呢，我这边都可，已没有什么外项大事，不过是一年的费用。我受用些，就费些；我受些委屈就省些。再者年例送人请人，我把脸皮厚些，可省些也就完了。比不得那府里，这几年添了许多花钱的事，一定不可免是要花的，却又不添些银子产业。这一二年倒赔了许多，不和你们要，找谁去！"

"那府",就是荣国府,比宁国府的人多,比宁国府的事多。而且,事都是大事。别的不说,一个"元春省亲",要花多少银子?正如贾珍所说"添了许多花钱的事","却又不添些银子产业"。面对这样一种危机,荣国府可怎么办呢?单靠一个临时管管大观园的探春,在园子里实施了一些改革,每年最多也就是能省下来几百两银子,连个小窟窿都填不上。贾琏说,来个太监,张口就要借一千两银子,应酬得慢了,就把人给得罪了。

好在除了田庄上每年的进项,还有几项收入可供支撑。一是他们还有俸禄,二是世袭的爵位有一些补贴,三是还应该有些买卖。即便如此,还是入不敷出。逼得贾琏跟鸳鸯商量,悄悄地把老太太暂时用不着的东西偷出来卖了以补亏空。这无限忠于贾母的鸳鸯,居然就跟贾琏联手做了。如果不是为了阖府要渡难关,贾琏也不敢说,鸳鸯也不敢应。

乌进孝交租单子上的信息量很大,不单是东西多少的事,还能算出佃户、庄头以及宁荣二府等各方面的不得已。至少,可以得知在那个时代,使用的量具是什么,跟重量又是什么样的换算关系。这对阅读理解《红楼梦》,应该是有益处的。还有一点,单子上的粮食,如"御田胭脂米""下用常米"以及"碧糯""白糯""粉粳",基本上都是米。由此看来,贾家似乎是生活在南方。或者生活在北方,但保持着南方的生活习惯。再看看单子上的各种野味,却大都产在关外。

宁国府收到的鲟鳇鱼是"二个"还是"二百个"?

说到野味,乌进孝交租的单子上最特殊的东西是鲟鳇鱼。有多少条呢?《红楼梦》的各个版本差别很大。抄本系统的甲辰本、梦稿本以及印本系统的程甲本、程乙本,都写的是"鲟鳇鱼二百个"。但是庚辰本上说的却是"鲟鳇鱼二个"。

那么,究竟应该是"二百个"还是"二个呢"? 或者取个中间数"二十个"? 这几个数据不可能都对,一定要说清楚。我们常说,艺术作品往往折射了时代生活。所以,要准确把握艺术作品,就要先了解那个时代的生活。

第一个问题,先了解一下"鲟鳇鱼"是一种什么鱼。

"鲟鳇鱼"为古老鱼类,起源于一亿三千万年前,是白垩纪时期保存下来的古生物,曾与恐龙在地球上共同生活,素有水中"活化石"之称。"鲟鳇鱼"是"鲟鱼"和"鳇鱼"两种鱼类的总称,由于人们常将两者相提并论,所以统称"鲟鳇鱼"。世界现存约二十八种,中国有八种,分布于黑龙江、嫩江、乌苏里江和松花江下游,其中具有经济意义和现实捕捞价值的仅为黑龙江的"施氏鲟"和"达氏鳇"。

严格地说,"鲟鳇鱼"是两种鱼。这两种鱼有什么区别呢?

"鲟鱼"又称"七粒浮子",体形很像"鳇鱼",最明显的区别是口小,嘴唇具有皱褶,形似花瓣。腮膜不相连接,吻的腹面、须的前方生有若干疣状突起,由此得名为"七粒浮子"。它不是洄游性鱼类,生活于江底,很少游于浅水区,冬季在大江里越冬。性成熟需九年,全长一米,鱼龄最长二十五六年,体重最重三十八斤。

"鳇鱼"的左右腮膜互相连接，属洄游性鱼类，基本生活在鄂霍次克海，夏初游回江河产卵。性成熟需十六年，个体庞大，寿命长，最重可达千斤至两千斤，年龄几近百岁。

也就是说，这两种鱼的区别还是很大的。粗一看，长得有些相像。仔细辨认，区别很明显。"鲟鱼"的腮膜是分开长的，"鳇鱼"的腮膜是连在一起的。最大的差别，"鲟鱼"长度只有一米，最重只有三十八斤，也就是十九公斤。而"鳇鱼"可就大得多了，最大的可重达两千斤，也就是一吨。

徐珂在《清稗类钞·动物类·鲟鳇》中记载：

> 鲟鳇，一名鳣（zhān），产江河及近海深水中。无鳞，状似鲟鱼，长者至一二丈，背有骨甲，鼻长，口近颔下，有触须。脂深黄，与淡黄色之肉层层相间。脊骨及鼻皆软脆，谓之鲟鱼骨，可入馔。……奉天之鱼，至为肥美，而鱏（xún）鳇尤奇。巨口细睛，鼻端有角，大者丈许，重可三百斤，冬日可食，都人目为珍品。

徐珂说得很清楚，通常所说的"鲟鳇鱼"，指的就是"鳇鱼"，生活在江河及近海深水中。产于"奉天"的这种鱼"至为肥美"，连骨头都是美味，北京人目为"珍品"，冬天才能吃得到。只是他见到的都比较小，长一二丈，重三百斤。

看看其他人的记载。清代人西清的《黑龙江外记》说：

> 鱏鳇鱼，古名秦王鱼，音之讹也，大者首专车。

比西清略晚一些的姚元之在《竹叶亭杂记》中也提到：

> 鳇鱼脆骨，鳇鱼头也，出黑龙江。……一鱼头大者须一车载之。

他们见到的"鲟鳇鱼"就大多了，一个鱼头就要拉一车。鱼身子大约是鱼头的两倍，至少也要一车，甚至两车。

那么，回到乌进孝交租的单子，结论就出来了。整个交租的车队最多也就是二三十辆大车，"鲟鳇鱼二个"就要占到四辆甚至六辆大车。如果是程本和甲辰本、梦稿本所写的"二百个"，光是"鲟鳇鱼"就至少要用四百辆车，这怎么可能？所以，"二百个"一定是写错了。即便是"二十个"，也至少要用四十辆车，也绝无可能。也就是说，只有庚辰本所写的"鲟鳇鱼二个"是正确的。再说，"鲟鳇鱼"从元代就是贡品，明清两代也都是贡品。每年冬天进贡的数量，少的时候是三尾、五尾，多的时候，也就是二十尾。那么，黑山村的乌庄头能弄到两尾，就已经很不错了。

"鲟鳇鱼"太大，生长周期又很长，要是没有人捕捉，由着它自己长，可以长到百岁以上，比人的寿命还长。所以成年的大鱼很难捕捉。乾隆皇帝曾有《松花江捕鱼》诗，说到在松花江捕捉"鲟鳇鱼"的情景：

> 就中鲟鳇称最大，度以寻丈长馨轩。
> 波里颏如玉山倒，掷叉百中诚何难。
> 钩牵绳曳乃就陆，椎牛十五一当焉。
> 举网邪许集众力，银刀雪戟飞缤翻。

很形象，先要"掷叉"，继而用钩子和绳子勾拉牵曳，收网的时候，要众人一起用力，眼前飞舞着一片"银刀雪戟"，场面极其壮观。

《黑龙江外记》中记载得更为具体：

> 捕鳇之法，长绳系叉，叉鱼背，纵去，徐挽绳以从数里外，鱼倦少休，敲其鼻，鼻骨至脆，破则一身力竭，然后戳其腮使痛，自然一跃登岸。索伦人尤善其能。

这段记载很有意思，捕"鲟鳇鱼"的方法完全不同于寻常捕鱼。说的是当地的"索伦人"，驾着小船，凭经验找到水下的鲟鳇鱼。用一种后边带着绳索的鱼叉，瞄准之后，果断掷出鱼叉。"啪"地一下，扎在鱼背上。鱼叉是带倒钩的，扎进去就挂住了。"鲟鳇鱼"负痛急速奔逃，瞬间扯尽绳索。渔人驾船紧紧跟随，始终保持绳索的张弛度。鱼快则送，鱼缓则收。驾船非常危险，一个不小心，就有可能船毁人亡。鱼带着船拼命地跑，一般都要搏击半天到一天。一直遛到鱼累极了，再慢慢地收绳子。不是说要把鱼抓到船上，没这个可能。要抓住这条鱼，也不是一个人干的活，得很多人，岸上还有一群人跟着跑。正如乾隆诗里所说，要"集众力"。鱼终于游不动了，小船贴近，趁着鱼头露出水面的一刹那，渔人迅速举锤，照着鱼的鼻子，"啪"地一锤。"鲟鳇鱼"的鼻子是它的罩门，鼻骨很脆，一锤砸碎，全身的力道尽失，就再也跑不了了。此时岸上众人绳牵网拖，慢慢地把它拉向岸边。因为鱼太大太重，人力难以拖它上岸。这要用到最后一个技巧，用鱼叉猛戳鱼鳃。鱼痛极，用尽最后一点力气猛地一跳。岸上众人要不失时机地用力往岸上收绳子，鱼就自己跳上岸来。当然，这有一个巧劲儿，鱼跳起来的时候，一定要合力收绳子，稍一迟疑，鱼可就上不了岸了。

这里所说的"索伦人"，是明末清初居住在黑龙江地区的土著民族。当时的"索伦人"并不是一个单纯的民族,而是对生活在当地的"达斡尔""鄂温克""鄂伦春"和"布里亚特"等部族的统称。"索伦人"常年生活在塞北极寒之地,艰苦的环境造就了其耐风雪、耐饥饿、耐劳苦的素质。加上他们体质强壮、弓马娴熟,所以成为清政府的重要兵源。

"鲟鳇鱼"全身都是宝,因捕于洄游时的江河中,所以有"淡水鱼王"的美称。此鱼肉鲜味美,骨脆而香,全身几乎没有废料,胃、唇、骨、鳔都是入馔的上等原料,鱼子价值极高,被称为黑色黄金。这么大的鱼,整条炖是不可能的,没那么大的锅,所以鲟鳇鱼一般都是切成鱼丁烹制。一直到民国年间,北京每年都有东北来的鲟鳇鱼,那时候都是切块卖。买回家以后切成丁,用油一炸,然后再加作料烧制。"鲟鳇鱼"的皮含有丰富的胶原蛋白,非常好吃。最好吃的是骨头,说来也奇,这么大的鱼,通体竟然没有一根硬骨,连脊椎骨都是软骨。用鱼骨熬汤,熬出来的汤,汤浓色白。尤其是软骨的口感极好,营养也极其丰富。按照今天的说法,含有大量所谓的"脑黄金"。最珍贵的部分,就是被砸碎的那个鼻子。鼻子的软骨,更是美味。一个做法是煮熟了之后凉拌,口感妙不可言。另一个做法,当然也是煮汤,因为胶质更多,所以比鱼骨煮的汤还要好。

近年间,野生的"鲟鳇鱼"日渐稀少,成为保护鱼种,严禁捕捞。所以市场上能见到的均为人工养殖而成。有一年,我去哈尔滨讲课,邀请方问我吃没吃过"鲟鳇鱼"。这可是《红楼梦》里乌进孝交租的那个单子上写的呀!有这样一个机会,当然不能放过。于是他们就带着我到了松花江的北岸,一个专门吃"鲟鳇鱼"的地方。我先去看大案子上的鱼,差不多有十米长。确如记载所说,长得很丑。即使是人工养殖的，能长这么大也不容易。店家说，野生的偶尔也有，一般都是从偷捕者手里没收后处理的，价钱要高出十倍，但很不容易碰上。

有人说，"鲟鳇鱼"不只产在关外，南方的长江、钱塘江甚至珠江都有，所以乌进孝那个黑山庄不在关外，应该在江苏的连云港一带。这个说法是不了解清代的"鲟鳇鱼"捕捉和进贡的制度。早在元明两朝，关外的"鲟鳇鱼"就是贡品。入清之后的顺治七年，专门在吉林的乌拉街设立了"打牲乌拉总管衙门"，专为清廷采捕贡品。衙门初设时隶属清陪都盛京内务府，后改隶北京内务府。康熙年间，打牲乌拉总管由宁古塔将军兼任。打牲衙门采捕的贡品，主要是东珠和鲟鳇鱼。后来更应需要专门在"采珠八旗"之外，编成"捕鱼八旗"的正式建制，负责全部鱼贡。

每次呈送北京的贡鱼中，最大的两尾鲟鳇鱼，皇上要亲自过目，称为"御览鲟鳇鱼"，打牲总管必须在场。"御览鲟鳇鱼"先由总管选定，挂好冰后要先送到吉林城，请吉林将军会衔验看，然后裹上芦席专车呈送。

那是不是只有两尾呢？不是。清代档案中有一份光绪二十年（1894）打牲总管的贡鱼报告：

> 本总管现将头次应进各色鱼尾捕齐，头次应进御览鲟鳇鱼二尾，于十一月十七日由营起运……续将二次鱼尾捕足，拟于十一月十九日由营起运。总管带领二次差员花翎骁骑校连喜，将二次应进御览鲟鳇鱼二尾，亲押运省，呈请将军勘验，会衔呈进之处，理合预为知会等情。……头次共重一万二千七百十斤，二次共重一万二千五百十斤。

这就清楚了，贡鱼分为两批，称作"头次"和"二次"，两批起运间隔时间是两天。每一批只有两尾给皇帝看，其余不用皇帝过目。两批各一万二千多斤，总计两万五千多斤，大概要装二三十辆大车。

除了贡品，早年京里的诸贝勒及各旗主每年也要派人前往乌拉地方打牲。顺治十四年（1657）设立打牲衙门以后，由打牲总管统一管理各旗派到这里的打牲丁，为清廷及各旗王公采集、保管、加工、输送采捕之物。

统观上述资料，可以归纳为以下几点：一、虽然南方江河时有捕获的"鲟鳇鱼"，但属罕见个案。二、清廷在关外设有专职管理采捕机构，每年定时进贡总量不低于二十尾"鲟鳇鱼"。三、打牲衙门除贡品外，亦负责管理各旗王公所派打牲丁采捕事宜。四、打牲衙门非冬季所捕之鱼均须"圈"养，至冬季挂冰起运。关外另有多处"鳇鱼圈"，不归打牲衙门管理。

鉴于《红楼梦》中的乌进孝交租一节，折射了清代王公贵族多在关外置有庄田、并于冬季从庄田长途运送货物进京的生活史实。所以结合上述资料，可以得出三个结论：一、庚辰本所写的"鲟鳇鱼二个"正确。二、贾家收受"鲟鳇鱼"不违制。三、"黑山村"位于江苏的依据不成立。

宁荣二府"鱼与熊掌兼得"的生活

上文讲到"鲟鳇鱼"，由此想到孟子说过的一段话：

鱼，我所欲也；熊掌，亦我所欲也；二者不可得兼，舍鱼

而取熊掌者也。(《孟子·告子下》)

孟子的意思是,我很喜欢鱼,也很喜欢熊掌,如果不能都得到的话,一定是留着熊掌,鱼就只好舍掉了。在他眼里,熊掌可是比鱼的价值要高不少。

再看看乌进孝交租的单子上,不仅有鱼,还有熊掌,是二者得兼。孟子要是拿着这个单子,那可高兴坏了。"鱼,我所欲也""熊掌,亦我所欲也",居然鱼和熊掌都到手了。然而,宁国府的贾珍还要数落乌进孝:"你们又打擂台,真真是又教别过年了。"

这么多的东西还嫌少,显然,以往比这一年的东西要多得多。

我们来看一下,鲟鳇鱼是"二个",熊掌有多少呢?"二十对"。有人可能要说,一头熊有四个熊掌,这二十对就是四十个,也就是十头熊的熊掌。对吗?不对。这熊掌可不是这么算的,是只要前掌,不要后掌。为什么呢?后掌不好吃,味道腥臭,只有前掌才是真正的好东西。这么算,二十对熊掌得要二十头熊了?还不对。真要讲究起来,就是前掌,也不是左掌、右掌都好,而是右掌好,左掌不好。

为什么呢?有两个说法。一是熊要冬眠之前,先要到处找营养储存。冬眠的时候不就是舔熊掌吗?不错,但光是舔熊掌能舔出什么营养来呀?所以要在熊掌上储存东西。储存什么东西呢?蜂蜜。熊在冬眠之前必须到处找蜂巢,找到以后,把蜂巢砸得稀巴烂,接着拼命用前掌去踩踏蜂蜜,这蜂蜜就都沾到前掌上了。一层一层地踩,一层一层地干,干了再一层一层地踩,不知道要破坏多少蜂巢。熊的皮很厚,也不怕蜜蜂蜇。这就把它一冬天所要积蓄的热量,都存在熊掌上了。但熊是右撇子,只用右前掌去踩蜂蜜,左前掌是不踩的,冬天就只舔右前掌。所以,右前掌是最金贵的,也是最美味的。也就是说，熊的前后掌相比，前掌比后掌好；两个前掌相比，右前掌又比左前掌好。

还有一个说法，左掌的"左"，谐音"阻"，阻就是不顺。要讨口彩，所以左前掌就没人要。这个说法基本上不可取，为什么呢？左前掌要是真好的话，还管什么谐音呢？

这个账就清楚了。交租的单子上，熊掌二十对。二十对，就是四十只。都是右前掌，那就是四十头熊。这还只是宁国府。荣国府只会比宁国府多，不会比宁国府少。乌进孝的弟弟替荣国府管着庄田，每年过年前也是要来交租的，交的租子差不多也都是这些内容。就算两府差不多，按熊掌算，加起来至少要猎杀八十头熊。

应该说，这笔账真实地反映了清代达官显贵的生活。京里不少的上层官员，每年都要收缴从关外庄子上送来的租子，基本上都是差不多名目的东西。想来仅为熊掌一项，每年要猎杀的熊，就是一个惊煞人的数字。

再替宁荣二府算一笔账。按照周汝昌先生《红楼梦新证》中的"红楼纪历"，《红楼梦》从第一回到第八十回，写的是十五年间的故事。再往后先不说，那也不只是过了一个年，而是过了十五个年。再想一想，《红楼梦》第十三回，王熙凤做梦，秦可卿托梦，秦可卿跟凤姐说的那番话：

> 婶婶，你是个脂粉队里的英雄，连那些束带顶冠的男子也不能过你，你如何连两句俗语也不晓得？常言"月满则亏，水满则溢"；又道是"登高必跌重"。如今我们家赫赫扬扬，已将百载，一日倘或乐极悲生，若应了那句"树倒猢狲散"的俗语，岂不虚称了一世的诗书旧族了！

这段话所说的时间跨度是"赫赫扬扬,已将百载",已近百年了,这可就不是十五年的事了。这个百年世家,可是年年都要过年的。他们家的庄子上,年年过年都要给他们交租子的。并且,以往交的一定比第五十三回交的都要多。为什么呢?乌进孝交了现银二千五百两,贾珍说:

> 我算定了你至少也有五千两银子来,这够作什么的!如今你们一共只剩了八九个庄子,今年倒有两处报了旱涝,你们又打擂台,真真是又教别过年了。

仅现银一项,就比贾珍计算的少了一半。"真真是又教别过年了",可见往年都比今年多。还是算熊掌的账。就算是往年熊掌的数量都跟今年一样,每年都是熊掌二十对,两个府加起来,熊掌四十对。那么十五年要多少头熊?一百年要多少头熊?所以从熊掌的消耗,就可以看到这些"钟鸣鼎食"之家,过的是什么样的日子。

这么多的熊掌,贾府吃了吗?肯定吃了。送来的熊掌,以及其他野味,就是给家里吃的。但是,《红楼梦》写到的大小宴席,各种菜肴,无论是家宴还是人请请人,都没看到他们吃熊掌。这是怎么回事?没看到不等于没吃。这就是《红楼梦》的一种笔法,叫作"不写而写"。想象一下,贾府的厨子要排出每天的菜单,熊掌就是一道大菜。什么时候吃,吃多少次,怎么吃,就是大厨们一定要考虑的题目。熊掌该怎么做,《红楼梦》里没写,咱们找一找历史资料。

为什么要盯着熊掌吃?历史上的记载很多,有两种说法:一是因为熊掌好吃,所以成为必吃的美味。例如曹植《名都篇》:"脍鲤臇胎鰕,炮鳖炙熊蹯。"枚乘《七发》:"熊蹯之臑,勺药之酱。"陆游《东窗偶书》之二："万事何曾有速淹，熊蹯鱼腹自难兼。"赵翼《食田鸡戏作》："由来隽味在翘肖，何用猩唇獾炙熊蹯胹。""熊蹯"就是熊掌。

另一种说法，据《史记·轩辕本纪》记载，上古有方国，国名"有熊"。有熊国始于"少典"，后来传位于华夏先祖黄帝。春秋时期，有熊氏的后裔楚国战败，战胜方为了羞辱有熊氏，于是大吃熊掌。

这个话靠不住。东西不好吃，是传不下来的。什么口彩也好，讲究也好，要把有熊氏给吃掉也好，都没有说服力，好吃才是王道。为了吃熊掌，历朝历代的君主，留下了不少故事。例如《左传·宣公二年·晋灵公不君》记载："宰夫胹熊蹯不熟，杀之，置诸畚，使妇人载以过朝。"意思是，厨子给晋灵公炖熊掌，因为灵公着急享用，导致熊掌没有炖熟透。晋灵公一怒之下杀了厨子，把尸体藏在竹筐里，让宫女用车拉走了。《左传·文公元年·楚世子商臣弑其君》也记载了一个关于熊掌的事：楚国的太子商臣起兵谋反，逼他父亲楚成王自尽。"王请食熊蹯而死，弗听。"楚成王乞求能够享用一个熊掌之后再死不迟，直接表达的意思是，活着的最大乐趣就是吃个熊掌。这"最后的熊掌"，也真够让人唏嘘的。对于亲爹的这个请求，太子商臣断然不允，也真是够狠的。

史上的很长时间里，熊掌的吃法一直是长时间炖煮。上述的两个例子，一个是时间不够，没煮熟，一个是要借着炖熊掌拖延时间，都说明炖煮熊掌费时费力。到了后世，最讲究的宴会吃什么呢？"八珍"，熊掌就是"八珍"之首。这个时候的吃法，就有了不小的改进。清代的康熙三十七年，嘉兴人顾仲撰写了一部《养小录》，里边有大量的菜谱。因为作者是南方人，所以《养小录》里大都是江浙口味的菜，但也有一些中原甚至东北的菜。他在"佳肴"这一部分，就写到了熊掌。说得非常细，显然不是道听途说，他们家是吃过熊掌的，他们家一定有能够烹制熊掌的厨子。他说：

> 带毛者挖地作坑，入石灰及半，放掌于内，上加石灰，凉水浇之，候发过，停冷取起，则毛易去，根俱出。洗净，米泔浸一二日，用猪脂油包煮，复去油，撕条猪肉同炖。熊掌最难熟透，不透者食之发胀。加椒盐末和面裹，饭锅上蒸十余次，乃可食。或取数条同猪肉煮，则肉味鲜而厚。留掌条勿食，俟煮猪肉仍拌入，伴煮数十次乃食，久留不坏。久煮熟透，糟食更佳。

熊掌先要煺毛剔骨。怎么煺，怎么剔呢？在地上挖一个坑，里边放上半坑的石灰，把熊掌搁在里头，再铺满石灰，倒上凉水。生石灰一见水，就烧起来了。这个经验，咱们都知道，都见过。生石灰遇凉水发热，就把熊掌里里外外都烧透了。等到生石灰的反应期过去，凉下来了，把熊掌取出，用清水冲洗，熊毛就全部煺掉了。再把指爪拔除，把骨头剔净，熊掌就剩下肉了。再放入淘米水中，泡上一两天。注意，不是普通的水，一定要用淘米水。泡够时间，再用清水冲洗，把里边的血水全部洗得干干净净。然后裹上猪油在水里煮，煮透之后，去除猪油，把熊掌捞出来撕成条。或是加上椒盐，裹面蒸上十余次，蒸透了吃。或是跟猪肉一起炖，只吃猪肉，留着熊掌不吃，炖到数十遍之后，才可以吃熊掌。熊掌煮得越透越好，用糟油拌食更好。

你看看，这熊掌是容易吃到的吗？能吃到这一口，绝不是一般的家庭。清朝人梁章钜在《浪迹续谈》里说了一个简单一些的方法。他说，先要砌一个高四五尺的小烟囱，把熊掌去毛洗净后放入碗里，加汤水盖严，把碗放在烟囱口上，下面烧火，一整夜后，熊掌即可食用。这个做法，我曾在吉林的乌拉街听当地人说过。不同处有两点，一是盛着熊掌的大砂锅直接坐在锅灶的大烟囱口上，锅灶终日烧着大锅的开水，用烟囱冒出的烟火熏烤。二是时间很长，要三天三夜才能把熊掌炖透。

当然，如今熊越来越少，成了濒危的稀有动物。所以要保护，再吃熊掌就违法了。但是在加拿大，熊太多了，快把鹿和野猪吃光了。怎么办呢？政府雇人打熊。政府发放猎熊执照，受雇的人凭照打熊。但有个指标，如果受雇的人一年打不到五十头熊，就要罚款。日本也是熊多生害，也有类似的政策。

"獐子"和"狍子"怎么吃？

除了前边提到的大鹿、鲟鳇鱼和熊掌，乌进孝交租的那个单子上的食材，还有不少产自关外的野味。例如，紧接着"大鹿三十只"，就是"獐子五十只，狍子五十只"。

旧时的关外，漫山遍野的獐狍野鹿。鹿说过了，再说说獐子和狍子。

獐子古称"麇"，《说文》："麇也，似鹿。"它是一种小型的鹿，是最原始的鹿科动物，原产地在中国东部和朝鲜半岛。獐子两性都无角，雄獐上犬齿发达，突出口外成獠牙。獐子比麝略大，《本草纲目》："獐无香，有香者麝也，俗称土麝，呼为香獐。"是说獐子和麝长得很像，区别主要在于有香没香。麝又叫"香獐"，出麝香。獐又叫土麝，不出麝香。

关外的北大荒，长年流传着这样的歌谣："棒打獐子瓢舀鱼，野鸡飞到饭锅里。"不知道有多少山东贫苦农民,就是冲着这个歌谣,背井离乡,拖家带口闯了关东。

獐子很早就是馈送的礼物。沈括《梦溪笔谈·权智》记载了一个小聪明的故事,说的就是王安石的儿子王雱,如何机智地辨认獐子和鹿。王雱字元泽,他小的时候,就显出不一般的智慧:

> 元泽数岁时,客有以一獐一鹿同笼以献。客问元泽:"何者是獐?何者是鹿?"元泽实未识,良久对曰:"獐边者是鹿,鹿边者是獐。"客大奇之。

獐子入馔,历史很久远了。《礼记·内则》中记载了一种食物叫作"捣珍",做法是:

> 取牛、羊、麋、鹿、麇之肉,必脄。每物与牛若一,捶反侧之,去其饵,孰出之,去其皽,柔其肉。

其中的"麋"是冬至时脱角的鹿,"麇"就是獐子,"脄"(méi)指脊背两侧的肉,就是今天说的里脊肉,"饵"指筋腱。就是说,把差不多分量的牛、羊、鹿、獐子的里脊肉放在一起反复捶打,去掉筋膜,烧熟之后食用。因为是捶捣而制成的珍味,故称"捣珍"。

古时最受欢迎的肉食叫作"麇沆",也叫"鹿沆",指的就是獐子的幼羔。獐子肉质鲜美,而其幼羔更甚。蒙古国境内至今还用这种肉待客。

有个传言,王安石最喜欢吃獐子肉。大概沈括《梦溪笔谈》里说到的那位"客",就是误听了传言,才来给王安石送獐子的。南宋朱弁《曲洧旧闻》里澄清了这个误说:

> 王荆公为执政，或言其喜食獐脯者，其夫人闻而疑之曰："公平日于食肴未尝有所择，何独嗜此？"因令问左右执事者曰："何以知公嗜獐脯也？"曰："每食不顾他物而獐脯独尽，是以知之。"复问其食时置獐脯于何所，曰："在近匕箸处。"夫人曰："明日姑易他物近匕箸。"既而果食他物尽，而獐脯固在。然后知其特以近故食之。

这段话的意思是，王安石当宰相时，有人说他只喜欢吃獐子肉。他老婆提出疑问，我老公从不择食，怎么会独好獐肉？又问工作人员，怎么知道他只吃獐肉？工作人员说，相公每次都把獐肉吃得干干净净，而其他食物动也不动，所以知道他的喜好。夫人问，獐肉摆在餐桌的哪边？工作人员说，在离他筷子最近的地方。夫人说，你们明天换另外的菜摆在他筷子的近处。第二天，工作人员把獐肉移放在另一边，把别的菜摆在王安石的眼前，王安石果然只吃眼前的菜，獐肉则一口也没吃。这之后，大家全明白了，王安石从来不在乎吃什么，只图方便，什么离得近就吃什么，传言都是错的。

我没吃过獐子肉，但是看过吃獐子肉的一个资料。有一个记者去采访鄂伦春族的猎人，刚好看到他们打了一头獐子。这些猎人很好客，就用这头才猎取的獐子来招待记者。烹制方法很简单，烧一大锅水，把獐子肉剁成几大块，直接扔到锅里开煮。记者问，是先焯一下，然后再炖吗？鄂伦春族的猎人说，就是这么"烀"着吃。这一家人围着火塘等着大锅炖煮，差不多熟了，把肉捞出来，每人一把刀割肉，蘸着前面备好的佐料，就这么吃了。据这个记者说，他也是第一次吃，非常美味。此外，这家人还事先把獐子腿上和胸脯上的肉切下来，剁成肉馅，留待下一顿包饺子。记者说，没想到狍子肉馅儿的饺子也非常好吃。

狍子也是偶蹄目，鹿科，别称矮鹿、野羊，属草食动物。冬毛稍长，浅棕色。夏毛短，栗红色。屁股上有白斑，和鹿一样被称为"草上飞"，广泛分布于我国的东北、华北、内蒙古等地区。狍子的警惕性很低，给点儿吃的就跟着走，所以被人称为"傻狍子"。常有这样的事，猎人开枪打狍子，一枪没打中，狍子会好奇地跑过来看看谁开枪打它，于是被猎人一枪托打倒。

清代宫廷最喜欢吃狍子肉，过年的时候，筵宴讲究百桌菜、百坛酒、百只兽。如《满文老档》中记载，崇德四年（1639）正月初一，大宴用了母野猪 8 头、鹿 22 只、狍子 70 只、酸奶烧酒 20 瓶、平常酒 80 瓶、茶 24 桶，算起来刚好是 100 只兽、100 瓶酒。据说乾隆皇帝也喜欢狍子肉，去世前几天的食单还有"烧狍子肉一品"。

我有一年去东北讲课，吃过狍子肉。下飞机的第一顿，接待方请吃火锅。这火锅可是有别于关内的火锅，大有讲究。当地人告诉我，这可是最正宗的东北火锅。"正宗"在什么地方呢？第一是锅不一般，内地没见过。一个大沿儿铜锅，锅边儿很宽，所有吃饭的人，团团围锅而坐。锅里煮着东西，周边的大宽边上，摆着每个人的佐料和碗碟筷子之类，连桌子都省了。

第二是分层吃，内地更没见过。讲究是，最底下一层铺底的是大白菜，上面一层是五花肉，再上面一层是酸菜，再上面一层是狍子肉，上面再铺一层香蕈、榛蘑、干虾之类，再铺一层野猪肉，还没完，再铺一层大白菜，最上面一层是野鸡肉。

中国幅员以内，很多地方都有火锅，各具特色。我吃过的印象最深的吃法，就是这种"正宗"东北火锅。

联想起《红楼梦》的作者曹雪芹，他们家其实最早就是从关外来的。他们家在明朝是世袭的沈阳中卫指挥使，从明初直到明末。浑河一战，末任沈阳中卫指挥使曹锡远和他的儿子曹振彦兵败被俘。父子俩投降之后，就跟着努尔哈赤手下的佟养性，做炮兵教官。后来又跟了皇太极，再后来跟了多尔衮，"从龙入关"，奠定了他们百年世家的基础。《红楼梦》里有很多故事取材于史实，对他们家的事也应该有所折射。虽然不能说《红楼梦》就是曹家的家传，但是有很多史料被写成《红楼梦》的故事是肯定的。

曹家对关外的吃食是不陌生的，例如火锅。八旗是准军事编制，最早吃火锅并没有锅，是用头盔煮的。战事紧急，常常容不得垒灶做饭。最简单的方法，就是把头盔摘下来，把能找到的吃食全部堆在里边，加上水煮着吃。这就是最初始的火锅，不想后来吃成了气候，越吃越讲究，就出现了正式的锅以及正式的分层吃法。火锅的这种吃法，虽然在《红楼梦》里没有明写，他们贾家以及背后的曹家一定也是这样吃的。

这只要看看交租的单子上的那些食材，就明白了。交租的单子上，有鹿有獐子有狍子有野猪有野鸡，等等。这些食材，有的写了吃法，像烤鹿肉、野鸡崽子汤；还有更多的食材，并没有写到是怎么吃的，像獐子、狍子、野猪等。根据历史上的记载，以及曹家的经历，还是能够把那些"不写而写"的内容脑补出来。

我曾经给一些"红楼宴"做过学术指导，多次建议：别把眼睛只盯着《红楼梦》里写到的菜肴，诸如那些冷菜、热菜、小炒、炖菜、大菜、年节菜、点心等，是不少了。但光是这些还不够，真正的红楼宴，还应该把乌进孝交租单子上的那些食材的烹制方法都研究出来，才能更上一层楼。虽然《红楼梦》里没写到这些食材的烹制方法，但这属于"不写而写"，贾府一定会做也一定会吃。因此，把这一部分补充到"红楼宴"里是合理的。

贾府的"汤羊"和王熙凤的"紫羯褂"

乌进孝交租单子上的食材，有一个"家汤羊"。羊就是羊，什么叫"汤羊"？什么叫"家汤羊"？因为单子上有很多的野味，这个"家"字，就是要跟那些野味相区别。其实，猪马牛羊，早年都是野生的，后来经过人的驯养，成了家畜。"家羊"不是野羊，是人工养殖的羊。旧时笔记中，"汤羊"之名时常出现。例如元代杨允孚的《滦京杂咏》："宰辅乍临阊阖表，小臣传旨赐汤羊。"清代潘荣陛的《帝京岁时纪胜·十月·时品》："铁角初肥，汤羊正美。"那么，"汤羊"是怎么回事呢？清代一位无名氏所写的《燕京杂记》中，给了"汤羊"一个定义：

> 都中以绵羊为贱品，宴客无有入馔者。去皮者谓之冒羊，不去皮者谓之汤羊，味较胜，价比冒羊倍之。

说是带着皮的羊叫"汤羊"，但还有一点没说清楚，这个"汤"字是什么意思呢？民国时期的一位大学问家齐如山，就是给梅兰芳写过多部剧本的这位，在他的《北京三百六十行》里记载了当时的"汤锅"，可以作为"汤羊"之"汤"的注脚：

> 由猪店买定活猪自己宰杀，因煺毛时须用热水，故名"汤锅"。盖用热水一烫则毛发软，再用钝刀一刮则连根拔出。不

用热水烫一次，则猪毛拔不下来，便须如剃头之法，留根在肉内了。宰好之后，再发与各专商售卖，如肉有肉行，头有头行，以至肠肚等物皆各有专门之家。

虽然说的是"汤猪"，"汤羊"应该也是同样的情况。乌进孝交租的单子上，有"汤猪二十个""家汤羊"二十个，是把"汤猪"和"家汤羊"列在一起的。所以"汤羊"得解，就是用滚水烫后煺毛而不剥皮的羊。

又有一个问题来了，为什么有的羊肉带皮有的羊肉不带皮呢？这就要说到羊的品种以及南北方不同的食用方式。羊的品种很多，并且广为分布。但是按大类分，大体上可以分为绵羊和山羊。绵羊多生长在北方，山羊多生长在南方。绵羊的肉厚且肥，肉质比较细嫩，适合于涮、烤和爆炒。山羊的肉则比较瘦，相对要薄得多，不适合绵羊的那种吃法。更大的区别，绵羊肉一般都是不带皮的。而山羊肉，大都带着皮。绵羊肉为什么要去掉皮呢？一个原因是绵羊皮厚，皮的口感不好。第二个原因，皮的卖价可是要贵过肉的。绵羊的毛长得很厚，毛本身就有经济价值。带着毛的皮，熟制后直接可以做成冬天御寒的衣服。山羊的毛皮跟绵羊完全不在一个档次上，毛和皮都卖不出价来。

在各种皮货当中，羊皮一般指的是绵羊皮。绵羊皮比较容易得，质量又比较好，其实并不低档。《红楼梦》第五十回写道，下雪了，大家都穿着各种各样的皮衣服。王熙凤穿了一件"紫羯裪"。紫羯裪是件什么衣服呢？"裪"是款式，"紫"是面料的颜色，"羯"是阉过的公绵羊，肉可以吃，皮可以用，这里指的是"羯羊"的皮。为什么要用这种羊皮做衣服呢？因为阉过的公绵羊，长得比没阉过的体量大。体量大,羊皮的面积就大。另外,这种羊皮毛色比较好。用"羯羊"皮做衣服,既实用又好看。所以,连王熙凤都能穿这种羊皮的衣服,就说明这羊皮是不错的,羊皮也是不低档的。山羊就不同了,山羊皮不值钱,经济价值远不如绵羊皮。山羊皮比较薄,但是薄有薄的好处,山羊皮可以吃,入馔的口感比绵羊皮好得多。

说起来,山羊和绵羊并不是一个种类。山羊是羊科,绵羊却是牛科。一个羊科,一个牛科,分属不同的科,是不是搞错了?绵羊肉和山羊肉,吃起来味道也比较接近。虽然绵羊肉质软一点,山羊肉质硬一点,但是基本上差不多。绵羊、山羊,一字之差,区别在哪儿呢?从根儿上说,从染色体上说,它们区别还真是很大。绵羊二十七对染色体,山羊三十对染色体,完全是两个不同的物种。实际上,绵羊和山羊的区别,比驴和马之间的区别都大。驴和马可以交配,生出来骡子。但绵羊和山羊不能交配,也不可能有共同的后代。要把绵羊和山羊杂交出新物种来,想都别想,不可能。所以这两种东西,有本质的区别。

山羊的吃法和绵羊的吃法,大不一样。山羊的肉少,没有绵羊肥,肉又稍硬一些,所以一般都是炖着吃。清炖、红炖或者炖汤,也可以蒸着吃,味道非常鲜美。作家梁实秋说:

> 南方人吃的红烧羊肉是山羊肉,有膻气,肉瘦,连皮吃。北方人觉得是怪事,因为北方的羊皮留着做皮袄,舍不得吃。

鲁迅的弟弟周作人,也是个作家,更是个老饕。所到之处,必须找好吃的,找到好吃的必须写出来,写出来还都很好看。他说,我的故乡不止一处。第一故乡是浙东,第二故乡是浙西,第三故乡是南京,第四故乡是东京,第五故乡是北京。这些地方的吃食,他都很关心,都写了文章。但写得最好的,还是他的第一故乡绍兴的吃食,带着浓浓的乡情。他就曾经写过吃羊,篇名是《带皮羊肉》:

> 在家乡吃羊肉都带皮,与猪肉同,阅《癸巳存稿》,卷十中有云:羊皮为裘,本不应入烹调。《钓矶立谈》云,韩熙载使中原,中原人问江南何故不食剥皮羊,熙载曰,地产罗纨故也,乃通达之言。
>
> 因此知江南在五代时便已吃带皮羊肉矣。大抵南方羊皮不适于为裘,不如剃毛作毡,以皮入馔,猪皮或有不喜啖者,羊皮则颇甘脆,凡吃得羊肉者当无不食也。北京食羊有种种制法,若箭门内月盛斋之酱羊肉,又为名物,惟鄙人至今尚不忘故乡之羊肉粥,终以为蒸羊最有风味耳。
>
> 羊肉粥制法,用钱十二文买羊肉一包,去包裹的鲜荷叶,放大碗内,再就粥摊买粥三文倒入,下盐,趁热食之,如用自家煨粥更佳。吾乡羊肉店只卖蒸羊,即此间所谓汤羊,如欲得生肉,须先期约定,乡俗必用萝卜红烧,并无别的吃法,云萝卜可以去膻,但店头的熟羊肉却亦并无膻味。北京有卖蒸羊者,乃是五香蒸羊肉,并非是白煮者也。

这篇文章涉及的知识点较多。第一,他是在北京写的这篇文章。北京的"汤羊","吾乡",也就是绍兴,叫作"蒸羊"。北京也有名"蒸羊"者,是地地道道上锅蒸的,叫作"五香蒸羊肉"。而"吾乡"所谓的"蒸羊",却是白煮的羊肉,北京称作"汤羊"。第二,"吾乡"吃羊肉,是带皮吃的。第三,带皮羊肉的吃法历史很久远，可以上溯到五代时期。第四，南唐大臣韩熙载解释过为什么江南不吃剥皮羊肉。

北京是北方，按说吃的大都是绵羊，是剥皮羊肉。但北京作为一个古都，历经了明清两代，将近五百年。明清时期，在北京做官的大都是南方人。明清的状元，单是苏州就出了几十个。南方人在北京做官，自然把家乡的食材和吃法都带到北京来了。所以，北京也有"汤羊"，也就是带皮的山羊肉。明清往前，南北方饮食区别很大。"汤羊"只在南方，到不了北方。上面提到的韩熙载，他的说法具有一定的代表性。

韩熙载是五代十国时期的南唐人，有一幅名画《韩熙载夜宴图》画的就是他。五代十国是唐宋之间的一个历史时期，所谓的"五代"，是指"梁、唐、晋、汉、周"五个朝代，是当时的中原政权。在中原政权之外，还有十个偏安的小国，其中就有一个叫作"南唐"，都城在南京。说到南唐，很多人都知道，南唐中主李璟、后主李煜，都是大词家。尤其是南唐后主李煜，他的"春花秋月何时了，往事知多少""一江春水向东流"，这些名句，几乎人人皆知。

韩熙载就是南唐的大官，从那幅《韩熙载夜宴图》上可以看出这个人穷奢极侈的生活。其实韩熙载也是有理想有抱负的一个人，他曾经两任兵部尚书，他曾经力主打到北方去，收复故唐腹地。但是皇上不听，满朝文武都是偏安思想，所以他觉得这个政治抱负无法实现，怎么办呢？算了算了，谁爱管谁管吧，这国事就不干我的事了。让我做官我就做，无论在朝还是在家，我就只管享受。活一辈子，就吃吃喝喝吧。

这位韩熙载，曾经代表南唐出使中原。中原的人问他一个很重要的话题，是什么呢？江南人为什么不吃剥皮的羊肉？韩熙载怎么回答的呢？因为我们江南盛产绫罗绸缎，我们有衣服穿，不像你们北方。你们北方没有南方那些做衣服的材料，只能穿羊皮。你们的羊皮得剥下来做衣服，所以你们吃剥皮羊肉。我们江南不用穿羊皮，所以我们吃带皮羊肉。

剥皮羊肉是一种吃法，带皮羊肉是另一种吃法。我记得很多年前，我在皖北插队。皖北这个地方，是南北交界处，所以饮食风俗兼顾南北。主要食材，还是南方的居多。三年以后，又在皖北煤矿当工人。那段时间，只要有朋友来，就要请吃一顿。吃什么呢？最美味的东西就是羊肉汤。矿区和农村的市集连在一起，有几家小馆子，只做羊肉汤。离得老远，羊肉汤的香味就扑鼻而来，直到今天都难以忘怀。羊肉汤很便宜，三毛钱一碗，五毛钱一碗。当时最纠结的，是要三毛的还是五毛的，这区别就是肉多肉少。带皮羊肉炖的汤，自然是非常浓的，因为有胶原蛋白，和北方的羊肉汤完全不同，北方是清汤。皖北的羊肉汤用的是带皮的山羊肉，是南方的食材。但作料却是很北方的，一概放辣椒油。这个味道，想想都令人垂涎不已。

从乌进孝交租单子上的"汤羊"，就可以看出来，这些食材可不单是关外来的。那么，还有哪些东西值得说一说呢？

宝玉和黛玉的那一盘"风腌果子狸"

与"汤羊"同在乌进孝交租的单子上，还有一味食材叫作"汤猪"。前边说到过，所谓的"汤"，就是"汤锅"。过去宰猪的地方，都有汤锅，就是一口大锅烧开了水，把宰杀后的猪或者羊放在开水里烫。一烫,毛就脱落了。当然煺毛还需要工具,不是用手薅。用快刀也不行,一定要用钝刀。钝刀煺毛,可以把毛煺得干干净净。

除了汤猪、汤羊之外,还有"家风羊"。这"家风羊",又是怎么回事?那个交租的单子上,带"风"字的东西还不少,像"风鸡""风鸭""风鹅"等。"风"显然是一种制作的方式,其实就是"晾"。但这种"晾"是有要求的,就是把禽畜宰了以后,内脏全部取出来,腹腔里边用酒酿抹匀,再用铁锅把八角、花椒和粗盐炒香擀成碎末,一遍一遍地抹入腹腔,然后带皮带毛用绳子捆起来,挂在通风的地方晾。不能在太阳底下晒,只能挂在背阴的地方,例如屋檐下边。像鸡、鸭、鹅,就比较简单,四十天左右就可以吃了。羊的时间,要稍微长一些。这种做法,又叫作"风腌"。这种"风腌"之物,是很好吃的。当然,这是典型的南方做法,北方没有。

我记得我们1987版《红楼梦》在江浙一带选景的时候,经常看见这种"风腌"的东西挂在村镇人家的屋檐下。"风鸡""风鸭""风鹅"甚至"风羊",随处可见。这些"风腌"的东西怎么吃呢?一般都是上蒸锅蒸,这时候肉已经腌成红红的颜色了。蒸制之前先要把毛煺掉,讲究些的,还要剔骨,再加上些酒酿,然后上锅蒸。"风羊"比"风鹅""风鸡""风鸭"要稍微复杂一些,蒸熟之后先要晾凉,然后卷起来压紧,再用长长的快刀片成像纸一样的薄片儿装盘。这些风腌的东西,与鲜肉做成的菜肴风味迥异,佐餐下酒俱佳。《红楼梦》第六十二回写到柳家的给芳官送来一个食盒。里边有"碧粳米"的饭,还有几样精致菜品。其中一味,叫作"胭脂鹅脯"。实际上就是蒸制的"风腌鹅",部位是鹅的胸脯。"胭脂"二字,则是指风腌后呈现的颜色。

《红楼梦》第七十五回,还提到了一个风腌的东西,叫作"风

腌果子狸"。这是给贾母上的菜品之一:

> 贾母见自己的几色菜已摆完,另有两大捧盒内捧了几色菜来,便知是各房另外孝敬的旧规矩。……贾母因问:"有稀饭吃些罢了。"尤氏早捧过一碗来,说是红稻米粥。贾母接来吃了半碗,便吩咐:"将这粥送给凤哥儿吃去。"又指着,"这一碗笋和这一盘风腌果子狸给颦儿宝玉两个吃去,那一碗肉给兰小子吃去。"

"风腌果子狸"跟上面说到的"风鸡""风鸭""风鹅""风羊",都是同一种制法,吃法也都一样。不同的是换成"果子狸"了。人跟"果子狸"打交道的时间,几千年上万年都不止。在上古狩猎的时代,有什么打什么,打着什么吃什么。那时"果子狸"很多,漫山遍野,到处都是,所以经常猎到这种野物。"果子狸"大多分布在南方,淮河流域,长江流域,从东南到西南,一直到东南亚。这个物种繁殖得非常快,产子频率非常高。

其实"果子狸"早年不叫这个名字,叫"花面狸"。"花面狸"很形象,因为脸是花的,上面有线条。还有一个名字,叫"牛尾狸",因为它的正面像狸,尾巴像牛。尾巴很长很大,所以跳跃、爬树都很自如,尾巴起到了一个平衡作用。

先民最早吃"果子狸"很简单,就是打回来烧烧烤烤,就这么吃。所有的野味,都是差不多的吃法。然而人是有辨识能力的,知道什么能吃,什么不能吃。时间长了,更知道什么好吃,什么不好吃。后来就发现"果子狸"的肉有一种特殊的香味,是其他动物的肉不具有的。为什么呢?这就要说一说"果子狸"的食性。"果子狸"是不挑食的,能找着什么吃什么。但它最主要的食物都是水果，它最喜欢吃的是香蕉和梨，以及其他的一些浆果，自然肉里就带着一些果香，这就是后来被称作"果子狸"的缘故。这种果香很讨人喜欢，所以先民都喜欢吃"果子狸"。于是，在猎取的同时，也开始了养殖。

人工养殖"果子狸"的时间很早，三国时期编纂的一部百科辞典《广雅》的"释畜"条，就记载了人工驯养"果子狸"的情况。后来的唐代、宋代，都有不少养殖"果子狸"的记载。"果子狸"的体积比较小，不像养猪、养牛、养羊那么过瘾，所以养殖总量远不如那些大的家畜，但也一直没断了人工养殖。

历代的老饕们，一提到吃"果子狸"，无不两眼冒光。像苏东坡、梅尧臣、苏辙、陆游、宋濂，这些大吃家，都是这个情况。他们都写过很多关于"果子狸"的诗文。例如苏东坡被贬到湖北黄州第二年写的《送牛尾狸与徐使君》："泥深厌听鸡头鹘，酒浅欣尝牛尾狸。""鸡头鹘"就是竹鸡，"牛尾狸"就是"果子狸"。他的弟弟苏辙写过《筠州咏牛尾狸》："首如狸，尾如牛，攀条捷险如猱猴。"陆游则有《醉中歌》："牛尾膏美如凝酥，猫头轮囷欲专车。"袁枚的《随园食单》则详细介绍了"果子狸"的吃法：

> 果子狸，鲜者难得。其腌干者，用蜜、酒酿蒸熟，快刀切片上桌。先用米泔水泡一日，去尽盐秽。较火腿沉嫩而肥。

他说，鲜活的"果子狸"不容易得到，腌干"果子狸"的吃法，是先用淘米水浸泡上一整天，把盐和脏东西泡掉，加上蜜、酒酿，上锅蒸熟，然后用快刀切成片，就可以吃了。口感很好，比火腿肥嫩。袁枚所谓的"腌干"，指的就是"风腌"。《红楼梦》里贾母吩咐拿给宝玉和黛玉的，就直接写作"风腌果子狸"。做法和吃法，应该都一样。

宋代有一个人叫汪藻,是位三朝元老,诗写得非常好。他在徽宗、钦宗两朝为官,很受赏识。南渡以后,他在高宗朝,做到龙图阁直学士。高宗赵构对他很好,曾经把自己用的团扇赏赐给他。因为他在皖南宣州、歙县一带做过官,有一次赵构问他,皖南有什么好吃的没有。君臣之间能聊吃的,关系就很不一般了。汪藻说,至少有两种东西,陛下一定很喜欢:"沙水马蹄鳖,雪天牛尾狸。"这是北宋大诗人梅尧臣的《宣州杂诗二十首》第十六首中的两句。一个是像马蹄子这么大的鳖,一个是长着像牛尾巴一样的狸。宋高宗一听,很开心,梅尧臣都说好,那一定好。于是,这两样东西,就作为宣州歙县的贡品,每年进贡。

《红楼梦》第七十五回,贾母把一盘子"风腌果子狸",给了宝玉和黛玉。网友留言表示担心,说:黛玉是不是吃"果子狸"得的病?这个想象力很有意思,但不可能。"果子狸"的确近年间背了不少锅,例如2003年的非典和时下的新冠,说是"果子狸"传的病毒,但至今拿不出任何真凭实据。

"果子狸"跟人打交道时间太长,大概有上万年的历史。在狩猎时代,先民猎到"果子狸",烧烧烤烤就直接吃了。这种吃法,染病的机会就会比较多。古代的实证医学没那么发达,没有检验手段。后来越吃越精细,发明了各种吃法,最著名的就是"风腌",得病的可能性就比较小了。为什么呢?"风腌果子狸"的制作过程比较长,仅"腌"和"风"这两道工序,就至少要四十天。而且"腌",始之以灭菌;"风",则继之以干燥。"风腌"之后,很好保存。经过这么长时间,染病的可能性就很小了。再加上还要烹制,先燂毛,再剥皮,再剔骨,都收拾得干干净净了,还要上锅蒸。蒸的时候，要放上酒酿和各种香料作料。生的"风腌果子狸"很硬，上锅一蒸，火候到了，肉就软了。经过这么复杂的一通折腾，想想也应该没有问题了。

但是要说清楚，"风腌果子狸"和大多数的野味毕竟没有进入主流食品序列。吃荤的人，有很多的荤菜可以选择，像猪、羊、牛和一些家禽类，为什么一定要盯着野味呢？即使"果子狸"已经人工养殖多年了，但还是没有家畜家禽的养殖规模大，安全性也差一些，所以这些东西还是以不吃为好。

说到"风腌果子狸"，需要提醒读者一个问题，这东西可不是产在关外的。"汤羊""风羊""风鸡""风鸭""风鹅"等，也都不是北方的东西。从产地，到制作，到吃法，都是典型的南方的食材。也就是说，乌进孝交租的单子上，有北货，也有南货。那么，宁荣二府的庄田，究竟是在獐狍遍野的北国呢，还是在鱼米之乡的南方？其实，真想把庄田落在某一方，真想把物产集于某一地，就是没读懂《红楼梦》。作者曹雪芹要的是"无地域邦国可考"，不坐实在某处。这正是《红楼梦》这部书独特的艺术宗旨，时时刻刻提醒读者"假作真时真亦假，无为有处有还无"，正如脂批所说"不要被作者瞒蔽了去，方是巨眼"。

如此想来，这个交租的单子，越来越有意思了。

"汤猪"和"家腊猪"

说到家畜，食用最多的应该是猪肉。近年间中国的猪肉消耗量，每年超过全世界的一半。2012年有个统计数据很有意思，中国人当年吃掉了 5200 万吨猪肉,相当于 5200 座法国的埃菲尔铁塔的总重量。

在中国,野生的猪至少在四千万年前已经出现。河姆渡文化遗址出土的陶猪证明,人工养殖的历史也有七千年之久了。关于吃猪肉的记载,可以追溯到先秦的《诗经·大雅·公刘》:

执豕于牢,酌之用匏。食之饮之,君之宗之。

意思是,把猪从圈里牵出来,用瓢把美酒舀出来,一边吃肉,一边饮酒,选出公刘做我们的头儿。猪在古代称之为"豕",小猪称之为"豚"。例如《国语》中记载越王勾践"生聚教训"的政策:

生丈夫,二壶酒,一犬;生女子,二壶酒,一豚。

生一个儿子,国家奖励两壶酒一条狗;生一个女儿,国家奖励两壶酒一头小猪。这个奖励已经很重了,因为古代除了贵族可以吃肉,平民是只能吃菜的。平民七十岁以上,如果条件具备,可以特许吃肉。肉食也要分等级,依次是牛、羊、豕,猪肉排在牛羊之下。宋代由于苏东坡的提倡,猪肉的地位略有上升。直到明清两代,猪肉的消耗量大增,成为餐桌上的主要肉食。

明朝时,猪肉进入了皇家食谱。据《明宫史》记载,宫廷过年要吃烧猪肉、猪灌肠、猪肉包子等。据说抗倭名将戚继光喜吃猪头,尤其爱吃北京抄手胡同的华家猪头,他戍守蓟辽时,经常派快马进京购买。清朝从太祖努尔哈赤开始,历朝皇帝都喜欢吃猪肉。史料记载,乾隆四十七年除夕御宴就有猪肉六十五斤、猪肘子三个、猪肚两个、大小猪肠各三根。猪肉同时成为汉族的主要肉食,袁枚的《随园食单》,把猪单独列为《特牲单》:

> 猪用最多,可称"广大教主"。宜古人有特豚馈食之礼,作《特牲单》。

单子上记录了与猪肉相关的四十三道菜,例如"红煨肉三法""白煨肉""油灼肉"等。

《红楼梦》第五十三回乌进孝交租的单子上,就有"汤猪"和"家腊猪"。虽然只是各"二十个",但那时的一口猪,都要养到一百斤至二百斤才会用肉。所以按重量计,已是各两千斤至四千斤了。

前边诠释"汤羊"的时候,说到过齐如山关于"汤锅"的一段话。汤锅的本义,就是一口烧开水烫猪毛的大锅,后来就成为杀猪铺的别称了。过去杀猪的程序是固定的,猪杀倒放血之后,先要从猪蹄处切开小口,用一根长铁钎捅进猪的胴体,经腹部、背部、两侧等一直捅到猪耳处,这是为便于吹气。随后屠夫在开口处用嘴吹气,把猪身吹胀,扎紧开口,再拿木棒在猪周身敲打,主要是为了胀气均匀,这道工序叫作"吹猪"。猪吹好后入汤锅烫毛,然后用钝刀刮毛。刮净猪毛,再开膛取出内脏分类。处理好的猪,即可称之为"汤猪"。

"家腊猪"的"家"也如"家汤羊"一样,是要跟野生猪羊相区别。"家腊猪"的"腊"字,原来是两个不同的字,字形也有很大的区别。一个写作"臘"(là),一个写作"腊"(xī)。由于《简化字总表》将"臘"和"腊"合并为"腊","腊"变成了多音字。

"腊"(xī)是个形声字,从肉,从昔,昔声。"昔"字意为"往日的""旧时的"。"肉"与"昔"结合起来表示"陈旧的肉"。所以,"腊(xī)肉"的本义是"干肉"。

"臘"其实是上古时代在农历十二月祭祖的特定称谓,"臘祭"所在的月份因此也被称为"臘月"。《说文解字》引郑玄注《周礼·月令》：

> 臘谓以田獵所得禽祭也……《风俗通》：亦曰臘者、獵也……獵以祭，故其祀从肉，从肉巤声。

意思是说，"臘"就是"獵"，把打来的猎物用以祭祀。岁末十二月被称为"腊月"，天气干燥少雨，对肉食的处置保存有益，所以发展为一种特定的制作方法，用这种方法制作的食物，则称为"腊肉"。

"腊肉"是湖北、四川、湖南、江西、云南、贵州、甘肃陇西、陕西的特产，已有几千年的历史。据记载，早在两千多年前，张鲁称汉宁王，兵败南下走巴中，途经汉中红庙塘时，汉中人用上等"腊肉"招待过他。又传，清光绪二十六年，慈禧太后携光绪皇帝避难西安，陕南地方官吏曾进贡"腊肉"御用，慈禧食后，赞不绝口。加工制作"腊肉"的传统习惯不仅久远，而且普遍。每逢冬腊月，即"小雪"至"立春"前，家家户户杀猪宰羊，除留够过年用的鲜肉外，其余趁鲜用食盐，配以一定比例的花椒、大茴、八角、桂皮、丁香等香料，腌入缸中。七至十五天后，用棕叶绳索串挂起来，滴干水，进行加工制作。选用柏树枝、甘蔗皮、椿树皮或柴草起火慢慢熏烤，然后挂起来用烟熏。或挂于烧柴火的灶头上方，或吊于烧柴火的烤火炉上方，利用烟火慢慢熏干。

《红楼梦》中的"家腊猪"，指的就是这种"腊味"猪肉。

猪的品种很多，在全世界范围内，多达两百多种。中国明清时期的土猪，据记载，只有三十六种。现在品种多了一些，大约有六十多种。多出来的，主要是引进品种和引进后杂交的新品种。杂交的好处是，产量提高了。因为中国黑毛猪的生长期，比引进的洋猪和杂交的混种猪要长得多。农家有这样的经验，家里养一头黑毛猪，至少要十三个月成猪。洋猪和杂交猪，七个月就成猪了。而且，洋猪和杂交猪成猪的重量几乎是黑毛猪的一倍。更重要的是，洋猪和杂交猪成猪的瘦肉多肥肉少。那么，养猪户要养什么样的猪？肯定是养那个速成的猪，养那个长得大的猪，养那个瘦肉比较多的猪。为什么现在黑毛猪少了？就是这个原因。

贾府的"汤猪""家腊猪"，肯定都是黑毛猪。刘姥姥家养的猪，肯定也都是黑毛猪。这种猪通体黑毛，还都耷拉着耳朵。你看猪八戒就是这个样子，猪八戒就是一头黑毛猪，耳朵不是竖着的，是耷拉着的，绝对不是大白猪。

但是，大家都知道，要说好吃，还是咱们的黑毛猪，跟洋猪的差别很大。举一个例子：当年中国《红楼梦》文化代表团访问新加坡，我是这个代表团的秘书长，还兼着"红楼梦文化艺术展"的总体设计。其中的一个展览项目，是"红楼宴"。"红楼宴"在新加坡的"同乐鱼翅酒家"驻场，主厨是四位顶级的扬州师傅。那一个月间，酒家每天爆满。几位厨师很有意思，他们出发之前提出来，要自带猪肉。带猪肉？怎么带呀？因为毕竟不是批量进出口，只是一个活动，出关、入关、报关、检疫，手续麻烦极了。他们为什么要自带猪肉呢？道理很简单。这几位厨师曾经去美国表演过淮扬菜，有一味很重要的菜品，"扬州狮子头"，用的是美国当地的猪。结果这味"狮子头"做出来，配料、工艺都没有问题，但怎么吃都不是味儿。虽然美国人吃不出来，在美国的华人可是有很多的老饕。舌头、嘴唇和食物碰撞的那一刹那间，就知道肉不对。所以这些扬州师傅最后悔的事，就是没有从扬州自带猪肉过去。

所以不同种的猪，味道差异还是不小的。《红楼梦》里的猪，可都是地地道道的土猪。无论是"汤猪"还是"家腊猪"，口味一定是最好的。再看看交租的单子上，除了土猪，还有"龙猪"和"暹猪"。这指的是品种呢？还是制作的方法呢？

"龙猪"和"暹猪"

乌进孝交租的单子上，除了汤猪、家腊猪，还有二十个"龙猪"和二十个"暹猪"。什么是"龙猪"？什么是"暹猪"？各种注本，包括《红楼梦大辞典》的注解，都是语焉不详。先说说"龙猪"，清代桐西漫士的《听雨闲谈》记载：

> 龙猪出南雄龙王岩，在城东百里。重一二十斤，小耳，痺脚，细爪，土人腌熏，以竹片绷之。皮薄肉嫩，与常猪不类，广城也重之，又出江西赣州龙南县。

他说"龙猪"得名于两个地方，一处是广东南雄的龙王岩，另一处是江西赣州的龙南县。南雄是恐龙之乡，在广东的东北部，是通往中原的要道。这里出产的"龙猪"长不大，成猪只有一二十斤重，是一种耳朵小、蹄爪细的矮脚猪，皮薄肉嫩，与寻常大猪不同。当地土著人的吃法是先把它用盐腌了，然后用竹片子绷成片状，抹上油和作料，在火上烤，颇有点像现在我们吃到的乳猪。但与乳猪有根本的区别，乳猪是大猪的幼崽，而"龙猪"则是长不大的小种成年猪。南雄由于地处联系中原的要冲，是南来北往的生意人的必由之地，"龙猪"的买卖必然兴隆。

桐西漫士说,"龙猪"的另一个产地是江西赣州的龙南县。龙南县有一个"龙"字,"龙猪"因此而得名。《赣州府志》记载:

> 猪以龙南县得名。豖子始生,屏刍荻,啗以米粉,逾月而屠之,去脏绷躯,腊如团扇,盐压桶盛,启闭有候。自县而郡以达省会,长贰尊卑交相进奉也。残畜命而厉莫甚于此,知县邓元贞有禁革龙猪碑。

《龙南县志》载:

> 龙猪,屠小猪腌压,味极肥美。知县高光国偶制此为岁终馈,后遂相沿成俗,宰杀日多,邓元贞有禁革龙猪碑。

看这个记载,江西赣州龙南县的"龙猪"与广东南雄龙工岩的"龙猪",名字相同,但不是一个品种。南雄龙王岩的"龙猪"是只能长到一二十斤的矮脚小种猪,而赣州龙南县的"龙猪"却是大种猪的幼崽。也就是说,龙南县的"龙猪",实际上应该叫作"乳猪"。一口大猪,长成至少有一二百斤甚至三四百斤。一个月的幼崽,也就是十斤上下。又是只吃软米粉不吃硬豆子,当然也是"皮薄肉嫩"。吃法一如南雄"龙猪",也是"去脏绷躯,腊如团扇"。所以江西一省的各级官员,无不"交相进奉",不仅自己吃,还要送礼用。

龙南县乃至整个江西省的官场争食和馈送"龙猪"的风气,肇始于清代顺治十四年。那一年,有一个名叫高光国的人出任龙南县的知县。此人是顺治五年的进士,是一位出了名的廉洁官员。一辈子唯一的瑕疵,就是没管住嘴,把小猪给吃惨了。

康熙二十二年,监生出身的邓元贞接任龙南县知县。此人到任后得知本地"龙猪"的屠用太过残忍,"逾月而屠之","残畜命而厉莫甚于此",忍无可忍,专门立了"禁革龙猪碑"予以禁止。铁打的衙门,流水的官。高光国的章程,邓元贞给改了。

其实这种吃法由来已久,早在《礼记·内则篇》就记载了"炮豚""炙豚",也就是烤乳猪之法。北魏贾思勰的《齐民要术》里,有"炙豚法"和"炙炖法",吃乳猪的花样很多。所以,吃法的残忍,早就是中华饮食文化的一个组成部分,岂是一个"禁革龙猪碑"所能禁得了的。

从以上资料可以看出,无论是广东的小种"龙猪"还是江西的大种"乳猪",都不是产自北方,更与关外没有任何的关系。那么,乌进孝交租单子上的"龙猪",一定不是从关外来的。于是就带出了一个问题:乌进孝替宁国府管着的庄田究竟在哪儿?他给宁国府送来的东西,以及他兄弟给荣国府送来的东西,都应该是各自庄田上的自产之物。如果庄田都在关外,庄田上不产的东西就要去产地采购。虽然如他所说,自己庄田上的大骡子、大马卖了两千五百两银子。既有银子,当然可以采购。但动用这项银子,必须得到主子的准许不说,还要跑到数千里之外采购,可能性基本是零。手里有银子,就要交银子。没有银子,就要交实物。这些实物,只能是庄田上自产的实物。也就是说,宁荣二府的这两处庄田,作者是有意安排在一个忽南忽北的所在,这也正是为了呼应那个"无地域邦国可考"的宗旨。细节很真实,时空很模糊,这就是《红楼梦》,读者切不可太"泥"了。

单子上还有一种"暹猪",更不在北方了,也更有必要说一说。"暹猪",第二十六回也提到过:

> 薛蟠道:"要不是,我也不敢惊动,只因明儿五月初三日

是我的生日,谁知古董行的程日兴,他不知那里寻了来的这么粗这么长粉脆的鲜藕,这么大的大西瓜,这么长一尾新鲜的鲟鱼,这么大的一个暹罗国进贡的灵柏香熏的暹猪。你说,他这四样礼可难得不难得?那鱼、猪不过贵而难得,这藕和瓜亏他怎么种出来的。我连忙孝敬了母亲,赶着给你们老太太、姨父、姨母送了些去。如今留了些,我要自己吃,恐怕折福,左思右想,除我之外,惟有你还配吃,所以特请你来。可巧唱曲儿的小幺儿又才来了,我同你乐一天何如?"

说得很具体:"暹罗国进贡的灵柏香熏的暹猪。"原来"暹猪"是"暹罗国"进贡的猪,制法是用"灵柏香熏"而成。

"暹罗国"是什么地方?"暹罗"是中国人对古代泰国的称呼。宋元时期,中国人知道泰国的土地上有"暹国"和"罗斛国"两个国家。1296年,周达观作为元朝使团的一员前往真腊,写了《真腊风土记》一书,书中把真腊西边的邻邦素可泰王国称为"暹罗",称那里的人为"暹人"。这是中国史籍中首次用"暹罗"来称呼那个地区的国家。元末明初,南方的"罗斛国"征服了"暹国"。由于两国合并,中国遂以"暹罗斛"来称之。1377年,明太祖朱元璋册封阿瑜陀耶国王为"暹罗国王",于是"暹罗"这一名称正式固定下来,成为中文语境下对泰国的称呼。

"暹罗"就是泰国,"暹猪"也就是原产于泰国的一个品种。怎么从泰国来到中国的呢?无非就是两个渠道,一个是薛蟠所说的"进贡",一个是民间贸易。

亚洲的大部分地区,尤其是东南亚,自古以来就是亚中华文化地区。有些小国更是中国的附属国,所以要向中国的皇家进贡。《大清一统志》载,至少从乾隆十四年开始,泰国每三年就要进贡一次。每一次进贡,都有写得清清楚楚的贡单。但是,从历次的贡单上都没有查到"暹猪"。当然,这并不说明进贡的贡品当中,没有"暹猪"。因为单子上写的是主要的贡品,没写在单子上的东西还有很多。

还有一个渠道,就是民间贸易。商人做生意,为了获利,不惮于行路。当地买异地卖,异国买本国卖,是再正常不过的事。

说起商人,得名甚为久远。上古商部落的首领,被称作"王亥"。他把野牛降服驯养成为可供驱使的牛,并且开创了用牛车拉着东西去他乡以物换物的先河。王亥所到之处,受到人们的热烈欢迎。当地人只要看到他的牛车队,就会奔走相告,呼喊着"商人来了,商人来了"。久而久之,"商人"成为生意人的专有名称。多年以后,商朝被周人灭国,"商人"主要从事的活计就是买卖。"商人"成为一种身份,后世一直沿用。

清代的商人,为了抬高自己手中商品的身份,以获取更好的收益,常常把商品标识为"上用的"。一般的说法是:"我这可是上用的东西。"当然,也不乏真正"上用的"物品,通过各种渠道流入民间。《红楼梦》里就多次提到"上用的"和"宫里的"各种物品。例如"送宫花",就是宫里用的宫花。薛蟠所说"暹罗国进贡的灵柏香熏的暹猪",也是这种情况。往好里说,真的是进贡来的,但也可能就是商人奇货可居的贸易品。且不管是哪一种,这个"灵柏香熏的暹罗猪",应该是来自泰国,也就是"暹罗国"。当然,这东西的确也比较金贵了。

"暹罗猪"有什么特点呢?有人说是"香猪"吧?"香猪"只是"暹罗猪"的一种。"暹罗"有多个猪种,就像中国有多个猪种一样。"暹罗"的各种猪当中,最负盛名的是小体量的"香猪",有点儿像广东南雄的小种"龙猪"。跟"龙猪"不同的是，这种猪的肉很香。

多年以前在贵州，我就吃到过一种贵州"香猪"。当地人告诉我，这种"香猪"就是早年从泰国引进的。当时是在街边儿上，不是正经的大馆子。大铁锅一支，老远就闻到了扑鼻的香味。我们吃的这一锅，就是一口小猪，比一般的猪肉香得多。这口小猪虽然只有十来斤重，却不是乳猪，而是小种的成年猪。

综上所述，乌进孝交租的单子上，所列的"暹猪"，以及薛蟠所说的暹罗国进贡的"暹猪"，同是一种原产于"暹罗"，也就是泰国的小种香猪。而"龙猪"应该是原产于广东南雄龙王岩的矮脚小种猪，不是乳猪。

宁荣二府一年要吃掉近千只野鸡

《红楼梦》第五十三回乌进孝交租的单子上，除了家鸡，还有"野鸡两百对"。两百对就是四百只，这只是宁国府收的，荣国府收的一定也不在少数。野鸡不但过年吃，平时也不少吃，这反映了清代的一种饮食风貌。

野鸡比家鸡小，一只野鸡也就是一斤左右。野鸡的脂肪少，几乎都是精肉。野鸡有各种做法，例如大食客袁枚在《随园食单》里说到"野鸡五法"：

> 野鸡披胸肉，清酱郁过，以网油包放铁奁上烧之。作方片可，作卷子亦可。此一法也。切片加作料炒，一法也。取胸肉作丁，一法也。当家鸡整煨，一法也。先用油灼，拆丝加酒、

秋油、醋,同芹菜冷拌,一法也。生片其肉,入火锅中,登时便吃,亦一法也。其弊在肉嫩则味不入,味入则肉又老。

第一法,烧烤。把野鸡薄切成片,或舒或卷,刷上各种酱料,用网油包起来,用"铁叉"炙烤。"铁叉"俗称"铁丝蒙子",在《红楼梦》里出现过。第四十九回写道,宝玉、湘云弄了块鹿肉,张罗着在芦雪广"割腥啖膻",使用的一应烧烤工具,其中就有"铁丝蒙子"。

第二法,爆炒。有两种炒法,一种是把野鸡胸脯子上的肉片下来,加上作料炒野鸡片;一种是切成丁,炒野鸡丁。

第三法,红烧。像整制家鸡一样,把整只野鸡放在炖锅里,用慢火煨炖。

第四法,把野鸡用热油炸了,用手撕成丝儿,加上酒、秋油和醋,与芹菜一起凉拌。什么是"秋油"呢?清代王士雄的《随息居饮食谱》中说:

> 篘(音"抽",过滤)油则豆酱为宜,日晒三伏,晴则夜露,深秋第一篘者胜,名秋油,即母油。调和食物,荤素皆宜。

原来"秋油"不是油,而是一种很有讲究的酱油。是历经三伏天晒酱,至立秋时"头抽"的酱油。作为"母油",可以调和各种凉拌菜。难怪袁枚如此喜用"秋油",《随园食单》中屡屡提及。

第五法,火锅。把野鸡肉片下来用火锅涮着吃。袁枚特别注明火候的重要:涮嫩了,可能不入味;要入味,则可能肉就涮老了。这个火候要恰到好处,非老饕不能得其要领。

说到老饕，有清一代可不止袁枚一人。上至朝廷，下至民间，都喜欢吃野鸡。著名的"满汉全席"里，野鸡用得最多，比袁枚的《随园食单》里说的"野鸡五法"还要丰富得多。乾隆皇帝非常喜欢吃野鸡，据说他曾经给一家以烹制野鸡闻名的馆子写过一副楹联："名震塞北三千里，味压江南十二楼。"

当然，不单单是清代，吃野鸡的历史很久远了。早在狩猎时代，就是打到什么吃什么，禽类最多的就是野鸡。吃野鸡的记载也很多，例如《尚书·大传》："雉者，野鸟也。……升鼎者，欲为用也。"野鸡古称"雉"，《广雅·释鸟》："野鸡，雉也。"甲骨文中就有"雉"字。《诗经》里的《雄雉》《小弁》都写到了"雉"。因为雉的羽毛很漂亮，所以古人多用于服饰，例如"雉尾"。梨园行有"雉尾生"，如吕布、周瑜等角色，就是用"雉尾"作为头饰。古代后妃命妇的"翟衣"（翟音狄），就是用野鸡图案装饰的衣服。清代二品文官的补服为"锦鸡"，就是"雉"。汉代的吕后，名字叫作"吕雉"，可见这个"雉"字在当时只有褒义。

当然在民间，"雉"就没那么高贵，主要的认识就是好吃。诗人也不能免俗，例如苏东坡的《食雉》，诗题就点明了是吃野鸡。陆游的《杂题》诗之四："黍醅新压野鸡肥，茆店酣歌送落晖。"干脆就在茅草做顶的小客店里，喝着新压出来的粮食酒，大吃了一顿肥美的野鸡肉。元末明初梵琦的《燕京绝句》："山雀野鸡俱入馔，此禽巢稳独无忧。"说的还是"山雀野鸡"能吃都吃了。

《红楼梦》中多次写到野鸡入馔。第二十回，李嬷嬷骂袭人，还跟宝钗和黛玉不住地唠叨。宝玉过来劝，她连宝玉一块数落。过去的大户人家，奶母是有地位的。她啰唆几句，别人都得听着。正解不开这个局，王熙凤来了。用的什么法子呢？野鸡。这一段写得

很好看:

> 可巧凤姐正在上房算完输赢帐,听得后面高声嚷动,便知是李嬷嬷老病发了,排揎宝玉的人。——正值他今儿输了钱,迁怒于人。便连忙赶过来,拉了李嬷嬷,笑道:"好妈妈,别生气。大节下,老太太才喜欢了一日,你是个老人家,别人高声,你还要管他们呢;难道你反不知道规矩,在这里嚷起来,叫老太太生气不成?你只说谁不好,我替你打他。我家里烧的滚热的野鸡,快来跟我吃酒去。"一面说,一面拉着走,又叫:"丰儿,替你李奶奶拿着拐棍子,擦眼泪的手帕子。"
>
> 那李嬷嬷脚不沾地跟了凤姐走了……

这位李嬷嬷折腾起来,别人都排解不开。但在凤姐,却是一桩太小的事,一句"滚热的野鸡",就把李嬷嬷给请走了。同时说明,凤姐平日是自己开伙的,吃的花样还很多。这"滚热的野鸡",应该是"随园五法"的红烧。

后来的第四十三回,又说到"野鸡",又跟凤姐有关。看来王熙凤是非常喜欢吃野鸡的。书中说的是贾母偶感风寒,身子不太舒服,刚刚好了一点儿,凤姐端着一碗"野鸡崽子汤"给贾母送来了。贾母正好胃口不开,喝了几口汤,觉得挺好,还吃了两块肉。这凤姐真会来事,总能想出办法来让贾母受用。胃口不开的时候,大鱼大肉地吃是不行的。

野鸡崽子,就是小野鸡,这可比大野鸡难得。野鸡崽子有两个优点:一是肉质细嫩,二是凡是幼小的东西都比较补。贾母病后,身子发虚,正是欠补的当口。王熙凤适时送来"野鸡崽子汤",一听菜名儿,老人家就开心了。

有人说，野鸡崽子不是小野鸡，而是野鸡蛋。依据就是徐珂的《清稗类钞·饮食类·京师食品》：

> 北人骂人之辞，辄有蛋字，曰浑蛋，曰吵蛋，曰倒蛋，曰黄巴蛋，故于肴馔之蛋字，辄避之。鸡蛋曰鸡子儿，皮蛋曰松花，炒蛋曰摊黄菜，溜蛋曰溜黄菜，煮整蛋使熟曰沃果儿，蛋花汤曰木樨汤。木樨，桂花也，蛋花之色黄如桂花也。蛋糕曰槽糕，言其制糕时入槽也。而独于茶叶所煮之鸡蛋，则不之讳，曰茶鸡蛋。

说是北方人避讳"蛋"字，所以把鸡蛋说成"鸡子儿"。因此，野鸡蛋就是"野鸡子儿"，"野鸡崽子汤"就是野鸡蛋羹。对不对呢？不对。

贾母喝了两口汤，还吃了两块肉。这肉一定不是别的肉，就是小野鸡的肉，跟野鸡蛋没有关系。用野鸡蛋做的羹跟家鸡蛋做的羹，无论是口味还是营养，应该没有什么区别。但小野鸡炖的汤，可是一味好汤。后面一段文字，说得更清楚：

> 贾母点头笑道："难为他想着。若是还有生的，再炸上两块，咸浸浸的，吃粥有味儿。那汤虽好，就只不对稀饭。"凤姐听了，连忙答应，命人去厨房传话。

贾母是喝了汤吃了肉，接着说"若是还有生的"，这个"生的"显然指的是小野鸡的生肉。又说"那汤虽好"，显然是汤，不是羹。况且，"蛋羹"有什么好不好的？

第四十九回又提到了野鸡，又是一种名目。说的是宝玉着急出门，等不及厨房里给他送早饭，怎么办呢？就用茶泡饭。这个吃法倒是南方的生活习惯，北方人是不吃泡饭的。当然，作者并不是要把故事坐实在南方，而是不经意地带出了贾家原是金陵旧家。

宝玉只吃一碗茶泡饭不行，还得有点儿小菜送饭。怡红院居然有现成的一味，是什么呢？"野鸡瓜齑"。大家都知道野鸡，但什么是"野鸡瓜齑"呢？有文章说，这个"野鸡瓜齑"，实际上就是"野鸡肉"拌"瓜齑"。那什么是"瓜齑"呢？

先说说什么是"齑"。《周礼·天官·醢人注》："凡醯酱所和，细切为齑。一曰捣辛物为之。辛物，姜蒜之类。"汉刘熙《释名·释饮食》说："齑，济也，与诸味相济成也。"北魏崔浩《食经》说："冬日橘蒜齑，夏日白梅蒜齑。肉脍不用梅。崔寔曰：八月，取韭菁，作捣齑。"原来所谓的"齑"就是捣碎的姜、蒜或韭菜的细末。

再说说什么是"瓜齑"。明冯梦龙《古今谭概·癖嗜部第九·瓜齑》说：

> 韩龙图贽，山东人。乡俗好以酱渍瓜啖之，谓之瓜齑。韩为河北都漕，驻大名府，诸军营多鬻此物。韩谓曰："某营者最佳，某营者次之。"赵阅道笑曰："欧阳永叔尝撰《花谱》，蔡君谟亦著《荔枝谱》，今须请韩龙图撰《瓜齑谱》矣！"

这段话说得很清楚，山东人韩贽的家乡有一种特色吃食，是用"酱"腌渍"瓜"，"酱"就是"齑"，所以腌渍而成的"酱瓜"就称作"瓜齑"。这种"瓜齑"在军营里有得卖，韩贽还对各营"瓜齑"的优劣予以评价。衢州大佬赵抃说，欧阳修写过《花谱》，蔡襄写过《荔枝谱》，如今要请韩贽写《瓜齑谱》了。

既然"瓜齑"就是"酱瓜"，那么"野鸡瓜齑"自然就是"野鸡"肉加上"酱瓜"了。这种说法对吗？不对。为什么呢？这叫望文生义,有瓜有齑,就叫"瓜齑"吗?不能这么说。

"野鸡瓜齑"中的"野鸡瓜"就是野鸡腿上的肉。这个"齑"是什么呢?葱姜蒜切碎了,就叫"齑"。这就清楚了,"野鸡瓜齑"就是野鸡腿肉跟葱姜蒜末一起做成的食品。当然,野鸡瓜有可能也是切碎了的。这种小菜送茶泡饭,那是绝配。所以,这才是"野鸡瓜齑"的正解,并不是"野鸡"和"酱瓜"两种东西拼在一起。清代盐商童岳荐的《调鼎集》说:

> 野鸡瓜,去皮骨切丁配酱瓜、冬笋、瓜仁、生姜各丁、菜油、甜酱或加大椒炒。

《调鼎集》说对了一半。"野鸡瓜"要"去皮骨切丁",显然指的是野鸡腿肉。唯后面说要"配酱瓜",又是受了"瓜齑"之说的影响。当然,用各种丁、菜油甜酱或加大椒炒,未尝不是一种吃法。但对于诠释"野鸡瓜齑",却可能造成些许的误导。

总之,贾府上下都喜欢吃野鸡,而且烹制的花样很多,明着写的,就有"滚热的野鸡""野鸡瓜齑"和"野鸡崽子汤"。不写而写的,又不知凡几。从乌进孝交租的单子上看,单是宁国府,就有四百只野鸡,荣国府应该只多不少。即便是两府一样,都是四百只,加起来也有八百只了。也就是说,仅贾府一家,一年就要吃掉近千只的野鸡。可以想见,都是什么样的一些吃法。不得了,真不得了!

虽然贾珍嗔怪乌进孝交租交得少了,但从交租的单子上看,东西已经很多了。这只是宁国府,还有荣国府的呢,两府加起来,就更多了。有人担心那个时代没有冰箱,东西吃不完,怎么储存呢?其实,把单子上的东西分分类,就清楚了。

第一类,米、炭之属,这些没有关系,可以长时间存放。

第二类，"风腌"的东西，"风羊""风鸡""风鸭""风鹅"等，也没有问题，都可以存放很长时间，甚至长达一年。

第三类，冬天冻住的生鲜，大部分过一个年就消耗掉了。过年的家宴，以及请客送礼，差不多到开春的时候，基本上就所剩无几了。

旧时无论是大户人家还是普通家庭，冬天储存食物靠的是室外的自然低温，尤其是北方。南方冬季气候稍暖，但大都是风腌之物，所以也没有问题。不用说得太远，倒退五十年，北京一到冬天，家家门前檐下都堆满了大白菜，一直要吃到开春接上新下来的青菜。整个冬天，一棵菜都不会坏。过年的年菜也都是在门外冻着，每天饭前弄些下来在炉子上一热，一锅菜可以吃上很多天。其他时间，春夏秋三季，吃的都是时令菜。一般家庭，除了年节，平时难得吃一顿荤腥。但只要有条件购买，一年四季都不缺肉类、鱼类的供应。

宁荣二府贾家当然属于有条件购买的一族，并不都是指望庄田上一年一次送来的食材。寻常的日子，主要还是吃时令菜。即使是冬天，也并不是只有上年的存货。

前边说到，贾府过年吃的是"合欢宴"，具体菜品没有交代。但是，从乌进孝交租的单子上，我们可以想见，这顿"合欢宴"的菜品，一定非常丰富。两府的厨下，既有关外的大鹿、獐子、狍子、野猪、野鸡等野味，又有南方的风鸡、风鸭、风鹅、风羊等风腌；既有超大的鲟鳇鱼和各色杂鱼、大对虾，又有超小的龙猪和进口的暹猪；既有活鸡、活鸭、活鹅、兔子，又有熊掌、鹿筋、海参、鹿舌、牛舌、蛏干、干虾和各色干菜；再加上各种制法的猪羊和节日的零食榛子、松子、桃穰、杏穰等。即使用上一小部分，也已经丰富得不得了了。

第三章

茶事析疑

说说妙玉"烹茶"

妙玉引出了一个话题:《红楼梦》中的茶。为什么呢?因为《红楼梦》中的茶和茶事活动最精彩的段落,就是第四十一回拢翠庵品茶。说的是贾母两宴大观园之后,带着刘姥姥一行人来到了拢翠庵找妙玉"讨一杯茶吃":

> 妙玉忙接了进去。至院中见花木繁盛,贾母笑道:"到底是他们修行的人,没事常常修理,比别处越发好看。"一面说,一面便往东禅堂来。妙玉笑往里让,贾母道:"我们才都吃了酒肉,你这里头有菩萨,冲了罪过。我们这里坐坐,把你的好茶拿来,我们吃一杯就去了。"妙玉听了,忙去烹了茶来。

这段文字说到妙玉"烹茶"。拢翠庵品茶的茶和茶事活动知识,折射了中国古代博大精深的茶文化。这些地方如果粗粗看过,就太可惜了。既然如此重要,我们就先从"烹茶"两个字说起。

"烹茶"就是"煮茶"。我们今天喝茶,多是泡茶、沏茶。煮茶间或有之,例如喝普洱茶和老白茶。但毕竟很多年来以泡茶为主,近年来才刚刚兴起一阵煮茶之风。

真正的煮茶是在唐代。因为《红楼梦》有"无朝代年纪可考,无地域邦国可考"的一个艺术宗旨,虽然成书于清代的乾隆年间,但故事并未坐实在某一个朝代。汉、唐、宋、元、明、清兼有,叫作"红楼梦时代"。所以"烹茶"两个字,映带的是中国古代茶文化的做派。

中国是茶与茶文化的第一大国,茶叶的历史非常悠久。《神农本草经》上说:"神农尝百草,日遇七十二毒,得荼而解之。"这个"荼","如火如荼"的"荼",指的就是"茶"。那个时候没有"茶"这个字,中唐以后,才把"荼"字去掉一横,成为"茶"字。唐以前,大多用"荼"字。神农尝百草,初始目的是找吃的。什么东西能吃,什么东西不能吃,要尝尝才知道。在相当漫长的"尝"的过程当中,难免中毒,而且中毒的机会还非常多。"日遇七十二毒"并非夸张,一天就能碰上这么多种毒。那怎么解这个毒呢?"得荼而解之",就是用"荼"来解毒。那时他们所能找到的,当然是野茶树。所以茶最早是药用或者食用,尤其是在那个缺食少药的年代。

茶的药用功能,除了可以解毒,还可以解热、提神,有很多功效。但后世渐渐功能细分,就不以茶作药用了。

茶的食用功能,早期显得很重要。那时从野茶树上采下叶子来,就直接入口吃了。后来无意之中发现茶被火烤过之后,会有一种特殊的香气,于是就改为烤着吃。再后来,吃茶蔚然成风,吃的方法也日趋多样化了。一直到了唐宋时期,茶的使用已经臻于成熟,甚至形成了一种文化。

"茶兴于唐,而盛于宋",但唐宋的使用方法有很大的区别。具体地说,就是"唐煮宋点"。所谓的"唐煮",说的是唐代把茶煮着吃。煮的时候,并不是只有茶叶,还要加上盐,加上姜,加上橘子皮,加上龙脑香。龙脑香,就是冰片。这样煮出来的茶是浓稠的,与后世的形态完全不同。煮成之后不是喝而是吃,可以疗饥,可以果腹。这种吃茶方式在唐代很盛行,尤其是在寺庙里。那时的和尚大都是"过午不食",但是寺庙里有很多力气活儿,例如种地打柴之类,饿着肚子是扛不住的。不吃饭,但可以吃茶,这就没有问题了。

当吃茶形成文化之后,吃茶所承载的就不仅仅是疗饥了。尤其是学养深厚的高僧大德,常常用"吃茶"来"打机锋",从"吃茶"开示禅机。例如,唐代有一个大和尚,法号"从谂"。这位从谂和尚,早年参南泉普愿禅师,在其门下二十多年,以"平常心是道"开悟心地。后参访诸方,行脚不停。八十岁时受请,住赵州城东观音院,教授后进,名震一时。从谂大和尚在赵州前后四十年,圆寂时一百二十岁,被称为"赵州古佛"。当年常有四方的僧人,来到他这个地方"挂单",拜见从谂大和尚时,从谂问道:"以前来过此地不曾?"僧人回答"不曾"。从谂说:"好,吃茶去。"从谂接着问下一位僧人:"以前曾经来过此地不曾?"这位僧人回答"以前来过"。从谂说:"好,吃茶去。"在一旁侍立的寺庙住持就觉得很奇怪,怎么来过也"吃茶去",不曾来过也"吃茶去"?从谂跟他招招手,这位住持以为有什么重要的话要跟他说,赶快附身过去。从谂微笑着跟他说:"吃茶去。"

记得我在杭州读书的时候,最喜欢走的一条路,是从九溪十八涧到龙井。这条小路的两边都是茶山,中间是青石板随意铺成的小径,一条小溪左环右绕,意境好极了。途中有一个颓圮的旧茶楼,虽然倒塌了,但是它的两根石头门柱还在,上面居然还保留着一副楹联。上联是"小住为佳且吃了赵州茶去",下联是"日归可缓试同歌陌上花来"。想来当年的这位茶楼主人,不仅有雅趣,还颇有禅味。多年以后,有位修禅的朋友请我喝茶,聊起赵州和尚"吃茶去"的故事,我当即写了一首《茶歌》以赠:

来因吃饭来,去为吃茶去。

治火试新壶,烹却家国虑。

> 七碗风习习，已忘语絮絮。
>
> 不可一日无，且饮且安豫。

宋代改"煮茶"为"点茶"，也与今天的饮茶之法不同。唐代加在茶里一起煮的那些添加物，宋代全部捐弃，只用茶和水。但宋代所用的茶，却要先行加工成为类似今天日本"抹茶"那样的茶叶末。这种茶叶末加工工艺难度很大，要细到只有"六千目"。所谓"目数"，在今天是指物料的粒度或粗细度。"目数"越大，则颗粒越细。"六千目"的茶叶末的细度，是捏起一小撮放在手背上揉一揉，就会被皮肤吸收。显然，如此之细的茶叶末必须使用非常精密的手工石磨才能磨出。宋代就有这样的手工石磨，后来传去日本，再后来在中国失传，只有日本保留下来并且注册了专利，中国反倒没得用了。唐代，日本的"遣唐使"把茶道给搬到日本去了。宋代，日本的荣西和尚，不但从中国带回了禅宗，还带回了茶种以及制茶的方法。他在日本传播茶道，著有《吃茶养生记》一书，这本书可以称之为日本的《茶经》。所以，日本一个原本不产茶的国家，今天还能够制作六千目的抹茶，而曾经发明了精细石磨的中国，今天却只能望洋兴叹了。

宋代把茶叶末加工出来之后，"点茶"才是真正显示水平的关键。一般的"斗茶"，就是比赛"刷茶"，"刷"出来的细沫多并且停留的时间长者为胜。今天日本的"抹茶"，还保留了一些宋代"刷茶"的古意。但这种"斗茶"在宋代还属于低层次的比赛，最高级的"点茶"，是要在茶碗中注水时"点"出龙行凤舞以及亭台楼阁的花色来。这样的茶艺，今天还见得到吗？老祖宗有很多非常精彩的东西，可惜没有传下来。就连"抹茶"工艺，传到日本之后，中国自己也把它丢了。

明清以降,不再使用唐宋时期的饼茶,而是改用散茶。饮用方法也不再是煮茶和点茶,而是改为泡茶。"烹茶"一词,是唐代"煮茶"的意思。后世文人笔下的"烹茶",则是为了借用古意以显文雅。例如宋代陆游的《残春无几述意》诗:"试笔书盈纸,烹茶睡解围。"清代陆嵩的《鬻儿行》:"儿年虽幼颇有知,扫地烹茶习已熟。"而《红楼梦》第四十一回"拢翠庵品茶"一节,说妙玉下去"烹茶",则除了"述古"之外,另有模糊"朝代年纪"的用意。

妙玉捧上茶来,贾母说了一句话,很有意思:"我不吃六安茶。"

贾母为什么不吃六安茶

"六安"是个地名,别称"皋城",因中国远古时代司法鼻祖皋陶封地于此而得名。"六安"之名首次出现于汉武帝元狩二年所置六安国,位于今天的安徽省六安市。六安产优质绿茶,名为"六安茶",是天下最名贵的绿茶之一。

"六安茶"在唐代就负有盛名,唐代陆羽的《茶经》载有"庐州六安(茶)"。但是唐宋时"六安茶"的制成形态,依然大都是饼茶或者团茶。直到明代洪武二十四年,朱元璋念及茶农制茶极为辛苦,专门下旨"废团改散"。此后除了云南等偏远之地还有"紧压茶"之外,内地各产茶区均改为"散茶",宫廷贡茶也统统改为散装"芽茶"。"散茶"冲泡较"唐煮宋点"方便多了,茶叶入壶用沸水一冲即可。宫中引领潮流,很快传至民间,并逐步成为流传至今的一种最常见的饮茶方式。

明初"废团改散"是一个分水岭,从根本上转变了中国的制茶工艺和饮茶习俗。由于宫廷贡茶只要"芽茶",而最大宗的贡茶是"六安茶",每年的进贡量比其他茶叶的总和还要多。明代徐岩泉的《茶居士传》说:

> 居士姓茶,族氏众多,枝叶繁衍遍天下。其在六安一枝最著,为大宗;阳羡、罗岕、武夷、匡庐之类,皆小宗;蒙山,又其别枝也。

除了产量最大,质量也最好,所以成为主要的贡品和礼品。明代文学家陈霆的《两山墨谈》说:

> 六安茶为天下第一。有司包贡之余,例馈权贵与朝士之故旧者。

明嘉靖初给事中汪应轸也说:

> 日进月进御用之茶,酱房、内阁所用之茶,俱是六安茶。其不足则用常州茶等。

"六安茶"的影响成为一时之冠,地方官不但要保证进贡宫廷,还要馈送满朝的权贵以及友朋故旧。乃至真的有喜欢"六安茶"的人,遍求而不可得。明朝有一位大名士李日华,他的著作被后来的《四库全书》收入最多,他的《紫桃轩杂缀》说:

> 余生平慕六安茶,适一门生作彼中守,寄书托求数两,竟不可得,殆绝意乎。

他平生最爱的茶是"六安茶",可巧自己的学生在六安做官,有这种得力的关系,他写信"托求数两",居然求不来,可见"六安茶"的抢手程度。

明代开始,"六安茶"的制成形态已经是片状了,徐光启的《农政全书》说:

> 六安州之片茶,为茶之极品。

"片茶"两个字,第一次说出了当时"六安茶"的形状。至于得名"瓜片",应该是后来顺理成章的事情了。

明清两代六安的辖区很大,清初属江南行省右布政使司所辖的寿州和六安州。六安茶的主产区,如六安、金寨和霍山,都在辖区之内。其中,以金寨县的齐云山鲜花蝙蝠洞所产之茶产量最大、质量最好。蝙蝠洞的得名,是因为常年有成千上万只蝙蝠从洞里飞出来,在周边很大的一片地方,播撒粪便。蝙蝠的粪便富含磷质,对茶叶生长极为有益。再加上山高林密云雾缭绕,降雨量充足,空气湿度大,更加有利于茶叶生长。

从徐光启把"六安茶"称为"片茶",到后来定名为"瓜片",与制作的技术不断趋于成熟有关。其他地区的绿茶,无论是蒸青、炒青还是烘青,制成后的形状一般都是长条状和长片状,而六安片茶则是把每一片茶叶的叶子反卷定型成为西瓜子的样子,所以被称为"瓜片"。

"六安片茶"的制作工艺远比其他绿茶复杂。首先是采茶的时候连梗带叶一起采回来,然后再一片叶子一片叶子选摘,只要前四片叶子和一个茶芽,第四片叶子以下就不要了。芽和每一片叶子要分开制作,成品也各有名目。制成的芽叫作"银针",第一片叶子叫作"提片",第二片叶子叫作"瓜片",第三片和第四片叶子叫作"梅片"。其中档次最高的,是第二片制成的"瓜片"。虽然细分有六安银针、六安提片、六安瓜片、六安梅片,各有名称,总的还是统称为"六安片茶"。

贾母说:"我不吃六安茶",指的就是这一类的所有的茶。

"六安茶"属于绿茶,中国历史上,最早制成的茶叶大都是绿茶。首先茶叶本身的自然颜色就是绿色,先民无意中发现用火烤过茶叶之后,不仅散发出诱人的香气,绿色也被锁住,不再变色。久而久之,就形成了初始的制茶工艺。当然,先民并不知道"酶变"的科学道理,不知道茶叶里含有"酶",茶叶变色就是"酶"的作用,加热之后"酶"被破坏,绿色就固定不变了。只是经验性地总结出一些实用方法,或用火烤,或用锅炒,或用笼蒸,来使茶叶保持绿色。从文献中看,唐代陆羽的《茶经》,宋代宋徽宗亲自撰写的《大观茶论》,里边都记载了绿茶。

从明代开始,"六安片茶"就是贡品中的上品,后世则更加金贵。慈禧太后年轻的时候,特别喜欢"六安瓜片",但是没人给她。贡茶虽多,但也轮不着她享用。直到她生了皇子,就是后来的同治小皇帝之后,咸丰皇帝看顾她,问她想要点什么东西,她趁机提出来,想要点儿"六安瓜片"。皇帝即时恩准,给当时还是兰贵人的她,每个月十四两。皇上特别恩赏,也就这么多。她自己用,待客用,还得省着点儿。

如此好茶,贾母为什么不吃?清代名相张廷玉的父亲张英在《聪川斋语》中说的话,或许可以作为答案的线索:

> 予少年嗜六安茶,中年饮武夷而甘,后乃知岕茶之妙,此

三种可以终老。

看来张英不仅懂茶,而且一辈子喝的都是第一流的茶。他年轻的时候,"嗜六安茶"。因为"六安茶"虽然好,但茶性很凉,适合火力壮的年轻人饮用。清初的"武夷茶"则主要是半发酵的青茶,茶性醇和,所以他中年时改喝这种茶。再后来喜欢上了"芥茶",这是一种非常淡雅的茶,茶色纯白,有一种特殊的婴儿体香。这种茶产在江苏西南部的宜兴,唐宋时称为"阳羡茶",明代到清初称为"芥茶",雍正年间失传。由于这种茶淡而且有异香,所以颇得老年人的喜爱。

刘姥姥第二次来荣国府,与贾母见面时有一番对话,说到了二人的年龄。刘姥姥说自己是七十五岁,贾母说刘姥姥比自己还要"大好几岁"。姑以相差三四岁计算,贾母当时的年纪大约是七十一二岁。如果倒退四十年到五十年,让贾母选茶,她一定会毫不犹豫地选用"六安茶"。但如今她已经是古稀老人了,"六安茶"再好,也已经不适合享用了。复因"红楼梦时代"最时兴的好茶是"六安茶",像贾府这样的大户人家待客用茶也大都是"六安茶",拢翠庵日常备着的茶自然也应该是"六安茶",所以贾母随口说了一句"我不吃六安茶"。

贾母不吃六安茶,妙玉是什么表现?她并没有退下去换茶,对不对?她只是微微一笑,说:"知道,这是老君眉。"这几个字可不得了,现场如果有人注意到并细细地体味妙玉的答话,真的应该吃一惊。

妙玉跟贾母很熟吗?肯定是不熟,很可能都是第一次见面。妙玉是贾府下帖子请来的,是为了元妃省亲安排的一个沽摆设。贾府对她很尊重，礼遇有加。妙玉住进大观园之后，在拢翠庵里闭门修行，从不跟别人接触。就连元妃省亲的时候，她都没出来接驾。所以，她跟贾母一定不熟。

既然不熟，妙玉怎么能说出"知道"两个字？这里边应该含有两层意思。一是妙玉知识面广，又很懂事。她知道"六安茶"性凉，老年人受不了。二是这个小细节彰显了妙玉不一般的身份：不是大家小姐出身，没有经过见过，怎么会知道"六安茶"的茶性？

妙玉说："这是老君眉。"那么，"老君眉"又是什么茶呢？她怎么知道贾母一定会接受这个茶呢？

"老君眉"为什么不是绿茶不是黄茶也不是岩茶

妙玉说的"老君眉"是个什么茶呢？人民文学出版社 1985 年出版的《红楼梦》，对"老君眉"一条有一个注释：

> 老君眉，湖南洞庭湖君山所产的白毫银针茶，精选嫩芽制成，满布毫毛，香气高爽，其味甘醇，形如长眉，故名"老君眉"。历代沿作贡品。

说得很肯定，"老君眉"是洞庭湖的"君山银针"茶。对不对呢？不对。为什么呢？"君山银针"属于黄茶，而"老君眉"不可能是黄茶。

茶叶的简单分类，是按颜色分为红、黄、绿、白、黑、青六类。绿茶是采下来之后把"酶"杀掉，使茶叶停止酶变。杀酶的方式有很多种，或是蒸青，或是烤青，或是烘青，或是炒青等。茶叶停止酶变，绿色就保持住了。绿茶性凉，虽然对身体的好处很多，但是也得分谁喝。黄茶其实跟绿茶的性质是一样的，只不过制作工艺上增加了一个程序，叫作"闷黄"。采摘之后先闷一下，待茶叶颜色发黄变浅了，再行烘炒杀酶，这样制出来的茶叶就是黄茶。虽然黄茶的颜色与绿茶有别，但性质与绿茶一样，同样偏凉。黄茶的颜色很漂亮，价钱很高，也很难得。多年前，我曾应邀去广州参加全国的茶叶峰会，在会上讲了讲茶叶史。记得"君山银针"的负责人专门找到我，希望我说一说洞庭湖的"君山银针"就是《红楼梦》里提到的"老君眉"。他们的依据，就是通行本《红楼梦》的这条注释。我说，这个注释错了，实在对不起，我不能这么说，这要实事求是。贾母不吃"六安茶"是因为怕凉，"君山银针"跟"六安茶"的茶性相同，贾母同样不敢喝的。所以，"老君眉"不是"君山银针"。

邓云乡先生曾经写过一本书，叫作《红楼识小录》，出版之后送了我一本。他对"老君眉"的注释是：

> 老君眉此名不见《茶谱》，似即珍眉中之极细者，名银毫，乃婺源、屯溪绿茶中之最细者。

"老君眉"带一个"眉"字，"珍眉"也带一个"眉"字，邓先生大概是受了一个"眉"字的误导。其实关键不在于字面上的联系，而是应该着眼于茶性的确认。"珍眉"也是绿茶，这才是问题的重点。贾母不吃"六安茶"，并不是跟"六安"这个地方过不去，而是因为绿茶的茶性太凉。所以，即使换成婺源、屯溪，只要是绿茶，贾母都是不会接受的。因为邓先生跟我是至交，所以我就直接跟邓先生说了这个意见。邓先生是接受我的这个说法的，但是来不及改了，再后来邓先生去世了，这也成为他的一个遗憾。

中国艺术研究院红楼梦研究所主编的《红楼梦大词典》释"老君眉"条，是这么说的：

> 今安徽六安银针即老君眉。

"六安银针"不还是"六安茶"吗？"六安茶"制茶用四片叶子一个芽，第一片叶子叫作"提片"，第二片叶子叫作"瓜片"，第三和第四两片叶子叫作"梅片"，用那个"芽"制成的，就叫作"银针"。贾母说的"六安茶"，应该包括所有的芽和叶子制成的茶。因此，这个注释也是不对的。

近年间有人说"老君眉"实际上就是福建武夷山的"岩茶"，甚至有茶叶专家声称在武夷山找到了所谓"老君眉"的"母树"。其实完全不对。为什么呢？

"岩茶"得名是因为它生长在武夷山区那些风化了的岩石层上。"岩茶"属于乌龙茶类，是一种"青茶"。"青茶"是半发酵的茶，例如"大红袍"就是典型的"岩茶"。

"岩茶"生长很讲究土质，土质不对，长不出好茶。这种土质的专业术语，叫作"丹霞地貌"。凡是"丹霞地貌"，都能种出类似于岩茶这样的茶来。当然，作为成茶的"岩茶"，不单讲究茶种，讲究土质，还要讲究特殊的制茶工艺。

为什么"丹霞地貌"能种出好茶来呢？我有一个朋友，是一位土壤学专家，他为了研究种植"岩茶"的土质奥秘，特地去武夷山待了九年。他发现，武夷山的茶农在种"岩茶"的时候，如果看到当年的茶叶不理想，下一年就要用镐头把山上的石头刨下来打碎，撒在茶园里。撒了碎石的茶，长得就很好。石头又不是肥料，为什么要用这个东西呢？茶农只知其然，不知其所以然。这个谜，被我的这位朋友解开了。简单地说，就是"丹霞地貌"与茶树生长的关系。

"丹霞地貌"是地质学的一个概念，从各个不同的学科分类有二十多种解释。但是从种茶这个角度阐释，则是必须具备以下诸项条件：

第一，必须有一座海拔两千米左右的岩石山，山上一定要有很多植物的落叶和腐殖质；第二，这个地区的年降雨量不少于两千毫米；第三，山下不远处一定要有一条小河，不能是大河，小河可以拦住雨水从山上冲下来的风化的岩石和腐殖质，大河就把冲下来的东西带走了。经过千年万年甚至上亿年的堆积，这种土质，就是最适合茶树生长的"丹霞地貌"。这种"丹霞地貌"大都在中国，占全世界的百分之七十，主要分布在东南、西南和西北地区。"丹霞地貌"在其他国家如斯里兰卡、印度、英国等地有少量分布，加起来不到总面积的百分之三十。

凡是"丹霞地貌"，具备以上条件，都可以种出最好的茶。至于如何制作成不同品类的茶叶，则是取决于茶种和制作工艺的差异了。

为什么"老君眉"不是"岩茶"，还要从"岩茶"的制作工艺说起。"岩茶"是一种半发酵的茶，制作流程非常复杂。尤其是"大红袍"，是唯一进入世界非物质文化遗产名录的茶叶制作工艺。制成合格的"岩茶"，要经过九十多道工序。一个有经验的制茶师，进入制茶厂之后，三个月不能回家吃住，不能见家人，更不能见客人。进去时的体重和出来时的体重相差很多，要掉三十斤肉左右。日夜守着这个茶，太累太苦了。因为茶的性质非常娇贵，稍微马虎一点儿，就抓不住它的香气。北方人喜欢的茉莉花茶，香味是熏出来的。但是"岩茶"的香味，尤其是"大红袍"的香味，乃至整个乌龙茶的香味，都是茶叶自身带来的。在制茶过程当中，有些好的东西，尤其是香味，稍纵即逝。所以茶叶师进去之后，不能让新采来的茶待的时间过长，要赶快"摇青"。所谓"摇青"，就是要让茶叶"发情"。老茶农都知道，茶叶是会发情的。没采摘之前，在茶园里遇到风吹，它就发情了。摇晃的过程当中，茶叶会把整棵茶树的营养成分从底部一直往上顶，香气也要往上顶。如果这个时候不去采，它把香气都顶出去了，采下来的茶叶就不香了，因为最好的东西没了。所以，采茶非常讲究时间。一定要在香气顶上来的时候，及时把最上面的七片叶子采下来。茶叶的营养成分和香气，也就是最好的东西，都集中在这七片叶子里了。

下边就看制茶师的了，他会把这些叶子放在一个吊起来的大簸箩里，不断地摇动，这就是"摇青"，用这种模拟风吹的摇动方式告诉茶叶醒过来。茶叶以为风又吹过来了，于是又开始发情了，把香气和好的东西再往上顶。要把后四片叶子里所有的营养和香气，都顶到前三片叶子里。"摇青"要掌握分寸，如果摇过了，营养和香气顶过头了，就散失了。所以，有经验的茶叶师才能干这个活。摇到最好的时候，要及时停下来"锁青"，把后四片叶子摘掉扔了，只留下前三片叶子，把所有的营养成分和香气都"锁"在这三片叶子里。你看看，用这样的叶子制出来的茶，能不好吗？何况，这才几道工序？已经如此之讲究了，下面还有几十道工序呢，最后成茶的质量可想而知。

但是，"岩茶"虽好，从历史上看，查遍所有的文献记载，却没有一种"岩茶"叫作"老君眉"。

终于把"老君眉"说清楚了

既然"老君眉"不是"绿茶"也不是"黄茶","岩茶"说又只是一种猜测,没有任何证据。那就要仔细搜抉一下历史文献和民俗资料,看看"老君眉"是不是真的存在过。就像傅斯年先生曾经借用的一句诗再加上他自己的话:"上穷碧落下黄泉,动手动脚找东西。"所谓的"东西",就是证据。

清代有一位福建侯官人,名叫郭柏苍,是个大收藏家,也是个大藏书家。因为热爱家乡,他写了一部书叫作《闽产录异》,将家乡的名产记载了下来。《闽产录异》"货属篇"的"茶条",介绍他们家乡的茶,其中就说到了"老君眉":

> 老君眉(原注:光泽乌君山前亦产老君眉),叶长味郁,然多伪。

说得清清楚楚,确有一种茶叫作"老君眉",特点是叶片较长,香气浓郁,具体的产地是"光泽乌君山前"。但一个"亦"字很值得注意,"亦产"就是"也产",看来产地并不止光泽乌君山前一处。只是其他产地,还要再找证据。

光泽位于福建省西北部,隶属福建省南平市,古属邵武府,境内群山连绵,山高谷深。乌君山位于城东 15 公里处,系武夷山脉中段,海拔 1477 米,南北走向,方圆约 20 公里,大小山峰 30 余座。

郭柏苍说"老君眉"茶"多伪",假的很多。这是因为,只要东西好,就有人造假。俗语说:"一天卖了三个假,三天卖不了一个真",似乎成了一种规律。当时的"老君眉"很有名,就像今天的"大红袍"。不客气地说,今天市售的"大红袍",至少百分之八十是假货。而这种造假之风,古已有之。揆之于理,当时的"老君眉"自然"多伪"。

郭柏苍提到"光泽",我们再找找光泽历史上的一些记载,尤其是光泽的地方志。光绪年间的《光泽县志》上说:

> 茶以老君眉名(乌君山前山后皆有)。

"老君眉"的产地又多出来了,不单是乌君山前,山后亦有产出,这又是一条材料。

离我们最近的一个记载是《中国茶事大典》,直接引用了光绪年间的《光泽县志》,并没有新的资料。

也就是说,"老君眉"还真不是曹雪芹杜撰的,真的有过这种茶,而且这种茶的质量很好。质量不好,不会有人作伪,不会有人冒称。它的产地之一,是福建光泽乌君山的山前山后。

第二个问题来了,"老君眉"不是绿茶不是黄茶也不是岩茶,"黄、绿、青、红、白、黑"六类当中,排除了前三类,它属于余下的哪一类?其实刘姥姥已经把红茶和黑茶排除了,她说:"好是好,就是淡些,再熬浓些更好了。"那么,剩下的一类只有白茶了。当然,把"老君眉"归类为白茶,也还需要证据支持。有证据吗?有不止一条证据。

天津有一家老字号的"正兴德"茶店,店堂里挂着一个老文物,是20世纪30年代茶叶的价目表。其中有一个类目,叫作"铁山白毫类"。有品名,有价格。兹抄列如下:

金贡银毫每斤六元四角；金贡寿毫每斤四元八角；老君眉每斤三元二角；君眉每斤二元四角；大寿眉每斤一元六角；寿眉每斤八角。

"老君眉"的名字赫然在列。说明并不太久远的 20 世纪 30 年代，"老君眉"仍然是很多老茶店里经常售卖的茶叶。最重要的是，这一组茶叶，都属于"白茶"。怎么知道它一定就是白茶呢？因为这一组都属于"铁山白毫类"。

"铁山"是一个地名。这个地方盛产白茶，从历史上一直产到今天。"铁山"在什么地方呢？在福建的政和县。说到政和县的白茶，可是赫赫有名。北宋时期，宋徽宗就很喜欢福建的白茶。当时有一个大臣名叫蔡京，大家都知道，他是个大奸臣。但这个人是个大艺术家，很懂茶。宋徽宗喝到福建送来的白茶，非常高兴，询问蔡京这个茶出产在福建的什么地方。蔡京是福建人，很了解家乡的各种名茶。他回奏说，这种白茶产自关隶县。这个地名中的"隶"字，又写作木字旁的"棣"，关棣县。当时正是宋徽宗的政和五年，宋徽宗一高兴，就把"政和"两个字赏赐给关棣县了。从此以后，这个县的名字改成了"政和县"，一直用到今天。也就是说，政和县得名，与白茶有关。

白茶的历史很悠久，仅次于绿茶。宋徽宗的《大观茶论》就写到了白茶。陆羽的《茶经》也写到白茶。历史上，政和这个地方，不产别的茶，基本上都是白茶。政和白茶的主产地在铁山，所以"铁山白茶"比"政和白茶"的名气还要大。过去茶商为了显示"正宗"，往往标示为"铁山白茶"。天津老字号的"正兴德"茶店价目牌上的"铁山白毫类"，就是一例。

白茶的制作工艺比较简单，它是微发酵的茶。我们知道，绿茶、黄茶是不发酵的，红茶、黑茶是全发酵的，青茶是半发酵的。白茶的微发酵工艺，就是将采下来的茶叶摊在透光性很好的地方晾晒。经过这道工序之后，茶叶就褪色了，颜色变得发白。这时候要赶快把它烘了，把茶叶中的酶给杀了，也就把颜色锁住了。前边说过，黄茶是用"闷黄"的工艺让茶叶变黄。白茶则是用微晒的工艺让茶叶变白。白茶的种类，有大叶茶，有小叶茶，不细说了。

可能有人要说，我们今天只知道"福鼎白茶"，不大知道"政和白茶"。那就是因为"福鼎白茶"现在做得比较好。"福鼎白茶"出现得很晚，晚清的时候才开始制作。其实福建的很多地方都出产白茶。最早见于记载的是政和县，宋代开始制作白茶。光泽县的乌君山，清代就记载有"老君眉"茶，都比福鼎白茶早得多。

既然"老君眉"是白茶，问题来了：白茶是微发酵的茶，它的茶性也是偏凉的，为什么贾母接受这个茶，而不接受六安绿茶呢？

这就要看回天津"正兴德"茶店的那个老单子。这张价目牌上写着六种茶，其中有"老君眉""君眉""大寿眉""寿眉"。这是什么意思呢？原来"老君眉"和"君眉"是有区别的。区别在什么地方呢？一个新，一个老，本名都叫作"君眉"。就像另外一类茶，本名都叫作"寿眉"一样，大叶子的叫"大寿眉"，小叶子的叫"小寿眉"。一个是按大小区分，一个是按新老区分。也就是说，"君眉"存放久了，就成了"老君眉"。

我们知道，有些品种的茶是可以存放的。例如，普洱茶存的时间越久越好。现在称作"蓝铁""红铁"的普洱老茶，都是20世纪60年代初做出来的茶。当时并不讲究，用铁模具粗枝大叶乱七八糟压在一起，包纸上面盖上个蓝印或者红印，就存起来了。但它经过六十年的醇化，生命体在不断地活动，这个过程可不得了。时间的沉淀，造成了品质的变化，茶的价格也随之高涨。现在谁有办法弄一饼"蓝铁""红铁"试试，看要花多少钱！

其他的茶，全发酵的红茶、黑茶，半发酵的青茶和微发酵的白茶，也是同样的情况，都可以通过长时间存放，醇化成为老茶。例如青茶中的岩茶"大红袍"，制作的过程中有一道"焙火"的工序，制茶师讲究焙出来的茶供什么时候喝。焙出来马上喝的，火功应该怎么掌握；焙好了五年以后才能喝的，就要等到五年以后再喝，五年之内是不能喝的；焙出来三十年以后才能喝的，就真的要到三十年以后再喝。不到时候，火太大了退不下去，茶不好喝，这就是老制茶师的厉害处。存放的时间到了，一个是火退了，再一个茶的性质变了。老茶就是药，老茶客都知道这个道理。

白茶在醇化的过程中，还会把凉性转成暖性。所以如今老白茶大行其道，因为老白茶已经不偏凉性了，而是偏暖偏温，时间给了它新的精彩。亦如前面所说的"君眉"和"老君眉"的关系，"君眉"搁老了，就成了"老君眉"。"君眉"偏凉，"老君眉"偏暖。贾母懂茶，所以一听说是"老君眉"，便欣然接受。

贾母接过"老君眉"，喝了一口之后，跟刘姥姥说："老亲家，你也尝尝这个茶。"为什么呢？一是对这个茶表示首肯，再一个就是要不露痕迹地显摆一下。潜台词是，这茶好啊，等闲人家是喝不着的，来，尝一尝，见见世面。

结果这不解风情的刘姥姥，因为没有经过见过，喝了一口，说了句大实话："嗯，是不错。"为什么不错？因为老白茶的香味淡而特异。后边儿又跟了一句："再熬浓一些就好了。"逗得众人哄然大笑。简直是牛吃牡丹花，这对比出来的喜谑效果，直令人读来忍俊不禁。

终于梳理清楚了:"老君眉"是一种老白茶,非因"太上老君"而得名也。至此,《红楼梦》中的"老君眉"终于得解。

人民文学出版社最新出版的《红楼梦》,"老君眉"条的注释已经改了,改成"岩茶"了,但还是没有改对。因为《闽产录异》、光绪年间的《光泽县志》和《中国茶事大典》,虽然都提到了"老君眉",但都没有说明"老君眉"是一种什么茶。注释者显然是在没有把握的情况下,接受了"老君眉"是"岩茶"的说法。

"老君眉"之谜解开之后,除了帮助读者们进一步读懂了作者的细腻用心之外,还帮助读者们增长了一些《红楼梦》以外的关于茶的知识。

贾母不仅懂茶,还很懂水

贾母品尝了一口老君眉之后,又问了一句:"这是什么水?"这一问,说明贾母真是一位懂茶的人。茶跟水的关系,可是太密切了。

明代有一位张大复写了一本书叫作《梅花草堂笔谈》,里边专门有一段,论茶和水的关系。他说:

> 茶性必发于水,十分之水遇八分之茶,茶亦十分矣;八分之水试十分之茶,茶只八分耳。

这段话的意思是,好水遇到稍微差一点的茶,也能泡出好茶;如果是非常好的茶,水跟不上,这茶也不行了,可见水之重要。早在北宋时期,有一位江休复写的《江邻几杂志》里就记载了苏舜钦的弟弟苏舜元与蔡襄斗茶以水取胜的故事:

> 苏才翁尝与蔡君谟斗茶，蔡茶精，用惠山泉；苏茶劣，改用竹沥水煎，遂能取胜。

这里说的是苏舜元与蔡襄斗茶，蔡襄的茶不但好，而且用著名的惠山泉点茶。苏舜元的茶稍差，比不过蔡襄，但他很聪明，用竹沥水点茶，胜了蔡襄。茶靠不上的时候，不轻言落败，而是在"水"上下功夫，用竹子把泉水再过滤一遍。沥过的泉水更加清冽，汤色、滋味自然更胜一筹。

那么，什么样的水才是"十分"的水呢？

唐代的茶圣陆羽在他的《茶经》里，把水分为三等：

> 其水，用山水上，江水中，井水下。其山水，拣乳泉、石池漫流者上；其瀑涌湍漱，勿食之。

上等的水是山水，中等的水是江水，下等的水是井水。以陆羽的评价，井水是最差的。为什么呢？因为井水硬，含有的各种矿物质比较多。再者，井水在地表以下，不见天日，有阴气，所以井水只能列为下等。江水之上船行不息，江水之滨人来人往，使得江水泥沙俱下浑浊不清。所以要选择水流平缓、人迹罕至之处的江水，相对干净一些。山水虽好，如果是飞瀑流泉，水则断不可用。所谓上等的山水，指的是缓流下来的山水，积于潭池之中，静置之后，才是最好的水。

唐宪宗的时候，有一位状元张又新，在他的《煎茶日记》中记载了一个陆羽辨水的故事。他说，有位李季卿出任湖州刺史，坐船行至维扬，请茶圣陆羽上船，同抵扬子驿。季卿闻扬子江"南泠水"煮茶最佳，因派士卒去取。所谓的"南泠水"，是扬子江中的泉水。

水漫上来，泉眼就被水给没了；水退下去，这个泉眼才露出来。但是多数时间，这泉眼都是在水底下的。所以取"南泠水"，首先要请有经验的人找到泉眼的位置，再用特殊的装置把泉水取出来。士卒取水回程时，因风急浪大，所汲之水泼洒近半，于是从岸边取水补满。陆羽尝了尝用这个水烹制的茶，说："不对，这是近岸水。"吩咐士卒把上面的水倒掉，用下面的水再烹茶奉上，陆羽尝后说："这才是南泠水。"负责汲水的士卒具实以告，季卿大服。

其实这位张又新为了显摆，也说了一些假话。他假托陆羽之名，把天下的泉水给评了一遍。总共评了二十种，说最好的泉水是庐山的一个山泉。评得对不对呢？到了宋代，欧阳修就专门写了一篇文章来驳张又新的"泉水论"。宋末元初，又一位编写过《文献通考》的大家，叫作马端临，他又把这张又新给批了一通。也就是说，光这个水的官司，就不知道打了多少年。

宋徽宗的《大观茶论》，与以上说法有一些不同，他说：

> 水以清轻甘洁为美，轻甘乃水之自然，独为难得。古人品水，虽曰中泠、惠山为上，然人相去之远近，似不常得，但当取山泉之清洁者。其次，则井水之常汲者为可用。若江河之水，则鱼鳖之腥，泥泞之污，虽轻甘无取。

他的意见是，"山泉之清洁者"居上，其次是井水，但要选择有很多人用水的井。无论早晚，总有人从井里打水，这个井水相对好一些。他对江河之水很不看好，认为有鱼鳖之类的腥味，有泥泞腐烂的污染，即使看上去似乎是"清轻甘洁"的水，也断不可取。

明朝田艺蘅则认为，最宜茶的水就是茶树生长之地的水。他的《煮泉小品》里还专门引用了陆羽的话：

鸿渐有云:"烹茶于所产处,无不佳,盖水土之宜也。"此诚妙论。

意思是选用烹茶之水有一个最简单的办法,就是看茶的产地,茶产在什么地方,就取当地的水烹茶。这样做的好处,就是服水土。

那么,究竟什么水最好呢?到了清代的乾隆皇帝,做了一个总结性的发言。乾隆是懂茶的,更是爱茶的。他做了六十年的皇帝,不能逾越他的祖父康熙皇帝在位的时间,所以把位置让给了儿子嘉庆皇帝,自己做了太上皇。退位之时,有位老太医哭了,说:"国不可一日无君。"乾隆皇帝应声答了一句:"君不可一日无茶。"用一句谑笑语,轻轻岔过。乾隆在位时,常在宫中宴请大臣。他一改有酒有菜的章程,改为茶宴,没有酒。当然这茶就比较讲究,更讲究的是烹茶所用的水。

乾隆皇帝重泉水,这一点与古人没有区别。但他把泉水细化了,用一个独特的标准,分出了泉水的等级。那个时候,宫里吃的水都是北京西郊玉泉山运来的。每天早晨,城门一开,最先进来的就是运水的骡车,一直运到宫里。乾隆皇帝有一个小银斗,这个小银斗是个量具。量什么的呢?量水。他用这个银斗称量玉泉山的水,水一斗正好一两。这就成了一个标准,凡是一斗重过一两的泉水,都要排在玉泉山的泉水之后。无论名气有多大,诸如"天下第一泉""天下第二泉"等。那么,有没有一斗轻过玉泉山泉水的水呢?据乾隆皇帝亲自用他的小银斗不厌其烦地称量天下名泉的结果,还真没有。所以,他把北京西郊玉泉山的泉水评为天下第一。

这要多说两句,号称"天下第一泉"的泉水,全国各地大概有七八处。"天下第二泉"没人争,就是无锡惠山的二泉。乾隆皇帝所到之处,只要有泉水,无论是什么名头,一定要用他的小银斗量一量,结果都比玉泉山的水重。济南的"珍珠泉",多好的水呀,但比玉泉山的水"斗重一厘"。杭州的名泉"虎跑泉",有谚云"龙井茶虎跑水",已经是非常好的水了,竟然比玉泉山的泉水"斗重四厘"。这在乾隆皇帝眼里,就都不行了。为什么玉泉山的水轻,便好过其他重一些的泉水呢?就是因为水质软、杂质少,泡出来的茶"色""味"纯正。

从贾母试茶问的一句:"这是什么水?"可知贾府里不但有好茶,也应该有各种好水。妙玉怎么回答的呢?"这是旧年蠲的雨水。"显然,贾母既接受了这种茶,也接受了这种水。那么,什么是"旧年蠲的雨水"呢?

什么是"旧年蠲的雨水"

陆羽的《茶经》把山水、江水、井水评为上中下三等,其中上等的"山水"指的是缓流下来积于潭池之中的泉水。说到泉水,中国幅员以内,不只是山泉,还有平地泉甚至水底泉。例如泉城济南,就号称"家家泉水,户户垂杨";再如著名的"南泠水",泉眼就在扬子江的水底。后世虽公认泉水为最优之水,但具体到某处某泉,则又生出许多的纷争。直到乾隆皇帝用他那小银斗作为权威量具品评天下泉水,才算是有了服众的结论。

然而,妙玉口中"旧年蠲的雨水"又是怎么回事呢?这就要先说说,李时珍的《本草纲目》把水分成两大类,一类是"天水",

一类是"地水"。细分的话,"天水"分成十三种,"地水"还要分成三十种。

"地水"分成三十种多不多呢?细细想想也不算多。因为无论是山水、江水、井水,还是各种泉水,由于各自的条件不同,例如地形、地貌、气候等差别很大,所以细分下来,可能三十种都不止。

雨水、雪水都是"天水"。分明是两种,为什么要分成十三种呢?原来雨雪不仅因地而异,也因时而异。华夏大地幅员辽阔,南方的雨,北方的雪,不同的地理环境便有很大的不同。再加上春夏秋冬四时的变化,"天水"细分为十三种并不算不合理。

苏东坡很推崇雨水,他的《东坡志林·论雨井水》有一段文字,说到雨水的好处以及如何收集雨水:

> 时雨降,多置器广庭中,所得甘滑不可名,以泼茶煮药,皆美而有益,正尔食之不辍,可以长生。

意思是说,下雨的时候,把缸、瓮一类的容器,多多益善,放在大院子当中,接下来的雨水,甘滑无比。做什么用呢?"以泼茶煮药"。不仅好喝,对身体更是大有益处。常饮常用,可以长生。但是,苏东坡虽重雨水,却没有细说是什么季节的雨水。

李时珍的《本草纲目》非常推崇春雨,说春天的雨是养人的。他对水很看重,他说"好水为百药之王",坏水可不行。在十三种"天水"之中,称得上"好水"的就是春天的雨水。他给不孕不育的夫妻开出的生孩子的方子里,必用春天的雨水。

有人说,不对吧,苏东坡好像在他的《仇池笔记》中说到过"梅雨"。"梅雨"指的是南方梅雨时节的雨。每年自二十四节气的"芒种"节后逢"壬"的那一天"入梅",至"小暑"节后逢"壬"

的那一天"出梅",差不多持续一个月,几乎天天下雨。这个说法见于明代罗廪的《茶解》:

> 《仇池笔记》云,时雨甘滑,泼茶煮药,美而有益。梅后便劣,至雷雨最毒,令人霍乱。秋雨冬雨,俱能损人,雪水尤不宜,令肌肉销铄。梅水须多置器,于空庭中取之,并入大瓮,投伏龙肝两许,包藏月余汲用,至益人。伏龙肝,灶心中干土也。

原来梅雨时节的雨水是最好的,"出梅"后的雨水就不好了。打雷天的雨水最不好,用了会生病。秋雨、冬雨包括雪水,都对人有害。接取"梅水"的方法,是在庭院中用各种器皿接雨,再装入大缸。再把灶底的干土取出来一些,趁热投入水中。然后包好藏好,等到一个月之后就可以用了。用这种水,烹茶也好,煮药也好,对人大有益处。投在水中的灶心土有一个霸气的名字,叫作"伏龙肝",是一味中医常用的中药。怎么来的呢?旧时家家户户烧柴的灶下,正对着锅底的那块泥土,积年被柴草熏烧结成硬块,取出之后刮去黑黑的积碳,就成了可作药用的宝贝。医书上多有介绍,说这东西具有温中止泻、止呕甚至止血的功效。

但是,《仇池笔记》通部书共一百三十八条,并没有明代罗廪的《茶解》所引用的这一大段话。倒是前边提到的《东坡志林》中有过一段类似的文字,想来是罗廪记错了。

关于梅水烹茶,古人倒是多有共识。例如明代张源的《茶录》说:"惟当多积梅雨,其味甘和,乃长养万物之水。"明代无名氏的茶书《茗笈》说:"梅雨如膏,万物赖以滋养,其味独甘,梅后便不堪饮。"清代陆廷灿的《续茶经》说:"俗语芒种逢壬便立霉(梅),霉(梅)后积水烹茶,甚香冽,可久藏,一交夏至,便迥别矣,试

之良验。"清代诗人徐士鋐写过一首《梅水烹茶诗》:

> 阴晴不定是黄梅,暑气熏蒸润绿苔。
> 瓷瓮竞装天雨水,烹茶时候客初来。

说得很清楚,用来烹茶的是什么水呢?是黄梅时节用瓷瓮接下来的雨水。那么,是不是就在院子当中放置一些盛具直接把雨水接下来就使用呢?还真有不太讲究的人这么做。例如清代大学问家朱彝尊的儿子朱昆田有一首长诗《碧川以芥茶见贻走笔赋谢》,其中有这么几句:

> 急唤丫髻童,稳支折脚鼎。
> 连朝送梅雨,瓦沟泻若绠。
> 盛之满瓮盎,舀取入瓴甋。
> 火活汤再沸,煎点在俄顷。

看这个意思,他不仅招呼小童在屋檐下支上"折脚鼎",直接对着檐角的瓦沟接取流下的雨水,并且急不可耐地舀出来烹茶了。这比苏东坡"置器广庭中"省事多了,更比罗廪"包藏月余汲用"粗糙多了。

虽然古时雨水比今天要干净很多,空气当中除了灰尘,基本上没有什么重金属以及化学污染物。但既然是"烹茶煮药"用,这个水自然也要经过一番过滤才好。明代的大文学家、"竟陵派"的代表诗人钟惺写过一首《采雨诗》,诗前的小序详细介绍了他的采雨之法:

> 雨连日夕,忽忽无春,采之瀹茗,色香可夺惠泉,其法用

白布方五六尺，系其四角，而石压其中央，以收四至之水，而置瓮中庭受之。

他说，接雨的地方要选在庭院当中。用一块大白布单子，把四个角吊起来，再用一块洗干净的石头，压在布心处，让雨水倾泻在白布上，集中在最低处漏下。白布下面搁上缸瓮之属，接满一缸，再续上一个缸。经白布过滤的雨水，再用白布罩上静置收存。这可就讲究多了。他在这段话的后边，还专门强调了一句："避溜者，恶其不洁也。"一定要避开瓦沟里流下来的雨水。

还有一点很重要，入梅后的头场雨不可用，出梅前的末场雨也不可用。一个梅雨季节，去掉头去掉尾，中间的雨是最好的。一般人家抓住时机接水，能接很多缸。存起来静置一年，就成了"旧年蠲的雨水"。

"蠲"字是去除的意思，有个成语叫作"蠲浊扬清"。柳宗元的《永州韦使君新堂记》里边有一句："蠲浊而流清，废贪而立廉。"把水中的脏东西去除之后，得到的就是一脉清流；把官场上的贪鄙之风遏阻之后，得到的就是廉政。

黄梅雨是好雨，接雨水的方法是好方法。那么，过滤完了以后，是不是马上可以用呢？不是，要静置后才能用。经过静置，水中的杂质完全沉淀下去，这时的水才是真正的好水。这个静置的过程，就叫作"蠲"。

前边说到过，陆羽不用飞瀑流泉，理由很简单，杂质太多。而缓流的山泉流入小潭中平静下来，便成为好水。就是靠静置，蠲除了杂质。所以，妙玉说的"旧年蠲的雨水"，就很好理解了。旧年就是去年，雨水不是当年接了当年用，一定要静置。静置多长时间呢？至少一年。待所有的杂质全部沉淀了，"蠲"得的，自然是上好的水。

要用一年的时间存放雨水，是不是太久了？答曰：越久越好。清末陈作霖撰写的《金陵物产风土志》里说：

> 雨水较江水洁，较泉水轻，必判分昼夜，让过梅天，炭火粹之，叠换缸瓮，留待三年，芳甘清冽。所谓"为忆金陵好，家家雨水茶"是也。

他说的要"留待三年"，可不仅仅是他个人的主张，而是记述了当时南京人的普遍做法。其实不只是南京，江南各处凡有条件的家庭，哪家不都是大缸大瓮，盛满了"旧年蠲的雨水"？甚至是"留待三年"的雨水？与《红楼梦》差不多同时的小说《儒林外史》，至少六处写到烹茶，用的都是"上好的雨水"。细味这"上好"的意思，应该就是这种"陈年老雨"了。例如，第二十四回：

> 大街小巷合共起来，大小酒楼有六七百座，茶社有一千余处。不论你走到一个僻巷里面，总有一个地方悬着灯笼卖茶，插着时鲜花朵，烹着上好的雨水，茶社里坐满了吃茶的人。

再如第四十一回：

> 话说南京城里，每年四月半后，秦淮景致渐渐好了。那外江的船，都下掉了楼子，换上凉篷，撑了进来。船舱中间，放一张小方金漆桌子，桌上摆着宜兴砂壶，极细的成窑、宣窑的杯子，烹的上好的雨水毛尖茶。那游船的备了酒和肴馔及果碟

到这河里来游,就是走路的人,也买几个钱的毛尖茶,在船上煨了吃,慢慢而行。

可见,当时的风气如此。所以贾母听说是"旧年蠲的雨水",端起杯子来就抿了一口。也就是说,她心下认为这个水是好水。不但茶可以接受,这个水也是可以接受的。

妙玉给黛玉补了一节"品水"课

拢翠庵里既有最好的茶,又有最好的水,所以老太太十分满意。但是妙玉并没有一直伺候着,捧上茶来,她就退下去了。而且还带走了两个人,一个宝钗一个黛玉,悄悄把她们叫到耳房里去吃"梯己茶"。所谓"梯己",是一种亲切的说法。周亮工的《因树屋书影》卷十说到了这个词的出处:

> 汴人语有不甚解者,大半是金、辽所遗。如藏物于内,不为外用,或人不知之者,皆曰"梯己"。

原来这"梯己"是河南话,最早是辽语的遗存,是"私房"的意思。妙玉撇下众人,独邀宝钗、黛玉,可见对二人的青看。妙玉亲自在小风炉上煎水烹茶,黛玉忍不住问了一句:"这也是旧年的雨水?"妙玉怎么回答的呢?冷笑一声:"你这么个人,竟是大俗人,连水也尝不出来!"谁平时能对黛玉这么说话?"冷笑"就已经不太尊重了,还"大俗人",竟奚落起来了。

这一笔,就活画出了一个妙玉。可着宁荣二府里,谁敢这么跟黛玉说话？妙玉可不管这些，随你是什么人，在我眼里通通是俗人，黛玉也不例外。我能请你来吃"梯己茶"，已经是高看你一眼了。

黛玉知道不知道妙玉的为人呢？当然知道。自己虽然是贵族家的小姐，但毕竟说起茶来不是内行，说起水来更不是内行。就凭刚才跟贾母对话的寥寥数语，妙玉在茶上的修为，不知道比自己高出多少去了。再说，这拢翠庵是人家妙玉的一亩三分地，既不是潇湘馆，也不是怡红院。不像在自己的居处，或是在宝玉的面前，随意使个小性儿什么的。尤其是，平素虽然与妙玉走动不多，自己却很敬重妙玉。所以妙玉说出这个话来，黛玉只能听着。

妙玉接着说："隔年蠲的雨水如何吃得？"这话说得可太重了，旧年蠲的雨水已经是非常好的水了。给老太太上的茶，那个水不就是"旧年蠲的雨水"吗？那可是一等一的好水呀！一句"隔年蠲的雨水如何吃得"，分明把人给划出等级来了。意思就是咱们的"梯己茶"，怎么能用她们那种水呢？显然，这"旧年蠲的雨水"，妙玉自己平时是不吃的，只是偶尔待客罢了。那么，这"梯己茶"用的是什么水呢？妙玉说：

> 这是五年前我在玄墓蟠香寺住着，收的梅花上的雪，共得了那一鬼脸青的花瓮一瓮，总舍不得吃，埋在地下，今年夏天才开了。我只吃过一回，这是第二回了。你怎么尝不出来？隔年蠲的雨水那有这样轻浮，如何吃得！

黛玉被妙玉给怼了一下，多少有些不自在。但听到这水的稀罕，更得知妙玉自己也只吃过一回，今天可是第二回。这份情谊之贵重，尽在水中了。还能说出什么话来？还有什么不自在的？大概这个时候，嗔怪之意一分也没有了。

妙玉说的蟠香寺,是她最早跟着师父读经的地方。在什么地方呢?苏州的玄墓山。玄墓山得名于一个人,名字叫作郁泰玄。此人在东晋时做过青州刺史,官声很好。休致之后,退隐于苏州太湖之滨与邓尉山相连的另一座山中,过了二十多年。死后入葬时,有千万只燕子飞至,衔泥堆成大坟。燕子又名玄鸟,他的名字里又有一个玄字,所以后人把这座山称为玄墓山。

玄墓山的南麓紧邻着碧波万顷的太湖,山水相映,景色绝佳,历来是文人骚客的流连之处。尤其是与邓尉山连成一脉,漫山之上遍生着无边无际的梅树林。每到梅花盛开的季节,山上赏梅的人终日不绝。著名的"邓尉赏梅",其实范围是包括了玄墓山的。康熙年间的江苏巡抚宋荦,酷爱梅花,常常流连于花丛之中,终日不肯离去。此间崖壁上的"香雪海"三个大字,即宋荦所题。康熙皇帝南巡,曾三次登山赏梅,乾隆皇帝更是六上邓尉探梅,两位皇帝共留下了十三首梅花诗。

妙玉本是官宦人家的小姐,自小因身体不好,家里把她送入玄墓山的蟠香寺养育。但她并没有真正出家,属于带发修行。可以想见,她与山间梅花结缘的情景。也就是说,她的高雅情操,不仅受到了青灯古佛的化育,也应该得益于暗香疏影的陶冶。

下雪天里,她从梅花的瓣儿上,一点一点地扫下晶莹洁白的细雪,再装入"鬼脸青"的花瓮里,竟然装满了一瓮。这是一种怎样的雅兴,又是一片怎样的痴情啊!

雪水也是"天水",李时珍《本草纲目》对雪水评价甚高:

> 腊雪密封阴处,数十年亦不坏;用水浸五谷种,则耐旱不生虫;洒几席间,则蝇自去;淹藏一切果实,不蛀蠹。

明代高濂的《扫雪烹茶玩画》说：

> 茶以雪烹，味更清冽，所为半天河水是也。不受尘垢，幽人啜此，足以破寒。

烹茶用的雪，必须是下得很厚的雪。底下接地的雪不能用，上边暴露的雪不能用，要用中间的雪。一般都是挖出一团，搁在烹茶器里煮了，用煮开的雪水来沏茶。

历代诗人多有雪水烹茶的诗作，例如唐代白居易"吟咏霜毛句，闲尝雪水茶"，唐代陆龟蒙"闲来松间坐，看煮松上雪"，宋代陆游"雪液清甘涨井泉，自携茶灶就烹煎"，宋代辛弃疾"送君归后，细写茶经煮香雪"，清代郑板桥"寒窗里，烹茶扫雪，一碗读书灯"。

《红楼梦》第二十三回，宝玉写的《冬夜即事》诗里也写到了雪水烹茶："却喜侍儿知试茗，扫将新雪及时烹。"《金瓶梅》第二十一回则写得更为具体：

> 吴月娘见雪下在粉壁间太湖石上甚厚。下席来，教小玉拿着茶罐，亲自扫雪，烹江南凤团雀舌牙茶与众人吃。正是：白玉壶中翻碧浪，紫金杯内喷清香。

前边说到乾隆皇帝品评泉水，把北京西山玉泉山的泉水评为天下第一。他的主要标准是，泉水以轻为好。他用他的那个小银斗量过了，北京西郊玉泉山的泉水一斗恰好重一两。其他地方的泉水，都比玉泉山的水要重。济南的珍珠泉斗重一两二厘，扬子江金山泉斗重一两三厘，无锡惠山泉、杭州虎跑泉皆斗重一两四厘，平山泉斗重一两六厘，清凉山、白河、虎丘及京西碧云寺各处泉水皆斗重

一两一分。那么,有比玉泉山的泉水轻的水吗?乾隆皇帝在《玉泉山天下第一泉记》里说:

> 然则更轻于玉泉者乎?曰:有。乃雪水也。尝收集素而烹之,较玉泉斗轻三厘。

原来雪水比"天下第一泉"的水还要轻,以乾隆皇帝的标准,雪水才是最好的水。但是,很遗憾,乾隆皇帝说:"雪水不可恒得。"那怎么办呢?所以才要存起来,以备无雪可收时之用。并且,存过一段时间的雪水,比刚刚收集的雪还要好。清代震钧在《茶说·择水》中说:"雪水味清,然有土气,以洁瓮储之,经年始可饮。"这一说就更明白了,妙玉为什么要把梅花瓣儿上扫下来的雪,装在花瓮里一存就是五年。

妙玉收集的雪,可比乾隆皇帝"尝收集素而烹之"的雪贵重多了。它不是落在地下的雪。落在地下,在妙玉看来,就已经不洁净了。说起来可是太稀罕了,天上落下来的雪,落在梅花瓣儿上。梅花瓣儿才有多大?小小的一片片的花瓣儿,能够承载多少雪?尤其是一片花瓣一片花瓣地扫下来,竟存满了整个花瓮。细想想,那得是多少片花瓣上的雪呀!饶是谁听了这一番陈说,也免不了要心旌摇动了吧?所以宝钗、黛玉,再加上后面跟了进来的宝玉,对这位清高孤傲的妙玉,怕是只有钦敬的份儿了。

"普洱茶"与《红楼梦》

前面说到的"拢翠庵品茶"提到了两种茶,一种"六安茶",

一种"老君眉"。除了这两种茶,通部《红楼梦》中,还提到了什么茶呢?还有"普洱茶""女儿茶""暹罗茶"和"枫露茶"。

先说说"普洱茶"。提到"普洱茶",大家都很熟悉。因为近年间不仅很多人喜欢喝"普洱茶",还有不少人把"普洱茶"当成收藏品,甚至一时间把"普洱茶"的价格炒得不断攀升。

说件趣事,2005 年 4 月下旬,"第七届中国普洱茶节"弄了个营销活动,叫作"马帮茶道·瑞贡京城"。这个壮举动用了 120 匹马,满驮着普洱茶,由 43 位穿着传统服装的"赶马人"赶着,俨然回到了久违了的"马帮"时代,吸引了无数人瞩目。5 月 1 日,"马帮"从"茶马古道"的起点云南思茅出发,历时五个多月,经川、陕、晋、冀,于 10 月中旬抵达北京。这次营销极为成功,普洱茶的价格一飞冲天。在拍卖会上,一款"七子饼"竟卖出了 160 万元的天价。借着这个势,竟出现了"普洱银行"这种更加疯狂的现象。不知道有多少人倾尽家产购买"普洱茶"存进"普洱银行",以为"普洱茶"真的要与真金白银同贵了。当然,这种"爆炒"出来的热度是不会持久的。仅仅两年之后的 2007 年,"普洱茶"跌落神坛,价格终于回归理性。不管怎么说,"普洱茶"毕竟火了一把。

"普洱茶"产在云南,提起云南的茶,历史可是太悠久了。不单是中国,就是全世界的茶,"根"都在云南。今天的云南,除了人工培植的台地茶,深山老林里还有大量的野生茶。

曾经有一个说法,说世界上最古老的茶树在印度。这是 1824 年一位英军少校 Bruce 在印度的阿萨姆地区发现了一棵 13.1 米高的野生茶树而得出的结论,此后的国际学术界普遍接受了这个说法。1922 年,旅日中国学者吴觉农发表了《茶树原产地考》,一举廓清误说,确定了茶起源于中国的事实。20 世纪 90 年代初,在云南思茅茶区的邦崴发现了一棵"过渡型"古茶树,树龄在一千年以上。这棵大茶树核形的对称性比印度阿萨姆种古茶树的对称性更高,证明邦崴古茶树比印度阿萨姆古茶树更原始,起源更早。此外,20世纪60年代初,在云南普洱发现了一棵树龄1700年的茶树。1991年在云南镇沅千家寨哀牢山海拔2000多米的原始森林中,发现了一棵树龄2700年的茶树,高25.6米。还有,在云南凤庆县的"香竹箐",发现了一棵树龄3200年的茶树,树干直径1.84米,要八个人才勉强能够围过来。

什么叫"过渡型"?"过渡型"还不是真正的野生的茶树,是野生茶经过驯化成为种植茶的一个中间样本。也就是说,我们的先民种植茶树的历史已经很久了。最早是在什么时候呢?商朝末年,武王伐纣之前。当时云南的先民叫作"濮人",给商纣王进贡的茶,就是云南本地的野生茶和驯化了的种植茶。

唐代的"南诏国"种茶已经相当普遍了,"南诏国"就是今天的云南。做过安南经略使蔡袭幕僚的樊绰,在他的《蛮书》卷七中说:

> 茶出银生城界诸山,散收,无采造法,蒙舍蛮以椒、姜、桂和烹而饮之。

这是史料中较早记录云南茶的文字,也是较早记录普洱茶的文字。"银生城"是唐代"南诏国"时"银生节度使"的治所,辖区包含今天普洱茶的主产区普洱市、西双版纳傣族自治州、临沧市等地。"蒙舍蛮"指的是"南诏国"时期"六诏"之一的"蒙舍诏"的主体民族,被唐朝称作"乌蛮"。

宋代的李石,在他的《续博物志》里也说了类似的一段话:

茶出银生城界诸山，采无时，杂椒姜烹而饮之。

《续博物志》与《蛮书》记载不同的是三个字："采无时。"意思是说，一年四季都可以采，什么时候想采就去采。采下来的茶怎么喝呢？上述唐宋两书这方面的说法大体一样，与今天不同，都是煮着喝。怎么煮呢？《蛮书》说："以椒、姜、桂和烹而饮之。"《续博物志》说："杂椒姜烹而饮之。"都差不多，就是把茶叶加上花椒、生姜、肉桂一起煮。大概还要加点儿盐和龙脑香调调味，否则味道就太辣了。

那时云南的茶已经很成规模了，但究竟什么时候才开始叫作"普洱茶"的呢？这就要考一考所谓懂"普洱茶"的茶友们了。什么时候呢？应该是先有"普洱"这个地名，才能开始叫作"普洱茶"对不对？那么"普洱"这个地名是什么时候开始有的呢？这就要说到元代，蒙古人统治了整个中国。元代的疆域非常大，东起中国全域，北到俄罗斯全域，西到两河流域，往南一直打到印尼，它的海军也是全世界最强大的。到了元朝末年，朱元璋把蒙古人给打败了，赶出中原，建立了明王朝，云南也收复了。当时在云南的很多蒙元官吏没来得及逃跑，被俘虏了。朱元璋对蒙古人切齿痛恨，管你投降不投降，12岁以上的男性全部杀掉。那12岁以下的男孩子怎么办呢？全部阉割，留条小命，发送到各个王府去做太监。著名的三宝太监郑和，就是那位七下西洋威震全世界的大明海军司令，那个时候正在云南，也是俘虏，不满12岁，所以也被阉了送到燕王府，不想却成就了他以后的事业。随着时间的变迁，人们渐渐地遗忘了这些往事。

蒙古人统治云南的时候，很多地名得用蒙古语来命名。其中有一个地方的蒙语地名叫作"步日布",这只是个蒙语读音,需要有对应的汉字记下来。于是,就根据"步日布"这个发音,记成"普耳"两个字。当时"普耳"的"耳"字还不带三点水,就只是耳朵的"耳"。这个地区所产的茶,蒙古人很喜欢,大量运到中原去供贵族消费。于是,这个茶就被称为"普茶"。"普茶"这个名字用了很多年,正式见于记载,是在明代的万历年间,做这件事情的是浙江人谢肇淛。这个"淛"字,经常会读错,三点水加一个制度的"制",这个字不读"制",读浙江的"浙",意思也一样。谢肇淛是个文化人,也是个官员,他写有《滇略》一书,记载云南风土人情制度等,就提到了"普茶":

士庶所用,皆普茶也,蒸而团之。

"普茶"改称"普洱茶",是在清初设立"普洱府"之后。"普洱府"具体是在哪一年设立的呢?是在雍正七年,也就是1729年。这一年,清政府出台了一个重大举措,称作"改土归流"。什么意思呢?就是废除西南各民族地区的土司制度,改由中央政府委派流官直接进行统治,实行和内地相同的地方行政制度。新成立的"普洱府",就是这次"改土归流"的产物。"普洱府"的辖区,包括明代"车里宣慰使司"的思茅、普腾、整董、猛乌、六大茶山、橄榄坝六个"版纳"。"版纳"是行政单位,大致相当于后世的"县"。"版纳"源于傣语"傍那",意为"理想的乌托邦"。

从元代的蒙语地名"步日布"汉译"普耳",到清代雍正七年设立的"普洱府",确定了产于当地的茶的名称。地名"普耳"的数百年间,茶名"普茶";设立"普洱府"之后,则按照属地名称的变迁,改茶名为"普洱茶"。

说清楚这个时间节点非常重要,关系到《红楼梦》的成书年代。因为《红楼梦》书中写到了"普洱茶",而"普洱茶"之称在清代的雍正七年设立"普洱府"之后才开始使用。只有生活中已经出现的东西,才有可能被写入书中。这是一个常识,也是一个硬证据。这就给《红楼梦》的成书时间设定了一个上限,不会早于雍正七年。

有鉴于此,所谓的《红楼梦》的作者"新说",诸如"吴梅村说""冒辟疆说""洪升说",就统统被排除了。因为吴梅村卒于康熙十年,冒辟疆卒于康熙三十二年,洪升卒于康熙四十三年。"普洱府"是在吴梅村身后五十七年、冒辟疆身后三十五年、洪升身后二十四年,才在云南"改土归流"的时候设立的。这几位活着的时候,还没有"普洱府"这个建制,更没有"普洱茶"这个名称。即使他们知道甚至喝过云南产的"普茶",也绝无可能预知"普茶"在多年以后跟着"普洱府"而改称"普洱茶"。也就是说,吴梅村、冒辟疆、洪升都不可能是《红楼梦》的作者。同样的道理,其他早于雍正七年去世的任何人也都不可能是《红楼梦》的作者。当然,比他们还要早得多的明代的任何人,就更不可能是《红楼梦》的作者了。

《红楼梦》第六十三回,宝玉在怡红院过生日,林之孝家的带人巡夜至此,知道宝玉吃了面,怕停住食,于是交代袭人:

> 该沏些个普洱茶吃。

贾府里的下人都知道"普洱茶",而且还知道"普洱茶"可以消食,可见"普洱茶"之名在"红楼梦时代"已经广为人知了。

贾府的"普洱茶"是哪一种茶？

《红楼梦》中提到的"普洱茶"从茶叶的分类上，属于哪一种茶呢？是"生茶"还是"熟茶"呢？是"散茶"还是"紧压茶"呢？这还是要从云南说起。

云南茶的制法和饮法，在相当长的历史时期内，与中原茶都是反着的。我们知道，茶在中原是"兴于唐而盛于宋"。"唐煮宋点"，饮法也因时代而异。但有一点，唐宋时期的茶大都是"紧压茶"，不是"散茶"。"紧压茶"的饮法，都是要先撬开，再碾碎，再过箩，然后"煮"或者"点"。唐代"煮茶"，宋代"点茶"。这是中原地区的情况。而同一时期，云南茶没有"紧压茶"，通通都是"散茶"。饮法是"杂椒姜烹而饮之"，也是煮着吃。到了元代，情况发生了一些变化，中原地区开始喝散茶。再后来的明代，开国皇帝朱元璋在洪武二十四年九月亲自下诏"废团改散"，圣旨曰：

> 罢造龙团，惟采芽茶以进。

这条圣旨一出，自北宋丁谓、蔡襄创制近四百年的"龙凤团茶"全部停造，同时撤除了皇家茶园，废止了贡茶制度。从此以后，皇帝"与民同乐"统统改喝"散茶"。而此时的云南呢？又不一样了，反而大量改做"紧压茶"了。正如谢肇淛的《滇略》所言，是"蒸而团之"。为什么呢？是因为这一时期云南茶的需求大增，主要市场都在今西藏、新疆等地。这些地方运输不易，"散茶"尤其不便装运。于是，"紧压茶"成为方便运输的适销产品。而今西藏、新疆等地的饮食习惯是以肉食为主，"饼茶""砖茶"最合他们的口味。所以就出现了这个有意思的现象，原先中原的"团茶"，对应的是云南的"散茶";后来变成中原改为"散茶",云南却做起了"紧压茶"。

那么,后来改称"普洱茶"的云南茶是不是只有紧压的"饼茶""砖茶"呢?这里要廓清几个误区。熟悉"普洱茶"的朋友都知道,"普洱茶"很复杂。从外形上看,既有"散茶",也有"紧压茶";从树种分类看,既有"乔木茶",也有"灌木茶";从生长方式看,既有"野生茶",也有"台地茶";从加工方法看,既有"生茶",也有"熟茶";从存放方式看,既有"干仓",也有"湿仓"。

如此之复杂,《红楼梦》中提到的"普洱茶"应该是哪一种呢?我们就来研判一下。方法并不复杂,就是抓住时间节点。"普洱茶"是在雍正七年之后才有的名称,《红楼梦》至迟写成于乾隆十九年。也就是说,我们只需着眼于从雍正七年至乾隆十九年这个时间段即可,将这个时间段之前和这个时间段之后所有"普洱茶"的情况统统排除。再对照上述"普洱茶"的"复杂",线索就简单多了,也清晰多了。

第一,这个时间段的"普洱茶"没有"熟茶",只有"生茶"。因为"普洱熟茶"的加工方式,是对"茶马古道"运茶条件的模仿。

"茶马古道"主要是川藏道、滇藏道和甘青道三条大道,跨陕、甘、贵、川、滇、青、藏各省,并延伸到南亚、西亚、中亚各国。"茶马古道"顾名思义,是"马帮"驮运茶叶的行商之路。因为路途遥远,所以不能运"散茶",必须把茶叶压成"饼茶""砖茶"才行。压好的茶装在篓子里,放在马背上驮着走。这一路上,风餐露宿,日晒雨淋,再加上马背出汗,茶叶就这样干了湿,湿了再干,被折腾得很厉害。"马帮"上路,近处也要走上一年半载,远处可能要走上两三年。到了目的地,这茶还能要吗?说起来很神奇,似乎越是这样糟蹋,茶叶的品质越好,为什么呢?一是"马帮"行进间的通风条件非常好,茶又不是散装,"紧压茶"的有效成分不易挥发。二是天上下的雨和马背出的汗浸湿的茶叶，又被马的体温蒸干，又被风吹干，又被太阳晒干。这个过程中，茶不仅不会霉变，其中的活性成分反而得到充分的激发。久而久之，不断醇化。等到了目的地，这个在马背上颠簸过来的"紧压茶"自然发酵，泡出的茶汁"酒红透亮"，比出发的时候，质量要好上太多了。

这种情况是一个重要的启发，在交通条件日益改善，"马帮"渐渐淡出历史之后，还能再出类似的茶吗？1973 年到 1975 年，昆明茶厂研发出"普洱熟茶"，这是以云南大叶种晒青毛茶为原料，经过渥堆发酵等工艺加工而成的茶。

这就清楚了，在 1973 年之前，没有所谓的"普洱熟茶"。马背上"颠"出来的茶，也还是"普洱生茶"。所以，《红楼梦》时代的"普洱茶"只有"生茶"，没有"熟茶"。

第二，因为"台地茶"是 20 世纪 50 年代后才出现的，采用的是现代茶园密植技术。所以《红楼梦》时代的"普洱茶"，不是"台地茶"。那是不是"野生茶"呢？其实也不是。严格意义上的"野生茶"，并不是人类社会几千年来所饮用的茶。在植物学分类里，"茶组"里共有十七个"茶种"，其中人类所饮用的"茶"只是其中的一个"种"。科学意义上的"野生茶"，是"饮用茶"之外的"茶组"植物的总称，与人类的"饮用茶"不是同一类"茶系"植物。

现代业界所说的"野生茶"，其实是一个并不准确的概念。一是指早年人工栽培的茶树，多年无人管理，已成为野生状态的"野放茶"。二是指树龄超过三百年的"古树茶"，其实也是"野放茶"。而真正野生的老茶树，又属于人类"饮用茶"的种系，则极为罕见。所以《红楼梦》时代的"普洱茶"，也不是严格意义上的"野生茶"，而是早期的"栽培茶"或是"野放茶"。

第三，因为传统的"普洱茶"都是以云南原生种乔木晒青毛料为原料，所以《红楼梦》时代的"普洱茶"只有"乔木茶"，没有"灌木茶"。

第四，再说说"干仓"和"湿仓"。早年的"普洱茶"产地，在茶叶采制压紧成形之后，立即由"马帮"运走，一般很少大量存放。反倒是不产"普洱茶"的地方，要持续用茶，才大量存茶。最典型的例子，是20世纪50年代的香港。那时"普洱茶"的边销茶，经香港销往东南亚。香港既是中转地，又是消费地。

因为"普洱茶"价格低廉，茶叶耐泡，成为香港餐馆免费的待客茶。香港气候炎热潮湿，茶叶存储过程中会快速醇化。茶商发现这种存储过的茶叶，往往更好喝，于是就发明了所谓的"湿仓存储"。但是任何物品，当含水量超过5%，一定会霉变，茶叶自然也不例外。所以"湿仓存储"的最大问题，就是茶叶发霉。但香港人长期饮用之后，习惯了这种口味。不仅不反感，反倒以略带霉味的茶为正宗"普洱茶"。尤其是这种"湿仓存储"堆积的茶包，会形成对中间部分的保护，使得这部分茶少发霉甚至不发霉，而高温又成全了快速醇化，这部分茶就成为真正的好茶。这种好茶迅速被茶客追捧，价格也不断攀升，导致"湿仓存储"也成为噱头。但是，"湿仓"虽然偶出好茶，但并不稳定，由于湿度大而导致的霉变始终是一个问题。所以香港茶商为了得到稳定质量的"湿仓"茶，只好求助于原产地。后来昆明茶厂正是应香港茶商的要求，才研制出所谓的"普洱熟茶"，对应的就是香港市场的这种特殊需求。

"干仓存储"是针对"湿仓存储"的诸多问题而出现的一种解决方案，时间就更晚了，是在20世纪90年代末到21世纪初。"干仓"的特点是存放环境一定要干燥、通风，使得茶叶能够自然陈化。较之"湿仓存放",当然对茶叶有利得多。

说清楚了"湿仓"和"干仓",结论也就出来了:《红楼梦》时代根本就没有"湿仓茶"和"干仓茶"。

第五,现今的茶叶分类,按照制作工艺的不同,分为"红、黄、绿、白、黑、青"六大类。其中"红茶"是全发酵的茶,"黑茶"是后发酵的茶,"青茶"是半发酵的茶,"白茶"和"黄茶"是微发酵的茶,"绿茶"是不发酵的茶。"普洱茶"则稍复杂一些,"普洱生茶"是自然发酵的茶,"普洱熟茶"是人工渥堆发酵的茶,但都属于后发酵的茶。虽然云南传统的大树种茶,使用不同的工艺,可以制成六大类茶的任何一种,但"普洱茶"却很难归类到其中的任何一种。如果非要找共同点,"普洱茶"与"黑茶"相对近一些。

回到《红楼梦》,结论清楚了:《红楼梦》中的"普洱茶",不是"台地茶",不是"灌木茶",不是"熟茶",不是"湿仓茶",不是"干仓茶",不是严格意义上的"野生茶",也不能归类于六大类茶,而是以云南原生种乔木晒青毛料为原料,采制紧压后,自然发酵而成的"普洱生茶"。

"女儿茶"是什么茶?

《红楼梦》第六十三回,宝玉生日的当天晚上,林之孝家的带着一行人巡查园子来到了怡红院,说该给宝玉沏些个"普洱茶"吃。

袭人晴雯二人忙笑说:"沏了一盏子女儿茶,已经吃过两碗了。大娘也尝一碗,都是现成的。"说着,晴雯便倒了一碗来。

原来宝玉并没有吃"普洱茶",吃的是"女儿茶"。林之孝家的显然也知道这种茶,并且欣然接过晴雯递上来的"女儿茶",一边说着话,一边把茶喝了才离开。

"女儿茶"是什么茶呢?是什么地方出产的呢?有人说"女儿茶"出在山东泰山,叫作"泰山女儿茶"。泰山的确产"女儿茶",这种茶的名气也很大,而且还有一段传说故事,给这个"女儿茶"又增添了一些趣味。这个故事说乾隆皇帝"泰山封禅",地方官逢迎拍马,找了一些妙龄女孩儿,到深山里去采摘青桐树的嫩叶。采回来之后,用泰山的清泉水浸泡。但是泉水浸泡过的茶太冷了,须得暖一暖才能入得御口。怎么暖呢?方法很奇特,让这些女孩儿把泡好的茶揣在怀里,用自己的体温暖热,然后进献给乾隆皇帝。于是,这个茶缘此得到了一个美好的名字,叫作"女儿茶"。

其实,"泰山女儿茶"早在明代就有记载。万历十四年,山东都转运使司滨乐同知查志隆在任上纂修的《岱史》一书中说:

> 茶,薄产岩谷间,山僧间有之,而城市皆无,山人采青桐芽,号女儿茶。

万历二十年,书画家李日华在他的《紫桃轩杂缀》一书中也说了类似的话:

> 泰山无好茗,山中人摘青桐芽点饮,号女儿茶。

可见,"泰山女儿茶"早就存在,查志隆和李日华的记载都比清代的乾隆年间要早一百多年。再说,乾隆皇帝自乾隆十三年陪太皇太后第一次登泰山，到乾隆五十五年最后一次登泰山，前后共计十一次，其中六次登顶，却没有举行过一次"封禅"大典。所以，"女儿茶"并不是因乾隆皇帝"泰山封禅"而得名。

那么，宝玉饮用的"女儿茶"是不是"泰山女儿茶"呢？显然不是。为什么呢？首先，《红楼梦》时代的"泰山女儿茶"是"山中人摘青桐芽点饮"，并不是真正的茶。这种"青桐芽"属于"泰山无好茗"，是一种不得已的代用品。乾隆皇帝饮用"女儿茶"只是一种传说，当不得真。其次，今天的"泰山女儿茶"早已不是青桐树的叶子了，而是1966年才从南方的产茶区引种来的地地道道的茶。这种茶出现在泰山地区的时间，比《红楼梦》的成书时间晚了两百多年。不单是"泰山女儿茶"，今天山东所有的名茶，诸如"日照绿茶""崂山绿茶"，统统都是20世纪60年代"南茶北引"的产物。这就明白了，宝玉饮用的"女儿茶"，既不可能是冷泉水浸泡之后又在少女怀里暖过的青桐芽茶，更不可能是身后两百多年才出现的泰山"引种"茶。

还有别的"女儿茶"吗？当然有。中国产茶的地方多，好茶亦多。有不少产茶的地方，都有一种茶叫作"女儿茶"。记得多年前我的一位朋友，比我年长很多，是"文革"前的大学毕业生，曾经到农村去参加"四清"运动。"四清"是20世纪中期的一个政治运动，现在的年轻人很少知道了。那时的大学生，必须去农村参加"四清"。这位朋友去的地方是皖南山区，他在当地听说了一个很美的故事，就是"女儿茶"的故事。当地的女孩儿在婚嫁之前要做一件事情，什么事儿呢？采茶。采茶不是她们的本职工作吗？采这种茶，跟采别的茶不同。每年初春，高山悬崖上的野生茶树刚刚冒出茶芽来，要攀爬上去采摘。女孩子要自己爬上去，没有人帮助。

这可是个有危险的活儿，万一掉下来不得了。所以采茶的时候，双手都要抓住岩石。手腾不出来，不能用手采，怎么办呢？用嘴巴，一片一片地把茶芽齐根儿咬下来。待一张嘴咬满了，就采不了了。只能小心地从悬崖上下来，第二天清晨再上去采。这样采下来的茶芽，每一片都沾着少女的檀口香沫，至为难得。因为只限初春，所以采摘制成一小口袋茶叶，至少要两三年的时间。这种特殊的茶，要作为女孩子结婚陪嫁的嫁妆，随着采摘它的新娘子一起嫁到夫家。当地人家把这种茶看得很重，给它起了个很贴合的名字，叫作"女儿茶"。

这真是一个很美的故事，我被感动了很久，曾经专门跑到皖南山区去寻找这个故事。但我去的时候晚了，故事已经在时间的洪流里消逝了。再后来，我因央视版电视剧《红楼梦》选景和拍摄的事情，又多次去过皖南山区。所到之处，我都会不厌其烦地打听"女儿茶"的故事。可惜的是，虽然偶有记忆，也只是一些遥远的残片了。更可惜的是，如此动人的故事，并且是有着悠久历史的故事，竟不见于任何官方的抑或民间的文字记载。

这个茶故事美虽美矣，却一定不是宝玉饮用的那种"女儿茶"。"庶几近之"的是哪一种呢？《红楼梦》中的"女儿茶"是由"普洱茶"引出，而"普洱茶"是产自云南的茶，所以还要从云南说起。明代的谢肇淛在《滇略》一书中说：

> 普茶珍品有毛尖、芽茶、女儿之号。芽茶较毛尖稍壮，采制成团，滇人重之。女儿茶，亦芽茶之类。

说得很清楚，当"普洱茶"还没有得名，还叫作"普茶"的时候，"女儿茶"的名号就已经出现了。这号茶也是"芽茶"，制法也是"采制成团",是紧压的"团茶"。并且"滇人重之",当地人很看重这号茶。

清代的《普洱府志》,也有"女儿茶"的记载。清代收复云南,是在顺治十六年。从那以后,就开始在云南征集茶叶运往京城供奉宫廷。雍正七年,设立"普洱府"。其下设"悠乐同知"具体管理制茶、运茶,后来改成"思茅同知"。"思茅同知"的上级是"普洱府","普洱府"的上级是"云南巡抚","云南巡抚"的上级是"云贵总督"。据《普洱府志》记载,雍正二年,"云贵总督"高其倬给朝廷的贡品清单里,就有"女儿茶五百圆"。这个"圆",就是"茶饼"。《普洱府志》还记载了雍正三年,云南巡抚杨名时也有一个贡茶的单子,跟高其倬的那个单子内容差不多,其中也有"女儿茶五十圆"。可见在"普洱府"设立之前,"女儿茶"就已经被正式列为"贡品"了。其后各朝,"普洱茶"进贡的数量逐年增多,到了清朝后期,普洱茶的年入贡量已达六万多斤。这些贡茶当中,一直都有"女儿茶"。例如清乾隆九年的《内务府奏销档》载:云南督抚按例贡进的上等名茶中有"普洱小团茶四百团""普洱茶、女儿茶、蕊茶各一千团"。

乾隆二十年,在云南新兴做知州的张泓撰写了一部《滇南新语》。这部书透露了"女儿茶"更具体的消息:

> 普茶珍品,则有毛尖、芽茶、女儿茶之号。……女儿茶亦芽茶之类,取于谷雨后,以一斤至十斤为一团。皆夷女采制,货银以积为奁资,故名。

第一,他说"女儿茶"是"普茶珍品";第二,他说"女儿茶"的采摘时间是"谷雨后";第三,他说"女儿茶"都是"一斤至十斤"的大团；第四，"女儿茶"都是当地的"夷女"采制，换成银钱积攒起来作为"奁资"。最后一点最为重要，"夷女"最早出处是《左传》，此处特指云南的少数民族女子。"奁资"是女子出嫁时的嫁妆。这与皖南山区"女儿茶"的故事很相像，看来类似的风习不止一处。

更为详细的记载来自阮福的《普洱茶记》。阮福的父亲可是不得了的一个人，名字叫作阮元，是身历乾隆、嘉庆、道光三朝的大学问家。阮福是阮元的第三个儿子，本身也是个学问家。阮福对"普洱茶"尤其是对"女儿茶"的最大贡献，就是《普洱茶记》。《普洱茶记》篇幅不长，却是阮福的用功之作。他的父亲阮元曾任云贵总督，这大概是他对云贵一带产生兴趣的初始动因。但他写的这篇文字，却是亲身游历云南考察调研的结果。阮福写这篇《普洱茶记》时25岁，虽然他后来著述颇丰，但都没有这篇仅818字的文章出名。

阮福下了很多功夫，查阅了不少资料，例如《云南通志》《滇海虞衡志》《续博物志》《思茅志稿》以及"贡茶"案册，将所有涉及"普洱茶"的资料梳理完备。其中有关"女儿茶"的部分尤其清晰：

> 于二月间采蕊极细而白，谓之毛尖，以作贡，贡后方许民间贩卖，采而蒸之，揉为团饼；其叶之少放而犹嫩者，名芽茶；采于三四月者，名小满茶；采于六七月者，名谷花茶。大而圆者，名紧团茶；小而圆者，名女儿茶，女儿茶为妇女所采，于雨前得之，即四两重团茶也。

说"女儿茶"为"妇女所采"，这一点与张泓的说法差不多。

说"女儿茶"在谷雨之前采摘,这一点却与张泓所说的"取于谷雨后"不同。说"女儿茶"是"小而圆"的"四两重团茶",则与张泓"一斤至十斤"的说法相去甚远了。但这一点可以理解,张泓所说的"女儿茶",是"夷女"为了换钱准备嫁妆而私下采制的"大团茶"。这里所说的"小而圆"的"女儿茶",却是贡茶的一种。

"女儿茶"的重量折合今天的公制单位是多少呢?清代的一斤为十六两,直到1959年才改为一斤十两。今天香港的不少商家,尤其是茶店,仍在使用旧秤。旧秤的一斤折合今天的公制单位600克,一两为37.5克。至此,不单是"女儿茶",清代系列贡茶的重量规格就都清楚了。"五斤重团茶"为3000克,"三斤重团茶"为1800克,"一斤重团茶"为600克,"四两重团茶"为150克,"一两五钱重团茶"为56.25克。

"女儿茶"的重量得解,每一饼150克。

曹雪芹的家庭,当然有机会接触到这些贡茶。从曹雪芹的曾祖父曹玺开始,曹家历代供职内务府,甚至还有人在宫里做过"茶房总领",直接管过"茶事"。宫里经常赏赐给勋旧各种各样的东西,其中一定包括茶。曹雪芹笔下的宁荣二府贾家的生活,多少带有曹家的影子。因此,贾家得到"普洱茶""女儿茶",都在情理之中。

曹雪芹写宝玉饮用"女儿茶",除了折射当时的生活之外,还应该有更重要的意图。《红楼梦》中"物"的描写,都是为塑造人物服务的。宝玉"见了女儿便觉清爽",连怡红院中的海棠都叫作"女儿棠"。写"女儿茶",自然也是为了"皴染"宝玉。这茶如果不是"女儿茶",他岂能连着"喝过两碗了"?

"暹罗"产茶吗？

《红楼梦》第二十五回，还提到了一种茶，叫作"暹罗茶"。"暹罗"在《红楼梦》中出现过多次，除了"暹罗茶"，还有"暹罗猪"。所以先要把"暹罗"说说清楚。

"暹罗"是一个古地名，大概相当于今天的泰国。为什么说"大概"呢？因为泰国的幅员，自古至今，时大时小，多次变迁。

"暹罗"这个名号，并不是当地人的自称，而是中原人对这个地区的称呼。"暹罗"在中原见于记载，是在元代。元代有一位周达观，是个地理学家，曾经代表蒙元朝廷出使过这一带。他主要去的地方是柬埔寨，当时叫作"真腊"。蒙元的军力强大，几乎横扫了欧亚大陆。但是偏偏在东南亚，军事行动受阻，打不过去了。于是，就派了使者出使"安抚"。周达观作为蒙元使者出使"真腊"，并且写下了《真腊风土记》。这部书的文献价值很高，记载当地的风土人情、制度、军事等，非常之详尽。其中，就提到了"暹罗"和"暹人"，因为"暹罗"就在"真腊"的旁边。

周达观出使"真腊"，是"真腊"最兴盛的时期。当时"真腊"的都城叫作"吴哥城"，又称"大吴哥"，是一个非常繁华的都市。今天去柬埔寨旅游，一定要去的地方"吴哥窟"，就是当年"吴哥城"的一组寺庙。"吴哥窟"曾经被遮盖在密林里，四百多年不为人知。直到1861年被法国的一位博物学家发现，才重见天日。吴哥窟完全被封闭，是因为"暹罗"攻打"真腊"，"吴哥城"陷落，沦为一片焦土。"真腊"人败走金边，再也没有回到"吴哥"。

周达观在《真腊风土记》"军马"一章里说到"暹人"：

> 军马亦是裸体跣足,右手执标枪,左手执战牌,别无所谓弓箭、炮石、甲胄之属。传闻与暹人相攻,皆驱百姓使战,往往亦别无智略谋画。

"暹人"就是"暹罗"人。当时的"暹罗"分为南方和北方两个部分。北方叫作"暹国",南方叫作"罗斛国"。北方"暹国"的土地贫瘠,种不出粮食,所以要依靠南方的"罗斛国"。而南方的"罗斛国"基本上是平原,物产丰富,所以逐渐强大。"暹国"积贫积弱难以为继,打仗也解决不了问题,只有示好。后来两边合并,成为一个国家。"暹罗"成为合并后的统称,但这个统称是外人强加给当地人的。当地人并不喜欢"暹罗"这个国名,也不愿意承认自己是"暹人"或者是"罗斛人""暹罗人"。他们自称"泰人",认为这是一个自尊的民族名称。长期以来,中原人称他们为"暹罗"。这个称法影响了全世界,所以西方诸国,凡是知道这个地区的,就都跟着称之为"暹罗",英文是 Siam。16 世纪,葡萄牙、荷兰、英国、法国等殖民主义者先后入侵"暹罗"。1896 年,英法签订条约,规定"暹罗"为英属缅甸和法属印度支那间的缓冲国,"暹罗"成为东南亚唯一没有沦为殖民地的国家。直到 1949 年,"泰人"终于得偿所愿,正式定国名为"泰国"。

在《红楼梦》时代,"暹罗"仍是中原对这个地区的称呼。"暹罗"物产丰富,并且有很多中原不出产的东西,例如象牙、孔雀尾、香料、锡件等。即使是中原出产的东西,但"暹罗"的品种不同,例如《红楼梦》中提到的"暹罗猪""暹罗茶"。

那么,"暹罗茶"是一种什么茶呢?与中国原产的茶有什么不同呢?大致可以归入"六大茶类"抑或"普洱茶"中的哪一类呢?

要判定《红楼梦》中提到的"暹罗茶",是不是作者的信笔虚构,首先要弄清楚"暹罗"这个地方有没有茶。

先看看相关的资料,尤其是世界公认的权威资料。并称世界三大茶叶经典的茶叶专著,一是唐代陆羽的《茶经》,二是日本建久时代的高僧荣西和尚的《吃茶养生记》,三是美国人威廉·乌克斯在1935年撰写的《茶叶全书》。其中《茶叶全书》的视界,更宽阔一些。作者威廉·乌克斯的着眼点不是"国"的分野,而是"区域"的概念。他说:

> 自然茶园主要分布在东南亚的季风区域。至今尚可发现野生或原始的茶树,在暹罗北部的老挝、东缅甸、云南、上交趾支那及英领印度的森林中都可以看到。因此茶可以被看作是东南亚的原有植物。

他所说的"暹罗",大体上是今天的泰国,写这部书的时候还是"暹罗";"上交趾支那"是今天的越南南部和柬埔寨的东部;"东南亚"则包括部分中国和部分印度在内。也就是说,根据他的调查,在这一大片区域内,都有"野生或原始的茶树","暹罗"也在其中。这个地区,从远古时代直到今天,地形地貌上是相连在一起的。那时还没有国家的分割界线,虽然后来逐渐出现了"暹罗""真腊""占城""安南"以及"滇南"等区域划分,但地形地貌自然过渡衔接,物产自然也比较相近。野生的原始茶树同样是按照自然的分布生长繁衍,包括千年以前人工栽培、后来又因为无人管理而沦为"野生"的大量"过渡型古茶树"。数千年以来,这个地方山水相连,土地还是那片土地,住民还是那些住民,茶树还是那些茶树,曾经变换过多次的,只是国界的割来划去。例如清政府于1895

年（光绪二十一年）5月28日与法国公使签署了《中法续议界务条约》，将思茅地区的勐乌、乌得、化邦、哈当、贺联、盟勐等地划给了法国。再如1900年义和团事变之后，清政府与十一国签订了《辛丑条约》，当时的茶人说：

> 查茶山自庚子辛丑中外交涉划界，割去数山，生理只有一半。

这些只是若干"划界"中的两例，此前的变化更多，只要看看那些不断变换着的国名就知道了。

"暹罗"有古茶树，还有很多后来人的考察印证。例如，著名的茶叶商号"鸿泰昌"早在第二次世界大战之前就已经将"普洱茶"引进了"暹罗"。在战争期间，因为得不到"滇南"的茶叶原料，只能就地取材用起了"暹罗"的茶叶原料，其中就包括"暹罗"北部山区的"古茶树"茶叶原料。抗战胜利之后，国军第九十三军段希文部进入"金三角"地区，曾经长期在"暹罗"北部山区以制茶为主业，并延及几代人。那时他们已经发现了深山老林里有着数十万亩之大的"古茶树"林，树龄都在一千年以上。2019年3月，深圳"飞越丝路"摄影创作团在泰国北部象山原始森林海拔近2000米的高山上，见到了树龄1300年的古茶树，据说这些古茶树还经过了泰王的认证。

这就证明了，早在《红楼梦》时代之前的很多年，"暹罗"生长了大片的"古茶树"。从树龄和树的生长状态看，这些"古茶树"大多属于"过渡型古茶树"。这一点很重要，说明古代的"暹罗"不仅有野生茶树，并且有人专门对其驯化种植，"过渡型古茶树"就是明证。为什么要驯化种植野生茶树呢？结论只有一个，就是"暹罗"人自古以来就已经在制茶用茶了。

虽然有证据证明滇南先民比周边地区更早开始认识和制作茶叶，并且最早开始对"野生古茶树"进行人工驯化，但作为一个人文地貌紧相连属的地区，诸如"暹罗""真腊""占城""安南"等地，自然会受到先行生产方式和生活方式的影响而逐步跟进。

"先行"与"跟进"的关系，与两个因素有关。一是区域外向区域内传递，二是区域内的蓄积和发散。滇南靠近巴蜀和贵州，巴蜀文化极其发达，农耕方式也比其他地方领先。这样的一个比邻关系，促成了云南、贵州、四川在人工培植茶树方面的联动。这个产业，自然会向"暹罗""真腊""占城""安南""锡兰"等地传导。乃至这些地区后来都出现了大量"过渡型古茶树"，甚至都成为近现代的茶叶产区。其中的"暹罗"，也就是今天的泰国，更成为世界四大茶叶出口国之一，出口量仅次于中国、美国和印度。

综上所述，"暹罗"在古代不仅有"野生"茶树，也有人工培植的茶树。因此，在《红楼梦》时代，"暹罗茶"是存在的。那么，"暹罗茶"有没有销售或者进贡到中国？有没有可能被曹家得到？有没有可能被曹雪芹写入《红楼梦》？

黛玉为什么喜欢"暹罗茶"？

前面说清楚了，"暹罗"是有茶的。那么"暹罗茶"有没有可能在明清时期进入中原呢？这就要看一看明清两代与"暹罗"之间的往来关系。

先说说明代。明朝初年，明太祖朱元璋就曾经赐给"暹罗"国王一方印章，上镌"暹罗国王之印"字样。说明大明当朝已经把

"暹罗"当成自己的属国了。这之后,又不断地派遣使者出使"暹罗","暹罗"也不断地派遣使者出使大明。永乐年间,出使"暹罗"最多的大明使者是"三宝太监"郑和。这位郑和并不是专程去往"暹罗",而是"下西洋"的时候路过。郑和七下西洋,其中有三次去了"暹罗",并给"暹罗"解决了一个邻里关系的大问题。

那个时候"暹罗"对外征战很多,尤其是对邻国"马六甲"。"马六甲"比较弱势,经常被"暹罗"欺负,当然也偶尔趁着"暹罗"疏于防备而突袭报复。双方相持多年,当郑和路过时,都想借助大明海军的力量帮助自己彻底碾压对方。

郑和率领的船队规模庞大,称得上是当时全世界最强大的海上力量。英国的李约瑟博士说:

> 明代海军在历史上比任何亚洲国家都出色,甚至同时代的任何欧洲国家,以至所有欧洲国家联合起来,可以说都无法与明代海军匹敌。

郑和船队由"舟师""两栖部队""仪仗队"三个序列编成。"舟师"就是舰艇部队,基本单位是"战船"。组成的编队,分别是前营、后营、中营、左营、右营。"两栖部队"用于登陆行动,由步兵和部分水兵组成。"仪仗队"担任近卫并负责对外交往时的礼仪。整个编队有"大型宝船"六十二艘,"马船""粮船""坐船""战船"等其他船只二百余艘,官兵二万七千八百余人。在海上编队航行时,按各船相距五百五十五米计算,大约占到十平方公里的面积。

如此阵仗,谁见了都会惊心动魄。可想而知,如果郑和帮了其中的一方,另一方则只有投降的份了。但郑和的做法是不偏不倚,居中调停双方的争端。他恩威并施,给了双方很多好处,所以"暹罗"和"马六甲"都必须买账。此后双方不再打仗,很多年相安无事。"暹罗"和"马六甲"对郑和既感恩又崇拜,至今两处都留有郑和的纪念建筑。当年"暹罗"给郑和建的庙,一直香火不断。庙门口的一副对联,上联是"七度使邻邦,有明盛纪传西域",下联是"三宝驾慈航,万国衣冠拜古都"。

大明王朝与"暹罗"之间的往来始于洪武三年。明初各朝,从1368年到1516年,148年的时间里,"暹罗"平均每一年半就有使者带着贡品来朝。《明史·暹罗传》记载,"暹罗"使臣"来者不止",总朝贡次数达到了92次。明代中晚期渐次减少,但一直没有停止过。

大清王朝从康熙四年到乾隆三十二年,102年的时间里,"暹罗"一共来朝进贡22次。其中最频繁的是乾隆三十一年,一年里先后来了9次。除了进贡,还有贸易,尤其是海上贸易。这是直接从中国东南部的沿海港口,诸如温州、福州、广州等地,直通"暹罗"。每年大概有七八十艘商船,往返于中国和"暹罗"之间,互通有无。中国运到"暹罗"去的,是丝绸、铜器、铁器、金器、银器等物和各种生活用品。"暹罗"运到中国来的,主要是当地的香料,诸如沉香、降香、速香、龙涎香以及豆蔻、樟脑、桂皮、胡椒等。还有当地的一些珍奇的禽兽,诸如大象、金丝猴、孔雀等。由于中国当时国力强盛,"暹罗"也是所在地区的强国,所以海上运输很安全,海盗很少,不大敢来骚扰。

"暹罗"盛产优质大米,康熙六十一年,康熙帝专为"暹罗"大米的进口下了一道诏书,说首批30万石大米到达中国港口一律免税。这对大米的贸易起到了非常大的推动作用,从此以后,暹罗的优质米源源不断地运到中国。

那么，在这段时间里，"暹罗茶"有没有可能也进入中原？答案应该是肯定的，应该有茶进入中原。通过两个途径，一是进贡，二是贸易。但是在"暹罗"贡品的贡单上没有"茶"，只有"儿茶"。这要说清楚，"儿茶"不是"茶"，"儿茶"是一种药，是从豆科儿茶属的一种落叶小乔木的芯材中提炼出来的浸膏或者粉末。

贡单上没见到，不代表这东西就进不来。因为清代四方属国的进贡之事，分为"正贡"和"加贡"，"暹罗"和"南掌"（今天的老挝）以及"琉球"的"正贡"都有定例，清廷规定进贡的时间、贡品、数量都不能随便改动。但"加贡"就没那么严格，可以由进贡方调整。即便是"正贡"，也有调整的空间。例如《光绪会典》卷三十九在"暹罗"的"正贡"清单的最后就有这样的字样：

或有加进之物，听其随宜进献。

清代各朝都有类似的"加进""随宜"安排。更何况还有"使团贸易"的情况，清廷允许朝贡使团顺带做一些生意。不仅一人境就可以在边境买卖货品，甚至在京城也可以随买随卖。这种买卖的货品，范围可就宽了。只要不是违禁品，不涉及人口、地图、史书、兵器，其他的东西都可以买卖。在这种情况下，"暹罗茶"的"加进"和"使团贸易"洵无问题。再者，还有商家的进出口贸易，就更是"随宜"互通了。所以"暹罗茶"进入中国，应是情理中事。

既然有"暹罗茶"进来，曹雪芹他们家自然有机会接触到这种茶。曹家上三代都是内务府的属官，内务府管着一应宫廷事务，包括各类贡品。而且皇帝经常赏赐勋旧，其中就有各种茶品。尤其是曹雪芹的叔伯一辈的曹颀在康熙五十年就入职了宁寿宫茶房，康熙五十五年升为茶房总领。有这几个条件，曹家对于各类好茶应该是太熟悉了。曹𫖯的兄弟曹𬘫在雍正五年被革职抄家,并没有影响到曹𫖯,雍正六年他还得到过皇帝赏赐的"福"字。也就是说,《红楼梦》里写到"暹罗"进贡的"暹罗茶",应该不是空穴来风。

那么,《红楼梦》第二十五回提到的"暹罗茶",应该是哪一类茶呢?看看书上是怎么说的:

> 凤姐道:"前儿我打发了丫头送了两瓶茶叶去,你往那去了?"林黛玉笑道:"哦,可是倒忘了,多谢多谢。"凤姐儿又道:"你尝了可还好不好?"没有说完,宝玉便说道:"论理可倒罢了,只是我说不大甚好,也不知别人尝着怎么样。"宝钗道:"味倒轻,只是颜色不大好些。"凤姐道:"那是暹罗进贡来的。我尝着也没什么趣儿,还不如我每日吃的呢。"林黛玉道:"我吃着好,不知你们的脾胃是怎样?"

这一番对话,我们来分析分析。首先,宝玉说,喝着"不大甚好",他是实话实说。宝玉日常都喝什么茶呢?已知的有"普洱茶""女儿茶";第四十一回"拢翠庵品茶",可能与贾母一样,也是"老君眉";还有第八回,他早早就泡好了的是"枫露茶"。这些茶,都相对浓一些。他认为"暹罗茶"不怎么样,显然是"暹罗茶"太淡了。宝钗的话印证了宝玉的这个看法:"味倒轻,只是颜色不大好些。"这就把重点说出来了。味浓色好的是什么茶?是"普洱茶"和"女儿茶"。"枫露茶"是要"沏三四遍以后才出颜色的",颜色一定也很好。王熙凤每日里吃的茶,基本上也都是"女儿茶""普洱茶"一类,跟宝玉差不多。如果要喝绿茶,则很可能是当时风行天下的"六安茶"。而这些茶的味道都比较重,黛玉都接受不了。大家都评价不高的"暹罗茶",黛玉却能接受。用她自己的话说,就是

"我吃着好"。

黛玉显然于饮茶一道甚少研究,在拢翠庵吃"梯己茶"的时候,水也不懂,茶也不懂,一张嘴就露怯,还被妙玉怼了几句。她这样一个聪明绝顶的人,为什么会有这个缺项呢?说到底还是因为身子弱,平日里甚少吃茶。浓一点的茶,她就更不能接受了。这种"暹罗茶"倒是对她的胃口,没有别的原因,就是宝玉和宝钗所说的"味轻""色浅"。这一点很重要,"暹罗茶"的定位已经跃然而出。

首先,它应该是"野生"的大叶种的乔木茶。而这种所谓的"野生",并不是原始的"野生",而应该是"过渡型野生",也就是曾经由人工栽培,后来又撂荒了的茶树。"暹罗"北部山区有大片千年以上的"过渡型野生"茶树林就是最有说服力的证据。

其次,它应该是一种比较原始的"晒青茶"。那个时代,"暹罗"的制茶方法比较简单,并不懂得"蒸青""炒青"和"烘青",更不懂得"普洱茶"的"后发酵"。"暹罗"出现"普洱茶",要到很晚的民国年间,云南的一些茶商到了"暹罗",才教会当地人如何制作。而此前的明清时期,"暹罗"制茶,基本上就是"晒青"。

"晒青茶"的颜色比较淡,味道也比较轻,正是黛玉喜欢的特点。至此,《红楼梦》第二十五回提到的"暹罗茶"得解。

"吃茶"与"定终身"

《红楼梦》第二十五回凤姐随口提到的"暹罗茶",看似闲笔,却是大有深意的铺排。先是你一言我一语,对"暹罗茶"或褒或贬。引出凤姐要给黛玉送茶，同时有事相求。黛玉趁机打趣凤姐，不想反被凤姐一下子怼住了：

> 林黛玉听了笑道："你们听听，这是吃了他们家一点子茶叶，就来使唤人了。"凤姐笑道："倒求你，你倒说这些闲话，吃茶吃水的。你既吃了我们家的茶，怎么还不给我们家作媳妇？"

这几句对话有意思，"吃茶吃水的"跟"作媳妇"有什么关系呢？这就要说到"茶文化"当中的一个重要内容。在中国古代，"吃茶"确有另外的一个含义，什么事儿呢？与婚嫁有关。

男婚女嫁以茶为礼，最早的例子，可以追溯到唐代。贞观十五年，文成公主远嫁吐蕃，成为吐蕃赞普松赞干布的王后。《西藏政教鉴附录》记载：

> 茶叶亦自文成公主入藏也。

文成公主入藏时陪嫁的嫁妆中，已有大量的茶叶，但那时茶叶还没有成为男方下聘的"茶定"。以茶叶为聘礼，始于宋代。据宋代胡纳的《见闻录》记载：

> 通常订婚，以茶为礼。故称乾宅致送坤宅之聘金曰"茶金"，亦称"茶礼"，又曰"代茶"。女家受聘曰"受茶"。

宋元时人吴自牧的《梦粱录》也有关于"茶礼"的记载：

> 丰富之家，以珠翠、首饰、金器、销金裙褶及布匹、茶饼，加以双羊牵送。

那时的茶不是散茶,而是"茶饼"。不单是中原有此习俗,偏远地区男女欢会也有"茶"的事儿。宋代诗人陆游的《老学庵笔记》中说到湖南一带的民风,男女之间欢会踏歌:

小娘子,叶底花,无事出来吃盏茶。

歌词很有意思,"吃茶"成为约会谈恋爱的隐语。

为什么婚娶"下定"的事情跟"茶"有关系呢?明代的学者郎瑛把这个事儿说清楚了。他的《七修类稿》说:

种茶下籽,不可移植,移植则不可复生也。故女子受聘,谓之吃茶,有聘以茶为礼者,见其从一义。

《七修类稿》成书于嘉靖年间,史料价值很高。其中的民俗史,因为多有正史缺失的记载,所以尤为后世学者所重视。这条资料先从"茶性"说起,茶的种子一经种下,长出的茶株就不能移栽了,只要移栽就不能成活。就是因为"茶性"如此"专一",所以才用"茶"作为聘礼。个中含义不言自明,女子嫁人要像"茶性"一样坚贞。要从一而终,不可改嫁。

其实"茶性最坚"是古人的一个大误会。真实的情况是"茶"不仅可以用种子种植,也可以移栽,甚至可以剪枝扦插。当然,这已经是很后来的认知了。当初主要是采制"野茶",即使是"种茶下籽",也没有人尝试移植,千百年前的"过渡型野茶树"都是这样种出来的。如果古人知道"茶性"居然不坚,真的要伤心死了。会不会把那些中途悔亲的、离婚改嫁的,统统归罪于"茶礼"呢?

既然"吃茶"有着"许亲"的双关含义,王熙凤用"吃茶"来打趣林黛玉就起到效果了。这层意思,在座的所有人都懂,所以

"一齐都笑起来"。黛玉自然也懂,但她哪有王熙凤来得快?一时不知所措,只能"红了脸,一声儿不言语"。接着是大嫂子李纨善意的打岔,后来又是宝钗善意地打圆场,再后来赵姨娘和周姨娘两个人来、王夫人房内的丫头来,都是为了给王熙凤前后两段最重要的话作铺垫。前头的话是:

> 凤姐笑道:"你别作梦!你给我们家作了媳妇,少什么?"指宝玉道:"你瞧瞧,人物儿、门第配不上,根基配不上,家私配不上?那一点还玷辱了谁呢?"

这就等于挑明了,你黛玉就是要给我们家的宝玉作媳妇。好个王熙凤,真不顾黛玉的脸上挂得住挂不住,直接就把两个人藏在心里私下里都不敢表白的意思给"官宣"了。她不怕黛玉恼,因为她知道黛玉不会恼,黛玉心里不知道有多感激自己呢。所以当赵姨娘和周姨娘两个人进来,其他人纷纷打招呼让座的时候,"独凤姐只和林黛玉说笑"。说什么呢?想来还是这个话题。可见黛玉表面上又是要急又是要走,其实心里是很受用的。

可王熙凤还要"恶人做到底",其实是"好人做到底"。当大家纷纷离开时,趁着宝玉要黛玉留一步"说一句话"的当口,把后头的话说出来了:

> 凤姐听了,回头向林黛玉笑道:"有人叫你说话呢。"说着便把林黛玉往里一推,和李纨一同去了。

没有这"一笑""一说""一推",就不是王熙凤。

黛玉和宝玉的婚事,自己是做不了主的,王熙凤更做不了主。那她为什么敢如此笃定甚至放肆?是因为她比谁都明白贾母的心事。如果说这一次当面点破，还多少有些戏谑之嫌。那么，背后说的话就很重要了。第五十五回，王熙凤跟平儿私聊，说到黛玉和宝玉的婚事：

> 凤姐儿笑道："我也虑到这里，倒也够了：宝玉和林妹妹他两个一娶一嫁，可以使不着官中的钱，老太太自有梯己拿出来。"

这是背着林黛玉和贾宝玉说的话，当然说的是真心话。以她对贾母的了解，这事儿基本上就这么定了。

如果这个事儿说得还不够明白，再看看第五十七回。黛玉要认薛姨妈做干娘，宝钗就打趣她说："认不得的。"为什么呢？宝钗说自己的哥哥薛蟠要娶黛玉，所以不能认。黛玉"够上来要抓"宝钗，薛姨妈劝开两人，笑着对宝钗说了一番话：

> 我想着，你宝兄弟老太太那样疼他，他又生的那样，若要外头说去，老太太断不中意。不如竟把你林妹妹定与他，岂不四角俱全？

这番话说得如此恳切，连黛玉的丫头紫鹃都忍不住插嘴了：

> 姨太太既有这主意，为什么不和太太说去？

不只是紫鹃，薛姨妈房里的丫头婆子也是这般看法：

> 婆子们因也笑道："姨太太虽是顽话，却倒也不差呢。到闲了时和老太太一商议，姨太太竟做媒保成这门亲事是千妥万妥的。"薛姨妈道："我一出这主意，老太太必喜欢的。"

这是知近的一干女眷对黛玉和宝玉婚事的议论，可见不只是一个王熙凤。

再看看第六十六回，这一回出了一个事儿，贾琏看上尤二姐了。跟着贾琏的小厮叫兴儿，这兴儿可是贾琏的心腹，走哪儿带哪儿。所以这兴儿跟着贾琏，府里的事儿，外头的事儿，没有不明白的。贾琏和王熙凤夫妻聊天儿，也不背着兴儿，其中就包括黛玉和宝玉的婚事。

兴儿陪着尤二姐、尤三姐姐俩闲聊的时候，提起了一个话题，尤三姐打听宝玉。尤二姐听出意思了，笑道："依你说，你两个已是情投意合了。竟把你许了他，岂不好？"这兴儿很聪明，他觉得二姐、二姐两人都不错，可不能让她们误会了，于是明说了：

> 兴儿笑道："若论模样儿行事为人，倒是一对好的。只是他已有了，只未露形。将来准是林姑娘定了的。因林姑娘多病，二则都还小，故尚未及此。再过三二年，老太太便一开言，那是再无不准的了。"

兴儿是个小厮，连他都看好黛玉宝玉这一对，甚至也能揣度贾母的意思。也就是说，贾府上上下下，无论是主子还是下人，都认为黛玉将来一定嫁给宝玉。所以王熙凤最先借着"暹罗茶"，把这事儿给说开了："既吃了我们家的茶，怎么还不给我们作媳妇呢？"

"暹罗茶"全书仅此一见，看似不经意的一笔，却是典型的一笔多用。既是对第二十六回"暹罗国进贡的灵柏香熏的暹猪"和第五十三回"暹猪二十个"的呼应，又是对黛玉性格喜好的一次皴染，更是借着"茶俗"举重若轻地铺垫了黛玉和宝玉的婚事，同时展示了以王熙凤为代表的一众姐妹的性格,真的是太好看了。

"枫露茶"之谜

《红楼梦》第八回还提到了一种茶,叫作"枫露茶"。是说宝玉在薛姨妈处吃了酒,回到住处要茶喝,丫头茜雪捧出茶来。书中说:

> 宝玉吃了半碗茶,忽又想起早起的茶来,因问茜雪道:"早起沏了一碗枫露茶,我说过,那茶是三四次后才出色的,这会子怎么又沏了这个来?"

宝玉这段话有三层意思,一是提到了"枫露茶";二是这种茶的特点是要冲泡三四次之后才出颜色;三是这种茶是可以早起冲泡晚上再喝的。

于是,这"枫露茶"引起了很多读者和研究者的兴趣。为什么呢?首先是现实生活中从没有一种茶叫作"枫露茶",再就是这种茶不见于任何记载,只在《红楼梦》里出现了这么一次。研究的结果是没有结果,只有几种互相不能说服的意见。

这些意见大概可以分成两类。一类意见说"枫露茶"是曹雪芹为了写人写故事而虚构出来的,实际生活中并不存在,至多是一种"意象"。例如用枫叶的红色,隐喻"怡红公子""怡红院""宝玉爱红成癖"等,成为一种象征性的标配。

另外一类意见,虽然"枫露茶"的名称不存在于世上,但是生活中确有能够对应上的品种。这类意见又分成两派,一派着眼于

"露茶",一派着眼于"枫茶"。

"露茶"派的说法,与前边曾经讲到过的"玫瑰露""木樨露"是一个思路。"玫瑰露""木樨露"都是花露,是用"玫瑰花""桂花"蒸馏而成。因为中国自古以来,在知道蒸馏酒之前,就先知道用蒸具来蒸花露。中国的"蒸馏史"历经三个阶段,最早是在两千年以前的汉代,但那个时候的蒸馏器,是道家用来炼丹的。第二个阶段,是在唐五代时期,从域外传进了"蔷薇水",就是用"蔷薇花"蒸馏而成的花露水。《新五代史》卷七十四:

> 蔷薇水,云得自西域,以洒衣,虽敝而香不灭。

宋代蔡绦的《铁围山丛谈》卷五的介绍更为详细:

> 旧说蔷薇水乃外国采蔷薇花上露水,殆不然,实用白金为甑,采蔷薇花蒸气成水,则屡采屡蒸,积而为香,此所以不败,但异域蔷薇花气馨烈非常,故大食国蔷薇水虽贮琉璃缶中,蜡密封其外,然香犹透彻闻数十步,洒著人衣袂,经十数日不歇也。

他说"蔷薇水"并不是从"蔷薇花"上采集的露水,而是用蒸具多次蒸馏"蔷薇花"而成的花露水。"大食国"采制的"蔷薇水"的香气,能透过密封的玻璃瓶"闻数十步"。洒在衣襟上,十多天后香气犹存。这里的"大食国",指的是唐宋时期的阿拉伯帝国。"大食国"的"食",读音"义"。

第三个阶段,蒸馏之法用在了高度酒的制作上。《本草纲目》说:

> 烧酒非古法也。自元时始创其法，用浓酒和糟入甑，蒸令气上，用器承取滴露。凡酸坏之酒，皆可蒸烧。

李时珍认为"烧酒"之法是元代始创，但是也有一些学者提出不同的看法，认为至迟在南宋时期，"蒸馏酒"即已出现。依据是考古学界在河北青龙满族自治县发现了金世宗时期的铜制蒸馏烧锅和酒作坊的遗址，金世宗的年号是"大定"，大致对应南宋孝宗时期。

且不说"烧酒"的事，"花露"的蒸制却是从唐宋到明清一直没有间断。虽然五代时期从"大食国"传入的"蔷薇水"质量最佳，但后来中土引进了良种玫瑰，又把蒸制花露的方法拓展到更大的范围，终于形成了一个规模化的产业。

清代李渔的《闲情偶寄》说：

> 富贵之家，则需花露。花露者，摘取花瓣入甑，酝酿而成者也。

说得很内行，把花瓣取下来，"入甑"。这个"甑"，就是一种蒸具。"酝酿而成"，花露就是这样制成的。前边曾经说到的"玫瑰露""木樨露"，也都是同样的功夫。各色"花露"，可以调茶。沏好的茶滴一点"花露"，茶香之外又有"花露"的香气，颇有点今天各式"花茶"的意思。"花露"还可以用来调酒，滴在酒里，使得花香混入酒香，别具风味。甚至还可以拌饭，李渔就有这等癖好。他曾经授意小妇，蒸饭的时候洒一些"花露"在米饭里，来客吃到这种带着花香的米饭，以为是什么异种，于是追着问，不知道这其实是主人的"噱头"。李渔自然很得意，但他还是不忘嘱咐，只能用"蔷薇露""香橼露"和"桂花露"三种，为什么呢？这三种"花露"与谷米的香味接近，不会露馅儿。切不可用"玫瑰露"，因为玫瑰的香味容易辨识，这把戏就不好耍了。

有了蒸制"花露"的方法，人们显然并没有止步，于是又琢磨着把一些有香味的树叶也拿来蒸露。清人顾仲《养小录》有云：

> 仿烧酒锡甑、木桶，减小样，制一具，蒸诸香露。凡诸花及诸叶香者，俱可蒸露。

这就回到了上面说的"露茶"派，既然树叶也可以蒸露，那么"枫叶"自然也是一种可能的选择。什么意思呢？就是用这种蒸"花露"的方法，把枫树的叶子蒸成"枫叶露"。然后再把这种"枫叶露"滴在茶水里，调出来的茶，就应该是"枫露茶"了。

其实不对。为什么呢？回看一下宝玉对"枫露茶"的描述："那茶是三四次后才出色的。"这里说的可是"茶"的特点，跟滴不滴"露"没有任何关系。看来还是要找到那种冲泡"三四次后才出色"的茶，并且还必须跟"枫"和"露"靠上才行。

那就再看看另一派，"枫茶"派的说法有没有说服力。这一派认定，"枫露茶"就是用枫树叶子制成的茶。他们的理由是，世上除了严格意义上的"茶树"以外，有很多种树叶都可以制成"茶"。《本草纲目》里就有这种记载：

> 俗中多煮檀叶及大皂李叶作茶饮，并冷利。南方有瓜芦木，亦似茗也。今人采槠、栎、山矾、南烛、乌药诸叶，皆可为饮，以乱茶云。

"檀叶"是檀树的叶子，"大皂李叶"是皂荚树的叶子，"瓜芦木"亦称"皋卢木"，"槠"是"苦栗树"，"栎"是"柞树"，"山矾"

是山矾科的乔木,"南烛"是杜鹃花科的小乔木,"乌药"是樟科的小乔木。这些树木的叶子,都可以制成类似"茶"的东西。

今天大家所熟知的"苦丁茶",也是这一类的"代茶"。"苦丁茶"是用"大冬青树"的叶子制成的,并不是茶树的叶子。还有"紫苏茶""桑叶茶"等,都是类似"茶"的"代茶"。同样的道理,"枫叶"也应该能够做成这一类的"代茶"。事实上,今天的市场上就真的有"枫叶"制成的"枫茶"。据说,质量最好的"枫茶"是加拿大"枫茶"。

加拿大人是很喜欢枫叶的,连国旗上都有一片枫叶。加拿大人在几百年前,就知道用枫树皮割开流出来的汁跟枫树的枝叶混在一起煮鹿肉;还会用枫树汁熬"枫糖";当然,也会用"枫叶"制成"枫叶茶"。

"枫叶"不仅可以做成"枫叶茶","枫叶"也可以吃。日本大阪有一个公园,叫作"箕面国家公园",公园里有一种小吃很吸引人。这类小吃在日本通称"和果子",其中的一种很有名,叫作"天妇罗"。这个公园里的"天妇罗"很特殊,是用枫叶做的,所以叫作"枫叶天妇罗"。熟悉日餐的朋友都知道,"天妇罗"就是油炸的食物。例如"大虾天妇罗""青菜天妇罗"等,把枫叶用油炸了,就是"枫叶天妇罗"。不过,并不是所有的枫叶都能做成这种"天妇罗",能用的枫叶只有一种,日本的"一行寺枫",只有这种枫叶才可以油炸成"枫叶天妇罗"。制作的过程比较复杂,不是从树上摘几片叶子,洗干净蘸上面糊,在油锅里一炸即成。而是先要腌制,要腌多久呢?整整一年。今天能吃到的"枫叶天妇罗",一年之前就开始腌制了,这可是一道功夫菜。

那么,只有加拿大和日本有枫树吗?非也。中国最早的一部字书《说文解字》，就收录了"枫"这个字。最早的一部辞书《尔雅》，对"枫"字的解释更加具体。文学作品里写到"枫"的地方就更多了，例如《楚辞·招魂》："湛湛江水兮，上有枫。"唐代杜牧《山行》："停车坐爱枫林晚。"白居易《琵琶行》："浔阳江头夜送客，枫叶荻花秋瑟瑟。"

中国枫树的品种也非常之多，大概有一百五十多种。这些品种的枫树中，有没有一种或者几种的叶子也能做成类似茶叶的"枫茶"呢？有没有可能对应得上"枫露茶"呢？

让人脑洞大开的"枫露茶"

"枫露茶"是个很有趣的话题。前边介绍了对于"枫露茶"的一些推测，但是都不大靠得住。"露茶"派的着眼点是"露"，是用"枫叶"像蒸花露那样蒸成"枫叶露"，再用"枫叶露"来点茶。显然这种说法太牵强了，一是从来没有一种蒸出来的露叫作"枫叶露"，二是"点露"跟冲泡"三四次才出色"的茶叶没有相关性。"枫茶"派的着眼点是用"枫叶"做成茶，史上最早的"枫叶茶"出自加拿大，包括今天市场上能够见到的"枫叶茶"，都是加国产品。要说《红楼梦》里折射了加拿大的事，贾宝玉喝过加拿大产的"枫叶茶"，恐怕更没有说服力了。

其实在中国湖南和广西，倒是有一种与"枫叶茶"相近的茶，还真是把"枫叶"和"茶叶"放在一起做成的。所用的"枫叶"，是当地随处可见的品种。所用的"茶叶"也是红、黄、绿、白、黑、青六大茶系的各种茶叶以及"普洱茶"。其中比较多用的是普洱茶，主要是"普洱生茶"。制作方法，是一层"枫叶"一层"茶叶"交叠铺放。大概的比例是一份"枫叶"一份"茶叶"，或者是一份"枫叶"一份半"茶叶"。然后密封起来，存放三个月到半年，再把"枫叶"拣出即成。这种"茶叶"既有茶香，又带着"枫叶"的香气。还有一种熏制的方法，是用枫树结出来的种子熏制茶叶。熏出来的茶叶除了有"茶叶"和"枫叶"的香气之外，还有一种特殊的效果：任何时候启封，茶叶都像刚采摘制作的新茶一样。也就是说，枫树的种子有保鲜的功能。

这种茶是不是跟"枫露茶"更接近一些呢？接近归接近，还不是"枫露茶"。虽然有枫有茶，但是那个"露"却没了着落。"红楼梦时代"有这种做法吗？遍查历史文献，找不到任何记载。

那么，怎么解决这个问题呢？还是要回到《红楼梦》的正文，再仔细检视一下宝玉是怎么描述这种"枫露茶"的特点的。宝玉说：

> 早起沏了一碗枫露茶，我说过，那茶是三四次后才出色的。

这段话虽然不长，但是有三个重点：

第一个重点，"我说过"三个字很重要，暗含着的意思是，宝玉对这种"枫露茶"并不陌生，甚至可以说是很内行。这就让我们想起，"枫露茶"在通部书中可不止一次出现，并且都与宝玉直接有关。例如第七十八回宝玉祭奠晴雯的《芙蓉女儿诔》起首的文字中，就提到"枫露茶"：

> 维太平不易之元，蓉桂竞芳之月，无可奈何之日，怡红

院浊玉，谨以群花之蕊、冰鲛之縠、沁芳之泉、枫露之茗，四者虽微，聊以达诚申信，乃致祭于白帝宫中抚司秋艳芙蓉女儿之前。

这四样别具一格的祭品中，便有"枫露之茗"。"茗"就是"茶"，"枫露之茗"就是"枫露茶"。由此想到，这"枫露茶"似乎是怡红院的"标配"。不单是宝玉，晴雯一定也是饮用过的，至少是熟知的。不然，宝玉为什么要拿"枫露茶"来祭奠晴雯？再回看第八回宝玉与茜雪关于"枫露茶"的对话：

宝玉吃了半碗茶，忽又想起早起的茶来，因问茜雪道："早起沏了一碗枫露茶，我说过，那茶是三四次后才出色的，这会子怎么又沏了这个来？"茜雪道："我原是留着的，那会子李奶奶来了，他要尝尝，就给他吃了。"

茜雪的回话很清楚，她是知道宝玉"早起沏了一碗枫露茶"的，也知道"那茶是三四次后才出色的"，也知道宝玉晚上从外面回来是要接着喝的。所以她才会说："我原是留着的。"显然，怡红院的丫头们，至少是大丫头们，一定也都是熟知"枫露茶"的。

第二个重点，这种"枫露茶"是可以"早起沏"上，晚上才喝的。

第三个重点，这种"枫露茶"冲泡第一遍和第二遍都是不出色的，要到"三四次后才出色的"。

用"排除法"可以先把不符合上述条件的品类排除掉。

首先，前面说到的用枫树叶子制作的"枫叶茶"可以排除了。其次，用枫叶蒸馏成为"枫露"，再点入茶中的所谓"露茶"，也可以排除了。再次,六大茶系中的"绿茶",是必须现泡现喝的。早起泡上,晚上就苦得不能喝了,所以不会是"绿茶"。"黄茶"跟"绿茶"的性质差不多,因此也不可能是"黄茶"。"红茶"出色很快,几乎是泡上就出色,至少第二遍颜色已经很浓了,不会等到"三四次后才出色",所以也不是"红茶"。"黑茶"与"普洱熟茶"的喝法,都是要先"洗茶",洗上一两遍以后,才可以泡,或者才可以煮。它们都不符合冲泡"三四次后才出色"的条件,所以也可以排除了。

那么,还有什么茶符合上述条件呢?还有三种:一是"普洱生茶",二是"乌龙茶系"里类似于"铁观音"的茶,三是"白茶"。但是,"枫露茶"的"露"呢?还是没有着落。还有,怎么能跟"枫"联系上呢?

既然"枫茶"派和"露茶"派打了这么多年的笔墨官司都没能解决问题,就不能再顺着那种思路花费工夫了。所以,要开个脑洞,另辟蹊径试一试。

民间有一个关于"秋茶"的谚语,这个谚语是古时候传下来的,有些年头了,说是:

> 春茶苦,夏茶涩,要好喝,秋白露。

意思浅显明白,是说春天的茶好,但略带苦味;夏天的茶不好,无论哪一种夏茶都太涩了;秋天白露时节采摘的茶,不苦不涩,是最好喝的。古人有不少关于"秋茶"的诗,例如唐代张籍的《和左司元郎中秋居十首》:"秋茶莫夜饮,新自作松浆。"唐代许浑的《送段觉归东阳兼寄窦使君》:"秋茶垂露细,寒菊带霜甘。"宋代陆游的《述意》:"频唤老僧同夜粥,间从邻叟试秋茶。"

但是有一点要说清楚，并不是所有的"春茶"都不如"秋茶"。例如大多数的"绿茶"和"黄茶"，像"西湖龙井""黄山毛峰""六安瓜片""君山银针"等，都是以"春茶"为上品。尤其是"洞庭碧螺春"，一年之中只在春分前后采摘，至谷雨结束。"红茶"也是"春茶"最好，无论从外形、香气、滋味还是叶底，都好过"夏茶"和"秋茶"。"普洱生茶"虽然"秋茶"表现不错，但最优质的也是"春茶"。

那么，以"秋茶"取胜的品种，就只剩下了"青茶"和"白茶"了。"青茶"的主要产区有两个，一个是"闽南乌龙"的代表"岩茶"，一个是"闽北乌龙"的代表"铁观音"。"岩茶"只在春天采一季，"铁观音"却是春秋并重，称为"春水秋香"。"铁观音"的"秋茶"虽然符合宝玉说的"那茶是三四次后才出色的"条件，但不能久泡。也就是说，不符合"早起沏上晚上才喝的"条件。

至此，符合宝玉所说条件的茶，就只有"白茶"了。其实，"白茶"也是要细分的。"白茶"中的"白毫银针""白牡丹"，一定是"春茶"胜过"秋茶"。"白茶"中的"寿眉"却是"秋茶"最好。最重要的，"寿眉秋茶"是"三四次后才出色的"茶，并且是唯一一种可以"早起沏上晚上才喝的"茶。

老茶客都知道，"寿眉"分为"立秋寿眉""白露寿眉"和"寒露寿眉"。其中以"白露寿眉"的品质为最佳，所以又被简称为"白露茶"。"要好喝，秋白露"，这个"露"字终于有着落了。

但是"枫露茶"还有一个"枫"字呢？"露"有了，怎么能跟"枫"联系上呢？好，再开一个脑洞。"白露"还有一名字，叫作桂露。为什么叫"桂露"呢？是因为"白露"时节，适值桂花开放。唐代李贺的《洛姝真珠》："兰风桂露洒幽翠，红弦袅云咽深思。"唐代李商隐的《玄微先生》:"夜夜桂露湿,村村桃水香。"北宋李公麟的:"门通三级峻,桂露一年香。"都是"桂""露"联称。"露"字点明时令,"桂"字则是应时花卉。所以"白露茶",也被称作"桂露茶"。而这个时节最鲜明的颜色,是火红的枫叶。那么,用"枫"字把"桂"字换下来,不仅是通顺的,也使得这个时节的一切都更加醒人眼目了。所以,《红楼梦》的作者用浪漫的一笔,把"白露茶""桂露茶"改成了"枫露茶"。"枫露茶"与那个"怡红快绿"的所在,与爱红成癖的"怡红公子"巧妙地成为一个红色系列,天设地造,相得益彰。

"枫露茶"之谜,终于解开了。

被"枫露茶"毁了前程的茜雪

一碗"枫露茶"还牵扯出一个人来,并埋伏下后文很重要的故事,这个人就是宝玉房里的丫头茜雪。

宝玉从薛姨妈处吃了酒回到怡红院,茜雪捧出茶来,宝玉忽然问起早起沏的那碗"枫露茶",茜雪回话说:

> 我原是留着的,那会子李奶奶来了,他要尝尝,就给他吃了。

这位李奶奶,书里也写作李嬷嬷,是宝玉的奶妈。宝玉小时候吃过她的奶,所以她的身份就不一样了,丫头们自然都要让着她。所以这位李奶奶来了,说要尝尝这碗"枫露茶",茜雪只好端给她。

宝玉听了,勃然大怒,"豁啷"一下摔了茶碗,一叠连声要把奶妈撵走。袭人赶快解释劝阻，又忙着回贾母的问话，谎称是自己滑倒摔了茶碗，好不容易才化解了宝玉的怒气。

请注意，这里出现了两个问题：一是宝玉为了一碗茶发这么大的火，很奇怪；二是竟然为了一碗茶撵走了自己房里的大丫头，更奇怪。须知宝玉从来重人不重物，对女孩子尤其宽容。茜雪并不是一般的小丫头，她可是跟袭人、晴雯甚至王夫人房里的丫头金钏儿、玉钏儿、彩霞、凤姐的丫头平儿、老太太房里的丫头鸳鸯有着同等的地位。第四十六回"鸳鸯抗婚"，坚决拒嫁大老爷贾赦，曾拉着平儿说过一番私房话：

> 这是咱们好，比如袭人、琥珀、素云、紫鹃、彩霞、玉钏儿、麝月、翠墨，跟了史姑娘去的翠缕，死了的可人和金钏，去了的茜雪，连上你我，这十来个人，从小儿什么话儿不说？什么事儿不作？这如今因都大了，各自干各自的去了，然我心里仍是照旧，有话有事，并不瞒你们。这话我且放在你心里，且别和二奶奶说：别说大老爷要我做小老婆，就是太太这会子死了，他三媒六聘的娶我去作大老婆，我也不能去。

可知茜雪是从小就在府里，跟一班大丫头是一起长大的，也是无话不谈的"发小"。按说这等丫头，即使真犯了什么过错，主子念着旧日情分，也都是能宽免就宽免的。怎么就为了一碗茶被撵出府去了呢？这碗茶是李嬷嬷执意要喝，她不能不给。是她的错吗？不是。这就要看看，这一碗茶究竟有什么了不得的？

这碗茶叫作"枫露茶"，前面说了这种茶的好处。饶是如此，也没有人重要对不对？涉事的两个人，一个是宝玉的奶妈，一个是宝玉的大丫头。细想一想，都不是随便就可以处置的身份，更何况并无多大的错处对不对？只有一个可能，那就是"枫露茶"对于宝玉有着特别的意义。

细检全书，"枫露茶"出现过两次。一次是在第八回，一次是在第七十八回。这两次一是"暗写"一是"明写"，却都与宝玉的丫头晴雯有关。第七十八回的"明写"，有文字为证。就是晴雯死后，宝玉在水边祭奠时的那篇《芙蓉女儿诔》。其中提到的四样祭品中，就有"枫露之茗"。用宝玉自己的话说："四者虽微，聊以达诚申信。"可见在宝玉的心目中，"枫露茶"不仅是自己最喜欢的茶，更重要的，也是晴雯生前最喜欢的茶。而第八回的"暗写"，却是隐藏在了那一盘宝玉特意留给晴雯的"豆腐皮儿的包子"之后。宝玉发怒的前因，是李嬷嬷在薛姨妈家再三阻拦宝玉饮酒。但这至多是使得宝玉心中不快，还不足以致怒。宝玉发怒的直接缘由是两件事：一是李嬷嬷动了晴雯的包子，二是李嬷嬷动了"枫露茶"。设使晴雯吃了包子，又喝了"枫露茶"，宝玉会怒吗？绝不会！开心还来不及呢。再联系到后文祭奠"芙蓉女儿"晴雯的祭品"枫露之茗"，就不难看出，宝玉之怒，其实都是因为李嬷嬷惹了晴雯。宝玉爱护晴雯，还因为"女儿是无价的宝贝"；宝玉厌恶李嬷嬷，还因为"女人老了，珠子变成鱼眼睛"了。当然，在宝玉的心里，除了林妹妹，真正装着的，只有一个晴雯。你看，晴雯摔了扇骨，进而撕了扇子，宝玉却很开心；晴雯跟别的丫头打闹，宝玉一定帮着晴雯；别处有好吃的，宝玉惦记着留给晴雯；女孩儿们遭遇不幸，宝玉都很同情，但写出长篇诔文祭奠的，只有一个晴雯。所以，当李嬷嬷有意无意地欺负了晴雯，宝玉怒了。但真正的缘由说不出口，只能借着"枫露茶"发了一通火，一叠连声地要把李嬷嬷撵出去。

然而最后被撵走的不是李嬷嬷，却是茜雪。而且，不是为了别的事,就是那碗"枫露茶"。何以见得呢?第十九回李嬷嬷来宝玉房内,不听众丫头劝阻,把宝玉留给袭人的一碗酥酪吃了。一面吃一面骂袭人时,提到了茜雪为茶被撵的事:

> 李嬷嬷道:"你们也不必妆狐媚子哄我,打量上次为茶撵茜雪的事我不知道呢。明儿有了不是,我再来领!"说着,赌气去了。

同回袭人为了遮掩李嬷嬷吃了酥酪的事,借口要吃栗子,也提到了"茜雪之茶":

> 自己原不想栗子吃的,只因怕为酥酪又生事故,亦如茜雪之茶等事,是以假以栗子为山,混过宝玉不提就完了。

第二十回李嬷嬷数落袭人时又跟黛玉宝钗提到茜雪因茶被撵的事:

> 彼时黛玉宝钗等也走过来劝说:"妈妈,你老人家担待他们一点子就完了。"李嬷嬷见他二人来了,便拉住诉委屈,将当日吃茶,茜雪出去,与昨日酥酪等事,唠唠叨叨说个不清。

果然茜雪被撵走了,并且被撵的原因正是为了"枫露茶"。这就奇了,是李嬷嬷喝了"枫露茶",宝玉生气要撵的也是李嬷嬷,怎么李嬷嬷没事,反倒把没犯错的茜雪给撵出去了呢?这就要对比一下两个人的地位了。

《红楼梦》折射了古代的贵族生活,远的不说,明清两代从皇室到王公大臣都有给子女安排奶母和保母的规制。奶母和保母的分工是很明确的,奶母只管哺乳,保母负责教引。《红楼梦》第三回就说到迎春姐妹每人"除自幼乳母外,另有四个教引嬷嬷"。当然,有的奶母给小主人断奶之后,又转换身份成为"教引嬷嬷",也就是保母,例如黛玉从家乡带到贾府来的"奶娘王嬷嬷"、宝玉的"乳母李嬷嬷"。黛玉最初住在"碧纱橱"里,就是奶娘王嬷嬷陪睡。而宝玉睡在"碧纱橱"外,也是乳母陪睡。李嬷嬷自己说过,袭人都是她手里调教出来的丫头。以她的身份,连王熙凤都要让她几分。虽然不是主子,但在一般下人的眼里,是仅次于主子的"副主子"。

茜雪就不同了,虽然也是大丫头,但地位越不过袭人。在李嬷嬷面前,还是"被调教"的身份。所以,她跟李嬷嬷不能比,地位差着本质的等级。从她的表现看,她对李嬷嬷是顺从的,应该没有得罪李嬷嬷的地方。从李嬷嬷翻腾茜雪因茶被撵的事来看,也并不是李嬷嬷使坏。从宝玉发怒使性子要撵人来看,宝玉的气是在李嬷嬷,而不在茜雪。从袭人劝解揽错的结果来看,事情已经过去了,并没有再起风波。那么,为什么茜雪还是因为那碗"枫露茶"被撵出贾府了?

能够想到的情况有几点:一、要撵茜雪的人不会是一贯呵护女孩儿的宝玉。二、要撵茜雪的人也不会是几次三番絮叨着替茜雪抱屈的李嬷嬷。三、要撵茜雪的人更不是情同姐妹的"发小"袭人和晴雯。四、王夫人和凤姐并不知道"枫露茶"的事,似乎也没有必要掺和进来。五、看来做这个决定的人,只有一位贾母老太太。她当时就问起摔茶杯的事,也知道宝玉发怒了,也知道袭人在帮着掩饰。

按说,区区一件小事,过去就算了,但为什么事后竟闹成非要撵走茜雪才罢?因为这段故事被有意虚化了,所以读书至此,百思而不得其解。统观全书的风格,这不会是作者的疏忽,而是一种一以贯之的笔法。那就是书中不断出现的独特的叙述方式,笔断而意连。看似故事断了,留下了一个悬念,后面不经意处又连上了,读者恍然大悟——在这儿等着呢。茜雪因"枫露茶"被撵的事件,应该也是此等"伎俩"。谓予不信,请看"深知拟书底里"的脂砚斋怎么说。

庚辰本第二十回朱笔眉批:

> 茜雪至狱神庙回方呈正文。袭人正文标目曰《花袭人有始有终》。余只见有一次誊清时与《狱神庙慰宝玉》等五六稿被借阅者迷失,叹叹!丁亥夏,畸笏叟。

庚辰本第二十六回墨笔眉批:

> 《狱神庙》回有茜雪、红玉一大回文字,惜迷失无稿,叹叹!丁亥夏,畸笏叟。

果然"后文"有所交代,茜雪在八十回后的"狱神庙""一大回文字"中,又现身了。并且,这时才是她的重头戏。因为这部分文字"迷失无稿"了,所以具体内容不可得知,一如畸笏叟所叹。但起码我们知道了,依照曹雪芹的笔法,会在这段故事里详细交代当初茜雪被撵以及茜雪离开贾府后的种种遭遇。也就是说前边没交代的,不代表后边不会交代。

"狱神庙"是正规监狱或临时拘押嫌犯的"羁候所"里供奉"狱神"的地方,"羁候所"相当于后世的拘留所。正规监狱里的"狱神庙"仅供祭拜之用,而"羁候所"里的"狱神庙"则有可能在"人满为患"的情况下变通为暂时关押"从犯"之处。

我曾经在《痛史》里发现了一条关于《秋思草堂遗集》的资

料，说到"羁候所"里"狱神庙"的这种变通之例。《秋思草堂遗集》写的是清初浙江南浔地方的一个大案子，史称"庄廷鑨明史案"。案主庄廷鑨雇人修《明史》遭人举报，说里面多有"碍语"，并署了前明年号，于是大狱兴起。案子牵连甚广，不止庄廷鑨一家，写书的、作序的、刻书的、卖书的、买书的，很多人都被牵连进去了。涉案人家的男丁，满16岁的全部杀掉，老弱妇孺发配或者发卖。案发的时候庄廷鑨已经死了，开棺戮尸。案子牵连了上千人，处死了七十多人，发配到东北宁古塔好几百人。当地的三家大户，一家姓查，一家姓陆，一家姓范，都受到了无辜牵连。《秋思草堂遗集》的作者"钱塘女史"陆莘行，就是陆家的一个女孩子。她在《秋思草堂遗集》里说，三姓主犯先逮入刑部牢候审，三姓旋皆抄没，家眷悉被拘押：

> ……男子发按察司监。……女子发羁候所。内分七所，头所二所，查氏居之；三所四所，陆氏居之；五所六所，范氏居之。……上宪之意，将各家男子亦归羁候所。七所对照，一间狱官之堂。又三间，中供狱神，内三姓男子所居。

查、陆、范三家的主犯全部押进京中的刑部大牢，属于从犯的三姓男子押进按察司监里，女人和孩子押进"羁候所"。"又三间，中供狱神"的地方，就是"羁候所"里的"狱神庙"。后来三姓男子也移押至"羁候所"，关在"狱神庙"里。

脂批所说《红楼梦》八十回后的"狱神庙"，应该就是"羁候所"里的"狱神庙"。贾府事败被抄，主犯押入刑部大牢，从犯押入"羁候所"，人太多关不下了，宝玉、凤姐等一众从犯暂住"狱神庙"，揆之情理亦无不通。这里相对自由一些，可以不戴刑具，亲友亦可通融探视，所以才可能有茜雪、红玉等人前来探视的"一大回文字"。由此知道，"狱神庙"是八十回后重要故事的发生地，作用一如前八十回中的"大观园"。可惜的是，这一部分的书稿丢失了。究竟这"一大回文字"是什么故事？究竟那碗"枫露茶"给茜雪带来了怎样的命运？尤其是茜雪归来，究竟有什么话要告诉读者？都成为永远的谜。

我在写央视1987版电视剧《红楼梦》初稿的时候，曾经让茜雪初探"狱神庙"时，用一碗"枫露茶"唤起了宝玉的记忆。但后来审稿的时候，被认为枝蔓过多，而不得不忍痛删去了。

第四章

饮具鉴真

差点儿被扔掉的"成窑五彩小盖钟"

妙玉在《红楼梦》通部书当中出场的机会并不是很多,她的重头戏是在第四十一回"拢翠庵品茶"。说到茶,她是内行;说到水,更是头头是道。从旧年蠲的雨水,到梅花瓣儿上扫下来的雪化成的水,真是令人瞠目结舌。就是茶专家们听到了这一番叙说,也只有五体投地的份儿。再看看她拿出来的茶具,简直就是一个茶具精品的博览会。有句话叫作"水为茶之母,器为茶之父",可见茶具之于茶,也是非常重要的。有好茶,要有好水,还要有好茶具。

唐以前,食具、酒具、茶具基本上是不分的。茶兴于唐而盛于宋,这是个节点。唐宋以后,茶具就越来越讲究。唐代推崇越州窑。陆羽《茶经》"四之器(下)"说:"碗,越州上,鼎州次,婺州次,岳州次,寿州、洪州次。"什么意思呢?就是说越州窑茶具是最好的。

古代越州,在今天的浙江上虞、余姚、宁波和绍兴一带。汉代开始出现生产瓷器的窑口,唐代烧制的工艺最为精湛,一直延续到宋代。据记载,越州窑主要是两种瓷器,一种是青瓷,一种是秘瓷。所谓的"秘瓷",最初是因为烧制和发色的技法秘不示人,致使学界多年以来对"秘瓷"的定义,一直是言人人殊。直到法门寺地宫《衣物账》记载的唐代懿宗皇帝供奉佛祖的十三件瓷器注明属"秘色瓷",这种瓷器的面目才真相大白。原来"秘色瓷"就是最高品质的青色瓷。越州窑瓷器的颜色比较浅,似冰似玉,茶叶冲泡后与瓷器的颜色青绿相映，深受饮茶人的喜爱。所以，陆羽对越窑瓷器至为推崇。其他的窑口，颜色都太重，对于茶的发色不利。

唐代人品茶对茶具的讲究，到宋代就不一样了。"唐煮宋点"，宋代点茶主要是看"刷"出来的茶花，或者"点"出来的图案。要看这些东西，所用的瓷器就不能是浅色瓷，而是要用重色瓷，最好是黑色瓷。当时最时兴的黑瓷有两种，一种是兔毫瓷，像兔子的毛儿一样，向四周辐射；一种是油滴碗，像油滴一滴一滴地滴在黑瓷上。这种底色的碗，衬出来的茶花或者图案是最好看的。这两种黑色瓷，以建州窑烧制的品质最为上乘，世称"建盏"。

元代以后，又转而兴起青瓷和白瓷。瓷器上的装饰，也多起来了，例如青花。元青花的特点很鲜明，一是使用的青花料多为来自伊朗的"苏麻离青"，二是图案基本不用人物，三是大都属于"来图加工"的外销瓷。

到了明代，出现了瓷器史上继宋瓷之后的第二个高峰。尤其是从永乐、宣德年间一直到成化年间，无论是青花还是五彩，都达到了顶峰。

妙玉给贾母用的茶具，叫作"成窑五彩小盖钟"。所谓"成窑"，就是成化年间的官窑。当时最有名的官窑产品，就是我们现在常说的"成化斗彩"。但这个"斗彩"的名称，却是始自清代的雍正年间，在明代统称为"五彩"。当然细分起来，"五彩"和"斗彩"是有区别的。"五彩"是釉上彩，"斗彩"是釉下青花和釉上五彩相结合的品种。也就是说，"成窑五彩小盖钟"，实际上是后世称为"成窑斗彩"的瓷品。

"斗彩"的烧制方法很特别，拉出器坯之后，先不挂釉，先用青花料在器坯上勾出图案来，然后挂上釉，入高温炉烧。高温有多高呢？一千三百度。出炉之后，青花图案已经烧在釉下了。再按照釉下青花勾出来的图案，在釉上用彩色填起来。填上彩色之后，再入炉烧。这个炉是低温炉，叫作彩炉。彩炉温度差不多八百度，比高温炉要低五百度。彩炉再烧出来之后，瓷器就成型了。釉下的青花和釉上的五彩相结合，美轮美奂。《明史纪事本末》的作者谷应泰，也是一位陶瓷研究专家。他在《博物要览》中说："成窑七品，无过五彩。"成窑烧制的"五彩"是精品中的精品。

后世正是看到这种釉下彩和釉上彩"斗"在一起的绝妙工艺，才把它叫作"斗彩"。因为太喜欢"斗彩"了，所以后世出现了很多仿品。例如乾隆年间，就仿制了不少的"斗彩"瓷器。仿得好不好呢？应该说有些方面，有些技法，超过了成化斗彩。但是，那种灵动之气，始终达不到成化斗彩的高度。今天的仿制品更多，但是成化斗彩，依然是不可逾越的精品。

1999年苏富比的香港拍卖会上，拍卖了一只"成化斗彩鸡缸杯"，成交价是2917万港币。15年后的2014年4月8日，也是在苏富比的香港拍卖会上，这只"成化斗彩鸡缸杯"竟拍卖出2亿8124万港币的高价。今天要想得到这只鸡缸杯，会是什么样的价钱？已经无法想象了。

所谓"斗彩鸡缸杯"，就是上面画的是釉下彩和釉上彩结合的鸡和虫草。这只鸡缸杯是个酒具。据说，成化元年是鸡年，烧制"斗彩鸡缸杯"，是为了纪念鸡年。另外，"鸡"谐音大吉大利，是个好口彩。当然，还有另外一种说法。据记载，成化皇帝很喜欢宋代的一幅《子母鸡图》，就让景德镇官窑照这个图烧制一些瓷器。所以，"斗彩鸡缸杯"就应制而生了。只是被后世称作"斗彩鸡缸杯"的这件东西，以及所有被后世称作"斗彩"的瓷器，在明代的成化年间直至清代的雍正年间，正式的名称不是"斗彩"而是"五彩"。其实，在成化之前的宣德年间，就已经有真正的"五彩"瓷器了。与后世称作"斗彩"工艺的区别在于，"五彩"瓷器没有在釉下着色，全部都是釉上彩。不过当时没有细分，釉上彩的"五彩"和釉下釉上"斗彩"的"五彩"，统称为"五彩"。

《红楼梦》第四十一回"拢翠庵品茶"，妙玉给贾母奉上的茶具"成窑五彩小盖钟"，应该是被后世称为"成化斗彩"的一件精品瓷器。

这样的瓷器，在成化之后的历朝历代都很受重视。例如，据《神宗实录》记载，万历皇帝御前有"成化彩鸡缸杯一双，值钱十万"。这一处的"彩"字，当时称为"五彩"，其实就是"斗彩"。另据沈德符《万历野获编》记载："成窑酒杯，每对至博百金。"上面的"值钱十万"，指的是十万枚铜钱。"百金"，指的是百两白银。这在当时是很大的一笔钱了。

所以这个"成窑五彩小盖钟"，出现在拢翠庵里，为妙玉所有，可是醒人眼目的一件事情。妙玉无非就是借住在拢翠庵里带发修行的一个小姐，怎么会拥有这种精品茶具呢？再看她对茶的评论，对水的评论，修养极高，可见她的来历不简单。

"成窑五彩小盖钟"的器形比"斗彩鸡缸杯"还要复杂。上边带盖儿，底下肯定要带托儿，应该是这样的一套组合。

有人认为，三件套的盖钟或者盖碗出现甚晚，最早不会早于清代的康熙年间，盛行于雍正乾隆以后。对不对呢？1970年，陕西西安南郊何家村窖藏出土的唐代文物中，就有一件"鎏金宝相花纹银盖碗"。可见盖碗这种器形，早在唐代就已经出现了。另据唐代《资暇集》"茶托子"条说，唐代永泰大历年间的西川节度使崔宁的女儿，嫌茶盏烫手，找了一个盘子垫着茶盏，这就是最早的茶托子。元末明初"废团改散"，以喝冲泡的散茶为主了。此时的茶人，应该也是怕烫的。那么，茶托子和盖子的使用当在情理之中。

不过，"成窑五彩"或者"斗彩"的三件套"小盖钟"，却不见于文献记载，也没有瓷器研究专家鉴定过此类真品。如果真有这个器形存在的话，今天是个什么价？应该比"鸡缸杯"贵重多了吧？

那么，妙玉拿出来的这个"成窑五彩小盖钟"，是作者曹雪芹经过见过的实录？还是"假作真时真亦假"的调侃？先不遑多论。至少原著作者是为接下来的茶具系列博览会，开了一个不一般的头。

贾母接过"成窑五彩小盖钟"，吃了半盏"旧年蠲的雨水"泡的"老君眉"茶，随手递给了刘姥姥。下面这一段写得很传神：

> 贾母便吃了半盏，便笑着递与刘姥姥说："你尝尝这个茶。"刘姥姥便一口吃尽，笑道："好是好，就是淡些，再熬浓些更好了。"贾母众人都笑起来。

这一段，好就好在写出了乡下人本色的刘姥姥，本来就"不懂"，却还能装出"更不懂"的样子，还能透着一股子"老到"，火候把握得恰到好处，又搔到了贾母和众人的痒处。于是，哄堂大笑中，大家都得到了自己想要的成就感。

这场戏被妙玉不动声色地看在眼里，后面的表现更有意思了：

> 妙玉刚要去取杯，只见道婆收了上面的茶盏来。妙玉忙命："将那成窑的茶杯别收了，搁在外头去罢。"宝玉会意，知为刘姥姥吃了，他嫌脏不要了。

前边刚说了这件茶具的价值，简直是无上之品啊！就因为刘姥姥沾了嘴，她就不要了。显然，她并没有太拿这件茶具当回事儿，这只要看看她后面拿出来的几件宝贝就知道了。

不可小觑的外围茶具

"拢翠庵品茶"，贾母用的茶具是"成窑五彩小盖钟"。随行的众人，用的是一色的"官窑脱胎填白盖碗"。这是个什么茶具呢？

先说"官窑"。什么是官窑呢？官窑就是官办的窑口，烧制的瓷器称为官窑瓷器。官窑最早设于唐代，那个时候是官督民烧。到了宋代，成为官、哥、汝、钧、定五大名窑之首。北宋时期，官窑的窑址应该在汴京附近。但这只是一个说法，因为北宋的汴京遗址已沉入地底，所以后世一直没有找到这个窑址。直到今天，当地并没有出土的东西可以佐证这个说法。官窑的产品主要是青瓷，存世不多，现在还能够看到一些。官窑青瓷釉色晶莹剔透，釉面开大裂纹片，"紫口铁足"是一个重要的特征。宋室南渡以后，官窑迁至杭州。在凤凰山下设立了"修内司官窑"，又在郊坛下设立了"郊坛下官窑"。这两处窑址都有出土的一些碎瓷片，证实了这两处窑口的确切地址。南宋官窑还是沿用北宋官窑的烧法，烧制的也大都是青瓷。

元代的官窑开始进入编制。元世祖忽必烈在景德镇设置了"浮梁磁局"，专管烧制皇室用瓷。但这个衙门主要干的活儿，是选定民窑并督办烧窑事务，并没有设立官办的窑口。元代开了这个头，明清两代前后跟进了五百多年。在这个漫长的时间段里，"官窑"就成为景德镇专属的名称。明代开始设立官厂，称为"御器厂"，专门烧制进贡的瓷器。两宋及元代的积累，至明代形成了瓷器史上的第二座高峰。"官窑脱胎填白盖碗"的"官窑",应该就是明代的官窑。因为"脱胎填白",就透露出了年代的印记。

"填白"是一种白瓷。白瓷最早烧制的时间,是在唐代和紧接其后的五代时期。唐代白瓷,烧得还比较粗。五代时期的"邢窑"是烧制白瓷的著名的窑口。邢窑烧制的白瓷,就有很薄的胎了。再往后就到了宋代,代表着中国瓷器史上第一座高峰的北宋五大名窑"官哥汝钧定",其中的定窑就是专门烧制白瓷的窑口。定窑接续了邢窑的烧制方式,全面继承了邢窑的特色。定窑烧制的白瓷,称为"白定"或者"粉定"。除了白瓷之外,后来也烧制了其他颜色的瓷,例如黑瓷、紫瓷、绿瓷等,分别叫作"黑定""紫定""绿定"。还有一种粗烧的瓷品,虽然也是白瓷,但颜色略微发黄,叫作"土定"。其实"土定"不土,有大拙之美。蘅芜苑薛宝钗的闺房里就有一个土定瓶子。

元代青瓷、白瓷都烧,并且有一些新的发展,例如青花瓷。由于元青花在当时大都属于外销瓷,留在中土的器件不多,所以很长时间并没有引起收藏者和研究者的重视。直到 2005 年 7 月 12 日伦敦佳士得举行的拍卖会上,元青花大罐"鬼谷子下山"一举拍出了 1400 万英镑的天价,这才惊动了国内的收藏市场。

明代永乐年间的甜白瓷,达到了一个新的高峰,可以说是白瓷的最高峰。因为永乐皇帝喜欢白瓷,所以景德镇就烧制了大量的御用品白瓷,专门供给皇室。当时白瓷的烧制技术,已经达到了炉火纯青的地步。烧出来的东西,无论是发色,还是胎质,都是一等一的上品。

那么,什么是"脱胎填白"呢?先说说"脱胎"。瓷器都是有胎的,拉出来坯件之后,挂上釉入炉烧。所谓的"脱胎",并不是真的脱去了胎，而是烧出来的胎质极薄，看上去就像没有胎一样。要做到这一点可不容易。制胎的时候，从研粉、澄浆到拉坯，每道工序都不能马虎。胎体成型之后，修胎要一丝不苟。多修一刀，就可能漏了，成了废品；少修一刀，就可能厚了，也成了废品。胎修成之后，要挂釉。永乐时挂的是厚玻璃釉，算是半脱胎。成化时挂的是薄玻璃釉，并且修胎修得更薄，几乎见不到胎骨了。后人借用明末王次回的两句诗，形容这种脱胎瓷器："只恐风吹去，还愁日炙销。"一阵风来，就能把它吹跑了；太阳一出，就能把它晒化了。

还有一个口诀，说得也很形象："白如玉，声如磬，薄如纸，明如镜。"但也是借来的几句，而且是改了人家版权的。明代文震亨《长物志》里的原文是："青如天，声如磬，薄如纸，明如镜。"说的是青瓷，并不是白瓷。把"青如天"改成"白如玉"，是后人干的事。

说到青瓷，北宋的五大名窑，其中的官窑和汝窑都是烧制青瓷的专业户。官窑青瓷的最大特点上面说到过，一是大开片开得很漂亮，二是口上挂的釉比较薄，所以露出紫胎来了，架起来烧的时候，底下的钉子，也把胎露出来了，颜色更重，所以叫作"紫口铁足"。汝窑青瓷的最大特点，就是《长物志》里说的那几句了。

明代谢肇淛《五杂俎》卷十二"陶器"中说，五代时的后周世宗柴荣批复有司请示烧制瓷器颜色的两句名言："雨过天青云破处，这般颜色做将来。"指的是当时最负盛名的"柴窑"。但是，"柴窑"只见于记载，窑址至今没有发现。"柴窑"烧出来的瓷器，都是上品，但没有任何一件传世。后世认为，汝窑继承了柴窑的青瓷，只能从汝窑来分析柴窑的情况。

把描绘青瓷的"青如天",改为"白如玉",用以描绘白瓷,还是很见心思的。因为其薄如纸,所以被称为"脱胎",说明白了。"官窑脱胎填白盖碗"的"填白"二字是什么意思呢?有人解释说,这个工艺,是在胎上堆出来或捏出来一些花纹,挂上釉入炉烧成白瓷,再按花纹填上颜色,所以叫作"填白"。这肯定不对了。为什么呢?因为"脱胎"两个字就把这个说法给否了。在胎上挤出花纹来,就不能叫"脱胎"了。还是有胎对不对?"脱胎"两个字,就说明不是这个工艺。明代黄一正《事物绀珠》和王世懋《窥天外来》两部书,说到白瓷,都用了"甜白"一词。这两部书是最早提到"甜白"这个说法的,但都没有解释因何得名。"甜白"瓷观其特点,釉面柔和,色如绵白糖一般,感觉似能入口即化,所以名为"甜白"。有人可能要说,那个时代有白糖吗?如果没有,当时的人怎么会做这样的联想?请注意,早年应该是没有白糖的,只有棕糖、红糖、黄糖、黑糖这些颜色比较深的糖。白糖的出现,是在15世纪。也就是说,明代的永乐年间,已经有白糖了。所以,把这种瓷叫作"甜白",跟白糖联系起来,还有一个时代佐证,对不对?这就清楚了,"填白"的"填"字,与"甜"字谐音,应该是"甜"字的误读。正确的名称,应该是"甜白",而不是"填白"。

"官窑脱胎填白盖碗"和"成窑五彩小盖钟",样式上差不多,都应该是上带盖儿、下带托儿的三件套,价值也不比"成窑五彩小盖钟"低。那么,"众人都是一色官窑脱胎填白盖碗"。这"众人",得有多少?即使不算丫头婆子,也有十多个人。人手一件,就从这个量,也说明这位妙玉可是背景了不得。

"风炉"和那"扇滚了的水"

前边说到,妙玉把宝钗和黛玉引到后边儿吃"梯己茶"。进门之后,宝钗就坐在了榻上,黛玉就直接坐在蒲团上了。这个蒲团,就是妙玉日常打坐用的蒲团。妙玉是怎么待客的呢?"梯己茶"怎么吃呢?书上说:

> 妙玉自向风炉上扇滚了水,另泡一壶茶。

这句话看似平平,很容易就放过去了。但是,这句话的信息量可太大了,如果轻轻略过就太可惜了。

"自向风炉上扇滚了水",先说一说,什么是"风炉"。"风炉"今天已经很少见了,这是古代煮茶专用的东西。虽然也是个炉子,但不是普通的炉子。这个炉子是什么时候开始有的呢?它又是什么东西做的呢?是什么形状的呢?唐代陆羽的《茶经》里说:

> 风炉,以铜铁铸之。如古鼎形……凡三足……其三足之间,设三窗,底一窗以为通飙漏烬之所。

风炉是用铜或者铁铸成的,样子像一个古鼎,有三只脚。周边开了三个窗,是看火用的。底部还有一个窗,是通风、漏炭灰用的。最有意思的是三个侧窗的上面分别写着六个字,连起来是"伊公羹,陆氏茶"。"伊公"指的是辅佐商汤王灭夏的"元圣"伊尹,他出身厨师,曾经用烹制汤羹的道理劝谏商汤王。陆氏则指的是自己,被人称为"茶圣"的陆羽。

底窗的上面设有篦子,篦子上面是炭火。说到炭,用的是什么炭呢?不是煤炭,而是木炭。从唐代开始,一直到明清乃至民国,煮茶用的风炉烧的炭都是木炭。《红楼梦》第五十三回说到的乌进孝交租，交来的东西当中就有"上等银霜炭"和"中等银霜炭"。"银霜炭"除了冬天取暖之外，还有一个用途就是煮茶。煮茶用的炭不能不讲究，为什么呢？第一要有旺火，第二不能有烟气。因为茶最能吸味儿，一有烟气这茶就不好喝了。银霜炭是好炭，完全符合这两点要求。

那么，还有更讲究的炭吗？答曰：有！更好的炭是用橄榄核儿和枣核儿烧成的炭。橄榄核儿和枣核儿才有多大，这个东西烧成炭可太不容易了，差不多五斤核儿能出一斤炭。这"核儿炭"隐隐有一种香气，并且煎出的水似有活力，用以烹茶最好不过。

后世的风炉又有一些发展，从器形上看，从圆形到方形到长方形，从矮到高，从胖到瘦等。除了好用，还尽量考虑到审美。从材料上看，陆羽的风炉是"煅铁为之，运泥为之"，外壳是铁做的，内里是用泥塘起来的。铁的好处是结实耐烧，再热也没有异味，对茶有好处。后世外壳的材料就多了，例如用陶瓷制作，用木头制作，用竹子制作，等等。

"竹炉"的使用一般认为是在明代，其实还要早得多。例如南宋杜耒的《寒夜》：

> 寒夜客来茶当酒，竹炉汤沸火初红。
> 寻常一样窗前月，才有梅花便不同。

诗中已经明确说到以"竹炉"烧水烹茶。当然，"竹炉"精品的出现，还是在明初，由明初惠山寺住持性海法师与无锡画家王绂合作创制。王绂画竹，号称"明朝第一"。竹炉由湖州竹工按照他们二人的设计编制而成，精美之极。王绂画了一幅《竹炉煮茶图》，大学士王达撰写了一篇《竹炉记》，引致一时画家文人的呼应，作品陆续编成四卷《竹炉图咏》。其后不断有文人仿制竹炉与竹炉诗画卷，可惜的是，惠山寺的竹炉原件至清初康熙年间不幸损毁。于是无锡顾贞观又仿制了两具竹炉，并把其中的一具送给了他的好朋友纳兰性德。

乾隆皇帝南巡，在无锡惠山寺见到了《竹炉图咏》，欣喜之极，做了两件事。一是题诗，二是仿作。他自己说：

> 辛未南巡过惠山听松庵，爱竹炉之雅，命吴工仿制，因于此构精舍置之。

专门构筑的这个"精舍"，名字叫作"竹炉精舍"，地址在北京香山静宜园内。仿制的竹炉，则由今天的故宫博物院收藏。

更可惜的是，乾隆四十四年（1779）无锡知县邱涟将《竹炉图咏》图卷携回县署重裱，邻家失火，延至官署，不幸全毁于火。今天能见到的《竹炉图咏》，乃是乾隆皇帝亲率皇子永瑢、贝勒弘旿和大臣董诰凭印象重绘出来的。

风炉的上边儿是烧水器，使用的材料也有讲究。陆羽《茶经》里说，只能用两种材料，熟铁或者银。其他的材料都影响水的味道，泡不了茶。有钱人家才能用得起银制的烧水器，一般的人家只能用铁制的了。但是，生铁不可以用。为什么呢？生铁有铁锈味儿，烧出来的水发苦，颜色也不好看。所以必须用熟铁。熟铁的来路，主要是用旧了、用残了的旧犁铧。犁地的犁铧回炉以后，就成了可以制作烧水器的熟铁。熟铁没有异味，煮出来的水很好。

说到烧水，既有了好风炉、好炭、好烧水器，为什么妙玉还要亲自"扇"滚了水？这就要说到茶事当中对煮水的要求。陆羽的

《茶经》说了"三沸法"。第一沸,"其沸如鱼目",就是水在煮水器中冒的泡像鱼眼睛。"微有声",微微地有一点儿声音。"一沸也",这是第一沸。这个水能不能马上煮茶呢?不可以,要等它二沸。二沸是什么情况呢?"缘边如涌泉连珠。"什么意思呢?刚才说的"一沸",是在煮水器的中间冒泡。二沸是沿着煮水器的边儿上像泉水一样涌动。"波浪翻滚,三沸也。"煮水器里的水翻滚起来,就是"三沸",大开了。最重要的,是最后一句话:"已上水老不可食也。"到了"三沸",切不可再煮,水煮老了就不能食用了。唐代煮茶、宋代点茶是这个要求,后世泡散茶也是这个要求。

苏东坡写过一首《试院煎茶》,其中有两句:"蟹眼已过鱼眼生,飕飕欲作松风鸣。"陆羽说到"鱼眼",苏东坡又多出来一个"蟹眼"。这就是因为,后世对煮水的要求更高了。"蟹眼"比"鱼眼"还要小,也就是煮水的时候,火候的要求更细。当微微冒起"蟹眼"大小的细泡,就要开始注意水的状况了。"蟹眼"之后接着就是"鱼眼",待有飕飕如松风之声发出,则必须开盖观察。因为旧时的煮水器,无论是铁做的还是银做的,都是不透明的。从外边看不到水的情况,只能听声音。"蟹眼""鱼眼"都是无声的,只要水声一起,很快就是"三沸"。这就得盯住了,一做波浪翻滚状,就要赶快把煮水器从风炉上移开,千万不能煮老了。

妙玉用扇子扇风炉,就是要让风炉里的火尽快顶上来。唐代赵璘在《因话录·商上》里记载过宗室李约煮茶论火的故事。李约最著名的六字口诀是"缓火炙,活火煎"。前三个字说的是"烤茶"。煮茶前先要用火把茶饼烤热,烤茶只能烤茶饼的背面,并且只能用缓火炙烤。缓火就是文火,没有火焰的炭火。如果火太近或者太猛,就会把茶烤焦。后三个字说的是"煮茶"。煮茶的时候须用活火,活火就是有火焰的炭火。如果火不够猛,煮茶就不能一气呵成。不足不行,过了也不行。唐代温庭筠在《采茶录》里也有类似的记载:

> 李约,汧公子也。一生不近粉黛,性辨茶。尝曰:茶须缓火炙,活火煎。活火,谓炭之有焰者。当使汤无妄沸,庶可养茶。

李约可是位大家,他在浙江做官的时候,跟茶圣陆羽过往甚密,经常在一起论茶。他的六字口诀对后世的影响很大。例如宋代苏东坡《汲江煎茶》:"活水还须活火烹,自临钓石取深清。"宋代陈岩《煎茶峰》:"缓火烘来活水煎,山头卓锡取清泉。"其中均可见到"缓火炙,活火煎"的方法。

妙玉的茶好,水好,风炉好,煮水的手法更好。一个"扇"字,显示出了她深得"活火煎"的要领。不扇出火苗,如何叫作活火?不烧起活火,如何煎得出"三沸"之水?

水烧滚了,妙玉"另泡了一壶茶"。原来这茶不是"煮"的,也不是"点"的,而是"泡"的,可见是散茶。有人可能要说,既喝的是散茶,那就是明代以后的茶俗了,这岂不是有"朝代年纪"印记了吗?且慢,宋代的欧阳修、司马光都推许过散茶,欧阳修还把当时产于洪州的"双井茶"评为"草茶第一"。苏东坡和黄庭坚最初的交往,也是因为"双井茶"。可见,早在宋代就有了散茶,当时文人饮用散茶还成了一种风气。这种风气,直接影响了明初的"废团改散"。也就是说,《红楼梦》里用散茶泡着喝,仍旧属于"无朝代年纪可考"的写法。

那么,妙玉"另泡了一壶茶",用的是什么壶呢?

张之洞与"錫茶壺"

茶壶在今天已经处处可见了,不是什么罕见的东西,但在当初它的出现,却标志着时代的变迁。精于茶事的人,都知道"唐煮宋点"。唐代煮茶,是在煮水器里直接就把茶叶煮了,再加上各种配料。宋代点茶,是用煮水器煮好了水,冲入已经置放了茶叶细末的敞口茶碗,再用茶筅搅动并刷出泡沫或点出图案。唐宋时期煮水的器具虽然也可以称作"壶",但此壶非彼壶,有各种异名,例如"汤瓶""偏提""执壶"等,但都比泡茶用的茶壶要大很多。

明初"废团改散",才开始普遍使用这种小茶壶。这种茶壶的材质,大都是瓷器。明代是瓷器制作的一个高峰,以景德镇为代表的各地窑口,都制作了大量的泡散茶用的瓷茶壶。当时的工艺水平之高,烧制品类之丰富,可以说是美不胜收。除了瓷具之外,偶有用竹木牙角等材料制作的茶壶,但都不是实用的器具。这些材料,做茶杯还可以,做壶很难,顶多是件玩器。除了瓷壶以外,最多的是用锡制作的锡茶壶。锡的好处是没有异味。茶最怕有异味,有一点异味就把茶毁了。很多人喜欢锡茶壶,就是这个原因。所以除了瓷就是锡,锡用得很多。

说到锡茶壶,还有一个很有意思的段子。徐珂的《清稗类钞》里记载了一个有意思的小故事。说的是湖广总督张之洞曾经接待过一个小官,是个候补知府,希望能放个实缺。张之洞看了这个小官的履历,知道此人是监生,花钱捐的出身。心想买来的差事,可能连字都不认识几个,这样的人怎么能做知府?他就让旁边站着的门子准备纸笔,提笔在纸上写了"錫茶壺"三个字,递给这个候补知府。这位仁兄接过纸来茫然不解,不知这位张大人是什么意思。张之洞说,做官首先要识字。这候补知府明白了,张大人要考考他。于是反复看了几遍,没问题,这三个字还是认得的,朗声念道:"锡茶壶。"张之洞笑了,问他:"看清楚了?"这位恭恭敬敬地答道:"卑职看清楚了。"张之洞收了笑容,端起面前的茶杯。旁边的门子明白,这是下逐客令了。于是喊了一声"送客",就把这位候补知府给撵走了。第二天,张之洞发了一纸公文,里面有这么几句话:说这个候补知府能认识"锡茶壶"三个字,还算认字,着读书五年再来听鼓。什么意思?回去读五年的书,再到我这个地方来当差,现在不行。原来张之洞写的这三个字并不是"锡茶壶",而是"錫荼壼"。样子长得很像,但读音和意思都差很远。这三个字,读作"錫(yáng)荼(tú)壼(kǔn)"。"錫"字比"锡"的繁体字多一横,读音是"阳"(yáng)。这个字的本义是马头上的一个装饰物,叫作"錫"。"荼"字比"茶"字多一横,读音是"图"(tú),就是如火如荼的"荼"。这个字的本义是一种苦菜,唐以前茶也叫作荼。"壼"字比繁体字的"壶"字多一横,读音是"捆"(kǔn)。这个字的本义是宫中的小道,跟茶壶的壶毫无关系。"錫荼壼"不是"锡茶壶",不仔细看还真的容易念错。张之洞知道这位候补知府不称职,有意难为了他一下。这位也的确识字太少,所以闹了这么一个笑话。

除了锡制的茶壶,还有什么材料适合做泡茶的茶壶呢?最有名的,也是最好的材料,是宜兴的紫砂。说到紫砂壶,很多人都喜欢。紫砂现在已经不单单是用来泡茶,也不单单是作为工艺品欣赏,其中的一些精品更成了收藏品,身价也越来越高。

紫砂壶的历史不是太久远,最早是在明代的正德年间,出现了第一把紫砂壶。谁做的呢?是宜兴一个大户人家的小书童,名字叫

作供春。供春的主人,是正德甲戌年的进士吴颐山。吴颐山的侄孙吴梅鼎在《阳羡茗壶赋·序》里说:

> 余从祖拳石公读书南山,携一童子名供春,见土人以泥为缸,即澄其泥以为壶,极古秀可爱,所谓供春壶也。

吴梅鼎说他的叔祖父在南山读书的时候,带着一个名叫供春的小书童,供春在陪读之余,见到南山当地的土人用一种泥土做缸,于是就试着用这种"澄"出来的细泥捏成小泥壶,样式古秀,人见人爱,被称为"供春壶"。

这就是最早的紫砂壶,供春因为这把壶出了大名,很多人都来跟他学习做壶。其中就有一位名叫时大彬的学生,后来成为有明一代成就最高的制壶大师。论起时大彬的技艺,他的学生徐友泉晚年自叹:"吾之精,终不及时(时大彬)之粗也。"供春壶今天已经见不到了,大彬壶也只有十六七件传世而已。

时大彬之后,最负盛名的制壶大师有陈鸣远。当时有两句诗传诵甚广:"宫中艳说大彬壶,海外竞求鸣远碟。"陈鸣远与供春、时大彬并称为明清三大名匠。陈鸣远以生活中常见的栗子、核桃、花生、菱角、慈姑、荸荠、荷花、青蛙等造型入壶,工艺精雕细镂,开创了一条制壶艺术化的道路。陈鸣远对后世影响很大,致使坊间不断出现大量仿冒他的赝品。当代制壶大师顾景舟说,他一生中也没能见到几把真正的陈鸣远壶。

在陈鸣远之后,出现了一位文人制壶大家,此人名叫陈鸿寿。他是著名的金石篆刻大家,名列"西泠八子"之一。他曾经做过大学问家阮元的幕僚,极得阮元赏识。他在任职溧阳知县期间,设计了几十款紫砂壶的样式,把金石、书画、诗词与造壶工艺融为一体，创作了一种独特而成熟的紫砂壶艺术风格，开创了文学书画篆刻与壶艺完美结合的先河。陈鸿寿字子恭，号曼生，所以他所创制的紫砂壶，被称作"曼生壶"。从嘉庆年间直至今天，他的"曼生十八式"紫砂壶以及他题在壶上的书画篆刻，在紫砂壶界、书画篆刻界乃至文化界的影响处处可见。例如，画家唐云不仅收藏了八件"曼生壶"，还把自己的画作刻在吕尧臣制作的紫砂壶上。红学家冯其庸也收藏了一件"曼生壶"，其与顾景舟订交数十年间，为多位制壶大师写壶近千把。江寒汀、吴湖帆、亚明、魏紫熙等名家都曾精心设计紫砂壶款，由顾景舟手制成壶。画家黄永玉更在2018年5月19日，举办了"黄永玉的紫砂展"。

1988年8月，中国红楼梦文化代表团出访新加坡，出访期间在新加坡的国际展览馆举办了一个红楼梦文化艺术展，我是展览的总体设计。展品当中，就有一批名家制作的紫砂壶。其中有一把大提梁壶，制作者是顾景舟的学生周桂珍，冯其庸先生题诗其上。这把壶在2012年5月由北京瀚海拍卖，成交价人民币195.5万元。

为什么紫砂壶要参加红楼梦文化艺术展呢？就是因为这句话：

> 妙玉自向风炉上扇滚了水，另泡一壶茶。

妙玉用的壶有这样几种可能：一是瓷壶，二是锡壶，三是紫砂壶。其中锡壶的可能性最小，毕竟妙玉是一个弱女子，锡壶重了些。明清两代还有椰壳做的茶壶和玉做的茶壶，椰壳壶很少有人使用，想来妙玉用这种壶的可能性也比较小。妙玉把宝钗和黛玉引入内室喝"梯己茶"，所用的水、烧水的风炉，以及后面分别给宝钗、黛玉、宝玉分配的茶具，都是与众不同的，也都是不重复的。自然她所用茶壶的材质也不大会与其他茶具的材质相重复。那么，宝玉用了"绿玉斗",这茶壶自然不会也是玉质的。同理,前面给贾母等人用的都是瓷茶具,这茶壶应该也不会是瓷质的。所以,最大的可能,这"另泡一壶茶"的壶,是一件紫砂精品茶壶。妙玉自幼居住的姑苏玄墓山蟠香寺,与同在太湖之滨的紫砂之都宜兴相距不远。以妙玉的雅致,应该对紫砂壶更为看重,紫砂壶也更契合她的身份。

其实,"另泡一壶茶",已经透露出了一个玄机。虽然《红楼梦》的著书之旨是"无朝代年纪可考",不坐实在某一个朝代。很多名物故事都是汉唐宋元明清"混搭"在一起,所折射的是一个"红楼梦时代"。但具体到名物故事本身,却又不可避免地"带出"了时代的信息。茶壶就是一例。用茶壶泡茶,明代才开始,清代才普遍使用。《红楼梦》成书于清代的乾隆年间,是各种茶壶完美呈现的一个时代。所以,把《红楼梦》里出现的茶壶还原回生活,不仅对研究茶具的沿革,同时对研究那一时代都有着明显的意义。

本来妙玉的"梯己茶"只是叫了宝钗和黛玉,随后宝玉也跟了进来,这就是四个人了。妙玉"另泡一壶茶","水"现身了,"壶"现身了,茶杯呢?

"瓟斝"惊艳出场

妙玉"另泡一壶茶",接着,最令人称奇的茶杯出场了。第一件,是拿给宝钗用的,杯体上镌着三个隶字"瓟斝"。这三个字的组合,古往今来只此一见。

先说说什么是"斝"。"斝"是上古的一种酒具,有圆形、方形两种,有的有盖,有的无盖。具体长什么样呢?第一,敞口呈喇叭形。第二，上有两柱。第三，旁边有个"耳"，就是把儿，方便手持。第四，平底三足。"斝"一般用作盛酒器，商汤王打败夏桀之后，定为御用的酒杯。

"斝"的造型最不可解处，就是口沿上的两个柱状物。学术界为了弄清楚它的作用，争论了很多年。一种说法是礼仪需要。端起杯子饮酒，要限制仰面的幅度。如果动作过大的话，这两根柱就顶着脸了。所以是为保持仪态，才设计了这两个柱子。对不对呢？大概不对。为什么呢？因为不同的"斝"上，柱子有长有短。短的只是"钉"和"帽"，像两个小蘑菇。饮酒幅度再大也顶不到脸上，起不到这个作用。第二种说法，"斝"可以直接在三足之间架火温酒，烧烫了，就要用手提着这两个柱状的东西从火上移开。这么说好像也没有道理。"斝"的一侧有"鋬"，也就是耳，是专门设计的把手，用不着提溜这两个柱子。第三种说法，古代的酿造酒杂质比较多，饮用之前都必须先过滤，这两个柱状的东西是架滤网用的。这好像也没什么道理。要架滤网，至少得三个柱，两个柱怎么架得稳呢？总之，没有史料记载，没有证据，争来争去的意义不大。也许，这两个柱状物就是为了装饰，没有任何实际用途。

说到"斝"的材质，大量出土的实物，都是青铜器。西周时期的东西最多，"斝"身大都有饕餮纹或连珠纹，很漂亮。那么，"斝"最早是不是用青铜做的呢？不是。历年出土了不少新石器时代的"陶斝"，比青铜制品要早得多。陶斝的特点是下面的三个足都是空心足，应该是为了方便烹饪和过滤。晋南陶寺文化层出土的"陶斝"，里面盛着猪头，就是一个很好的例证。也就是说，陶斝是煮食用的器具，而不是酒具。后来商周时期的"青铜斝"，就渐渐地改变用途，成为专用的盛酒器和饮酒器了。至于用玉雕琢而成的"玉斝"。《说文解字》说：

斝，玉爵也。夏曰盏，殷曰斝，周曰爵。

说的是玉制的"斝"，早在上三代就已经出现了。夏代称作"盏"，殷商称作"斝"，周代称作"爵"。但奇怪的是，虽然说到上三代就已经有了"玉斝"，但至今没有一件出土的早期实物。所以，最大的可能，"玉斝"是后来才出现的东西，最早也早不过汉代。例如，今天能见到的最早提到"玉斝"的文字，是南朝王融的《游仙》诗："金卮浮水翠，玉斝挹泉珠。"还有南朝刘峻的《广绝交论》："分雁鹜之稻粱，沾玉斝之余沥。"王融是南朝齐时期的大臣、文学家，东晋宰相王导的六世孙。刘峻是南朝梁时期的学者兼文学家，以注释《世说新语》而蜚声天下。

"斝"说清楚了。那么，妙玉拿给宝钗用的"瓟斝"，是个什么材质的"斝"呢？三个字当中的"瓟"两个字都不大常见。尤其是第一个字"瓟"，是个极冷僻的字。所有的字库当中都没有这个字，打字打不出来。《康熙字典》里收了这个字，读音是"班"，对这个字的解释是"瑞瓜"。"瑞瓜"就是一种带棱的瓜，样子可以参看宋代宫廷仪仗的"瑞瓜旗"。

第二个字"瓟"。这个字有两个读音，一个读音为"博"（bó），这可是普通话的读音，古音是入声。义项是"一种小瓜"或者是"古书上的一种草"。另一个读音为"匏"（páo），是读音相同的"匏"字的异体字，义项是"葫芦"。那么，这个"瓟"字在"瓟瓟斝"三字的组合里，读音和义项应该怎么确定呢？首先，"斝"是器形。"瓟"与"斝"连用，"瓟"就不应该是"古书上的一种草"，不通。

"匏"与"瓟"连用也不应该是"一种小瓜",因为"瓟"的义项是"瑞瓜",这种重复没有意义。合理的定位,"匏"就是"匏",也就是"葫芦",读音与"匏"相同。

这样,"瓟匏斝"三个字各自的意思和连用的意思就都清楚了:第一个字"瓟",指的是器身的花纹,也就是"瑞瓜"的瓜瓣纹;第二个字"匏",指的是器身的材质,用"葫芦"制成;第三个字"斝",指的是器身的造型,如同上古的酒具"斝"。

原来这是个葫芦器,是个用葫芦制成的瓜瓣纹的"斝"形的茶具。

最早使用葫芦,是纵向从中间剖开,成为两个瓢。《论语·雍也》里有一段话:"贤哉回也,一箪食,一瓢饮,在陋巷。"意思是说,孔子的大弟子颜回,真是个大贤人,用一个竹筐盛饭,用一只瓢喝水,住在简陋的巷子里。这个"瓢",就是最早的葫芦器。可见葫芦器是生活中常见的东西,在中国使用的历史很久了。至今在农村很多人的家里,还在使用这种葫芦瓢舀水。

葫芦除了可以做成水瓢,还可以做成酒具。隋代无名氏的诗《绍兴亲享明堂二十六首》中,就有"匏尊既举,鞣席未移"。这里的"尊"是古代的酒具,甲骨文里就有这个字。"匏尊",就是用干了的葫芦制作而成的酒具。这种酒具使用的年代很久远,例如,唐代的韦应物《简卢陟》:"我有一瓢酒,可以慰风尘。"宋代的苏东坡《前赤壁赋》:"驾一叶之扁舟,举匏尊以相属。"明代的沈周《写画赠古景脩》:"野兴时小酌,鸣琴侑匏尊。"清代的施润章《灯夕侍叔父适允成章夫子在坐》:"匏尊泛甘醴,火树照繁弦。"都提到了"瓢"或者"匏尊"这些用葫芦做成的酒具。

酒具后来又被借用为茶具。酒具饮茶,乃是文人的雅事。例如，唐代的诗僧皎然《湖南草堂读书招李少府》："药院常无客，茶樽独对余。"再如北宋的苏东坡《病中游祖塔院》："道人不惜阶前水，借与匏尊自在尝。"这里说的饮茶器"茶樽"或者"匏尊"，其实都是秦汉以前的饮酒器。

有鉴于此，妙玉拿给宝钗的"瓟斝"也是从酒具借用过来的茶具。然而，这个器形是怎么制作出来的呢？把干了的葫芦一劈两半做成瓢很容易，瓢上写字刻字用印也不难。但把葫芦做成"斝"的样子，还要做出"瓜瓣纹"，可就不是一件容易的事了。也就是说，"瓟斝"不仅是饮具，还是制作难度很高的艺术品。

葫芦和瓢的使用历史很悠久，但用葫芦制作成为艺术品的历史却不是很长。明末有一个太监，名字叫作徐九公，他是第一个把葫芦做成各种各样的艺术性器具的人。"各种各样"说起来容易，做起来可就不容易了。因为葫芦长得都差不多，如何把它做成高的、矮的、长的、短的、圆的、扁的呢？徐九公琢磨出来一个办法。葫芦没长成的时候，给它套上一个模具，让它在模具里边长。待葫芦长大了，把模具打开，它就长成了模具的那个样子。这个创意实在是妙，模具做成什么样，它就长成什么样，甚至连花纹甚至文字都可以长出来。也就是说，模具是阴文，长出来就是阳文；模具是阳文，长出来就是阴文。这东西好玩儿，大家都很喜欢。

入清以后，最喜欢葫芦器的是康熙皇帝。喜欢到什么程度呢？他亲自动手种葫芦，亲自动手做模具，亲自动手给葫芦套上。他在宫苑里的中南海瀛台西园这一带，种了一大片的葫芦。年年种年年收，现在故宫还收藏着不少他亲自制作的各种葫芦器。康熙皇帝的这种爱好，影响了他的孙子乾隆皇帝。乾隆自己不种，他支使别人种，更喜欢收藏制成品。乾隆御制诗当中，写匏器的诗就有一百多首。

说实话，这种匏器制作的成功率极低。套上模具的葫芦，很难长得尽如人意。长缺了一点，就是残品。往往是种了一大片，能长成的没几个。长裂了、长残了的情况太多了。

收藏大家王世襄先生，就曾经种过葫芦。他种葫芦的目的，就是为了做成葫芦器。他种了两亩地，这两亩地长成的，只有两个。他在《锦灰堆》里专门记述了这段种葫芦的趣事。

当然，如果用心种葫芦，用心设计模具，让葫芦长成一只"斝"的样子，并且带有"瑞瓜"的"瓜瓣纹"，还是有希望做到的。有人可能要说，"斝"的三条腿很长，上面还有两个柱，葫芦能长成这个样子吗？这应该不是问题。首先，葫芦的品种很多，高矮大小都可以选择；其次，精心设计好模具。何况"斝"的形状，也不是只有一种。西周时代的"斝"，已经越来越矮，越来越胖，三条腿也越来越短了，上边的两个柱子也越来越小了，肚子也越来越大了。所以用"匏"来做这种"斝"，就相对容易多了。

总之，"瓟斝"作为茶具，应该是一个"似是而非"的器形。作为主要部分的器身要长成"瑞瓜"的样子，旁边要长成一个"耳"，也就是把手。下面的"三足"和上面的"两柱"，只是象征性的存在，虽然都是尽可能地短，但一定要酷似"足"酷似"柱"才可以。

说到这里，不禁要问一句，《红楼梦》改编的影视剧里出现的"瓟斝"，是这个样子吗？

"瓠瓟斝"上为什么不该有王恺和苏轼的名字

宝钗用的这个茶具，杯体上的"瓠瓟斝"三个字是"隶字"。书法界有"汉隶唐楷"之说，其实"汉隶"始创于秦代，盛兴于东汉。字形多呈宽扁，横画长而竖画短，讲究"蚕头燕尾""一波三折"。这三个隶字的旁边有一行"小真字"："晋王恺珍玩"；还有一行小字："宋元丰五年四月，眉山苏轼见于秘府。"后面这行字没说是什么字体，想来也是"小真字"，再多一个字体就太乱了。什么是"小真字"？"真字"就是"真书"，也就是楷书。"小真字"就是小楷书。

先说说前一行"小真字"："晋王恺珍玩"，也就是说，这件东西经过王恺的手。王恺是谁？他曾经"珍玩"过的东西很重要吗？

王恺是西晋时的外戚，晋文帝司马昭是他的姐夫，晋武帝司马炎是他的外甥。他们家世代都是官僚，他自己虽然没有做过很大的官儿，但身份特殊，敛了很多的钱，是个大富豪。唯一让他心里不舒服的，是另一个大富豪石崇。

石崇这个人也不是等闲人物，是个官二代。他的父亲石苞是西晋的开国功臣。石崇家里的钱更多，尤其是收藏的宝贝极多。他的故事后来竟成为一个典故，这就是著名的"石崇斗富"。跟谁斗呢？斗富的对象就是王恺。当然，这件事还是王恺挑起来的。王恺最恼火的，就是人人都说石崇比自己有钱。王恺说，你石崇有钱？比得了我吗？我们家用糖水刷锅。今天的人一听就笑了，糖也值不了多少钱，糖水刷锅有什么了不起的？但是，在西晋的时候，糖是很稀罕的东西，也就是大户人家能吃到一点儿，平民百姓见都见不着。

一般人能吃到就很不错了，王恺他们家竟然用糖水刷锅，这也太奢侈了！石崇一听，好胜心顿起。你跟我斗富？告诉你，我们家用蜡烛当柴烧！蜡烛在今天也不太值钱。但是，那个时代可不是家家都能点得起蜡烛。用蜡烛当柴烧，分明是斗富。石崇说，我们家有钱，就这么玩儿！王恺不高兴了，我们家用陶土涂墙。

这里的陶土即"赤石脂"，是非常贵的一种东西。为什么呢？那个时代时兴一种很荒唐的养生术，有钱人争着吃"五石散"，就是五种石头，其中就有"赤石脂"。"五石散"的价格最高曾达到每两一千二百钱，这是当时十户平民家庭一年的生活费。王恺竟然用这东西涂墙，真是太过分了。

石崇一听，这算什么，拉来大量的花椒磨成粉，用花椒粉来涂墙。《汉书·车千秋传》颜师古注："椒房殿名，皇后所居也，以椒和泥涂壁，取其温而芳也。"这可是后宫的涂墙材料，还留下了一个专属名称，叫作"椒房"。

王恺又不服气了。好，我用丝织的紫丝布来做屏障，我出行的时候四十里都是这个屏障，你跟我斗？石崇当然要杠上了，我用织锦来做屏障，出行五十里都是这个屏障，比你的材质还要好，比你的还要长。

这一下斗得就没个头了。王恺眼看要落下风了，怎么办？就跑到宫里去找他那位外甥皇帝。王恺说，咱们皇家气象，不能输给这小子。看看有什么宝贝借给我用一下，我非要把他比下去。司马炎居然帮了他舅舅一把，他见宫里有一座外国进贡的两尺高的大珊瑚，便拿给了王恺。这么大的珊瑚很少见，王恺大喜，立即拿出去给石崇看。没想到石崇不说话，伸手抓过了一柄铁如意，"啪"地一下子，把珊瑚给砸了。

这可是借来的贡品,就这么砸了?王恺急了。石崇哈哈一笑说别急别急,我赔你不行吗?接着他吩咐左右,一下子搬出来几十座珊瑚,每一座都比王恺的那座大。其中有五六件,都是三四尺高。其他小一些的,也都二尺多高,都比王恺的那一座好。石崇让王恺随便挑一件,王恺这下没脾气了,斗富没斗过石崇。

石崇的故事很多,《红楼梦》第六十四回黛玉所作"五美吟"第四首的"绿珠",就是这位石崇的宠妾。石崇以奢侈著称,"斗富"的另一位主角王恺除了有钱还有势力。这就是为什么"瓠䚻斝"上镌有"晋王恺珍玩"的字样,似乎就抬高了身份的缘故。

另一行小字"宋元丰五年四月眉山苏轼见于秘府"也不得了,"眉山苏轼"就是苏东坡,这件东西藏在"秘府",苏东坡在"秘府"见到过。显然,这更不是等闲之物了。

"秘府"是什么?秘府是皇家藏书处。《汉书·艺文志》:

> 于是建藏书之策,置写书之官,下及诸子传说,皆充秘府。

汉以后的魏晋南北朝直到隋唐五代宋,都有类似"秘府"职能的机构,大都叫作"秘书省","秘府"则是一个习惯上的名称。"秘府"在宋代,已不单是档案馆和藏书馆,也收藏大量的书画精品。例如,南宋邓椿《画继》卷一《圣艺徽宗皇帝》记载:

> 秘府之藏,充牣填溢,百倍先朝。又取古今名人所画,上自曹弗兴,下至黄居寀,集为一百帙,列十四门,总一千五百件,名之曰《宣和睿览集》。

"瓠䚻斝"就出自"秘府",苏东坡做证,但这是真的吗?首先看看"宋元丰五年四月"这个时间点,苏轼在什么地方?他有没有可能去秘府？如果没有可能去秘府，这句话就是假的。

元丰二年，苏轼遭遇了一个案子，史称"乌台诗案"。这个时候，正值神宗皇帝支持王安石变法。苏轼因被人举报反对新法，被拘禁在御史台受审。因御史台中有柏树，野乌鸦数千栖居其上，故称御史台为"乌台"。结案时，因太皇太后曹氏以及当朝宰相吴充等多人讲情，他的弟弟苏辙又自愿用自己的前程来交换兄长的性命，就连新党首领王安石也奏请皇帝对苏轼予以从宽处置，所以苏轼得免一死，被贬为"检校尚书水部员外郎黄州团练副使本州安置"。通俗的说法，就是被发配到湖北黄州去做一个从八品的地方武装部副部长。元丰三年二月，苏轼去黄州上任，并且被告知不得擅自离开谪地。直到元丰七年四月，才奉旨调往汝州，官职也还是一个"不得签书公事"的州团练副使。

从这个时间表就可以看出来，"元丰五年四月"苏轼没有可能去什么"秘府"，更不可能在"秘府"见到"瓟斝"。也就是说，"瓟斝"上镌刻的这行小字是假的。

再回头看看"晋王恺珍玩"的这行"小真字"是真的还是假的？"晋王恺珍玩"如果是真的，也不得了。但是，这也不可能是真的。为什么呢？因为葫芦材质的饮器，存不了这么长时间。葫芦也好，瓢也好，艺术化了的匏器也好，从晋代到曹雪芹的时代，到《红楼梦》时代，还完好存在，这是不可能的。

还有更重要的一点，"匏器"是什么时候才出现的？由此可以知道"晋王恺"有没有可能"珍玩"。"匏器"最早出现于明代末年，宋代没有这个东西，晋代更没有这个东西。回看古代的音乐史，古乐八音，也就是古代最早的八类乐器，金、石、土、革、丝、木、匏、竹，其中的"匏"类乐器，例如笙、竽一众使用

"簧"的乐器,主体都是用葫芦做的。这说明直接使用葫芦的时间很早,例如简单加工成为舀水的"瓢",成为饮酒的"匏尊",成为笙、竽乐器的"匏体"等。但是,用葫芦做成各种形态的艺术品,诸如做成象形的杯、盘、碗、盏、鼻烟壶,并且器身有按照特制的模具长成的阴阳花纹或者文字,这可就是明末才出现的工艺技术了。也就是说,无论是"晋王恺珍玩"还是"宋元丰五年四月眉山苏轼见于秘府",都是没有任何可能的事。晋代的王恺要想"珍玩",只能玩葫芦,只能玩瓢。但是以王恺的身份,怎么会玩这些东西?那个时代真的有"瓟斝"这种东西的话,王恺无论如何也要设法弄到自己手里,去跟石崇斗富的吧?想来也一定能够斗赢石崇的。同理,苏东坡也是绝无可能在"秘府"见到这个"瓟斝"的。

既然如此,《红楼梦》为什么要这样写?是作者不懂吗?非也。曹雪芹是一位杂学旁收的大家,他怎么可能不知道"匏器"的来龙去脉?这就要说到《红楼梦》的著书之旨:"假作真时真亦假,无为有处有还无。"读者可不要处处当真,作者煞有介事地描述一件神奇的东西,注意了,它有可能是假的;而读者以为是假的,它却有可能是真的。也就是说,作者有这种手段,带你入梦,再推你出梦。他以表面的认知,一步一步地把你引到"瓟斝"这个古董的"真",当你已经如醉如痴陶醉其中的时候,他又借着背后隐藏着的"真知识"推了你一把:嗨,别做梦了,这是假的。他不是生拉着你入梦,也不是用大力气地推你出梦,而是用他独特的哲思,引导你启迪你,这才是了不起的大手笔!

犀牛不复返，空余"点犀䀉"

妙玉也给黛玉拿了一件稀罕茶具，杯体上是三个"垂珠篆字"，通行本《红楼梦》上写的是"点犀䀉"。前边说过，宝钗用的"瓟斝"上是两种字体。一种是"隶字"："瓟斝"三个字；另一种是两行"小真书"："晋王恺珍玩""宋元丰五年四月眉山苏轼见于秘府"。所谓"真书"，就是一本正经的正体字。"真书"过去涵盖的范围比较广，例如"隶字"也曾经叫过"真书"。只要是认认真真写的正体字，都可以叫"真书"。但后世就特指"楷书"了，只有"楷书"叫"真书"。写"楷书"的名家很多，最有名的四位"颜柳欧赵"，颜真卿、柳公权、欧阳询、赵孟頫，都是写"楷书"的大书法家。"小真书"，也就是"小楷"，谁写得好呢？明代有一位大家，号称"诗书画三绝"。这个人叫文徵明。我们小时候学写小楷，临的都是"文徵明小楷《离骚经》"。

那么，"点犀䀉"上的"垂珠篆字"，又是什么字体呢？"篆字"分为"大篆"和"小篆"。广义的"大篆"是秦以前使用的各种文字，例如最早的"甲骨文""金文"，流行于南方的"鸟虫文"，以及秦统一前各国自己的文字"六国文"等。秦统一六国之后，"书同文，车同轨"。"书同文"就是统一文字，统一使用李斯做的"小篆"，其他的文字统统废掉。所以，"小篆"又叫"秦篆"。"垂珠篆字"就是篆字的一种变体，写得更好看，更艺术化。特点就是每一笔的下部都像垂坠着一个露珠，所以叫作"垂露体"，又叫作"垂珠体"。

"䀉"是什么东西呢？《康熙字典》对这个字有比较真切的解释，引自《博雅》："盂也"，两个字，很简单。"䀉"长什么样呢？

是边缘内卷，有点儿像"钵"的一个东西。扬子《方言》说的似乎是另外一个样子："碗谓之盂。""盂"就是木头碗。其实，这两种描述并没有什么差别。古代多使用木碗，日本现在还大量使用这种木碗，应该是唐宋时期从中土传过去的。但日本的木碗是敞口的，并不像"盂"和"钵"。那就是因为"碗"有两种，一种敞口，类似今天日本用的木碗；另一种边缘内卷，类似"盂"和"钵"。《红楼梦》原著的解释就是一个明证："点犀盉""形似钵而小"，样子像"钵"。

一想到"钵"，就会联想到托着"钵"的和尚。例如《西游记》中的唐僧，化缘的时候，手上就托着一个"钵"。"钵"其实就是和尚的饭碗。和尚吃百家饭，到处托钵化缘。一钵正好是一顿，多出来的，就不能再要，不能浪费东西。

上古的食具、酒具、饮具，大多是不分的。后来，因功能逐渐细化，才分开了。尤其是茶具，是最晚出现的专用饮具。这之前，都是用食具、酒具代作茶具。所以，"盉"最早应该也是食具，从食具发展到酒具。在这个过程中，体量变小了。再后来，有茶客以酒具饮茶，更有如唐代的诗僧皎然以及他的追随者们"以茶代酒"，于是酒具就正式变换身份，成为茶具。"点犀盉"大抵就是循着这样一条路，来到了拢翠庵，成为妙玉的一件待客茶具。

"点犀盉"的形制说清楚了，材质呢？一个"犀"字就点明了，是用犀牛的角制成的饮具。传世的犀角器有一些，例如杯、盘、盏、瓶、碗等，但不是很多。为什么呢？这要先说说犀牛。

今天在国内的一些动物园里还能见到犀牛，但这些犀牛没有一头是中国犀牛。现存的犀牛种类比较多的有非洲白犀、非洲黑犀，亚洲的印度犀、苏门答腊犀、爪哇犀等。那么，历史上品种和数量最多的中华犀呢？一头也没有了。

犀牛怕冷，喜欢空气稍暖的环境。公元前五百年再往前，中华大地，不单是南方，北方也是很暖和的。现在有一种说法，地球在逐年变暖。可不是这么回事，两千五百多年前，地球比现在暖多了。尤其是中国，黄河以北都有大量的沼泽地，水草丰美，很适合犀牛生存。那时候，北从安阳小屯，殷墟，就是出土甲骨文的这个地方，再往北，一直到内蒙古的乌海，都是犀牛活动的区域。西边从乌海过六盘山、中条山往东一千五百公里，一直到泰山的北边，有成群的犀牛。

后来这些犀牛都去哪了呢？大量捕杀，终致物种灭绝。犀牛的繁殖力比一般的动物都差得多，一对犀牛平均两年才能产一个崽。把大犀牛杀掉了，小犀牛就生不出来了。侥幸出生的小犀牛，长不大，又被杀了。就这样年复一年地捕杀，结果可想而知。

为什么要如此凶残地屠杀犀牛呢？为了打仗的需要。打仗除了需要武器，还需要护身的铠甲。屈原的《九歌·国殇》有这么两句："操吴戈兮被犀甲，车错毂兮短兵接。"原来，最好的武器是"吴戈"，最好的护具是"犀甲"。"吴戈"是吴地出产的兵器。当时吴国的冶铁技术先进，"吴戈"因锋利而闻名。"犀甲"则是用犀牛皮制成的护甲。"被犀甲"的"被"字通"披"字，这个地方读"披"。犀牛的皮很厚，可以防箭矢，可以防刀枪。"操吴戈兮被犀甲"的意思就是"披坚执锐"。据《吴越春秋》记载，吴王夫差部下"衣水犀甲者十有三万人"。"水犀甲"，就是"水犀牛"的皮制成的护甲。顺便说一下，犀牛分为"旱犀牛"和"水犀牛"，主要区别是"旱犀牛"生活在旱地，例如今天尚可见到的非洲犀牛。"水犀牛"则喜水，大多数时间在水中活动，例如今天尚可见到的亚洲犀牛。因当时的吴地水网遍布，有大量的"水犀牛"，所以吴王夫差部下的兵士用的都是"水犀甲"。

这十多万副"水犀甲",要宰杀多少头犀牛?这还仅仅是吴王夫差的部队,如果算上"春秋五霸""战国七雄"的部队、后世强秦统一六国的部队、陈胜吴广的部队、楚汉相争的部队,以及历朝历代的征伐和改朝换代的战争,要杀掉多少头犀牛?再加上两千五百年以来,气候逐渐变冷,北方大地的沼泽水网消失殆尽。侥幸没有被杀掉的犀牛,也没有办法生存了。残存的犀牛也要南迁。南迁以后,是不是命运就好一些了呢?也不是。到了唐代,又出大问题了。什么问题?唐代官员用的腰带,装饰的东西都是犀角。那你想想看,隋唐开科举考试,不断有举子考中进士进入官场。做了官以后,就都有代表品级、彰显身份的腰带。这腰带上的犀牛角从哪里来?当然是从被杀掉的犀牛身上取来。犀牛角可不是水牛角黄牛角,水牛黄牛都长着两只角,犀牛可只长着一只角。有人可能要说,不对吧,我们今天看到的犀牛,虽然角长在中间,但也是一大一小两只角。请大家注意了,有一大一小两只角的犀牛是外国犀牛,不是中华犀牛。中华犀牛全部是独角。《山海经》还说犀牛是三只角呢,有人见过吗?没有。即使曾经有过,也是极其稀有的品种。也就是说,体型庞大的犀牛,犀角所占的比例是极小的。即使真如《山海经》所云,所有的犀牛都是三只角,禁得起历朝历代多如过江之鲫的官员不断地"炫"着自己的腰带吗?所以,犀牛的命运可想而知。

唐代以后,北方的犀牛悉数灭绝。南方的犀牛数量也是逐年锐减,栖息地基本上都是在长江以南了。到了明清之际,就只有云南、贵州这一带才能见到犀牛的身影了。到了民国年间,只有云南还有少数的犀牛。1922年,最后一头中华犀牛被杀掉了。从此以后，中华犀牛在中华大地上完全绝迹。

《红楼梦》成书在清代的乾隆年间，那是一个从君王到民间都十分痴迷于艺术品的时代。自然也不会放过任何稀有艺术材料的载体，哪怕用一点少一点。乾隆皇帝就酷爱犀角器，曾经给宫廷造办处所制"云龙犀角杯"题诗曰：

犀角兴明代，精传无锡尤。
已教创轮辂，未免费雕镂。
命匠敦淳朴，作杯斥巧浮。
云龙述经义，杂说与韩侔。

这首诗的前两句是说，明代的犀角器多为民间工匠制作，其中最负盛名的是明末无锡人尤通。此人清代曾入康熙内府，擅刻犀角杯，当时人直呼其名为"尤犀杯"。接下来的"轮辂"，即"椎轮大辂"，"椎轮"指的是原始的车轮，"辂"指的是大车。这两句诗说的是初创的作品，难免过于精雕细刻。后面赞扬这件"云龙犀角杯"敦朴厚重，颇有古风，尤其是云龙之神，可与韩愈写的《杂说一·龙说》并立于不朽。

"点犀盉"从形制上看，比"云龙犀角杯"更为古朴。可惜乾隆皇帝无缘见到，却被几个小儿女随意把玩在手上，最多只是觉得不属于"俗器"而已。

周汝昌与沈从文关于"杏"与"点"的论战

犀牛角器最大的问题是不易保存，所以故宫珍藏的七十二件精品，都是明清两代的制品。再往前的东西，统统见不到了。其中使用的大部分材料还都是"贡品"，也就是外国进口的犀牛角。中华犀牛在明清时已经成为濒稀物种，中华犀角自然也是越来越罕见的材料了。

黛玉用的这件"点犀䀉"，除了材质、形制比较奇特之外，还有一个字要说一说，就是这个"点"字。现今"通行本"的《红楼梦》，都写作"点犀䀉"。但是，这个"点"字用得对吗？为什么要提出这个问题呢？因为并不是所有的版本都写作"点"字，尤其是一些早期抄本。

早期抄本大都带有脂砚斋的批语，所以又被称为"脂本"。"脂本"系统当中，有一种大家比较看重的"庚辰本"。现在人民文学出版社出版的这个"通行本"，就是以"庚辰本"为"底本"，再参校其他各本，最后校勘而成的本子。

"庚辰本"上是怎么写的呢？不是"点犀䀉"，而是"杏犀䀉"。这个"点"字，此处写作"杏"，杏花的杏，"日边红杏倚云栽"的"杏"。"通行本"为什么改成"点犀䀉"了呢？对，是应该有此一问。

早期抄本有一个情况值得注意：有的书名为《石头记》，例如"甲戌本""己卯本""庚辰本""戚序本""俄藏本"和"蒙古王府本"；有的书名为《红楼梦》，例如"甲辰本""己酉本""梦稿本"和"郑藏本"。其中的"甲戌本""己卯本""己酉本"和"郑藏本"都是残本，都没有第四十一回"拢翠庵品茶"的内容。所以，不知道原文字写的究竟是"杏犀䀉"还是"点犀䀉"。文字相对完整的"梦稿本"，第四十一回至第五十回原文遗失，是收藏者杨继振照着"程乙本"抄补的，此处自然与"程乙本"一样，写的是"点犀盉"。排除了以上各本,可以参照的本子,计有书名为《石头记》的"庚辰本""戚序本""俄藏本"和"蒙古王府本",以及书名为《红楼梦》的"甲辰本"。有趣的是,书名为《石头记》的"庚辰本""戚序本""俄藏本"和"蒙古王府本",此处都写的是"杏犀盉";只有一个书名为《红楼梦》的"甲辰本",此处写的是"点犀盉"。

那么,究竟应该是"点"呢,还应该是"杏"呢?20世纪60年代初,有两位学术大家,就这个字论战了很长时间。一位是著名红学家周汝昌先生;另外一位是研究服饰的大家,也是个作家,沈从文先生。这两位的学问都很好,他们俩究竟分歧在什么地方呢?就是一个认为应该是"点",一个认为应该是"杏"。

沈从文先生认可"点"字,认为应该是"点犀盉"。首先,于版本有据,自程甲本、程乙本到今天的通行本,写的都是"点犀盉"。他说:

> "杏犀"名目殊可疑。因为就我所知,谈犀角事诸书,实均无此名色。

再者,上好的犀牛角叫作"通天犀"。什么意思呢?就是这个犀牛角的中心,有一条白线贯通。从底部一直到角尖,是一条白线。这条白线能够通气,所以叫作"通天犀"。由于这个原因,或者大概是由于这个原因,李商隐才写出"身无彩凤双飞翼,心有灵犀一点通"这两句诗来。自然就将这个意思引申为"心心相印",指向男女之间的情感默契。因此沈先生认为,应该是"点犀盉"。尤其是,这个茶具是给林黛玉使用的。书中形容林黛玉是"心较比干多一窍,病如西子胜三分",非常之聪明。这件"点犀盉"作为一个象征,暗指她跟宝玉之间,是一种"心有灵犀"的关系。有没有道理呢?很有道理。

当然，还可以沿着沈先生的思路补充几句。"点犀"二字连用的例子很多，例如宋朝诗人陈襄的《寄远》："袖中已灭三年字，心曲惟通一点犀。"明末清初诗人屈大均的《赠徐君新婚次王使君元韵》："腹顾三秋兔，心通一点犀。"

那么，周汝昌先生为什么不同意这个意见呢？首先，周汝昌先生也是从版本找证据。所有的抄本《石头记》，凡有第四十一回文字的本子，此处都是"杏犀䀉"。"点"字是后人妄改，他说：

> 雪芹原文是"杏犀"（众古抄本一致无歧），杏是上品犀角的佳色。而"点犀"是高鹗的妄篡，为了"暗示"妙玉与宝玉之间的"关系"，是十足的俗笔，断不可取。

这里要做一个说明，周汝昌先生所说的"众古抄本一致无歧"指的是书名为《石头记》的现存古抄本。其实书名为《红楼梦》的古抄本"甲辰本"是不同的，此本写的是"点犀䀉"，而不是"杏犀䀉"。周汝昌先生对"甲辰本"有一个看法，他说：

> 脂本，特别是甲戌本一系，是梦本（甲辰本）的祖本；梦本又是程本的祖本。有了梦本，可以看出来从脂本到程本当中经过怎样一个过渡过程，可以分辨出哪些是梦本（或更早）改笔，哪些是程本改笔，不再混淆不清。

也就是说，"甲辰本"不同于其他"脂本"。第一，它的书名是《红楼梦》，而不是《石头记》；第二，它是过渡到"程甲本"和"程乙本"的中间版本；第三，它的文字已经改动了很多。改了多少呢？周汝昌先生的哥哥周祜昌先生以"甲戌本""庚辰本""己卯本"

的第二回与"甲辰本""程高本"进行互校,发现"异文"总数多达四百条左右。其中属"甲辰本""程高本"特有的并且两相一致的"异文"约二百条,"甲辰本""程高本"不一致的"异文"约五十条。那么,通部书的异文总量可想而知。其中就包括这个"杏犀䀉"改为"点犀䀉"的异文。所以,周汝昌先生断言,"点犀䀉"是后来的改笔,非"雪芹原文"。

此外,周汝昌先生说"杏是上品犀角的佳色"。意思是上好的犀角做成器皿之后透光一看,颜色是红黄色,很像杏的颜色。这就是"杏犀䀉"命名的由来,而不应该是"点犀䀉"。当然,也可以沿着这个思路补充一点,"杏"和"犀"两个字"同框"的情况也是有的。例如宋朝田锡的《拟古》:"陆杏断兕犀,阴亦惊神鬼。"

还有一点,"杏犀䀉"和"瓟斝"这两件茶具的名称对应得很好。"瓟"是什么?"瑞瓜"也;"斝"是什么?"葫芦"也;是两个实物。再看"杏"是什么?"杏实"也;"犀"是什么?"犀角"也;也是两个实物。"斝"和"䀉"都是上古的食具、酒具,后来演化成了茶具。你看看,"杏犀䀉"和"瓟斝"是不是对应得很好?如果把这个"杏"字换成了"点"字,"点"跟那个"瓟"就不是并列的两种东西了,词性也不同了。显然,"点犀"就对应不上"瓟斝"了。所以,以名称并举的合理性而论,"杏犀䀉"也胜过"点犀䀉"。

这场论战似乎是沈从文先生胜出,因为此后的"通行本",包括以"庚辰本"为底本校勘出版的"通行本",此处统统被校作"点犀䀉"。周汝昌先生当然不服气,他说当年的论战阵地《光明日报》,在刊出了沈从文先生的最后一篇文章后,决定停止论战,没有刊登周汝昌先生的驳论文章,造成了读者乃至学界的一个误解,以为沈从文先生的主张是这场论战的最后结论。

其实，即便如此，现行的"通行本"也不应该把"杏犀**䕩**"改成"点犀**䕩**"。因为校勘的原则，是要"遵从底本"。既然确定了用"庚辰本"作为校勘"底本"，就应该遵从"底本"。除非能够确认"底本"有误，必须改正。而要确认"底本"有误，是需要证据的。

正确的做法，是参校其他的本子，例如保存有第四十一回"拢翠庵品茶"完整文字并且书名同为《石头记》的"戚序本""俄藏本"和"蒙古王府本"。而这些抄本无一例外，写的都是"杏犀**䕩**"。虽然"甲辰本"上写的是"点犀**䕩**"，但在抄本系统众多本子当中仅此一见，可以看作是一个"孤证"。再者"甲辰本"的书名是《红楼梦》，应该比书名为《石头记》的诸多抄本晚出，离曹雪芹的原文字更远一些，离"程高本"的文字更近一些。

最重要的是，"杏犀**䕩**"的"杏"字并无不通，不是非改不可。硬要改成"点"字，高明在何处呢？同样的校改问题，并非一例。"庚辰本"第五回元春判词"虎兔相逢大梦归"一句，"通行本"改成了"虎兕相逢大梦归"。如果"底本"的原文"虎兔"说不通，是可以参校其他的本子择善而从的。但"虎兔"二字并无不通，为什么要这样改呢？"通行本"的这些臆改之处，往轻里说是"似是而非"的误读，往重里说是"点金成铁"的愆咎。

总之，校勘古籍是一件非常考验功力的事情，"专业性"是最起码的要求。在这个领域里，"乾嘉学者"是我们的榜样。

"槛外人"的"绿玉斗"

妙玉悄悄拉着宝钗、黛玉二人进入耳房吃"梯己茶"，宝玉也

随后跟着进来了。妙玉拿出"㼚瓟斝"和"杏犀䀉"两件茶具,分别给宝钗和黛玉斟了茶。拿给宝玉的茶具呢?书里是这样说的:

> 妙玉斟了一盃与黛玉。仍将前番自己常日吃茶的那只绿玉斗来斟与宝玉。

这句话里交代了三件事:一、妙玉自己常日里吃茶用的茶具是"绿玉斗";二、妙玉把自己的专用茶具拿给了宝玉"同用";三、一个"仍"字如果不是衍字,则加上"前番"二字,明明是说宝玉已经不是第一次用了这个"绿玉斗"。

先说说第一件事,妙玉的"绿玉斗"。

"斗"是古代的酒器,方形,上大下小,一侧有把手。《大戴礼记·保傅》:"太宰持斗而御户右。"《史记·项羽本纪》:"玉斗一双,欲与亚父。"李白《行路难》:"金樽清酒斗十千。"说的都是这种酒具。后世多将酒具用为茶具,妙玉即是一例。"绿玉斗",则是说此物的材质是"绿玉"。

粗看"绿玉"二字,似乎不难理解,"绿玉"就是绿颜色的玉。其实没那么简单,真的要给"绿玉"下一个准确的定义,还是要费一些口舌的。首先,广义的"绿玉"至少指的是两种东西。一种是属于"硬玉"的绿颜色的"翡翠";一种是属于"软玉"的绿颜色的玉。

"翡翠"虽然没有公认的质量等级标准,但大体上是以"种水"和"颜色"区分高下。所谓的"种水",其实是"种"和"水"的合称。"种"指的是"翡翠"的密度,"水"指的是"翡翠"的透明度。因为行内常常把"翡翠"称作"玉",所以绿颜色的"翡翠"也可以称作"绿玉"。但是,"翡翠"虽美,却是外来的东西,并不是产自中国的材料。虽说"翡翠"在东汉已见于记载,但考古界至今并未发现宋代以前的出土物件。徐霞客的《滇游日记》，记载了他在崇祯十二年，也就是1639年的农历五月间，游至云南腾冲，见到当地从缅甸贩售"翠生石"以及加工成为"翡翠"制品的情况。这个"翠生石"，就是"翡翠原石"。当地人还送了他两块"翠生石"，并找了个工匠，用这两块"翠生石"做成了两个印池和一个杯子，工钱花了一两五钱银子。徐霞客说："盖工作之费，逾过买价矣。"这条记载很重要，一是徐霞客亲眼见到了"翠生石"以及加工的过程；二是确证这种"翠生石"并非产自云南当地，而是进口的"缅货"；三是这东西在当时并不甚值钱，比工价还要低。这就说明至少在明末，中土人士对于"翡翠"的情况还不是太熟悉，而且远不如后世那么看重。这也印证了英国著名学者李约瑟在《中国科学技术史》一书中提出的一个看法，即"翡翠"是在18世纪后期从缅甸经由云南传入中国。至于古代文献记载中的"翡翠"，很可能是一种特殊的"玉"，与后世所说的"翡翠"并不是同一种东西。"翡翠"被捧成了"玉中之王"，则是晚清的事了。慈禧太后极爱"翡翠"，有了她的推重，才使得世人跟风追捧，行情一路走高。

弄清楚了这个情况，再来研究妙玉家常自己吃茶用的"绿玉斗"，就不难得出结论了。曹雪芹写《红楼梦》的时间虽然在徐霞客写《滇游日记》之后，但那时"翡翠"尚不多见，也不为时人所看重。待叶赫那拉氏上徽号"慈禧"之后，"翡翠"身价高企之时，《红楼梦》已经问世一百多年了。所以，妙玉的这个"绿玉斗"不应该是"翡翠"材质的茶具，而应该是用"软玉"一族中绿颜色的玉制作而成的"斗"状茶具。

再者，与"翡翠"不同，玉在中国历史上有着非常独特的身份。世界史分期，有"旧石器时代""新石器时代""青铜时代""铁器时代"。但是中国的分期,则多出了一个"玉时代",嵌在"新石器时代"和"青铜时代"之间。这个"玉时代"的跨度很长,上下八百年,有大量的出土文物可为力证。

管仲说玉有"九德";孔子说玉有"十一德";东汉许慎在《说文解字》中说玉有"五德"。总之,"君子比德于玉",并且"君子无故,玉不去身"。所以,才有以不同颜色的玉礼敬天地四方、以十五个城池换取一块玉璧、以一方"传国玉玺"继承大统的事情等。后世更是不仅要收藏,还要以各种形式与玉对话。例如,"盘玉",并由此生出"文盘""武盘""意盘"等不同的学派来。"盘"过的玉,形式上有了包浆,意蕴上有了灵性,于是跟主人之间就形成了一种相依存的"合体"的关系。就像《红楼梦》中贾宝玉的那块"通灵宝玉",似乎真的可以"除邪祟""疗冤疾""知祸福"了。基于这种认识,起名字的时候,都要争着用上一个"玉"字。《红楼梦》就折射了这种历史风习。你看吃"梯己茶"的这一组,四个人当中三个带"玉",妙玉、宝玉、黛玉。还有林之孝的女儿小红,原名"林红玉";金钏儿的妹妹"玉钏儿";金陵省体仁院总裁的公子"甄宝玉";忠顺王府养着的戏子琪官儿本名"蒋玉菡";梨香院里十二个小戏子之一的"玉官儿";与宝玉、秦钟同在贾家学堂里读书的"玉爱";刘姥姥讲"雪中抽柴"的故事里的女孩儿"茗玉";名字里都带有一个"玉"字。

有了"玉文化"的背景,妙玉和"绿玉斗"的关系就很好理解了。说到"绿玉",古诗中常见,例如李白《拟古十二首》:"遗我绿玉杯,兼之紫琼琴。"毛奇龄《女冠子其九》:"节拥蓝丝葆,冠抽绿玉钗。"项鸿祚《生查子二首其一》:"堂前绿玉卮,门外青丝鞚。"丘逢甲《书事》:"七尺珊瑚绿玉盆,宝花璀璨照天门。"但"绿玉"

的名称,却是很长时间并未得到确立。直到明代,才开始按照玉材的不同颜色分类命名,如"白玉""黄玉""碧玉""黑玉""赤玉""绿玉""甘青玉""菜玉"等。明初曹昭的《格古要论》是中国现存最早的文物鉴定专著,其中的"珍宝论"有云:

> 绿玉,深绿色者为佳,色淡者次之,其中有饭糁者最佳。

明末宋应星的《天工开物》上也曾记载过"碧如菠菜"的上等"绿玉"。宋应星更认为,白、绿两种玉是真玉,其余红、黄各色都不该称作"玉",应归入奇石琅玕一类。因此,妙玉喜用"绿玉斗"是有道理的。

但这又引出了第二件事,妙玉为什么要把自己的专用茶具拿给宝玉"同用"?要知道,妙玉可是个有洁癖的人。前边贾母用"成窑五彩小盖钟"饮了一口"老君眉"茶,接着递给了刘姥姥,让刘姥姥也尝一口。妙玉看见了,待收拾茶具的时候,吩咐这个"成窑钟子"不要收了,搁到外面去。原因很简单,这件茶具经了刘姥姥的口,妙玉嫌脏,不要了。宝玉见状,与妙玉有一段对话:

> 宝玉和妙玉陪笑道:"那茶杯虽然脏了,白撂了岂不可惜?依我说,不如就给那贫婆子罢,他卖了也可以度日。你道可使得?"妙玉听了,想了一想,点头说道:"这也罢了。幸而那杯子是我没吃过的,若是我吃过的,我就砸碎了也不能给他。你要给他,我也不管你,只交给你,快拿了去罢。"

就是一个如此"过洁"之人,怎么会把自己家常用的茶具拿给了宝玉?说起来,妙玉也是常人。当宝玉说妙玉拿给宝钗、黛玉的茶具是"古玩奇珍",拿给自己的"绿玉斗"是件"俗器",妙玉也会生气。当宝玉知道说话造次了，赶紧自责，妙玉也会转而"十分欢喜"。看看这一段对话：

> 妙玉道："这是俗器？不是我说狂话，只怕你家里未必找的出这么一个俗器来呢。"宝玉笑道："俗话说'随乡入乡'，到了你这里，自然把那金玉珠宝一概贬为俗器了。"

宝玉一番戴高帽子的话，妙玉竟然也会非常受用。正所谓"千穿万穿，马屁不穿"，只要是常人，无论有多么深厚的修为，都经不起顺耳的忽悠。

再者，妙玉正当妙龄。虽然入了空门，但并没有剃度。青春的情愫，也会因人而萌动。判词说得好："欲洁何曾洁，云空未必空。"大观园里，只有宝玉一位翩翩美少年，是天性成分保留最多的人，是"聪明灵秀在万万人之上"的人，又是最知道呵护女孩子的人。妙玉不见则罢，一见之下，即使心如一潭死水，也会偶起一丝微澜的吧？所以，宝玉过生日，她遣人送来贺帖；宝玉来拢翠庵乞红梅，得以"笑嘻嘻地捎了一枝红梅"回去；宝玉"托钗黛二人的福"跟着来品"梯己茶"，妙玉竟然把自己用的茶具拿给了宝玉！

这又引出了第三件事，妙玉"仍将前番"的"绿玉斗"拿给了宝玉，分明是说宝玉此番已经不是第一次用过这件茶具了。那么，我们就要给宝玉算算账了，他究竟去过几次拢翠庵？又吃过几次"梯己茶"？同去者还有谁？

看书中明文，前八十回中，宝玉去过拢翠庵三到四次。第一次就是在第四十一回，宝玉跟着钗黛二人"蹭"茶。同去的人很多，是因为贾母在大观园里宴请刘姥姥之后，带领众人去拢翠庵品茶。

第二次和第三次都是在第五十回，大观园里的一众姐妹在芦雪广烤鹿肉联诗，宝玉奉李纨之命去拢翠庵找妙玉要来了一枝红梅花。后来贾母也来了，又带着众人离开芦雪广来到暖香坞看惜春作画，出来看见宝琴和丫头捧着一枝红梅立于大雪覆盖的山坡之上。接着宝玉现身：

> 宝玉笑向宝钗黛玉等道："我才又到了栊翠庵。妙玉每人送你们一枝梅花，我已经打发人送去了。"众人都笑说："多谢你费心。"

宝玉这一次是趁着贾母等一众人都在暖香坞，自己一个人又去了拢翠庵。他应该是向妙玉表达了一番感谢，大概也把自己写的那首无人喝彩的《访妙玉乞红梅》给妙玉看了。妙玉一定很开心，否则不会又送给每个人一枝梅花。

第四次是在第六十三回，宝玉过生日。"怡红夜宴"之后的次日清晨，宝玉见到妙玉差人送来的贺帖，上面写的是"槛外人妙玉恭肃遥叩芳辰"。宝玉要写回帖，正不得要领，经岫烟提醒，如醍醐灌顶。回房写了帖子，上面只写"槛内人宝玉薰沐谨拜"几字，亲自拿了到拢翠庵。这次去并没有进门，也没有见到妙玉，"只隔门缝儿投进去便回来了"。

这几次明写的拢翠庵之行，都跟妙玉"仍将前番"拿"绿玉斗"给宝玉用的交代不相符合。因为这几次，都是在"前番"之后的事。那么"前番"又是在什么时候呢？细想一想，宝玉的住处怡红院与妙玉的住处拢翠庵很近，只隔着一个山脚而已。虽然妙玉青看宝玉，但不会来怡红院。宝玉可就不同了，他对妙玉不只是钦赏，甚至近乎崇拜。从他赞许岫烟的话里就可以看得出：

怪道姐姐举止言谈，超然如野鹤闲云，原来有本而来。

为什么这样说？就是因为他知道了岫烟与妙玉的交往关系。他称岫烟"超然如野鹤闲云"，心下对妙玉的评价，也就可想而知了。宝玉本是个"无事忙"，与妙玉住得又近，怎么会不去拜访？妙玉虽然孤高，但宝玉在她的眼里还是与他人不同。宝玉来了，怎么会不待茶？那么，用什么茶具？唯一能够给自己的"萌动"一个交代的，就是把"自己常日吃茶的那只'绿玉斗'来斟与宝玉"了。

于是，"仍将前番"四字得解。然而，我们不禁要问：谁是"槛外人"？

大俗至雅的"竹根雕"茶具

妙玉一高兴，又找出了一个茶具给宝玉斟茶。这件茶具十分奇特，叫作"九曲十环一百二十节蟠虬整雕竹根的大𥁐"。这个"𥁐"字，不太常见，一般字库里没有，是个上下结构的字，上面是个"台"下面是个"皿"。这个字的读音是"海"，意思也跟"海"字若干义项当中的一个义项相同。哪个义项呢？就是用作形容词时，比喻极多极大，例如"海量""夸下海口""海灯""海碗"等。

这件茶具的材质是竹子的根，外观样貌有三个特征：一是"九曲十环"，"曲"是弯曲，"环"是围绕，似乎雕工极为复杂。二是"一百二十节"，"节"是竹节，竹节多而且密，似乎是一件极为罕见的材料。三是"蟠虬"，这应该是依着自然之势在竹根表面雕出的龙饰。什么是"虬"呢？《离骚》《天问》王逸注："有角曰龙，无角曰虬。"其实这个说法不尽然,《广雅·释鱼》说的就不一样:"有角曰虬龙。"也就是说,"龙"的样子与"虬"的样子没有什么根本区别,都可以有角。

想象一下,一个硕大的竹根茶具,上面雕了一条虬龙,这很好理解。这件茶具的造型弯曲环绕竟至九十圈之多,就不可理解了,除非这"九曲十环"指的是上边儿雕的那条虬龙。说到竹节竟有"一百二十节",更是匪夷所思了。因为这件茶具的材料毕竟只是一个竹根,再大再老的竹根,也绝不可能有这么多的节。这其实又是作者煞有介事的调侃之笔,乍一看觉得奇特之极,细想想不禁哑然失笑。

然而宝玉配合得很好:

> (妙玉)笑道:"就剩了这一个,你可吃的了这一海?"宝玉喜的忙道:"吃的了。"妙玉笑道:"你虽吃的了,也没这些茶糟踏。岂不闻'一杯为品,二杯即是解渴的蠢物,三杯便是饮牛饮骡了'。你吃这一海便成什么?"说的宝钗、黛玉、宝玉都笑了。

最有趣的是妙玉此时看似不经意的一句话:

> 你这遭吃的茶是托他两个福,独你来了,我是不给你吃的。

宝玉之前不曾"独自"来过吗?回看前面妙玉"仍将前番"的那只"绿玉斗"拿给了宝玉,其实就已经说明,宝玉不但"独自"来过,还吃过妙玉的茶,甚至还用过妙玉"自己常日吃茶"的那只"绿玉斗"。"靖本"此处有一条脂批:

玉兄独至，岂真无茶吃？作书人又弄狡猾，只瞒不过老朽。然不知落笔时作者作如何想。

此处摹写妙玉的心态真是妙极了，再聪明的人，哪怕是不自觉地动了情，或是企图为曾经的动情遮掩，也会变得笨了。试想这样的话，岂能瞒得过宝钗、黛玉两个冰雪聪明的人？难怪批书人也忍不住了，故借着批语设此一问。妙玉的欲盖弥彰，宝玉的心领神会，钗黛二人的不动声色，细细品味，直令人忍俊不禁。

这件"整竹根子"雕刻的茶具，折射了悠久的历史文化，竹子与人的关系简直是太密切了。苏东坡说："宁可食无肉，不可居无竹。"小庭院里，点缀几根翠竹，便脱去俗趣添出雅意。在文人笔下，挺拔的竹子，成为风骨的隐喻；层层竹节，则成为品格的象征。

一般百姓之家，更把竹子用到了极致。南方盛产竹子的地方，多用粗大的竹子建造屋架，用竹片围墙，用枝叶过顶。其他生产生活用品，诸如农具、炊具等，都可以用竹篾编成。竹子还可以造武器，例如竹矛、弓箭等。小竹子亦可物尽其用，有一种很细的箬竹，长在山坡、水畔和路边，是编制斗笠的好材料。这种竹子的叶子比较宽大，正好用来包粽子。箬竹的细秆更是宝贝，被大量采集下来制作毛笔的笔杆。

竹子跟文化的渊源就更深了。为什么呢？已知最早的文字是甲骨文，证据就是安阳小屯殷墟出土的实物。但甲骨文真的是最早的文字吗？一定不是。从上古结绳记事，一直到发明文字，再刻在牛胛骨和龟甲上，是一个极其漫长的过程。把文字刻在牛胛骨和龟甲上，主要是为卜筮而用。在更早的时候，用文字记事，最可能记在什么上边？一定是取材方便的竹片。有人可能会说，南方可以用竹片,北方不行吧?这是以今天的认识,去揣度古时的情况了。上古的气候与今天有很大的区别。两千五百年前,黄河以北有大片温暖的湿地,漫山遍野生长着很多今天在南方才能见到的植物,包括竹子。可惜的是,当时记事所用的竹片,不像龟甲、牛骨这么坚固,保存不下来。而今天能够见到的出土的各种"竹简",例如"郭店楚简""王家台秦简""睡虎地秦简""居延汉简"等,则都是后世的遗存了。

东汉蔡伦造纸之前,写字记事除了使用竹简,还可以使用缣帛。但缣帛是丝织品,价格昂贵,又不容易保存。竹简就便宜多了,大家都用得起。竹简是中国历史上使用时间最长的记载文字的形式,直到魏晋时期全面使用纸张,才渐渐地退出了历史舞台。但竹简时代所创造出来的诸多名词术语,如"杀青""汗青""刀笔""简牍""编""册"等,却并没有随之消失,而是奇迹般地一直使用到了今天。

今天写书竣稿叫作"杀青",拍电影电视完工也叫作"杀青",这个词的使用率还很高。原始意义上的"杀青",指的是制作"竹简"过程中的一道工序。为了好在"竹简"上写字,要先用刀把青竹的竹皮刮除,这叫作"去青留白"。汉代刘向的《别录》说:

> 杀青者,直治竹作简书之耳。新竹有汗,善朽蠹。凡作简者,皆于火上炙干之。

说得很清楚,因为青竹的含水量比较高,不好保存,同时是为了防虫蛀,所以要用火把水分烤干。这个烤的过程仿佛是让青竹出汗,所以把制成的"竹简"称作"汗青"。

由于最早的"册"皆用"竹简"编成,所以"汗青"又成为

"史册"的代称。例如文天祥的《过零丁洋》："人生自古谁无死，留取丹心照汗青。"

我们知道，甲骨文是刻在牛胛骨和龟甲上的。那么，既有"刀笔"一说，"竹简"上的字也是用刀刻上去的吗？答曰：不是。笔墨发明得非常早，"竹简"上的字，是用笔和墨写上去的。什么时候用刀呢？写错了用刀。因为那个时候不像今天，用铅笔写在纸上，错了用橡皮一擦就没了；用钢笔写在纸上，橡皮擦不掉怎么办呢？用涂改液一涂也就没了，还可以继续写。那个时候不行，没这些东西，写错了字只能用刀刮掉重写。凡是会写字的人，随身带着的写字工具至少是一支笔和一把刀。所以留下了"刀笔"一词，后世更把官府执掌书记的人称为"刀笔吏"。

"竹简"记事有很多讲究，从出土的实物即可看出。一个最明显的特点，就是长短不一。不同长短的"竹简"，代表着不同的级别和内容。常人所写的一般内容的文字，用秦尺一尺长的"竹简"。所以留下了一个今天仍在用着的词，叫作"尺牍"。皇帝用的"竹简"，就得比一般人长一点儿。长多少呢？长一寸，秦尺一尺一寸。从秦始皇开始，"竹简"时代所有的皇帝，用的都是一尺一的"竹简"。那么，皇帝用的"竹简"是不是最长的？不是，还有比他长得多的。首先是经书：《诗》《书》《易》《礼》《春秋》。写经书的"竹简"二尺四，比皇帝用的"竹简"长出一大截。那么，真正最长的就是经书了吗？还不是。是什么呢？法律条文。法律条文所使用的"竹简"，比经书、比皇帝、比一般人都要长得多。有多长呢？三尺。所以留下了一个用语，叫作"三尺法"或"三尺律"。这似乎提示了一个道理：中国上古是讲法的。王大还是法大？"三尺律"，至少从形式上告诉人们，法是最大的。这比英国的《大宪章》所主张的"王在法下",至少要早了一千年。

一片一片的"竹简"连续写字记事,用绳子编起来,这就是今天"编辑"书籍的源头。"孔子读易,韦编三绝。""韦"就是牛皮绳子,写在"竹简"上的《易经》,是用牛皮绳子编起来的,所以叫作"韦编"。《易经》并不易读,孔子反复翻看,竟把牛皮绳子磨断了三次。

"竹简"的历史故事很多,不能一一细说。举一个例子,东方朔去见汉武帝。他自谓满腹经纶,但是要让皇帝知道才好。于是他就把自己写的三千片"韦编"的"竹简",码在牛车上,赶着进宫了。汉武帝不仅收下,还认真地读了一遍。以汉武帝的自负,能够耗时数月,读完臣下写的三千片"竹简",可太不容易了。

像这样承载着文化的"竹简",历史上不可胜数,可惜留存下来的极少。像妙玉的"九曲十环一百二十节蟠虬整雕竹根的大盉",启发我们循着历史去探索同类珍品的前世今生,以及曹雪芹笔下的人和物是如何对话的。

竹根与酒及茶之关系

竹雕或称竹刻,起源甚早。除了"竹简",还有一些带有艺术品倾向的物件,例如长沙马王堆西汉墓出土的"浮雕龙纹髹漆竹勺",东晋大书法家王献之的"斑竹笔筒"等。赵汝珍的《古玩指南·竹刻》说:

> 竹刻者,刻竹也。其作品与书画同,不过以刀代笔,以竹为纸耳。

作为艺术品的竹雕和竹根雕,则起源于魏晋南北朝时期。南北朝的南朝是四个朝代:宋、齐、梁、陈。《二十四史》当中的《南齐书》,就是南朝"齐"的史书。《南齐书》里记载着一件事,南齐的第一个皇帝齐高帝萧道成,曾经把竹根雕刻的物件赏赐给大隐士明僧绍,网上多写作"竹根如意笋箨蔻"。这个名字不是太好懂,其实应该是两件不同的东西,要拆开来说。首先,"竹根如意"是一件竹根雕的实用物品,也是一件艺术品。北宋释道诚《释氏要览》说:

> 《指归》云:"如意,古之爪杖也,或骨、角、竹、木,刻作手指爪。柄可长三尺许,或脊有痒,手所不到,用以搔爪,如人之意,故曰如意。"

原来"如意"最初的功能,是挠脊背之痒。"如意",又称"握君""执友""谈柄"。和尚和道士讲经时,也持如意,记经文于上,以备遗忘。后来从实用品逐渐演化成为艺术陈设品,材质也丰富了许多,例如金、银、玉等贵重原料。"如意"最早的造型比较简单,也比较长,头部呈弯曲回头之状。后来头部演变为灵芝、云朵等多种形制,造型趋向美观华丽。齐高帝赏给明僧绍的这件"竹根如意",是最早记载根雕艺术品的文字。

"笋箨蔻"则是另一件东西,这个"蔻"字是"冠"字之误。明崇祯十年毛氏汲古阁刻本《南齐书》卷五十四"明僧绍传"原文是"笋箨冠"。"箨"是"竹皮"。竹子哪来的皮呢?竹根也没有皮,只有竹笋是有皮的,所以"箨"又叫作"笋箨",就是竹笋的皮。"笋箨冠",就是竹笋皮做成的帽子。宋代周谞《寄子弟》:"他年子弟重相见,藜杖蓑衣笋箨冠。""笋箨冠"亦称"箨冠"。唐代陆龟蒙《奉和袭美夏景冲澹偶作次韵》之一:"蝉雀参差在扇纱,竹襟轻利箨冠斜。"这种竹皮帽子,直到明清两代,还有访道求仙的岩穴之人佩戴。清代的文史学家戴名世《陈士庆传》:"已而入函谷关至终南,有老人箨冠羽衣坐在洞中,辟谷久矣。"可见"笋箨冠"是古代一种虽然取材于自然之物,却透着大拙之美的帽子。戴这种帽子的人,多为冲淡脱俗的高士。

另一则关于早期竹根雕的记载,是南北朝时期诗人庾信的《奉报赵王惠酒诗》:

> 梁王修竹园,冠盖风尘喧。
> 行人忽枉道,直进桃花源。
> 稚子还羞出,惊妻倒闭门。
> 始闻传卜命,定是赐中樽。
> 野炉然树叶,山杯捧竹根。
> 风池还更暖,寒谷遂长喧。
> 未知稻粱雁,何时能报恩。

从诗题就可以看出,这是一首与酒有关的诗。首句就跟竹子有关。第十句"山杯捧竹根",则直说饮酒用的酒杯是"竹根"。但天然"竹根"是不可能用来盛酒的,必须经过加工,使之成为杯形之物。而这个加工的过程,无疑就是雕刻。庾信诗中的人物用这种竹根雕的"山杯"饮酒,后世用这种酒具饮茶,才有了后来细分出来的茶具。

以上两例足以证明,"竹根雕"发轫于魏晋南北朝时期。到了唐代,这方面的成就则主要表现在"竹雕"作品。"竹根雕"极少见于记载,似乎成为一股暗流,宋代偶见记载,直到明清时期才忽然大放异彩。

唐代有一件传世竹雕乐器叫作"尺八",由日本正仓院收藏,应该是当年的遣唐使带回去的。因为它的长度是一尺八寸,所以叫作"尺八"。这是一件竖吹乐器,吹口在顶端。管身的正面有五个孔,背面有一个孔,吹奏的时候用手指按压调音。这件乐器是用一根竹管制成,雕工非常之精致。管身通体满雕,有侍女、花鸟、草树、山水等纹饰。也就是说,这件"尺八"不单是一件乐器,也是一件竹雕的艺术精品。

"尺八"源于中国,但久已失传。近年间,据日本正仓院收藏的孤品钩沉复制,重新研究。中国古代很多乐器,都有类似的情况。例如"古乐八音",金、石、土、革、丝、木、匏、竹这八类乐器中的"土",很多年以来没有人知道它是什么。我记得20世纪70年代初,一位中山大学的教授在《羊城晚报》上发了一篇文章《谈古乐八音》。说到"土"类乐器,断言"土"就是"缶",证据就是李斯《谏逐客书》里说的"击瓮叩缶"。这真是闹笑话了。"缶"是什么?缶就是罐子。这东西不是乐器,充其量可以作为歌唱的时候敲节奏的物件。李斯《谏逐客书》写道:"夫击瓮叩缶,弹筝搏髀,而歌呼呜呜,快耳目者,真秦声也。"意思是说秦地文化落后,没什么乐器,只有一张筝,只能靠敲着缸,敲着罐子,拍着大腿,给歌者打节奏。

其实这本不是问题,只要多读些书,不难准确定义什么是"土"类乐器。《尔雅》说"土曰埙","土"类乐器指的是"埙"。"埙"长什么样呢?《尔雅》说"烧土为之,大如鹅子,小如鸡子"。大的像鹅蛋,小的像鸡蛋。上面有孔,可以放在嘴上吹。

我当时忍不住写了一篇文章,希望能够"以正视听"。文章交给中央音乐学院音乐史教研室的一位教授,看看能不能发表在他们的学报上。回话说他们当时只能研究聂耳、冼星海，再往前没人敢碰了。

近年终于有人把这个"埙"给挖掘出来了，有人制作，有人演奏。"尺八"也是有了同样的幸运，从日本的正仓院，又回到了中国的舞台上。

北宋时期"竹根雕"的身影开始浮现，《太平寰宇记》里提到一件"竹根雕"的器物，产于四川的巴州：

> 段氏《蜀记》云："巴州以竹根为酒，注于器，为时珍贵也。"

明清时期的"竹根雕"，终于在长时间的低调积淀后走向了兴盛的前台。这个时期出现了两个代表流派，一是"金陵派"，一是"嘉定派"。金陵就是今天的南京，嘉定是今天的上海。

"金陵派"的代表人物是濮澄，明末清初散文家张岱所著《陶庵梦忆》介绍他和他的作品：

> 貌若无能，而巧夺天工。其竹器一帚一刷，竹寸耳，勾勒数刀，价以两计。然其所以自喜者，又必用竹之盘根错节，以不事刀斧为奇，经其手略刮磨之而遂得重价。

"嘉定派"的代表人物是朱鹤，以及后来的封氏三兄弟。康熙二十四年，三兄弟中的封锡禄和封锡璋同时被召入宫中的"养心殿"，专为宫廷制作竹根雕。

早年的"竹根雕"大家，无一不是修养极高的艺术家。自己本就能写善画，所以能够"以刀代笔"，雕刻出一件一件的传世珍品。这个活儿，可比真正纸笔的活儿苦多了。首先，要找到适合做"竹根雕"的材料，不是随便挖出来的竹根都可以用。须得翻山越岭，到处去找老竹根、大竹根。找到合用的竹根，要调动自己毕生的艺术积累，看着竹根想象出成品的样子。刀要依形而动，一旦动刀，决不能改来改去。如《辍耕录》里所说：用刀一定要少，寥寥几刀就可以增值无限。

清中叶以后，这个行业渐渐没落。为什么呢？一个原因是大家凋零，后继无人。另一个原因是民间工匠贪图小利，大批涌入这个行业，粗制滥造出大量的地摊货，民间审美因低价诱惑而每况愈下，终于导致劣币驱除良币。

"竹根雕"的珍品传世不多，还有一个重要原因，材质决定了保存非常困难。这就需要借助一定的方法，尽可能地延长它的寿命。首先，雕刻完成后要把它洗干净，这是避免腐败的第一步。洗的时候要非常小心，不能伤了竹皮。洗净之后阴干，切不可日晒。阴干之后还要上油，这是最重要的程序。

研究和收藏古玩的朋友都知道，很多藏品都要上油。上什么油呢？上核桃油。但是核桃油有一个误区，就是用熟榨的核桃油。现在大量的核桃油，都是这种熟榨油。这种熟榨油切不可用，一定要用生核桃榨出来的油。这种生榨油含有一些水分，能够更好地保护"竹根雕"。

还有一点，上油要讲究方法。直接往上刷油太粗暴了，很容易造成燥裂。本来是想保护它，却把它毁了。最好的上油方法，一是用食指蘸一点儿生榨核桃油，轻轻地抹在"竹根雕"上；二是将少许核桃油抹在自己的手掌心，揉开之后，把"竹根雕"握在手里轻轻地摩挲。一定要轻，一定要慢，千万不能伤了这个物件。日久天长，只要时候到了，就会出现一层包浆。这个时候，"竹根雕"就有了灵性，可以跟人的心神对话了。

其实最早的"竹根雕"都是生活用品,后来渐渐有了艺术品的特征。妙玉拿给宝玉的这件"九曲十环一百二十节蟠虬整雕竹根的大盆",就是饮茶用的。但这件茶具,同时是一件艺术珍品。如果把它拿到今天的故宫,跟故宫的"竹根雕"藏品比一比,大概所有的这一类藏品都会被比下去。

由此可见,妙玉不单是眼光独到,能够搜罗到这样的东西,也需要不凡的条件和机缘。从"成窑五彩小盖钟""官窑填白盖碗""瓟斝""杏犀䀉""绿玉斗"到这件"九曲十环一百二十节蟠虬整雕竹根的大盆",简直是一个精品茶具博览会。

妙玉与"漆器"的对话

前面说到妙玉的那些闻所未闻的宝贝茶具,真是令人叹为观止。说完了吗?没有。至少还有一件,不可不说。是什么呢?妙玉给贾母捧茶,托着"成窑五彩小盖钟"的是一个"海棠花式雕漆填金云龙献寿的小茶盘"。

"海棠花式",是茶盘的造型,像一朵大大的海棠花。海棠花的花形和花色都很招人喜欢,唐朝宰相贾耽的《花谱》称海棠花为"花中神仙"。"云龙献寿"是茶盘上的纹饰。"云龙"是云纹和龙纹,"云龙献寿"则是云纹和龙纹环绕"寿"字和寿桃形成的组合纹饰。这种纹饰常见于织品、瓷器和漆器。"雕漆填金"是一种漆器工艺。这种工艺极其复杂,要从"漆"开始说,才能说得明白。

"漆"是怎么来的呢?是树上长出来的。我们知道,有一种树叫"漆树"。把漆树的皮划开,创口处会分泌出一种乳白色的汁液,这就是"生漆"。上古先民就知道，用锐利的东西把漆树的树皮划开一个柳叶形的创口，用容器挂在下面，就可以接得一滴一滴的生漆。生漆有很多用途，可以涂抹防水，可以调出颜色来装饰。

割漆以及使用生漆的历史非常悠久。我们现在能够见到的最早的漆器，是七千年以前河姆渡文化层出土的一件漆碗。这件漆做的碗，虽然已经残缺了，但是能够看出当时的工艺已经很成熟了。为什么呢？这件漆碗居然有胎有漆，做工还挺复杂。这就说明，上古先民对漆的使用极为重视，小件可以制作各种杯、盘、盏、碗、盒、盘；大件可以制作屏风、箱柜、桌椅。这些漆件，不仅在生活当中必不可少，而且具有很强的装饰性。

自从知道了漆的作用以及重要性之后，统治者就把漆树给圈起来了，成为官家漆园。一般平民不准种植，更不准割漆。官方为此专门设立了一个职务，叫作"漆园吏"，负责管理漆园。历史上做过"漆园吏"这个差事的人，现在大家都知道的至少有一位，就是大名鼎鼎的庄周。庄子曾经做过宋国的"漆园吏"，他的日常工作，应该就是管种树、养树割漆和造漆。上古对漆的事情管得很严，后世就放开了，逐渐有了私家的漆园。漆的用途也越来越广，工艺也不断地与时俱进。

制作漆器的程序极为复杂，第一步先要把"胎"做出来。大件器物如屏风桌椅，小件器物如杯盘碗盏，都要先按式做"胎"。可以做"胎"的东西很多，用得最多的材料是竹子、木头和泥土。做成初始的胎心后，用撕成一条一条、一片一片的麻布或者绸布，抹上黏合物往上裱糊。这种黏合物用生漆调和面粉，黏性很好。后世改用"鳔胶"，黏性更好。"鳔胶"是一种强力胶，用鱼泡、鱼皮和鱼骨熬制而成，所以又叫作"鱼鳔"。就这样涂一层裱一层，大件层多一些，小件层少一些。裱好之后不能晒，一定要阴干。

阴干之后，就到了第二步，"脱胎"。如果胎里用的是竹子、木头，事先就要想好怎么抽出去，能抽出去才能用竹木做胎。如果器形比较复杂，用竹木抽不出去，就要事先设计好，用泥土做胎。泥胎阴干之后用水冲，把泥冲散，再从胎里冲出去，冲成空心胎。然后再阴干，要确保这个胎不变形。

抽去竹木或是冲尽泥土的胎，就成为初步完成造型的"漆胎"。这就到了第三步，要往上刷漆了。有一些不需要"脱胎"的漆件，尤其是大件，诸如屏风桌椅之类可以跳过第二步直接刷漆。刷多少层，就要看下一步的工艺。如果漆件只是描漆，刷的层次就少一些，确保平滑即可。如果要做雕漆，那可不得了，至少要刷一百多道。为了雕成艺术品，还必须用不同颜色的漆分层交叠着刷。例如，红漆髹五层，黑漆髹五层。

刷漆的过程，可不是刷完一遍接着刷。而是每刷完一遍都要晾干，然后再刷下一遍。可想而知，这个过程之复杂。往往做一个雕漆件，开雕之前刷漆就得刷一百多道。这个刷法要刷多长时间呢？四百多天的时间，才能成型并开始雕刻。

再下边就看雕工师傅的了，这就到了第四步。开雕之前一定要打好腹稿，知道要雕成一个什么样的立体图景，要雕多少层。漆没有一定的厚度，是不能雕的。从工艺上说，雕漆一定是分层的，一层一层地雕进去。雕到红层，雕出来的图案就是红的；雕到黑层，雕出来的图案就是黑的。想象一下，无论是雕山水，还是雕仕女，还是雕花鸟鱼虫，一层一层雕出来，都是立体的。有的在红层，有的在黑层，有凸有凹，层次分明。这种雕漆工艺非常之美，是其他工艺品绝难替代的。一件雕漆成品，无论是大件还是小件，从制胎脱胎到髹漆到雕刻，时间长，难度大，无一不是既有实用价值又有审美价值的艺术品。

据明代黄成《髹饰录》记载，"雕漆"工艺始现于唐代，但没有实物留存。宋元两代的技法更加成熟，元代有传世作品如清宫旧藏"张成造剔红栀子花纹圆盘""杨茂造剔红观瀑图八方盘"等。明代的雕漆技艺成就辉煌，明成祖朱棣酷爱雕漆，在皇城内建立了皇家漆器作坊"果园厂"，专事雕漆生产。他还把元代雕漆巨匠张成之子张德刚招进宫中，专管果园厂。清代雕漆达到了漆工艺史上的最高的水平，雕漆制品的数量也非常大。乾隆皇帝更是酷爱雕漆，现存乾隆御制诗中咏雕漆的诗文即有数十首。乾隆朝雕漆多为养心殿造办处制造或交由苏州承造。乾隆后期，雕漆生产由盛而衰，至光绪时，雕漆技法几乎失传。

妙玉奉茶的这个茶盘，工艺更复杂了，除了"雕漆"还有"填金"。"填金"怎么"填"呢？首先，"填金"的"金"是装饰用的"金丝""金线"，或是做好造型的"金件"。"填金"的方法有两种。一种是按照设计，事先把"金"嵌在胎里，然后再刷漆，雕漆的时候把"金"露出来，再精细打磨。另一种做法，是后期按照雕出来的花纹把"金"填进去，也是要精细打磨。无论是哪一种填法，"雕漆填金"的工艺又比单纯的"雕漆"难度大得多了。

说到精细打磨，却不仅是"雕漆填金"，漆件工艺中像"八宝镶嵌""螺钿镶嵌"等都需要经过这道工序。"八宝镶嵌"是在漆器制作过程中，按照一定的图案镶嵌各种宝石。镶嵌的地方都会凸出，就必须打磨，全部磨平。"螺钿镶嵌"是把螺壳与贝壳镶嵌在漆器表面的工艺，其中难度最大的是"点螺"。"点螺"最常用的材料是夜间能够发光的"夜光螺"。"点螺"先要把"夜光螺"制成 0.5

毫米以下的薄片，再一点一点地镶嵌在漆底上，镶成花鸟鱼虫、山水人物的图案。镶好之后，在上面再髹漆。底下本来就是漆，上面再髹漆，这不是盖住了吗？没关系，因为有下一道工序：磨。

这种"磨"是很费工夫的。第一遍粗砂纸，第二遍细砂纸，都是水砂纸，蘸了水磨。然后，再用人的头发来磨。再下边呢？用手磨。那不是把手磨坏了吗？不怕，手上要抹上麻油。最后一道工序，还是用手，抹上豆油磨。直到把螺片的花纹全部磨出来，磨得和漆表面一样平，光可鉴人。

妙玉的那件"雕漆填金"的茶盘，也是这样磨出来的。茶盘的装饰花纹是"云龙献寿"，就是用"金"在漆底镶嵌成云纹、龙纹和寿字、寿桃图案，然后再打磨。所以，不单茶具，茶盘也是精品。

那么，妙玉的这些宝贝都是哪儿来的呢？从妙玉"怼"宝玉的那句话："只怕你家里未必找的出这么一个俗器来呢。"可以看出，不是贾家给她添置的，而是她入住大观园之前自己原有的旧物。那就只有两种可能了。第一种情况，是妙玉家传的东西。因为她"原是官宦家的小姐"，离家到"玄墓山蟠香寺"带发修行时，除了从家里带了婆子丫头之外，应该还带了一些随身的用品。第二种情况，是师父留给她的纪念品。明代罗懋登的《西洋记》说："天下名山僧占多"，是说佛寺多建于名山。而名山的寺庙里，几乎都有大量的宝物。例如南北朝时的梁武帝萧衍，是史上最执着的"菩萨皇帝"。萧子显《御讲〈金字摩诃般若波罗蜜经〉序》说：

> 皇帝（萧衍）舍财，遍施钱、绢、银、锡杖等物二百一种，直一千九十六万。

萧衍舍财，可是都舍到庙里去了。不仅如此，他还先后四次舍身出家，逼得大臣们不得不用四万万钱赎他回来继续做皇帝。后世皇帝舍财的情况很多，例如唐代从高宗到僖宗八位皇帝二百年间先后多次迎接法门寺的佛舍利进宫供养，每次送回时，都会随供大量珍宝。民间信众更是争将宝物供奉寺庙，所以名山佛寺里都有很多的宝物。同时，也会有一些精美的生活用品。"玄墓山蟠香寺"虽然是小说中虚构的寺庙，但类似的寺庙在现实生活中普遍存在。所以，妙玉的师父日常使用一些精品茶具是可能的。而她圆寂之后，把这些东西留给妙玉也是情理中事。

对妙玉的这些描写，不仅仅折射了真实的社会生活，也是为了塑造人物的需要。《红楼梦》的笔法有一个特点，是言在此而意在彼。要表现妙玉的学养，不直接说，而是用大量的细节描写，把人物生动地凸显出来。并且这种笔法不是一次用足，而是用"画家三染法"一勾二勒三皴染，最终使人物形象、性格、学识、修养得到完整的、饱满的呈现。妙玉未出场时，先从林之孝家的口中介绍了她的出身、长相、文墨。拢翠庵品茶时，重点展示了她的知识面之广、收藏品之精、性格之好高过洁，以及微露出对宝玉若有若无的情愫。黛玉和湘云凹晶溪馆联句时，她最后出场，却一口气续上了一大段的诗句，诗才崭露，令人惊异。还有不写而写的宝玉向她讨要红梅，她差人给宝玉送生日贺帖等。可惜八十回后文字的丢失，使读者不得见到妙玉"可怜金玉质，终陷淖泥中"的结局描写，真是太大的憾事。

第五章 酒与酒令

"黄酒"和"九酝法"

《红楼梦》中多次写到酒。逢年过节,特殊的日子,会喝一些特殊的酒。例如过年喝屠苏酒,端午节喝雄黄酒。平时喝什么酒呢?第一回,贾雨村应姑苏乡绅甄士隐之邀,来到甄府共度中秋佳节。二人推杯换盏,对月吟诗,喝的应该是黄酒。第八回,薛姨妈留宝玉吃饭,因为有下酒好菜"糟的鹅掌鸭信",所以也喝了黄酒。宝玉要喝冷酒,还引出了薛宝钗的一番议论:

> 宝钗笑道:"宝兄弟,亏你每日家杂学旁收的,难道就不知道酒性最热,若热吃下去,发散的就快;若冷吃下去,便凝结在内,以五脏去暖他,岂不受害?从此还不快不要吃那冷的了。"宝玉听这话有情理,便放下冷酒,命人暖来方饮。

后边写到的酒,多为黄酒,也兼有少数几处提到烧酒和进口的西洋葡萄酒。《红楼梦》时代,虽然已经有了烧酒,但是多数人喝的还是黄酒,尤其是在南方。南方喝烧酒的不多,北方喝烧酒的多一些。为什么呢?一个原因是北方天气比较冷,另一个原因是北方人的性格较南方人粗犷,喜欢强刺激。

清代的北京,酒馆儿称作"大酒缸",喝的就是烧酒,俗称"烧刀子"。《续都门竹枝词》:"烦襟何处不曾降,下得茶园上酒缸。"《都门杂咏》:"严冬烤肉味堪饕,大酒缸前围一遭。"说的就是卖烧酒的酒馆儿。大酒缸多由山西人经营,得名于柜台外边摆着的半埋地下的酒缸，缸口上盖上漆成红色或黑色的两个半圆形对拼的木质大缸盖作为饮酒桌，周围摆着几个板凳，酒客们据缸而饮。

敦诚在《佩刀质酒歌》的小序中说，一个落着秋雨的早晨，他在哥哥敦敏的槐园门口遇见酒渴如狂的曹雪芹，等不到敦敏起床迎候，两人疾奔酒馆，不想都没带钱，于是解下佩刀以代酒资，很可能喝的就是这种大酒缸的烧刀子。

当然，明清两代在京城做官的人大都来自南方，所以黄酒的销路也不逊于烧酒。黄酒馆一般比大酒缸装修得古雅讲究，设有八仙桌和座椅，座上客多为南省官绅。老北京最有名的黄酒馆当属新街口南大街的柳泉居和阜成门外的虾米居。柳泉居始建于明代隆庆年间，店址在护国寺西口路东。虾米居的后墙临护城河，凭窗可以远眺西山。当年的黄酒馆分为绍兴黄酒、北京黄酒、山东黄酒、山西黄酒四种，柳泉居用自家院子里的一口古井汲水酿制的黄酒居然热卖了几百年。

黄酒的性质比较平和，对于酒量不大的人，也能过一过瘾。鲁迅笔下的咸亨酒店，那位常客孔乙己每天的第一句话，都是"温一碗酒，来一盘茴香豆"。黄酒一定要温着喝，下酒的小菜不过是一碟茴香豆而已。

黄酒的历史很久远。传说在黄帝的时候，就已经有人用粮食造出这种酒来了。造酒的人是黄帝手下一个管粮食的官员，这个人叫杜康。曹操的《短歌行》说："何以解忧，唯有杜康"，就是以杜康的名字作为酒的代称。

这位杜康造的酒就是黄酒。杜康管粮食，怕粮食坏了，就把粮食藏在山洞里。但是他发现，时间长了粮食会发热，于是就把粮食转存在树洞里。没想到下雨、刮风、暴晒、闷热，各种天气轮番影响之后，粮食在树洞里发酵了，析出的液体流出树洞，兔子和山羊逐水而饮，结果都喝醉了。杜康觉得很奇怪，收集了一瓶这种液体，去见黄帝。黄帝很好奇，尝了尝，觉得味道很特别，就吩咐杜康盯着，看看还会有什么变化。杜康是一个有心人，就下工夫琢磨，终于弄明白了粮食变成酒的原委。

到了大禹的时代，又有一个官儿，也是管粮食的，这个人叫仪狄。他把精心酿制的酒献给了大禹，禹很警觉，认为这个东西不好，喝了以后会乱性，于是决定禁酒。当然没有禁住，酒的酿制方法已经传开了，并且人人都喜欢它的味道。后世为了纪念最早造酒的人，干脆把酒称为"杜康"。

因为后世喜欢喝酒的人越来越多，所以酿酒发展为一个大行业。历代试手造酒的名人，也不在少数。首先要说的是曹操。曹操的家在亳州，就是现在的安徽亳县。这个地方，史前就是酿酒之乡。可考的时间是五千多年以前，就有人在这里造酒。怎么知道的呢？近年出土了不少的酒器和酿酒的工具，还有一些残存的酒曲和粮食。直到今天，酿酒业还是亳县的一个重要产业。

曹操年轻的时候，家乡亳州的县令发明了一种酿酒的技术，叫作"九酝法"，引起了曹操的关注。因为他喜欢喝酒，就把这个"九酝法"给记下来了。他不断地对"九酝法"进行改良，多年以后，把它献给了汉献帝刘协。曹操在《上九酝酒法奏》中说：

> 臣县故令南阳郭芝，有九酝春酒。法用曲三十斤，流水五石，腊月二日渍曲，正月冻解，用好稻米，漉去曲滓……三日一酿，满九斛米止，臣得法，酿之，常善；其上清，滓亦可饮。若以九酝苦难饮，增为十酿，差甘易饮，不病。今谨上献。

奏折把用料配比和技术诀窍说得很清楚：第一，酿酒的水一定要用流水，不能用死水。所谓流水，最好是泉水，其次是河水，井水和池塘水皆不可用。第二，时间要把握好，腊月初二这一天要把酒曲泡上备用，正月解冻之后开始投入优质稻米，三天投一斛，投满九斛。第三，如果投满九斛之后出来的酒味道偏苦，要多投一斛稻米，以去除酒的苦味，增加酒的甜度。

为什么会出现"九酝苦难饮"的情况呢？是因为"酒曲杀米"。曲和米的比例很重要，如果曲多了，酒一定苦；如果米多了，酒一定甜。要想酿出好酒，必须掌握好"度"，比例要恰到好处，酿出的酒才能做到既有浓郁的酒味又没有难以接受的苦口。

晋代的诗人陶渊明也酷爱喝酒和造酒。他平生做过三件事：做官、种田和酿酒。他在《五柳先生传》里说：

性嗜酒，而家贫不能恒得。亲旧知其如此，或置酒招之。造饮辄尽，期在必醉，既醉而退，曾不吝情去留。

其实，依着他的性情，是断不肯出来做官的。他之所以出任彭泽县令，也是跟酒有关。据《宋书·隐逸传》记载，他做官的地方，有公田三百亩，可以种植酿酒用的"秫稻"，他是受了这个吸引。但他的妻子极力反对，认为应该种植做饭用的"秔"，就是粳米。反复争论之后，他勉强同意拿出五十亩种植粳米，其余的二百五十亩仍旧种植酿酒用的"秫稻"：

公田悉令吏种秫稻。妻子固请种秔，乃使二顷五十亩种秫，五十亩种秔。

这就是嗜酒如命的陶渊明，此公的酒风也与众不同。那个年月,酿好的酒都是浊酒。不能直接入口,一定要过滤。一般是用布来过滤,这叫作"漉酒"。旧时文人以"漉酒敲棋"为风雅之事。南朝梁萧统的《陶渊明传》说他:

> 郡将尝候之,值其酿熟,取头上葛巾漉酒,漉毕,还复著之。

这位陶公,名士派儿十足,居然用头上戴着的葛巾"漉酒",漉完之后,仍将葛巾罩在头上,然后才接待客人。后世对他的漉酒之举非常着迷,不能直接仿效,只好诉诸文字。例如李白的《戏赠郑溧阳》诗,写的就是这个事儿:

> 陶令日日醉,不知五柳春。
> 素琴本无弦,漉酒用葛巾。

唐代的大诗人白居易的很多诗作都写到他自己酿酒,自己漉酒,自己温酒,然后喝得酩酊大醉。其实白居易并没有什么酒量,但就是喜欢,不可须臾离之。历史上很多人都是这个情况。苏东坡酒量也不大,小酌即醉,但也是非常喜欢喝酒,一碗酒能喝一天。

曹雪芹熟知历史上的这些故事,《红楼梦》里多有折射。当然,《红楼梦》那个时代,喝的酒大都是黄酒。裕瑞的《枣窗闲笔》说曹雪芹:

> 又闻其尝做戏语云:"若有人欲快睹我书不难,唯以南酒烧鸭享我,我即为之作书云。"

这里说到的"南酒",就是南省酿制的黄酒。众所周知,无锡惠泉酒、绍兴加饭酒、丹阳封缸酒和福建沉缸酒并称为中国古代四大名酒。《红楼梦》里写到的黄酒，主要是"惠泉酒"。

无锡惠山相传有九龙十三泉，惠山寺的石泉水为"天下第二泉"。从北宋开始，用二泉水酿造的糯米酒称为"惠泉酒"。逮及明代，"惠泉酒"已名闻天下。曾任吏部尚书、华盖殿大学士的李东阳曾有诗道："惠泉春酒送如泉，都下如今已盛传。"到清代初期，"惠泉酒"更成为贡品。江宁织造曹頫、苏州织造李煦向皇上进贡的物品中，都有"泉酒"。这"泉酒"就是"惠泉酒"。所以，曹雪芹对"惠泉酒"情有独钟。

芳官儿和"惠泉酒"

《红楼梦》第六十二回芳官儿逃席，宝玉回到怡红院找到芳官儿。两个人的对话中，芳官儿提到了"惠泉酒"：

> 若是晚上吃酒，不许教人管着我，我要尽力吃够了才罢。我先在家里，吃二三斤好惠泉酒呢。如今学了这劳什子，他们说怕坏嗓子，这几年也没闻见。乘今儿我是要开斋了。

"惠泉酒"在《红楼梦》第十六回就出现过。贾琏护送林黛玉赴苏州料理父丧之后回京，凤姐设宴为他接风：

> 说话时贾琏已进来，凤姐便命摆上酒馔来，夫妻对坐。凤姐虽善饮，却不敢任兴，只陪侍着贾琏。一时贾琏的乳母赵嬷嬷走来，贾琏凤姐忙让吃酒，令其上炕去。赵嬷嬷执意不肯。平儿等早于炕沿设下一杌，又有一小脚踏，赵嬷嬷在脚踏上坐

了。贾琏向桌上拣两盘肴馔与他放在机上自吃。凤姐又道："妈妈很嚼不动那个，倒没的矼了他的牙。"因向平儿道："早起我说那一碗火腿炖肘子很烂，正好给妈妈吃，你怎么不拿了去赶着叫他们热来？"又道："妈妈，你尝一尝你儿子带来的惠泉酒。"

"惠泉酒"顾名思义，就是产于无锡惠泉山的酒。吴地酿酒的历史非常久远，相传周部落"古公亶父"的长子"泰伯"因避让君位而迁徙至吴地，是他带来了酿酒的技术。据《史记》《吴越春秋》等史书的记载，作为吴文化发源地的无锡，酿酒历史已有两千多年。酿酒需要好水，自然无锡的泉水最适合酿酒。无锡惠山泉水多而质优，相传有九龙十三泉。其中惠山寺的石泉水被唐代陆羽评为"天下第二泉"。宋代大书法家米芾有一首《将之苕溪戏作呈诸友其二》诗，里面就提到了"惠泉酒"：

半岁依修竹，三时看好花。
懒倾惠泉酒，点尽壑源茶。

可见"惠泉酒"在宋代已经得名。据记载，元代开始用二泉水酿制糯米酒，此后"惠泉酒"就专指这种半甜型的糯米酒。明代"惠泉酒"的酿造完全成熟，以其清纯香郁而名满天下。曾任吏部尚书、华盖殿大学士的李东阳，在《秋夜与卢师邵侍御辈饮惠泉酒次联句韵二首》中写道："惠泉春酒送如泉，都下如今已盛传。"可知明代已不仅是在无锡当地，"惠泉酒"的大名已经盛传京城。明清时期江浙两省在北京做官的人很多，明代九十个状元，江浙两省就占了三十七个；清代一百一十四个状元，江浙两省就占了六十八个。

考中进士的人就更多了,明清两代江浙两省共七千八百七十七人考中进士。因此,在京城官场上的江南人多,吃南方菜喝南方酒蔚然成风。人请请人,自然是久负盛名的"淮扬菜"和"惠泉酒"最受欢迎。曹雪芹的祖父曹寅在《和静夫谢送惠山酒》一诗中说:

> 折券难凭守口瓶,醇醨何幸托兰馨。
> 从来第二斯无憾,宜补茶颠陆羽经。

特别点出,"惠泉酒"是用无锡二泉之水酿造而成。

"惠泉酒"在清初已经成为贡酒,曹家的末代江宁织造曹𫖯和苏州织造李煦向皇上进贡的物品中,都有"泉酒",即"惠泉酒"。曹雪芹从小耳濡目染,对"惠泉酒"不仅非常熟悉,也应该有很深的感情。即使后来举家北迁回到北京,以曹雪芹的好酒,以他们家内务府的身份,"惠泉酒"也不会缺的。所以曹雪芹在写《红楼梦》的时候,不经意间,也带出了"惠泉酒"。

芳官儿是苏州人,小时候也是好人家的女孩儿。家里大人们日常喝的酒大都是南方产的黄酒,其中就应该有"惠泉酒"。她自己说:"我先前在家里,吃二三斤好惠泉酒呢。"虽然有虚夸的成分,但也应该离实情不远。"惠泉酒"的度数不高,稍有酒量的人,喝个一斤左右问题不大。如芳官儿所说,一顿能喝上二三斤,算是很大的酒量了。芳官儿后来学了唱戏,教戏的师傅肯定是不许喝酒的了。因为酒精进入身体,最明显的反应就是充血,当然嗓子也不例外。偶尔充血大概影响还不太大,长期充血,嗓子非坏不可。所以芳官儿学戏之后,就再也没沾过酒。她可是尝过酒的滋味的,看样子也曾经是深陷过"阿物"之中。所以一听宝玉说晚上喝酒,立刻来了精神。何况是刚刚脱离了学戏的束缚,在如此宽松的新环境中，宝玉又是个无比体贴的主儿，那还不喝个痛快？所以她说："晚上吃酒，不许教人管着我，我要尽力吃够了才罢。"

这一晚喝的却不是"惠泉酒"，是袭人安排好的一坛子"绍兴酒"。这两种酒在有清一代都是最有名气的南酒，口感略有区别，"惠泉酒"略带一点甜口，"绍兴酒"却近乎"干酒"，好酒的人会觉得更过瘾。清代童岳荐的《调鼎集·酒谱序》中说：

> 天下之酒甜者居多，饮之令人停中满闷，而绍酒之性芳香醇烈，走而不守，故嗜之者以为上品。

看来这一晚喝的"绍兴酒"固然是当时生活的折射，更是与作者曹雪芹的喜好相关。如果让曹雪芹选，一定是选"绍兴酒"。因为座中除了自己以外都是女性，烧酒显然不合适。而黄酒之中，最煞口的就是"绍兴酒"。十六个人，共喝了多少呢？整整一坛。第二天袭人见到平儿，说起前一晚喝酒的事："一坛酒我们都鼓捣光了。"把平儿羡慕得不行。那么，这个"一坛"是多少斤呢？清代的一坛，分为三种分量。大坛二十斤，小坛十斤。还有一种专供皇家祭祀用的"绍兴酒"，每坛十八斤。首先，"怡红夜宴"属于家常宴饮，不会使用十八斤装的祭祀用酒。会不会是二十斤的大坛呢？那要算一算席间众人的酒量。先从宝玉算起，宝玉是席间唯一一个男性，从第八回在薛姨妈家喝酒的情况看来，宝玉的酒量不大；从第二十八回在冯紫英家喝酒，提议行酒令时"先喝了一大海"，又似乎酒量不小；再看回第六十三回悄悄让芳官儿代酒，还是酒量不大。女性之中，大概芳官儿的酒量是最大的。湘云虽然咋呼得很厉害，但真喝起来是没有量的，白天在红香圃"醉卧芍药裀"就很说明问题。黛玉没有酒量，李纨和宝钗比较克制，其余人等酒量应该都不大。其实喝得最多的，是外头温酒的两个婆子，还是偷着喝的。算下来，平均每人也就是半斤酒的样子。其中没有酒量的和比较克制的，也就是每人不过二三两。这样匀一匀，喝得多的，也不过一斤。结论出来了，这一晚众人喝掉的酒不会是二十斤装的一大坛，十斤装的一坛足矣。

当众人玩得正开心时，薛姨妈派来的婆子来敲门了。因为薛姨妈是陪着黛玉住的，来接黛玉回去。说是太晚了，已经二更都过了。

说起"二更"，今天的很多人对这个"更"字还是熟悉的，但是更次和时间的对应关系就不太知道了，所以需要说清楚。旧时的说法，一夜分成五个更次，一个时辰也就是两个小时是一个更次。从晚上七点钟开始起更，一更是七点到九点，二更是九点到十一点，三更是十一点到夜里一点，四更是夜里一点到三点，五更是夜里三点到五点。逢更逢点要击鼓撞钟，整更击鼓，整点撞钟。

宝玉天性是喜聚不喜散的，说不信已经过了二更。一个丫头说，刚听到那个钟打了十一下，是二更过了。十一下是十一点，二更是九点到十一点，十一点就是二更过了，交了三更了。旧时生活是"日出而作，日入而息"。太阳落山，天一黑，就差不多收拾收拾准备睡觉了，很少有人熬夜到二更过了交了三更还不休息的。虽然薛姨妈知道宝玉过生日，但作为长辈，也不能太由着小辈们彻夜玩耍，再加上黛玉身子弱，更不能太晚睡觉，所以薛姨妈就派人来敲门了。一是要接黛玉回去，二是提醒众人适可而止，不要太过放纵了。于是黛玉跟着婆子回潇湘馆了，李纨等众人也都散了，各回各的住处。宝玉正来精神呢，哪里肯就此结束，等着请来的人都走了，关上院门接着玩。直到剩下的酒都喝完了，人也醉的醉乏的乏，才横躺竖卧，昏昏睡去。

"合欢烧酒""青梅煮酒"和"西洋葡萄酒"

《红楼梦》第三十八回,林潇湘魁夺菊花诗。史湘云名义上做东,实际上出钱的是薛宝钗。喝酒吃螃蟹作诗,先菊花诗,后螃蟹咏,大家玩儿得很嗨。黛玉拿起一把"乌银梅花自斟壶",又拣了一个小小的"海棠冻石蕉叶杯",自斟自饮。是什么酒呢?此处写道:

> 说着便斟了半盏,看时却是黄酒,因说道:"我吃了一点子螃蟹,觉得心口微微的疼,须得热热的喝口烧酒。"宝玉忙道:"有烧酒。"便令将那合欢花浸的酒烫一壶来。黛玉也只吃了一口便放下了。宝钗也走过来,另拿了一只杯来,也饮了一口。

这是书中第一次提到"烧酒",原来《红楼梦》中的人物也喝烧酒。烧酒就是白酒,是高度酒。史上最早出现的酒是酿造酒,就是黄酒。把黄酒置入蒸馏具中,每蒸馏一次,度数就会相应增加,达到一定的度数,就成为高度烧酒。

酿造酒存储比较困难。因为酒中有一些活性物质,会不断地发酵,时间一长,酒会变味甚至变质。烧酒就不同了,经过高温蒸馏,酿造酒中的活性物都被杀死了,因此不会再有什么变化,可以长期存放。

烧酒问世的时间,是有争议的。有人说是在汉代,为什么呢?因为汉代已经有蒸馏器具了。有蒸馏具,就可以蒸馏酒,但是汉代却没有任何关于蒸馏酒的记载。那个时候的蒸馏具,极有可能只是道家用来炼丹和蒸花露用的物件儿。"蒸花露"就是把各种花蕊花蕾花瓣放入一种叫作"甑"的器具里,下面架火烧水,蒸出的雾气冷却成为类似露水的液体。花露的用途很广，《红楼梦》中写到的"玫瑰清露""木樨清露"，就是这种蒸出来的花露。

但是，能够蒸出花露，未必就能蒸出烧酒，所以有人说烧酒初见于唐代，因为唐诗里提到了烧酒。例如白居易的《荔枝楼对酒》："荔枝新熟鸡冠色，烧酒初开琥珀香"，再如另外一位唐代诗人雍陶的《到蜀后记途中经历》："自到成都烧酒熟，不思身更入长安"，都提到了烧酒。烧酒应该就是白酒，所以唐代已有白酒。但是，有没有翔实的文字记载呢？没有。有没有实物做证呢？也没有。

明代的李时珍在《本草纲目》里言之凿凿，说没那么早，是元代才开始有蒸馏烧酒：

> 烧酒非古法也，自元时始创。其法用浓酒和糟，蒸令汽上，用器承取滴露，凡酸坏之酒，皆可蒸烧。近时惟以糯米或粳米或黍或大麦蒸熟，以普瓦蒸取。其清如水，味极浓烈，盖酒露也。

照着李时珍的说法，烧酒不是古已有之的东西，而是在元代才出现的。最有力的一个证据，就是已经有了烧酒蒸制的方法。甚至"酸坏之酒"，用蒸馏法都可以"点铁成金"，蒸出"其清如水、味极浓烈"的酒露来。看来，古人之所以蒸造烧酒，最初的动因很可能是酿酒酿坏了，或是搁的时间长搁坏了，既不能喝又舍不得扔，怎么办呢？就用道家蒸花露的方法试试看，一来二去就蒸出烧酒来了。

李时珍说的对不对呢？看来也有问题。为什么呢？1975 年，在河北承德出土了一具地地道道的用来蒸馏烧酒的蒸馏器，是一整套铜制的装置。怎么知道是专门用来蒸制烧酒的呢？出土蒸馏器的地方，正好是在金代的造酒作坊里。结合所有的证物，可以得出结论：这件蒸馏器的功能就是蒸馏烧酒，而不是蒸馏花露。

这件出土的蒸馏器以及所在的酒作坊，把烧酒出现的时间大大提前了。当时正值宋金南北分治，北边是金朝，南边是宋朝。出土的蒸馏器和所在的酒作坊，东西都是金代的，确切地说是金世宗大定年间（1161—1189）。对应宋朝的时间，是南宋孝宗的乾道年间（1165—1173）、淳熙年间（1174—1189）。由于有出土的实物，又有文字的记载，足以证明在宋金到元这个时间段里，中国就出现了自己的烧酒。这就改变了长期以来"烧酒从国外传入中国"的说法，确立了国产烧酒的历史定位。

中国的酿酒史很清楚，从起步就是用粮食做酿酒原料。最早出现的是低度的酿造酒，后来把道家蒸制花露的方法和器具引入，蒸制出高度的烧酒。这一点与国外的路子不太一样。虽然国外也是先有酿造酒，后来掌握了蒸馏技术，造出了烧酒。但他们起步酿酒使用的材料不是粮食，而是水果。虽然后来也使用了粮食，但与中国不一样，中国用的是稻米和高粱，他们用的是大麦。他们的酿造业趋于成熟时，酿出的果酒如葡萄酒，酿出的大麦酒如啤酒，最具代表性。烧酒呢？用葡萄酒蒸馏过之后形成的高度蒸馏酒，就是著名的"白兰地"。用啤酒蒸馏过之后形成的高度蒸馏酒，就是著名的"威士忌"。当然，后来的酿制和蒸馏技术有了比较大的改变，但路线没有什么不同。其他品种的蒸馏酒，像"朗姆酒""杜松子酒"等，用的原料不同，但技术路线也都差不多。

反观中国，从酿造而成的"黄酒"，到蒸馏而成的"白酒"，大类就是两类。《红楼梦》里写到的酒，主要就是这两类，黄酒和白酒。

烧酒可以直接喝，也可以用花卉和药材泡来喝。例如《红楼梦》里林黛玉喝的烧酒就是用合欢花泡的酒。烧酒可以泡东西，黄酒也可以泡东西。今天很多人喝黄酒的时候，都要泡上话梅和姜丝，就颇有古意。那么，白酒和黄酒可不可以煮着喝呢？不可以，因为无论是白酒还是黄酒，煮过之后，其中的酒精就挥发了，岂不是辜负了酿造和蒸馏的一番苦心？想要热着喝很简单，用热水隔着酒瓶或者酒壶烫一烫就是了。说到白酒和黄酒都不可以煮着喝，可能有人会提出一个问题：为什么古人可以煮着喝呢？谁呢？曹操和刘备。《三国演义》里的"青梅煮酒论英雄"不就是用青梅煮酒吗？

这是一个大误会。先看看《三国演义》第二十一回的原文是怎么说的：

> 一日，关、张不在，玄德正在后园浇菜，许褚、张辽引数十人入园中曰："丞相有命，请使君便行。"玄德惊问曰："有甚紧事？"许褚曰："不知。只教我来相请。"玄德只得随二人入府见操。操笑曰："在家做得好大事！"唬得玄德面如土色。操执玄德手，直至后园，曰："玄德学圃不易！"玄德方才放心，答曰："无事消遣耳。"操曰："适见枝头梅子青青，忽感去年征张绣时，道上缺水，将士皆渴；吾心生一计，以鞭虚指曰：'前面有梅林。'军士闻之，口皆生唾，由是不渴。今见此梅，不可不赏。又值煮酒正熟，故邀使君小亭一会。"玄德心神方定。随至小亭，已设樽俎：盘置青梅，一樽煮酒。二人对坐，开怀畅饮。

后面是著名的一段对话，曹操问刘备谁能算是当世的英雄，刘备——列举之后，曹操摇头不以为然，指着自己和刘备说："今天下英雄，惟使君与操耳！"刘备大惊，手中的筷子和勺子失手掉在地下。此时恰好天上打了一个雷，刘备急中生智，用"闻雷失箸"掩饰，消除了曹操的疑心。

这段文字的确有"青梅煮酒"的字样，但长期以来，却被大大地误会了，以为就是把青梅放在酒里边煮。其实细读原文，即可明白。"盘置青梅，一樽煮酒。"青梅是青梅，煮酒是煮酒。这是两种一起端上来的东西，并没有放在一起煮。结合前面曹操说的"又值煮酒正熟"，就更明白了。原来"煮酒"指的是一种酒，是个特定的名称。青梅呢？青梅乃是佐酒之用，等于下酒的果菜。那么，为什么这种酒叫作"煮酒"呢？这个"煮"字的意思，就是"酿"。酒是酿出来的，酿的过程中，有一道重要的工序，是先要把"秫稻"煮熟。《黄帝内经·灵枢》中有一段话，也说明远古时代酿酒，煮熟原料是其中的一个步骤："酒者……熟谷之液也。""煮酒"最初得名，就是这个来处。

唐宋以降，"煮酒"又有了新的含义。为了能够长时间保存酿好的酒，避免酒的酸败，在酒熟之后，真的"煮"一下。但这个所谓的"煮"，并不是直接把酒放在火上。从记载中所使用的"煮酒"的全套设备，如"锅、甑和酒瓶"，就可以知道，这是属于隔水加热。当然，曹操和刘备的时代还没有出现为了保质而"煮酒"的技术，《三国演义》中的"煮酒"还是因为"酿酒"先要煮熟"秫稻"，所以称为"煮酒"。

《红楼梦》第六十回还提到了一种"西洋葡萄酒"。其实并没有正面描写，只是说柳五儿和芳官见面时看到玫瑰露，颜色红红的，误以为是宝玉平时喝的西洋葡萄酒。原来，宝玉真正喜欢的是这种酒。

既云"西洋",就不是中国的东西,应该是舶来品。"葡萄酒"是用葡萄酿造的酒,中国似乎很早就有。例如唐代诗人王翰的《凉州词》,就写到了葡萄酒:

> 葡萄美酒夜光杯,欲饮琵琶马上催。
> 醉卧沙场君莫笑,古来征战几人回?

但这种酒的源头并不在中国,而是汉代引进的品种。张骞通西域,回程带了不少的好东西,其中就有产自西域的葡萄和葡萄酒。汉武帝刘彻很喜欢西域诸国进贡的东西,诸如汗血马之类。见到张骞带回来的葡萄酒,立即被吸引了。刘彻不单对葡萄酒爱不释口,对葡萄种子也非常感兴趣。他亲自安排,在宫殿四周种了葡萄,并且每天都去查看生长的情况。收获葡萄之后,又亲自盯着酿酒。酿出来的葡萄酒,除了自己喝,还经常赏赐给群臣。可惜到了东汉末年的三国时期,屡经战乱之后,这个皇家葡萄园无人打理,渐渐荒芜了。

也就是说,汉武帝刘彻开创了中国第一个葡萄酒庄,是中国第一个葡萄酒庄的庄主。葡萄种子是张骞从西域带回来的,酿酒的方法也是张骞从西域带回来的。汉武帝刘彻最初做的实验极有意义,可惜没有传下来。

后来,葡萄又停留在了西域,离大汉王朝的都城,有大约一万里。中国没有了自己种植的葡萄,自然也就中断了葡萄酒的酿造。之后的历朝历代,再见到的葡萄酒,就都是西域进口的"西洋葡萄酒"了。直到明清时期,仍然是这个情况。包括宝玉"平时喝的西洋葡萄酒",统统来自遥远的西域。

"西域"对于古代的中国,是一个与"西洋"差不多的地理概念。所以，所谓的"西洋葡萄酒"，既可能产自狭义的"西域"，也可能产自泛"西域"的真正意义上的"西洋"。甚至有可能就是法国的"波尔多"或者"勃艮第"酿制的葡萄酒。当然，没有确凿的证据，不能妄说。总之，宝玉喝的"西洋葡萄酒"，能确定的只有一点，是从"西出阳关无故人"的西边来的。

贾珍口中的"戏酒"

《红楼梦》第五十三回，要过年了，宁国府的贾珍正跟妻子尤氏说着朝廷"春祭恩赏"的事儿，见贾蓉从外边进来，手里捧了一个小黄布口袋，上面印着"皇恩永锡"四个大字，就知道，春祭的银子领回来了。

先说说什么是"春祭"，《礼记·祭统》：

> 凡祭有四时：春祭曰礿，夏祭曰禘，秋祭曰尝，冬祭曰烝。

这段话的意思，一是一年四季都有祭祀的事要做，二是四季祭祀各有专用的名称。从历法上说，正月的第一天即可看作春季的开始了。但从传统的认识上说，二十四节气当中的"立春"才是春季的开始。而"立春"的时间与每年日历上的日子并不相合，有的在元日前，有的在元日后。所以一般春祭的时间，都选择在元日前的除夕日，就是大年三十。春祭的内容，则是开宗祠祭祖。

祭祖是件大事，极为隆重，所以要准备充足。中国有句话，叫作"光宗耀祖"，可知祭祖是要给祖宗添光彩，至少要看上去很隆重很风光才行，这就需要花上一大笔钱了。一般人家，过年如同过关,所以叫作"年关"。即使是做官的人家,年关事多,应酬又非常集中,还要拿出一笔相当可观的花费祭祖,的确是"压力巨大"。

这就要说到朝廷的"恩赏"了。自南宋朱熹大力提倡祭祖以来,上自朝廷,下到百姓,无不视祭祖为年节大事。所以朝廷在年节之时,常常对勋旧之家施以"春祭恩赏",以彰显"皇恩浩荡"。这一项恩赏银子很重要,在贾家这样不缺祭银的家庭,是一种非常的荣耀;而在一般世袭的穷官儿眼里,可是救急的恩典了。正像贾珍说的:

> 贾珍道:"咱们家虽不等这几两银子使,多少是皇上天恩。早关了来,给那边老太太见过,置了祖宗的供,上领皇上的恩,下则是托祖宗的福。咱们那怕用一万银子供祖宗,到底不如这个又体面,又是沾恩锡福的。除咱们这样一二家之外,那些世袭穷官儿家,若不仗着这银子,拿什么上供过年?真正皇恩浩大,想的周到。"

贾珍说得很牛,他们贾家"不等这几两银子使",并且这样"牛"的家庭也不过只有"咱们这样一二家"。其他的家庭,哪怕也是世袭的官儿,要是没有这一项银子,过年上祭都是个大问题。

贾蓉领回来的这项银子,上面写着"宁国公贾演荣国公贾源恩赐永远春祭赏共二分",实际上是宁荣二府两家的。所以贾蓉给父亲看完了之后,又捧到荣府去给老太太看。两府祭祖同在一处,宗祠设在宁国府内的西路。

下面贾蓉跟他父亲的一段对话很有意思:

> 贾珍道:"怎么去了这一日。"贾蓉陪笑回说:"今儿不在

礼部关领,又分在光禄寺库上,因又到了光禄寺才领了下来。光禄寺的官儿们都说问父亲好,多日不见,都着实想念。"贾珍笑道:"他们那里是想我。这又到了年下了,不是想我的东西,就是想我的戏酒了。"

贾珍说了一个词儿:"戏酒"。什么是"戏酒"呢?"戏酒",就是摆酒、听戏。尤其是过年的时候,大户人家人请请人,基本上都有"戏酒"。"戏酒"的"戏",一般是两种形式。一种是宴饮之时,家中戏台上搬演大戏或是折子戏;另一种简单一些,在筵席上唱"堂会"。所谓"堂会"就是把戏子召到家里来,在酒桌边上演唱。旧时的名角儿,除了正式演出,大都有这种应承。尤其是清代过年之前的腊月十九到腊月二十四天,钦天监选定一天,朝廷颁旨"封印",梨园行也要跟着官家走,停止演戏,直到年初一唱"开台大戏"。这段空出来的时间里,"角儿们"并不放假,大都进入达官显贵之家去唱堂会了。不单是年节,大户人家有什么喜庆的事情,例如过生日、进学、升迁、开买卖等,都可能找一些人来唱堂会。

说到"戏酒",可是贾府长年不断的一个活动。摆酒的时候就听戏,听戏的时候就摆酒。说起来,戏和酒都起源很早,而且差不多同时。从功能上说,最早也都是从祭祀、驱鬼派生出来的。殷商宫廷里,盛行"大傩"。"傩"就是"傩戏",戴上面具舞动着身体念着咒语驱鬼。祭师举着火把指向看不见的鬼,时进时退,亦步亦趋,把鬼驱赶到河里,然后将火把扔到水里,礼成。领头的祭师还要端着酒,一边念念有词,一边把酒泼洒在地上。祭天地,祭鬼神,祭祖先,初始之时就是有戏有酒。

"戏"发展到汉代,就演化成为"角抵戏"。到唐代,就演化成"参军戏"。宋元时期,戏曲空前发达,从宋代的杂剧、院本,发展到元代的杂剧和南曲。元代是戏曲集大成的一个朝代。一是因为题材丰富,艺术样式也相对趋于成熟。二是蒙元统治,把人分成四等:蒙古人、色目人、汉人和南人。汉族人还分成两等,北方的汉人叫"汉人",南方的汉人叫"南人"。一等比一等的地位低,甚至互相之间不能通婚。元代不开科举,读书人就没有了晋身之路。自隋唐开科取士,文人读书就是为了考科举。这条路断了,读书人还是要读书。这个朝代虽然不长,从通史角度说,也就是八十九年,但对于人的一生来说,八十九年也不算很短的时间了。那些苦读书的人,已经熬了好几代,不能参加科考,靠什么活着呢?读了一肚子的书,只好去"勾栏瓦舍",去做"书会才人",给演戏的俳优们写剧本。于是,剧本从数量到质量,产生了质的飞跃。

剧本是一剧之本,再好的演员,没有好剧本一定排不出好戏。由于读书人的大量转型,好剧本叠相问世。这些剧本,快速催熟了舞台上的辉煌。一大批优秀的剧作家,以他们压抑后的释放,不断刷新着戏曲史。钟嗣成编纂的专门记录戏曲名家名作的《录鬼簿》上,总计出现了一百五十二位令人肃然起敬的名字和四百多部优秀的戏剧作品。数百年间,像关汉卿、马致远、白朴、郑光祖、王实甫等人的名字,像《窦娥冤》《汉宫秋》《西厢记》等戏曲佳作,伴随着一代又一代的观众,洗净了心灵,看淡了困苦,熬过了改朝换代。

这些"戏"都与"酒"共生共存。戏里有酒,筵中有戏。直到曹雪芹写作《红楼梦》的时代,又有了进一步的发展。元末、明末两次战乱之后,经过休养生息,社会相对稳定了。太平盛世说不上,至少生活的正常面略胜于动荡面了。所以"戏酒"又作为一个主要的生活方式,进入了千家万户。尤其是江宁织造曹家和《红楼梦》中的贾家,这样的家庭里,"戏酒"已经成为日常生活中的重要甚至必要的内容了。

《红楼梦》中,荣宁二府家常的一些小活动,都要找人来说说唱唱,更不要说像"元妃省亲"那样的大事儿了。大观园就是为了这件大事而建造,还从苏州买了一批小戏子并专门请了教习来,就为元妃省亲的时候在酒筵上边吃边喝边叙天伦边听戏。元妃还亲自点了四出戏,让这十二个小戏子搬演。这是大活动。小活动呢?更不用说了,几乎都有"戏酒"的身影。第四十回和第四十一回,贾母请刘姥姥游大观园,在园子里连开了两次饭局。一次在秋爽斋,一次在缀锦阁。

"秋爽斋"是三姑娘探春住的地方,"缀锦阁"的位置却是书中的一个谜。自有《红楼梦》以来,所有的大观园图,都把"正楼"大观楼和含芳阁、缀锦阁画在正殿之后,也就是园子的最北边。实景建筑的北京大观园和上海大观园,也是这样的布局。但是问题来了,贾母带着刘姥姥一行人游园,集合地点是在"缀锦阁"下,游园的第一处是沁芳亭,接着是潇湘馆。沁芳亭和潇湘馆是在大观园的最南边,靠近大门的地方。这可是从最北边一下子到了最南边,这是怎么个游法?第二次饭局,席设缀锦阁。贾母吩咐:

> 正说话,忽一阵风过,隐隐听得鼓乐之声。贾母问:"是谁家娶亲呢?这里临街倒近。"王夫人等笑回道:"街上的那里听的见,这是咱们的那十几个女孩子们演习吹打呢。"贾母便笑道:"既是他们演,何不叫他们进来演习。他们也逛一逛,

咱们可又乐了。"凤姐听说，忙命人出去叫来，又一面吩咐摆下条桌，铺上红毡子。贾母道："就铺排在藕香榭的水亭子上，借着水音更好听。回来咱们就在缀锦阁底下吃酒，又宽阔，又听的近。"众人都说那里好。

注意贾母说的两组建筑的关系："缀锦阁"的对面是"藕香榭"。看看"藕香榭"在哪儿？在惜春住的"蓼风轩"相邻，差不多算是一组建筑。大观园结诗社的时候，每人都起了一个雅号，惜春就是因为住的地方挨着"藕香榭"所以号"藕榭"。藕香榭又紧邻着沁芳亭，也就是说，从园门口往北，一过"曲径通幽"的翠嶂，上了沁芳亭，旁边就是"藕香榭"了。贾母说，坐在"缀锦阁"底下吃酒，教小戏子们在"藕香榭"唱曲儿，"又听的近"，"借着水音更好听"。那么，这个"缀锦阁"应该在哪儿？不可能在园子的最北边吧？答案只有一个："缀锦阁"在园子大门口的近处，"沁芳亭"的旁边，"藕香榭"的对面。这样调一下位置，不仅第二次饭局合理了，贾母带着刘姥姥游园的集合点及路线也完全合理了。鉴于"缀锦阁"与"含芳阁"和"大观楼"是一组建筑，所以这一楼两阁都在园子的最南部。

其实，这一组建筑的位置，书中并不是没有提示。第十七回贾政带着宝玉一行验收园子，进了大门，迎面一带"翠嶂"：

说着，进入石洞来。只见佳木茏葱，奇花焖灼，一带清流，从花木深处曲折泻于石隙之下。再进数步，渐向北边，平坦宽豁，两边飞楼插空，雕甍绣槛，皆隐于山坳树杪之间。俯而视之，则清溪泻雪，石磴穿云，白石为栏，环抱池沿，石桥三港，兽面衔吐。桥上有亭。

石洞就是"翠嶂",宝玉题了"曲径通幽处"。出了石洞,前面就是"沁芳溪","石桥三港"就是"沁芳桥",桥上的亭子就是"沁芳亭"。这"两边飞楼插空,雕甍绣槛,皆隐于山坳树杪之间",是个什么建筑?对面的"藕香榭",左右两边的"怡红院"和"潇湘馆"可都不是这种气魄。"飞楼插空,雕甍绣槛"这八个字,只有大观楼和"含芳阁""缀锦阁"才当得起。

这个谜,终于解开了。

大观园"行令罚酒"和朱虚侯"行令杀人"

《红楼梦》第四十回,贾母在大观园宴请刘姥姥。第二顿酒饭,席设缀锦阁:

> 大家坐定,贾母先笑道:"咱们先吃两杯,今日也行一令才有意思。"薛姨妈等笑道:"老太太自然有好酒令,我们如何会呢,安心要我们醉了。我们都多吃两杯就有了。"贾母笑道:"姨太太今儿也过谦起来,想是厌我老了。"薛姨妈笑道:"不是谦,只怕行不上来倒是笑话了。"王夫人忙笑道:"便说不上来,就便多吃一杯酒,醉了睡觉去,还有谁笑话咱们不成。"薛姨妈点头笑道:"依令。老太太到底吃一杯令酒才是。"贾母笑道:"这个自然。"说着便吃了一杯。

贾母提议行"酒令"。"酒令"是筵宴上助兴取乐的饮酒游戏,最早诞生于西周,完备于隋唐。最早出现的,有射箭、投壶、射覆、藏钩等游戏。借助这些游戏,就不是干喝酒了。一片欢声笑语声中，觥筹交错，酒宴得以不断地掀起一波接一波的高潮。

简单说说各种游戏。"射箭"，就是在宴席开始之后，众人次第弯弓引箭，射一个预先立好的靶子。以射中与否论输赢，输者罚酒。《红楼梦》第七十五回，贾珍在宁国府后花园的天香楼下"箭道内立了鹄子"，这个"鹄子"就是箭靶子，每日呼朋引类，射箭赌饭局作乐。就带有这样的意思。

"投壶"是从射箭变换而来，不用弓只用箭，参加游戏的人以手持"箭"投向不远处的"壶"。因为要受箭，所以壶身比较高。最早投壶的时候为了不让箭跳出来，壶中要放上一些红小豆。投进壶里算赢，投不进去算输，输赢比较简单。后来花样翻新，不再放红小豆，故意让投进去的箭弹出来，用手接住再投，以连投的次数多少决胜负，输者罚酒。汉代刘歆的《西京杂记》里说，汉武帝时有一个郭舍人善投壶，可以"一矢百余反"，经常被武帝召进宫里表演这种连投功夫，武帝"辄赐金帛"。后世投壶的花样越来越多，变换出三十多种投法，如正着投，背着投，闭着眼睛投，弯下腰从两腿间往上投等。

"藏钩"据说起源于汉代，与汉武帝刘彻有关。传说汉武帝刘彻到了河间地方，有臣下观测天象，报告说这个地方有"奇女子"。这一下子勾起了刘彻的好奇心，立即传谕寻找。结果真的找到了，是一个只有十来岁的女孩儿。这个女孩儿长得很漂亮，回话伶牙俐齿，对答如流。汉武帝龙颜大悦，问女孩儿愿不愿意跟着进宫，女孩当然愿意。但是，汉武帝发现这个女孩儿有一点不正常，双手握着拳始终不松开。汉武帝问是怎么回事，家人回话说，这孩子从生下来就握着拳，从来没松开过。家里人着急，老给她掰，就是掰不开。找医生，找术士，找了很多人，谁也掰不开。汉武帝觉得很奇怪，就把女孩儿叫到身边，让她平伸出两只手，轻轻一掰，就把手给掰开了。汉武帝一看，其中一只手里握着一个玉钩。这个玉钩，十来年间，谁也没有看见过，包括她的家人。

女孩儿跟着汉武帝回宫，汉武帝专门给她建了一座宫殿。因为她曾经握拳藏钩，所以这座宫殿就叫作"钩弋宫"。汉武帝封她为"婕妤"，这在当时可是仅次于皇后的高位。后来，因为她生了一个皇子，又被晋封为"夫人"，人称"钩弋夫人"。"夫人"在秦汉时期是位列皇后之下的第二个位置，"婕妤"是汉武帝的时候设置的，跟"夫人"的等级没有什么差别，"夫人"之称更正式一些。到汉元帝的时候，"婕妤"位次就降到"昭仪"之下，成为第三个等级了。

这位"钩弋夫人"的儿子，名字叫作刘弗陵，汉武帝非常宠爱他，把他立为太子。因为担心幼帝即位，生母把持朝政，所以提前把"钩弋夫人"杀了。汉武帝死后，刘弗陵即皇帝位，可惜母亲已经不在了。这种杀母留子的做法，后世皇室多有仿效，称作"效钩弋故事"。

"钩弋夫人"母以子贵，又因子贵而死，其实挺惨的。因为她的"藏钩"轶事，给后人留下了一个"藏钩"的游戏。就是手握玉钩，由别人猜在哪只手里，以此来决胜负。后来发展为把参加游戏的人分成两队，大大增加了"猜"的难度。这种游戏最先是在宫廷里，参加游戏的人都是宫女。李白写过一首《杂曲歌辞·宫中行乐词八首》之六：

> 今日明光里，还须结伴游。
> 春风开紫殿，天乐下朱楼。
> 艳舞全知巧，娇歌半欲羞。

更怜花月夜，宫女笑藏钩。

"射覆"就是考智力的游戏了。"射覆"起源于汉代。《汉书·东方朔传》："上尝使诸数家射覆。"颜师古注："于覆器之下而置诸物，令暗射之，故云射覆。"最初的"射覆"就是把东西扣在碗、盂之类的容器下面，让大家猜是什么东西。所谓的"覆"，就是盖住，"射"就是猜。"射覆"所藏之物大都是一些生活用品，如手巾、扇子、笔墨、盒罐等。这些都是随身带的物件，所以并不难猜得出。后来引入易学术数占卦，这可就极难了。上面说的"诸数家"，就是精通易学的专家，一般人可就玩不了这个游戏了。《红楼梦》里写到的"射覆"，又是一番境界，待说到这一节的时候，再细细分说。

以上只是简单梳理一下，都是最早的、比较简单的一些酒令。这些玩法，考智力的成分不是很多，越往后发展就越丰富。例如《红楼梦》中各种酒宴上的酒令，就有不小的难度了。例如第二十八回宝玉行的"女儿令"：

> 如今要说悲、愁、喜、乐四字，却要说出女儿来，还要注明这四字原故。说完了，饮门杯。酒面要唱一个新鲜时样曲子；酒底要席上生风一样东西，或古诗、旧对、《四书》《五经》成语。

再如第四十回鸳鸯行的"牙牌令"：

> 鸳鸯道："如今我说骨牌副儿，从老太太起，顺领说下去，至刘姥姥止。比如我说一副儿，将这三张牌拆开，先说头一张，次说第二张，再说第三张，说完了，合成这一副儿的名

字。无论诗词歌赋,成语俗话,比上一句,都要叶韵。错了的罚一杯。"

再如第六十二回湘云行的"诗文令":

> 湘云便说:"酒面要一句古文,一句旧诗,一句骨牌名,一句曲牌名,还要一句时宪书上的话,共总凑成一句话。酒底要关人事的果菜名。"

这样的酒令,难度都不小,但都很有趣味性。参加游戏的人,除了要有一定的文学功底,还要有比较宽的知识面,否则根本应付不来,只能不断地被罚喝酒了。

第四十回行"牙牌令"的时候,排贾母的大丫头鸳鸯做"令官儿"。鸳鸯说:"酒令大如军令,不论尊卑,惟我是主。"

说到"酒令大如军令",历史上有一个很好玩儿的故事。汉高祖刘邦身后,吕后专权。刘邦有一个孙子,名字叫刘章。刘章生得膀大腰圆,臂力过人,并且武功高强。吕后很喜欢他,封他为"朱虚侯"。一次吕后设宴,要刘章做"令官儿"。刘章说:"酒令大如军令,我既然当了令官儿,席上赏酒罚酒,就必须听我的,敢有不听者,军法从事。"当时大家听了也没太当回事,不过是喝酒嘛,什么军法从事,就是句玩笑话吧。

吕后用事,刘姓的人受排斥。正宗的刘姓子孙,都被发遣到边远地方去了,受重用的都是吕姓家人。眼看着天下就从"刘家"转"吕家"了,很多大臣着急,刘家的子孙也着急,包括这个刘章。

席间发生了一个事儿,一个姓吕的喝多了酒,不能再喝了。但他得听令官儿的,输了就得喝。这位姓吕的脾气上来了,说"我就不喝"。他仗着自己姓吕，一再赖酒。被逼急了，干脆起身"避席"，逃出去了。刘章追出去，拔出剑来，一剑把这个人给杀了。回来禀告吕后："酒令大如军令"，逃席的那个人，已经军法从事，把他斩了。大家一听全傻了，吕后气得不得了，这可是她吕家的人啊！但是，刘章是她委的"令官儿"，刘章有言在先："酒令大如军令，敢有不听者，军法从事"，他是有道理的呀，太后可不能失信。再说，她也喜欢刘章，这事儿只能算了。当然，吕后心里很明白，刘家的天下被吕家夺了，刘章心里有气。

当初汉高祖刘邦临终时，对几位托孤重臣说过："安刘氏者，必勃也"，指的是绛侯周勃。后来周勃起兵，替刘家把天下给夺回来了。但如果没有刘章，周勃也很难成功。当时必须借重的军队是两支，一支北军，一支南军。周勃扣押了郦寄的父亲郦商，逼迫与掌控北军大营的吕禄私交很好的郦寄将吕禄约出来，遂趁机进入北军大营，掌控了北军，而刘章则掌握了南军。周勃和刘章联手，南北军呼应，这才算把刘家的天下给夺了回来。

这就是"酒令大如军令"的故事。后世有人模仿刘章行事，也玩过"酒令大如军令"，违令杀人，当然这些故事就没有那么出名了。这个说法，越往后传就越成了一个玩笑，成了饮酒游戏当中添的一个彩。明清以后，酒令的花样愈出愈奇，尤其是在文人圈里，已经成为考验才思敏捷的活动。不像今天，就剩下划拳了。

既然《红楼梦》里写到了这么多的酒令游戏，就应该花上一些工夫，把这些玩法了解清楚。否则读《红楼梦》的时候，遇到这样的内容，就会成为不小的障碍，对全面了解书中人物的性格、情趣以及古代社会的生活面，也是一个损失。

两宴大观园终于"吃"对了大观楼的位置

　　大观园里有两处重名的建筑,贾母宴请刘姥姥的地方叫作"缀锦阁",迎春住的地方差一个字,叫作"缀锦楼"。迎春的"缀锦楼"坐落在"紫菱洲",而"缀锦阁"却是与"大观楼""含芳阁"一同坐落在大观园正门内不远处的"翠嶂"略北处,紧邻"沁芳亭"和"藕香榭"的一个所在。

　　记得1984年1月的一天,在北京宣武门外的教子胡同国家民委招待所,召开了一个"北京大观园规划设计论证会"。有关领导和各路专家与会,论证杨乃济先生的设计方案。杨先生既是古建专家,又是资深红学家。他在清华大学读书时,师从梁思成先生和戴志昂先生,并在他们的指导下,制作了第一个立体的大观园模型。这次的设计方案,就是脱胎于戴志昂先生的大观园图和杨先生自己的大观园模型。

　　我在会上做了一个长时间的发言,提出了一个新的建议,把设计方案的水系做一个"大翻转",也就是东西两路的建筑群"交换场地"。简言之,就是书中大观园的水系,应该是从东北流向西南,从怡红院的墙下汇总流出园外。怡红院应该坐落在园子的西南部,潇湘馆与怡红院隔着沁芳亭,应该坐落在园子的东南部。拢翠庵在怡红院的北边,与怡红院一起,形成西路。稻香村在潇湘馆的北边,与潇湘馆一起,形成东路。元、迎、探、惜四姐妹各自代表的正殿、紫菱洲、秋爽斋、蓼风轩四组建筑,从北向南错落排开,形成中路。而自有《红楼梦》以来,所有的大观园图,水系都是从西北流向东南,怡红院一路在东,潇湘馆一路在西,完全错了,应该

"大翻转"才对。我的论点刚说完,现场就炸锅了。周汝昌先生在一片争论声中站起身来,清晰地表达了观点:"我完全同意'大翻转'的意见。"我和周汝昌先生事先并未交换过看法,完全是思路契合的结果。杨先生虚怀若谷,本就与我关系很好,在充分论证之后,他也完全同意了"大翻转"的意见,大幅度调整了设计方案,这就是后来呈现在北京的实体大观园的水系和建筑布局。

但我的另一个意见,却未能来得及实施,成为无法弥补的憾事。那便是"大观楼"和"含芳阁""缀锦阁"这一组建筑的位置。《红楼梦》中写到三次重要的游园,一次是大观园竣工,贾政一行验收园子,宝玉"试才题对额";一次是元春省亲游园;一次是贾母带着刘姥姥游园。三次游园,此通彼不通,就是因为大观楼、含芳阁、缀锦阁一组建筑的位置,在所有大观园图里统统画错了,都把这一组建筑,画在了园子最北部的正殿之后。实体的北京大观园和上海大观园,也都跟着建错了位置。其实,书上并没有说这组建筑与正殿相连,是画图的各位会错了意。其实这组建筑的正确位置,是在园子的最南边,"翠嶂"以里,与园子最北边的正殿遥相呼应,所以书中说"正楼曰大观楼"。一个"正殿",一个"正楼"。这样的位置关系,三次游园路线全都通顺了,再没有任何扞格之处。按照过去的大观园图,走不通的时候,都是把责任推给曹雪芹。或是说"小说家言不必认真",或是干脆说"曹雪芹写错了",真是冤枉了曹雪芹。

想通了这个问题,我当然很兴奋,立即跑到周汝昌先生府上,去跟他分享这个见解,那是1984年的春节前。周先生听了,也立即兴奋起来,觉也不睡了,雪夜围炉,和我一直聊到天亮。周先生要我把图画出来,再写一篇文章把这个问题彻底说清楚。我因为正忙着赶写电视剧《红楼梦》的剧本,就把这个活儿暂时搁下了。周先生久等不见图文,就写了一篇文章发在《北京晚报》上,但只是略说了大概,分明是不肯掠美的意思,还在等着我自己细说。周先生的文章附了写给我的几首诗,其一曰:

> 胸竹无亏文尽合,心光未爽画方难。
> 周郎一旦开柴塞,功拟疏河导百澜。

"缀锦阁"既然是在这个位置,就应该是坐南朝北,而不是坐北朝南,相当于"倒座"。那么,贾母一行人在"缀锦阁"下开宴,座位的排法,上下手的方向,自然也都要调一个一百八十度。一来朝着门以及门外园子的方向是为上手;二来面对着在"藕香榭"演唱的小戏子们,正好看戏听戏。

还要说清楚一个问题,筵席既然设在"缀锦阁",是在露天呢,还是在屋子里呢?应该是在屋子里,绝对不是露天。有证据没有?当然有了,没有证据的话是不能说的。筵席上一共十三个人,座位分成两组。老太太为首的一组是十一个人;另一组只有两个人,李纨和王熙凤。为什么她们俩要跟老太太那组人分开呢?这就要说说她们的身份。李纨是已故的贾珠的媳妇,王熙凤是贾琏的媳妇。两人都是小字辈的媳妇,因为有外客,所以她们在筵席上的主要任务是"伺候局儿"。虽然也给她们设了专座,但基本上没有时间入座吃喝。她们俩的座位在哪儿呢?是在"三层槛内,二层纱橱之外"。"槛(jiàn)"就是栏杆、围栏,"纱橱"就是隔断,都是房间里边分隔区域的设置。也就是说,王熙凤和李纨的座位都在屋子里头,并不在露天的地方。她们的座位要在筵席区的旁边,才方便伺候。所以老太太这一组人,更不会坐在露天里,大家应该都在屋子里头才合理。

"缀锦阁"楼上是个很大的储藏室,楼下一层是个宽敞的大厅。筵席设在大厅的中央,两边各有"槛"和"纱橱",李纨和王熙凤的座位就设在"槛"和"纱橱"之间,抬脚就是老太太一组人的座位,来回伺候很方便。

既然都是在室内,座位是怎么摆的呢?先说清楚,不是大圆桌,大家不是围桌而坐,而是分着坐。每人面前设有摆放酒菜的"几",座位分别是"榻"和"椅子"。这些家具,原先都存放在"缀锦阁"的二层,是游园之前李纨指挥着下人们从楼上搬下来的。"几"都是雕漆的"高脚几",形制或方或圆,有海棠式、梅花式、荷叶式、葵花式,样式很多。往下搬的时候,李纨再三嘱咐干活儿的小子们,别慌慌张张的,小心碰了牙子,可知这些高几都是高档家具,做工都很精细。宴席上共摆出了十六张高几,两张榻,九把椅子。

榻是一种狭长而较矮的床形坐具,可坐可卧,上面铺着锦裀蓉簟,坐着就更舒服了。既是两张榻,一定是最重要的两个人坐,其余的人都坐椅子。但为什么十一个人要用十六张高几呢?显然有三个人每人用两张几,其他的人每人用一张几。看看书里是怎么安排的:

> 上面二榻四几,是贾母薛姨妈;下面一椅两几,是王夫人的,馀者都是一椅一几。东边是刘姥姥,刘姥姥之下便是王夫人。西边便是史湘云,第二便是宝钗,第三便是黛玉,第四迎春、探春、惜春挨次下去,宝玉在末。

原来上手的两张榻,是贾母和薛姨妈的座位,每张榻配两张几。王夫人虽然坐的是椅子,但也配了两张几,其余的人都是一椅一几。每人面前的几,都是摆放酒菜果品所用。贾母、薛姨妈和王夫人面前各多出来的一张几做什么用呢？摆放炉瓶和攒盒。炉瓶全称为"炉瓶三事"，是焚香用具，由一个香炉、一个香盒和一个插香箸、香铲的瓶子组成。这就是大家气象了，吃饭喝酒的时候，还要点上香。点的是什么香呢？第五十三回贾母的另一次家宴有具体的描述：

> 这边贾母花厅上共摆了十来席。每席旁边设一几，几上设炉瓶三事，焚着御赐百合宫香。

"御赐百合宫香"是一种宫廷所用的"合香"，历代《香谱》都有详细的制作方法。贾府过年的时候，用过一种"百合草"，与"百合宫香"不是同一种东西。

"攒盒"是用来盛放糕点果品的一种分成多格的带盖儿的盒子。这面前多出来的一几，以及几上摆放的物件儿，彰显出特殊的身份。贾母自然应该有，王夫人也应该有，为什么薛姨妈也有这个待遇呢？一因薛姨妈是客居贾府，大户人家的待客之道，要表示尊敬；二因薛姨妈在孩子们面前也是长辈。座位的排法也是按照这样的规矩，薛姨妈的座位在贾母的旁边，也是上手。刘姥姥的座位也是有讲究的，她虽然社会地位低微，但毕竟是贾母的客人，所以她的座位是在挨着贾母的另一边，王夫人还在她的下手，实际上是陪客的次主位。其他的就都是家里的小辈人了，依着从远到近的关系往下排：关系远一点并且不长住贾府的湘云，关系远一点并且借住贾府的宝钗，关系较近并且依亲长住的黛玉，自家孙女辈的迎春、探春、惜春三姐妹，最末位是自家嫡亲的孙子宝玉。

因为"缀锦阁"是坐南朝北的倒座，所以筵席座位的"上下手"排列也跟着换了方向。什么叫"上手"，什么叫"下手"呢？"上下手"不是根据方向,而是根据冲着门还是背着门定的。凡是面对着门的座位,就是上手。"缀锦阁"的门是朝北的,是看园景的,自然是坐南朝北为上。也就是说,贾母和薛姨妈的座位是"上手"。但是,"上手"是两个座位,那么谁坐左,谁坐右呢?

左右孰上孰下,历朝历代多有不同。先秦时期尚右,右手为上。因此还留下了一个说法,贬官称作"左迁"。这是一种委婉的表述方式,迁是升迁,迁字加上一个左字,左是下,"左迁"就不是升迁而是降级了。汉以后,尤其是唐宋两代,都是尚左,左为上,右为下。同名官职的关系,就是左上右下。例如左右拾遗、左右丞相、左右仆射,这些官儿都是左为上,右为下。再往后呢?元代又是尚右,右为上,左为下。明代因为是反元立国,所以又翻过来,左为上,右为下。清承明制,都是左为上,右为下。

《红楼梦》是托古的一部小说,并不坐实朝代年纪,所以左右上下的关系,是按照写小说的需要而定。无论是左上右下,还是右上左下,都是合理的,也都是有依据的。此处的安排,就是贾母坐在右边,薛姨妈坐在左边。因为有一个不可以改变的先决条件,决定了所有人的位置关系,这就是唯一的一个外人刘姥姥的座位。书上说"东边是刘姥姥,刘姥姥之下便是王夫人"。可知刘姥姥是一边挨着贾母,一边挨着王夫人。而"东边"两个字,又把所有人的座位方向确定了。刘姥姥在"东边",隔着上手的贾母和薛姨妈,相对应的湘云就在西边。挨着湘云的宝钗和黛玉都是坐西朝东,挨着刘姥姥的王夫人和宝玉则是坐东朝西,余下的迎春、探春、惜春三姐妹只能是面朝南,与贾母和薛姨妈相向而坐。

《红楼梦》的读者,每每读到此处,很容易一带而过。然而,正是这种细微地方,往往是作者着力处。所以要细细地品读,一层一层地反复辨析。从这些细节中,可以看出作者的一丝不苟,以及用细节的真实支撑人物故事合理性的用意。

这一顿饭,引导着读者把"缀锦阁"的位置找清楚了;把坐向排位的依据以及相关常识也理清楚了;把十三个人物之间不可互易的远近亲疏关系以及职能关系,都表述清楚了;同时说清楚了不是围着大桌子混吃,而是传统的分餐制。由此想到,这等吃法完全合乎卫生要求,伺候局的两个媳妇,也都是得用公筷、公勺给众人布菜,所以绝不会互相传染幽门螺杆菌,想来也不会有人罹患胃溃疡。

座次排好了,方位说清楚了,就可以开宴了。贾母提出"行令",鸳鸯出任"令官儿",名目叫作"牙牌令"。

"牙牌"是怎样炼成的

《红楼梦》第四十回的回目是"史太君两宴大观园 金鸳鸯三宣牙牌令"。贾母说要行个酒令,王熙凤赶快把贾母的大丫头鸳鸯推出来,要她担任"令官儿"。这就看出王熙凤的聪明了,贾府的一切活动,都要以贾母为中心,饮酒行令也得让贾母舒服高兴才行。如果随便找个"令官儿",出题有可能不对贾母的心思,贾母玩不好,大家都不会开心。最了解贾母的,其实只有两个人,一个是凤姐自己,一个是鸳鸯。凤姐要"伺候局儿",分不开身。所以这个场合,只有鸳鸯做"令官儿"。鸳鸯是老太太肚子里的蛔虫,老太太喜欢的、不喜欢的、老太太熟悉的、不熟悉的,她那里是一本清账。鸳鸯可以表现得很公平,其实她知道该怎么不显山不露水地往老太太一边偏一偏。她甚至可以把酒令的难度加得很大，只要难的是别人，难不着老太太就可以了。所以，她一上任就抖出了"令官儿"的威风：

> 凤姐儿便拉了鸳鸯过来。王夫人笑道："既在令内，没有站着的理。"回头命小丫头子："端一张椅子，放在你二位奶奶的席上。"鸳鸯也半推半就，谢了坐，便坐下，也吃了一钟酒，笑道："酒令大如军令，不论尊卑，惟我是主。违了我的话，是要受罚的。"王夫人等都笑道："一定如此，快些说来。"鸳鸯未开口，刘姥姥便下了席，摆手道："别这样捉弄人家，我家去了。"众人都笑道："这却使不得。"鸳鸯喝令小丫头子们："拉上席去！"小丫头子们也笑着，果然拉入席中。刘姥姥只叫"饶了我罢！"鸳鸯道："再多言的罚一壶。"

说实在的，这等阵仗，哪是刘姥姥这样的村妪见过的？所以，她本能的反应就是逃席。这正给了鸳鸯一个扎筏子立威的机会，立即"喝令"把刘姥姥拉上席去，并且不容分说："再多言的罚一壶。"刘姥姥老实了吧？其实，以刘姥姥的世故，未必看不出凤姐和鸳鸯做的这个局。索性装一装傻，既逗得老太太和众人一乐，也给凤姐和鸳鸯捧了个暗场。甚至，以凤姐的聪明，在事前已经交代了刘姥姥也是极有可能的。

鸳鸯宣布，要行的是"牙牌令"。难度来了，要看着三张"骨牌"，由"令官儿"依次报出每一张牌上的点数和名色，由轮到的玩家分别以一句诗词歌赋、成语俗话应对，并且要与报出的牌面名色的最后一个字押韵。三张牌依次说完，最后再把三张牌合成一副，由"令官儿"报出名色，再由轮到的玩家用一句诗词歌赋、成语俗话收束，同样要与报出的牌面名色的最后一个字押韵。对不上或者说错了,就要罚酒。这一回的回目里"牙牌令"的"牙牌"是什么?鸳鸯说的"骨牌副儿"又是什么?"牙牌"就是"骨牌"。"牙牌"最早用象牙制成,所以称作"牙牌"。后来多用牛骨制成,所以又称作"骨牌"。后世更多使用的是木头和竹子的制成品,最常见的是乌木,但都统称为"牙牌"或"骨牌"。骨牌产生的时间大约在北宋宣和年间,因此也被称作"宣和牌"。"骨牌副儿"是三张在一起的一副牌。清代梁章钜的《浪迹续谈·骨牌草》说:

> 骨牌之戏,自宋有之,《宣和谱》以三牌为率,三牌凡六面,即骰子之变也。近时天九之戏,见于明潘之恒《续叶子谱》,云近丛睦好事家,变此牌为三十二叶,可执而行,则即今骨牌搳湖之滥觞也。

《宣和谱》就是《宣和牌谱》,因骨牌据说是在宋徽宗宣和年间创制,所以叫作"宣和牌",其后由宋高宗赵构下旨颁行天下。《宣和牌谱》取宋代宣和年号,实际上是明代的瞿佑编撰,清代乾隆二十二年由琅槐河上渔人整理成为《重订宣和谱牙牌汇集》。

骨牌是由骰子演变而来的。骰子有六个面,从一点到六点依次分布在每一面。一张骨牌上有两组骰子的点数,上下各一组。例如上下两个"六点"拼成"天牌",两个"幺点"拼成"地牌",一个"六点"和一个"五点"拼成"虎头"等。牙牌常称"扇",骨牌常称"张"。全部的牌共三十二"扇",或称三十二"张"。其中有"文牌"十一种,每种两张,共二十二张;"武牌"十种,每种一张,共十张。"三牌为率"的意思是,每一副牌由三张组成。根据《宣和牌谱》,每一副牌都有一个专属的名称。最常用的组合变化,有一百九十五种。因而骨牌的玩法,也比骰子更为多变和有趣。《红楼梦》第四十回鸳鸯行的"牙牌令",就是按照《宣和牌谱》的玩法,再变身成为酒令,所以比单纯的玩牌又复杂了许多。

骨牌的玩法有很多种,例如"推牌九""打天九""接龙"等。由于玩起来都带着赌博,所以一再被禁,乃至现在几乎已经绝迹了。例如,"接龙"赌得最大,输家每每连身上的衣服都输尽了,一丝不挂地离场,所以又称作"剥皮猪"。而与骨牌同源的麻将,却由于娱乐的色彩更多一些,不带赌也可以玩,得以存留下来,甚至成为位居第一的城乡休闲娱乐牌具。

说起来骨牌比麻将简单。为什么呢?北方麻将每副一百三十六张牌,南方麻将添加了春、夏、秋、冬与梅、竹、兰、菊八张花牌,共有一百四十四张牌,还有一些地方的麻将再加上聚宝盆、财神、老鼠、猫各一张牌与百搭四张牌,总计为一百五十二张牌。骨牌拢共只有三十二张牌,比麻将少太多了。之所以大家不觉得麻将复杂,主要是因为玩得多,熟了就不难了。而骨牌差不多算是失传了,绝大多数的人都很陌生,所以一提起来步步畏难。其实麻将的一些玩法还是来自骨牌,例如"碰"和"胡"。正像梁章钜所说的"即今骨牌挝湖之滥觞也"。"挝湖"两个字,就是今天麻将术语中的"碰"和"胡"。

先前,民间还有一些人熟悉骨牌,但都是偷偷摸摸地玩,绝不敢声张。1968 年,我在皖北的农村插队。那个地方很有名,还进了中学的语文课本,叫作"大泽乡",是陈胜吴广起义的地方。我所在村子的附近有个标的物,叫作"涉故台",是陈胜吴广起义时的誓师之处。陈胜的名字叫作陈涉,此地因他而得名。因为很穷,没有任何娱乐活动,尤其是到了冬天农闲的时候,农民就三三两两凑在一起,偷偷摸摸地"推牌九"。大家都没有钱,那也得带着点儿赌。说起来很好笑,各人怀里揣着几片红薯干,输赢就是这东西了,今天想起来还很心酸。我因为从不举报他们,所以大家觉得我很仁义,给我起了个外号,叫"孙中山"。后来,更把我也拉下了水,跟他们一起推,赌红薯干。我想,我是来接受他们"再教育"的,推就推吧,也让他们彻底放心,对得起这个外号,就这样学会了"推牌九"。"推"起来就知道了,其实并不难,不识字的农民都玩得很娴熟。实际上,只要坐下来玩一次,基本上就清楚了,不过就是三十二张牌以及它的各种组合,关键就是要玩进去。

没想到那时的一个"再教育"成果,竟在我读《红楼梦》读到第四十回"牙牌令"的时候用上了。看着鸳鸯说的每张牌以及三张一副的"骨牌副儿",不仅没有理解上的障碍,反而觉得十分亲切。例如鸳鸯说贾母的第一张牌"左边是张'天'",这个"天"就是一张"天牌"。"天牌"上下各六点,加起来十二点,是所有牌中最多的点数,所以叫作"天牌"。鸳鸯说薛姨妈的第一张牌"左边是个'大长五'",这张牌上下各五点,长得像两朵梅花,所以叫作"梅花",加起来共十点。鸳鸯说湘云的第一张牌:"左边'长幺'两点明。"这张牌上下各一点,加起来只有两点,是最少的点数,与"天牌"相对应,所以叫作"地牌"。鸳鸯说刘姥姥的第一张牌:"左边'四四'是个人。"这张牌上下各四点,加起来是八点,叫作"人牌",仅次于"天牌"和"地牌"。各种名色,玩牌的时候都需要记住。至于一副三张合起来的名色,后边再细说。

还有一点,骨牌的颜色要说说清楚。这里指的不是牌身,而是牌上"点"的颜色。最早的"点",分为两种颜色。一种是红色,一种是绿色。那么,哪些点数是红色,哪些点数是绿色呢?很简单,红色的只有两种点数,一点和四点。余下的点数,二、三、五、六这四种，都是绿色。每张骨牌的点数分为上下两组，这就形成了不同点数的组合，也是不同颜色的组合。组合出来的点数和颜色，生出来一些很形象的名称和解说。这在鸳鸯行的"牙牌令"里，都有体现。明白了这一点，再看这些"骨牌副儿"，就更能体会出另外的一些意趣。

玩骨牌大都是带着赌的，但《红楼梦》第四十回的"三宣牙牌令"却与赌博无涉，只是借着《宣和牌谱》里三张一组的"骨牌副儿"以及单张牌和组合牌的名目，创造出一种复杂而有趣的酒令。这个酒令的规则是三点：一是用的道具是"骨牌副儿"，名色都出自《宣和牌谱》；二是要用一句诗词歌赋或成语俗话"比上"每张牌和一副牌的名色，并且要押韵；三是"从老太太起，顺领说下去，至刘姥姥止"。正好转一圈，人人有份。说上来的，过；说不上来的，罚。

这个规则貌似公平，其实暗藏了一个"坑"。给谁挖的呢？刘姥姥。谁给她挖的呢？这还用说？舍王熙凤其谁？当然，鸳鸯一定是同谋，就等着刘姥姥出洋相了。但是，以刘姥姥的"积古"的阅历，还能看不出这点儿心思？所以，从做出要逃席的样子开始，就已经入戏了。她下边的表现，可以称得上是步步精彩。

说到这里，又不能不给作者点个赞，即使有这种生活经历，能写出如此生动的文字来，要有何等的功力！

贾母示范"牙牌令"

"牙牌令"的游戏顺序，用鸳鸯的话说，是"从老太太起，顺领说下去，至刘姥姥止"。这个转法，就是贾母说完了，该薛姨妈，下边轮到史湘云,再下边是薛宝钗,再下边是林黛玉,再下边是迎春、探春、惜春,再转到贾宝玉,转到王夫人,最后转到刘姥姥。总共十一个人,俩媳妇不参加。她们是伺候局儿的。鸳鸯是"令官儿",专职出题。

有两件事要说一说。第一,整个酒局,都在一个人的掌握之中。这一个人并不是行令的鸳鸯,也不是为首的贾母。谁呢?王熙凤。举凡这种场合,王熙凤都想得很明白,谁是真正的主人。所以,事先都会有一番交代。鸳鸯和刘姥姥,只是王熙凤安排的两个好演员。演得好,就能讨老太太的喜欢。王熙凤能在府里做内当家,明面儿上是靠王夫人的提携,但如果没有老太太宠着,也是寸步难行。她知道筵席上所有的活动都要围着老太太转,得让这个最重要的人开心,还不能累着她。所以她推荐鸳鸯做令官儿,鸳鸯也心领神会。她们俩不知道打过多少次这种配合,已经非常之默契了。

第二,这场戏的着力点,主要在三个人身上。一个是贾母,从她开始,是做示范立规矩。虽然鸳鸯说得很清楚,但座中人未必都明白。不熟悉这种玩法的读者,就更不明白了。所以,需要一个样板。谁来示范呢?贾母。鸳鸯和贾母,借一句玩儿骨牌的歇后语,是"丁三配二四——绝配!"顺便解释一下,骨牌中的"丁三"是三点的牌,单用的时候点数最小;骨牌中的"二四",单用的时候也不大,只有六点。但是这两张牌放在一起连用,那可不得了,是所有的组合当中位居第一的大牌,叫作"至尊宝",比"天牌"还要大。鸳鸯知道贾母的天花板,表面上出的题目显得有难度,但一定是照着贾母量身订造的,一定不会难着贾母。所以,贾母做示范最合适不过。事实也是,"行家一出手,便知有没有"。别人自是口服心服,贾母自己也很得意。这就是王熙凤和鸳鸯的初心,不可以出错。一副牌说出来,如何应对,如何引用诗词歌赋成语俗话,如何押韵,自然成为后面摹画的标准范式。

再一个是刘姥姥,她的任务是调节气氛。否则无论是游园还是吃饭,一定是了无意趣。贾府的这类活动太多了,总是重复,读者也会疲劳的。凭空来了个局外人,与固有的阶层完全不同。这种反差本身就是一个悬念,局中人和读者的胃口一下子被吊起来了。这就是作者的高明处,用刘姥姥调高了所有人的期望值。把寻常的吃饭、喝茶,用一种自然而然的格格不入,不断地挑起一次次的娱乐高潮。这种阶层反差的设计,把握不好,就会陷入无尽的尴尬。设想随便换一个人来,例如宝玉多看了几眼的"二丫头",例如袭人自家的没见过世面的姐妹,虽然也都是乡下人,与贾府也能够形成反差,但无论怎么想,都娱乐不起来。所以,刘姥姥是唯一人选。这种不可替代性,应该是从"千里之外,芥豆之微",就开始了布局。

还有一个是林黛玉,这是在这个场合唯一一个不该出错而居然一再出错的人。然而,这个"出错",却是一个重要的伏笔,是一种典型的写作技法,叫作"一笔多用"。貌似着眼于饭局和酒令,却不显山不露水,伏下了又一个重要的故事。等到需要的时候,伏下的暗线与新的情节无缝衔接,仿佛从没有间断过。这种铺垫功夫,岂是一般写家能够望其项背的?所以,让黛玉"出错"是"表",而"内里"却是后文故事的由头。细读《红楼梦》,这种安排比比皆是,会心处常令人击节赞叹。

贾母的任务、刘姥姥的任务和林黛玉的任务各不相同,都以"牙牌令"的形式,各自发散,这就是作者的高明处。不是把这个故事和那个故事硬接在一起,而是不显山不露水地"明渡"或者"暗渡",这就是大手笔。其他人呢?其他人不是重点,在这一场游戏当中，都是配角，包括宝玉、宝钗、湘云、三春、王夫人和薛姨妈。

行令从老太太开始，鸳鸯翻出一副牌。按照《宣和牌谱》，这一副牌是三张，左边一张，中间一张，右边一张。鸳鸯先报左边一张，"左边是张天"。这张牌是"天牌"，上下都是六点，加起来十二点。按照各种点数的颜色，十二个点应该都是绿色。最初使用的"天牌"，十二个点的确全是绿色。但后世为了醒目，把"天牌"点数的颜色做了一个调整，六个点改为三绿三红，并且上下两组红绿排列相反，就是竖着看一侧上下是三个绿点儿三个红点儿，另一侧上下是三个红点儿三个绿点儿，红绿交叉排列。从贾母对出的这一句"头上有青天"，可知贾母的这张"天牌"是最初的颜色，上下一片绿，像是头上的青天。

"左边是张天"一经报出，贾母反应很快，立即说出对句"头上有青天"。这是一句俗语，原文是"眼子头上有青天"，不太文雅。正好"左边是张天"是个五字句，贾母顺势把"眼子"两个字去掉，也成了五字句，对得又好，又显得没那么俗了，真不愧是个中老手。第一张牌示范成功，大家都应该照此规则应答。

鸳鸯报出第二张牌，"中间是个五与六"。这张牌上下是一个五点儿和一个六点儿，也是一张"文牌"，有个名字叫作"虎头"。说起这张牌，很多人会想起金庸笔下的韦小宝，他生了个儿子，怎么给儿子起名儿呢？掷了一把骰子，一个五点儿一个六点儿，于是儿子的名字就用这两颗骰子组合在一起的名称，叫了"虎头"。这张牌上下相加的十一个点全绿，贾母非常圆熟，不假思索，对出一句"六桥梅花香彻骨"。对得真的很妙，妙在何处？上下一个五点儿一个六点儿，五点儿的排列很像梅花瓣儿，那六点儿呢？贾母顺手拎出了一个典故"六桥"。这"六桥"可是大大有名，是杭州西湖上的一组景观桥。西湖上有两条堤,一条叫白堤,与白居易有关;一条叫苏堤,与苏东坡有关。苏堤上依次坐落着六座桥:映波、锁澜、望山、压堤、东浦、跨虹,合称"六桥"。并且苏堤之上遍种梅树,到了开花的季节,六桥前后,一片梅花。贾母对的这句"六桥梅花香彻骨",简直是浑然天成,太好了。

可能有人要说了,好是好,但有一点不对,"六桥梅花香彻骨"的这个"骨"字,和鸳鸯报出的"中间是个五与六"的"六"字,不但是一个三声一个四声,也不在一个韵部,不押韵呀。这就要说一说,她们押的韵不是今天的韵。今天写白话诗,押的是普通话的韵。但是要写古近体诗,还得用古韵,也就是"平水韵"。"平水韵"分为"平上去入"四声,多出了一个"入"声,与普通话有很大的差别。普通话没有"入"声,原来的"入"声,"入派三声","入"声字分别分配给了"平上去"三声。今天,以普通话为核心的大北方方言,"入"声都已消失。但是在南方的大部分地区,还保留着绝大多数"入"声字的读音。"骨"字和"六"字就是"入"声字,读如"过"和"落"。如果用入声来读,这两个字是押韵的。既然押韵了,就是符合要求了,这又是一个成功的示范。

第三张牌,鸳鸯说"剩得一张六与幺"。下面是个六点儿,上面是个一点儿。上面的一点儿是个红点儿,下面的六点儿全是绿点儿。这张牌,贾母是怎么对的呢?"一轮红日出云霄"。非常形象,下面绿色的六个点儿如同青云,上面红色的一个点儿像是一轮红日。并且"一轮红日出云霄"的"霄"字,与"剩得一张六与幺"的"幺"字押韵。

三张说毕,该说合在一起的"骨牌副儿"了:

鸳鸯道:"凑成便是个'蓬头鬼'。"贾母道:"这鬼抱住钟馗腿。"说完,大家笑说:"极妙。"贾母饮了一杯。

"蓬头鬼"的名称,出自《宣和牌谱》。"钟馗"是一位道教俗神,专司打鬼驱邪。中国民间常挂钟馗神像辟邪除灾,从古至今都流传着"钟馗捉鬼"的典故传说。关于"钟馗"的来历,《钟馗传略》说:

> 夫钟馗者,姓钟名馗,古有雍州终南人也,生于终南而居于终南,文武全修,豹头环眼,铁面虬鬓,相貌奇异,经纶满腹,刚正不阿,不惧邪祟,待人正直、肝胆相照、获贡士首状元不及,抗辩无果,报国无门,舍生取义,怒撞殿柱亡,皇以状元职葬之,托梦驱鬼愈唐明皇之疾,封"赐福镇宅圣君",诏告天下,遍悬《钟馗赐福镇宅图》护福祛邪魅以佑平安。故名噪天下也!

说他是终南山人,曾经因为考试不公平,一头撞在宫廷大殿的柱子上自杀身亡。死后封神,专事打鬼。因为托梦驱鬼,治好了唐玄宗的病,所以得到皇家的褒扬。每到新年时节,皇帝都会赏赐给大臣"钟馗画像",其后成为惯例。钟馗出现的地方,大鬼小鬼唯恐逃之不及。但民间有一幅画叫作《钟馗嫁妹》,因为是喜事,大鬼小鬼其乐融融。钟馗这时不捉鬼了,而是任由一群小鬼搂搂抱抱。贾母说出"这鬼抱住钟馗腿",真的是妙极了。把一脸凶相的"钟馗"和令人憎恶的小鬼,都改了模样,"钟馗"面目和善,小鬼喜气洋洋。

贾母的任务完成得很好,有了首开的模板,下边就都知道该怎么玩了。

刘姥姥意外出彩，林黛玉无心出错

前边说了行令的重点是在三个人的身上，贾母、刘姥姥和林黛玉。其他的人都是配角，就是应个景凑个趣而已。贾母做得很漂亮，示范成功。后边的人有样学样，从薛姨妈到史湘云、薛宝钗等，也都算顺利。按照王熙凤的设计，酒令的高潮是在刘姥姥。无论是在场的众人还是读者，都在等着这个时刻。最低的期望值，也是要看看刘姥姥的窘态。当然，既然是设计，就不能露出设计的痕迹。从高水平的贾母，到一学就会的一干聪明人，中间一定要有几个假装笨拙的过渡，否则就显得太刻薄了。要捉弄刘姥姥，还要表现得很自然，这才是有水平的安排。不但要让大家开心，也要多少留给刘姥姥一点面子。这个度要把握好，还真不太容易。就连林黛玉那么个聪明主儿，说刘姥姥"当日圣乐一奏，百兽率舞，如今才一牛耳"。说实在的，分寸还是没拿捏好，有点儿过了。王熙凤的设计，她心里是很有谱的，赌的就是刘姥姥跟这个府里的人不在一个话语系统里。刘姥姥猛不丁说出来一句话，无论是对还是错，无论是出丑还是出彩，都应该是笑料。只不过要随时调整节奏，不能显得是故意对付刘姥姥，故意让她出丑。所以，在轮到刘姥姥之前，做了一些铺垫。很简单，安排别人故意说错，别都通过得那么顺利，不能单让刘姥姥一个人难堪。既然还有人错，并不是都很行，刘姥姥就不会怯场，就不会不知所措。前边有人犯错很重要，刘姥姥就会有底气了。没什么大不了的，前边的公子小姐都错了，我一个村老婆子错了算个啥？所以无形中减轻了压力，这个游戏就能够顺利地玩下去了。

那么，安排谁第一个出错呢？二姑娘迎春。这个安排很合理，迎春的性格木不拉叽的，对这种活动也不熟，也不会觉得面子上下不来。轮到她了，鸳鸯拿出一副牌来，先翻出左边一张，说"左边四五成花九"，这位迎春小姐不知道是按照王熙凤的交代还是压根儿就是自己不上台盘，竟没头没脑地说了一句"桃花带雨浓"。这哪跟哪儿？这张牌是一个四点儿一个五点儿，加起来是九点儿。四点儿是红的，五点儿是绿的，所以这个九叫作"花九"。"桃花带雨浓"跟四点儿、五点儿、"花九"都没有关系，并且完全不押韵。所以错了，错了罚酒，这没得说。刘姥姥看在眼里，自然是暗暗高兴。下边轮到探春、惜春和宝玉，故意有对有错，当然都会显得很自然，行文中没有细说，终于转到刘姥姥了。可以想见，此时大家的兴奋之情，都憋着看刘姥姥怎么说。

鸳鸯拿出一副牌来，先说第一张，"左边四四是个人"。这是一张"人牌"，这张牌的地位仅次于"天牌"和"地牌"，上面四个点儿，下边四个点儿，一片红，看刘姥姥怎么说。确切地说，要看的是刘姥姥怎么错。这可是要说出一句诗词歌赋、成语俗话，刘姥姥大概率说不出来。诗词歌赋肯定就免了，成语俗话纵然能摸着个边儿，但还要押韵呢？万没料到，刘姥姥自己结了个出人意料的包袱。看大家都在等着她，差不多了，该把包袱抖出去了。刘姥姥抬起头来说"是个庄稼人吧"，大家"哄"地一下全笑了。这句对得很本色，既符合刘姥姥的身份，也没错了韵。"人"字重复了算不得错，老太太的示范不是也重复了"天"字吗？跟着贾母的规则，能算错吗？这一句，貌似随口而出，却很出彩，完全出乎大家的意料。下一句来了，"中间三四绿配红"，刘姥姥出手就得了分，已经胸有成竹了，略想了想，对了句"大火烧了毛毛虫"。土不土？真是土得掉了渣儿。大家小姐们谁听过这个？所以又"哄"地一声笑成一团。边笑边想，咦？不错呀，"中间三四绿配红"，三点儿是绿的，四点儿是红的，四点儿像一团火，上边斜着的三点儿像一条趴着的毛毛虫，形象吧？非常形象！最难得的是，居然还押上了韵。第三张呢？鸳鸯报出来："右边幺四真好看。""幺四"为什么好看？上边一个红点儿，下边四个红点儿，一片红，当然好看。刘姥姥这时候很得意，觉得不过如此，跟我们庄稼人玩的也差不多，所以不假思索，脱口而出："一个萝卜一头蒜。"谁能想到是这么一句，能不大笑吗？再想想，这句真是妙极了！为什么呢？上面是一个点儿，像不像"一个萝卜"？下边四个点儿，像不像"一头蒜"？四个点儿，连蒜瓣儿都有。还有呢？萝卜是红皮儿，蒜也是红皮儿，颜色也都靠上了。既说得贴切，又不脱落农村人的本色，真是太好了。还没完，鸳鸯说："凑成便是一枝花。"这副牌在《宣和牌谱》里，叫作"一枝花"。这时候刘姥姥已经开始兴奋了，用手比画着说："花儿落了，结了个大倭瓜。"既合理，又合辙。大家听了，笑成一片。

刘姥姥每一句都说得极好，不仅出乎意料，而且还在无意中开启了一个标准的逗笑程序。这就是，一个包袱抖成功了，再叠加新的包袱，接下来只要节奏上不出错，那么最初的"笑反应"就触动了"笑神经"。到了这一步，包袱已经不重要了，"笑"本身会引发一轮一轮的"笑"。尤其是大家互相看着笑，憋得住和憋不住都会爆发成新的笑点，最终转换为"纯生理性的笑"，一发而不可收。酒令行到这个时候，真的到了高潮。这是王熙凤的成功，更是刘姥姥的成功。

刘姥姥说完了，酒令就行完了。但是，还要回过头来再说一个人。谁呢？林黛玉。看看她的这一副牌是怎么说的：

> 鸳鸯又道："左边一个'天'。"黛玉道："良辰美景奈何天。"宝钗听了，回头看着他。黛玉只顾怕罚，也不理论。鸳鸯道："中间'锦屏'颜色俏。"黛玉道："纱窗也没有红娘报。"鸳鸯道："剩了'二六'八点齐。"黛玉道："双瞻玉座引朝仪。"鸳鸯道："凑成'篮子'好采花。"黛玉道："仙杖香挑芍药花。"说完，饮了一口。

她的第一张牌，跟贾母的第一张牌一样，也是一张"天牌"。按说这种游戏是难不住她的，可能是太当回事儿了，这种时候，不能让别人比下去了。往往有这样的情况，越是认真，就越是紧张。她张口竟然对了一句"良辰美景奈何天"。有问题吗？当然有问题了。这一句可不是出自"诗词歌赋成语俗话"，而是一句"戏文"，《牡丹亭》里的唱词，这可不应该是从大家小姐口中说出来的话。女孩子读书，就像贾母所说的，不过是认几个字，不做睁眼瞎罢了。就算是开明家长，拿女孩子当男孩子养着，至多也只是放宽到"诗词歌赋"，绝不准许接触到戏文和小说的。宝玉让茗烟儿从外头搜罗来的那些杂书，也不敢露出来，自己找个没人地方偷偷阅读而已。黛玉能够读到这些东西，毋庸说，是跟着宝玉"学坏了"。然而那些"坏书"可是太好看了，正如第二十三回宝玉在沁芳溪畔偷看《西厢记》，被黛玉撞破，两人的那番对话：

> 黛玉道："什么书？"宝玉见问，慌的藏之不迭，便说道："不过是《中庸》《大学》。"黛玉笑道："你又在我跟前弄鬼。趁早儿给我瞧，好多着呢。"宝玉道："好妹妹，若论你，我是

不怕的。你看了，好歹别告诉别人去。真真这是好书！你要看了，连饭也不想吃呢。"一面说，一面递了过去。林黛玉把花具且都放下，接书来瞧，从头看去，越看越爱看，不到一顿饭工夫，将十六出俱已看完，自觉词藻警人，馀香满口。虽看完了书，却只管出神，心内还默默记诵。

宝玉是怎么形容《西厢记》的呢？"你要看了，连饭也不想吃呢。"黛玉是什么体会呢？"自觉词藻警人，馀香满口。……心内还默默记诵。"可以想见，看了这些书，那些正经书还怎么读得进去？宝玉手里可不是只有一部《西厢记》，自从桃花树下"共读"之后，宝玉凡是偷读这种书的时候，一定是要带着林妹妹的。所以，黛玉时时刻刻心里想着的口里念着的，一定都是这些书里的句子。乃至一不小心，行酒令的时候，脱口说出一句。以黛玉的聪明，怎么会不知道说错了呢？但是话一出口，想收也收不回来了。此时黛玉最担心的，是被别人听出来，幸喜老太太、太太和薛姨妈不读书，众姐妹都没有机会读到这些书，王熙凤不识字，即使大家都听过这种戏，也不会用心记着的。宝玉当然明白，但不动声色，佯作不知。只有一个人例外，谁呢？薛宝钗。宝钗听黛玉说了这么一句，回头看着黛玉，但没有说话。黛玉一下子慌了，还没想好该怎么办，下一张牌出来了："中间'锦屏'颜色俏。"什么是"锦屏"？就是上边四点儿下边六点儿，上边红下边绿，像是一扇锦屏。黛玉不能犹豫，张口对了一句"纱窗也没有红娘报"。真是怕啥来啥，又错了，又是一句"戏文"。这次宝钗没有再看她，但就是之前的一眼，就伏下了后面一段重要的情节，甚至彻底改变了钗黛二人的关系。

好在大家的注意力都在刘姥姥身上,都等着看刘姥姥。待高潮过去,酒宴结束,林黛玉一颗忐忑的心才慢慢放下。她觉得,没事儿了。真没事儿了吗?第二天,这事儿就来了:

且说宝钗等吃过早饭,又往贾母处问过安,回园至分路之处,宝钗便叫黛玉道:"颦儿跟我来,有一句话问你。"黛玉便同了宝钗,来至蘅芜苑中。进了房,宝钗便坐了笑道:"你跪下,我要审你。"黛玉不解何故,因笑道:"你瞧宝丫头疯了!审问我什么?"宝钗冷笑道:"好个千金小姐!好个不出闺门的女孩儿!满嘴说的是什么?你只实说便罢。"黛玉不解,只管发笑,心里也不免疑惑起来,口里只说:"我何曾说什么?你不过要捏我的错儿罢了。你倒说出来我听听。"宝钗笑道:"你还装憨儿。昨儿行酒令你说的是什么?我竟不知那里来的。"

宝钗的话正戳着黛玉的软肋,黛玉不由得心虚了,那两句"戏文"还是没瞒过去。黛玉只好服软:"好姐姐,原是我不知道随口说的。你教给我,再不说了。"宝钗还要逗她,说:"我也不知道,听你说的怪生的,所以请教你。"黛玉羞得满脸飞红,满口央告:"好姐姐,你别说与别人,我以后再不说了。"宝钗这才拉着黛玉坐下,把自己的秘密也告诉了黛玉,这可是一番推心置腹的体己话:

你当我是谁,我也是个淘气的。从小七八岁上也够个人缠的。我们家也算是个读书人家,祖父手里也爱藏书。先时人口多,姊妹弟兄都在一处,都怕看正经书。弟兄们也有爱诗的,也有爱词的,诸如这些"西厢""琵琶"以及"元人百种",无所不有。他们是偷背着我们看,我们却也偷背着他们看。后来大人知道了，打的打，骂的骂，烧的烧，才丢开了。所以咱们女孩儿家不认得字的倒好。……你我只该做些针黹纺织的事才是，偏又认得了字，既认得了字，不过拣那正经的看也罢了，最怕见了些杂书，移了性情，就不可救了。

这段话说得真好，先自占地步，从自己的"误入歧途"说起，使得对方的心理防线渐渐放松，接着以心换心，说到正题。如此体贴，黛玉能不感动吗？当时虽然什么也没说，但心里已经服了。这可是至关重要的一个"事件"，黛玉和宝钗的关系自此完全变了，尤其是黛玉，再也没有了对宝钗的抵触和防范，到了第四十五回，两个人的关系已经空前融洽，让宝玉都觉得惊诧极了。

这套酒令，有传统的知识点，不知道还真看不懂；有创新的出句对句，没有一定的底子，还真玩不下来；有大雅大俗的反差，虽出乎意料，却无不在情理之中；有事先安排的"阴谋"，又有举重若轻的化解；有就事论事的认真，又有随手铺排的狡狯；尤其难能可贵的是，区区一个酒令，竟映现出十几个完全不同的人物性格。真是好看极了。

大观园里"顶风作案"的生日宴

《红楼梦》中写到的酒令都挺复杂的，如果弄不懂这些玩法，就读不懂其中所承载的人物故事，更读不懂其中所蕴含的哲理意图。所以，吃吃喝喝只是表面文章，"杂学旁收"才是大学问。

第六十二回，宝玉要过生日了，具体的时间没有明写。周汝昌先生认为，宝玉的生日应该是花神退位的日子，四月二十六，春末夏初，端午节之前。这个时候，春花大都谢了，芍药花、牡丹花、蔷薇花还在开着。

这一年的宝玉生日之前，恰逢宫里的老太妃薨了，这可是件大事，朝廷下了圣旨：

> 凡诰命等皆入朝随班按爵守制。敕谕天下：凡有爵之家，一年内不得筵宴音乐，庶民皆三月不得婚嫁。

贾家属于"有爵之家"，当然要停止一切娱乐活动。于是，就做了几件事。第一件事，把元妃省亲之前从苏州采买的小戏子全部遣散，教习先生也给了点银子打发走了。因为不能再娱乐了，家里的小戏班教戏学戏都不行了，唱戏更不行了，还养着这些人干什么呢？愿意回家的，听凭父母领回。但因都是被家里卖出来的，已经伤心了，所以愿意回家的不多，只有四个，剩下的八个都不愿意离开。有的说狠心的爹娘有卖第一次的，就有可能再卖第二次，回到家里还是被卖。有的说家里的双亲都不在了，回去落到亲戚手里还是个卖，回家有什么好处？都想留在贾家，不走了，干什么活儿都行。于是，留下的文官、芳官、蕊官、藕官、葵官、豆官、艾官、茄官，就发到各个房里边去做丫头：

> 贾母便留下文官自使，将正旦芳官指与宝玉，将小旦蕊官送了宝钗，将小生藕官指与了黛玉，将大花面葵官送了湘云，将小花面豆官送了宝琴，将老外艾官送了探春，尤氏便讨了老旦茄官去。

分配在园子里的女孩儿，一个个如倦鸟出笼，每日在园中游戏，简直开心死了。这些女孩儿从小学戏，都没学过女红针黹。幸亏小姐们都很宽厚，也没有管得很严。这些女孩儿哪经过如此快乐的生活？所以大都不去留意女红针黹，只有一两个人心下想着学点儿技艺，为以后生活做些准备。分在宝玉房里的芳官儿，尤其得宠。人又机灵，长得又漂亮，宝玉又喜欢女孩子，所以她不须多做什么，陪着宝玉就行了。

第二件事，就是贾府上下凡是有品衔的诰命夫人，像贾母、邢夫人、王夫人等，都要早出晚归，进宫去给老太妃守灵。到了老太妃发丧的时候，又都要跟着去送灵。这一走，前后就要一个多月。此前王熙凤身体不好，已经把管家的差事让李纨、探春、宝钗三个人暂时分担了。这个时候，有年纪的主子们都出门了，留在家里管事的几个人都太年轻，所以从宁国府把尤氏请过来照应。宁国府还有一大家子，尤氏也只能早出晚归，所以也有照顾不到的地方。园子里的事，只好委托薛姨妈多费点儿心。薛姨妈也管不了太多的事，不过是照看一下黛玉、宝钗这一干人。为了方便，薛姨妈索性就搬到潇湘馆陪着黛玉住了。

按说大人都不在家，宝玉可以撒开了玩了，尤其是又正逢生日。但是国丧期间，不能过于张扬。喝酒也好，行令也好，让外人知道，都是不得了的事。作者偏偏把宝玉过生日这么一件欢乐的事情，放在这样的一个背景下，等于设置了一个反差：似乎家里没有大人管着了，其实管得比平日还要严。谁管呢？林之孝家的一干婆子们。这些管家都是懂得利害的，越是在这种时候，就越要打点起十二分的精神日夜巡查，不能出一点差错。所以宝玉过生日也得悠着点儿，尤其是晚上关起门来偷摸着喝酒行令，怎么都得要背着这些管家。

宝玉的生日一天之内过了两次，第一次是在白天，第二次是在晚上。先说白天的生日会。开始知道的，还有一个人跟宝玉同一天生日，谁呢？宝琴。这就比一个人过生日热闹了。没想到还有两个人生日也在这一天，一个是平儿，一个是邢岫烟。这里有几项相关的事情要说一说，一是寿礼：

> 因王夫人不在家，也不曾像往年闹热。只有张道士送了四样礼，换的寄名符儿，还有几处僧尼庙的和尚姑子送了供尖儿，并寿星纸马疏头，并本命星官值年太岁周年换的锁儿。家中常走的女先儿来上寿。王子腾那边，仍是一套衣服，一双鞋袜，一百寿桃，一百束上用银丝挂面。薛姨娘处减一等。其余家中人，尤氏仍是一双鞋袜，凤姐儿是一个宫制四面和合荷包，里面装一个金寿星，一件波斯国所制玩器。各庙中遣人去放堂舍钱。又另有宝琴之礼，不能备述。姐妹中皆随便，或有一扇的，或有一字的，或有一画的，或有一诗的，聊复应景而已。

宝玉收到的寿礼当中，张道士与和尚尼姑送的东西比较有特点。其中"寄名符儿"是护佑小儿的符牌儿，"供尖儿"是庙里供品的顶尖儿，"纸马"是神像纸，"疏头"是写给神佛的文字，"锁儿"是长命锁。这一组东西，都是借着神佛保佑长命的法物，同时可以化解"本命星官值年太岁"的冲犯。寿礼中写得最具体的是宝玉的舅舅王子腾送的，而且还说了"仍是"，说明每年生日如此。宝玉的姨妈薛姨妈"减一等"，大概减少了寿桃和寿面的量。三个嫂子中，尤氏和凤姐都送了礼，李纨寡居不送。其余姐妹随意。另外三个寿星，也分别安排了礼物。

二是拜寿，因为有王夫人的交代，年轻人受礼，恐折了福寿，所以都不磕头。这个规矩大家都不敢不依从，虽然互相行礼，都有人给铺红毡子，但都是揖拜而已。

三是贾府平日用膳，主食大都是米饭，很少见到面食。因为过生日，所以出现了挂面，除了收到的贺礼中有挂面，家里一定也要准备。元代忽思慧所撰的《饮膳正要》中记载，挂面始现于元代，其实还要早得多。敦煌文献中，就记载了唐代的挂面，那时叫作"须面"。明清时制作挂面的水平已经很高了，品种也较前代多出不少。例如传说由清代大书法家伊秉绶发明的"伊府面"，后来简称为"伊面"，制法以鸡蛋细面煮熟后油炸贮存，需要时下水略煮即可上桌，被称为方便面的鼻祖。"上用银丝挂面"，则是宫廷里常备的一种高档挂面。清代谢塘的《食味杂咏》说："北地麦面既佳，而挂面之入贡者更精善，乃有翻嫌其太细者。"这种"太细"的"入贡"挂面，应该就是"上用银丝挂面"。平时不吃面，这一天来给宝玉祝寿的小姐丫头们都嚷嚷着要吃面。其实并不是喜欢吃，而是要讨个长寿的口彩。只有一个人口无遮拦，刚分配到怡红院的芳官儿，竟然跟宝玉说："我也不惯吃那个面条子"，宝玉也没有怪她。

四是准备这顿寿宴的厨房，是园子里的小厨房。平时小厨房每天负责给园子里的人做饭，此时府里的人少了，就都改由府里的大厨房做饭送饭了。因为探春还替凤姐管着家事，自然寿宴是由她来张罗。她把小厨房管事的柳家的找了来，吩咐柳家的用小厨房起火备餐。柳家的知道宝玉、平儿做寿的分量。宝玉是少主子，她自然要巴结着；平儿是王熙凤的左右手，相当于半个主子，直接管着阖府的丫头婆子，她自然更要巴结着。何况她的小厨房管事的位子，不是宝玉出头替柳家的女儿柳五儿说话，不是平儿出面矜全处置，差一点儿就保不住了。领了这个备宴的差事,正是报答恩情的时候,所以赶忙答应着去了。这顿饭既然回到园子里另做另吃,那就不能在"公中"领钱。探春跟柳家的说,园子里的姐妹们凑份子,不用"公中"的钱。

"湘云眠芍"的"红香圃"怎么走?

第六十二回宝玉、宝琴、平儿、岫烟开寿宴的地方,选在芍药栏中红香圃三间小敞厅内。《红楼梦》中所有的故事,都有一个独特的发生地。尤其是在大观园里,每个人住的地方,都有与住处相关的故事。不住人的各个景点,也都有与景点相关的故事。这是因为,环境之于人物故事,是非常重要的条件。例如,说到孔乙己,自然会联想到咸亨酒店;说到一百零八将,自然会联想到水泊梁山;说到福尔摩斯,自然会联想到伦敦贝克街221号B。所以,人物故事与环境是分不开的。选在芍药栏,是颇见心思的。因为已经过了春花的花期,但芍药花还在盛开,这就给后面发生的一个典型情境做好了铺垫:

> 正说着,只见一个小丫头笑嘻嘻的走来:"姑娘们快瞧云姑娘去,吃醉了图凉快,在山子后头一块青板石凳上睡着了。"众人听说,都笑道:"快别吵嚷。"说着,都走来看时,果见湘云卧于山石僻处一个石凳子上,业经香梦沉酣,四面芍药花飞了一身,满头脸衣襟上皆是红香散乱,手中的扇子在地下,也半被落花埋了,一群蜂蝶闹穰穰的围着他,又用鲛帕包了一包

芍药花瓣枕着。

原来是湘云醉了,在芍药丛中的一个石凳子上睡着了。枕着装满芍药花瓣儿的手帕,身上落了一簇一簇的芍药花。这就是《红楼梦》中著名的一个画境"湘云眠芍",简直太美了。读书读到此处,直令人拍案称绝。如果不是席设芍药栏,哪来的这幅绝妙图画?如果不是在芍药花期,湘云又岂能枕着花瓣儿,在"山石僻处一个石凳子上,业经香梦沉酣"?那么,这个"芍药栏中红香圃三间小敞厅"的位置,是在大观园里的什么位置呢?

《红楼梦》第十七回,为元春省亲专门建造的"驻跸关防"之处"大观园"落成了,贾政带着贾珍、贾宝玉和一众清客,一起验收园子的工程。先在园子的大门外驻足,接着进入园内,从迎面的"曲径通幽"穿行,过了一带翠嶂,来到沁芳溪上的沁芳桥亭。再往右手行去,就是第一个颂圣接驾的地方,宝玉题额"有凤来仪"的潇湘馆。出潇湘馆往北不远处,是后来李纨居住的稻香村。离开稻香村再往北走,书上有这么八个字:"穿花渡柳,抚石依泉",说的是这一路上的景致,移步换景,接着就是错落相连的六个景点,都是花园。

第一处是"荼蘼架"。荼蘼也作酴醾,属蔷薇科,又名悬钩子蔷薇,是暮春入夏最晚开的花。苏东坡谪居湖北黄州的时候,写过一首诗《杜沂游武昌以荼蘼花菩萨泉见饷》,其中有"荼蘼不争春,寂寞开最晚"的句子。宋代的诗人最喜欢的花就是荼蘼花,像陆游、杨万里、朱淑真、王淇等人都有赞美荼蘼花的作品。《红楼梦》第六十三回,麝月抽到的花名签子上的"开到荼蘼花事了",就是王淇的诗句。荼蘼花的架子大都搭得又高又大,宋代朱弁的《曲洧旧闻》记载：

> 蜀公（范镇）居许下……前有荼蘼架，高广可容数十客，每春季，花繁盛时，燕（宴）客于其下。约曰："有飞花堕酒中者，为余浮一大白。"或语笑喧哗之际，微风过之，则满座无遗者。当时号为"飞英会"，传之四远，无不以为美谈也。

一座荼蘼架，下面竟可以容纳数十人。北宋司马光、欧阳修的好友范镇曾经在荼蘼架下待客，约定荼蘼花落在谁的酒杯里谁就要饮尽门杯，结果风吹花落，飘入所有的酒杯。大观园里的荼蘼架，应该也是不小的体量。据脂砚斋的批语提示，八十回之后丢失的那一部分原著的文字中，有一个事关宝玉和黛玉的重要故事，就发生在荼蘼架下。

第二处是"木香棚"。木香是一种小花，可以入药，有广木香、云木香等，品种很多。《本草纲目》说："心腹一切滞气。和胃气，泄肺气，行肝气。凡气郁而不舒者，宜用之。" 白居易的《早夏游平原回》诗："夏早日初长，南风草木香。"可知木香也是在春末夏初开花，颜色洁白或米黄，花气芳香浓郁，花期过后，浓密的绿叶可以遮阳，所以木香棚多在园林中设置。

第三处是"牡丹亭"。牡丹自古以来被推为名花第一，咏牡丹的名篇很多，其中与"亭"扯上关系的，是李白的《清平调》三首之三：

> 名花倾国两相欢，长得君王带笑看。
> 解释春风无限恨，沉香亭北倚栏杆。

牡丹亭的最早出处，应该是唐明皇和杨贵妃把李白请到"沉香亭"畔作诗，李白明面上是咏牡丹，实际上是咏杨贵妃。"沉香亭"，其实就是牡丹亭。明代大戏剧家汤显祖最脍炙人口的作品，就叫作《牡丹亭》。后世园林景点，以"牡丹亭"命名处颇多，最有名的就是杭州西湖北山下的牡丹亭。大观园里的这个景点，应该是牡丹园中的一座亭子。

第四处是"芍药圃"，第六十二回这个地方称作"芍药栏中红香圃"。芍药是既能药用，又能供观赏的经济植物，被誉为"花仙"和"花相"，又被称为"五月花神"，是中国的传统名花，位列"六大名花"之一。唐末诗人王贞白的《芍药》诗："芍药承春宠，何曾羡牡丹。"应为咏芍药的诗作之冠。"芍药栏"，就是围栏里种植的都是芍药。"红香圃"，则是"芍药栏"中的一组建筑。按照书中的描写，是"三间小敞厅"。看来，生日宴设在这里最合适不过。

第五处是"蔷薇院"。古人把蔷薇看得很重，汉武帝曾经用黄金百斤买蔷薇一笑，所以后世把蔷薇花称作"买笑花"。蔷薇的花期很长，品种也极多。李时珍《本草纲目》第十八卷有"营实"条，注解中说"营实"或"墙薇"就是"蔷薇"，"此草蔓柔靡，依墙援而生，故名营实"。显然蔷薇是蔓性藤本，能够沿墙依附生长。大观园里的"蔷薇院"，看来是遍种蔷薇的一个小院子。

第六处是"芭蕉坞"。芭蕉的园林种植可以追溯到西汉时期，但种植不多。中唐之后，芭蕉在园林中的种植逐渐普及，到了宋元明清，芭蕉成为园林中普遍种植的品种。自古以来，咏芭蕉的诗词很多，最为人所称赏的，是南宋蒋捷的《一剪梅·舟过吴江》："流光容易把人抛，红了樱桃，绿了芭蕉。"此处名"坞"，指的是四边如屏的花木深处。

过了芭蕉坞，就听见水声了。这个地方叫"港洞"，可以乘船穿行，也可循山路绕行。第十七回宝玉给港洞题的四个字，是"蓼汀花溆"。过了港洞，穿过"朱栏板桥"，就到了宝钗住的"蘅芜苑"。再过去，就是园子正中最北部的"省亲别墅"牌坊和正殿了。

这六处景点说清楚了，是在稻香村和港洞之间。"芍药栏中红香圃"，是六处景点自南向北的第四处。第六十二回宝玉过生日，筵席就设在此处的"三间小敞厅"内。"红香圃"有两个特点：第一，它是三间打通了的，中间没有隔断，这就很宽敞了。第二，既是敞厅，四面就都是透亮的，既能采光，又能观景赏花。敞厅内正面墙上有一块匾，上书"红香圃"三个字。待行酒令的时候，"红香圃"这块匾还要起作用。

人家来到"红香圃"中，依次落座，薛姨妈却要离开：

> 薛姨妈说："我老天拔地，又不合你们的群儿，我倒觉拘的慌，不如我到厅上随便躺躺去倒好。我又吃不下什么去，又不大吃酒，这里让他们倒便宜。"尤氏等执意不从。宝钗道："这也罢了，倒是让妈在厅上歪着自如些，有爱吃的送些过去，倒自在了。且前头没人在那里，又可照看了。"探春等笑道："既这样，恭敬不如从命。"因大家送了他到议事厅上，眼看着命丫头们铺了一个锦褥并靠背引枕之类，又嘱咐："好生给姨妈捶腿，要茶要水别推三扯四的。回来送了东西来，姨妈吃了就赏你们吃。只别离了这里出去。"小丫头们都答应了。

薛姨妈休息的"议事厅"，就是大观园正门外南边的三间小花厅，当初是元妃省亲之时众执事太监起坐之处。探春和李纨代替凤姐理家，就用这个厅办事。宝钗受探春和李纨之请，协助她二人照看园子内的事务。宝钗很尽责，第六十二回，宝钗、宝玉、宝琴都进了园子，宝钗立即吩咐婆子把所有的园门都上了锁，连她们家日常出入的门也锁了，钥匙都拿在自己手里。她想得很周到，贾母、王夫人不在家，虽然管家们加强了巡视，但总有疏忽的时候，出入园子的门开着，万一进来个外人就麻烦了。其实这一笔，并非只是随手描画出宝钗的仔细，而是顺带又透露出园子里多起丢失东西的事情。宝玉很简单，以为锁门会造成姨娘和姐姐妹妹进出的不便，宝钗跟他说，"小心没过逾的"，这几天你们怡红院那边老是有丢东西的事，我们这边关着门，没有人进进出出，也就不担着干系。要是没关门，那一起生事的人看着方便，抄近路从我们这里进出，我们也不知道该拦着哪些人。不如都锁上，连我和我妈都不用这里的门进出，再出了什么事，也就赖不着我们了。宝玉这才明白，一是宝钗想得不错，二是宝钗也知道了前几天"玫瑰露"和"茯苓霜"失窃的事情。其实宝钗知道的远不止这两件事：

> 宝钗笑道："你只知道玫瑰露和茯苓霜两件，乃因人而及物。若非因人，你连这两件还不知道呢。殊不知还有几件比这两件大的呢。若以后叨登不出来，是大家的造化；若叨登出来，不知里头连累多少人呢。你也是不管事的人，我才告诉你。平儿是个明白人，我前儿也告诉了他，皆因他奶奶不在外头，所以使他明白了。若不出来，大家乐得丢开手。若犯出来，他心里已有稿子，自有头绪，就冤屈不着平人了。你只听我说，以后留神小心就是了，这话也不可对第二个人讲。"

宝钗吩咐锁门，又收了钥匙，引出一番议论，更伏下园子里隐患的线索，为后面要发生的"家反宅乱"的大波澜，预先跟平儿和宝玉做了警示。这种"一笔多用"的写法，在通部书中多次出现，读《红楼梦》的时候，切不可忽略过去。

此番过生日的人，先是宝玉和宝琴，后来知道还有平儿和岫烟，四个人同一天生日，称作"同辰"。薛姨妈自行安排歇息去了，各处园门也都锁好了，生日宴会可以开始了。虽然有国孝的事情约束，但深宅大院里，没有任何一个外人。"红香圃"的位置，是在大观园东侧的中部，往南的园墙外是自家府内，往东的园墙外是宁国府的会芳园，北面和西面的园墙外虽已是府外之地，但相隔很远，觥筹交错猜拳行令的声音绝不会传出。所以，就不必有什么顾虑，可以安心地"顶风"娱乐了。于是，大家一起邀着四位寿星上座，四人推让了一番落座了。

宝钗为什么说"射覆"是"酒令的祖宗"？

第六十二回，宝玉、宝琴、平儿、岫烟四个人一起过生日，又行了一个别出心裁的酒令。这次生日会，席设"芍药栏中红香圃的三间小敞厅"内，把唯一留在家里边的长辈薛姨妈安排在园子外边议事厅上独自休息。然后，筵席开始。

先看看有多少人，年纪比较大的有两位，是两位大嫂子。一位是珠大嫂子李纨，本来就住在园子里，又跟探春一起临时管着府里的事。另一位是宁国府的珍大嫂子尤氏，贾母、王夫人临出门之前，嘱咐她每天早出晚归，帮着照料一下荣国府。寿星四位，宝玉、平儿、宝琴、岫烟。园子里长住的宝钗、黛玉、迎春、探春、惜春加上暂住的湘云共六位都来了，还有一位长住的妙玉在拢翠庵清修，此类活动，概不参加。再就是香菱并鸳鸯、彩云、玉钏儿、袭人、晴雯、紫鹃、莺儿、小螺、司棋等一众丫头。加起来，共有二十二个人。因为是生日宴，自然四位寿星就要坐上手。这个所谓的上手、下手，是怎么安排的呢？

红香圃是六个花园景点当中，最宽敞的一个厅。这个厅是个敞厅，三间房没有隔断，能够摆下不少的座位。二十二个人，摆了四桌。敞厅坐北朝南，上边两桌，东侧的一桌是为主桌，西侧的一桌为第二桌；下边两桌，东侧的一桌为第三桌，西侧的一桌为第四桌。单张桌坐北者为上，并排坐北者左为上。主桌上是四个寿星，宝玉把宝琴和岫烟让在上手，宝琴在左岫烟在右，他自己和平儿打横，他又让着平儿坐东朝西，他自己坐西朝东，是四个寿星的末位。宝玉对姐姐妹妹都很好，有什么好事，一定先尽着她们。探春拉着鸳鸯，并排坐在主桌的下手作陪。这一桌六个人，坐满了。西侧的第二桌人最多，宝钗、黛玉、湘云、迎春、惜春五个人对面坐，香菱、玉钏儿二人打横，共七个人。第三桌人最少，只有四个人，上手是尤氏和李纨，下手陪坐的是袭人和彩云。其余的一众丫头，晴雯、紫鹃、莺儿、小螺、司棋五个人围坐在第四桌。

寿星宝玉发言：过生日得热热闹闹，潜台词是，园门都锁好了，顶风娱乐不用担心。怎么热闹呢？得行个酒令。行什么酒令呢？大家兴趣全来了，你说一个，他说一个，出了一堆主意。总得选一个，选什么呢？写在纸条上，揉成团儿，抓阄决定。香菱自告奋勇，说："我来写。"香菱自打跟着林黛玉学写诗，一天到晚念书习字，所以"图不得"自己来干这个活儿。纸笔现成，大家说着，香菱认真地写了十来个，都团成阄儿，扔进一个瓶子里。探春让平儿捡，平儿就用筷子伸到瓶子里搅了搅，夹出一个来。打开一看，上面写的是"射覆"：

宝钗笑道："把个酒令的祖宗拈出来。'射覆'从古有的，如今失了传，这是后人纂的，比一切的令都难。这里头倒有一半是不会的，不如毁了，另拈一个雅俗共赏的。"探春笑道："既拈了出来，如何又毁。如今再拈一个，若是雅俗共赏的，便叫他们行去。咱们行这个。"说着又着袭人拈了一个，却是"拇战"。史湘云笑着说："这个简断爽利，合了我的脾气。我不行这个'射覆'，没的垂头丧气闷人，我只划拳去了。"

先说说什么是"拇战"。"拇战"就是划拳或者猜拳，是酒令的一种。划拳的文字记载可追溯到汉朝，那时叫"手势令"。到了唐朝，划拳改称为"拇战"。玩法是两人同时出一手，各猜两人所伸手指合计的数目以决胜负。"拇战"得名，是因为出任何数目的手指都必须带上拇指。清代黄遵宪的《番客篇》："呼么又喝六，拇战声琅琅。"是说划拳的时候，是要使劲喊的。喊对了为赢，喊错了为输，输方喝酒。划拳简单易学，还可以为喝酒增添气氛，所以一直是最受欢迎的酒令，至今盛行不衰。尤其是在底层社会，几乎成为喝酒时不可或缺的节目。我曾经在农村插队三年，接受贫下中农的再教育，最大的收获，就是小小年纪学会了划没有酒的空拳。接着做了三年煤矿工人，每从千尺井下上到地面，第一件要做的事，就是约着只有牙齿和眼白没有黑色的矿工兄弟们拼酒划拳。那时，不能想象没有酒的日子怎么过，更不能想象不划拳怎么能够喝下那种苦辣的地瓜烧酒。五十多年后的今天，我仍不习惯西装革履地出席场面上的酒会。最想念的，仍是那些带给我欢乐的农民兄弟和矿工兄弟，以及遗落在田野地头和矿山井架的"吆五喝六"的日子。所以，每读《红楼梦》，读到史湘云说："这个简断爽利，合了我的脾气……我只划拳去了。"常常会心一笑。

再说说"射覆"。所谓"射覆",就是在瓯、盂等器具下覆盖某一物件,让人猜测里面是什么东西。所藏之物大都是一些生活用品,如手巾、扇子、笔墨、盒罐等。

宝钗说"射覆"是酒令的祖宗,是因为"射覆"起源甚早。例如《汉书·东方朔传》中记载,东方朔曾经猜出汉武帝藏在盆下的壁虎,受到了大量赏赐。一个侍臣不服,对东方朔说,你要是能猜出我藏在盆子下面的东西,我情愿被打一百杖,如果猜不出来,你那些赏赐品就归我了。结果东方朔又猜出来了,那个侍臣只好挨了一百杖。

宝钗又说:"'射覆'从古有的,如今失了传。"那么,古时没有"失传"之前,"射覆"是怎么玩的呢?最初的"射覆"属于易学预测活动,射者或根据覆盖器物的形状起卦,或根据覆盖的时间起卦,或根据提示的语言起卦,按照卦象解卦,推算出被覆盖的东西是什么。这种卦术带有一定的表演成分,因此饶有趣味。例如三国时的管辂,既精通《易》和占卜,也善于"射覆"。据《三国志》中的《管辂传》记载,平原刘太守,取二物藏于器具中,请管辂射覆。管辂看其器具之形,略加思考后便说:"内外方圆,五色成文,含宝守信,出则有章,此印囊也。"他射完第一物,接着又说:"高岳岩岩,有鸟朱身,羽翼玄黄,鸣不失晨,此山鸡毛也。"器中之物,果如管辂所射,观者无不称奇。后世的易学大师,根据管辂所言之辞,推得印囊之射为《地天泰》卦。

宝钗接着说,如今行的"射覆"令,已经不是那种已经失传的古令了,是"后人纂的,比一切的令都难"。是怎么个难法呢?看看令官儿探春怎么说:

探春道："我吃一杯,我是令官,也不用宣,只听我分派。"命取了令骰令盆来,"从琴妹掷起,挨下掷去,对了点的二人射覆。"

原来如今"射覆"的规矩是这样的:行令的器具只是"令骰令盆",既不用覆盖东西的容器,也没有要覆盖的东西,所谓的"覆"和"射"都只是说出来而已。掷骰子以先掷的一个人掷出的点数为准,后面的人轮流掷,谁掷出的点数与先掷的一个人掷出的点数相同,就与先掷的一个人捉成一对。先掷的一个人"覆",后掷的一个人"射"。那么,"覆"和"射"都是什么内容呢?"覆"的一方先想好一个字或者一个东西以及与这个字或者这个东西相关的一句古诗词或者成语俗语,然后报出当中的一个字,这就是"覆"了。"射"的一方要从报出的这个字逆推出那句古诗词或者成语俗语中所包含的那个字或者具体物件儿,但不能直接说出来,必须把猜中的字或者物件儿相关联的另一句古诗词或者成语俗语中所包含的另一个字或者另一个物件儿报出来,如果"射"中了,就算赢了。确如宝钗所说,难度极大。所以宝琴提出来要降低难度:

宝琴笑道:"只好室内生春,若说到外头去,可太没头绪了。"

这"室内生春"的意思,是说要有个空间限制,"覆"的字或者东西,只限于这三间小敞厅里有的。饶是这样,也是非常难的了。读书至此,如果弄不清楚如何"覆",又如何"射",这段故事就读不下去,更无法领略其中的趣味和作者的意图了。所以,要举个例子,帮助理解这个酒令。

例如四个好友行"射覆"令,甲先掷骰子,掷出个二。接着乙掷,不是三;丙掷,也不是三;丁掷出了三,于是与先掷出三的甲成为一对。"射覆"开始,甲"覆"丁"射",并规定要"覆"的东西仅限于桌上之物。甲看到桌上有酒,想到曹操的诗句"对酒当歌,人生几何",于是就把"酒"作为"覆",报出一个字"歌"。丁从这个"歌"字找桌上与"歌"字有联系的东西,也想到了曹操的这句诗,猜出甲"覆"的是"酒"。但是按照规定,丁不可以直接说"酒",于是报出了杜甫的诗句"李白斗酒诗百篇"中的"斗"字。甲听了丁报出的"斗"字,也想到了杜甫的这句诗,就知道丁"射"中了。

很难对不对?所以宝钗看到平儿拈出的"射覆",觉得这个酒令"比一切的令都难",建议"不如毁了,另拈一个雅俗共赏的"。但是探春并不畏难,说:"雅俗共赏的,便叫他们行去,咱们行这个。"只一个探春,这个"射覆"是肯定行不起来的,一定还有别人相应。那么,参加"射覆"的还有谁呢?首先,小姐们都参加了,史湘云虽然要去玩儿热闹的"拇战",却也掺和了"射覆"的事。再就是李纨和宝玉。香菱虽然"生于此令",却也没怯场。

开始抓阄儿的时候,平儿和袭人分别拈出了两个阄儿,一个是"射覆",一个"拇战"。并不是说"射覆"令行完了以后,再开始拇战。这两个活动,可是一静一动,同时进行的。"静"是什么?"射覆"。"射覆"就是你藏我猜,不用吆五喝六,只要说就行了。但是"拇战"不一样,一定得喊起来才带劲儿,所以是"动"。真正玩儿起来,是"射覆"和"拇战"交叉进行。这四桌的人,有的"射覆",有的"拇战",有的"射覆""拇战"都参加。再加上湘云又把原本简单的"拇战"复杂化了,要限酒底酒面:

湘云便说:"酒面要一句古文,一句旧诗,一句骨牌名,一句曲牌名,还要一句时宪书上的话,共总凑成一句话。酒底要关人事的果菜名。"

看看这一串子的要求,就知道湘云的精灵古怪了。如此复杂的"酒底酒面",怎么玩呢?

"射覆"开局

唐代的大诗人李商隐,有一首广为传诵的诗《无题》。在这首诗里,就提到了"射覆"这种酒令:

> 昨夜星辰昨夜风,画楼西畔桂堂东。
> 身无彩凤双飞翼,心有灵犀一点通。
> 隔座送钩春酒暖,分曹射覆蜡灯红。
> 嗟余听鼓应官去,走马兰台类转蓬。

"隔座送钩"和"分曹射覆"是两种游戏,"分曹"就是分拨儿,都是把参加游戏的人分成两拨儿。前一种"隔座送钩",是一拨儿人用一钩藏在手内,隔座传送,使另一拨儿人猜钩所在,以猜中为胜。后一种"分曹射覆",是一拨儿人藏东西另一拨儿人猜,有点儿像团体赛。《红楼梦》里的"射覆"不同,正如宝钗所说,"是后人纂的"。玩法是捉对儿进行,一对一单挑,不是分拨儿的团体对抗赛。

宝玉的生日会上,"射覆"从宝琴开始。宝琴也过生日,也是寿星。她被宝玉让到主桌上手的第一个座位,所以先掷骰子。她一掷,掷出了一个"三"。规矩是,下面谁再掷出三来,就跟宝琴捉对"射覆"。接着该坐在主桌上手第二个座位的岫烟掷,岫烟没掷到三,过了。转过来是宝玉,宝玉在主桌打横,坐西朝东。宝玉也没掷到三,也过了。再往下转,第一桌掷完了,都没人掷到"三",都过了。那就第二桌接着掷。第二桌是宝钗先掷,接着是湘云、黛玉,都没掷到三。再接着是香菱,香菱一掷,中了,是个三。按说,香菱不懂射覆,应该学湘云,不参加就完了。但香菱是个老实人,性格比较呆。再一个,她对这个"射覆"有兴趣,心里边想试一试,究竟是怎么玩的。她自从跟黛玉学诗,把身上的潜能激起来了,什么都想学。这些少爷、小姐们玩的东西,都是她喜欢的,所以她也要掷一掷。不承想一掷居然掷了个"三",跟宝琴一覆一射。

宝琴自己定的规矩,"覆"的东西,必须"室内生春",一定是屋子里有的,不能说到外头去。宝琴想好了一个要"覆"的东西,随口报出了一个字:"老"。当然,"覆"的是什么,她不能说。这个"老",肯定是跟"覆"的东西相关联。并且这种关联必须有典故出处,不能是随便关联的俗话。例如,她说了"老",随便联系个老酒、老鸭什么的,都不可以。没有典故出处不行,不合规矩。香菱从来没玩过,又没有史湘云那种机灵劲儿,一下子蒙圈儿了。这个"老"跟什么相关联呢?是个什么典故呢?

还是史湘云聪明,既是"室内生春",所"覆"的东西自然在屋子里。她一边默念着"老",一边在屋子里到处打量。忽然眼前一亮,门斗上面有"红香圃"三个字。心想,原来在这里,她心里有底了。宝琴啊宝琴,我知道你"覆"的是什么了,是一个"圃"字。孔子说"吾不如老圃",意思是我不如那个老菜农,所以你说了一个"老"字。典故出处有了,原来是《论语》里的话。

旧时读书,《论语》是必读的。五岁发蒙,先读《三字经》《百家姓》《千字文》《千家诗》，就是所谓的"三百千千"。接着就要读"四书",《论语》《孟子》《大学》《中庸》，并且都是要背熟的。尤其是《论语》上下,《孟子》上下，必须全部背下来。大家公子自不待言，小姐也都是这种读法，这只是打个基础。遇到这些书里的典故，自然不会被难住。所以，湘云心里念着"老"字，抬头看见"红香圃"的"圃"字，立即联系上了。

此时，香菱还在发呆，她哪里受过如此系统的教育？难怪想不出来。湘云可忍不住了，本来就是个急性子，又是个逞才的好机会，要赶快告诉香菱。况且，这还是有时间限制的，众人击着鼓不住地催促。所以湘云悄悄地拉着香菱，想要告诉她：宝琴说的"老"，"覆"的是个"圃"，连起来就是"老圃"，典故出处是《论语》里的"吾不如老圃"。但说多了又怕人看见，所以她只好教香菱射一个"药"就行了。

香菱没反应过来，宝琴说的"老"，跟"药"有什么关系？湘云正跟香菱嘀咕的时候，偏偏被黛玉发现了。黛玉一下子起哄起来，嚷嚷着要罚湘云喝酒。如果是在正经场合，黛玉可以悄悄提醒湘云，不会让大家都知道她在跟香菱私相传递。但因为行酒令就是玩闹，越折腾得欢越好。逮住这个机会，还不好好地起个哄？她这么一嚷，大家都看到了，对呀，湘云干什么呢？罚酒！湘云好不容易想出来了，给香菱支个招，却被黛玉给搅了。湘云和香菱同属于"乱令"，只好认罚，各饮了一杯酒。湘云恨得拿起筷子来，敲黛玉的手。这些个小儿女态，写得好看极了。

这里得说一说，为什么覆的是"老"，射的是"药"，当然都关合这个"圃"字了。"老圃"典出《论语》，前面已经说了。"药"和"圃"有什么关系呢？人民文学出版社的通行本《红楼梦》里，在

这个地方有一个注释,是这样说的:

> "药"字——可能是指包括"红香圃"三间小敞厅在内的"芍药栏"。

这个注释对不对呢?不对。为什么呢?如果真是这样说的话,就违规了。因为这个"芍药栏"的"药"和那个"圃"关联起来不算是典故出处,所以"药"字肯定不是从"芍药栏"来的。

其实"药"字的典故出处很多,不少人都写过《药圃诗》。司马光写过,陆游写过。陆游有一首题为《药圃》的诗:

> 少年读尔雅,亦喜骚人语。
> 幸兹身少闲,治地开药圃。

湘云如果熟悉陆游的诗,自然会想起这一句"治地开药圃"。"药圃"连在一起,就有了典故出处。所以告诉香菱,让她射一个"药"字。

另外,旧时小孩子读书,都要练习"对句",这是写作韵文的基础课。清代有两部童蒙必读的教材,一部是明末清初著名戏曲家李渔的《笠翁对韵》,一部是康熙年间车万育的《声律启蒙》。这两部书都是按照《平水韵》一百零六个韵部排列的,例如"一东二冬三江四支"等。《笠翁对韵》开头就是"一东"韵:

> 天对地,雨对风,大陆对长空。山花对海树,赤日对苍穹。雷隐隐,雾蒙蒙,日下对天中。风高秋月白,雨霁晚霞红。……

如果小孩子把《笠翁对韵》所有的文字都读熟了，背熟了，写诗一点儿都不用发愁。《声律启蒙》也是同样性质的东西，在"十三元"的韵部下，就有"药圃"两个字连用的例子：

儿对女，子对孙，药圃对花村。

《红楼梦》中的公子小姐，无一不是从发蒙开始就受到了这种"对句"的训练。对这两部书，应该比对陆游的诗还要熟悉得多。所以这个"药圃"的典故出处，更有可能是从《声律启蒙》的"药圃对花村"联想到的。当然，无论是陆游的《药圃》诗，还是《声律启蒙》的"药圃"对句，都是合规矩的。湘云想的说的都没有错，她的错处是因为"乱令"。香菱虽然也被罚了酒，但跟着湘云学了一招，为后头的表现伏了一笔。同时黛玉也显摆了一把"可爱的淘气"，把湘云"舞弊"的小动作抓了个现行，还不失时机地张扬起来，不但罚了湘云的酒，还着实过了一个"幸灾乐祸"的瘾。这一段"小过节"文字不多，却作用不小。不但以宝琴明着"覆"和湘云暗着"射"的现身说法，说清楚了"射覆"的玩法和规矩，还连带表现了湘云和黛玉不同角度的调皮范儿，真是好看极了。

第一对"射覆"完成了，不是刻板地宣读教材，而是很有意思的灵动过程。后边还有三对，又会有什么乐子呢？

会者不难的"射覆"

宝琴和香菱捉对儿，给大家做了一个"射覆"的示范。接着的第二对，是临时管家的"三驾马车"当中的两位，探春和宝钗。这两位的才具、学识、能力都很强,诗写得好,肚子里的典故也多。因此,这种"射覆"活动,对她们而言,真是太容易了。但是,容易也得认真行事,也得守规矩。两人也是一藏一猜,探春"覆",宝钗"射"。

探春"覆"了一个什么呢?不能说出来,只是报了一个"人"。宝钗说,这"人"可太宽泛了。的确,跟"人"相联系的字,可以组成的词,那可太多太多了。虽说有"室内生春"的规则,"覆"的东西不出室内,范围却也太宽了。饶是宝钗这样的高手,也被难住了。探春表示理解,怎么办呢?那就"两覆一射"。什么意思呢?所谓的"两覆一射",就是"覆"的东西不变,作为提示的"人"字也不变,再多报一个字,多一个提示,就等于给了两个提示。一个是"人",探春又报了一个"窗"。既然是"室内生春",那么,屋子里的什么东西这跟两个字相关联呢?宝钗想了想这两个字的提示,再看一看席面儿上,心里当即就有数了。她神闲气定,轻轻说出了一个字"埘"。探春和宝钗两人会心地一笑,都知道"覆"得合规,"射"得也合规。这一轮平局,于是各饮了一口门杯。以宝钗的聪慧,从"人"和"窗"的双提示,立即明白了,探春"覆"的东西,是桌子上的一道菜:"鸡。"联系起来,是"鸡人"和"鸡窗",这两个词都有典故出处。香菱此时一定是又蒙圈儿了,这"人"和"窗"是怎么回事?"埘"又是怎么回事?探春和宝钗打的是什么哑谜?

先说"鸡人"。这个词起源很早,古代宫廷祭祀,专门管报时的人称为"鸡人"。古往今来雄鸡报晓,从未误过时辰。宫廷中专管更漏的人,等于代行了雄鸡的职司,所以得了"鸡人"这个名称。后世说到"鸡人报晓",指的并不是鸡打鸣,而是更夫打更。李商隐的《马嵬》诗:"空闻虎旅传宵柝,无复鸡人报晓筹。"王安石的

《和祖择之登紫微阁》诗："宫楼唱罢鸡人远,门阙朝归虎士闲。"用的都是这个典故。

再说"鸡窗"。《艺文类聚》引《幽明录》说,晋代有一个人叫作宋处宗,做过兖州刺史,是一个好学的人。他得了一只长鸣鸡,总是在打鸣,他觉得很有意思,就把这只鸡装在一个精致的笼子里,放在窗台上观赏。没想到这只鸡极不寻常,居然开口跟他说话了。宋处宗非常兴奋,每天没事就跟鸡聊天。这只鸡很博学,大概是代表了一种神秘的力量。宋处宗跟这只鸡聊着聊着,不知不觉间学问大进。当然,这是个传说。以后"鸡窗"就成了书房的代称。唐代罗隐的《题袁溪张逸人所居》诗："鸡窗夜静开书卷,鱼槛春深展钓丝。"宋代范成大的《嘲蚊四十韵》诗："鸡窗夜可诵,蚕机晓犹织。"都是以"鸡窗"代指书房。所以探春"覆"得对,宝钗猜得也对。

那么,"埘"跟"鸡"是怎么联系起来的?又是什么典故呢?"埘"的本义,是在墙壁上挖成的鸡窝。《诗经·君子于役》:

鸡栖于埘,日之夕矣,羊牛下来。君子于役,如之何勿思?

这是一个很美的篇章,太阳下山了,鸡回窝了,牛羊也回圈了,村庄里的妇人思念起远方服役的丈夫,不知道什么时候才能回家?

"鸡栖于埘"出自《诗经》,当然要算数,所以大家也都没有话说。这两"覆"一"射"真是妙得很,两人都把"鸡"放在心里,但都不直接说,一个往"更夫"和"书房"的典故上绕,一个往《诗经》里"埘"的典故上绕。这种游戏,如果没有诗书烂熟于心,怎么玩得起来?所以后世失传,也是有道理的。

《红楼梦》中的杂学知识,几乎遍及旧时代的一切领域。如果都读懂了，自然乐趣无穷。如果读不懂，则领会人物故事都要大打折扣。大到真假有无的哲理意涵，小到猜拳行令的煞有介事。懂了则如入得宝山，不懂则如囫囵吞枣。就像饱学的乡绅甄士隐，梦中虽然到了太虚幻境，但还没来得及参透牌坊上"假作真时真亦假，无为有处有还无"的对联，就被霹雳一声阻于门外，梦醒之后，只见"烈日炎炎，芭蕉冉冉"，梦中之事已经忘了大半。因缘际会还不如自己的女儿，先时的英莲，后来的香菱，虽然幼遭拐卖，历尽沧桑，但有幸进了贾府，见识了一众小姐们的清雅，又拜了黛玉读书学诗，功夫不负有心人，一旦开窍，则如晋人倒食甘蔗渐入佳境。一般人写到第二首诗还写不好，就不写了。像二小姐迎春、四小姐惜春，大概就是这个情况。但香菱不放弃，第三首出来，已经找到了写诗的门径。红香圃中的新奇酒令，又引起了她的兴趣。虽然不懂，但执着地参与。甫一尝试，就蒙圈儿了，但坚持观察了三轮下来，再参与意见的时候，居然已经明白了基本玩法。作者铺排行酒令的这一段故事，表面上似乎是着眼于公子小姐，其实还有一个重要的角度，就是香菱。席间只有她一个是完全不具备参与条件的人，但她靠了执着，终于跟上了那个高大上的队伍。作者真是用活了一个香菱，让她以导游的身份，把仔细品味这一段文字的读者，都渐渐地给带明白了。

让我们跟着香菱再看第三对，这一对是李纨和岫烟。李纨的座位是在第三桌的上首，岫烟的座位是在第一桌的上首，跟宝琴并排。"射覆"对于李纨和岫烟不是难事。李纨生于书香门第，从小受到了良好的教育。不幸守寡之后，并没有"躺平"，每天坚持灯前课子，带着她的儿子贾兰读书。从大观园的几次诗社活动，也可以看出李纨的学养。岫烟虽然家境贫寒，但也是满腹诗书。她自己说，小的时候家里穷，赁了姑苏玄墓山蟠香寺的房子，结果幸运地结识了住在蟠香寺里带发修行的饱学小姐妙玉。她抓住了这样的一个机会，每天去寺里听妙玉讲书，成了妙玉的入室弟子。所以这个游戏，对她们俩来说都不难。

这一轮，是李纨"覆"，岫烟"射"。还是一样的规矩，"室内生春"。"覆"的东西，一定是席间有的。报出来这个字，作为提示，必须跟"覆"的东西相关，并且要有典故出处。李纨报出的字是"瓢"，什么东西跟"瓢"有关系呢？岫烟往桌上扫了一眼，立即明白了。她便淡定地笑笑，说出了一个字"绿"，"怡红快绿"的"绿"。两人相视一笑，各饮门杯，又是一个平局。座中没有人提出异议，显然是都认可了这个结果。懂的人自然都懂，大概只有香菱还在努力地琢磨着，应该也离明白不远了。读者初读这一段文字，寥寥几句，写得太简单了，"如入五里雾中"的人可能不在少数。一个"瓢"字，一个"绿"字，这是哪儿跟哪儿啊？"覆"的是个什么东西？这俩字儿跟"覆"的东西又是什么关系？究竟为什么"射"对了？那好，我们就来解说一下。

李纨"覆"的东西不能直说，提示了一个"瓢"字。岫烟首先要猜出"覆"的是什么，并且要判断有没有典故出处，合不合规。然后才能根据所"覆"之物，找出相关联的字，并且关联起来要有典故出处，猜出来的东西也不能直接说，只能把相关联的这一个字说出来，完成"射"的任务。

李纨为什么报出来"瓢"字？因为她"覆"的东西，是桌上的一个"酒樽"。这个东西是古时酒桌上的必备之物，多用来温酒或盛酒。陶渊明的《归去来兮辞》："有酒盈樽"，李白的《行路难》："金樽清酒斗十千"，说的就是"酒樽"。那么"瓢"跟"樽"有什么关系呢？"瓢"的本义是舀水的工具，多用对半剖开的葫芦制成，"瓢樽"合称代指酒具。用法如唐代刘言史的《林中独醒》诗："晚来林沼静，独坐间瓢尊。"宋代苏辙的《和毛君新葺囷庵船斋》诗："画囊书帙堆窗案，药裹瓢樽挂壁篮。""樽"也可以写作"尊"，都是以"瓢樽"合称。这就是李纨为什么"覆"的是"樽"而报出来的是"瓢"。显然这个用法是合理的，也有典故出处。

岫烟猜出了李纨"覆"的是"樽"，所以她"射"了一个"绿"。"绿"和"樽"关联的典故很多，例如唐代刘希夷的《送友人之新丰》诗中就有"泪随黄叶下，愁向绿樽生"的句子，再如北宋强至的《次韵和纯甫秋阴闷书》诗："赖存樽酒时倾绿，更有歌裙可醉红。"也是"绿"和"樽"同在一句之中。但是旧时有文化的人，一辈子读得最熟的诗应该是杜甫的诗。如果有现成杜诗的典，李纨和岫烟不大会绕远再从别的地方寻找出处。杜甫有一首《对雪》诗，可巧把"瓢""樽""绿"三个字都说了：

战哭多新鬼，愁吟独老翁。
乱云低薄暮，急雪舞回风。
瓢弃尊无绿，炉存火似红。
数州消息断，愁坐正书空。

颈联出句中"瓢"和"尊"的意思前面已经解释了，"绿"字在此处是以颜色代指酒。因为唐宋时期酿出来的酒多呈绿色，所以文人每以"绿酒"合称。例如五代冯延巳的《长命女》词："春日宴，绿酒一杯歌一遍。"宋代王安石的《欲往净因寄泾州韩持国》诗："令节想君携绿酒，故情怜我踏黄尘。"明代王稚登的《新春感事》诗："红颜薄命空流水，绿酒多情似故人。"

"瓢""尊""绿"三个字的出典很多，怎么用都是对的。但最大的可能，还是李纨和岫烟都想到了杜甫《对雪》中的"瓢弃尊无绿"。多么现成，"覆"的"尊"字、报的"瓢"字、"射"的"绿"字，全在一句之中。不要说宝玉和几位小姐了，就是听了黛玉的话"熟读杜诗"的香菱，差不多也都会想到了老杜的这一首诗。

香菱虽然底子薄一些，但非常用功，细心观察了三对"射覆"之后，待第四对行令的时候，该展现她的心得了。

湘云搅局，香菱救场

红香圃中的"射覆"游戏已经进行了三对，一共四对，还剩下最后一对。前三对都很有意思，但因为时代相隔久远，不经解说，读者大都看不太明白。其实作者写这些活动，固然有实录当时社会生活面的意图，更重要的是通过这些活动来写人。在酒令游戏的一"覆"一"射"之间，交手的人，旁观的人，各自的身份、学识、才具，一一得到展现。这群人物里，香菱是一个不容忽视的存在。

贾府里各种酒席上的游戏，小儿女们都玩得炉火纯青。常言道，难的不会，会的不难。别人不难，香菱可就难了。没有经过见过，事事陌生。别人从小都是生在绮罗丛中，衣食无忧，读书游戏，快乐成长。香菱命苦，从小被拐卖，自然没有读书游戏的机会。跟了薛大傻子进京，也没有这样的机会。好不容易有幸跟宝钗亲近了，又通过宝钗跟园子里的其他姐妹熟悉了，又跟了林黛玉学写诗，这才开始渐渐地开了窍。所以，能参加这样的活动，即使不懂也要主动。你看要抓阄的时候，她就主动要求写阄儿，很积极地参与进来。第一轮"射覆",她就在懵懵懂懂中上阵了。不用说,肯定是糊里糊涂地被罚酒了事。虽然湘云想帮她一把,但由于黛玉"义正词严"地举报,不仅没得救,湘云也连带被罚了酒。虽然一上场她就输了,可是这个经历非常宝贵,毕竟有了一个学习的机会。在座的其他人,丫头们都不识字,尤氏也是胸无点墨,干脆作壁上观了。香菱认输却没有服输,以她的认真,输也要输得明白。于是,看别人怎么玩吧。第二轮、第三轮她都没有说话,可以想见,她是在默默地"偷艺"。终于,她的机会来了。第四轮开始,对手是宝钗和宝玉。

宝玉是坐在第一桌面朝东打横儿的座位,对面的平儿,是面朝西的座位。这种游戏,平儿也玩不了。她无非就是个通房大丫头,就连她的主子王熙凤,也不可能有这样的水平。王熙凤的丈夫贾琏行不行呢?肯定也不行。贾琏只配跟贾珍一起喝酒,至多会猜个拳而已。

宝玉的座位挨着第二桌,宝钗是坐在第二桌上首的第一个人,两人挨得很近,第四轮捉对儿"射覆"。宝钗"覆",宝玉"射"。这两个人上场,大家都比较看好。都是肚子里有货的,而且底子很厚,玩这个游戏有什么困难?一定没问题。

说是没问题,但马上就有人来捣乱。谁呢?史湘云。史湘云因为违规给香菱递话,被黛玉抓包儿罚酒,正憋着气呢。此时座中是两个活动同时进行,一边是"射覆",另一边是"拇战"。湘云开头就挑起了"拇战",吆五喝六,好不热闹,已经喝了不少酒,却还不忘关注"射覆"的事,这两头哪头都不让过。她一看轮到宝玉和宝钗了,赶紧掺和进来,摩拳擦掌,准备捣乱。

宝钗想好了要"覆"的东西,当然是屋子里有的,宝玉听了眼前一亮，马上就猜出来了：

> 宝钗覆了一个"宝"字，宝玉想了一想，便知是宝钗作戏指自己所佩通灵玉而言，便笑道："姐姐拿我作雅谑，我却射着了。说出来姐姐别恼，就是姐姐的讳'钗'字就是了。"众人道："怎么解？"宝玉道："他说'宝'，底下自然是'玉'了。我射'钗'字，旧诗曾有'敲断玉钗红烛冷'，岂不射着了。"

这个解释其实有个毛病，宝玉猜到宝钗"覆"的是"玉"，射了个"钗"，还找出了典故出处是一句旧诗："敲断玉钗红烛冷"，但以为宝钗是以"通灵宝玉"的"宝玉"二字关联，这就让伺机而动的湘云抓住了发难的机会：

> 湘云说道："这用时事却使不得，两个人都该罚。"香菱忙道："不止时事，这也有出处。"湘云道："'宝玉'二字并无出处，不过是春联上或有之，诗书纪载并无，算不得。"

湘云所说的"时事"，指的就是关联"通灵宝玉"，不能用"时事"算作出处。她说得对不对呢？如果真是这样关联，还真的是违规了。但她没想到，这是受了宝玉的误导，宝钗并不是这样关联的。她更没想到的是，香菱出来"救驾"了："不止时事，这也有出处。"香菱接着说出了一大套道理：

> 香菱道："前日我读岑嘉州五言律，现有一句说'此乡多宝玉'，怎么你倒忘了？后来又读李义山七言绝句，又有一句'宝钗无日不生尘'，我还笑说他两个名字都原来在唐诗上呢。"

这段话太及时了，也太准确了，原来"宝玉"连用是有出处的，一下子把湘云给堵回去了。湘云原想挑点儿事乐一乐，不料一出马居然折在香菱手里了。论身份论学识，香菱是最没有资格冒头的。实际上她也不是故意挡枪，她是肚子里有话脱口而出。该不该说，她也不管，就说出来了。香菱第一轮"射覆"，吃了一个瘪子。但湘云私下里违规帮忙，等于给她上了一堂初级课。接着又是两轮示范课。香菱很上心，什么是"覆"，什么是"射"，如何关联才合规则，用"时事"为什么不可以，典故出处该怎么找，终于都弄明白了。世上无难事，端看是不是肯下功夫。香菱学诗就是这么个劲头，黛玉要她读谁的诗，她就踏踏实实找来读，黛玉要她背下来，她就苦读苦记，一点不敢偷懒。原以为多读熟记仅是对写诗大有助益，不承想又用到"射覆"的游戏上了。她听到湘云说："这用时事却使不得，两个人都该罚。"不由得代宝玉辩解："不止时事，这也有出处。"接着很自然地"调"出了她刚读过的"岑嘉州"和"李义山"的诗句"此乡多宝玉"和"宝钗无日不生尘"，直怼得湘云张口结舌无言以对。岑嘉州是唐代的大诗人岑参，李义山是唐代的大诗人李商隐，香菱把这两位搬出来，问问有谁不服？这要是不算典故出处，还有什么可以算的？好一个香菱，这么快就毕业了。

这一来，不由得众人不起哄，都笑着嚷嚷："这可问住了，快罚一杯。"拿住谁了？拿住湘云了。你捣什么乱啊，你看看人家不是都说上来了吗？罚酒罚酒。湘云也没话说了，被香菱将了一军，只好认栽，端起酒来一饮而尽。

再回过头来说说宝玉引的那句"敲断玉钗红烛冷"，细细地琢磨，似有一些"谶语"性质的意思。《红楼梦》中无泛泛语，常常在不起眼的地方伏上一句，当读书读到后文相关合的事件发生时，才会猛然醒悟,这件事情原来早就有过预示。例如第二十八回金钏儿说的话:"金簪子掉在井里头,有你的只是有你的。"没想到这句话竟是"谶语",过后不久,金钏儿果然跳井死了。宝玉引的这句诗是南宋郑会的《题邸间壁》:

荼蘼香梦怯春寒,翠掩重门燕子闲。
敲断玉钗红烛冷,计程应说到常山。

这一句"敲断玉钗红烛冷",似乎是对原著八十回后宝玉和宝钗关系的预示。"玉钗"被"敲断",显然不是好兆头。"红烛冷"三个字,分明是喜事转悲的意思。作者安排在玉钗二人"射覆"的时候,从宝玉的口中说出这句诗来,不能不说是匠心独运的一笔。可惜的是,原著八十回之后的手稿,在曹雪芹还活着的时候,就被"借阅者"给传丢了。否则,我们在读到宝玉和宝钗最终婚事不谐的那段文字的时候,再回看这一次的"射覆",再品味"敲断玉钗红烛冷"所蕴含的深意,该是多么的感慨啊。

"射覆"共进行了四轮,宝玉、宝琴、岫烟三位寿星都展现了各自的聪明和学识。只有平儿一位寿星没有参加,以她的要强,但凡能识几个字读几本书,是万万不会甘于人后的。同样是过生日,人家三个都是有声有色,自己独坐在首桌,只能一边听着怎么也听不懂的什么"覆"呀"射"呀"典故出处"呀,一边还要察言观色,随着别人客套,随着别人哄笑。所幸还有"降等"的游戏"拇战",不拘身份,不用酸文假醋,只需动口动手即可玩得不亦乐乎。并且,筵席上双令并行无论先后。再加上一个最能挑气氛的史湘云两边掺和着,把义化上的显性鸿沟给抹成隐性的了。

但是,原本雅俗同乐的"拇战",还是被湘云给"升等"了。

甚至就难度论，比"射覆"还有过之无不及。于是，本已经是"叮叮当当只听得腕上的镯子响"的大家乐，又成为咬文嚼字的风雅玩法了。饶是位居首桌的寿星平儿，也只好与一众丫头们重作壁上观了。

"拇战"赢家史湘云虐了宝玉一把

"射覆"和"拇战"是两拨人同时进行的，并且两拨人还有交叉。例如，湘云、宝玉、李纨、宝琴四个人是两边都玩儿了的，黛玉虽然没有直接参与划拳，但也掺和了一下，给宝玉帮了个忙。并不是一种玩法结束了，再接着玩另一种玩法，所以整个场面非常之热闹。

"拇战"说起来很简单，就是划拳，谁喊对了谁赢，谁喊错了谁输。但有了湘云挑头，又有了宝玉、宝琴、李纨、黛玉的呼应，就玩出新花样来了。本来人家尤氏和鸳鸯、平儿和袭人，也隔着席"七""八"地乱叫着划起拳来了。湘云偏偏别出心裁，出了个招儿，要限"酒面酒底"。虽然"酒面酒底"的限法让人觉得耳目一新，但没文化的一拨儿人"雅"不起来，只好退在一旁观阵。

"拇战"刚开始的时候，是六个人分为三对儿。一对儿是湘云和宝玉，一对儿是尤氏和鸳鸯，还有一对儿是袭人和平儿。吆五喝六，喊得非常之热闹。参与的这些人，无论尊卑，都是保养得很好的。划拳的时候伸出手来，手型都很好看，指甲都染得很鲜艳，再加上手臂上都戴着镯子，而这镯子都不是一个，都是一串两个三个镯子。这一挥起手来，镯子碰着镯子叮当作响，伴随着吆喝的柔美声线,真是又悦耳又养眼。

不一会儿,胜负决出。一对儿是湘云赢了宝玉,一对儿是尤氏赢了鸳鸯,还有一对儿是袭人赢了平儿。湘云来精神了,这不能喝了酒就算了,要把简单问题复杂化才好玩。怎么个"复杂化"呢?要定个"限酒面酒底"的新规则:

> 湘云便说:"酒面要一句古文,一句旧诗,一句骨牌名,一句曲牌名,还要一句时宪书上的话,共总凑成一句话。酒底要关人事的果菜名。"众人听了,都笑说:"惟有他的令也比人唠叨,倒也有意思。"

有意思归有意思,真说起来就不那么容易了。此招一出,先把宝玉给唬住了。这云妹妹出的是什么鬼主意?酒面要说五句话,这五句话还要是五种不同的文体,连起来还必须是一个意思。这谁能接得住这个招?

先说第一句,一定要是一句"古文"。所谓"古文"呢,就古人写的文章,泛称为古文。这一句,可不能随便说,是要给后头定调子的。同时,也要给后头留出可以连接上的余地。所以,说这句"古文"之前,是先要想好后头这一串怎么接才行。

第二句,是一句"旧诗"。前人写的诗,都可以看作是"旧诗",可选的范围很宽,对于他们这些公子小姐来说,并没有什么难度。难在要能接得上前一句"古文",还要给后头的一句留出接口。这可就没那么容易了。

第三句,是一句"骨牌副"。所谓的"骨牌副",就是一副骨牌专有名称中的一句。这些个名称,都在《宣和牌谱》里,但是,接的时候可没有时间去查《宣和牌谱》,必须立即接上。如果不熟悉

《宣和牌谱》，根本没有可能接得上。并且，也跟第二句一样，要能够"承前启后"才行。

第四句，是一句"曲牌"。"曲牌"名称由来已久，明代王骥德的《曲律》说："曲之调名，今俗曰'牌名'。"词有"词牌"，曲有"曲牌"，都是历代填词入乐而逐渐形成的格式化的名称。据民国年间的曲学大师吴梅统计，南曲曲牌有四千多个，北曲曲牌有一千多个，常用的也有两百多个，例如《醉花阴》《喜迁莺》《节节高》《六么令》《彩楼春》《贺圣朝》《滚绣球》等。如果对"曲牌"之名知道得不够多，临时搜肠刮肚，肯定要败下阵来。

第五句，是一句"时宪书"上的话。旧时家家户户都要经常查日子、查吉凶，所以都离不开"皇历"，也就是皇家每年颁布的"历书"。"时宪书"就是"历书"。历朝历代，都是皇家管出历法。例如汉武帝的时候，召见司马迁等十八家有学问的臣下，要他们论证"四分历"和"八十一分历"。最后确定了邓平、落下闳提出的改革方案，以"八十一分法"为准制定了"阴阳合历"的"太初历"。这个历法顾及天象农时，比现行的硬性分割的"公历"要合理得多。

中国的历法，经过了四个时期。第一是"古历时期"，从上古到汉初，用的是"太阳历"或"太阴历"。所谓的"太阳历"，就是根据太阳运行来划分的历法。"太阴历"，就是根据月亮圆缺来划分的历法。第二是"中法时期"，从汉武帝太初元年到清代初期，用的是"阴阳合历"，把"太阳历"和"太阴历"合在一起，用"八十一分法"调整月建和节气，相对古历更为准确。第三是"中西合法时期"，从清初到清末，用的是汤若望的"新法历书"，是在"阴阳合历"的基础上进行更精确的运算。第四是"公历时期"，从辛亥革命至今，用的是"格里历"，通称为"公历"。

历朝历代，每年都要重新编纂下一年的历书，用圣旨的形式颁告天下，所以又被称作"皇历"。无论是达官显贵之家，还是一般的百姓之家，都离不开"皇历"。无论农时、神煞、宜忌、五行、礼仪、风俗等，都要查"皇历"。离开"皇历"，种庄稼不知道农时，婚丧嫁娶选不了合适的日子，出行、赴任、祈福、订盟、动土、安床、求子、开光等也都没了依据。所以，"皇历"曾经是历史上发行量最大的书籍。

"历书"或是"皇历"怎么又叫"时宪书"了呢？先是明末的徐光启主持编修新的历法，至清初由曾经参与此事的德国人汤若望呈进给朝廷，睿亲王多尔衮定名为"时宪历"，取《尚书·说命上》"惟天聪明，惟圣时宪"之义。为什么《红楼梦》里，却改称"时宪书"了呢？因为《红楼梦》成书是在乾隆时期，乾隆皇帝的名字叫作"弘历"，"历"字不准用了，要避讳。若是民间的男女老幼，天天把"历书"或是"皇历"挂在嘴边，那还得了，这可是大不敬。那怎么办？避讳。所以从乾隆皇帝登基开始，"历书""皇历"或是"时宪历"一概改称为"时宪书"，一直沿用到清末。所以《红楼梦》中的"时宪书"三个字，也把《红楼梦》的成书时间框定在乾隆年间了。当然还有很多其他的证据，暂不细说。

听了史湘云这么一说，所有人都乐了。不要说一般的丫头婆子不可能说得上来，就连宝玉都蒙了。这还只是酒面，酒底呢？也不容易。湘云说，酒底必须是"关人事的果菜名"。这就是两个要求了，一是只限于席面上摆着的"果菜名"，二是必须用"果菜名"的谐音联系卜人和物。具体的范例，后面会说到。

"借事写人"是曹雪芹最擅长的笔法。这一场生日会，借着酒令，把一个一个的人物写得鲜活灵动好看之极。"拇战"的重点自然在史湘云，写出了史湘云的鬼灵精怪，写出了史湘云的率性任情，写出了史湘云的才气学识。同时，还要写一个人，谁呢？黛玉。林黛玉一个小举动，她聪敏的天资、过人的悟性和深厚的功底让贾宝玉以及满座的小才女们不由得口服心服。什么举动呢？给宝玉解围。宝玉听完湘云说的"酒面酒底"的难题，反应不过来了。因为划拳输了，就得由着赢家出题。宝玉不知道该怎么应对，只好说："谁说过这个，也等想一想儿。"这么大的难度，搁谁都得要想一想。不承想这个节骨眼儿上，黛玉出头了，跟宝玉说："你多喝一钟，我替你说。"好大的口气，"我替你说"，没有成竹在胸怎么敢往自己身上揽这个难题？林黛玉就敢，而且不张扬不操切，举重若轻。说实在的，宝玉并不是个不学无术的俗公子。看看前边第十七回"试才题对额"的出彩表现，再看看后边第七十八回写《姽婳词》和《芙蓉女儿诔》更为出彩的表现，并不真的是"纵然生得好皮囊，腹内原来草莽"。只是在黛玉面前，却屡屡矮了一头。这个难题，单靠着才思敏捷还不行，再加上腹有诗书也还是不行，还得懂得什么叫作"限制性思维训练"。

诸君可千万别小瞧了这种活动，虽然是游戏，却很有价值。因为人的思维，一种叫"自由思维"，一种叫"限制思维"。"自由思维"谁都会，放开了想就是了。想到哪儿说到哪儿，这就是自由思维。你可以随便想，信马由缰，想远了收不回来了，就收不回来，没关系。但是"限制思维"，就不行了，必须严格遵循既定的规则。历朝历代名家的诗词文章，无一不是"限制思维"的产物。过去读书考试，都是"限制思维"的训练过程。不经过这样的反复磨炼，断断乎成不了材。写八股文、写试帖诗，要按照固定的格式代圣人立言，似乎是限制太死了。其实不然，能在重重规则下不落前人窠臼，才是这种训练的终极目的。唐代钱起写试帖诗，能写出"曲终人不见，江上数峰青"那样的精彩句子，便是一例。再说，近代以来的哪个大家不是从这个途径走向辉煌的？

在这方面，《红楼梦》的训练途径是另外一番功夫。它是小说，不是教科书。作者的高明处在于"寓教于乐"，借助娱乐形式，让读者跟着书中人物尝试着进入"限制思维"训练。读者一旦领悟了这种训练的精髓，所收获的可就不仅仅是"愉目"，而是"愉心"了。

还有一点，宝玉应该并不缺少这种"限制思维"的训练。他逊于黛玉的地方，应该是联想力。题目里的古文、旧诗、骨牌副、曲牌、时宪书，都是八竿子打不着的体裁。黛玉抓住了这个机会，既是给宝玉解围，也是暗地里跟史湘云较劲儿，当然，同时还是自己逞才：都不行吧？看我的！这就是林黛玉。她其实骨子里是有一股劲儿的，这股劲儿就是争强好胜。当然，她的表现形式和史湘云的表现形式完全不同。这就是作者写人的大成功处。把这几个人的自选动作掉过来行不行？绝对不行！史湘云、贾宝玉、林黛玉一个是一个，这一个和那一个的反差似乎不大，却绝对不可以互换。

湘云设局，黛玉解围

第一轮"拇战"决出胜负来了，三个赢，三个输，湘云赢了宝玉。湘云出了个怪招，限"酒面酒底"。这就先难着宝玉了，也给黛玉提供了一个逞才的好机会。黛玉跟宝玉说："你多喝一钟，我替你

说。"宝玉真个喝了酒,看黛玉怎么说。黛玉先说了"酒面":

> 落霞与孤鹜齐飞,风急江天过雁哀,却是一只折足雁,叫的人九回肠,这是鸿雁来宾。

第一句"落霞与孤鹜齐飞",是一句古文,出自唐代王勃的《滕王阁序》。王勃是初唐四杰之首,其他三位是杨炯、卢照邻和骆宾王。据五代时人王定保的《唐摭言》说,洪州都督阎伯屿在南昌的滕王阁宴客,其女婿头一天写好了一篇序文,阎都督要借机炫耀女婿的才学,先假意让与会者试写,众人明知就里纷纷辞让,只有一个年方十四岁的少年王勃没有虚客气,提笔就写。阎都督很不高兴,避在内室,要随从即时报告写好的每一句。开头两句"南昌故郡,洪都新府"报来,阎都督不以为意,以为不过是老生常谈。待报来"落霞与孤鹜齐飞,秋水共长天一色"这两句时,阎都督矍然而起,连连称赞王勃是天才。

黛玉所说"酒面"的第一句古文就是"落霞与孤鹜齐飞",当然没有问题。"孤"是孤单,"鹜"是野鸭子,一只野鸭子在落霞中飞过,画面感很强。"鹜"与"雁"同属一类,这就为下一句定了调子。

第二句"风急江天过雁哀",出处不详,似是陆游的诗。陆游的原诗应该是"风急江天无过雁",后头三个字不一样。有人说,这句诗曹雪芹记错了,所以林黛玉也说错了。批评得对不对呢?还不能这么武断。为什么呢?古诗相似的句子很多,亡佚的古诗更多。焉知曹雪芹是引用的某一首今天已经见不到了的佚诗,还是改用的陆游诗呢?另外,在曹雪芹写作《红楼梦》的那个时代,不少的作品存在着不同版本。以上举的《滕王阁序》为例,开篇的第一句就有两个字的异文。一个是唐末五代时人王定保所编撰的《唐摭言》

的说法:"南昌故郡,洪都新府。"宋代苏东坡的手写本、明代文徵明的手写本都是这个写法。大家都很熟悉的《古文观止》所收录的《滕王阁序》,也是这个写法。另一个是日本奈良正仓院唐写本《滕王阁序》,写作"豫章故郡,洪都新府"。清末的学者罗振玉认为该写本抄于日本庆云四年,相当于唐中宗景龙元年(707),是目前已知王勃《滕王阁序》的最早写本,所以应该是"豫章"而不是"南昌"。罗振玉说得对吗?不一定。王定保看到的版本,有没有可能早过日本奈良正仓院收藏的版本呢?因为时代久远,很多典籍丢失了,当时能见到的后来见不到了,这种情况常有,所以不可轻易地下结论。何况,从曹雪芹到今天,中间还隔着一个乾隆年间的文化大毁灭运动。这场浩劫持续了几十年,就是官修《四库全书》。《四库全书》本来应该是整理文献,事实上却是毁灭了大量的文献。官修《四库全书》先要"征书",但因朝廷征书的原则是"寓禁于征",就是征集书籍的时候,第一要务就是要严审"禁书",不能收入《四库全书》。不收就是不留,不留就是烧掉。自乾隆三十九年(1774)之后的二十年间,共禁毁书籍三千一百多种,十五万一千多部,销毁书版八万块以上,总量大大超过了《四库全书》。史学家吴晗说:"清人纂修《四库全书》,而古书亡矣!"所以,曹雪芹当年能见到的某些诗作以及陆游诗的不同版本,今天有可能见不到了。

黛玉说出的这一句"旧诗",承接了前一句"古文"。"风急江天过雁哀",是一只孤独的飞雁,声声哀叫,又为后面做好了声音铺垫。这第二句,也没有问题。

第三句"却是一只折足雁",这一句含着一副"骨牌副"的名称,《宣和牌谱》的"折足雁"。这副牌一共三张,第一张和第三张都是"长三",牌上的点数是上下各三点。两张牌对称,像是大雁的翅膀。中间一张是一个一点，一个两点，像是两条腿不一般长。两边的雁翅对称，中间的雁腿一长一短，所以这三张牌凑成一副"折足雁"。承接上一句，又说到雁，这次是"一只折足雁"。黛玉不仅懂得"骨牌副"，还能扣住"雁"的话题，真是不简单。

第四句"叫得人九回肠"，"九回肠"是曲牌名，不仅合规则，还能呼应上面的"孤鹜""过雁哀""折足雁"，串起来有声有色。因为孤单，又断了腿，所以声声哀叫，听的人不禁肠回九转。虽然这一句没有明说"雁"，但意象却是一以贯之，是无雁之雁。上几句都很好，但能不能收得住，要看最后一句。

第五句"鸿雁来宾"，四个字的成句的确是《时宪书》上的话，被林黛玉给拎出来了，照应得很好。"鸿雁来宾"最早出于《礼记·月令》："季秋之月，鸿雁来宾。"意思是说，晚秋时节大雁从北方飞往南方避寒。因为大雁的家乡在北方，每年飞到南方过冬，犹如宾客暂居，所以称为"来宾"。

以上五句连起来，都扣住了"孤飞"的主题。并且每一句，都是不同的体裁，是不相干的人写出来的东西。这酒面说得漂亮，能够联系得这么好，所以"说得大家都笑了"。其实，这一串子不单是有意思，还句句不离哀伤之意。尤其是借着"鸿雁来宾"，暗暗点出了黛玉的依附、寄生的身份，隐喻的意味很浓。

酒面说完了，再说酒底。按照史湘云的要求，酒底必须是桌上摆着的"果菜"，还必须"关人事"。说得简单，且看黛玉示范出来是个什么具体的情况：

> 黛玉又拎了一个榛穰，说酒底道："榛子非关隔院砧，何来万户捣衣声。"

"榛穰"就是"榛子仁儿","榛子"是一种常见的坚果。"黛玉又拈了一个榛穰",显然"榛穰"是在席面儿上,而且是已经去了壳的,"拈"起来就能吃。既是席上现有的"果菜",当然符合要求。但是,还要看一看能不能用"榛"的谐音来"关人事"。黛玉用了"隔院砧"的"砧"谐上了"榛",说这个"榛"不是那个"砧",所以"何来万户捣衣声"。

"砧"俗称"捣衣石",与"杵"配套使用。古代的各类织品以麻布居多,织出来都很硬,必须放在"砧"上用"杵"反复捣软之后才能缝制衣服。每年秋凉的时候,家家户户砧杵之声不断,为什么呢?都要做冬衣了,须先把衣料捣软了。这个程序,称为"捣练"。有一幅名画叫作《捣练图》,是唐代画家张萱的作品。画上共十二个女子,按工序分成捣练、织线、熨烫三组场面。很多诗人都写过关于"捣衣"的诗作,例如唐代刘禹锡的《捣衣曲》:"爽砧应秋律,繁杵含凄风。"宋代欧阳修的《嵩山十二首·玉女捣衣石》:"玉女捣仙衣,夜下青松岭。"最有名的一首,就是李白的《子夜吴歌·秋歌》:

> 长安一片月,万户捣衣声。
> 秋风吹不尽,总是玉关情。
> 何日平胡虏,良人罢远征。

这里的"捣衣"不是洗衣,是长安城里的千家万户,为了给远离家乡从军戍边的亲人缝制冬衣,都在连夜舂捣衣料。夜空里月色下,砧杵之声不绝于耳,诉说着无尽的相思和牵挂。

黛玉说出的"酒底","榛"和"砧"两个谐音字用得很巧妙,并且顺手反用了李白的"长安一片月,万户捣衣声"。加上前面"酒面"的"一串子话",把湘云的难题轻轻松松地化解了。她不仅替宝玉解了围,也展示了自己的非常实力。不用说,宝玉心里一定是最高兴的。按史湘云的本意,是想难为一下贾宝玉,没想到半道杀出了一个林黛玉,跟她较了一把劲,结果没难住林黛玉。作为史湘云来说,她没心少肺的,不会往心里去。作为林黛玉来说,可以想象出她那种得意的样子。

所以游戏玩到这一步,每个人的形态,每个人的举止,每个人的表情,都已经跃然而出了。如果读书至此不求甚解,把这些精彩的场面错过了,就太可惜了。

史湘云掉进自己挖的坑里了

拇战继续进行,宝琴赢了湘云。赢家立规矩,该听宝琴的了。湘云无奈,只好请宝琴限"酒面酒底"。宝琴很有意思,不慌不忙,跟湘云说了四个字,大家都笑了。哪四个字呢?"请君入瓮"。

"请君入瓮"是个典故,见于北宋司马光的《资治通鉴·唐则天皇后天授二年》。武则天在位时,设置了一种告密箱,叫作"铜匦"。告密有功,即使说错了也不追究。所以"四方告密者蜂起,人皆重足屏息"。从垂拱二年(686)到长寿元年(692)仅六年,其间,武则天利用"铜匦"里的告密信,相继诛杀了数百位唐宗室以及数千名文武百官。尤其是武则天任用了一批酷吏,更是无法无天,滥杀无辜。酷吏中,有两个人最为狠毒,一个叫周兴,一个叫来俊臣。经他们刑讯的人,没有不招供的。他俩用刑花样百出,一道比一道残酷。不料有一回,一封告密信送到武则天手里,内容竟是告发周兴与人联络谋反。武则天大怒,责令来俊臣严查此事。来俊臣领旨后,把周兴请到家里吃饭。酒过三巡,来俊臣跟周兴说,有个事儿请教,周兴问什么事儿,来俊臣说,要是咱们审犯人,这犯人就是死活不招供,该怎么办?周兴说,那太简单了,你准备一口大缸,底下架上火,把它烧得滚烫,然后把犯人给扔进去,你问他什么,他招什么。来俊臣便招呼左右抬了一口大缸过来,架起来点上柴火,跟周兴说,我奉皇上旨意审你,"请君入瓮"吧。周兴这才想到是自己的事犯了,趴下就磕头。自己想的招儿,自己中了招儿,这就叫"请君入瓮"。

宝琴说出来这四个字,大家都笑了,就是这个原因。你湘云出的刁钻主意,把人家一个俗玩意儿给弄成一堆难题。那好,你自己出的招儿,你自己"入瓮"吧。

虽然薛宝琴是"即以其人之道,还治其人之身",但并没有难住史湘云。为什么呢?这主意是她出的,她自然心里是有底的。所以她张口就来了一串子:

奔腾而砰湃,江间波浪兼天涌,须要铁锁缆孤舟,既遇着一江风,不宜出行。

大家哄一下都笑了,这诌断了肠子的,你是怎么能想得起来,把这一串子词儿穿在一起的。这一串子穿在一起,好在什么地方呢?这要说一说,要不然读书读到这个地方,读者就被卡住了。

先说第一句,"奔腾而砰湃",是句古文,出自《秋声赋》中的"初淅沥以萧飒,忽奔腾而砰湃"。是谁写的呢?欧阳修。这是有出处的,没有问题。跟上一轮一样,这第一句是定调子的。《秋声赋》说的是秋天,所以后头的每一句,都不能离题。因为《秋声赋》的主题是"悲秋",是欧阳修五十三岁时虽身居高位却忧心宦海沉浮的作品,所以"奔腾而澎湃"这一句,表面上不过是状写秋夜的风声,实则是惊悚心绪的表露,这就带出了下面一系列暗含着的不安。

第二句,"江间波浪兼天涌",是句旧诗,是杜甫的名句,出自《秋兴八首》的第一首。在座的人,除了没什么文化的尤氏和那些丫头,宝玉和小姐妹们对这一句应该都很熟。这一句是杜甫的诗句,有出处,而且扣住了秋天的题。前面是"秋声",这个是"秋兴",说的都是秋天。还不止于此,除了字面上的联系,更有一层意象上的呼应。上一句是肃杀的大风,这一句是连天的巨浪,其实都是心境的写照。《秋兴八首》是唐大历元年(766)秋杜甫在夔州时所作的一组七言律诗,因秋而感发诗兴,故曰"秋兴"。诗人晚年多病,知交零落,壮志难酬,在家国残破的抑郁心境下创作了这一组诗。这一首是组诗的序曲,以悲凉而悚动的心潮贯穿始终,用在"酒面"里,更加重了隐喻性的不安。

第三句,"须要铁锁缆孤舟",里面嵌着一个"骨牌副"的名称"铁锁缆孤舟"。承接上两句的一风一浪,当然需要用铁链子把船拴上,不然就被吹跑了或者刮翻了。这个"骨牌副"的三张牌分别是"长三""三六""长三",放在一起,就是"铁锁缆孤舟"。为什么叫"铁锁缆孤舟"呢?第一,《宣和牌谱》上面就是这么个固定的名称。第二,点数分布的样子很形象。"长三"是一张牌上两个"三",两边两张"长三"加起来是四个"三",中间那张牌是"三六",三张牌上共有五个"三"围着一个"六"。五个"三"像一串铁链子,一个"六"像一艘孤舟,"铁锁缆孤舟",很形象对不对?所以这一句"骨牌副",用得妙极了。

第四句,"既遇着一江风"。"一江风"是曲牌名,妙在"既遇着"三个字,跟前边三句的意思就连上了。既然是秋风呼啸,既然是秋江波涛,既然是铁锁缆孤舟,自然就是"既遇着一江风"。下面的一句,应该是前四句的总收。史湘云是怎么说的呢?

第五句,"不宜出行",是《时宪书》里边的话。从规则上看,符合要求。从含义上看,与前面的四句几乎是无缝衔接。秋江里风急浪高,船已被铁索揽住,还能出行吗?当然是"不宜出行"。尤其是这句话出自《时宪书》,更要无条件遵守。《时宪书》是家家都有,随时备查的"皇历",每一天每一个时辰都有"宜"和"忌"。能干什么,不能干什么,都在书上写着。旧时出门远行、祈福求财、婚丧嫁娶、造屋安床等,一动一静都要先看看《时宪书》上的"宜忌"。

上一轮林黛玉露了一手,这一轮史湘云更是不遑多让。到底肚子里是有货的,史湘云很得意。这种得意,是脸上不露出来,一副若无其事的样子,悠悠然喝酒吃肉。

"酒面"说完了,还有"酒底"呢?大家催她别光顾了吃,赶快说"酒底"。这史湘云不慌不忙,又捡起了半个鸭头,抠里边的鸭脑子吃,这可是小孩子干的事儿了。很多人都有这样的记忆,小时候,家里边大人烹饪了鸡鸭之属的话,把鸡头或鸭头剖开,鸡脑子鸭脑子给小孩子吃。由此看来,这史湘云还是小孩子心性。任凭众人催着,捡着鸭头里的脑子吃得津津有味,然后不慌不忙地用筷子举起鸭头,说"酒底"了:

这鸭头不是那丫头,头上哪讨桂花油。

大家听了这个"酒底",越发忍不住,哄地一下全笑了。桌上的"果菜"选得好,"鸭头"和"丫头"的谐音找得好,"人事"关联得好。但是一屋子的"丫头"被惹起来了。丫头们虽然不识字没有文化,也不懂什么古文旧诗曲牌之类,但"鸭头"和"丫头"以及"桂花油"却是听明白了的。所以晴雯、小螺、莺儿等一众丫头都围了过来,说云姑娘拿我们取笑,既把我们编排上了,还真得给一瓶子"桂花油"擦头。

"桂花油"用作头油,红楼梦第二十八回也提到过。贾宝玉去冯紫英家做客,与薛蟠、蒋玉菡、冯紫英一起吃酒行令,蒋玉菡说的是:"女儿悲,丈夫一去不回归。女儿愁,无钱去打桂花油。"可见"桂花油"是那个时代普遍用于润发美发的东西。

用油脂护发古已有之,最早是用猪油,汉代张骞通西域带回了胡麻油,之后的魏晋六朝时期改用了胡麻油。到了宋代,最流行的是"香发木樨油",就是后世所说的"桂花油"了。宋人陈敬所撰的《香谱》"木樨"条详细记录了"桂花油"的制作方法:

> 凌晨摘木犀花半开者,拣去茎蒂令净,高量一斗,取清麻油一斤,轻手拌匀,捺瓷器中。厚以油纸密封罐口,坐于釜内,以重汤煮一饷久,取出,安顿稳燥处。十日后倾出,以手泚其清液,收之,最要封闭最密。久而愈香。

"木犀花"就是桂花,采摘的时间一定是凌晨。要选择半开的花蕾,还要去掉花梗。收拾干净后,与香油一起按比例放入瓷罐中。一斗花配一斤油,用手轻柔拌匀,再用厚厚的油纸密封罐口。然后把瓷罐放在锅里,隔水蒸一顿饭的工夫。蒸好之后,把瓷罐置于干燥的地方静置。十天后,把罐子里的花和油倒出来,用手捞出桂花用力攥挤,挤出的油要密闭封存,放置得越久其味越香。清代又做了一番改革，以茶油取代了胡麻油，制作出来的"桂花油"质量就更好了。

《红楼梦》时代，用的都是上好的"桂花油"了。从蒋玉菡行的酒令可知，当时的"桂花油"应该价格不菲，可能真的有女儿为了"无钱去打桂花油"而发愁呢。晴雯、小螺、莺儿等一众丫头向湘云讨要"桂花油"，也是一个旁证。

黛玉见丫头们围着湘云，不失时机地打趣了一句，不料想又惹出了一个事儿。结果众人各有不同的反应，黛玉才知道失言了。

史湘云醉里逞才情

红香圃的筵席上，酒令继续进行，"对点的对点，划拳的划拳"。因为贾母和王夫人都不在家，一时没有了管束，所以一众人等无不尽兴。正在热闹的时候，忽然发现，湘云不见了。原以为她不过是出去活动活动，不想等不回来了。着人出去找，也没找到。人家正纳闷的时候，一个小丫头笑嘻嘻地报来消息了。原来湘云吃醉了酒，在厅外假山后面的一个石凳子上睡着了。大家都拥过去看，只见湘云枕着一方鲛帕包着的芍药花瓣，落花飞了一身，扇子掉在地下，也要被花瓣埋住了。红香散乱，蝶绕蜂飞。这一幅美人图，不知道打动了后世的多少艺术家，从《红楼梦》问世，一直到今天，以"湘云眠芍"为题材的绘画和雕塑作品不断涌现，成为永恒的纪念。最有意趣的是后面的一段文字：

> 众人看了，又是爱，又是笑，忙上来推唤挽扶。湘云口

> 内犹作睡语说酒令,唧唧嘟嘟说:泉香而酒冽,玉碗盛来琥珀光,直饮到梅梢月上,醉扶归,却为宜会亲友。

大家哄一下,全笑了。知道这一套的,自然心领神会。不知道的呢,也看着好玩儿。最难得的是,这一串子的话,说得一丝不乱。还是照着前面定下来的"酒面酒底",一句古文,一句旧诗,一个骨牌副,一个曲牌名和一句《时宪书》上的话。大家在前面已经领教了这套规矩,又有意思又有难度。湘云自己挖的坑,自己已经掉进去一次了。如今似乎意犹未尽,带着浓浓的酒意,又念出了一套。

第一句是古文。"泉香而酒冽",这是欧阳修的《醉翁亭记》中的一句。全句是"临溪而渔,溪深而鱼肥;酿泉为酒,泉香而酒冽"。这是北宋庆历五年(1045),欧阳修因参与改革失败,被贬到滁州做太守时写下的名篇。

第二句是旧诗。"玉碗盛来琥珀光",这是李白的《客中行》中的一句。全诗四句:

> 兰陵美酒郁金香,玉碗盛来琥珀光。
> 但使主人能醉客,不知何处是他乡。

承接上句的"泉香而酒冽",明面上说的是酒,着眼点却都是"醉客"和"他乡"的意象。妙就妙在这两个典故出处,都暗暗地点出了湘云的处境及心境。

第三句是骨牌副。"直饮到梅梢月上",还是扣住酒。曲牌名"梅梢月上",不仅切题,也很形象。这副骨牌副是三张牌,两边的两张,都是长五。所谓长五,就是一张牌的上下都是五。也就是说,第一张和第三张都是长五。中间的一张是上边一点下边五点,叫作幺五。五点的排列形状像是一朵梅花,三张牌共有五个五点,就是五朵梅花。前文说过,只有一点和四点是红色,其他点数都是绿色。这副牌摊开看,是五个绿色的五点和一个红色的一点,很像是一片梅花托着一轮月亮。《宣和牌谱》把这副牌命名为"梅梢月上",就是这个道理。"直饮到"三个字,又扣住了酒,还是没跑题。

第四句是曲牌名。"醉扶归",字面上联系的是酒,同时又是一个大家都熟知的曲牌名,真的很妙。"醉扶归"三个字的最早出处,是南宋鄞县人陈著的一首词《庆春泽·春困时光》,通首词表面写的是醉里春光,实际透出的是迟暮之叹。元代用"醉扶归"三个字作为曲牌,关汉卿、吕止庵、刘和卿等名家都有这个曲牌的作品。湘云信手拈来这个曲牌名,用得恰到好处。不仅合规切题,也暗含了"迟暮"的意境。

第五句是《时宪书》上的话。旧时的历书上,注明了每天的吉凶宜忌。为了趋吉避凶,几乎做任何事情之前,都要查一查"皇历"。宜则做,不宜则不做。"皇历"就是朝廷颁行的历书。乾隆皇帝的名字叫作"弘历",要避他的名讳,所以自乾隆皇帝登基开始,"皇历""历书"改称"时宪书"。《红楼梦》中,将"皇历""历书"写作"时宪书",就是一个明显的时代标记。"却为宜会亲友",亲友相聚,推杯换盏,还是没离"酒"这个主题。

湘云醉卧在落红如雨的芍药丛中,嘴里念念有词,居然说出来的酒令,一个字都不错。醉里逗才情,方显出湘云本色。一个人的常态和非常态,表现上常常有很大的反差,但本质上却是一致的。把握这个表现上的尺度,使其本质上不出格,既能够展现多姿多彩的不同侧面，又不至于扭曲了本真，她还是她，才是写人的真功夫。《红楼梦》就是这样，正如"有正本"前面戚蓼生所作的序言中所言：

> 吾闻绛树两歌，一声在喉，一声在鼻；黄华二牍，左腕能楷，右腕能草。神乎技矣，吾未之见也。今则两歌而不分乎喉鼻，二牍而无区乎左右，一声也而两歌，一手也而二牍，此万万不能有之事，不可得之奇，而竟得之《石头记》一书。嘻！异矣。

"绛树"是古时的歌女，据说她能够分别用喉音和鼻音同时唱两支歌，大概有点儿像蒙古族歌手唱的"呼麦"。"黄华"是传说中的书法家，能够两只手同时写字，一只手写楷书，一只手写草书。戚蓼生说，他只是听说过这种奇人奇技，没有见到过。但《石头记》居然做到了，就像"绛树""黄华"，竟能够"一声也而两歌，一手也而二牍"。不仅写一个人物是这样的境界，写多人多事也能够一丝不乱。一段故事突出一个或者几个主要的人物，而次要人物则可能在其他的故事段落里上升为主要人物。这样往复交替，犹如画家三染法，人物形象经多次皴染，渐次趋于完整。同时，每一个故事都不是孤立的，叙述一件事，必定要牵出另外的故事来。故事互相勾连，人物也互相勾连。

湘云醉了，筵席也接近尾声，众人意犹未尽，流连于花间树下，有的观鱼，有的下棋，有的撷花，有的斗草。其间，又有婆子们来向探春回事儿。宝玉忽然发现少了一个人，芳官儿哪去了？前边"玫瑰露"和"茯苓霜"的案子，都与芳官儿有关。行起酒令来，却把她给忘了。宝玉一问，又把似乎断了线的芳官儿接上了。

说起来,入座的都是主子和有脸面的大丫头。像芳官儿这等小丫头,有座没座就没人操心了。宝玉想着,芳官儿可能回怡红院了。因为路不太远,宝玉回到房中一看,果然芳官儿逃席回来了。宝玉知道,众人的注意力全在酒令上了,自然忽略了芳官儿。芳官儿也是有自己的小性格的,说既然都不理我,教我闷了半天,可不我就回来睡觉了。宝玉哄着芳官儿起来吃饭,又引出芳官儿的一句话:"我也不惯吃那个面条子。"

整部《红楼梦》提到吃面,仅此一回。贾家几乎顿顿主食都是米饭,这也是作者无意中露出的南方生活习惯。因为是过生日,所以宝玉的舅舅送来的寿礼中就有"一百束上用银丝挂面"。一起拜寿的人来,宝玉都陪着吃了寿面。芳官儿是从苏州被买入贾府学戏的,南方人自然吃不惯面食。因为早起忙乱之间没有认真吃饭,所以让小厨房单给做了一些吃的。芳官儿怎么会有这种点餐的特权?就是因为跟柳五儿母女关系好,又刚帮着平了事儿,所以柳家的巴不得有机会报答一下。都送了些什么吃食来呢?打开食盒一看:

> 里面是一碗虾丸鸡皮汤,又是一碗酒酿清蒸鸭子,一碟腌的胭脂鹅脯,还有一碟四个奶油松瓤卷酥,并一大碗热腾腾碧荧荧蒸的绿畦香稻粳米饭。

看看这一份"盒饭",都是什么好吃的。先是一碗"虾丸鸡皮汤","虾丸"就是用鲜虾肉做成的丸子;"鸡皮"咱们前边说过,就是鸡的皮,不是鸡蛋皮;"汤"一定是鸡汤,并且是熬制过后又"抓"过的清汤。正菜是一碗"酒酿清蒸鸭子",这可是一道功夫菜,没有两个时辰是做不好的。配菜是一碟"腌的胭脂鹅脯",这道菜是用"腌风鹅"的胸脯肉片成薄片,上锅蒸制而成,"腌风"过的鹅肉颜色呈红色，故称"胭脂鹅脯"。点心是一碟四个"奶油松瓤卷酥"，"松瓤"就是松子仁，松子仁产自关外，"卷酥"是北京的点心做法。主食是一大碗热腾腾碧荧荧蒸的"绿畦香稻粳米饭"，这碗米饭所用的米就是前文说过的"碧粳米"，说起来这可是一般人吃不到的"御用米"，大观园里的一个小丫头应该没有这样的待遇，大概是"奴以主贵"吧，当然也不能排除是柳家的假公济私。

以上几味吃食，既有南方风物，又有北方名点，可见"无地域邦国可考"的原则于细微处均有显现。

意犹未尽的生日夜宴

《红楼梦》第六十三回群芳开夜宴，是接着白天在大观园红香圃的生日宴，怡红院的丫头们意犹未尽，晚上要单开一局，给宝玉再过一次生日。丫头们都是谁呢？袭人说，是四个大丫头袭人、晴雯、秋纹、麝月和四个小丫头碧痕、芳官、四儿、小燕儿。当然，这个事儿不能用公中的钱，所以是这八个丫头自己凑份子出的钱。四个大丫头每人五钱银子，凑起来就是二两银子。四个小丫头少出一点儿，每人三钱银子，加起来是一两二钱银子。总共凑了三两二钱银子，已经不少了。第三十九回刘姥姥算螃蟹账，曾经说过："二十多两银子，阿弥陀佛！这一顿的钱够我们庄家人过一年了。"三两二钱银子，够刘姥姥那样的庄户人家过一两个月了。这也就是一顿生日宴，还是丫头们出的钱。

这个钱肯定是交给园子里管小厨房的柳家的，柳家的也一定会尽心备办，这可又是一个还人情的机会。柳家的备出了四十个碟

子,有的版本说是菜碟子,有的版本说是茶碟子。虽然碟子不大,不管怎么说,菜也不少了。都是什么菜呢?书中只有笼统的一句:

> 里面不过是山南海北,中原外国,或干或鲜,或水或陆,天下所有的酒馔果菜。

细品一下,"中原外国""天下所有"八个字,真能吓人一跳,又用"不过是"三个字轻轻带过。这就是暗写柳家的一笔,不知道费了多少心思,才弄出了这么丰富的一桌菜肴果品。麝月和四儿,用两个大茶盘,做四五次方才搬运了来。袭人指挥着把花梨圆炕桌子放在炕上,又宽绰,又便宜。

这里边有两个概念要说一下。第一个是"炕",不单是府里有"炕",园子里有"炕",怡红院里也有"炕"。可见,"炕"用的是非常普遍。"炕"可是北方才有的,那么,《红楼梦》的故事究竟是在北方还是在南方呢?虽然作者有"无朝代年纪可考,无地域邦国可考"这样的宗旨,但是也会在书里折射出那个时代的一些生活场景。也就是说,"炕"折射的是北方生活。

"炕"的起源很早。《唐书·高句丽传》说:高句丽人"冬月皆作长炕,下燃煴火以取暖"。有人认为"炕"是唐宋以降从高句丽传进来的,对不对呢?不对。为什么呢?因为中国在汉代就有炕了,证据就是在河北徐水出土了汉代的炕。也就是说,中国古代的"炕"跟高句丽没有关系。早年北方家家户户都用"炕",基本上都是"火炕"。冬天烧上火,整条"炕"都很暖和。睡炕还有个特点,人都是头朝外脚朝里。为什么呢?因为里边热外边凉。脑袋要凉一点儿,不然燥得睡不着。俗话说"寒从脚下来",所以脚底下要暖一点儿。我就有过睡炕的经验,十多岁的时候,我带着弟弟妹妹回过一次山东老家，睡的就是这种"炕"。跟一般的睡床相比，"炕"有它的优点。夏天因为接地气，所以很凉快。冬天烧热了，所以很暖和。春秋天要驱寒祛湿，也会经常烧一烧。无论是冬天、夏天，睡炕都很舒服。所以，"炕"代表了中国北方的一种生活方式。

第二个是"花梨圆炕桌"。一般炕上摆的桌子，都是长的或者方的。大炕四面可以坐人，小炕三面可以坐人。我年少时唯一的一次回到山东老家，记得每天吃饭，老爷们儿都是在炕上围着"炕桌"吃的，包括男孩子也可以在炕上吃。但是女性都只能在地下摆个小桌子吃，无论辈分长幼。男女分坐炕上炕下，一看就不平等，是男性中心社会残留的一个问题。

"炕桌"一般都是方的或是长方的，很少见到圆炕桌。袭人说"圆炕桌"又宽敞又便宜，显然是大户人家用的。这个"炕桌"是什么材质的呢？袭人说是"花梨圆炕桌"。"花梨"就是花梨木，旧时统称"花梨"。后来细分成为两种，"花梨"和"黄花梨"。虽然都叫作"花梨"，但"黄花梨"和"花梨"不是一个木种。"花梨"是紫檀属，而"黄花梨"是黄檀。"花梨"和"黄花梨"都属于硬木，都是上好的木料。不是大家，用不起这么好的炕桌。

菜上好了，宝玉说，白天在红香圃是行了酒令的，今晚也不能干喝酒，也要行个令才好。袭人说，晚上行令行个斯文的，别大呼小叫的，外边听见了不好。于是大家七嘴八舌纷纷出主意，麝月提议拿骰子来玩儿"抢红"。"抢红"是骰子游戏的一种名目，掷得红多者为胜。这种玩法在旧时很普遍，例如《金瓶梅》第六十八回，西门庆与吴银儿玩的就是用十二个骰子抢红。因为"抢红"太俗，也太热闹了，嚷起来声音容易传出去。还是宝玉出了一个主意，玩"占花名"，这个容易上手，也安静得多。大家觉得不错：

晴雯笑道："正是，早已想弄这个顽意儿。"袭人道："这个顽意虽好，人少了没趣。"小燕笑道："依我说，咱们竟悄悄的把宝姑娘林姑娘请了来顽一回子，到二更天再睡不迟。"袭人道："又开门喝户的闹，倘或遇见巡夜的问呢？"宝玉道："怕什么！咱们三姑娘也吃酒，再请他一声才好。还有琴姑娘。"众人都道："琴姑娘罢了，他在大奶奶屋里，叨登的大发了。"宝玉道："怕什么，你们就快请去。"小燕四儿都巴不得一声，二人忙命开了门，分头去请。

本来怡红院里是八个丫头加上宝玉，总共九个人。这一下子又拉来了七个，加起来十六个人。主子八个，丫头八个，这一个炕桌可就坐不下了。干脆再抬一张炕桌子来，把两个炕桌拼在一起。第二张炕桌是方的还是圆的没细说，但想来应该是一模一样的"花梨圆炕桌"。如果是张方的，跟一张圆的拼在一起，有点儿不伦不类。形式感也是很重要的，所以应该是两个圆炕桌拼在一起。怎么坐的呢？八个主子围着圆炕桌的三个边坐在炕上，八个丫头拉几把椅子来，沿着炕沿一溜排开挤着坐。十六个人一坐下，还没开始"占花名"，场面已经很热闹了。

先要说一说"占花名"是一种什么性质的酒令。古代酒令非常复杂，清代俞敦培的《酒令丛抄》记载了三百二十二种酒令。从类别上看，可以分为四大类：古令、雅令、通令和筹令。其中的"筹令"比较简单易行，一般用竹、木、兽骨、象牙等材质制成长条形的签子，名曰"酒筹"。上面刻上文字，内容包罗万象，例如诗词曲赋、花卉、名贤故事等。更简单的，干脆直接写出座中什么特征的人饮酒、罚酒、劝酒、敬酒了事。

"筹令"中有一种风行很久的"花名筹",叫作"花风令"。玩法是用二十四根刻着二十四种花卉名字的签子,放在签筒里大家轮流抽签。抽出的签子上除了花名,还写有如何行酒的字样,抽签子的人照着要求做就可以了。例如,"梅花签"上写着:"笑者饮,首座者饮,南方人饮,找人划过桥令拳。""水仙花签"上写着:"衣冠淡雅者饮,行饮中八仙令。""迎春花签"上写着:"先到者饮,合席吟诗,要有花名,不可出花字。""山茶花签"上写着:"吃茶者饮,红顶者饮,行一品令。""山矾花签"上写着:"着紫色衣黄色衣者饮,行猜朵令。"

"占花名"就属于"筹令"中的"花名筹",跟上面所举的"花风令"很接近,也算是一种"雅令"。因为不太复杂,所以晴雯立即响应:"正是,早已想弄这个顽意儿。"

"占花名"的"占"字有两个读音,平声和去声。在这个语境下应该读平声,如"占卜"之"占"。"占"的意思是"推测"。西汉扬雄的《法言》说:"史以天占人,圣人以人占天。"这里的"史"指的是史官,是说史官从天象来推测人的命运。而圣人则反过来,从人的行为来推测是否符合天道。

同样的道理,"占花名"酒令,明面上是"花名筹"的规矩,签子上怎么写的就怎么喝酒。暗含的意思,却是从"花"的名称以及签子上写着的诗句,来推测签主将来的命运。也就是说,明面上是一种游戏,其实却是作者的隐喻写法,每一支花名签子都有谶语的性质。尤其是签子上的诗句,表面上可能是一句吉利话,但联系到诗句出处的上下句甚至整首诗,却可能是完全不同的意思了。

"怡红夜宴"的座次和"占花名"的骰子

怡红夜宴，请的人都到了，两张炕桌也摆好了，菜也上齐了，两个婆子蹲在外面专管温酒。开始"占花名"之前，还要说一说座位是怎么坐的。很多人读书读到此处，都有些犯糊涂。十六个人掷骰子，数着数着就数乱了。于是就想着可能曹雪芹是随便写的，并没有一个严格的章程。

如果真的这么想，这段掷骰子的描写立刻变得索然无味。甚至有人干脆把这一段略过去不看了，这真是太可惜了。好比入得宝山，却空手而归。其实只需把两件事理清楚，再读这段文字便会有"豁然开朗"之感。一件事是要把每个人的座位确定下来，一件事是要说清楚用几颗骰子。

从掷出来的最大的点数，可以算出用的是几颗骰子。一颗骰子是六个面，从一点到六点，两颗骰子最多是十二点，三颗骰子最多是十八点，已知黛玉掷出了一个二十点，那就必须用四颗骰子才能掷出来这个点数。也就是说，用的是四颗骰子。下面就看看如何用"掷骰子的人"和"掷出的点数"这两个坐标，来确定各人座位的顺序。

首先，炕上八个主子的座位是有提示的。第一个提示，是湘云与黛玉、宝玉三个人的座位关系。湘云抽到的签子上写的是：

"既云'香梦沉酣'，掣此签者不便饮酒，只令上下二家各饮一杯。"湘云拍手笑道："阿弥陀佛，真真好签!"恰好黛玉是上家，宝玉是下家。

说得很清楚,湘云的上家是黛玉,下家是宝玉。再看宝玉坐的位置,也有一个提示:

> 黛玉也自笑了。于是饮了酒,便掷了个二十点,该着袭人。

掷骰子的规矩是顺大襟儿,往右手数过去。黛玉掷出个二十点,从自己数起,自己是一点,一共十六个人,数一圈再到自己是十七点。前面说了黛玉是湘云的上家,十八点就该数到湘云。宝玉是湘云的下家,十九点就该数到宝玉。二十点"该着袭人",已知袭人的座位在炕下边,宝玉的座位在炕上边,袭人就是宝玉的下家。那么,宝玉的座位就锁定了,从炕下往上看,是在炕上左边的第一个座位。宝玉的座位右边依次是湘云和黛玉,这三个人的座位都锁定了。黛玉的上家,应该是李纨。怎么知道的呢?因为李纨抽到的签子上写的是:"自饮一杯,下家掷骰。"李纨接着说的话交代清楚了自己与黛玉的位置关系:

> 李纨笑道:"真有趣,你们掷去罢。我只自吃一杯,不问你们的废与兴。"说着,便吃酒,将骰过与黛玉。

以黛玉的位置为坐标,又把李纨的座位锁定了。黛玉的位置还能锁定香菱:

> 香菱便又掷了个六点,该黛玉掣。

香菱从自己顺着数六点到黛玉,反过来黛玉从自己逆着数六点到香菱。这样逆着数有意义吗?当然有了。已知炕上坐着八个人,从宝玉开始逆着数,第三个人是黛玉,从黛玉逆着数的第六个人,就是从宝玉逆着数的第八个人，这个人正好就是香菱。也就是说，从炕下往上看，宝玉坐在炕上左侧把头的第一个座位，香菱坐在炕上右侧把头的第一个座位。至此，坐在炕上的八个人，已经确定了座位的有五个人，从左往右数分别是：第一宝玉，第二湘云，第三黛玉，第四李纨，第八香菱。还有三个座位，应该分别属于宝钗、探春和宝琴。探春的座位可以用李纨作为参照：

> 探春只命蠲了这个，再行别的，众人断不肯依。湘云拿着他的手强掷了个十九点出来，便该李氏掷。

探春从自己数一圈再到自己是十七点，往右手隔过一个人十九点到李纨。那么，探春的座位也出来了，是从宝玉数过来的第六个座位。还剩下宝钗和宝琴两个人，应该一个是探春的上家，一个是探春的下家。宝钗的座位定了，宝琴的座位也就定了。看看宝钗怎么掷：

> 宝钗又掷了一个十六点，数到探春。

一共十六个人，宝钗掷了个十六点，正好从自己往右手数一圈儿，数到探春。显然自己是探春的下家，剩下的宝琴，自然就是探春的上家了。也就是说，从宝玉开始算，八个坐在炕上的顺序是一宝玉，二湘云，三黛玉，四李纨，五宝钗，六探春，七宝琴，八香菱。炕上八个主子的座位排出来了，再看炕下的八个丫头是怎么坐的。

前面说了，宝玉的下家是袭人。从面对炕的方向看，袭人是左边把头的第一个座位。再看晴雯的位置，晴雯是游戏开始掷出骰子的第一个人：

晴雯拿了一个竹雕的签筒来,里面装着象牙花名签子,摇了一摇,放在当中。又取过骰子来,盛在盒内,摇了一摇,揭开一看,里面是五点,数至宝钗。

晴雯掷了个五点,从自己数到宝钗。也就是晴雯到宝钗中间隔着三个人,都是宝钗的上家。也可以说,这隔着的三个人,都是晴雯的下家。这三个下家依次是香菱、宝琴和探春。已知香菱是炕上右手把头的第一个人,晴雯是香菱的上家,自然晴雯是紧挨着炕上的香菱,在炕下坐着。于是,晴雯的位置就确定了,是炕下一排八个丫头右边把头的第一个座位。

炕下的一排座位,袭人在左边第一个座位,晴雯在右边第一个座位,剩下的六个丫头在她们两个人的中间。这六个人的顺序是怎么排的呢?这就要看看除了袭人和晴雯,六个丫头中还有谁跟骰子的点数有关。看下来,只有一个麝月。有两个坐标,都可以锁定麝月的位置。一个是湘云:

湘云便绰起骰子来一掷个九点,数去该麝月。

从湘云自己往下家数,二数到宝玉,三就数到了炕下的袭人,再数到九就是麝月。如果从炕下左边把头的第一个袭人开始算,往右数到第七个是麝月,紧挨着第八个晴雯,是晴雯的上家。于是麝月的位置也锁定了,是炕下一排八个座位从左往右排的第七个。再用一个坐标验证一下:

麝月一掷个十九点,该香菱。

麝月掷了个十九点,从自己往下家数,转一圈儿再到自己是十七,下家十八是晴雯,再下家十九是香菱。验证完毕,完全正确。

炕下坐着的袭人、晴雯和麝月的位置确定了,剩下的五个丫头是怎么排的呢?已知这五个人坐在袭人和麝月之间,她们都没有机会掷骰子,只是作为"人头"被反复数来数去,也没有机会从签筒里抽花名签子。五个丫头都是谁呢?是芳官儿、碧痕、小燕儿、四儿和秋纹。看来芳官儿应该坐在袭人的旁边,因为这个座位离宝玉最近,宝玉找她代了酒:

> 宝玉先饮了半杯,瞅人不见,递与芳官,端起来便一扬脖。

如果离得远,想遮人眼目就没那么方便。芳官儿的座位也可以确定了,在炕下袭人的旁边,是袭人的下家。剩下的四个人碧痕、小燕儿、四儿和秋纹怎么坐就没关系了,谁前谁后都可以,也就是充个数而已,丝毫不影响整个游戏过程。

理顺了座次,所有的读者就都成了明白人,再看掷骰子数点子,也就一丝不乱了。甚至对这种掷骰子的游戏产生了亲和感,完全没有了开始读书时的那种隔膜和困惑,这就是细节真实的魅力。摆脱了技术障碍,再读这段文字,注意力就会集中在"人物"身上,就会在"规定情境"中,从多个角度感受和欣赏每一个"人物"的温度。

《红楼梦》的各类改编作品很多,细节的真实以及无障碍传达,对于整体效果至关重要。设想无论是电影、电视剧还是舞台剧,如果能够准确诠释原著细节,高度重视细节的真实,毋庸置疑,会得到观众的认可和好评。如果改编者和搬演者没有理解原著的一系列细节的意义,"以其昏昏使人昭昭",一定会使得观众"跳戏"。这样的教训很多,也很深刻。所以,小事真的不小。

曹雪芹版的《赏花时》

《红楼梦》第六十三回怡红院里的那顿饭局,正事儿是行"占花名"的酒令。晴雯开局,拿出一个签筒,里边都是写着花名的象牙签子。再拿出一个骰盒,里面有四粒骰子。晴雯先摇,揭开盒盖,众人一看是个五点。晴雯就从自己数起,顺大襟儿数下去,看五数到谁,谁就从签筒里抽签子。晴雯自己是一,二就上了炕,是香菱;三是香菱的下手宝琴;四是宝琴的下手探春;五是探春的下手宝钗。

五点既然数到了宝钗,宝钗就顺手从签筒里抽出第一支花名签子。签子上画着牡丹花,题着"艳冠群芳"四个字。大家哄然叫好,都说也就是她当得起牡丹花。宝钗再往下看,下边镌着小字,是一句诗:"任是无情也动人",出自唐代诗人罗隐的《牡丹花》。

罗隐原名罗横,是个读书人,祖上都是做官的,按说根基不错。但是,他参加科举考试却屡考屡败。他的学问很好,当然不甘心,于是屡败屡考。不料想,前后一共考了十几次,都没考中,所以人称"十上不第"。既然怎么考都考不上,罗隐也就死心了。心灰意冷之下,把自己的名字也改了,改成"隐身"的"隐"字。意思是,从此告别科场,再也不考了。唐代的读书人,科场不顺的很多,例如初唐诗人陈子昂,盛唐诗人李白、杜甫、孟浩然,中唐诗人贾岛、李贺等。考不上就写诗吧,后来一个个都成了享誉千年的大诗人。罗隐也只能这样想了,他的诗人之路走得倒是很顺利,有五百多首诗流传至今。据说宰相令狐绹的儿子科举登第，罗隐写了一首诗祝贺，令狐绹对儿子说："吾不喜汝及第，喜汝得罗公一篇耳。"

罗隐的《牡丹花》诗，是他最得意的八首诗当中的一首。全诗一共八句：

> 似共东风别有因，绛罗高卷不胜春。
> 若教解语应倾国，任是无情也动人。
> 芍药与君为近侍，芙蓉何处避芳尘。
> 可怜韩令功成后，辜负秾华过此身。

这句"任是无情也动人"是《牡丹花》诗的第四句，是他咏牡丹花最传神的一句。为什么宝钗抽到的花名签子上是罗隐的诗句？这应该是作者的刻意安排。这个生日宴是给宝玉过生日，玩"占花名"又是宝玉的主意。也就是说，所有的事都应该跟宝玉有关系。第一个抽花名签子的是宝钗，签子上的文字，除了具有"谶语"的意味，关合她自己"后文"的命运之外，还应该跟宝玉有关系才对。

这句诗是罗隐的，罗隐是屡考不中，后来就索性不考了，但是诗写得很好。这像是谁呢？宝玉。《红楼梦》第三回那两首《西江月》是怎么描绘宝玉的？"潦倒不通世务，愚顽怕读文章""可怜辜负好韶光，于国于家无望"。宝玉最不喜欢的事，是"仕途经济"；最不喜欢的人，是所谓的"禄蠹"。不愿意读圣贤书，更不愿意参加科举考试。但是喜欢写诗，也写得不错。喜欢的人当中，一定也包括罗隐。所以，别人已经要继续掷骰子数人头了，他还在拿着宝钗抽到的签子念来念去。似乎作者要用这种方法提醒读者，不要忽略了这句诗的寓意。

宝钗抽到的签子上还加了一条注：

> 在席共贺一杯，此为群芳之冠，随意命人，不拘诗词雅谑，道一则以侑酒。

因为牡丹是"群芳之冠"，所以有两个权力，一是在座的所有的人要共饮一杯以示祝贺，二是指着谁谁就要听令，随便以诗词也好，雅谑也好，歌咏也好，说出来或者唱出来，给大家佐酒。宝钗得了这个地位，就毫不犹豫地发号施令了。"随意命人"，命谁呢？就芳官儿吧，点名要芳官儿唱个曲子。芳官儿得令，就得开唱，当然这在芳官儿不难，是芳官儿本色。芳官儿本来就是贾府"家班儿"的十二个小戏子之一，元妃省亲接驾后一直留在梨香院里学戏。因为宫里的一位老太妃薨了，官宦人家停止一切娱乐活动，所以贾家就把"家班儿"解散了。一部分人遣散了，一部分人分到各房去做丫头。芳官儿就此进了怡红院，成为宝玉的丫头。但是她的本色还是个小戏子，虽然差事变了，但毕竟是小戏子出身，本色功夫还在，所以张口就来了一句"寿筵开处风光好"。按说唱这个曲子是对景的，怡红夜宴就是为宝玉过生日办的。谁知一开口就被众人给哄回去了，为什么呢？大家都说不听这个，太俗套了，谁让你贺生日了？今儿聚在一起开生日宴不过是个由头，快拣你最好的最拿手的曲子唱一首来。这芳官儿只好打点精神，唱了一首拿手的《赏花时》：

> 翠凤毛翎扎帚叉，闲为仙人扫落花。您看那风起玉尘沙。猛可的那一层云下，抵多少门外即天涯。您再休要剑斩黄龙一线儿差，再休向东老贫穷卖酒家。您与俺高眼向云霞。洞宾

呵,您得了人可便早些儿回话;若迟呵,错教人留恨碧桃花。

《红楼梦》中虽然提到过不少前人的作品,但全文引用的只有两首。一首是第二十二回宝钗提起的《寄生草》,一首就是这个《赏花时》,可见这两个作品为作者所高度重视。《赏花时》在庚辰本和戚序本中是全文引用的,只是个别字句与汤显祖的《邯郸记》原文有些出入。其中第二句将汤显祖原文的"闲踏天门扫落花"改为"闲为仙人扫落花"。虽然只改了三个字,却看得出是曹雪芹刻意所为。汤显祖的这句唱词,是化用李白的《寄王屋山人孟大融》:

中年谒汉主,不惬还归家。朱颜谢春辉,白发见生涯。
所期就金液,飞步登云车。愿随夫子天坛上,闲与仙人扫落花。

曹雪芹做了两件事,一是把汤显祖的这句唱词改回李白的原句,二是把李白的原句中的"与"字改成了"为"字。他为什么要这样做?这只要看看曹寅的《楝亭集》中所引这句诗的文字就清楚了。曹寅说,他的好友杜岕,曾集李白诗句,曹寅在自己的诗注中引用了一句,文字就是"闲为仙人扫落花"。显然曹雪芹在《红楼梦》中改用的这一句,是出自曹寅的《楝亭集》,因为只有《楝亭集》中的这一句是"闲为仙人扫落花"。"扫花"一词,曹寅似情有独钟,他自己有一个别号,就叫作"西堂扫花行者"。明白了这一点,就理解了曹雪芹为什么要全文引用《赏花时》。不仅仅是为了比较第二句汤显祖的原文与李白的原诗以及曹寅的一字之改孰优孰劣,其中的一个重要意图,是要借着改过的"闲为仙人扫落花"这一句,寄托对祖父曹寅的思念。程伟元和高鹗显然没有看懂曹雪芹的这个用意，在整理出版一百二十回本的时候，把这首《赏花时》一刀砍去了大半，只保留了两句。后来中国艺术研究院红楼梦研究所在校注这首《赏花时》的时候，也没有理解其中暗含的意义，把庚辰本和戚序本的"闲为仙人扫落花"，又改回为汤显祖的原文"闲踏天门扫落花"了。

《赏花时》的故事缘起，是八仙中的张果老派遣吕洞宾下山，寻找一个有缘做神仙的人，度脱回到仙境替何仙姑扫花，让何仙姑脱出身来赴王母娘娘的蟠桃会。这段曲词是何仙姑唱的一首"宣叙调"，嘱咐吕洞宾速去速回。

前两句属于自报家门，说自己干的活儿属于"扫花之役"。凡间扫花所用的扫帚，是用高粱穗子或细竹枝子编扎而成，但仙境所用的扫花帚是真正的不同凡响，"翠凤毛翎扎帚叉"，用翠凤的羽毛扎成，这可不是等闲之物。"闲为仙人扫落花"，服务对象也与凡间不同，是为仙家保持仙境的整洁。

接下来的三句是描绘蓬莱仙境的景色。"您看那风起玉尘沙"，仙风起处，吹起来的沙粒，绝非凡间尘沙，粒粒都是玉沙。"猛可的那一层云下"，没有具象的描写，调动的是想象力。"抵多少门外即天涯"，蓬莱仙境绝非尘世间的景观可比。

再接着的几句，是嘱咐吕洞宾快去快回，不要生事。第一件事："您再休要剑斩黄龙一线儿差"，曾经犯过的错误不能再犯了。什么错误呢？吕洞宾有一次离开仙境到尘世间去，他的师父钟离权嘱咐他，此行切勿与和尚纠缠理论。他没听师父的话，下山以后，遇到一位黄龙禅师，一言不合，就跟黄龙禅师顶撞起来。黄龙禅师顺手给了他一戒尺，把他头上打了个大疙瘩。他气愤不过，就把自家山上的一把宝剑，叫作"降魔太阿神剑"偷出来，准备祭起神剑，晚上趁着月光去把黄龙禅师给斩了。结果自己的道行差了点儿，不如人家黄龙禅师的功力深厚，被人家把太阿神剑给收了，还把他给抓住关起来了。如果不是师父出面说情，把他给弄出来，就麻烦大了。

第二件事："再休向东老贫穷卖酒家"，切不可贪杯误事。"东老"是宋代的一位隐逸闲人，名字叫作沈思，因为隐居在浙江东林山，所以自号"东老"。此人虽然很贫穷，但有客来访，必倾其所有以待来客。宋代的赵令畤《侯鲭录》说，有一位道人曾经用石榴皮在"东老"家的墙壁上留诗答谢贫而置酒待客的"东老"。苏东坡曾经过访"东老"的儿子，还写了一首和诗，称颂"东老"。何仙姑深知吕洞宾好酒，嘱咐他即使遇见好客如"东老"这样的人，也万不要因酒而耽延时间。

第三件事："您与俺高眼向云霞"，嘱咐吕洞宾千万不可忘了自己的身份，大家都是神仙中人，要有神仙的境界。引出下面最重要的话："洞宾啊，您得了人，可便早些儿回话。若迟呵，错教人留恨碧桃花。"一旦找到了合适的有缘人，赶快度了回来。如果回来迟了，去不成蟠桃会，可就酿成大错了。

这个唱段有两点需要交代清楚。第一点，与八仙有关；第二点，与明代大戏剧家汤显祖有关。后面会分别叙说。

"任是无情也动人"让宝玉想到了什么？

有句话，说是"重要的事情说三遍"。反复强调的意义，就是要加深印象。《红楼梦》第六十三回群芳开夜宴，开头的这一段，也要多说一说。

　　这首《赏花时》是谁唱的呢？是芳官儿唱的。芳官儿是什么身份呢？是怡红院里的丫头。跟谁的呢？跟宝玉的。这场生日宴会是给谁开的呢？是给宝玉开的。宝玉是《红楼梦》中最重要的一个核心人物，所有的事情都是围绕着他来展开，《赏花时》跟他也必然有着特殊的关系。《赏花时》是谁让芳官儿唱的呢？是宝钗。宝钗为什么让芳官儿唱这首曲子呢？因为宝钗抽出来的花名签子里边有一个规定，她可以"随意命人"，她就找了芳官儿，让芳官儿唱这首曲子。

　　这一系列的安排，都好像是不经意的。但是仔细地读一读，就会知道，其实这里边还是有作者的深意存焉。因为行的酒令是"占花名"，掷骰子、抽花名签子的人有多少位？不只是一个宝钗，在她之后，还有七八个人从签筒里抽过签子。所有的人抽出来的签子，上面都有一句诗。

　　"占花名"算是"酒筹令"的一种。什么叫"筹"呢？"筹"就是签子。"酒筹令"的起源很早，先秦时代的一些文献当中，就能找到它的痕迹。到了唐代，"酒筹令"就已经非常盛行了，白居易、元稹、刘禹锡都有诗写到"酒令""酒筹"。例如，白居易《同李十一醉忆元九》：

　　　　花时同醉破春愁，醉折花枝作酒筹。
　　　　忽忆故人天际去，计程今日到梁州。

　　再如，刘禹锡有"罚筹长竖纛，觥盏样如舠"，元稹有"尘土抛书卷，枪筹弄酒权""何如有态一曲终，牙筹记令红螺碗"。

　　签子的种类很多，"占花名"用的就是"诗筹"。所谓"诗筹"，就是每一支签子上都刻着一句诗。旧时讲究的,还有"唐诗筹""宋词筹"等。

因为《红楼梦》是给不同层次的人阅读的小说,所以有看门道的,有看热闹的。普通人可以看,学问家也可以看。开卷浏览无妨,刻意求深亦有用武之地。例如,为什么独独让宝钗第一个抽到花名签子?为什么为宝钗所费笔墨最多?这种安排有没有强调这支签子重要作用的意思呢?如此设问,是不是想多了呢?

宝玉过生日,花名签子也好,《赏花时》也好,自然都要跟宝玉有关。用今天的话说,宝玉也时时都在"C"位。当芳官儿按节而歌的时候,众人都在听曲,只有宝玉手里拿着宝钗抽出来的这支签子翻来覆去地看着念着:"任是无情也动人。"然后,再听着曲子,看着芳官儿不语。这个表现有点儿奇怪是不是?他是什么样的一个心理活动呢?这就要从花名签子和这首曲子当中找一找。

庚辰本、己卯本和戚蓼生序本的第十九回,都有脂砚斋的双行夹批。批语很长,最后的几句是:

> 后观《情榜》评曰"宝玉情不情","黛玉情情",此二评自在评痴之上,亦属囫囵不解,妙甚!

批语说到一件事儿,就是《红楼梦》最后一回写的是"警幻情榜"。这一回大体上的故事,应该是太虚幻境里十二钗判词"正册""副册""又副册"上列名的所有女子以及宝玉,都回到了太虚幻境。警幻仙姑发了一个"情榜",榜上有各人的评语。评语都很短,两三个字而已。例如脂砚斋批语里点出来的两人,宝玉的评语是三个字:"情不情",黛玉的评语是两个字:"情情"。从这两例评语可知,无论是三个字还是两个字,组合方式都是动宾结构。即前一个字"情",用作动词。后一个字或者后两个字用作宾语。具体地说,宝玉的"情不情",属于一种"泛情",无论是对人还是对物,甚至于无生命体,都会发生感情。虽然他将黛玉引为唯一的知己,但还是免不了"看见姐姐就忘了妹妹""看见鱼跟鱼说话,看见燕子跟燕子说话"。对着美人的画,他也能发上半天的呆。这就叫"情不情",准确之极。黛玉的"情情",则是一种"专情",只用情于心心相印之人。评语虽短,却非常贴切,非常传神。

由此想到宝钗抽出的这支花名签子,为什么宝玉要翻来覆去地看着念着"任是无情也动人"这句诗呢?宝玉可是唯一曾经在太虚幻境看过十二钗正册、副册、又副册判词的人。当他拿着宝钗的花名签子看着念着的时候,究竟是想到了什么呢?抑或是作者曹雪芹这样写,是为了提醒读者注意这句诗所提示的重要内涵呢?

"任是无情也动人",从字面上看,是说牡丹花本来是无情之物,但是她摇曳多姿的样子,艳冠群芳的风格,还是很动人的。这显然是借花喻人,说的是宝钗,只有她才当得起牡丹花。这种品格,这种风姿,那自然也是很动人的。宝钗也的的确确是"不干己事不开口,一问摇头三不知",端庄、贤淑,不轻易地表露自己的感情。

宝玉却对"无情"的宝钗,屡屡动情。例如第二十八回宝玉见到宝钗:

"宝姐姐,我瞧瞧你的红麝串子?"可巧宝钗左腕上笼着一串,见宝玉问他,少不得褪了下来。宝钗生的肌肤丰泽,容易褪不下来,宝玉在旁看着雪白的一段酥臂,不觉动了羡慕之心,暗暗想道:"这个膀子要长在林妹妹身上,或者还得摸一摸,偏生长在他身上。"正是恨没福得摸,忽然想起"金玉"

一事来,再看看宝钗形容,只见脸若银盆,眼似水杏,唇不点而红,眉不画而翠,比黛玉另具一种妩媚风流,不觉就呆了,宝钗褪了串子来递与他也忘了接。

这段文字,是宝玉"情不情"的一个生动的注脚。宝钗却极少表露过对什么人的感情。有的时候,偶然表露,但很快就收回了。第三十四回宝玉挨了贾政的暴打,宝钗前来探视宝玉的伤情,例外说了几句动情的话:

> 宝钗见他睁开眼说话,不像先时,心中也宽慰了好些,便点头叹道:"早听人一句话,也不至今日。别说老太太、太太心疼,就是我们看着,心里也……"刚说了半句又忙咽住,自悔说的话急了,不觉的就红了脸,低下头来。

后边没说完的半句话是什么?"心里也疼"对不对?但是她话一出口,就知道过了,赶快收住。这一放一收,活脱脱一个宝钗。既是有感情的小女孩儿,又要守住自己的分寸。

宝玉翻来覆去地看着念着"任是无情也动人",若有所感的应该是其中的两个字:"无情。"作者此处的意图,应该就是埋伏了后文的警幻情榜。这就是脂砚斋批语所谓的"草蛇灰线在千里之外"的意思吧?那么,在"警幻情榜"上,给宝钗下的评语有没有可能就是"无情"这两个字?"无情"亦属动宾结构,符合"警幻情榜"的评语结构原则。当然,原著的八十回之后部分"迷失无稿"了,在未能看到原著文字的情况下,只能做一个"或然"的推想。

此外,既然是宝玉过生日,就应该事事与宝玉有关。除了宝钗的花名签子,芳官儿唱的《赏花时》,也应如此。尤其是最后的一句:"错教人留恨碧桃花。"

"碧桃"的最早出处是唐初欧阳询编著的《艺文类聚》引《尹喜内传》:"老子西游,省太真王母,共食碧桃、紫梨。"那个时候,"碧桃"还是一种仙境里的水果。《汉武帝内传》也说到,西王母以"碧桃"招待汉武帝。作为观赏的花卉"碧桃花",大约出现在唐代。不仅极具观赏性,也成为诗人笔下吟咏的对象。例如李商隐的"十二楼前再拜辞,灵风正满碧桃枝",杜牧的"孤舟路渐赊,时见碧桃花",郎士元的"重门深锁无寻处,疑有碧桃千树花"等,历代留下过很多脍炙人口的佳句。宋元时期,大量的诗词戏曲,又赋予"碧桃花"以男女之情的内容。例如元代戏剧家郑光祖《倩女离魂》第一折:"早辜负了碧桃花下凤鸾交。"再如元代戏剧家石子章《双调新水令·成就了碧桃花下凤鸾交》:"成就了碧桃花下凤鸾交。怕甚么出家儿被教门中耻笑。"

芳官儿唱的"错教人留恨碧桃花",宝玉听在耳朵里,似乎隐喻的是不圆满的意思。这个"不圆满",对应的不该是唱曲的芳官儿,而是命芳官儿唱曲的宝钗。以宝玉的"情不情",对应宝钗的"无情",结果会是怎么样呢?自然是"错教人留恨碧桃花"。作者在这个地方再三皴染,正是特意要引起读者的注意。但并没有大喝一声,而是用了一个看似不经意的手法,这才是作者的高明处。

"日边红杏倚云栽"全诗的意味

怡红夜宴上行"占花名"的酒令,第二个从签筒里抽出签子来的人是探春。探春拿过签子来一看,脸"刷"一下红了,顺手把这个签子丢在地下,嘴里边说:"这东西不好,不该行这令。这原是外头男人们行的令,许多混话在上头。"

什么"混话"呢?众人不解。袭人等忙拾起来看时,签子上画着一枝杏花,有四个红字写着"瑶池仙品",下面是一句诗:"日边红杏倚云栽。"这是个好签啊,那句诗的意境也不错呀。下面这一段的文字很传神:

> 注云:"得此签者,必得贵婿,大家恭贺一杯,共同饮一杯。"众人笑道:"我说是什么呢,这签原是闺阁中取戏的,除了这两三根有这话的,并无杂话,这有何妨。我们家已有了个王妃,难道你也是王妃不成。大喜,大喜。"说着,大家来敬。探春那里肯饮,却被史湘云、香菱、李纨等三四个人强死强活灌了下去。探春只命镯了这个,再行别的,众人断不肯依。

原来这就是探春把签子扔了的原因,闺中女儿谈什么婚嫁呀,所以她说这是混话。众人感兴趣的倒是"贵婿"两个字,七嘴八古,给解成了"我们家已有了个王妃,难道你也是王妃不成。大喜,大喜"。大家赶快端起酒来敬探春。探春愈发不好意思了,就不喝。不喝怎么办?湘云、香菱、李纨几个人全都上来,湘云还是越过黛玉和宝钗上来,香菱也是越过宝琴上来,一起强灌了探春的酒。

要理解探春和众人的行为,就要从"日边红杏倚云栽"这句诗说起。《红楼梦》中的诗分为三类:

第一类,是作者以自己的身份写的诗,有感而发,回前回后,或是穿插在正文合适的地方。例如:"满纸荒唐言,一把辛酸泪""字字看来皆是血,十年辛苦不寻常"之类。

第二类，是人物诗。当然这些人物诗，也都是作者替人物写的了。这一部分的诗最多，诸如《葬花吟》《秋窗风雨夕》《螃蟹咏》《芦雪广联句》《凹晶溪馆联句》等。人物诗有几个特点：

第一个特点，是"按头制帽"。每一个人写的诗，都是契合自己的身份、性格、才气、学识。互相换一换行不行？不行。甲的诗不能认在乙的名下，乙的诗绝对不是丙的风格。代人物写诗，是非常难的事，是另外一种功夫。就是李白、杜甫要写这样的人物诗，也未必写得过曹雪芹。

第二个特点，是整部书重要的有机组成部分。这些诗不是脱离人物的，不是游离于情节之外的。跳过这些诗不读，人物就不完整了，故事也就不连贯了。

第三个特点，大都带有谶语的性质。谁写的诗，跟谁日后的命运相关合。也就是说，这些人物诗像是一种预言。书中人物在写诗的时候，"似谶成真自不知"，自己并不知道日后要发生的事。读者读诗的时候，也不太明白。但是故事往后发展，真到了那个人物命运显现的时候，读者才恍然大悟，原来早就有这样的隐喻埋伏在诗句里了。

第三类，是引用的古诗。通部书中引用古诗处不少，"日边红杏倚云栽"就是一例。这些诗也大都带有谶语的性质，关合引用诗句的人日后的命运。

要理清楚"日边红杏倚云栽"跟探春之间是个什么样的关系，就要先说一说探春这个人。第五回宝玉神游太虚境，看到探春的判词是：

才自精明志自高，生于末世运偏消。

清明涕送江边望,千里东风一梦遥。

跟这首判词相对应的还有一支《分骨肉》的曲子:

一帆风雨路三千,把骨肉家园齐来抛闪。恐哭损残年,告爹娘,休把儿悬念。自古穷通皆有定,离合岂无缘?从今分两地,各自保平安。奴去也,莫牵连。

从判词、曲子当中,都能感觉到几件事:

一是她有经济之才。书中重点状写探春的"才",就是"理家"这一段。临时管事的,一个是探春,一个是大嫂子李纨,一个是宝姐姐宝钗。这三个人,水平都不低。但是三个人中,居然以探春为主,另两位是她的左膀右臂。这探春也的确做了一番改革,显露了她的才具。大家都为她理家的这一番作为称赏不已。脂砚斋批语,说"使此人不远去,将来事败,诸子孙必不致流散也"。意思是说,将来这个大家族遭事,如果探春还在家中,以她的见识和才干,挺身而出支撑危局,这个家不会败落,家里的人也不会流散。

二是可惜她受了两个限制。一个是性别限制。正像她自己说的,"但凡我是个男人,我早走了"。她有这个志气,要出去建功立业。可惜她生在一个男性中心社会当中,命运捏在男人的手里,自己做不得主。再一个是生于末世。末世是个大势,个人是很难逆势而为的。历史上有很多"生于末世"的故事,例如明末的崇祯皇帝。这个人不是没有心气儿,也不是没有能力。他不甘心祖宗的江山败落在自己手上,于是宵衣旰食,希望能够力挽狂澜。当皇帝的这些年,他没吃过一顿安生饭,没有睡过一个囫囵觉,年纪轻轻便满头白发。然而,大势已去,大都跟他作对。瘟疫、饥荒、外敌、内乱，他无力回天。才三十四岁，煤山那一棵树就成了他的归宿。

在探春身上，寄托了作者太多的末世感慨。生于末世，时也运也命也，谁也挡不住必然到来的颓势。

那么，"日边红杏倚云栽"，不是个佳谶吗？这就是第三类诗，是引用的古诗。这首诗的作者是唐代的高蟾，这个人出身贫寒，参加过十多次的科考，全部落第，运气非常不好。这首诗，就是他下第之后，写给主考官的一首诗，当然是发牢骚了。但这个牢骚发得很漂亮，诗题叫作《下第后上永崇高侍郎》，是他的全部诗作中的压卷之作。高侍郎是个主考官，高蟾给高侍郎写的这首诗，高侍郎看见了没有？看见了，后来还真起了作用。这首诗共四句：

天上碧桃和露种，日边红杏倚云栽。
芙蓉生在秋江上，不向东风怨未开。

这首诗好就好在通篇用"比"体，来寄托自己的情绪。从《诗经》开始，"赋、比、兴"三法就成为写诗追求的境界。朱熹对"赋、比、兴"做了一个通俗的解释，他说："赋者，敷陈其事而直言之者也；比者，以彼物比此物也；兴者，先言他物以引起所咏之词也。"高蟾这首诗的头一句和第二句，是把自己落榜的原因归为时运。人家那些花都是应时而开，而我这个芙蓉花时令不对，不得东风之便。怎么办呢？接着考呗。高侍郎看了他的诗，很理解他这个芙蓉花，就帮了他一个忙。经高侍郎力荐，他终于登了进士，才算了了心思。谁说写诗没有用？

如果不是《红楼梦》引用了高蟾的诗句，知道这首诗的人还真不多，他真应该感谢曹雪芹。曹雪芹不但对名家的诗很熟，非名家的诗他也很熟。能在茫茫诗海中，找到高蟾的这一句诗，真不容易。而这句诗,简直就是给探春写的,更不容易。

探春这支签子上画的是杏花,"杏"者"幸"也,探春应该很幸运。时令到了,东风都会照应。但是看看整首诗的气氛,一下子就不对了。尤其是后边两句,满是不得已的落寞情怀。这跟"生于末世运偏消"对着看,不就是后文的探春吗?"日边红杏倚云栽",只此一句,初读之下,最先想到的的确是"我们家已有了个王妃,难道你也是王妃不成"之类,但这是只看到表层,没有看到背后其实是末世。

探春还有个象征性的物件,关合她后来的归宿,就是第七十回提到的风筝:

> 探春正要剪自己的凤凰,见天上也有一个凤凰,因道:"这也不知是谁家的。"众人皆笑说:"且别剪你的,看他倒像要来绞的样儿。"说着,只见那凤凰渐逼近来,遂与这凤凰绞在一处。众人方要往下收线,那一家也要收线,正不开交,又见一个门扇大的玲珑喜字带响鞭,在半天如钟鸣一般,也逼近来。众人笑道:"这一个也来绞了。且别收,让他三个绞在一处倒有趣呢。"说着,那喜字果然与这两个凤凰绞在一处。三下齐收乱顿,谁知线都断了,那三个风筝飘飘摇摇都去了。

两个凤凰风筝和一个喜字风筝绞在一起,分明是象征着婚姻。线断了又是什么寓意呢?如果联系探春判词前面的那幅画"两个人放风筝,一片大海,一只大船,船中有一女子掩面泣涕之状"以及判词中的"清明涕送江边望,千里东风一梦遥",再加上《分骨肉》的曲子"一帆风雨路三千,把骨肉家园齐来抛闪",答案几乎是呼之欲出了。探春将来的婚事,又是凤凰又是喜字,好像是不错的,但远嫁本身就是一个悲剧。作为一个小女子，不能左右自己的命运，飘飘荡荡，像断了线的风筝，永无归日。而"日边红杏倚云栽"的表面辉煌，后面却埋伏着"芙蓉生在秋江上，不向东风怨未开"的悲怆，这才是探春命运真正的谶语。

李纨为什么不掷骰子

怡红院里宝玉过生日，行"占花名"的酒令，一共十六个人，只有八个人抽到了签子。一般人叙说这个故事，容易平庸，容易重复，容易单调，容易无趣。但在曹雪芹的笔下，却是非常之生动。形式上虽然相近，但是内容各不相同。所引的旧诗，包括谶语性质的含义都是不同的。有的是状写抽签人当下的情况，有的是隐喻抽签人后来的遭遇。例如李纨签子上的旧诗，就是她生活中的写照：

> 李氏摇了一摇，掣出一根来一看，笑道："好极。你们瞧瞧，这劳什子竟有些意思。"

李纨看到这个签子就笑了，说："这劳什子竟有些意思。"什么是"劳什子"？"劳什子"一词在《红楼梦》中总共出现了七次，频率还是挺高的：

> （第三回）宝玉听了，登时发作起痴狂病来，摘下那玉，就狠命摔去，骂道："什么罕物，连人之高低不择，还说'通灵'不'通灵'呢！我也不要这劳什子了！"
>
> （第三十六回）龄官道："你们家把好好的人弄了来，关在

这牢坑里学这个劳什子还不算,你这会子又弄个雀儿来,也偏生干这个。"

(第五十七回)宝玉笑道:"先是我发誓赌咒砸这劳什子,你都没劝过,说我疯的?刚刚的这几日才好了,你又来怄我。"

(第五十八回)晴雯道:"那劳什子又不知怎么了,又得去收拾。"

(第六十二回)芳官道:"我先在家里,吃二三斤好惠泉酒呢。如今学了这劳什子,他们说怕坏嗓子,这几年也没闻见。乘今儿我是要开斋了。"

(第六十三回)李氏摇了一摇,掣出一根来一看,笑道:"好极。你们瞧瞧,这劳什子竟有些意思。"

(第七十四回)凤姐听说,又急又愧,登时紫涨了面皮,便依炕沿双膝跪下,也含泪诉道:"……我便年轻不尊重些,也不要这劳什子,自然都是好的,此其一。二者这东西也不是常带着的,我纵有,也只好在家里,焉肯带在身上各处去?"

"劳什子"的意思,从《红楼梦》中使用的情况看,大都是"鬼东西""破玩意儿""鬼事情""破事儿"的意思,带有明显的贬义。"劳什子"这个词,使用人的身份,有主子,有下人;使用人的性别,有男有女。可见不是个特殊身份的人在特殊场合的用语,而是当时普遍使用的口语。《红楼梦》一书,大量的口语是南北兼用,其中苏扬一带的口语偏多,这跟作者曹雪芹少时生活在这个地区有关。有的研究者断言"劳什子"一词是"满语",其实证据不足,倒是江浙一带使用得较多。

李纨的这支签子上画着一枝老梅,四个字"霜晓寒姿",句诗"竹篱茅舍自甘心"出自南宋诗人王淇写的《梅》，全诗共四句：

> 不受尘埃半点侵，竹篱茅舍自甘心。
> 只因误识林和靖，惹得诗人说到今。

宋代有两个王淇，一个是北宋人，曾任礼部侍郎，是著名的豪放派词人。《梅》的作者王淇，字菉猗，是南宋人，生平资料极少，只有两首诗被收录在《千家诗》里，这首《梅》是其中一首。全诗用"比"的手法，以梅花自喻，表达出淡泊名利的心境。首句"不受尘埃半点侵"，直说梅花的高洁，一尘不染。第二句"竹篱茅舍自甘心"，反过来"比"，用拟人的手法，说梅花与世无争，"独自风流独自香，明月来寻我"。后两句"只因误识林和靖，惹得诗人说到今"提到的林和靖，名字叫作林逋，字君复，因为死后得到宋仁宗给的谥号"和靖"，所以被后人称为"和靖先生"。

林和靖诗书画三绝，诗写得好，尤其是"疏影横斜水清浅，暗香浮动月黄昏"两句，被誉为"千古咏梅绝唱"。他的书法更好，存世作品仅三件，其中篇幅最长的一幅是著名的《自书诗帖》。历代文人对他的书法都极为称许，黄庭坚甚至说：

> 君复书法高胜绝人，予每见之，方病不药而愈，方饥不食而饱。

观赏林和靖的书法作品，可以治病，可以疗饥。他的画尤为当时人所推重，可惜没有一幅存世。他的诗书画作品，自己从来不留，也不随意示人，随作随丢。现在能见到的他的诗作，都是有心人偷偷地记录下来的。

林和靖出名，还不是因为他的作品，而是因为他是个隐士。

他早年熟读经史，不赴考不出仕，到处云游，四十岁后结庐杭州西湖的孤山，隐居了二十年，直到去世。今天孤山还有林和靖的旧居和墓葬，但在南宋时已经被盗墓贼光顾过了。因为北宋的真宗和仁宗都很敬重他，南渡以后，孤山被辟为皇家寺庙区，所有的建筑及墓葬统统迁出，只保留了林和靖墓。盗墓贼误以为墓中有值钱的东西，打开之后大失所望，陪葬品只有一方砚台和一支簪子。

林和靖一生无妻无子，因酷爱梅花和仙鹤，自称"梅妻鹤子"。他的故事，代代相传，成为典故。后世诗人写诗，一写到梅，一写到鹤，自然就联想起林和靖。"梅妻鹤子"已经成为他名字的组成部分，所以"惹得诗人说到今"。

王淇写《梅》，用的就是这个典故，写得自然平和，而又不失雅趣。不说是人爱梅，偏说是梅"误识"了人，于是堕入诗人的彀中，成为千古题材。曹雪芹借来其中的一句送给了李纨，其实整首诗读下来，都契合李纨的情境。李纨也是具有诗人气质的大家闺秀，可惜年纪轻轻就守了寡，除了每日灯下课子，余事不过是女工针黹。偶尔能够借着大观园里起诗社，勾起一点生活的意趣就不容易了。正像书中所形容的那样，"如槁木死灰一般"。她住的地方是"稻香村"，又是园子里唯一的一处"竹篱茅舍"。单是"竹篱茅舍自甘心"这句诗，简直就是活脱脱一个李纨了。

当然，李纨似乎也没闲着，还帮着探春临时管了几天的事。但那只是在园子里，并没有出过大门一步。与王熙凤相比，完全不在一个层次上。王熙凤可以到处走，李纨的活动范围却是仅限于大观园内，连荣国府的大多数地方都没有踏足过。哪像王熙凤，除了管着荣国府里的事，还去协理过宁国府。探春理家，李纨也就是帮个人场。再说诗社，虽然每次都有她，但那不过是带着一干小姐妹们,尽大嫂子的本分罢了。至于她自己的娱乐生活,有什么呢?基本上是没有的。也就是像怡红夜宴这种活动,她才可能品尝一些人生的滋味。

李纨的签子上画着一枝老梅,又写着"霜晓寒姿"四个字。但李纨老了吗?也就是二十多岁吧?怎么就把自己活成了一副沧桑之态?应该说,在她的身上,也寄有作者对那一时代女性的无限悲悯。

签子的旧诗下面,还有一个注:

> 注云:"自饮一杯,下家掷骰。"李纨笑道:"真有趣,你们掷去罢。我只自吃一杯,不问你们的废与兴。"说着,便吃酒,将骰过与黛玉。

解签的文字很简单,八个字:"自饮一杯,下家掷骰。"别人抽到签子之后,都是自己掷骰子,只有李纨与众不同,把骰子推给下家,由下家掷骰。她笑着说"真有趣",有趣吗?人要是对自己的处境习惯了,哪怕是被生活边缘化了的处境,已经麻木了,不觉得有什么不好了,甚至觉得"真有趣",难道不也是令人酸鼻的事情吗?

读书到此处,细细地想一想,这表面上的"竹篱茅舍自甘心",真的甘心吗?不甘心又能怎样呢?如果真的甘心了,难道不更是一种暗含着的悲情吗?她接着说:"我只自吃一杯,不问你们的废与兴。"这一句若是多读几遍,真的应该拍案而起。这不也是作者的自况吗?直可与"无才补天"对看!

史湘云就是大观园里的苏东坡

李纨的签子上写着"自饮一杯，下家掷骰"，于是自己不掷，把骰子推给了下家黛玉。黛玉替李纨掷骰子，一掷，掷出来十八点，数到史湘云，湘云从签筒里抽出一支花名签子来。这支签子上画的是一枝海棠花，四个字"香梦沉酣"，一句旧诗"只恐夜深花睡去"。这句诗可是名家之作，是苏东坡咏海棠诗中的一句。先说说这首诗的背景，会有助于解签。

苏东坡写这首诗的时间，是在宋神宗元丰三年（1080）。地点是在湖北黄州。元丰二年，他遭了一个大难，差点儿送了性命。什么事儿呢？"乌台诗案"。就是这一年，他从徐州太守任上移任湖州，去做湖州太守。循例他得给神宗皇帝上一个谢表，不承想谢表递上去，上面的文字被人抓了辫子，说他有意讽刺"新政"。

什么是"新政"呢？"新政"就是王安石变法，遭到了很多人的反对。王安石一派被称为"新党"，反对"新党"的这批人自然就是"旧党"。当时的新旧之争，非常激烈。神宗皇帝信任王安石，支持王安石变法，所以"旧党"心里不舒服。"旧党"可都不是等闲之辈，都是名家、大官儿、大诗人，还都是大文学家。

北宋这个朝代很有意思，跟唐代完全不同。唐代会写诗的人很多，但写诗写得再好也就是个诗人，像孟浩然、李白、李贺、张祜、聂夷中等。即使有幸出仕，像刘禹锡、柳宗元、韦应物、杜牧、岑参、刘长卿等，也就是做了地方官而已。只有极少数人任职中枢，如元稹、韦庄、白居易。但是北宋的大诗人、大文学家，几乎都是大官僚。例如"新党"的首脑王安石，任职"同中书门下平章事",位同宰相。至熙宁二年(1069)封为舒国公,元丰二年改封"荆国公"。"旧党"的首脑司马光,曾任"尚书左仆射兼门下侍郎",正式拜为宰相。他主政时,不仅废除了"新法",还把因名列"旧党"而被贬官的苏东坡兄弟以及刘挚、范纯仁、李常等人全部调回中央。其他的例如晏殊、欧阳修、范仲淹,都曾经拜过相。

苏东坡是最不得志的一位,他的弟弟苏辙还做到过"尚书右丞",相当于副宰相的官职,但是苏东坡最高只做到了"礼部尚书"。苏东坡为什么要反对王安石变法呢?这要先说说王安石变法的内容。

王安石变法的目的在于富国强兵,借以扭转北宋积贫积弱的局势。他的"新法"主要集中在三个方面:一是财政,推行均输法、青苗法、市易法、免役法、方田均税法和农田水利法。从名称就可以看出,他是要从根本上全面进行经济改革。二是军事,颁行置将法、保甲法、保马法等。三是科举,废除以诗赋辞章取士的旧法,颁行"太学三舍法",以"春秋三传"及明经取士。

这样一来震动就太大了,几乎把所有的制度全部推翻重来,所以遭到了朝野的一片反对。为了厉行新法,王安石在神宗皇帝的支持下,用重典打击"旧党"。其中,就殃及了苏轼。其实在反对"新政"的阵营中,并不是意见完全一致。有的人是为守旧而反对"新政",而苏轼是为了体恤民生。他觉得这样下去对老百姓没有好处,所以他反对"新政"。既然被列入了"旧党",又反对"新政",自然在行文中就要流露出这种情绪,所以苏轼谢表的文字被人抓了把柄。这个时候正当"新法"推行,满朝都是"新党",当然要治他的罪。结果苏轼就从湖州任上,被一条绳子捆到京城来了。

一个堂堂太守,被一群如狼似虎的差役用绳子捆着抓走了,真是颜面失尽。苏轼觉得,这无非就是新旧党之争,无非就是变法之争,没有什么大不了,总有说话的地方。但是真到了审问的时候,可就是"欲加之罪,何患无辞"了。不单是这一个谢表了,人家把他所有写过的诗文都拿来,一个字一个字地挑毛病。那还能找不出问题来吗?这问题一多,连神宗皇帝都生气了。神宗皇帝震怒之时,负责审案子的御史们趁机进言,要杀了苏轼,以儆效尤。因为汉代御史台门外的柏树上有很多的乌鸦,所以御史台又被称为"乌台"。苏轼这个案子,由御史台审,因此史称"乌台诗案"。

传出来的圣意,也是差不多的情况。这个时候,墙倒众人推,满朝"新党",纷纷上书皇帝,要置苏轼于死地。这可不是苏轼一人生死的事,党祸一起,很可能牵五挂四,连累很多人。苏轼一案,竟致人人自危。当然也有一些人替苏轼辩解,要保全他。但这些人大都是"旧党",说话底气不足。更多的人唯恐躲之不及,怕因言得祸,被牵进这个案子里来。但关键时刻,还是有两个人帮了苏东坡的大忙。这两个人,一个是意料之中的,一个是意料之外的。

意料之中的一位,是太皇太后曹太后。神宗皇帝退朝的时候,太皇太后把他叫过去说:"听说你要杀苏轼?这可是先帝选中的人才啊!当初科考放榜,先帝回宫跟我说:'我给子孙选了两个太平宰相。'两个人是谁呢?苏轼、苏辙兄弟。先帝这么器重苏轼,苏轼也真有大才,写诗即使有事也不是什么大罪,你今天要杀他,不能杀,不能杀!再说太祖皇帝说过'不杀士大夫',我朝子孙都要遵守太祖的训诫,怎么能杀他呢?"这位曹太后是宋仁宗的皇后,深得仁宗信赖。宋英宗即位时,她曾经垂帘听政十三个月。神宗即位,她被尊为太皇太后。她是宋朝开国功臣曹彬的孙女,曹彬就是康熙《江宁府志·曹玺传》里说到的曹家的祖先。也就是说,这位曹太后也是曹雪芹的显祖。

太后发话，神宗就为难了。改革刚刚起步，就遭到妄议。改革派的大臣都要杀苏轼，怎么办呢？不能刚把这个案子立起来就撤了。可巧，这个时候，有人给了他一个大台阶。这可是意料之外的一个人，是谁呢？王安石。

王安石是"新党"的头儿，与"旧党"势同水火。苏轼可是铁杆儿"旧党"，是王安石的对立面啊！没想到他居然上了一道表章，为苏轼说情。他说，当今是盛世，"盛世安能杀才士"。苏轼是"才士"，不能杀。宋神宗一看，新党的首领替苏轼说话了，这可是个大台阶，这就好办了。宋神宗哪能不爱才呢？苏轼是什么人，有多大的才气，他心里是有数的。先帝是怎么说的，他心里也是有数的，所以就准备赦免苏轼了。但还得找个台阶，正好又接到了苏轼的弟弟苏辙的奏本。虽然苏辙是弟弟，但官做得比哥哥苏轼要大。苏辙说，我哥哥犯了事儿，是他罪有应得。作为弟弟，要为哥哥担责。哥哥的罪由我给担了行不行？把我一撤到底，能不能抵过哥哥的罪？能不能免苏轼一死？

神宗皇帝一看，弟弟有这个诚意，不错。那个时代，讲的是"孝悌"，父慈子孝，友于兄弟，于是就此下了台阶。一个曹太后，一个王安石，再加上一个苏辙，终于使得神宗收回成命，不杀苏轼了。但是，还是要借着苏轼警示"旧党"。苏轼有错，死罪免了，但还是要处罚。

第一，苏轼被贬到湖北黄州做团练副使。这是个什么差事呢？用今天的话说，就是湖北黄冈人民武装部副部长，管民兵训练。北宋承平日久，有什么民兵训练的活儿呢？其实就是个闲差。神宗皇帝还特别训诫，不许苏轼乱说乱动。

第二，苏辙代兄受过，连降三级。还不错，皇上给留了个面子，还是给了苏辙一个官位。

第三，苏轼的好友驸马王诜被牵连贬官；苏门四学士之一的黄庭坚被牵连贬官；旧党的领袖司马光也被贬官；还有一堆人都跟着吃了挂落。

苏轼带着全家老小去了黄州，这可是个边远之地，跟京城的条件自然没法比。职务贬了，工资也随着降下来了。宋代官儿的待遇是不错的，大官儿的工资都很高，但是小官儿就不行了。苏轼过惯了大官儿的日子，一家老小到了这个穷乡僻壤，饭都快不够吃了，这怎么办呢？苏轼就找当地的衙门要一块地自己种，人家还真给了他一块地。苏轼带着全家开始在这儿种菜、种粮食，总算能够补贴一点儿日常用度。因为这块地在黄州城东边的山坡上，所以苏轼给自己起了个号，叫作"东坡居士"。这一年他四十三岁。从此以后，知道"苏东坡"的人越来越多，知道"苏轼"的人反而少了。一直到今天，有些人可能不知道苏轼是谁，但一说"苏东坡"则无人不知。就算没读过他的诗词，也吃过"东坡肉"对不对？

苏东坡在湖北黄州城外的山坡上安摊儿了，他把这块地上的荒草刨掉，杂树砍掉，整理出来，唯独留下了一棵海棠。这棵海棠开得非常漂亮，苏东坡白天种地的时候看，晚上再点上蜡烛接着看。

苏东坡这个人，心胸宽阔，随遇而安。你升了我，我就上去，你贬了我，我就下来。后来"新党"失势，他被起复了。回到京城一看，朝廷全部是"旧党"当政了。翻了身的"旧党"（史称"元祐党人"），整治起"新党"（史称"元丰党人"），比当初"新党"下手还狠。苏东坡看不过去，又说话了，上奏本抨击"旧党"不应该挟私报复。"新党"与"旧党"是政见不同，但也是为了国家好。结果可想而知，他又被旧党给排挤出去了。

苏东坡在黄州耕种之余，写了这首《咏海棠》。这首诗的特点是"一句接一句"，前一句的情境直引出后一句的意涵。第一句"东风袅袅泛崇光"，和煦的春风引出月亮。下一句"香雾空蒙月转廊"，月亮在空蒙的香雾中转过连廊。月光之下的"香雾"从何而来？"只恐夜深花睡去"，原来是海棠花。夜深了，花儿可千万不要睡去了。这拟人的笔法，真是把海棠给写活了。再引出第四句"故烧高烛照红妆"，所以要把蜡烛点起来，去照亮这美丽的花儿。苏东坡写花儿，实际上是写人。朝野上下，不是应该像惜花一样惜人吗？

把这四句诗读完，玩味之下，再去看一看这支签子。抽到这签子的人，是史湘云。"幸生来英豪阔大宽宏量，从不将儿女私情略萦心上"，史湘云是这样一个心胸开阔的人。她像谁？是不是有些苏东坡的影子？曹雪芹真是有本事，给每一个人引用的旧诗，都好像是专门给这个人写的。

史湘云看着这支签子，林黛玉也看见了。于是说了一句，把"夜深"两个字改成"石凉"更好。她这是在打趣湘云白天醉卧在一个石凳子上，大家一听都笑了。史湘云马上怼回去，指着屋里架子上摆着的"西洋自行船"说："快坐这条船家去吧，别多话了。"这指的是前边贾宝玉生病，糊里糊涂听了林家的人要接林妹妹回家，就嚷着要把架子上的那个船藏起来，要把林家的人打走，大家想起这事儿，又都笑了。

她俩这么一斗，气氛就一下子活跃起来了。再看解签的文字，就更有意思了：

　　因看注云："既云'香梦沉酣'，掣此签者不便饮酒，只令上下二家各饮一杯。"湘云拍手笑道："阿弥陀佛，真真好签！"恰好黛玉是上家，宝玉是下家。二人掷了两杯只得要饮。

报应来得真快，黛玉喝酒，还搭上了一个宝玉，所以湘云开心了。贾宝玉悄悄把酒倒给了芳官儿，然后一扬脖子假装喝了。林黛玉故意跟别人说话，一边用手遮着，把酒倒在漱盂里了，也没喝。众人只顾说笑，都没注意，这俩人就这么混过去了。

宝玉的伤感和中国酒文化的"微醺"境界

史湘云掷骰子，掷出了一个九点，数到麝月。麝月抽出的花名签子上，画的是一枝"荼蘼花"，四个字"韶华胜极"，一句旧诗"开到荼蘼花事了"。

"韶华胜极"，似乎很吉利。但中国古代哲学讲的是中庸，什么事都不能走极端。"胜"到"极"时，其实就是"衰"的开始。"开到荼蘼花事了"，这句诗又是南宋王淇的。前边李纨那句"竹篱茅舍自甘心"也是王淇的。王淇传世的诗只有这两首，都被引用了。看来，曹雪芹对王淇很看重。这首诗的诗题是《春暮游小园》，也是四句：

一丛梅粉退残妆，涂抹新红上海棠。
开到荼蘼花事了，丝丝天棘出莓墙。

诗句不是孤立的，要联系其他三句一起分析。完整的意思往往埋伏在整首诗当中，这首诗当然也不例外。尤其是作者引用的这句诗，不仅要契合当事人的身份、性格，还要赋予谶语的含义。

麝月虽是个丫头，曹雪芹却在她的身上花费了不少的心思。前八十回中，写到麝月的笔墨并不算多。但是到了八十回之后部分，一定有麝月的重头戏。可惜这一部分文字，曹雪芹的原稿不见了。我们现在看到的通行本后四十回是别人写的，没有理解曹雪芹的原意。这样说，有前八十回的正文伏线和脂砚斋的批语为证。

麝月是在怡红院当差，排在袭人和晴雯之后。因为有袭人和晴雯，就不大显得着她。但是有一次袭人和晴雯不在，麝月就出位了。宝玉看丫头们都玩儿去了，只有一个麝月。就问她怎么不跟着一起出去，麝月就说，我不能走，都走了，谁看家呢？一句话引起了宝玉的注意，俨然又是一个袭人。

麝月的能力也是不容小觑的。一次，晴雯和坠儿妈吵架，麝月几句话就给压住了。又一次，芳官儿的干娘何婆子欺负芳官儿，又是袭人找来麝月平息了事态。后来春燕的娘闹事，袭人打发不了，又是麝月关键时候一出手，事儿就平了。

脂砚斋批语多次提到麝月，例如庚辰本第二十回双行夹批：

> 闲闲一段女儿口舌，却写麝月一人，袭人出嫁之后，宝玉宝钗身边还有一人，虽不及袭人周到，亦可免微嫌小敝等患，方不负宝钗之为人也。故袭人出嫁后云"好歹留着麝月"一语，宝玉便依从此话。可见袭人虽去实未去也。

这条脂批说的是八十回之后关于麝月的一些事情，袭人说"好歹留着麝月"，可见麝月在袭人心目中的位置。当袭人万不得已，必须离开贾府的时候，她深知只有一个麝月，能够像她一样尽心尽责，长长久久地服侍宝二爷。

还有庚辰本第二十一回双行夹批：

> 宝玉有此世人莫忍为之毒，故后文方有"悬崖撒手"一回。若他人得宝钗之妻、麝月之婢，岂能弃而为僧哉？此宝玉一生偏僻处。

宝玉后文有"宝钗之妻，麝月之婢"，是说麝月一直到宝钗嫁给宝玉之后，她还在尽责。此时其他的丫头都不在了，最早走的是晴雯。"怡红夜宴"再过十一回，抄检大观园，晴雯就被撵走了。袭人后来也走了，也就剩下了一个麝月。

"荼蘼花"签子，实际上是暗示了花期。一年之中，"梅花"最早，接着是"杏花"，再接着是"海棠花"，再接着是"牡丹花"，最后是"荼蘼花"。"荼蘼花"开的时候，就已经是初夏时节，春花次第凋谢了。麝月抽到的是"荼蘼花"，她应该就是"三春过后诸芳尽"，开到最后的那枝女儿花。

宝玉很敏感，一看到"荼蘼花"，就皱着眉，忙把这支花名签子给藏了。麝月追着问，这是什么意思。麝月没文化，看不懂签子上的话，这很契合她的身份。宝玉的敏感，主要来自两个方面。一个是与生俱来的"天性"。在那个"存天理，灭人欲"的社会里，他"异化"得最少，"天性"成分保留得最多。什么是"异化"呢？人之初都是"天性"的人，成长的过程中，在各种物质的、精神的因素作用下，"天性"渐被泯灭，这个过程就是"异化"。由于各自的人生道路、成长环境不同，异化的轨迹自然也会不同。宝玉的自然环境和处境，决定了他的"天性"或多或少避开或者抵挡了"异化"的作用。因此他的行事方式，大都是从他的"天性"出发。例如，生来喜聚不喜散，看着花开了，他很开心；看着花落了，他很伤感。

再一个是来自他的文学感悟。前人写的关于"荼蘼花"的诗词，他非常熟，不单是这一句，也不单是这一首，很多诗人都写过"荼蘼花"。他知道"荼蘼花"的诗词，都意味着什么。所以，他不仅是看花，还能深切地感受到历代诗人的那种集体记忆。

王淇的"开到荼蘼花事了"，后面的一句"丝丝天棘出莓墙"。"天棘"是一种蔓状的小叶子植物，又叫"天门冬"，可以爬墙、爬架子。但是，它没有花，只有藤蔓。"莓墙"有两种理解，一个是长满青苔的墙，再一个是灌木和杂树长成了墙。无论是哪一种，"天棘"出墙都没什么好看。

宝玉能不伤感吗？所以他把签子藏了起来。这四句诗结合起来看，等于给"开到荼蘼花事了"做了个完整的注解。联想到整座大观园，再联想到整部《红楼梦》，"韶华胜极"之后是什么光景呢？"三春去后"，盛极而衰。再往后，就像鲁迅所说，必然是"大故迭起"。所以，这一支签子的暗喻作用非常之明显。

宝玉把这支签子藏了，解签的文字却不能不说。"在席各饮三杯送春"，这下子都看懂了，"千里搭长棚，没有不散的筵席"，再好的春景也一定会走到最灿烂的尽头。"各饮三杯"太多了吧？其实每人只是象征性地喝了三口，就算是"各饮三杯"了。

作者在不经意处，把中国的酒文化暗暗地点了一下。中国酒文化的一个特点，就是不喝醉，或者说不真喝醉，"微醺"的境界是最美的。纵观中国历史上，凡是好酒的人，有几个是真正的酒徒？即使是真酒徒，无不带着几分清醒。"对酒当歌，人生几何"，曹操喝的是人生；"醉翁之意不在酒"，欧阳修喝的是山水；阮籍醉后是真清醒；李贺醉后是真放达。苏东坡写了太多酒的诗词，似乎是个豪饮的人。但他自己说了实话：小时候"闻酒辄醉"。成年以后，一天喝到晚,最多也只能喝五合酒。一合相当于现在的20毫升,五合则相当于100毫升,差不多是现在的二两酒。请注意,苏东坡那个时代还没有蒸馏酒,好不容易喝下去的"五合",还是低度的酿造酒。

外国的酒风就全然不同了,要喝就真喝,喝了就真醉,甚至喝起酒来如同玩命。例如俄罗斯,冬天的早晨,警察干的最多的事,是从路边的雪堆里往外拖死尸。怎么回事呢?都是头一天晚上喝醉了,一头摔倒在路边,没人看见,被雪给埋了,冻死了。肖洛霍夫的小说《静静的顿河》里有一个情节,当兵的占领了一个庄园以后,一看地下室有个酒窖,等不及开酒桶,直接用枪"砰砰砰"把一个个酒桶给打漏了,用嘴接着喝。喝醉了的士兵倒在地上,流出来的酒渐渐淹没了酒窖,人就这么淹死了。

中国有谁是这样的喝法?中国人喝酒是为了享受"微醺"的感觉,"把酒临风,其喜洋洋者也"。或者,借着酒来消解胸中的块垒,"何以解忧?唯有杜康"。或者,乘兴写出千古传颂的诗句,"明月几时有,把酒问青天"。

酒兴可助谈兴,敦敏说曹雪芹:

> 可知野鹤在鸡群,隔院惊呼意倍殷。
> 雅识我惭褚太傅,高谈君是孟参军。
> 秦淮旧梦人犹在,燕市悲歌酒易醺。
> 忽漫相逢频把袂,年来聚散感浮云。

但是这都是"微醺",否则还能有什么"雅识"?什么"高谈"?"李白斗酒诗百篇",果真喝得烂醉如泥,还能写诗?"知章醉酒如乘船",贺知章真掉在井里不起来早淹死了。"张旭三杯草圣传",佯醉才能写字,真醉怕是连笔在哪儿都不知道了。"饮中八仙",没有一个是醉得不省人事的,万不可被杜甫"瞒蔽了去,方是巨眼"。

《红楼梦》里更都是"作饮酒状"了,你看黛玉怎么喝酒?趁着大家不注意,倒入了漱盂。宝玉怎么喝酒?趁别人不注意,把酒递给芳官儿,芳官儿给他代了,他自己假装一仰脖喝了。"席中各饮三杯送春"怎么喝的?每个人喝了三口,就算了三杯。

当然,生活中偶有真喝醉的,《红楼梦》也写到过这种人。第二十一回写到的那个"多浑虫",似乎是真醉了,还戴了绿帽子,但焉知他不是借着酒醉遮丑呢?只有一个刘姥姥,应该是真醉了,否则不会肆无忌惮地躺在宝玉的床上鼾声如雷,还放着臭屁。那位"醉骂"的焦大不算,真醉就骂不出来了。鲁迅说:

> 其实是,焦大的骂,并非要打倒贾府,倒是要贾府好,不过说主奴如此,贾府就要弄不下去罢了。然而得到的报酬是马粪。所以这焦大,实在是贾府的屈原,假使他能做文章,我想,恐怕也会有一篇《离骚》之类。

香菱和朱淑真,连理枝头断肠人

众人"各饮三杯送春"之后,麝月掷骰子,掷了个十九点,数到香菱。香菱掣出的签子上,画的是"并蒂"花,四个字"联春绕瑞",一句旧诗"连理枝头花正开"。这四个字,加上这句诗,都是很吉祥的意思。但真的吉祥吗?

在座所有的人,除了李纨是个寡妇,其他的人全是闺中女儿,只有一个香菱是有主的,被薛蟠给收了。花是"并蒂"花,"连理枝头花正开",再加上"联春绕瑞",似乎是说薛蟠对她很好,她的日子过得很惬意。真是这个情况吗?先看看写诗的人是谁,以及整首诗所要传达的情绪。

这句诗的作者是南宋的才女朱淑真。这个人的才名很盛,跟北宋的李清照并称。她的才气不下于李清照,诗的总量还要超过李清照。可惜的是,她的诗,她的词,大部分被家人一把火烧了。为什么呢?家人觉得她丢人。

朱淑真小时候,日子过得很好。闺中女儿,无忧无虑,又有天分,喜欢吟诗填词。后来由家人做主,嫁了一个小吏。这个人很粗俗,跟朱淑真不是一类人。朱淑真写的东西,丈夫看不懂,还要充大男人,作践羞辱朱淑真。尤其可恶的是,娶了才貌双全的朱淑真,还要出去嫖妓,甚至把妓女带回家来。即便是男性中心社会,女人没有地位,但这也太过分了。朱淑真一开始忍着,后来是正言规劝。丈夫不仅不听劝,反而变本加厉。其实细想想,这是无知而又有权势的人的通病,用威权来掩饰自己由于无知引起的自卑感。

朱淑真实在忍不下去了,只好回娘家。但是,这种情况之下回娘家,跟被人休了差不多。娘家父母觉得脸上无光,所以就不待见这个女儿。一位远在汴梁的女性仰慕者听说了她的境遇,毅然把她接到自己家中,算是绝处逢生了。此人名叫魏玩,是当朝宰相曾布的夫人。那段时间,她像一条断了缆绳的船随波逐流。在魏夫人的一个又一个诗局酒局中,她结识了一个人,一个让她以为可以托付真情的人。但好景不长,金兵攻陷汴梁。逃难的途中,她与爱人失散,只能再度回到娘家。家人视她为耻辱,甚至在盛怒之下,一把火烧了她全部的诗词手稿。后人怜惜才女,将流散在外的极少量的作品收集整理,结为《断肠集》。

香菱签子上的"连理枝头花正开",全诗是一首七言绝句:

> 连理枝头花正开,妒花风雨便相催。
> 愿教青帝常为主,莫遣纷纷点翠苔。

诗题《落花》,就已经点明了惜花的愁怀。只看首句,确有美好的意象。但通首诗的重点却是在第二句"妒花风雨便相催"。以花喻人,"催花"就是"催命"。若是真有"青帝"施以援手,哪里还会有被风雨摧折的落花?"青帝"是传说中主管春的神,春天过去就退位了。祈盼青帝"常为主"是不可能的事,祈盼花儿常开自然也是不可能的事,更何况还有"妒花"的风雨呢?"连理枝头"的美好,只是花期中的一瞬。花犹如此,人何以堪!整首诗看下来,哪里还有"联春绕瑞"的气氛?

"连理枝头花正开"并不是送给香菱的祝福,"妒花风雨便相催"才是她真正的命运。香菱只看到第一句,高兴得太早了。如果她读过整首诗,这"共贺三杯"的酒还喝得下去吗?香菱很像朱淑真,她虽然没有朱淑真这么大的才气,但是她有追求。这一群女孩儿当中,只有她孜孜不倦地跟着小姐们学写诗,几乎呕出心来。然而,薛蟠会比朱淑真嫁的那个俗人强多少呢?以他的"哼哼韵"的水平,看得懂香菱写的诗吗?

香菱的身世,可以当得上"悲惨"两个字。只有她先后用了三个名字,并且两次改名,都不是自己要改的。她的第一个名字"甄英莲",谐音"真应怜",就已经注定了她的命运。她是小说中第一个出场的女孩子,作为暗喻,给书中的所有女儿定下了一个悲剧的基调。她的父亲甄士隐,原先是姑苏一个比较富庶的乡绅,结果后来连遭变故,女儿英莲也被拐子给拐走了。甄家败落,甄士隐跟着跛足道人走了。只有丫头娇杏，名字谐音"侥幸"，曾经多看了一眼落拓时的贾雨村，"偶因一回顾，便为人上人"，贾雨村做了官以后把她娶走了。

英莲再出现时，已经成为一个人命案子里的当事人。案由是两家争买一个女孩子，一家强横出手，打死了另一家的主人。这个女孩子就是被拐卖的甄英莲，指使打人的是薛家的公子薛蟠，被打死的是争买英莲的冯渊。冯渊的名字谐音"逢冤"，不仅被殴打致死，案子还成了个冤案。审案子的，是新任应天府正堂的贾雨村。这个案子，贾雨村有三个判案的选择。一是秉公审理，杀人偿命，把薛蟠抓起来判了。二是救下甄家的女儿甄英莲，报答当年资助过自己的甄士隐。三是枉法判案，卖放凶手。最后的结果，贾雨村不仅没有搭救恩人的女儿，还放过了凶手，甚至昧着良心把英莲判给了那个呆霸王薛蟠。

贾雨村为什么要这样做？是因为在大堂上要发签拿人的时候，旁边站着的一个"门子"，即衙门里亲侍官员左右的仆役，给他使了个眼色，示意暂勿发签。贾雨村退堂，门子跟进内室，向他出示了一张"护官符"，上面写着互相联络有亲的"贾史王薛"四大家族。贾雨村这才知道，这薛家跟帮助他起复做官的贾家是亲戚，都是惹不得的主儿。这要是判了薛蟠，就等于得罪了贾家。而自己正是借着贾家的势力，才重新获得了晋身的机会。于是，他下定决心，演出了无耻的一幕。而当年贾雨村最潦倒的时候，借住在姑苏阊门外十里街仁清巷的一座"葫芦庙"里，靠写字卖文勉强度日。是甄士隐鼓励他赴京赶考，并给他准备了冬衣和路上所需的盘缠。没有甄士隐的帮助，就没有贾雨村后来的发迹。按说，这个恩德，无论如何是要报答的。结果他遇到了恩人的孩子，报恩的机会就在眼前，他却泯灭了良知，做出了令人发指的选择。门子是他当年熟识的葫芦庙里的小沙弥，已经告诉了他英莲是甄士隐的女儿，即使多年未见，但英莲的面部特征没有改变，不会认不出。即使不能确定，还可以让他的夫人娇杏出来帮着认吧？他都没有做，这就注定英莲的命运是"真应怜"了。

英莲跟了薛家以后，改名"香菱"，开始了她的又一段生活。第五回太虚幻境里的判词"根并荷花一茎香，平生遭际实堪伤"，说的就是她。英莲，香菱，两个名字都很苦。

判词的后两句"自从两地生孤木，致使香魂返故乡"，是香菱的最后归宿。这两句是拆字法，"两地"是两个"土"，"生孤木"，加上一个木字旁，就是桂花的"桂"字。这个"字谜"拼出来，就知道她后面的遭际了。自从遇到"夏金桂"，她就被残害致死了。

夏金桂是薛蟠后来娶进家门的正妻，她们家也是户部挂名的官商，跟薛家门当户对。但这位夏小姐生性悍妒，容不得卧榻之侧还有别人，哪怕是妾室也不行。但那个时代，是个多妻时代。"妒"是已嫁女性不可触犯的规则，犯了则要以"七出之条"处罚，就是夫家可以名正言顺地休妻。但这位夏小姐自有办法，她做的第一件事，是试探香菱的脾性。于是，从给香菱改名做起。香菱是个善良的女子，她甚至不以无良来揣度他人。对于要给她改名"秋菱"，她的反应很顺应：

> 此刻连我一身一体俱属奶奶，何得换一名字反问我服不服，叫我如何当得起。奶奶说那一个字好，就用那一个。

名字改得很顺利，夏金桂心里有底了。再试探薛蟠的底线，这很简单，找茬闹了几回，就把薛蟠的"丈夫旗纛"给弄倒了。她知道时候到了,就开始百般折磨香菱。更设计陷害香菱,让香菱无意中撞破薛蟠与自己的丫头宝蟾的苟且之事,遭到薛蟠暴打。香菱自此落入了夏金桂的掌心,"妒花风雨便相催",仿佛是朱淑真早已料到了香菱的境遇,特意为她写下的挽歌。

英莲、香菱、秋菱,她人生的三个阶段,昭示着"三春去后诸芳尽",在八十回后一个接一个令人嗟叹的女性悲剧。此刻,她看着签子上的"联春绕瑞"和"连理枝头花正开",大概还不知道朱淑真《落花》诗的下一句吧?更没有读过朱淑真的《断肠集》吧?真的应该让她早一点知道,早一点读到。然而,即使有一天她把《断肠集》放在自己泪水浸透了的枕边,她又有什么办法自救呢?

写央视1987版《红楼梦》电视剧剧本的时候,我安排了一场戏:

77 宝钗房内

宝玉进门,惊异地看着房内。

薛姨妈、宝钗正无声地流泪,同喜、同贵、莺儿在旁边侍立,不时擦着眼睛。

宝玉:"怎么……?"

薛姨妈哽咽着:"香菱……"

宝玉:"怎么了?"

宝钗站起来,默默地看了宝玉一眼,朝内室走去。

宝玉快步跟进内室。

香菱静静地平躺着,脸上蒙着一方惨白的罗帕。

宝玉的喉咙上下动着,仿佛在极力吞咽着什么。

时间凝滞了……

（闪回）香菱带着一些呆气的笑脸。

宝玉的喉咙上下动着。

宝玉从地上拣起《断肠集》，轻轻地放在香菱身旁……

我想，曹雪芹会让香菱看到《断肠集》的吧？但又能怎么样呢？

黛玉的"死因"在欧阳修的一句诗里

香菱掷骰子，掷出了个六点，数到黛玉，该黛玉从签筒里掣出花名签子来。黛玉心里想，"不知道还有什么好的被我掣着方好"。其实本来就是个游戏，她当成算命了，盼着能抽出一支好签子来。

黛玉的签子上画的是一枝芙蓉花，四个字"风露清愁"，一句旧诗"莫怨东风当自嗟"。读者读到这个地方，已经开始有感觉了，黛玉岂能没有感觉呢？

这句诗的作者是欧阳修，北宋的大诗人、大文学家，也是个大官儿。欧阳修这句诗，是一首"和诗"当中的一句。和谁的呢？王介甫的《明妃曲二首》，欧阳修共和了两首。明妃是谁？王介甫又是谁？

明妃是汉元帝的宫女王昭君，湖北秭归人，就是现在的湖北宜昌这一带。王介甫就是王安石，他的《明妃曲二首》写的就是王昭君。王昭君小小年纪就进宫了，据说她自恃貌美，不愿意贿赂宫廷画师毛延寿。这位画师衔恨之余，就把她故意画丑了，给她的脸上点了一颗丧夫志。这个面相，谁看着都会觉得不吉利。皇上凭着画像选人，而画像都是宫廷画师提供给皇上的，皇上自然就看不上她了。

后来发生了一件事情，使得王昭君一下子出头了。什么事儿呢？跟北方的匈奴有关。大汉朝跟匈奴多年争战不断，这一年大汉朝终于占了上风，匈奴败了。匈奴又起了内讧，不断地自相残杀。大汉朝就帮着其中的一方，把匈奴各方给统一了。这一方的首领，称作"呼韩邪单于"。从此以后，匈奴就成为大汉朝的友邦。这位呼韩邪单于，早在汉宣帝的时候，就曾经前来长安觐见过，与汉朝一直很友好。他第三次来到长安，已经是汉元帝当朝了。这一次来，汉元帝礼遇有加。呼韩邪单于很感动，就提出来，要给汉朝的宫廷做女婿，两家永世和好。汉元帝很高兴，他也很喜欢这位呼韩邪单于。于是就把宫女们召集到大殿上，让呼韩邪单于自己选。呼韩邪单于一眼就看到了王昭君，惊为天人，立即选定了王昭君。汉元帝也被王昭君的美貌惊呆了，没想到自己的宫中竟有如此佳丽。平时选来选去，不承想漏了个大宝贝。但是，话已出口，不能失信，只好眼睁睁地看着呼韩邪单于把王昭君给带走了。

汉元帝当然知道，和平来得不易，不能因小失大。所以，他对这次和亲非常重视，不仅赏赐了大量的金帛，还举行了盛大的仪式。待呼韩邪单于带着王昭君起行时，他亲自送出长安城外十多里。呼韩邪单于带着王昭君别长安、出潼关、渡黄河、过雁门，直向漠北。一路上走了一年多的时间，到达匈奴后受到盛大欢迎。此后很多年，匈奴跟中原王朝不再打仗，和睦相处，王昭君立了一个大功。

但是汉元帝送别呼韩邪单于回宫以后，一直闷闷不乐，心里过不去。这么漂亮的宫女，是怎么错过的？他忽然想到，是看画像的缘故。于是，就把画师毛延寿找来了，要他把王昭君的画像再拿来看看。一看之下，全明白了，原来是画师作祟。汉元帝一怒之下，把画师毛延寿给杀了。

这个故事很快就传开了，更成为后世诗人写诗填词的题材。到了王安石，做了一篇翻案文章，借着给毛延寿洗冤，阐发了一个道理。他的《明妃曲》最脍炙人口的两句，是"意态由来画不成，当时枉杀毛延寿"。道理其实很简单，再高明的丹青手，也画不出人物的"意态"。昭君清奇的骨骼、绰约的风姿大概画之不难，但一颦一笑传达出来的神情和举手投足间显现出来的韵味，则是任何画师描摹不来的。王安石不但是要写王昭君，更是要写汉元帝。人是活的，画是死的。选人为什么不看人？凭画选人能选得准吗？汉元帝是一国之君，按照这种选人的方法去治国，能治理好国家吗？出了偏差，不从自己身上找原因，却迁怒一个画师，是什么道理？

欧阳修是王安石的知音，他觉得这篇翻案文章做得好，不由得提起笔来，和了两首。"莫怨东风当自嗟"，就是后一首的末句。全诗共十八句：

> 汉宫有佳人，天子初未识；
> 一朝随汉使，远嫁单于国。
> 绝色天下无，一失难再得。
> 虽能杀画工，于事竟何益！
> 耳目所及尚如此，万里安能制夷狄！
> 汉计诚已拙，女色难自夸。
> 明妃去时泪，洒向枝上花；

狂风日暮起,漂泊落谁家?

红颜胜人多薄命,莫怨东风当自嗟。

欧阳修进一步深化了王安石的意思,指出汉元帝的问题在于"耳目所及尚如此,万里安能制夷狄"!同时又深入王昭君的内心,诉说了红颜薄命的无奈。末句总收,替天下身不由己的佳人一叹!

曹雪芹把"莫怨东风当自嗟"这一句拎出来放在花名签子上,给了黛玉。欧阳修的这一句诗,简直就是为黛玉量身打造的,与黛玉的命运完全契合。

第六十三回这个时间点,很有意思。从白天给宝玉过生日,到了晚上怡红开夜宴,黛玉是什么表现?都是在逗趣、挑气氛,尤其是跟史湘云斗来斗去,对不对?很开心,很欢乐。这哪像那个病弱的黛玉?哪像那个"泪光点点,娇喘微微"的黛玉?哪像那个使小性儿的黛玉?原来的那些个尖酸刻薄,都到哪儿去了呢?在这个时间点之前,请注意这几回:第三十二回、第三十六回、第四十二回、第四十五回。

先看看第三十二回发生了什么事儿。史大姑娘来了,林黛玉不放心,去怡红院探探情况。史湘云是急着去见宝玉吗?要跟宝玉说些什么呢?这些个姐姐妹妹,要论个人条件,都差不多;要论远近亲疏,也都差不多。宝玉平日里跟别的姐妹也都挺好,并不是独厚一个林妹妹。结果万没想到,黛玉刚走到宝玉窗前,就听到了一番对话:

> 湘云笑道:"还是这个情性不改。如今大了,你就不愿读书去考举人进士的,也该常常的会会这些为官做宰的人们,谈谈讲讲些仕途经济的学问,也好将来应酬世务,日后也有个朋

友。没见你成年家只在我们队里搅些什么!"宝玉听了道:"姑娘请别的姊妹屋里坐坐,我这里仔细污了你知经济学问的。"袭人道:"云姑娘快别说这话。上回也是宝姑娘也说过一回,他也不管人脸上过的去过不去,他就咳了一声,拿起脚来走了。这里宝姑娘的话也没说完,见他走了,登时羞的脸通红,说又不是,不说又不是。幸而是宝姑娘,那要是林姑娘,不知又闹到怎么样,哭的怎么样呢。提起这个话来,真真的宝姑娘叫人敬重,自己讪了一会子去了。我倒过不去,只当他恼了。谁知过后还是照旧一样,真真有涵养,心地宽大。谁知这一个反倒同他生分了。那林姑娘见你赌气不理他,你得赔多少不是呢。"宝玉道:"林姑娘从来说过这些混帐话不曾?若他也说过这些混帐话,我早和他生分了。"

宝玉是在怼史湘云,却被林黛玉听见了,"不觉又喜又惊,又悲又叹"。尤其是宝玉追出来说的话:"你皆因总是不放心的原故,才弄了一身病。但凡宽慰些,这病也不得一日重似一日。"林黛玉听了这话,如轰雷掣电。终于明白了:"他的心里只有我。"

再说第三十六回,宝钗无意间听到宝玉的梦话:"和尚道士的话如何信得?什么是金玉姻缘,我偏说是木石姻缘!"宝钗不禁怔了,也终于明白了:"他的心里没有我。"

第四十二回,宝钗借着黛玉行酒令错说了"戏词",对黛玉推心置腹地做了一番教导,使黛玉对宝钗心服口服。

第四十五回,黛玉终于在宝钗的诚意劝慰下彻底敞开了心扉,自此以后,芥蒂全无。乃至后来黛玉与宝钗已情同姐妹,两人的亲密关系让宝玉非常诧异,惊问:"是几时孟光接了梁鸿案?"

第六十三回这个时间点之后，没过多久，抄检大观园，大观园的好日子到头了。到了八十回之后，大故迭起，黛玉的命运也随着出现了转折。黛玉之于宝玉，用她自己的话说，"你好我自好。你失我自失"。宝玉好，她就好；宝玉如果出了什么问题，她断无生理，并不应该有续书中的"调包计"和"黛死钗嫁"。

富察明义看过曹雪芹最早的文稿，他写的读后感是二十首绝句，其中第十八首就写到了黛玉之死：

伤心一首葬花词，似谶成真自不知。
安得返魂香一缕？起卿沉痼续红丝。

说得明明白白，黛玉是病死的，没有人迫害她。王熙凤不会害她，贾母更不会害她，宝玉的心里只有她！"莫怨东风当自嗟"，她就是这个命。第六十三回，她抽到的这支花名签子上，已经暗含了这样的意思。

袭人"桃花签"背后的故事

黛玉掷骰子，掷出个二十点，是最大的点数，数到了袭人。袭人抽出的花名签子上画的是一枝"桃花"，四个字"武陵别景"，这很容易让人联想起《桃花源记》。从前边麝月抽到的"荼蘼花"，已经预示了芳菲已尽。到了袭人，"桃红又是一年春"，却又是一个春天了。这个春天带来的消息是好还是不好呢？还是要从写诗的人和整首诗中寻找答案。这首诗的诗题是《庆全庵桃花》，全诗共四句：

> 寻得桃源好避秦，桃红又是一年春。
> 花飞莫遣随流水，怕有渔郎来问津。

从表面上看，还是呼应的《桃花源记》。要准确地诠释这首诗，则要先从作者说起。作者谢枋得，字君复，号叠山，江西弋阳人，是南宋的一个大诗人，也是一个有民族气节的英雄。谢枋得的名字很陌生，很多人都没有听说过这个人。但说说他做过的一件事，大家就明白他是谁了。

旧时小孩子发蒙读书，必读四种书，叫作"三百千千"：《三字经》《百家姓》《千字文》《千家诗》。其中《千家诗》的最早编纂者，就是这位谢枋得。谢枋得生在南宋，是个动荡不安的时代。蒙古兵不断地南下侵扰，南宋王朝风雨飘摇。谢枋得自幼聪慧过人，读书一目五行，真的是五行，并且过目不忘。有《宋史列传》为证：

> 为人豪爽，每观书五行俱下，一览终身不忘。性好直言，一与人论古今治乱国家事，必掀髯抵几，跳跃自奋，以忠义自任。

谢枋得三十一岁时考中了进士，与文天祥同榜。按照他的成绩，擢为进士甲科毫无问题。但金殿对策的时候，他因为指斥权奸当道宦官乱政，得罪了奸相贾似道，被诬以"居乡不法"，结果被降为乙等。放官的时候，又被降级使用，出任抚州司户参军。这个差事是个闲差，不过是管管户籍和仓库。谢枋得知道遭人记恨报复了，一气之下弃官，回信州老家了。两年后蒙古军大举攻宋，谢枋得被朝廷任为"礼兵部架阁"。"架阁"是储藏管理文牍案卷的机构，其实这个职务在承平时期也是个闲差。南宋官制，礼部和兵部共用一个"架阁库"，共差一个管事的官员，称作"礼兵部架阁"。但这时的谢枋得，却是以这个官职，负责招募民兵，筹集军饷，保卫饶、信、抚三州。任务领了，但朝廷并没有拨款。谢枋得顾不得许多，变卖家产，多方筹措，终于招募了一万多民兵。

一仗仗打下来，屡战屡败，屡败屡战，最后全军覆没。谢枋得的妻子和女儿自尽，两个兄弟、三个侄子都死于元军之手。谢枋得从乱军中侥幸逃出以后，不肯做蒙元的顺民，只好隐姓埋名，在福建的武夷山一带游走，多年间靠卖字、算卦、卖草鞋为生。谢枋得为什么苟活于乱世呢？用他自己的话说，"上有九十多岁的老母"，还要尽孝，待送走老母，就没有任何的牵挂了。

他的同年文天祥，被俘后押解全元大都，故宋太皇太后、太后下诏劝降，他誓死不降。连忽必烈都受了感动，称他为"好人也"。所以文天祥不是一味地忠君，不是愚忠，他忠的是这个民族，忠的是这个国家。如果君能代表这个民族，能代表这个国家，他自然忠君；如果不能代表，他就不听。

谢枋得也是这个情况。蒙元的兵马，占了中原之后，一路南下，势如破竹，打到临安，把临安城破了。太皇太后、太后，以及宋恭帝赵㬎全部被俘。投降之后，下诏书给各地抵抗蒙元的军队，要他们全部投降。各地官兵接到诏书以后，纷纷投降。这可是圣旨，皇帝都投降了，还要为谁抵抗？但谢枋得跟文天祥一样，接到诏书，还是拒不投降。兵败之后，隐藏起来，待尽孝后尽忠。此时天下变了，已经不是原来的汉族政权，而是蒙元一统了。在那段时间里，他写出了很多的作品，其中就包括这首《庆全庵桃花》。结合这个大的背景，这首诗读起来，意思就不一样了。

"桃红又是一年春",这一年的春天和上一年的春天已经完全不同了。"寻得桃源好避秦",此桃源非彼桃源,危险随时存在。"花飞莫遣随流水",千万不可因为流水落花而泄露行踪。"怕有渔郎来问津",被"渔郎"寻见,"诣太守说如此"可就坏了。他的担心不是多余的,江山已经易主,地方官也都换了人,这个"桃源"真的被发现了。谢枋得被抓,当然拒不投降。结果跟他的同年文天祥一样,被地方官押送到了元大都。这时谢枋得的老母亲已经去世,他没有了后顾之忧。途中他本来想绝食自杀,但因存了一线希望,不相信太皇太后、太后、皇帝真的会投降。他要面见他们亲自对证,所以坚持到了元大都。

　　蒙元朝廷对谢枋得很优待,知道他是个名士,知道他有气节和才具,所以想争取他,没有把他收监,而是让他住进了"悯忠寺"。悯忠寺历史悠久,建于唐代,比北京的历史还要早六百多年。北宋末年,宋徽宗宋钦宗父子被金人俘虏,宋徽宗死后,金主完颜亮迁都至北京,曾将宋钦宗转押在悯忠寺。清代改寺名为"法源寺",著名的"戊戌六君子"被害后,曾经停灵法源寺,这是后话。

　　谢枋得住进悯忠寺,抬头一看,房间的墙壁上镶着一块碑,是曹娥碑。他流着泪说:"小女子犹尔,吾岂不汝若哉?"区区一个小女子都有这样的义举,我一个堂堂男子汉,难道还不如她吗?这个时候,他已经得知太皇太后、太后和皇帝真的投降了,而且降旨要他投降。他跟文天祥一样,不是愚忠,而是爱国,当然拒不奉诏,绝食五天而死。

　　了解了这些情况,再读谢枋得的这四句诗,简直"字字看来皆是血"。归结成三个字,就是"不甘心"。而抽了这支签子的花袭人,虽然后来嫁了蒋玉菡,生活还算安定。但她能忘记当年吗?她能忘记大观园和贾宝玉吗？她能忘记那些跟她朝夕相处的姐妹们吗？可想而知，她的心境也是三个字："不甘心。"可惜后面曹雪芹原著的文字看不到了，但是脂砚斋看到过，他的批语说"花袭人有始有终"，可以想见她都没有忘记。既然忘不了，自然是"不甘心"。

这支签子上的注说：

> 杏花陪一盏，坐中同庚者陪一盏，同辰者陪一盏，同姓者陪一盏。

杏花是谁？前边抽到杏花签子的是探春。那么，探春要陪饮一盏。"同庚者"的意思是同年龄的人，跟袭人同岁的都有谁呢？大家算了一下，还有三位：一个是宝钗，一个是晴雯，还有一个是香菱。

香菱要打一个问号，为什么呢？香菱自己说过，小时候的事都忘了，想不起来了，多大年龄也说不出了。那么，她怎么就跟袭人"同庚"了呢？她三岁的时候，父亲甄士隐午睡梦见茫茫大士和渺渺真人携着通灵宝玉去太虚幻境，此时宝玉还没出生。也就是说，香菱至少比宝玉大三岁。而宝钗、袭人和晴雯比宝玉最多大两岁，她们四个人怎么可能"同庚"呢？因为是游戏，凑热闹无妨。再说，冒充同庚也是刷存在感。也没人跟她较这个真儿，愿意陪一盏就陪一盏吧。

跟袭人"同辰"的只有一位，谁呢？林黛玉。所谓"同辰"，就是同一天生日，不论年份是不是一样，生日是同一天就算"同辰"。生日不会算错，所以黛玉要陪一盏。

还有"同姓者陪一盏"。袭人姓"花"，原名"花珍珠"，自小是贾母房里的丫头，又服侍过湘云，后来贾母把她给了宝玉。宝玉因为她的姓氏，想起来陆游的一句诗"花气袭人知骤暖"，所以把她的名字改成了"袭人"。"花"姓不是大姓，同姓的人不常遇见，没想到席间还真有一个，芳官儿站出来，说自己也姓"花"。真的假的呢？无考。席间也没有人认真追问。这就有两种可能，一是她真的姓花，她说了，众人就信了。也不排除另外一种可能，她并不姓"花"，是出于香菱认作"同庚"一样的心理，凑个趣，大家开心。再说，她白天跟宝玉提过要求："若是晚上吃酒，不许教人管着我，我要尽力吃够了才罢。"想来是酒还没有"吃够"，用这个法子多吃几盏。

再往深里想一想，香菱虽然很多往事都忘记了，具体的年龄也可能记不清楚了，但比袭人她们几个要大一两岁恐怕不会不知道。芳官儿家里姓"花"，即使学戏的时候用的是艺名儿，但戏班儿解散以后进入怡红院的第一天，就应该知道此间的首席大丫头袭人就是大家官称的"花大姐姐"。新来的小丫头，跟"花大姐姐"报到的时候，无论是出于职分、礼数还是出于"一笔写不出两个'花'"字的亲切感，都应该提到自己的姓氏，但她一直不曾说过。所以，芳官儿这个"花"，姓得十分可疑。香菱和芳官儿这两个人，虽然身份不同，也没有过直接的交集，但"同是天涯沦落人"，身世都很可怜，都是被卖过至少两次的人。作者安排这两个人，一个冒称"同庚"，一个冒称"同姓"，是无心之举还是有"深意存焉"，不得而知。但细想一想这两个女孩子"冒称"的背后，却不由得令人酸鼻。

第六章

吃出迷途

端午节的粽子

《红楼梦》里直接描写端午节的文字不多,尤其是吃的东西,着笔甚少。先说说最重要的,粽子吃了没有?肯定吃了,但没有明写,似乎是漫不经心地带了一笔。第三十一回,正好是端午节,宝玉、晴雯、袭人三个人话撵话地拌嘴,愈加说不清楚,都急哭了。黛玉来了:

> 林黛玉笑道:"大节下怎么好好的哭起来?难道是为争粽子吃争恼了不成?"宝玉和袭人噗的一笑。

显然,这一天是该吃粽子的。旧时,端午节可是个大节。无论是大户人家还是平头百姓,家家都是粽子飘香。宋代孟元老的《东京梦华录》、吴自牧的《梦粱录》和周密的《武林旧事》,都很详细地描写了端午节吃的东西,粽子当然排在第一位。虽说是百里不同风,但粽子却是南北方都要吃的。不同的是,包粽子的材料不一样,粽子里面包的东西不一样,粽子的大小不一样,口味不一样。

先说外面的叶子,粽子最早出现在楚地,这一带包粽子用的是"菰叶"。南朝梁宗懔的《荆楚岁时记》说:"端午……以菰叶裹黏米,谓之角黍。"什么是"菰"呢?现在"菰"这东西还存在,一说大家都知道,就是"茭白",炒菜吃的"茭白"。茭白,古称"菰","菰叶"就是茭白的叶子。

后来,江南一带的先民发现用竹叶包粽子更好,煮出米的粽子带有竹叶的香气。而且竹子多竹叶就多，采集使用都很方便，于是竹叶就普及了。但一般的竹叶太小，有的地方，例如浙江的天目山，就改用竹笋的笋皮。笋皮比叶子大，但没有叶子好采集，所以笋皮推广不开。其实，竹子的种类很多，找大一些的竹叶并不困难。有一种竹子叫作"箬竹"，长得不高，竿子也不粗，但叶子很大，包粽子正合用。唐代张志和的词《渔歌子》。曰：

西塞山前白鹭飞，桃花流水鳜鱼肥。
青箬笠，绿蓑衣，斜风细雨不须归。

"青箬笠"的"箬"，就是箬竹的叶子。因为箬叶的叶片大，所以用途很广，箬笠便是一例。制作的方法是，先用箬竹劈成的篾条编成"笠"的样子，中间再夹上箬竹的叶子，就成了张志和戴的那种"青箬笠"。

写"箬笠"的诗词很多，例如苏东坡的《浣溪沙·渔父》："自庇一身青箬笠，相随到处绿蓑衣。"陆游的《渔父》："团团箬笠偏宜雨，策策芒鞋不怕泥。"朱敦儒的《菩萨蛮》："轻舟青箬笠。短棹溪光碧。"黄庭坚的《浣溪沙》："青箬笠前无限事，绿蓑衣底一时休。"

箬竹叶还可以编成茶叶篓子，是储藏和运输茶叶的最好用的容器。箬叶编制茶叶篓子，就像编箬笠一样，先用篾条编成篓子之后，用箬叶做衬。这种篓子存放茶叶，可保茶叶不坏。

箬叶编的东西可大可小，大的如南方的船篷，多用箬叶编制。编制的方法，一如箬笠和茶叶篓子，不过是放大体积而已。

箬竹叶子好用，竿子也是好东西。箬竹的竹节与竹节之间，跨度比较长，长得又很直，长短粗细刚好适合做毛笔的杆子。所以大量毛笔的笔杆,用的都是箬竹。

箬竹对生长的环境要求不高,江浙一带到湖南湖北,山上、路边,到处都是这种小竹子。细枝大叶,摇曳多姿。

北方没有箬竹,即使有几根竹子,也是园林里做点缀用的,叶子也包不了粽子。用什么呢?用苇子。北方的苇子很多,像白洋淀,到处可见大片大片的苇子。北京的苇子也不少,尤其是旧年间,北京的水系很发达,有水的地方就有苇子。北京有一个地名叫"苇子坑",过去是一望无际的苇子。《红楼梦》第四十七回"呆霸王调情遭苦打",柳湘莲打薛蟠在什么地方打的?说的是出北门桥下二里路的苇塘,如果贾家所在的"都中"是北京的话,应该就是德胜门外的苇子坑了。所以,北方苇子不缺,包粽子就用苇子叶。苇叶的味道也很好,包出来的粽子也是一股叶子的清香。

那么,其他不产箬竹也不产苇子的地方,用什么来包粽子呢?可用的叶子多极了。例如河南豫西到陕西南部,大量生长着一种树,叫作"槲树"。"槲"字的写法,就是盛东西的量具"斛",加一个"木"字旁。槲树叶子很大,用途也很广,不细说了,它可以包粽子。所以这一带包粽子用的叶子,都是槲树叶。因为这个地区不产糯米,包粽子用的是黄黏米。槲树的叶子也有一种香味儿,包出来的黄黏米粽子借着叶子的清香,蘸上白糖也非常好吃。

更南方的福建、广东、广西、海南都有竹子,但是不用竹叶包粽子。用什么叶子呢?用两种叶子。一种是荷叶。广东早茶,不单是端午节了,一年四季都有一种茶点,叫作"糯米鸡",也叫荷叶蒸鸡。就是用荷叶包糯米,里边再放上鸡肉、五花肉和咸蛋黄,真是好吃得不得了。

还有一种叶子更大,叫作"柊叶"。长"柊叶"的树叫作"柊树",一个"木"字旁,加一个冬天的"冬"。广东、广西、海南一带的柊树很多,用这个叶子包粽子,完全不是北方尖角粽子的样子。由于"柊叶"很大,所以包的粽子也比北方大得多。广东清远一带包的粽子,叫作"臂粽"。所谓"臂粽",就是大小有如小臂。这么大的一个粽子,一个人一顿吃不完。里边包的主要还是糯米,但要加上去了皮的绿豆心,当然还有各种肉类咸蛋黄等。

包大粽子还可以参加比赛,甚至挑战"吉尼斯世界纪录"。例如2000年,广西出了一个"粽王"。这个"粽王",连包带煮干了六天。包出来有多大呢?三米多长,一米二高,两米多宽。为了煮这个"粽王",当时还专门定制了一口超大的锅。"粽王"有多重呢?两吨重。里面有糯米、猪肉、鸡肉、栗子,还有各种配料。所以这个"粽王"进入了吉尼斯世界纪录。

但这还不是最大的粽子。海南听说广西包了一个这么大的粽子,不甘落后,在西线的白马井,过端午节的时候,包了一个更大的粽子。这个粽子包进去了五头整猪,加上其他的材料,包成之后五吨重,是世界上最大的粽子。

历史上关于粽子的记载,最早见于汉代许慎的《说文解字》:"粽字本作糉,芦叶裹米也。"说包粽子最早用的是"芦叶"。但明代李时珍的《本草纲目》却说:"糉,俗作粽。古人以菰叶裹黍米煮成,尖角。"用"菰叶"裹黍米,包成尖角,才是最初的包法。西晋周处的《风土记》把粽子称作"角黍"就是这个原因了:"仲夏端五,方伯协极。享用角黍,龟鳞顺德。""角黍"是古代北方的叫法,以四个尖尖的角和里边包的黍米而得名。黍米就是黏米,早年北方没有糯米,只有黍米。后来南北方都不缺糯米了,所以大多数地区的粽子,都改用糯米了。虽然都用糯米,但南北方的口味还是有很大的区别。北方基本上吃甜粽子,无论是白粽子,还是豆沙馅儿的粽子、枣泥馅儿的粽子,都是要蘸糖吃。南方吃肉粽子,不用糖,都是咸口。尤其是广东,专有用咸肉包的粽子。"角黍"是在什么时候改称"粽子"的呢?是明清时期,那时的粽子多用糯米制作,而不再使用"黍米"了,所以就不叫"角黍",而称"粽子"了。清代的郑板桥是江苏人,大概是曾经在北方做官的缘故吧,他似乎更喜欢吃甜粽子。他写过一首《忆江南·端阳节》:

> 端阳节,正为嘴头忙。香粽剥开三面绿,浓茶斟得一杯黄,两碟白洋糖。

长久以来,有一个人人皆知的说法,"粽子"起源于纪念屈原。南朝梁代吴均的《续齐谐记》说:"屈原五月五日投汨罗而死,楚人哀之,遂以竹筒贮米,投水祭之。""竹筒贮米"就是粽子的原始形态。从此以后,民间开始有了用粽子祭奠屈原的说法。这个说法延续了很多年,导致后世一到端午时节,就有大量纪念屈原的活动,文人骚客也因此写下了很多有关屈原的诗词曲赋。

例如杜甫的《端午》:

> 节分端午自谁言,万古传闻为屈原。
> 堪笑楚江空渺渺,不能洗得直臣冤。

苏东坡的《屈原塔》:

> 楚人悲屈原,千载意未歇。
> 精魂飘何处,父老空哽咽。
> 至今沧江上,投饭救饥渴。

> 遗风成竞渡，哀叫楚山裂。

汤显祖的《午日处州禁竞渡》：

> 独写菖蒲竹叶杯，蓬城芳草踏初回。
> 情知不向瓯江死，舟楫何劳吊屈来。

这些作品，无不情真意切。但是，端午节是为了纪念屈原，粽子也是为了纪念屈原，这个说法对吗？看看《红楼梦》是个什么态度。

《红楼梦》的前八十回原著，时间跨度是十五年。也就是说，实际上过了十五个端午节。但没有一笔实写"粽子"，更没有一首关于端午节与屈原的诗词曲赋。这是为什么呢？第四十三回宝玉带着小厮茗烟儿，找了一处叫作"水仙庵"的地方，要悄悄地祭奠一下被王夫人撵走跳井死了的金钏儿：

> 宝玉道："我素日因恨俗人不知原故，混供神混盖庙，这都是当日有钱的老公们和那些有钱的愚妇们听见有个神，就盖起庙来供着，也不知那神是何人，因听些野史小说，便信真了。比如这水仙庵里面因供的是洛神，故名水仙庵，殊不知古来并没有个洛神，那原是曹子建的谎话，谁知这起愚人就塑了像供着。今儿却合我的心事，故借他一用。"

宝玉的这段话是一个启发，"洛神"原是"曹子建的谎话"，"听见有个神，就盖起庙来供着"，这都是"俗人"做的事。这真的是颇有洞见的议论。屈原与端午节，屈原与粽子，又何尝不是"因听些野史小说，便信真了"的情况呢？闻一多先生曾经就这个问题，专门写了两篇文章，为世人解惑，可以算是贾宝玉百代之下的知音了。其实，《红楼梦》中的端午节前后，发生了很多故事，都跟端午节有关。作者为什么要"明用"这个节日却又"略写"过节的具体细节呢？为什么要"暗用"这个节日却又"详写"节日前后的故事呢？意图应该都在宝玉的这段话里了。他说得很明白，虽是"谎话"，"今儿却合我的心事，故借他一用"。

那么，究竟是怎么"借用"的，下边再细细地说。

平安醮、屈原、端午节

旧时端午节的活动非常之多，如今几乎就剩下两件事了，一个吃粽子，一个划龙舟。说起这两件事，问十个人，九个人都会回答，是为了纪念屈原。是这么回事吗？

首先，吴越先民就不会同意。吴地民间说，端午节是为了纪念伍子胥。据曹娥碑上记载，伍子胥五月初五日受屈而死，尸体被扔在河里，化为"潮神"。

越地民间说，不对，端午节是为了纪念越王勾践复国。越国被吴国灭了，越王勾践卧薪尝胆，计划"十年生聚，十年教训"，为复国做准备。跟吴国打仗，主要是练水军。在吴国的监视之下，要偷偷地练兵可不是一件容易的事。怎么练呢？就设计了一个掩人耳目的活动，这活动就是"龙舟竞渡"，用娱乐竞赛活动培训兵丁，用游戏来掩盖武备的目的，做得很成功。

楚地民间说，都不对，端午节是为了纪念屈原。屈原在楚怀王时期，担任过"左徒"和"三闾大夫"。这两个官职是什么等级，无考。楚怀王死了,楚顷襄王即位,屈原开始走背字儿。顷襄王听信谗言,把屈原给放逐了。离开楚国的国都郢都之后,屈原苦闷之极,写了著名的《怀沙》:

> 滔滔孟夏兮,草木莽莽。
> 伤怀永哀兮,汨徂南土。

开头几句就很伤感,翻译成白话诗就是:

> 初夏里沐浴着无边的阳光,草木繁盛莽莽苍苍。
> 我怀着永难抑制的悲伤,一步一步地走向南方。

朱熹的《楚辞集注》说:"怀沙"就是"怀抱沙石以自沉"。"沙"就是石头,屈原决定以死明志,于是就抱着石头,自沉汨罗江而死。这一天,也是五月初五。

那么,这些说法哪个对呢?闻一多先生曾经写过两篇关于端午节的文章,其中的一篇显然是写给小孩子看的。为什么要写给小孩子看呢?他说:

> 端午那天孩子们问起粽子的起源,我当时虽乘机大讲了一顿屈原,心里却在暗笑,恐怕是帮同古人撒谎罢。不知道是为了谎的教育价值,还是自己图省事和藏拙,反正谎是撒过了,并且相当成功,因为看来孩子们的好奇心确乎得到了相当的满足。可是,孩子们好奇心的终点,便是自己好奇心的起点。自从那天起,心里常常转着一个念头:如果不相信谎,真又是甚么呢?端午真正的起源,究竟有没有法子知道呢?

另外一篇叫作《端午节考》，显然是写给大人们看的，包括他自己在内。这是一篇研究性的文章，说到一个关键问题：端午节吃粽子、划龙舟，这些民俗活动起源很早，跟屈原没有关系。有没有证据呢？当然有。浙江鄞州区出土过一把春秋战国时代的青铜斧，斧上面有一个图案"龙舟竞渡"。那个时候，屈原还没生出来，"龙舟竞渡"跟屈原有什么关系？一点儿关系也没有。

再一个证据。道教起源，跟巫术是有关系的。道教在五月初五这一天，要举行驱鬼的仪式。为什么要驱鬼呢？跟两个人有关。一个是介子推，帮着晋公子重耳复国，后来却被烧死了。另一个是伍子胥，帮着吴国打败楚国，又征服了越国，后来却被冤死了。这两个人都是忠臣，却都死于非命。并且，都是死于五月初五这一天。道教的看法是，这两个人是被厉鬼索魂，把命索走了。所以，这一天必须驱鬼。驱鬼的同时，要给活着的人挂"长命缕"，也叫"续命缕"。后来端午节给小孩子的手臂上缠五色丝，就是从道教的"长命缕"演化来的，跟屈原也没有关系。

关于端午时节道教驱鬼祈福的活动，《红楼梦》里也有描写。《红楼梦》第二十九回，端午节前，元妃让宫里的太监给荣国府送来了一百二十两银子，请贾母去清虚观打三天的"平安醮"。道教打"平安醮"，就是驱鬼祈福。

这里还有一个细节，如果不了解那个时代的生活，就不知道在说什么。清虚观的道长张法官见了宝玉，要请下他的那块玉，"托出去给那些远来的道友并徒子徒孙们见识见识"。把玉还回来的时候，捧了一大托盘贺物：

> 只见张道士捧了盘子，走到跟前笑道："众人托小道的福，

见了哥儿的玉,实在可罕。都没什么敬贺之物,这是他们各人传道的法器,都愿意为敬贺之礼。哥儿便不希罕,只留着在房里顽耍赏人罢。"贾母听说,向盘内看时,只见也有金璜,也有玉玦,或有事事如意,或有岁岁平安,皆是珠穿宝贯,玉琢金镂,共有三五十件。

端午节前贾家来清虚观打醮,干远来的道友何事?再者,为什么清虚观有这么多远来的道友?这就是因为道教从创教开始,每年五月端午之前都要做驱鬼的法事。除了在本观设坛之外,还要派人拿着符箓到四面八方去做法。远处的道友,也纷纷前来请符驱鬼。所以贾家来清虚观打醮,正好遇上这些"远来的道友"。

这些活动,跟屈原也都没有关系。

曹雪芹应该很喜欢屈原。脂批说:"《红楼梦》是庄子屈赋之流亚。"意思是说,《红楼梦》其实是受了《庄子》和《屈赋》的影响。那么,《红楼梦》的作者曹雪芹对屈原应该非常之熟悉,他所听到的有关屈原的传说也应该非常之多。按说他应该在《红楼梦》里重重地写一笔屈原和端午节,这是太好的一个题目了。屈原的《离骚》写到"美人香草",作为一个比喻。《红楼梦》里都是美人,大观园里到处都是香草。但他居然就是不写屈原,尤其是端午节这么好的一个机会,这是为什么呢?

这就说明,曹雪芹是个明白人,是个有真才实学的人,骨子里是个不愿意随俗的人。正像他借着宝玉的口,说洛神是"曹子建的谎话"一样。写到要过端午节了,却一个字也不提屈原的故事,并不是他的疏忽。

再回到闻一多的《端午节考》。他说楚地水网丰富,古代先民在这一带生活，尤其是在水上讨生活，有很多的凶险。这个情况，确如闻一多先生所说。不单是楚地，吴越地区同样是河流纵横交织，处处暗藏凶险。盘点下来，土著先民所面临的凶险，起码有这几个方面：

第一，天象。五月是什么天象呢？是井宿管着五月。井宿就是东井，是二十八宿当中的一颗星宿。井宿为南方第一宿，其组合星群状如网，由此而得名"井"。井宿就像一张迎头之网，又如一片无底汪洋，故井宿多凶。这颗星宿管着五月，五月就是凶月，是毒月，是不祥之月。所以，每到五月，大家都要小心。

第二，道教说五月是鬼月，必须驱鬼，否则，恶鬼要来索命，所以要举办各种各样的禳灾仪式。《红楼梦》中的清虚观打醮，便是一例。

第三，古人不知道细菌为何物，只知道每到五月就有人发瘟病，所以要避瘟，要避秽，要祛邪，要避虫。《红楼梦》里写的"蒲艾簪门，虎符系臂"这八个字，就是一种环境预防和心理预防的方式。

第四，水患。终年在水上讨生活，风浪一起，就可能翻船，人就要遇难。先民觉得这种事不是人力能够顶得住的，只能求助于神祇。天地之间神祇众多，谁是管着水的呢？想来想去，想到了蛇。但蛇似乎没有这种兴风作浪的神通，于是臆想出一个似蛇非蛇的巨型神物，还给它起了个名字，叫作"龙"。这种力量须要臣服，须要顶礼膜拜，须要祈求它的保护，须要跟它攀上亲缘关系。于是，把龙当作了"图腾"。

这种攀附和崇拜，甚至影响了"三皇五帝"。炎帝、黄帝出生的传说，都跟龙有关系。他们长的样子，居然也很像龙。后来的尧舜禹，据说都是龙生龙养。

先民为了跟龙"套瓷",使得龙能够保护自己,而不是戕害自己,怎么办呢?做两件事:一个是"断发文身",把自己打扮成龙的样子,把船也画上龙纹,这就是龙舟最早出现的缘由。再一个是贿赂,把好吃的东西投给龙,以为这样就能博得龙的好感。喂龙的食品,就是粽子最早的雏形。

闻一多先生说:

> 一二千年的时间过去了,由于不断的暗中摸索。人们稍稍学会些控制自然的有效方法,自己也渐渐有点自信心,于是对他们的图腾神,态度渐渐由献媚的,拉拢的,变为恫吓的,抗拒的,(人究竟是个狡猾的东西!)最后他居然从幼稚的,草昧的图腾文化挣扎出来了,以至几乎忘掉有过那么回事。好了,他现在立住脚跟了,进步相当的快。人们这时赛龙舟,吃粽子,心情虽还有些紧张,但紧张中却带着点胜利的欢乐意味。

人的确是很狡猾的。一旦平安了,吃饱喝足了,就开始不尊重龙了。划龙舟、赛龙舟,踩在龙背上游戏了。粽子也不再祀龙,改为自己吃了。但"还有些紧张",没那么心安理得,总觉得是个事儿。得想个法子附会一下,于是就找了一个生的伟大、死的光荣的屈原。把这些事儿都搁在他的身上,把他再跟端午节扯上。这么一来,大家就都踏实了。

为什么找屈原呢?第一,都说他是好人;第二,他写诗写得好,大家敬重;第三,他是投水而死的;第四,他死在五月初五。全都合上了,于是就编故事吧。

唐代欧阳询等编纂的《艺文类聚》四引《续齐谐记》说:

> 屈原五月五日自投汨罗而死,楚人哀之,每至此日,辄以竹筒贮米,投水祭之。汉建武中,长沙欧回,白日忽见一人,自称三闾大夫,谓曰:"君常见祭,甚善。但常所遗,苦为蛟龙所窃。今若有惠,可以楝树叶塞其上,以五彩丝缚之。此二物,蛟龙所惮也。"回依其言。世人五日作粽,并带五色丝及楝叶,皆汨罗之遗风也。

故事编得很全面,首先说了屈原投汨罗江的时间是五月五日,把纪念日定下来。接着说当地人用竹筒装上米投到水里祭祀他,把粽子的源头也定下来。再接着说有个长沙人遇上"自称三闾大夫"的人,坐实了是屈原。屈原嘱咐把吃的东西缠上五色丝,再塞上楝树叶,龙就不敢偷吃了,端午包粽子、缠五色丝的缘由也说清楚了。有了这个故事,大家就更心安理得了,这可是纪念屈原,不是胡吃海塞,得意忘形。于是,年年端午,都可以打着纪念屈原的幌子,普天同乐。所以,闻一多说:"是谁首先撒的谎,说端午节起于纪念屈原,我佩服他那无上的智慧!"

当然,屈原的确值得纪念,把这个节日送给他,也是上古先民的一番好意。到了唐代,官方正式确定下来,这一天全国放假,确定端午节为官定的节日。自此之后,屈原的影响越来越大,其他人的影响越来越小。

端午节"赏午"和"五毒""五黄"

《红楼梦》第三十一回有一段文字:

> 这日正是端阳佳节，蒲艾簪门，虎符系臂。午间，王夫人治了酒席，请薛家母女等赏午。

虽然是简单叙述，但已经把端午节要做的事都说了。首先是"蒲艾簪门"。"蒲"是菖蒲，多年生的水生草本植物，有香气，叶形像锋利的宝剑，道家称之为"水剑"，民间称之为"蒲剑"，端午节插在门上，用以避邪驱瘟。"艾"是艾草，《尔雅》称为"艾蒿"。南朝梁宗懔的《荆楚岁时记》说：

> （端午节）鸡未鸣时，采艾似人形者，揽而取之，收以灸病，甚验。是日采艾为人形，悬于户上，以禳毒气。

是说端午节的凌晨，要起个大早，把采集来的艾蒿交叉成"人"字，插在门上，用以驱避毒气。有一副"午时联"："手执艾旗招百福，门悬蒲剑斩千邪。"说的就是"蒲艾簪门"。

再说说"虎符系臂"。东汉应劭的《风俗通》说："虎者，百兽之长也。能噬食鬼魅……亦辟恶。"端午是毒日，五毒俱出。虎为百兽之王，一切毒虫野兽，遇虎则退。晋代周处的《风土志》记载，每逢端午节这一天，民间把艾草扎成虎形，称为"艾虎"。妇女把"艾虎"别在发际，男人则佩于胸前或腰间。后来又改为缠在胳膊上，苏轼的《六幺令·天中节》："虎符缠臂，佳节又端午。"看来，在苏东坡那个时代，已经开始把"虎符"系在手臂上了。

为什么王夫人要在这一天的"午间"摆了一桌酒席，"请薛家母女等赏午"呢？一因端午重在午时，家家要设午宴。二因民俗视五月为"恶月"，视五月五日为恶日。富察敦崇的《燕京岁时记》"恶月"条云："京师谚曰：善正月，恶五月。按《荆楚岁时记》：

五月俗称恶月,多禁忌。"因诸事多需避忌,所以要接已嫁之女归家躲一躲。陆游的《丰岁》诗:"羊腔酒担争迎妇,遣鼓龙船共赛神",似乎宋代已有接妇女回娘家"躲午"的风俗了。明清两代延续了这个习俗。明代的《嘉靖隆庆志》,有端午"已嫁之女召还过节"的记载。清代的《滦州志》说得更清楚:"女之新嫁者,于是月俱迎以归,谓之'躲端午'。"

这就明白了:薛姨妈是客居,已经在贾府长住了,离娘家太远,不可能回娘家"躲午"。王夫人把薛姨妈接来自己的屋里"赏午",就等于接薛姨妈回了娘家。王熙凤到王夫人屋里"躲午"更是顺理成章,王夫人是她娘家的姑母,也等于回娘家了。再说,王熙凤要管这么大一个家的事,就是娘家真的来接她走,她也离不开。薛宝钗自然跟着母亲薛姨妈一起来,余如宝玉、黛玉、迎春姊妹,更是要跟着王夫人过节了。

这顿饭称之为"赏午",但吃的是什么没有具体的描写。因为端午节是个特定的时间点,根据节俗,根据贾府的饮食习惯,还是不难画出一个范围的。

先说说必吃的东西。端午节肯定要吃粽子。鉴于她们家祖居金陵,即使长住的"都中"可能是北京,平时的饮食口味也还是偏南方一些。粽子大概率是鲜肉粽,也会有一些红枣、豆沙做馅的甜粽。

再就是"五毒饼"。端午节的"五毒饼",南北方的习俗一样,都要吃。什么是"五毒饼"?民间传说中的"五毒",是蛇、蜈蚣、蝎子、壁虎和蟾蜍。《燕京岁时记》中的"端阳"条说:

> 京师谓端阳为五月节,初五日为五月单五,盖端字之转音也。每届端阳以前,府第朱门皆以粽子相馈贻,并副以樱桃、

桑椹、荸荠、桃、杏及五毒饼、玫瑰饼等物。

五毒饼是端午节特有的节令食品，古人认为，食用五毒饼可以灭虫免灾，消病强身。五毒饼也被称为"端午饽饽"，又分酥皮、硬皮两种。一种是翻毛酥皮饼，然后盖上鲜红的"五毒"形象的印子。一种是硬皮饼，用枣木模子压成，上吊炉烤熟，出炉后提浆上彩，再抹上一层油糖，表皮压有凸凹的五毒花纹。酥皮、硬皮所用的馅儿大体一样，都是用玫瑰酱、枣泥、豆沙、松仁儿和白糖调拌而成。吃五毒饼是一种象征，寓意是把"五毒"吃掉。

当然，粽子和五毒饼都是点心，这顿"赏午"筵席不能光吃点心，还有讲究，要吃"五黄"。"五黄"是五种带"黄"的食物：黄瓜、黄鱼、黄鳝、鸭蛋黄和雄黄酒。黄瓜正当时令，凉拌、热炒均可。黄鱼清蒸、红烧、油炸都很好吃。黄鳝的做法也很多，炒鳝丝、熘鳝片、红烧鳝段等。

主食是什么呢？正宗的主食，要吃"过水蒜面"。面必须是过水凉面，主要的作料是蒜泥。大蒜避秽辟邪杀菌，因此要多搁蒜。其他的浇头按照口味喜好，或咸或酸或辣。"过水蒜面"可是旧时端午节家家户户的主食。北方自不待言，"过水蒜面"是必吃的。南方平时不大吃面，到端午节这一天正日子，也要吃"过水蒜面"。

席面上的大菜也不能少，先看看可能会有什么。《红楼梦》第二十六回端午节前，薛蟠支使宝玉的小厮茗烟儿把宝玉从园子里骗出来，说了一番话：

薛蟠道："要不是，我也不敢惊动，只因明儿五月初三日是我的生日，谁知古董行的程日兴，他不知那里寻了来的这么粗这么长粉脆的鲜藕，这么大的大西瓜，这么长一尾新鲜的鲟鱼，这么大的一个暹罗国进贡的灵柏香熏的暹猪。你说，他这四样礼可难得不难得？那鱼、猪不过贵而难得，这藕和瓜亏他怎么种出来的。我连忙孝敬了母亲，赶着给你们老太太、姨父、姨母送了些去。如今留了些，我要自己吃，恐怕折福，左思右想，除我之外，惟有你还配吃，所以特请你来。可巧唱曲儿的小幺儿又才来了，我同你乐一天何如？"

薛蟠所描述的四样东西中的"鲜藕""西瓜"，是比画着说的。从后边那个夸张的说法，肯定不是寻常尺寸，否则他也不会说"亏他怎么种出来的"。似乎这两样东西，比另外两样"新鲜的鲟鱼"和"暹罗国进贡的灵柏香熏的暹猪"还要稀罕。下一个重点是，他除了约了宝玉和几个要好朋友一起享用之外，还孝敬了自己的母亲，还"赶着给你们老太太、姨父、姨母送了些去"。看来，每样东西，量都不会少，否则怎么分得过来？也就是说，王夫人也得到了这些东西。想来端午节"赏午"的席面上，一定会用上。"鲟鱼"最常见的做法，应该是炒鲟鱼丁和鱼鼻鱼骨汤。"暹猪"是制成品，或蒸或烤，切好即可上桌。"鲜藕"既可以凉拌，也可以热炒，还可以炸成藕盒，或者炖汤。西瓜是饭后水果，这个能吃到不容易。其他当令水果，诸如樱桃、桑椹、荸荠、桃、杏，倒是不会缺的。此外，从乌进孝交租的单子上看，像一些风腌之物，存放到端午节应该没有问题。所以，王夫人的这顿"赏午"宴，虽然没有写出具体的菜谱，但不难猜度出来。

"赏午"除了"吃"，还要"赏"。一是菜要做得好看，上一道菜看一道菜。二是赏花，"葵榴"两种花是必有的。"葵"指"蜀葵花"，"榴"指"石榴花"，是"端阳"题咏中常见之物。"蜀葵"不是向日葵,由于是在端午节前后开花,所以被称为"端午花"。因其可达丈许,花多为红色,故又名"一丈红"。石榴最早来自西域,晋张华《博物志》载:"汉张骞出使西域,得涂林安石国榴种以归,故名安石榴。"韩愈咏榴花诗有"五月榴花照眼明"句,端午节正是石榴花开得最红火的时候。

再说说"五黄"中的"雄黄酒"。端午节饮雄黄酒的习俗始见于唐代,孙思邈《千金月令》:"端五,以菖蒲或缕或屑以泛酒。"清代顾禄的《清嘉录》说得更具体:

> 研雄黄末,屑蒲根,和酒以饮,谓之"雄黄酒"。又以余酒染小儿额及手足心,随洒墙壁间,以祛毒虫。

说的是"雄黄酒"的调制和使用:把雄黄研成末,加入菖蒲根的碎屑,调入酒中饮用。喝剩下的酒,涂抹在小孩子的额头上和手心脚心。再剩下的酒,洒在墙角壁边,用以祛除毒虫。

雄黄是一种矿物质,学名叫鸡冠石。这种东西,有祛毒、驱虫的功能。雄黄酒过的地方,虫蝎都不会来。身上如有疮毒之类,用雄黄抹一抹就会好了。但它的主要成分是硫化砷。"砷"可是个剧毒的东西,就是砒霜。当然,硫化砷和砒霜,还是有区别的。硫化砷虽然毒性远逊于砒霜,但也是有毒的。所以泡雄黄酒的时候,雄黄不能放多,些许即可。

小孩子不能喝酒,就用雄黄酒点额。大人用手指蘸酒,在小孩子的额头上画一个"王"字,这就百毒不侵了。此外,雄黄酒还要洒在床边、墙角、庭院等处。蛇蝎闻到味,就远远避开了。

《白蛇传》里的白娘子,真身是一条白蛇。就是在端午节这一天,中了法海的圈套。她不知道酒里有雄黄,误喝之后,现了原形。白娘子虽然功力很深，已经修成了人身。法海一身的法力，却奈何不了她。但是遇到雄黄，还是顶不住。

调雄黄酒，可以用黄酒，也可以用烧酒。古代没有蒸馏技术的时候，只有酿造酒，所以唐宋时期的雄黄酒，用的都是酿造酒。明清时期，烧酒多起来了，此时的雄黄酒，已经是黄酒白酒兼用，端看自己喜欢喝什么酒。古代用雄黄酒，是由于当时没有更多的消毒和杀菌的办法，所以为了入夏时节的平安，只有求助于雄黄。今天预防杀毒的手段很多，根本用不着这劳什子。端午节预备一点雄黄酒，只是一个绍承传统的遗意而已，切不可饮用。

《红楼梦》中的端午节，用了"不写而写"的手法。"明用"端午节之处，几乎都是"略写"。但字里行间所透露出来的内容，却是很耐人玩味的。

"玫瑰露"和"大马士革玫瑰"

《红楼梦》第六十二回"红香圃"的生日宴上，行"射覆"酒令的同时也在进行"拇战"。史湘云"拇战"输给了宝琴，按规矩就得说"酒面酒底"以及喝酒，结果所说的"酒底"惹起一帮丫头来找她讨桂花油。黛玉趁机打趣，但又扯出一个打盗窃的官司：

> 黛玉笑道："他倒有心给你们一瓶子油，又怕挂误着打盗窃的官司。"众人不理论，宝玉却明白，忙低了头。彩云有心病，不觉的红了脸。宝钗忙暗暗的瞅了黛玉一眼。黛玉自悔失言，原是趣宝玉的，就忘了趣着彩云，自悔不及，忙一顿行令

划拳岔开了。

黛玉一句话，引出了三个人的反应。一个是宝玉，一个是彩云，还有一个是宝钗。宝玉赶快把头低下来，是想用"不接话茬儿"的方式把这个话题遮掩过去。彩云是这件"盗窃官司"的当事人，即使别人没注意到她，也不由得红了脸。宝钗是知情人，也能准确地理解有关人等对这句话的感受，所以看了黛玉一眼，既表示对黛玉口无遮拦的诧异，也示意黛玉不要再继续这个话题。她并没有出声制止或者打岔，而是表现得若无其事。黛玉很聪明，立即就知道自己失言了，"忙一顿行令划拳岔开了"。座中的其他人都没反应，没反应就是不知情。也就是说有反应的人，不是涉案的人，就是知情的人。

其实还有一个知情人没吭气儿，书里没有明写，是典型的"不写而写"。谁呢？平儿。因为这件事，直接有关联的就是平儿和宝玉。

那么，这个"盗窃官司"是怎么回事呢？盗窃就是偷东西，什么东西这么重要，还要打盗窃的官司？显然，丢失的东西是很金贵的。是什么呢？两样东西。一样叫"玫瑰露"，一样叫"茯苓霜"。这两样东西，要是容易得，这盗窃的官司就没得打了。就是因为这两样东西，非常不一般，寻常人是得不到的，所以值得先说一说。把这两样东西说清楚了，大家才能理解这个盗窃案子的始末，才能理解作者为什么要写这个案子。先说"玫瑰露"。"玫瑰露"最早出现是在第三十四回。这回出什么事了？宝玉挨了父亲贾政的一顿暴打，罪名是"流荡优伶"。起因是宝玉结交了一个戏子琪官儿，大名叫作蒋玉菡，并且涉嫌协助蒋玉菡逃离蓄养他的忠顺王府，被忠顺王府的长史找上门来讨人。继而又被贾环向父亲贾政告了一刁状,说宝玉逼淫王夫人的丫鬟金钏儿,致使金钏儿跳井自杀。贾政又惊又怒,把宝玉捆在长凳上用大板子死命责打,险些给打死了。幸亏贾母闻讯及时赶到,喝止了贾政,救下了宝玉。这可把一众人给心疼坏了,贾母、王夫人自不待言,黛玉把眼睛都哭肿了,连宝钗都动了真情。袭人等怡红院的大丫头们,也急得不知如何是好。宝玉除了皮肉之苦,心里也窝了火,所以胃口不好,不想吃东西。袭人只能变着法儿地给他倒腾点儿吃的,饭菜吃不下,试试"玫瑰卤子"吧。

"玫瑰卤子"是个什么东西呢?清代扬州盐商童岳荐的《调鼎集》"鲜玫瑰花"条说:

> 摘玫瑰花阴干,将梅卤量为倾入,并洋糖拌腌,入罐封好听用。

就是把晾干了的玫瑰花瓣,放入"梅卤"中,再加上洋糖拌匀腌制,然后装进罐子里密封存放。那么,什么是"梅卤"呢?"梅卤"是用青梅腌制而成的卤汁,是古人常用的调味品。清代顾仲的《养小录》说:

> 腌青梅卤汁至妙,凡糖制各果,入汁少许,则果不坏,而色鲜不退。代醋拌蔬,更佳。

想来这"玫瑰卤子",应该是一种黏稠状的东西,所以吃的时候,要用水化开。宝玉开始还觉得味道不错,玫瑰花挺香的,里边又加了蜂蜜。但是才吃了半碗,就觉得吃烦了。正巧王夫人叫怡红院来人问问宝玉的情况,袭人赶快来回王夫人,说了"玫瑰卤子"

的事。王夫人听说宝玉吃不下东西,"玫瑰卤子"又吃絮烦了,就吩咐彩云把那几瓶"花露"都给拿来。袭人说,用不了这么多,先拿两瓶吧,他吃吃看,如果吃得好再来取。王夫人让彩云取了两瓶来:

> 袭人看时,只见两个玻璃小瓶,却有三寸大小,上面螺丝银盖,鹅黄笺子上写着"木樨清露",那一个写着"玫瑰清露"。袭人笑道:"好金贵东西!这么个小瓶儿,能有多少?"王夫人道:"那是进上的,你没看见鹅黄笺子?你好生替他收着,别糟踏了。"

玻璃瓶今天看着很普通,但在那个时代可是非常之稀罕。为什么呢?《红楼梦》成书是在清代的乾隆年间。虽说是无朝代年纪可考,但还是折射了一些那个时代的生活。乾隆年间,不要说窗户上用的大块玻璃了,随便一小块玻璃都是宝贝,跟珠宝玉器是同一类的东西。那时候,用一尺见方的玻璃,要乾隆皇帝亲自批。不像现在,到处都是玻璃窗,玻璃不值钱。那个时候,谁家也用不起玻璃窗。所以,袭人一看是两个玻璃瓶,本身就很贵重了。再加上是银盖儿,还是螺丝旋上去的。这可都是配套的,如果玻璃不值钱也配不上银盖儿。

但此处有一个笔误,误在哪儿了呢?第三十四回的这段文字,说这个瓶子高"三寸"。到了第六十一回发生盗窃案,这个玻璃瓶再出现的时候,写的却是"五寸"。这三寸和五寸,一字之差,这瓶子的高度就差了五分之二。那么,这瓶子究竟是五寸还是三寸呢?我认为应该是五寸。为什么呢?因为最初的《红楼梦》是抄本。流传的过程当中,有些书页可能会有破损。如果第三十四回此处本来是

"三"的话，不会错抄成"五"。只有本来是"五"，又正巧破损了，缺了竖笔才有可能错抄成"三"。抄书的时候这个字看不清楚了，但是三横差不多，比较容易辨认，于是就抄成了"三寸"。但第六十一回说到玻璃瓶的文字没有破损，所以按照原文的"五寸"直接抄了。实际上这个瓶子的高度一定不是三寸，应该是五寸才对。

五寸高的瓶儿，也不算很高，所以袭人看着是"两个玻璃小瓶"。两个瓶子上都有"鹅黄笺子"，一瓶上面写着"木樨清露"，另外一瓶上面写着"玫瑰清露"。为什么用"鹅黄笺子"？王夫人说是"进上的"。什么叫"进上的"？就是进贡给皇上用的，宫里才有的。一般的家庭肯定得不到，像贾家这样的功臣之后，家里的大小姐又是宫里的贵妃，当然他们家有些上用的东西是不奇怪的。

"玫瑰清露"就是"玫瑰露"，"木樨清露"就是"桂花露"。因为"打盗窃的官司"跟"桂花露"无关，所以说说"玫瑰露"。

"玫瑰露"，就是用玫瑰花瓣儿蒸制出来的一种花露。中国早年不产花露，虽然道家炼丹用过蒸具，也蒸了一些花瓣儿之类的东西，但不是真正意义上的花露。道家的蒸具，底下是一个"鬲"（lì），下面烧火。上头是一个"甑"（zèng），相当于蒸锅。用这么一套东西，加上水架火一煮，上边就出蒸汽。蒸汽凝结引出冷凝水，就成了"露"。蒸制"花露"最早跟道家没有太大的关系，虽然有了蒸具，但是这种技术和这种产品，最早都是北宋年间从"大食国"引进的。"大食（yì）"两个字读作"大义"，"大食国"是中古时期阿拉伯人所建立的伊斯兰帝国，唐代以来的中国史书均称之为"大食"。"大食国"鼎盛时期的疆域非常大，横跨欧亚非三大洲。早期都城在大马士革，后来迁至巴格达。拜占庭、埃及、波斯当时都成为"大食国"的领土。它还差一点进犯大唐的边境。

北宋时期，"大食国"每年都跟北宋王朝有贸易来往。按宋朝的说法，是来进贡。贡品当中，一个很受欢迎又很金贵的东西，就是"玫瑰露"。

说起来中国也是玫瑰花的大国，早在五千年前，就已经开始人工培植玫瑰了。玫瑰属于蔷薇科，蔷薇科的品种很多，除了玫瑰以外，还有月季、木香和茶蘼等。中国既有玫瑰花，又有道家炼丹的蒸具，为什么不用自己的玫瑰花蒸制"玫瑰露"呢？就是因为本土的品种远不如进口的玫瑰，"大食国"的技术路线也比较先进。"大食国"的玫瑰当时叫作"波斯玫瑰"，这个名字今天玩花的人不太熟，但是说起它的另一个名字，大家就都知道了，叫作"大马士革玫瑰"。"大马士革玫瑰"是全世界最好的品种，后来传遍了欧洲、亚洲和世界各地。现在中国也有了，但那是很晚才传进来的。当时的"大马士革玫瑰"的香味、花形以及做出来的"玫瑰露"的品质，都是第一流的。所以"玫瑰露"一经进入中土，立即成为最珍贵的时尚宝贝。

民间知道了这件好东西，但一直得不着。怎么办呢？广东人很聪明，用本土的花卉，用道家的蒸馏具仿制。有什么难的？把花瓣儿揉碎了泡在水里，泡出颜色来再蒸馏。取出的蒸馏水再拿来泡花瓣儿，然后再蒸馏。于是各种各样的花露都仿制出来了，但是，制成的"玫瑰露"就是比不上进口的"玫瑰露"。为什么呢？品种。关键是得不到真正的"大马士革玫瑰"。《红楼梦》里王夫人拿出来的"进上"的"玫瑰露"，应该就是"大马士革玫瑰"制成的贡品。所以这东西要是失盗了，那非引出一个官司来不可。

"玫瑰露"的用途很多，可以用来熏香，可以用来调酒、调茶甚至调粥、调饭、调汤，也可以用水化开了直接吃。清代的大戏剧家李渔，在他的《闲情偶寄》卷六"饮馔部·谷食·饭粥"中说：

> 宴客者有时用饭，必较家常所食者稍精。精用何法？曰：使之有香而已矣。予尝授意小妇，预设花露一盏，俟饭之初熟而浇之，浇过稍闭，拌匀而后入碗。

李渔宴客的时候，用花露调米饭。客人吃起来一室生香，却猜不出香自何来。这等效果，正是李渔最为得意的。

后世花露的蒸制越做越精，除了花露之外，又把最上面一层不溶于水的东西撇出来，制成"精油"。最下层沉淀下来的东西硬化了以后，成为"香蜡"。今天"大马士革玫瑰"虽然已经遍地开花了，但这些制成品仍然属于高端奢侈品。

那么，贾府的老太太、太太都不在家，王熙凤还病着，这个时候，如此宝贵的"玫瑰露"竟然失盗了，这个案子当然就大了。

给"茯苓霜"正名

大观园里"盗窃的官司"，除了"玫瑰露"，还有"茯苓霜"。"玫瑰露"难得，"茯苓霜"也非常之难得。这两样东西，要是容易见到容易得到，也成不了盗窃案。

"茯苓霜"，顾名思义就是用"茯苓"做成的"霜"。"茯苓"是什么？"茯苓"是一种真菌，相当长的时间里，被误认为是非常宝贵的一种"化生品"。所谓的"化生"，就是化育生长，变化产生。清代纪晓岚的《阅微草堂笔记》里对"化生"的解释是："此化生自然之理，非人力所能为。"但这种"自然之理"，却常常被误说。例如清代钱泳《履园丛话·艺能·治庖》：

> 虾味甚鲜，其物是化生。蚂蚁、蝗虫之子，一落水皆可变。

今天看来，显然是个笑话。味美的虾，怎么会是蚂蚁和蝗虫在水里下的子"化生"的呢？但在古代，这一类的认识却在很多事情上一误再误，"茯苓"便是一例。古人因看到"茯苓"长在老松树的根上，以为它是松树精华所"化生"的神奇之物，称它为"茯灵"或"茯神"。司马迁在《史记·龟策列传》里是怎么介绍"茯苓"的呢？他说："伏苓者，千岁松脂，食之不世。"还很认真地介绍了寻找和采集茯苓的方法：

> 所谓伏苓者，在兔丝之下，状似飞鸟之形。新雨已，天清静，无风，以夜捎兔丝，去之，即以篝烛此地，烛之，火灭，即记其处，以新布四丈环置之。明即掘取之，入四尺至七尺得矣。

说是"茯苓"长在"兔丝"的下面，形状像飞鸟。雨过天晴的夜间，先把"兔丝"用火烧了，在除去"兔丝"之处再点燃篝火，篝火燃尽之后做上记号，还要用四丈新布围起来，到天亮时挖地四尺到七尺，即可得到"茯苓"。后世大都相信了这个说法，西晋博物学家张华的《博物志》说：

> 仙传云：松柏入地中，千年化为伏苓。伏苓千年化为虎魄，一名江珠。

这个说法更神奇了,"茯苓"不仅是落入地中的松柏所化,再过千年,"茯苓"还会化生成为"琥珀"。再往后,这个说法几乎成为共识。东晋的葛洪在他的《神仙传》中说:"老松精气化为茯苓。"就连医药学家李时珍也说:

> 茯苓,史记龟策传作伏灵。盖松之神灵之气伏结而成,故谓之伏灵,伏神也。

是这个情况吗?未必。这是包括司马迁在内的很多人,不了解"茯苓"生长的真实情况,道听途说,信以为真,就把它记下来了。既然"茯苓"被说得神乎其神,又这么难得,所以价值自然很高。虽然未必能够"食之不死",至少可以像《神农本草经》所说的:"久服安魂养神,不饥延年。"

实际上,"茯苓"就是一种真菌,是附着在松树的根部长成的这么一个东西。这一类的东西很多,不单是茯苓。例如我们常常见到的"竹笙",或者叫作"竹荪",有人说它是竹子的一部分,其实不对,它是寄生在竹子根部的真菌,也是这一类的东西。当然它的形态和功能,与"茯苓"完全不同。

"茯苓"的用途既不是吃了永远不饿,更不是吃了能够长生不死,它只不过是一种药用的真菌而已。当然,"茯苓"是入药的好材料。说到"茯苓"入药,很有意思。它不是整体入药,而是分层入药。真正神奇的地方在于,每一层的药用性质和用途都不相同。它的第一层叫作"茯苓皮",功效是"消肿利水",适用于水肿、小便不利等症,常与生姜皮、桑白皮、陈皮、大腹皮配伍,即"五皮散";第二层是最接近皮的,颜色比较深,发红,叫作"红茯苓"或者"赤茯苓",功效是渗利湿热,适用于水湿、停饮等症,常与猪苓、泽泻配伍；第三层颜色是白的，就叫作"白茯苓"，这是最主要的部分，功效是健脾胃，适用于脾虚体倦、食少便溏之症，常与党参、白术、甘草配伍；第四层叫作"茯神"，是由多孔菌科真菌"茯苓"围绕松木生长的部分，又被称为"抱木神"，形状不规则，大小不一，功效是镇静、催眠、养心、安神；第五层叫作"茯苓木"，是被真菌体包裹的松树根，主治惊悸健忘，中风不语，脚气转筋。

有一种叫作"土茯苓"的东西，易与"茯苓"混淆。虽只有一字之差，但两者并不属于同一种药物。"土茯苓"为多年生常绿攀缘状灌木，多生于山坡或林下，也是一种药材，入药的部分是干燥后的根茎。

《红楼梦》里说到的"茯苓霜"，是用茯苓做成的霜状物。"茯苓"怎么做成"茯苓霜"呢？我看到不少人都说，其实这"茯苓霜"不难做，就是把"白茯苓"磨成粉，用牛奶调过之后，再加上蜂蜜上锅蒸，蒸熟了就是一碗"茯苓霜"。对不对呢？完全不对。霜就是霜，粉就是粉，霜和粉不是一回事。如果通用的话，那就不叫"茯苓霜"，改叫"茯苓粉"了。

同样是入药的"西瓜霜"，是怎么做的呢？可不是把西瓜焙干了以后磨成粉，再炮制而成的东西。"西瓜霜"最原始的做法，是把西瓜切开一小口，把瓜瓤挖出来一部分，空了的地方填上"芒硝"，再把切下来的瓜皮盖回去。一段时间以后，就会有东西从瓜皮上渗出来，结成一层一层的霜。很明显，这是"芒硝"在起作用。"芒硝"是什么东西呢？"芒硝"是硫酸盐类的一种矿物质，它本身就是一味药。西瓜合着芒硝，就可以出霜。把它刮下来，就是"西瓜霜"。

制作"茯苓霜"的道理应该差不多。《红楼梦》第六十回中，柳家的给哥哥嫂子送"玫瑰露"，哥哥嫂子的回礼就是"茯苓霜"：

他嫂子因向抽屉内取了一个纸包出来,拿在手内送了柳家的出来,至墙角边递与柳家的,又笑道:"这是你哥哥昨儿在门上该班儿,谁知这五日一班,竟偏冷淡,一个外财没发。只有昨儿有粤东的官儿来拜,送了上头两小篓子茯苓霜。馀外给了门上人一篓作门礼,你哥哥分了这些。这地方千年松柏最多,所以单取了这茯苓的精液和了药,不知怎么弄出这怪俊的白霜儿来。

这柳家的嫂子,就是柳五儿的舅妈。她跟柳家的说得很清楚,"茯苓霜"是用"千年松柏"的"茯苓精液和了药"做出来的。可见,这种"怪俊的白霜儿",一定不是研磨出来的粉状物。

"茯苓霜"怎么吃呢?柳家的嫂子说了三种吃法:

说第一用人乳和着,每日早起吃一钟,最补人的;第二用牛奶子;万不得,滚白水也好。

原来"茯苓霜"不是直接空口吃的,最好的吃法是和着人奶吃。如果没有人奶,就用牛奶。如果连牛奶都没有,用滚水冲开了也可以吃。

"茯苓霜"是补身子的好东西,看来这东西不大容易得到。历朝历代记载比较多的,大都是"茯苓"的吃法。最早"茯苓"基本上都是药用,例如汉代的《神农本草经》《名医别录》、晋代的《经验后方》、唐代的《药性论》等,主要论列的都是"茯苓"的药用功效。唐宋以后,开始把"茯苓"做成养生食品,例如南宋《浦江吴氏中馈录》中提到,唐宋市肆食物中有一种"玉香糕",是用糯米、茯苓、人参、白术磨粉制成。清代李化楠的《醒园录》中谈到,明清之际,南京、扬州等地常有"茯苓糕"出售。种类很多,其中之一是用"七成粳米、三成白糯米、再加二三成莲肉、芡实、茯苓、山药等粉末,均匀蒸之而成"。

据记载,慈禧太后特喜"茯苓",宫里给慈禧太后前前后后准备过六十四种补品,其中位列第一的是"茯苓"。慈禧太后不单是拿它当补品吃,宫里的食单上列有"茯苓饼",应该是用"茯苓"做成的普通食品了。这种"茯苓饼"今天仍能见到,只多了一个字,叫作"茯苓夹饼"。这种"茯苓夹饼"是用"白茯苓"研磨成的"茯苓粉",再配以精白面粉做成薄饼,中间夹有用蜂蜜、砂糖熬在一起搅匀的蜜饯松果碎仁。其形如满月,薄如纸,白如雪,珍美甘香,风味独特。

至于《红楼梦》中的"茯苓霜"为什么成了一个盗窃案子里的赃物,又牵扯进去了哪些人,又是怎么结的案,咱们下边接着说。

柳五儿和芳官儿的交情

"玫瑰露"和"茯苓霜"的案子牵扯的人很多,分好几拨儿。第一拨儿是被误当作贼,受了冤屈的;第二拨儿是做贼的和窝赃的;第三拨儿是捉贼的和审贼的;第四拨儿是为了息事宁人,而把事儿揽下来瞒下来的。如此之复杂,可要细细地一拨儿一拨儿地说。

先说第一拨儿,是被误当作贼,受了冤屈的。事情是她们引起来的,要从她们开始说。大观园里有一个小厨房,是给住在园子里的人做饭的。每天按房做饭送饭,分为主子吃的和下人吃的不同层次的餐食。主子们想吃什么可以点餐，丫头和下人原则上是做什么吃什么。但少数"有脸的"大丫头偶尔也可以点着要，小厨房也得伺候着。管着这个小厨房的是柳家的，人称"柳嫂子"。这个人很会来事儿，园子里从上到下应承得还算顺手。这柳家的有个女儿叫柳五儿，人长得也挺漂亮，已经十六岁了，因为身子虚，所以一直没有派差。

贾府上下几百口人，经常会有一些空缺需要补派人手。一般都是从府里下人的"家生子"里边先看一看挑一挑，有合适的就优先用了。府里的下人多孩子就多，待年龄到了，就可以分到各个主子的房里去，或干粗活或干细活等，看个人的造化。这柳五儿心高气盛，还有几分姿色，所以一直希望能够派到一个好差。女孩子家，年龄渐渐大了，也开始着急了。

柳五儿有一个好朋友，名字叫芳官儿，原来是在梨香院里学戏的十二个小戏子之一。因为不久前宫里的老太妃薨了，停止一切娱乐活动，贾府就把这些个小戏子全都发送了。愿意回家的，就让家里的干娘什么的给领出去。不愿意回家的，就留下来，分到各房里做丫头。这芳官儿就分到了怡红院，给宝玉做丫头。这可是个好差事，因为宝玉对丫头们都很好，怡红院里也没有什么重活儿累活儿，所以芳官儿待得很称心。像这样的差事，谁不想来？柳五儿跟芳官儿是好朋友，自然要托芳官儿帮她说道说道，希望也能进怡红院。芳官儿也真的跟宝玉说了，但宝玉觉得时机不太合适。为什么呢？老太太、太太都不在家，凤姐又生着病，这事儿只能跟临时帮着理家的探春说，可这位三妹妹正要立威，专门找宝玉和凤姐的茬儿，用宝玉的话说，是拿他们扎筏子来立威才能镇得住其他人。担心这个时候跟三妹妹说，就怕被三妹妹给驳回。这一说了不行，以后再说，就不好说了。所以宝玉心里边想着等到老太太、太太回来，跟老太太一说，没个不成的。宝玉为什么有这个把握呢？因为怡红院里是有编制的，现今正好有两个缺额要有人补上。一个是小红，原来在怡红院当差，后来被凤姐给要走了，该还一个人回来，这就出了一个缺儿。又因为怡红院里丢东西，查到一个叫坠儿的丫头身上，把她给撵走了，这又出来一个缺儿。按说出了两个缺儿，补一个人进来，应该没什么问题。宝玉就把这个情况跟芳官儿说了，所以芳官儿让柳五儿先别着急，踏踏实实等着。但柳五儿很急，得赶快找个好地儿，自己能得几个月钱，也能替母亲省几个钱。

芳官儿跟柳五儿交成好朋友，还是因为柳五儿她妈，柳家的柳嫂子。这柳家的管着园子里的伙食，做好了饭以后按房配送。除了园子里的人，这柳家的同时还应了一个差，什么差呢？梨香院的差。梨香院虽然不在园子里头，但跟园子是一墙之隔，而且有门通园子里。所以这梨香院呢，也就归园子里管了。梨香院里教戏的教习和学戏的十二个小戏子，自然也是这个柳家的一总安排膳食。这柳家的大概是挺喜欢听戏的，也就挺喜欢这些小戏子，服侍得也特别尽心。所以这些小戏子们跟柳家的关系都很好，尤其是这个芳官儿，跟柳家的关系格外的好，柳家的也格外地照顾她，于是芳官儿跟柳家的女儿柳五儿也成了好朋友。

柳五儿身子弱，比较虚。芳官儿就想照顾照顾她，替她做点事儿。一是想着把她弄到怡红院里来，两人在一处相伴。再就是给她找点儿补益的东西，让她补补身体。芳官儿一个丫头家，她手里又没什么好东西，但宝玉房里有啊，宝玉有就好办。什么好东西呢？"玫瑰露"。芳官儿知道，这"玫瑰露"可是个宝贝，谁吃了都好。

因为宝玉挨了打以后,最喜欢吃的就是这个"玫瑰露"。芳官儿看着宝玉没吃多少,还剩了一个小半瓶,在屋里边搁着。于是就生了个主意,跟宝玉要一点儿,给柳五儿。宝玉还真给了,但芳官儿也不敢多要,大概就是从瓶子里倒了那么一点儿,算是替柳五儿办成了一件事。这可是有面子的事,所以芳官儿见到柳五儿,就问她那个"玫瑰露"吃了吗?柳五儿说吃了,挺好的。芳官儿很开心,跟柳五儿说,既吃着好,我再去给你要。宝玉对这些东西,原本都是不在意的,怎么让大家都开心是最好的,就吩咐把"玫瑰露"拿来。

咱们前边说过,第三十四回第一次介绍这个瓶子,是三寸高的小玻璃瓶儿。那个地方一定是写错了,应该是五寸高。理由呢?上次讲过了,不再重复。从情理上说,如果是三寸高的小瓶儿,宝玉已经吃了一些,剩下的禁不住倒几回。如果是五寸高的瓶儿,还剩下小半瓶儿,就合理了。

宝玉这次索性连瓶子都给了芳官儿,芳官儿就赶快拿着来找柳五儿。柳家的和柳五儿从没见过这么好看的一个玻璃瓶儿,里边儿还有小半瓶"胭脂一般的汁子",没想到是"玫瑰露",以为是宝二爷日常里喝的西洋葡萄酒。以下的对话,细读下来,令人不禁哑然失笑:

> 母女两个忙说:"快拿旋子烫滚水,你且坐下。"芳官笑道:"就剩了这些,连瓶子都给你们罢。"五儿听了,方知是玫瑰露,忙接了,谢了又谢。

这母女俩话说得太快了,在大观园里当差,自以为有见识。没等芳官儿开口,就认定玻璃瓶里的是"西洋葡萄酒"。最令人忍俊不禁的是，忙着招呼"快拿旋子烫滚水"。葡萄酒是烫着喝的吗？就这一句话就露怯了，哪是真有见识。芳官儿虽然知道瓶子里装的是"玫瑰露"，但要是说起"西洋葡萄酒"的喝法，应该也是蒙着的。这些细节，写得都很传神，没见过就是没见过。读书读得细，不能不对这种貌似随意的描写会心地一笑。

芳官儿说："就剩了这些，连瓶子都给你们罢。"这娘儿俩才恍然明白，原来不是酒，是上次一样的"玫瑰露"，这次可是连瓶子一块儿拿来了。于是千恩万谢，把这宝贵的"玫瑰露"连瓶子收下了。

本来是一件很完美的事，芳官儿开心，柳五儿开心，柳家的也很开心。但柳家的多了个事儿，惹出了个大麻烦。什么事儿呢？她哥哥在荣国府当差，是在大门口应门的差事。他哥哥有个儿子，就是柳家的娘家侄子，身体不好。这柳家的得了"玫瑰露"，就想倒一点儿给自己的侄子送过去。五儿担心弄点儿东西就送出送进的，容易惹嫌疑。柳家的不听，自顾倒了小半盏，出门去哥哥家。留给女儿的"玫瑰露"，就连瓶放在厨房的橱柜里了。

荣国府的下人，大都住在正院的北边一带。建造大观园之前，荣国府的北边，就是下人住的地方。建园子的时候，把这一带拆了，连到宁国府会芳园的一部分，造成了大观园。这些下人的住处，一定是再往北迁。当然，还是挨着荣国府。柳家的哥哥住的地方，应该就在这一带。虽然离园子不远，但也还是要出园子。而且，北边的角门，不该是柳家的平时进出的，这就为后边发生的事情埋下了嫌疑。

柳家的到了她哥哥家里，说送来了这个稀罕物，赶快给小侄子用上。她嫂子"现从井上取了凉水"调了一碗，小侄子喝了，果然觉得头清目明。这是什么东西呀？又这么香，又这么甜，太好了。柳家的很得意，不知道吧？这是"玫瑰露"。哥哥嫂子当然很是感谢，也拿出了回礼，是一个纸包。她嫂子说，这是你哥哥得的好东西，你拿回去给五儿吃，这是最补的。这是什么东西呢？这东西叫"茯苓霜"。好，"玫瑰露"把"茯苓霜"引出来了。

他哥哥不过是在大门上当差的，怎么会得着这种稀罕东西呢？原来是当值的时候，正巧有粤东的官儿来府上拜见，送的礼物就是两篓子"茯苓霜"。为了让门上及时传话进去，所以另外送了一篓子"茯苓霜"给门上当值的这些人。这就是旧时不成文的规矩，通个关，托个人，要进个门，都有门礼，这一篓子"茯苓霜"就是门礼。门上收了门礼，规矩是见人有份。所以柳家的哥哥也跟着沾光，分回来一些。

本来这"茯苓霜"和"玫瑰露"的来路都没有问题，至少都是"过了明路的"，芳官儿和柳五儿更是清清白白的，柳家的也没有做任何非分的事情，为什么会搅进了"盗窃的官司"呢？

大观园里的大案要案

"玫瑰露""茯苓霜"的案子，一是因为柳家的去自己的哥哥家，出了平时不走的大观园北角门，惹上了一个嫌疑。说起来，偶尔走一趟，没有人注意到，应该也不成问题。但是柳家的回来的路上被角门上的一个小么儿拦住了：

柳氏道了生受，作别回来。刚到了角门前，只见一个小么儿笑道："你老人家那里去了？里头三次两趟叫人传呢，我们三四个人都找你老去了，还没来。你老人家却从那里来了？这条路又不是家去的路，我倒疑心起来。"

这个"疑心"大概不止这一个小么儿，恐怕负责传唤的"三四个人"以及见到她出进角门的人都会起疑。没惹出事来也就罢了，如果有事，谁都不会帮她瞒着。

二是柳五儿见母亲从舅舅家拿回了"茯苓霜"，就分了一包去怡红院送给芳官儿，回来的路上，遇上了巡逻队。都是谁呢？府里管事的林之孝家的，以及她手下的几个婆子。林之孝家的平时跟着王熙凤办事，这段时间王熙凤病了，府里的老太太、太太又都不在家，所以每天在府里和园子里巡查的重任，就交到林之孝家的手里了。林之孝家的不敢怠慢，每天带着人早早晚晚地来回转，看着可疑的人和可疑的事，就拿住问一问。一看见柳五儿，就生了警惕。这不是柳家的女儿嘛，她不在园子里当差，怎么跑园子里来了呢？谁知道一问，更让林之孝家的起了疑心：

五儿藏躲不及，只得上来问好。林之孝家的问道："我听见你病了，怎么跑到这里来？"五儿陪笑道："因这两日好些，跟我妈进来散散闷。才因我妈使我到怡红院送家伙去。"林之孝家的说道："这话岔了。方才我见你妈出来我才关门。既是你妈使了你去，他如何不告诉我说你在这里呢，竟出去让我关门，是何主意？可知是你扯谎。"

这林之孝家的岂是好糊弄的？见柳五儿支支吾吾，更要仔细盘问了。可巧这时又碰上一拨儿人过来，更添乱了。这拨儿人是谁呢？打头的是两个丫头，一个是迎春房里的丫头莲花儿，一个是探春房里的丫头小蝉，这俩人都跟柳家的不对付。小蝉在柳家的面前被芳官儿抢白过，莲花儿更是刚为了替迎春的大丫头司棋传话要一碗鸡蛋羹，被柳家的拒绝，导致司棋带人大闹厨房，都跟柳家的结了怨。这一遇上仇家的女儿犯在林之孝家的手里了，哪还能放过报仇的机会？赶紧上来一通举报。说着说着，就扯出王夫人房里丢东西的事情了。丢的是什么呢？是"玫瑰露"。王夫人的两个丫头玉钏儿和彩云互相指责，林之孝家的正愁着没法儿查找，不想莲花儿爆出来个大消息，说"玫瑰露"藏在柳家的厨房里了。这林之孝家的一听，哎哟，这没准儿真破了个案子啊！立刻带着柳五儿到了厨房，果然在厨房里搜出了"玫瑰露"的瓶子。接着再搜，又搜出了一包"茯苓霜"。两件赃物俱在，不由得柳家的母女百般解释，即刻把赃物起了，把人拘起来关押了。

　　这个案子到此，让谁看着都是铁案了。太太房里丢了"玫瑰露"，在柳家的厨房里搜出来了。粤东的官儿刚送的"茯苓霜"，老太太、太太、琏二奶奶都没过眼呢，怎么就到了柳家的手里？肯定是偷的。

　　林之孝家的抓了人，但没有发落权，还得要报告给主子定夺。王熙凤病着，不能惊扰，只好报给平儿。这事平儿也定不了，还得请王熙凤的示下。王熙凤听了，没觉得是什么大不了的事儿，吩咐将母女二人各打四十板子，老的撵出去，小的拉去田庄上或卖或配人。平儿领命出来，准备执行。

　　五儿一看见平儿，扑通跪下了，这可是最后的自辩机会，就哭着把"玫瑰露"的来路说清楚了。平儿是个明白人，可这个案子并不只是"玫瑰露"，还有"茯苓霜"呢？怎么说？

五儿见问，忙又将他舅舅送的一节说了出来。平儿听了，笑道："这样说，你竟是个平白无辜之人，拿你来顶缸。此时天晚，奶奶才进了药歇下，不便为这点子小事去絮叨。如今且将他交给上夜的人看守一夜，等明儿我回了奶奶，再做道理。"林之孝家的不敢违拗，只得带了出来交与上夜的媳妇们看守，自便去了。

这就是平儿的得体处，案子清楚了，柳五儿是冤枉的，还牵扯到芳官儿，跟怡红院有关系，这可要谨慎处置。但要改变方案，还要王熙凤发话才行。在这之前，人还不能放，但也不能撵。所以，先押一夜再说。

这种消息传得很快，园子里都知道"玫瑰露"和"茯苓霜"的事了。平儿很细心，无论别人来说什么，她都不表态，只是悄悄地来到怡红院询问袭人。袭人是据实相告，跟柳五儿说的情况完全吻合。问到芳官儿，也跟柳五儿的话对得上。晴雯见平儿查问这个事儿，走过来跟平儿说，太太房里的"玫瑰露"，不用问别人，"分明是彩云偷了给环哥儿去了"。晴雯为什么这么说呢？因为大家都知道，彩云跟赵姨娘关系好。她虽然是太太的丫头，却跟赵姨娘对了眼了。赵姨娘是不受人待见的一个人，她偏偏跟赵姨娘关系好。其实是因为她的一番心思都在贾环身上，爱屋及乌，所以听赵姨娘的。前边第三十回金钏儿为什么被王夫人给撵出去了？就是因为宝玉趁着太太睡午觉，跟她闲聊的时候，她悄悄说了句："我倒告诉你个巧宗儿，你往东小院子里拿环哥儿同彩云去。"一下子惹恼了王夫人。也就是说，大家都知道彩云跟贾环的关系不一般。所以晴雯认定"玫瑰露"一定是彩云从太太房间里偷走，给了贾环了。晴雯是很聪明的一个人,她有证据没有,其实没有。但她这个判断对不对呢?应该八九不离十。平儿也明白,大概是这么回事儿。所以平儿让大家都别声张,自己去问彩云。宝玉一听,这事儿牵扯上这么多人,岂不是越问越复杂了?就说,这样算了,这两件事我都认下来。芳官儿给五儿的"玫瑰露",是我跟彩云和玉钏儿闹着玩儿,悄悄从太太房里拿了,又给了芳官儿的。"茯苓霜"也是我得的,分着赏了很多人,其中也给了芳官儿,芳官儿又给了五儿。平时她们有了什么好东西互相送来送去,也是常事,没什么可查问的。

　　平儿一听,这个案子就这么结了倒也好。其实真正的赃物,并不是芳官儿和柳五儿转送来转送去的这一瓶"玫瑰露"和这一包"茯苓霜",因为这两样的来路都清楚了。真正应该立案的东西,是彩云为了贾环从王夫人房里偷出来给了赵姨娘的那瓶"玫瑰露"。赃物在哪儿呢?一定在赵姨娘屋里。但平儿不能去起赃,按她的话说,"不肯为打老鼠伤了玉瓶"。老鼠指的是收了赃的赵姨娘,玉瓶则指的是三姑娘探春。探春要强,也走得正,最忌讳的是亲生母亲赵姨娘"每每生事",让她难堪。平儿理解探春的处境和心境,所以怕牵出赵姨娘伤了探春的脸面。揭出真相很容易,也没人同情贾环,更没人同情赵姨娘。彩云命里注定遇人不淑,应该没少做出这样的事,以往侥幸没人知道,不想这次事发了,肯定是打一顿撵出去,这事就了了。但真的这么处置,探春怎么办? 宝玉心领神会,都认下来,就都保全了。

　　平儿知道这是最好的方案,但她也知道,以王熙凤的精明,这么说是混不过去的。平儿作为王熙凤的心腹助手,也不能不跟王熙凤实说。以平儿对王熙凤的了解,这案子有一丁点儿疑问都过不了。虽然王熙凤病着,但心里一刻也闲不下来。要想让王熙凤点头认可,还必须做一件事。这件事就是一方面要结案,一方面不能坏了规矩。什么规矩?彩云既然做下了偷窃的事,就必须招认,但又不能公开案情。如何处置,看她的造化。对赵姨娘和贾环是一次敲打,警告的意义胜过责罚,以后要收敛行径,否则就保不了颜面了。对探春是一个保护,不至于因赵姨娘的行为而气恼。对柳五儿母女是一个抚慰,还了清白,不至于影响了在园子里当差的前途。对柳五儿的舅舅以及收过门礼的那些一起看大门的同伙都轻轻放过了,但也是一个暗暗的警示。

平儿都想好了,一来这几天为了王夫人房里丢了"玫瑰露"的事,两个大丫头玉钏儿和彩云互相指责,阖府上下都知道了,不审也不行;二来这两位都是自小一起长大的好姐妹,既要给玉钏儿洗清冤屈,也要对彩云予以矜全。但都必须点醒当事人,当面说清楚。否则王夫人房里的东西,你也拿我也拿,坏了规矩可不得了。这次宝玉出面认了,今后再出这样的事,宝玉认不下怎么办?所以,先要好好交代出来,再说清楚盖过去,下不为例。这就是平儿会做人的地方,既平了事,又不能让人误以为她"没了本事问不出来"。于是平儿就把这两人给拘来了:

> 平儿便命人叫了他两个来,说道:"不用慌,贼已有了。"玉钏儿先问贼在那里,平儿道:"现在二奶奶屋里,你问他什么应什么。我心里明知不是他偷的,可怜他害怕都承认。这里宝二爷不过意,要替他认一半。我待要说出来,但只是这做贼的素日又是和我好的一个姊妹,窝主却是平常,里面又伤着一个好人的体面,因此为难,少不得央求宝二爷应了,大家无事。如今反要问你们两个,还是怎样?若从此以后大家小心存

体面，这便求宝二爷应了；若不然，我就回了二奶奶，别冤屈了好人。"

好个平儿，这一番指桑骂槐，让做贼的想混也混不过去了。玉钏儿本来没有心病，彩云当时脸就红了，"一时羞恶之心感发"，立即招认了。人家没做贼的，眼看着要代人受过。宝玉看着不忍，自己认了一半。平儿这个说法是有设计的，宝玉"替她认一半"，还有一半怎么办？还得让人家没做贼的受一半的冤屈。平儿其实是了解彩云的，一时糊涂难免，但不能害了无辜的人。先前为什么不认？还要赖上玉钏儿？并不是不明事理没有血性，而是知道一旦招认了，就会牵出赵姨娘和贾环，还会让探春难堪。思来想去，够煎熬的。

至此，平儿的目的达到，彩云还是个有担当的姐妹，当然不需要再发难。剩下的事，就是照实回王熙凤，看王熙凤怎么说。果然不出平儿所料，王熙凤还是那个较真儿的习性，要从重发落这些丫头。平儿一席话，都说到王熙凤的心里了：

平儿道："何苦来操这心！'得放手时须放手'，什么大不了的事，乐得不施恩呢。依我说，纵在这屋里操上一百分的心，终久咱们是那边屋里去的。没的结些小人仇恨，使人含怨。况且自己又三灾八难的，好容易怀了一个哥儿，到了六七个月还掉了，焉知不是素日操劳太过，气恼伤着的。如今乘早儿见一半不见一半的，也倒罢了。"一席话，说的凤姐儿倒笑了，说道："凭你这小蹄子发放去罢。我才精爽些了，没的淘气。"平儿笑道："这不是正经！"说毕，转身出来，一一发放。

一场大风波，就此收场。

说说"银霜炭"

中国有句古话叫作"巧妇难为无米之炊",就是说锅上的食材很重要,没有这些东西是做不出饭来的。但像贾家这样的大户人家,锅上的东西是不愁的。这些食材,有几个来源:一个是他们家有庄田,有自己生产的东西,还有自己打来的野味,每年给府里送。再一个是平居时要用的时鲜,这就要拿钱去买。有些东西每天都要现采购,例如鸡鱼肉蛋和蔬菜等。采购用的钱,是哪来的呢?是所谓的"公中"的钱,也就是专项预算拨款。从预算中拨给老太太的大厨房、各房的小厨房以及大观园里的小厨房。如果有分外的需求,想吃点儿特殊的东西,或是给某人过生日,那就要自己出钱。下人原则上不可以点着吃,给什么吃什么。但有些人属于"有脸的",像那些大丫头,偶尔也会跑到厨房来点一些吃食,自然也是不给钱了。例如迎春房里的大丫头司棋,为了让厨房给她单做一碗蛋羹,还闹了一场气。这就是因为迎春为人懦弱,带累得丫头也不受人重视,柳家的当然不愿意伺候,气得司棋带着一群小丫头把食堂给砸了个乱七八糟。

只有锅上的食材还不行,还必须有锅下烧的才行。前边说过,一般做饭用的主要是"柴炭"。第五十三回乌进孝交租的单子上除了"柴炭三万斤"之外,还有"上等银霜炭一千斤,中等银霜炭两千斤"。这"银霜炭"不是用来烧饭的,是为冬天取暖之用。清代徐珂的《清稗类钞·物品类》"银骨炭"条说:

> 银骨炭出近京之西山窑,其炭白霜,无烟,难燃,不易熄,内务府掌之以供御用。选其尤佳者贮盆令满,复以灰糁其

隙处，上用铜丝罩蓺之，足支一昼夜。入此室处，温暖如春。

这段话中有几个信息：一、"银骨炭"产于北京西山的炭窑；二、"银骨炭"的表面像是有一层白色的霜；三、"银骨炭"的特点是没有烟，不易点燃，点燃后不易熄灭；四、"银骨炭"是御用炭，由内务府掌管；五、"银骨炭"是一种"屋炭"，冬天取暖用，很耐烧。

其中最重要的两点，一是有白霜，二是由内务府掌管。前一点等于给"银霜炭"作了个注脚，"银骨炭"是正式的名称，"银霜炭"是形象的说法。曹家是内务府的人，对这种炭应该很熟悉。因为曹雪芹写《红楼梦》有一个重要的艺术意图，是"无朝代年纪可考"，如果按照生活真实直接写成"银骨炭"，就坐实了故事发生的时代是清代，从而也就违背了须模糊"朝代年纪"的原则。把"银骨炭"写成"银霜炭"，是一个从生活的真实到艺术的真实的写法。

还有一点，在清代之前，"银骨炭"和"银霜炭"之名，均不见于任何记载。这两个名称出现的时间段，都是在清代。前者出现在徐珂的《清稗类钞》中，后者出现在小说《红楼梦》中。这也从时代生活的一个侧面，佐证了《红楼梦》成书是在清代。

木炭的烧制历史非常久远，早在三千多年以前，《周礼·地官》就有记载木炭的文字。《说文解字》说：

> 炭，烧木留性，寒月供然（燃）火取暖者，不烟不焰，可贵也。

其中"留性"两个字，是烧制木炭的关键。意思是烧炭的要点，是把木头点燃之后，要控制火工，须做到不完全燃烧，才能得到木炭。木炭的品类很多，上等的叫作"白炭"，无烟耐烧。甚至有记载说，一根一尺长的"白炭"，可以通宵燃烧不熄。这就很像徐珂所说的"银骨炭"和《红楼梦》中写到的"银霜炭"，但都没有过同样的名称。

上好的木炭不仅仅是冬天取暖，更重要的是用于冶炼。最早没有木炭的时候，冶炼用的是木柴。但木柴燃烧有两个过程，一个是吸热过程，一个是放热过程，温度不可能很高，因此冶炼的效果不佳，烧不出像样的金属器具。木炭的出现，是一个划时代的飞跃。木炭燃烧没有吸热的过程，只有放热的过程。火力比木柴要强大得多，所以冶炼金属的需求就实现了。最早是冶炼青铜和黄铜，青铜是铜和锡的合金，黄铜是铜和锌的合金，都需要优质的木炭。可以说，优质木炭的出现，开辟了一个"青铜时代"。后世铁器的冶炼，也都得助于优质木炭。用煤炭冶炼金属，则是很后来的事了。

历朝历代都有专门管炭的官员和机构，例如唐代设有"木炭采运使司"，宋代设有"柴薪库"，元代设有"柴炭局"，明清时期由"惜薪司"专管宫廷用炭。

明代还没有"银骨炭"和"银霜炭"的名称，宫里用的优质木炭叫作"红箩炭"，是个独有的名字。"红箩炭"产自河北易县，也是用硬木烧出来的。明代刘若愚的《酌中志》说：

> 凡宫中所用红箩炭者，皆易州一带山中硬木烧成。用红土刷筐盛之，故名红箩。

说得很清楚，这种炭为什么叫作"红箩炭"呢？是因为盛炭用的筐，都用红土刷成了红色，与炭的颜色无关。因为是宫廷专用，所以当时的身价就在传统的"白炭""黑炭"之上。这种炭一直到清

代还是属于宫廷用炭,但不像明代只用"红箩炭",而是多出来一些其他的品种。例如康熙五十五年三月二十五日赫奕等上奏的题本:

> 营造司案呈:康熙五十三年剩余红箩炭七十七万八千六百零八斤八两、白炭八万五千零五斤、黑炭二百零六万九千六百九十八斤八两八钱、炼银炭十二万一千六百十八斤、石炭一百零五万二千九百五十八斤十一两三钱……

其中说到的炭,就有"红箩炭""白炭""黑炭""炼银炭"和"石炭"等名称。这里面的"白炭"是传统的优质木炭;"黑炭"是专供御膳房和茶房烧锅用的"柴炭";"炼银炭"就是徐珂在《清稗类抄》里说到的"银骨炭",亦称"银炭",除了取暖之用外,太医院还用来炼银配药,此外,道家的"银炭导引养生功"也要点燃这种炭辅助练气;"石炭"则不属于木炭,而是煤炭了。

今天的北京城里,有个地名叫作"大红罗厂街"。这条街为什么叫这个名字呢?就是当年"红箩炭"从易县运到京城,要集中存放,这个存炭的地方叫作"红箩厂"。今天此地早已没有了"红箩炭"的影子,但地名却几经变迁之后留了下来。现在去问问北京人,这条路是怎么来的?问十个有九个人答不出来,就是地道的老北京人也答不出来了。

辛亥革命之初,这条街上曾经发生过一个震撼朝野的历史事件。清廷重臣良弼请命出征,要率兵前往湖北镇压革命军。他立誓三个月内平叛,否则自刎。如果他果真率军出了京城,革命军很可能面临生死关头。这时,一个名叫彭家珍的革命志士,还不到25岁,舍身把良弼刺杀了,良弼一死,清廷再也无人可用,这直接促使清帝溥仪在十多天后宣布退位。辛亥革命得以成功,跟这个刺杀事件有着重要的关系。这件事就发生在"大红罗厂街"。

明代宫廷中使用"红箩炭"极其奢靡，清代宫廷则俭省很多。明清两代管理用炭的机构都叫作"惜薪司"，明代名不副实，清代庶几近之。据清人王庆云的记载，明代末年宫中用木柴2600余万斤，"红箩炭"1200余万斤；清代初年宫中用木柴800万斤，"红箩炭"100万斤。清宫年用柴量仅为明宫的30%，清宫年用"红箩炭"量仅为明宫的8%。

起于明代的"红箩炭"与起于清代的"银骨炭"以及《红楼梦》中的"银霜炭"，名称不同，质量大体相同。区别是"红箩炭"的产地是河北易县，而"银骨炭"的产地是在京郊的西山。如此贵重的燃料，《红楼梦》中的贾家为什么能够使用呢？因为贾家是世袭的功臣之家，又是皇亲国戚，按说家里用点儿御用炭不难。何况这种炭并不是沾了贵妃的光，而是他们家的庄田上自产的。这一点，没有"经过见过"，是不可能写得出来的。也就是说，《红楼梦》中的"银霜炭"，也折射了曹家当年的生活。当然，实际情况倒未必是产自曹家的庄田，更可能的是"银骨炭"由内务府掌管，曹玺曾经担任过内务府营缮司郎中又赠一品尚书衔，曹寅二十多岁时就担任过御前二等侍卫兼正白旗"旗鼓佐领"，后来更先后担任过内务府慎刑司、会计司和广储司郎中，曹家对这种炭应该非常熟悉。即使后来抄了家，曹家回京归旗，仍是内务府正白旗包衣。曹雪芹如果不是自小耳濡目染，甚至直接见到过"银骨炭"，肯定是写不出来这种细节的。

贾府的主子们冬天取暖，应该是用火盆烧"银霜炭"。贾府的下人们烧饭烧水，应该是用炉灶烧"柴炭"。那么，贾府大小厨房里的炉灶都是什么样的呢？

史上先民很早就发明了炉灶。在漫长的岁月里，炉灶从简单到复杂,时刻承担着烧制熟食的重任。炉灶发展到明清,已经很成熟了。尤其是大户人家的炉灶,火眼儿不止一个,有蒸锅,有煎锅,有煮锅,至少是三眼灶。后来出现了更复杂的"七星灶"。这个"七星灶"就是在三眼灶的基础上,再加四个灶口。加出来的灶口不烧火,用前面三个灶的余火温水。无论是三眼灶,还是七星灶,下面烧灶和锅上操作不是一个方向。有人专门烧火,有人专门做饭。

贾府老太太大厨房的炉灶,园子里小厨房的炉灶,以及各房的炉灶,应该都是这种规模较大的"七星灶"。因为除了要给主子们烧菜做饭,还要供热水。虽然书中没有明写,揆之情理,虽不中亦不远。

曹雪芹的祖上"曹国舅"

《红楼梦》第六十三回怡红夜宴上,芳官儿唱的一首《赏花时》,与两个人有关。一个是何仙姑,一个是吕洞宾,这两位都是名列"八仙"的人物。说起"八仙",民间都很熟悉。尤其是那一句"八仙过海各显神通",尽人皆知。但要细数"八仙"的来历,很多人就不太清楚了。要是再说到"八仙"中的一位,竟是曹雪芹的祖先,大家可能都要吃上一惊了。

先说一说"八仙",这对理解这首《赏花时》以及读懂《红楼梦》会有帮助。"八仙"是道教的八个神仙,与其他的神仙不同,这八个神仙都是来自民间。"八仙"有一个排名的顺序。排在第一的是"铁拐李"。这个人,可是隋唐间一个实实在在存在过的人。清朝有一位学者,也是个大诗人,名叫赵翼,他写了一本书叫作《陔余丛考》，是考证各类事物的书。这部书中，有对"铁拐李"的详细考证。鲁迅的《中国小说史略》，也有对"铁拐李"的考证。

"铁拐李"成仙的过程很具传奇性。他曾经在山里修道，有一次元神脱开他的躯壳出去了。一种说法是，他的元神回来之前，身体被老虎给吃了，回不来了。还有一种说法，他嘱咐弟子，如果他的元神离开身体，要弟子守护身体七天，元神自然归回；如果七天没有回来，就把身体烧了。结果这徒弟守到第六天，忽然接到家信说母亲死了，得赶快回去料理母亲的后事，结果没等到七天，就把这个身体给烧了。无论是哪一个说法，是虎吃了还是烧了，反正都是身体不在了。待元神第七天回来，找不到自己的身体了。怎么办呢？一看路旁有个饿死的人，尸身还在，正好借尸还魂。进去以后，觉得不得劲儿，就拿出此行太上老君送给他的一个葫芦，从葫芦里倒出了一颗金丹。这颗金丹金光四射，他借着金光一看，自己吓了一跳，映射出的人蓬头垢面，奇丑无比，还瘸了一条右腿。于是赶紧运起元神，准备离开这个尸体。这个时候身后有人拊掌大笑，回头一看，正是太上老君。太上老君说，真正有道行的人，不在于面目的丑和俊，只要法术够了就是真仙。我劝你就别走了，我送你一个发箍，把蓬乱的头发扎起来，到凡间救死扶伤，不是很好吗？一席话点醒了幻中人，于是"铁拐李"新生了。他的形象从此固化为蓬头箍发，架着一只拐，背着药葫芦。葫芦里是各种丹丸，他所到之处，给有病的人治病，给需要的人施以金丹。由此救了很多命，度化了很多人，所以深受民间喜爱。

排在第二位的是"钟离权"。钟离权是唐代人，《全唐诗》里收了他的三首诗，还有一个小注，说他是什么来历，如何在山里修道，终于修成神仙。但是这位钟离权在民间被讹传为汉代的人，称他为"汉钟离"。实际上他的名字叫作"钟离权",也是历史上的一个真实的人物。钟离权成仙以后,度化了不少人。其中很重要的一个人,就是吕洞宾。钟离权在道教中的地位很高,被称为道教的北方五祖之一。他出生的时候天有异象,父母觉得他可能是神仙托生,就给他起了个名字叫作"权",希望他将来能够有所成就。

再下一位是"张果老"。张果老也是真实存在过的历史人物,《旧唐书》《新唐书》都有传,是八仙当中年事最高的一位。武则天在位的时候,听说有个神人张果老,就派人请他来宫里陛见,结果他装死躲过去了。到了唐玄宗的时候,又派人去请他,他又装死。唐玄宗发话说,死了也得来。他装不过去了,只好前来。唐玄宗很好奇,问他的年纪,他装聋作哑。唐玄宗就找了一些有道的高人,算一算他的岁数。但这些高人不但算不出来,就连张果老在哪儿也看不见。唐玄宗执意要把张果老的事弄个明白,就把当时最负盛名的叶法善找了来。

叶法善是唐朝道教符箓派茅山宗天师,一生经历唐高祖、唐太宗、唐高宗、武则天、唐中宗、唐睿宗、唐玄宗七朝。这个人法术很高,唐玄宗要他说出张果老究竟是什么来历。叶法善不敢说,为什么呢?叶法善说"天机不可泄",说了就得死。唐玄宗说,你只管奉旨来说,死了我救你。叶法善没辙,只好奉旨。叶法善说,这位张果老是混沌初开的时候,一个白蝙蝠精……话没说完,仆地而死。唐玄宗一看,就赶快跟张果老说,老神仙啊,是我让他泄露了你的来历,不关他的事,所以你一定得救他。张果老大施法术,把叶法善给救活了。

张果老的形象,是个骑着毛驴的老头儿。但这张果老骑驴,跟别人不同,他是倒骑着毛驴。白天到处行善,很多人都见过他。晚间睡觉，他就吹口气儿，把活驴变成一张纸驴，叠吧叠吧放在箱子里了。早晨醒来，再把纸驴拿出来，含口水一喷，纸驴又成了一头活驴。当然，这都是民间传说了，把张果老传得很神。张果老经常骑在驴背上，边走边看着唱本儿哼唱着"道情"。民间常说的一句话："骑驴看唱本——走着瞧。"就是从他这儿来的。

再下一位是"吕洞宾"，就是芳官儿唱的那首《赏花时》里提到的那个人。吕洞宾是八仙中的核心人物，也是道教的北方五祖之一。他也是历史上真实存在的人，《全唐诗》和清初朱彝尊所辑、汪森增补的《词综》都收了他的作品。吕洞宾成仙，是受了钟离权的点化，所以钟离权算是他的师父。吕洞宾成仙的过程，是在客店里做了一场"黄粱梦"，出将入相，享尽荣华富贵，终于乐极生悲，醒来一看，厨间的黄粱饭还没有熟。由此被钟离权点化，顿悟成仙。很像汤显祖写的《邯郸记》和《南柯记》里的故事。吕洞宾很得老百姓的喜欢，因为他豪侠、好义、潇洒、好酒、好色，也就是说，是有缺点的。民间还有个传统戏目，叫作"吕洞宾三戏白牡丹"，广为人知。其实"八仙"最受老百姓喜爱的原因是接地气，每个人身上都有缺点，都不是十全十美的人，所以大家觉得更亲切。

何仙姑是八仙里唯一的女性。最早的"八仙"，例如汉八仙、唐八仙、宋八仙和元八仙，都没有何仙姑的名号。不仅如此，元以前的历朝历代，"八仙"的成员，名字不尽相同，排列顺序也不统一。一直到明代，有位吴元泰，写了一本书，叫作《东游记》，才把"八仙"的名字和排列顺序定了下来。大家都知道，明代出现过《西游记》，其实当时流行的小说还有一本《东游记》。《东游记》的最大贡献，是把"八仙"的说法给固定下来了。此后的人再提到"八仙"，从人名到座次，再也没有变过。到了汤显祖写《邯郸记》，以及曹雪芹写《红楼梦》,提到"八仙",都是援引《东游记》的定说。何仙姑就是借着《东游记》而正式在"八仙"中列名。在明代吴元泰的《东游记》之前,"八仙"里面没有何仙姑。她的位置被一个男性占据着,此人名叫"徐仙翁"。《东游记》里去掉了"徐仙翁",加上了"何仙姑"。从此"八仙"就更有百姓缘了,神仙也要男女搭配才更让人觉着亲切。"八仙"的根据地也确定在"蓬莱仙境"了,何仙姑主管此间的"文教卫",主要干的活儿,是在天门扫花。"八仙"每年有个大活儿,要去王母娘娘的蟠桃会,给王母娘娘祝寿。旧时民间演戏,有一出"八仙祝寿",演的就是这个故事。

八仙还有一位"蓝采和"。这位无论冬夏,一只脚穿靴子,另一只脚光着,有点儿像赤脚大仙。他最大的本事,是能在冰天雪地里随便一躺,鼾声大作。远远看去,热气冲天。夏天却总是捂着一身厚衣服,蓬头垢面。虽然显得很邋遢,但因为到处行善,所以老百姓很喜欢他。

再下一位是"韩湘子"。说起他的来历,跟唐宋八大家之首的韩愈似乎是本家。元杂剧里说他是韩愈的侄子,后来又传说他是韩愈的侄孙。据说韩愈知道这个后辈跟着钟离权和吕洞宾修道,就很不以为然。韩愈主张"入世",经世济民,出将入相。好好的一个尘世中人,为什么要做神仙?做得了神仙吗?他反对韩湘子学道学仙。韩湘子不听韩愈的说教,道不同不相为谋,结果被吕洞宾点化成仙。韩愈为官刚正不阿,在贞元十九年(803)、元和五年(810)、元和十四年(819)屡次遭到贬官。后来韩愈被贬的事,演化成了与韩湘子有关的传说。传说韩愈最后一次贬官,途中遇到大雪,又冻又饿,几乎死在雪里,是韩湘子把他救了。韩湘子问韩愈,此时你是要做官呢?还是要跟着我做神仙呢?韩愈听了,顿时觉得如醍醍灌顶。经韩湘子点化，韩愈终于也成了神仙。当然，这只是个传说。真实的韩愈，是长庆四年（824）八月在礼部侍郎的任上因病告假，同年十二月在长安的家中去世，终年57岁。但传说中的韩湘子点化韩愈的故事，之所以能够使得民间深信不疑，是因为这个故事更彰显出醒世的意义。

最后一位是"曹国舅"，"八仙"中只有他的扮相是一身大红色的官服。元代无名氏《双调·水仙子》说他：

> 玉堂金马一朝臣，翻作昆仑顶上人。腰间不挂黄金印，闲随着吕洞宾，林泉下养性修真。金牌腰中带，笊篱手内存，更不做国戚皇亲。

此人既称"国舅"，一定是皇家的外戚。查唐宋以降姓曹的皇亲国戚，而又是"八仙"中"曹国舅"的原型者，只有一个人，这个人就是宋代开国大将曹彬的孙子曹佾。他的姐姐是宋仁宗的皇后，曾经辅佐过三代皇帝，被称为宋代最为贤德的皇后。在她生命的最后一年，也就是元丰二年（1079），苏轼因为"乌台诗案"遭人构陷，人人都以为苏轼必死无疑，曹皇后听说此事，面谕宋神宗："我想起当日仁宗皇帝殿试取中苏轼和苏辙兄弟，说是为子孙找到了两个宰相。今苏轼因为作诗下狱，诗句有错应该不是大错，为小错而加罪，先皇有知会怎么想？"一番话说动了宋神宗，把苏轼救了下来。

据《列仙全传》说，这位曹皇后的弟弟曹国舅，是由钟离权、吕洞宾共同度化成仙。曹国舅在山中修道，遇见了钟离权和吕洞宾，吕洞宾问："闻子修养，所养何物？"曹国舅答："养道"，吕洞宾又问："道安在？"曹国舅指了指天。吕洞宾问："天安在？"曹国舅又指了指心。钟离权笑着说："心即天，天即道，你已识这其中的本来面目了。"两人随即将曹国舅度化为仙。

有趣的是,这位"曹国舅"竟然是曹雪芹的祖先。清代康熙二十三年(1684)的《江宁府志》和康熙六十年(1721)的《上元县志》各有一篇"曹玺传",都说到曹玺的祖先是"宋枢密武惠王"曹彬,而这位"曹国舅"正是曹彬的嫡孙。也就是说,"曹国舅"是曹玺一支的祖先。曹玺是曹雪芹的曾祖父,这一脉传下来真是令人感喟不已。

曹雪芹是汤显祖的知音

《红楼梦》第六十三回芳官儿唱的《赏花时》,出自汤显祖的戏曲作品《邯郸记》。汤显祖是江西临川人,字义仍,号海若、若士、清远道人。他是明代戏曲家、文学家,历嘉靖、隆庆、万历三朝。他的代表作除了《邯郸记》,还有《牡丹亭》《南柯记》和《紫钗记》。因为汤显祖的书房叫作"玉茗堂",又因为这四部戏都与"梦"有关,所以被合称为"玉茗堂四梦"或"临川四梦"。汤显祖的"四梦",在《红楼梦》里就提到了三部。其中《牡丹亭》和《邯郸记》更是多次出现,可见曹雪芹对汤显祖心许之甚。

汤显祖天资聪慧,勤奋好学。5岁发蒙进入家塾读书,12岁能诗,14岁考上了秀才,21岁中了举人。本来以他的才学,再考进士不成问题。但是,因为他生性蔑视权贵,结果屡试不第。万历五年(1577),汤显祖来到京城,踌躇满志,要参加三年一次的会试。这一年,他27岁。以他的文名,从全国各地齐聚京师的举子,无不以为他会以优异成绩高中进士榜。然而,结果却出乎所有人的意料之外。

事情缘起于汤显祖蔑视权贵拒绝拉拢的孤高意气。考前的一天，有人找到他，请他帮个小忙。什么事儿呢？很简单，有一个人想跟汤显祖交朋友。只要汤显祖愿意交这个朋友，承认这个人是自己的朋友就可以了，不需要额外再做什么。这人是谁呢？来人介绍，这个人是当朝的相公，也就是内阁首辅大学士张居正的第三个儿子。为什么要跟汤显祖做朋友呢？就是因为这位张家的三公子也是要参加会试的考生，如果进了汤显祖的朋友圈儿，大家自然是同气相求，水平应该都差不多，一起考试又一起中榜，别人就不会说闲话，不会怀疑是借着相公的威势中榜。如果汤显祖同意，来人许诺，此次考试一定会名列前茅。汤显祖断然拒绝，说"我不敢从处女子失身也"。就是宁可考不上，他也不交这个朋友。结果一连九天的会试出场，张榜那天所有人都傻了。张家的三公子考中了头名状元，汤显祖名落孙山，没考上。

三年之后的万历八年，又逢会试之年，汤显祖又来了。汤显祖不信，靠自己的学问会考不出个进士来。到了京师，又有人来找他，还是那个事儿，跟张相公的儿子交个朋友，一起参加会试。汤显祖说，他不是考过了吗？来人说，三年前那一科是张家的三公子，这一次是张家的大公子。一样的承诺，两人交个朋友，一起中进士，大家脸上都好看。汤显祖说，上次你们不是找了别人交朋友的吗？这次还是再找别人吧，我就是考不上，也不干这个事儿。结果没有悬念，考完了之后，汤显祖再次落榜。人家那位大公子又高中了，是第一甲第二名榜眼。

接连两科出了这种事情，汤显祖负气而去，参加考试的举子们却都为汤显祖抱不平。有人编了个顺口溜，顷刻间传遍了京城：

状元榜眼俱姓张，未必文星照楚邦。
若是相公坚不去，六郎还作探花郎。

说起来，张居正是个难得的好官。万历初年他接下了"首辅"这个大活儿的时候，国库已经空了，还欠着两百万两的银子。主持工作十年之后，就连说尽他坏话的《明史纪事本末》的作者谷应泰，都不得不承认张居正的伟大成绩：每年国库增收两百万两银子，同时"太仓之粟可支十年"。十年不收粮食，天下人都饿不着。可惜饶是这样一个能员，也基本上没有什么贪鄙的风评，却过不了"舐犊之情"这一关，在孩子的考试问题上做了手脚，大失了分数。同时，还带累了汤显祖，误了人家的前程。看看那首顺口溜是怎么说的？状元和榜眼，都该是张家子弟吗？难道是文曲星专门照在你们张家了吗？是凭本事考上的吗？不对吧，都是靠的老爹吧。不信就试试，如果你这个"相公"一直在台上，怕是连张家的第六个儿子也会高中的，说不定状元、榜眼、探花都是你们家的。当然这个抱不平没有用，也就是泄一泄愤而已。

张居正在万历十年去世了。万历十一年，又逢考试之年，汤显祖又来了。这次没有人再来找他交朋友了，总算是金榜题名，考中了进士。后来的仕途，却没有想象的那么顺利。开始是在南京的太常寺、詹事府和礼部当了七八年的闲差，又因为上了一道《论辅臣科臣疏》，妄议朝政，惹怒了神宗皇帝，被贬到雷州半岛的徐闻县做典史。好不容易改派到浙江遂昌去做了五年知县，又因为整顿积弊发展经济而得罪了既得利益者，抓住他放监狱里的囚犯回家过年等"违例"事项，对他百般打击。致使他一怒之下，学了陶渊明，挂冠而去，此后就再也没有出来做事。

弃官之后，汤显祖索性在家中蓄了一个家班儿，"自掐檀痕教小伶"，亲自教小戏子唱戏。当然，最大的事，还是写剧本。先后写成了五部，除了上边说到的"临川四梦"之外，还有一部《紫箫记》。

"临川四梦"中的《牡丹亭》，在《红楼梦》里多次提到。例如第二十三回宝玉和黛玉共读西厢之后，宝玉被叫走了，黛玉独自回来，路过梨香院，只听见墙内笛韵悠扬，歌声婉转。黛玉先听到的是《牡丹亭·游园》中的曲子《皂罗袍》：

原来姹紫嫣红开遍，似这般都付与断井颓垣。良辰美景奈何天，赏心乐事谁家院！朝飞暮卷，云霞翠轩，雨丝风片，烟波画船，锦屏人忒看的这韶光贱。

接着又听到的是《牡丹亭·惊梦》中的曲子《山桃红》：

则为你如花美眷，似水流年，是答儿闲寻遍。在幽闺自怜。

黛玉听得痴了，不觉心动神摇，流下泪来。再如第三十六回，贾宝玉跑到梨香院，想让龄官儿给她唱一套《袅晴丝》。这《袅晴丝》也是《牡丹亭·游园》里的唱段：

袅晴丝吹来闲庭院，摇漾春如线。停半晌，整花钿。没揣菱花，偷人半面，迤逗的彩云偏。步香闺怎便把全身现。

还有第十七回元妃省亲，点了四出戏，其中的《离魂》，也是《牡丹亭》当中的一出。所以不难看出，《牡丹亭》在作者曹雪芹心目中的地位。所点四出戏中，还有一出是《邯郸记》中的《仙缘》，

《邯郸记》也是汤显祖"临川四梦"中的一部。再就是第二十九回，贾母受元春的嘱托，去清虚观打三天的"平安醮"。在佛前拈了三出戏，其中一出《南柯记》，也是汤显祖"临川四梦"中的一部。可见曹雪芹与汤显祖虽然不同时代，但心是相通的。

《邯郸记》说的是吕洞宾点化卢生的故事。吕洞宾下山，就是《赏花时》里唱的这一段了。吕洞宾下山之后，先到了湖南岳阳，在洞庭湖上转了一圈，看没什么人值得点化，又到了河北的赵州，在邯郸的一个小客栈里见到一个人，这个人叫卢生。卢生自负才情，却没有晋身的机会，就跟吕洞宾聊起来了。吕洞宾说，我给你个枕头，你不是困了吗？睡一觉吧。卢生接过一看，是个两头空的玉枕，迷迷糊糊一觉睡倒，只觉得自己"嗖"地一下子进了枕头，结果梦见自己出将入相，享不尽的荣华富贵，又几起几落，死去活来。梦醒之后，睡前店家煮上的一瓯黄粱饭还没有熟，原来是枕着玉枕睡了一觉，做了一场煞有介事的大梦而已。吕洞宾就跟他说了，人这一辈子，荣华富贵就是这一觉，"都是妄想游魂参成世界"。你已经体验过了，你还要去做吗？卢生说："老翁老翁，卢生如今醒悟了。人生眷属，亦犹是耳，岂有真实相乎。其间宠辱之数，得丧之理，生死之情，尽知之矣。"卢生欣然放下尘念，跟着吕洞宾走了。其实八仙中的每一位都有类似的故事，悟性是最重要的。

元妃省亲所点的四出戏当中的《仙缘》，就是《邯郸记》的最后一出《合仙》。脂砚斋在此处有一段评语：

> 所点四戏伏四事，乃通部书中之大过节、大关键。

意思很清楚，这四出戏都隐喻了八十回后一定会发生的重大事件。

第一出《豪宴》，是清代戏剧家李玉《一捧雪》中的一出。顺便说一句，有人说《红楼梦》是明代人写的，明代人怎么可能把清代人的剧作写到《红楼梦》里呢？道理很简单，《一捧雪》就是证据，跟明朝人没有任何关系。脂砚斋批语："一捧雪中伏贾家之败。"所点的这出戏埋伏了日后贾家的非常变故。

第二出《乞巧》，是清代戏剧家洪昇《长生殿》中的一出。洪昇是清代人，这也证明了《红楼梦》不可能出自明代人之手。脂砚斋批语："长生殿中伏元妃之死。"所点的这出戏埋伏了日后贾元春的突然死亡。

第三出《仙缘》，是汤显祖《邯郸记》中的一出。脂砚斋批语："邯郸记中伏甄宝玉送玉。""甄宝玉送玉"这个故事，似应与《邯郸记》中吕洞宾点化卢生的故事相类。如果带着这样的一个意识，再回过头来读《赏花时》，应该又有一番不一样的感受。

第四出《离魂》，是汤显祖《牡丹亭》中的一出。脂砚斋批语："牡丹亭中伏黛玉之死。"似可做这样的一个推想：黛玉从伤春到病亡，与杜丽娘不同的，应该是多了一重与宝玉之间"你好我自好，你失我自失"的"还泪"故事。

这四件大事，在后四十回续书中，都写得不对了。不单如此，就是前边也改掉了不少。例如《赏花时》基本上都删光了，只剩下了两句，显然是没有理解《邯郸记》在《红楼梦》中的象征性的意义，没有理解甄宝玉和贾宝玉究竟跟《邯郸记》的故事有着什么样的呼应关系，更没有理解曹雪芹与汤显祖穿越时空的心心相印。

黛玉就是不能说"您"

《红楼梦》通部书中,没有出现过一个"您"字,这里说的是作为第二人称敬称的"您"字。但是,第六十三回群芳开夜宴,芳官儿唱的这首《赏花时》当中,居然一连出现了四个"您"字。这是怎么回事呢?

多年以前,北京电视台曾经举办了一个大型的选秀活动,叫作"红楼梦中人"。想来很多人还记得,请我去做了首席评委。这个活动,说起来还是挺成功的。首先,制作了一台接一台高质量的电视节目。其次,推出了一批新演员,在镜头前高曝光度地展示了才艺。再次,宣传了《红楼梦》。

那一年,《红楼梦》各种印本的发行数,创下了历史最高纪录。很多电视观众看了这个节目之后,纷纷买书读原著。这对普及宣传这部作品,应该说功不可没。

一天,有一个选手表演黛玉,说了一个"您"如何如何。我在点评时候,对这个"您"字,发了一通评论,还引起了一场轩然大波。我为什么要说这个"您"字的事儿呢?说了个"您"字,有什么大不了的呢?就是因为近年间古代题材的电影和电视剧中,"您"字不绝于耳,这是一个不容忽视的错误。古代题材,包括古典名著改编,要尊重生活的真实。那个时候,"您"字作为第二人称敬称的这种用法,还没有出现。

那为什么《赏花时》里出现了"您"字呢?《康熙字典》里收了这个"您"字,但是说得很清楚:"您"字是个俗字,意思是"你和你们",没有第二人称敬称的意思。也就是说,这个"您"字,是个借用的字，本来应该写作"恁"，上边一个"任"，下边一个"心"。这个"恁"字有几个读音，在《赏花时》里，把借来的俗字"您"还原成本字"恁"，应该读作"nen（三声）"，是"你"的意思。

这个"恁"字，在宋元散曲里普遍使用。今天不少地方的方言中，也还存在着。如果去苏、鲁、豫、皖这四个省走一走的话，尤其是在民间，在农村，普遍都在使用。例如"恁家""俺家""恁孩子""俺孩子""恁去还是不去""恁吃过了没有"等，这个"恁"字用得很普遍。这个"恁"，就是你和你们的意思，到今天这个义项都没有变过，这个用法还在延续着它的生命力。

也就是说，这个"恁"字，在宋元散曲里，有时候写作"恁"，有时候写作"你"，有时候写作"您"。但是，都没有"您nin（二声）"这个读音。"你"读作"ni(三声)"，"恁"读作"nen（三声）"。"您"没有"您nin（二声）"的读音，读作"恁nen（三声）"或者"你ni(三声)"，它是借来的一个俗字。

汤显祖的《邯郸记》是昆曲，继承了宋元散曲的这种用法，所以在他的《邯郸记》的《赏花时》这首曲子里出现"您"字是不奇怪的。这里的这个"您"字，就是不能读"您nin（二声）"。因为那个时候，没有这样的一个读音，更没有作为第二人称敬称的这个义项。

已故的语言学大师王力，大家应该很熟悉，作为教材的《古代汉语》就是他写的。写格律诗的朋友更应该知道他，大家常用的《诗词格律》也是他写的。他曾经就宋元散曲里的"您"字写过文章，专门做过这方面的考证。他的结论非常清楚，宋元散曲里的这个"您"字没有第二人称尊称的意思，应该读作"你ni（三声）"

或者"恁 nen（三声）"。

另一位语言学大师吕叔湘，曾是《现代汉语词典》的主编。他的《释您、俺、咱、喒，附论们字》，对"您"字的来源和流变关系说得很清楚，结论和王力一样。这些专门研究语言、专门研究文字发展史的大家，都对这个"您"字有过非常认真的考辨，得出了一致的结论。

再就是红学家周汝昌先生，也是在很多场合说过这样一个意见，即《红楼梦》通部书当中，没有一个"您"字。因为那个时代，没有"您"这个字。即使有这个字，也不读"nin（二声）"，更不能作为第二人称尊称，没有这样的用法。

无论是语言学家，还是红学家，都对这个"您"字有过定论，所以我借着选秀比赛的机会，给选手们很耐心地讲述了这样一个道理。在《红楼梦》时代，具体是什么时代呢？汉唐宋元明清，无朝代年纪可考，就是这样一个时代，就是曹雪芹写作《红楼梦》的那个时代。我们要尊重历史，尤其是古代题材和古典名著改编的电影和电视剧，负有传播传统文化的任务，不能误导后学，这种细节的真实非常重要。

那么，"您"字是什么时候开始用作第二人称敬称了呢？其实出现的时间很晚，大约是在1903年前后。怎么证明呢？有一部小说，名字叫作《二十年目睹之怪现状》，第二人称敬称的读音，最先出现在这部书里。

《二十年目睹之怪现状》是晚清"四大谴责小说"之一，作者吴趼人，字沃尧。这个人是个读书人，是个大知识分子。他在晚清的小说界，功不可没。他可不单是写了这一部小说，当年他在上海发表的小说，是一部接一部。在全国范围内，他也是影响空前。

《二十年目睹之怪现状》当中，第一次用到了第二人称的敬称。但是只有读音，还没有这个"您"字。那个时候，口语当中已经开始出现了"nin（二声）"，文字上没有对应的字。《二十年目睹之怪现状》是怎么表达的呢？是把它写成两个字："你宁"，拼成这个读音。吴趼人专门在"你宁"这个地方加了一个注，说这两个字读后一个音，读"宁"。这就是第二人称敬称口语的第一次文字化的情况。

这部书出版的时候，已经是清末了，马上就要进入民国了。那个时候，所有的文字作品当中，还没有人把第二人称敬称用一个"您"字表达出来过。进入民国之后，大家觉得《二十年目睹之怪现状》中"你宁"两个字的拼法怪怪的，中国文字当中，哪有两个字发一个音的？没有这种用法。所以大家都在想，怎么能找到一个字，把这俩字给取代了。因为民间口语当中已经出现了"nin（二声）"的字音，并且是用作第二人称的敬称。那就应该找出一个对应的字来"表音"，把"你宁"两个字换下来。

于是很多人都参与进来，大家一起找，就从宋元散曲当中找到了一个"您"字，借过来用作第二人称的敬称，读音也确定下来，读作"nin（二声）"，终于把"你宁"两个拼读的字替掉了。后来，在吕叔湘主编的《现代汉语词典》里，正式收进了"您"字，并且把读音注为"nin（二声）"。在此之前，没有一部工具书把"您"字作为正字收录并标注为"nin（二声）"的读音。最典型的就是《康熙字典》，"您"字的释文很简单，只有三个字："俗你字。"意思很清楚，第一，"您"是个俗字；第二，意思就是"你"；第三，读音应该也是"你"。也就是说，《康熙字典》在收录"您"字的时候，没有任何表音为"nin（二声）"、表义为"第二人称敬称"的意思。

"红楼梦中人"节目播出之后,立刻掀起了一场大讨论。很多人卷进来,有正说的,有反说的,有跟着起哄的,甚至还有骂人的。我倒觉得除去故意搅和的人之外,为这个"您"字展开一场讨论是个好事。因为事情就是这样,说明白不是坏事,至少可以给古代题材和古典名著改编的影视剧敲个警钟,要在细节上讲究一些,切不可不负责任地乱用"您"字,要对历史负责,对广大的受众负责。

语言的发展,有它自身的过程和规律。如果不尊重这个发展史,在影视作品中,就不可能造成所需要的"历史隔离感"。例如很多古代题材和古典名著改编的影视作品中,频频出现外来语词、现代语词甚至"戏词",诸如"社会""您""平身"等,无疑会使作品严重失色。

在这一点上,应该"郑重其事,严肃认真"。有人说,央视1987版电视剧《红楼梦》里不是也用了"您"吗?对,也错了,也是个严重错误。虽然1987版还算是个比较严肃的作品,但它是一个刚刚脱离了"文化断裂"时代的产物。很多参与其中的主创人员对历史、对名著的敬畏心不够。尤其是后期"师老财匮",人心散了,不负责任的事多有出现。谁也没想到后来这部电视剧会产生如此巨大的影响,回首往事,教训不可谓不深刻。唯有寄希望于继行者,能够不再重蹈覆辙。

总之,《赏花时》当中的这个"您"字,在宋元散曲里出现很正常,在汤显祖的《邯郸记》里出现也很正常。但读音不是"nin(二声)",读音是"你 ni(三声)"或者"恁 nen(三声)"。用法不是第二人称的敬称,只是"你"或者"你们"的意思。

再说一遍:黛玉就是不能说"您 nin(二声)"!

"拔取金钗当酒筹"与"占花名"的签子

《红楼梦》这部书,最早是以抄本的形态在很小的圈子里流传,能够进入这个小圈子里的人并不多,其中有一位,名字叫作富察明义。

明义,姓富察氏,号我斋,满洲镶黄旗人,曾任乾隆皇帝的上驷院侍卫,他的姑姑是乾隆皇帝的孝贤皇后。明义喜欢饮酒赋诗,结交朋友。他与曹雪芹的好友敦敏、敦诚以及敦氏兄弟的叔叔墨香都很熟稔。他的《绿烟锁窗集》中有《题红楼梦》组诗二十首,是阅读《红楼梦》的"读后感"。其中有两点极其重要,一是组诗前的小序,信息量很大:

> 曹子雪芹,出所撰红楼梦一部,备记风月繁华之盛。盖其先人为江宁织府,其所谓大观园者,即今之随园故址。惜其书未传,世鲜知者,余见其钞本焉。

首句就明确了《红楼梦》是曹雪芹"所撰",这对于厘清著作权提供了一个决定性的证据;接着说清楚了曹雪芹是"江宁织造"世家的后人;再接着交代了《红楼梦》中大观园的原型源于袁枚的随园;最后声明自己是《红楼梦》最早的"小圈子"里的读者。

二是用诗的形式记述了他所见到的《红楼梦》,故事与后来的一百二十回传本不同,尤其是"黛玉之死":

> 伤心一首葬花词,似谶成真自不知。
> 安得返魂香一缕,起卿沉痼续红丝。

是说黛玉死于"沉痼",并不像程伟元、高鹗的程甲本和程乙本所述故事的死法,而是病死了。并且说,如果有"返魂香"起死回生,黛玉还是会"续红丝"——嫁给宝玉。

明义曾在乾隆十五年因父之功而受"赏翎",按照朝廷的制度,必须满十岁才可以受此封赏,所以他至迟生于乾隆五年,比曹雪芹年轻二十多岁。虽然没有直接的证据能证明他跟曹雪芹是认识的,但是他的胞兄明仁是曹雪芹的朋友,因此他很可能也是曹雪芹的朋友,至少跟曹雪芹的关系很近。他能够进入小圈子,读到最早的抄本《红楼梦》,也是一个旁证。

明义这二十首"题红"诗中的第十三首:

> 拔取金钗当酒筹,大家今夜极绸缪。
> 醉倚公子怀中睡,明日相看笑不休。

这个场景很熟悉,读过《红楼梦》的人立即会想起来,记述的就是第六十三回"群芳开夜宴"的故事。虽然"醉倚公子怀中睡"一句跟事实有些出入,或者说他看到的本子和后来我们看到的本子情节略有不同,却一定会联想到芳官儿。芳官儿喝醉了酒,是袭人把芳官儿扶在宝玉之侧睡了。还有"拔取金钗当酒筹",这一句似乎在行酒令的过程当中也没出现。"酒筹"却是有的,就是晴雯拿出的签筒里的"花名签子"。为什么"酒筹"又变成"花名签子"了呢?虽然这是小事,但牵扯中国的古代文化。读《红楼梦》,就是为了读懂中国文化。历史上的一些文化场景,在《红楼梦》中或多或少都有一些折射。《红楼梦》中的很多生活细节,都是中国古代文化的注解。例如"花名签子"和"酒筹"的关系。

什么是"签子"呢?"签子"就是竹木牙角材质做成的签状

物,上面或写着字样或画着名物。提到"签子",很容易让人想到两个用途。一个是在旧时的官府大堂上,案子上都会摆放着"签筒","签筒"里插着"签子",签子上写着各种指令。例如《红楼梦》第四回,贾雨村在应天府大堂审一个人命案子。案由是两家争买一个女孩儿,把人打死了。贾雨村从签筒里拿出一支签子来,要发签拿人。"发签"就是把"签子"抽出来,往下边儿一丢。下边儿就赶快捡起"签子"来,眼睛看着"签子"上的指令,耳朵听着官老爷的吩咐,然后就去办事儿。

再一种就是庙里或者是算命先生的桌子上,也摆放着"签筒"。怎么用呢?想抽签算命的人,双手握住"签筒"摇动。摇着摇着,跳出一支来。这支"签子"上写的画的,对应的就是算卦的内容。"签子"上的内容比较简单,甚至只有一个编号。另有一个本子,是解签的文字。凡是去庙里抽过签或是找算命先生算过命的人,对这种"签子"都很熟悉。

行酒令用的"签筒"和"签子",形式上跟上面说到的两种东西很像,内容不同而已,最早的名字叫作"酒筹"。上古的时候,"酒筹"只有单一功能。大家聚会喝酒,总是记不住喝了多少杯。于是,就用一个东西来计数,这东西就叫"筹"。一般签筒里的签子应该是多少支呢?少则二十四支,多则上百支。

最早"筹"的材质,用的是"越王竹"。晋代人嵇含,写了一本书叫作《南方草木状》,其中就有"越王竹"条。这个"越王竹",跟其他竹子不一样。一般竹子长在土地上,"越王竹"长在石头上。因为生存环境不好,所以长不高,只有一尺。但"越王竹"长得很直,而且颜色很绿。当时的人喜欢这个绿色,就把它砍下来,削一削,拿它当喝酒计数的"酒筹"。最早的"酒筹",就是这么来的。

后来的"酒筹",使用的材料就不仅限于"越王竹"了。种类越来越多,也越来越奢侈,例如用木头,用象牙,用牛角,用玉石,用银料等。怡红夜宴用的,就是象牙筹。

既然"筹"是计数用的,以后就引申为筹划、筹谋、运筹,都跟计数有关系,都是各种算法。《史记·高祖本纪》中记述刘邦评价张良的话"夫运筹帷幄之中,决胜于千里之外,吾不如子房",说的就是"运筹"之重要。这个用法一直到今天,还有它的生命力。

"筹"在博彩业里用得最多,代币就称作"筹码"。"筹码"后来成为一种比较实力高下的量化名称,例如你有什么筹码,我有什么筹码等,都是从"筹"发展出来的。

"筹"用到酒局上演变成了"令",并且"酒令大如军令"。发令靠什么发?"筹"就是令,就和官府发签拿人一样。《红楼梦》第六十三回,宝钗"随意命人",靠的就是"筹",也就是"花名签子"上写的文字。遵守"筹"令,是一种共识。有了发令的权力,于是芳官儿就"谨遵台命",唱了一首《赏花时》。

还有一个成语提到"筹",就是"觥筹交错"。《醉翁亭记》:"觥筹交错,起坐而喧哗者,众宾欢也。""筹"已经说清楚了,这个"觥"是个什么东西呢?鉴于"觥"除了在成语"觥筹交错"里存在着,生活当中早已没有了它的身影,所以要说一说。"觥"是古代的盛酒器,流行于商晚期至西周早期。器身多呈椭圆、长方或仿动物形体。器底置圈足、三足或多足,以圈足为多见。带盖,盖做成有角的兽头或长鼻上卷的象头状。《说文·角部》说:"可以饮者也。"实际上它是盛酒器,而不是饮酒器。因为"觥"的器型很大,能看到的实物都很重很大。如果用它来喝酒,捧在手上太重了,所以它应该是盛酒具,而不是饮具。当然,豪饮的时候,偶尔捧起"觥"来大口饮酒也是有的。

古代酒器种类很多,例如"角""觚""觯""爵"和"斝",但形制有明显的区别。"爵"的一侧有鋬(耳,把手),下有三足,流(吐水口)与杯口之间有柱,但这个柱一般是短柱。"角"其形似"爵",前后都有尾,无两柱。"斝"的侈口较同类的"爵"要宽,口沿有柱,一侧置鋬,长足,有盖和无盖的形制并存,通常是三足一鋬两柱,圆口呈喇叭形,形状似爵而大,但无流无尾,仅在口缘上有两柱。"觚"喇叭形口,细腰,高圈足。"觯(zhi)"圆腹,侈口,圈足,形状如小瓶,大多数有盖。"尊(樽)",温酒或盛酒的器皿,一般为圆形,直壁,有盖,腹较深,有兽衔环耳,下有三足。这些酒器除了形制,还有大小的区别。《韩诗说》云:"一升曰爵,二升曰觚,三升曰觯,四升曰角,五升曰散。""散"就是"斝",是最能盛的酒器。还有一个工具叫作"长勺",用来从"觥"里舀酒出来,放到"爵"或者"斝"里。所以"觥"离不开"长勺"。此外,使用这些酒器者的身份也有别。《管子·中匡》:"管仲至,公执爵,夫人执尊。"《礼记·礼器》:"尊者举觯,卑者举角。"由此可见,爵的使用者身份很高,尊(樽)则次之,而角的使用者身份较为卑微。

"觥筹交错"是一个很生动的成语。当喝得醉眼迷蒙的时候,杂陈在酒桌上的"觥"和"筹",似乎都随着吆五喝六而动起来了。

"觥"早在西周的晚期就已经不用了,但"筹"却是以各种形态传至今日,并且引申出很多常用的词汇。借着"筹"的使用价值,"觥"这个字也在"觥筹交错"这个成语中保留了下来,没有随着实物一起被尘封在遥远的历史记忆中,真是"觥"字的幸运。

读《红楼梦》,不单单是要了解《红楼梦》的人物和故事,同时要汲取《红楼梦》中的中国古代文化常识。这对更好地理解《红楼梦》,进而读懂中国,有着重要的意义。

妙玉的清修之地是"拢"翠庵还是"栊"翠庵

第六十三回的怡红夜宴尽欢而散。第二天余波未平,又引出两件事、两个人来。第一个人是平儿,张罗着要还席。头一天过生日是大家的份子,平儿也是寿星,等于也受了礼。于是,不由分说,在榆荫堂又设了一席,当然还是柳家的在厨房给备办的菜品,钱自然是平儿出。这一次平儿邀请的人比较多,来了二十多个人。除了园子里的人之外,东府的尤氏又带了几个人过来。席间也行了一个酒令,击鼓传花,传的是一枝芍药花。这个"击鼓传花"令,是贾府的保留节目。传什么花,与时令有关。前一次传的是梅花,所以又叫作"喜上眉梢"的令。

"击鼓传花"的规矩,就是专门安排一个人在旁边击鼓,鼓声有疾有徐,鼓声不停,则传花不止。鼓声一停,花停在谁手里谁就要喝酒,或者要出个节目。这个酒令比较简单,适合大众娱乐,丫头婆子坐在一起都可以玩。

第二个人是拢翠庵的妙玉,她没有亲自出面,打发了个婆子送来了一张贺笺。小丫头四儿接了,没当回事,随手压在砚台底下。怡红夜宴的次日一大早,宝玉醒来看见了,是一张粉红色的笺子,上面写着"槛外人妙玉恭肃遥叩芳辰"。宝玉素来敬重妙玉,提笔要回个谢帖,看到"槛外人"三个字,却犹豫了,不知道该如何署名,才不至于唐突了妙玉。

这位妙玉来自姑苏，本来是个大户人家的小姐，教养很好，但从小体弱多病，所以被送到玄墓山蟠香寺带发修行。后来跟着师父进京来看《贝叶经》，不想师父圆寂，把她撇下了。师父圆寂之前嘱咐她，不要扶灵柩回乡，等在此处，将来自有结果。师父说的话，果然应验了。贾府要迎接元妃归省，建起了大观园。其中有若干幽尼佛寺女道丹房，正要安排一众道姑尼姑入住。闻说妙玉"今年才十八岁""文墨也极通，经文也不用学了，模样儿又极好"，所以被贾府相中，下帖子相请，又专门派了车马迎进了大观园。

说起来，这位妙玉小师父还是第一个入住大观园的贵客。宝玉、宝钗、黛玉这一干人都没住进来的时候，她已经捷足先登了，带着贴身的两个老嬷嬷一个小丫头，住进了拢翠庵。妙玉生性孤洁，不肯与人为伍，而随后进园的小道姑、小道士、小尼姑、小沙弥各有下处，所以拢翠庵里，没有别人来扰她的清修。甚至元妃省亲来到大观园，她都没有参与接驾。

"拢翠庵"的"拢"字，因版本不同，出现了两个写法。一个是木字旁的"栊"，一个是提手旁的"拢"。"栊"和"拢"，字形相近，但读音不同，意思也不一样。"栊"字是个名词，有两个含义，一是窗上的格木，二是围养禽兽的栅栏。"拢"字是个动词，意思是聚合、梳理、傍靠。如果是"栊"字，"栊翠"勉强可以诠释为"一栊翠色"，或者"牢笼翠色"，总觉得有点儿不舒服。如果是"拢"字，"拢翠"是个动宾结构的词，意思很顺，"招揽翠色"或"傍靠翠色"。显然，"拢"的意境更好。周汝昌先生在《周汝昌校订批点本石头记》中专门提到这个字，他也认为"拢"字"更合乎芹意"。

妙玉显然很喜欢"拢翠庵"，既高雅又自然，既可读经参禅，又不是庄严寺庙，简直就是给她量身打造的祇园精舍。所以她安心地住了下来，跟谁都不打交道。似乎只有一个例外，她的心默默地对宝玉开放着。例如，第四十一回品茶，表面上她对宝玉淡淡的，却把自己日常吃茶用的"绿玉斗"拿给了宝玉。再如第五十回，宝玉独自一人去拢翠庵访妙玉讨要一枝红梅，妙玉毫不犹豫地给了。如果换个人去，妙玉不会给这个面子。因为正下着大雪，李纨命人好好跟着宝玉。黛玉忙拦说："不必，有了人反不得了。"就连黛玉都知道，妙玉的青眼，是只看宝玉的。妙玉表面上的冷，掩盖着对宝玉的好感。所以宝玉过生日，她就趁着夜深人静，打发人送了一纸贺笺来。第五回妙玉的判词，说她"好高人愈妒，过洁世同嫌"。但从她对宝玉的态度，却又不可一概而论。

宝玉见到了妙玉的贺笺，急着给她回个帖子。正要为署名的事去潇湘馆向黛玉讨教，迎面遇上了邢岫烟。岫烟是邢夫人的侄女，暂住在迎春的住处紫菱洲，头天晚上没有参加怡红院的夜宴。宝玉忙打招呼问岫烟去哪儿，岫烟说去拢翠庵看妙玉。宝玉觉得有些意外，这两个人竟然会有交集。岫烟说起她跟妙玉的渊源，是早年相识于姑苏。岫烟家境不好，赁住蟠香寺的房子，跟妙玉清修之处仅一墙之隔。她很仰慕妙玉，经常到庙里听妙玉讲经，跟妙玉认字读书。岫烟来贾府投亲，不想在大观园里与妙玉异地重逢，所以又有了走动的机会。宝玉这才明白，难怪岫烟日常的言谈举止，有出尘之相，原来是受了妙玉的影响。于是宝玉请教岫烟，妙玉的贺帖上署着"槛外人"，回帖该怎么署名？岫烟想起妙玉常说的话："古人自汉晋五代唐宋以来皆无好诗，只有两句好，说道：'纵有千年铁门槛，终须一个土馒头。'"这两句诗出自南宋诗人范成大的《重九日行营寿藏之地》：

> 家山随处可行楸，荷锸携壶似醉刘。
> 纵有千年铁门槛，终须一个土馒头。
> 三轮世界犹灰劫，四大形骸强首丘。
> 蝼蚁乌鸢何厚薄，临风拊掌菊花秋。

颔联"纵有千年铁门槛，终须一个土馒头"，是化用唐代王梵志的《城外土馒头》："城外土馒头，馅草在城里。一人吃一个，莫嫌没滋味。"以及《世无百年人》："世无百年人，强作千年调。打铁作门限，鬼见拍手笑。"

"铁门槛"的"槛"字，有两个读音。一读如"坎"，一读如"剑"。读"剑"的时候，是"栏杆"的意思；读"坎"的时候，是"门槛"的意思。"门槛"就是门下面的横木，出入都要迈着走，"门限"也是同样的意思。所以，这里的"铁门槛"的"槛"字应该读"坎"。"铁门槛"简称"铁槛"，这两句诗，正是贾府的家庙名为"铁槛寺""馒头庵"的缘由。

妙玉为什么独许范成大的诗？一是范成大的诗写得好，与陆游齐名。清代人尤其推崇范成大，甚至有"家剑南而户石湖"的说法。"剑南"指的是陆游，因为他的诗集名为《剑南诗稿》。"石湖"指的是范成大，他晚年退隐石湖，作品有《石湖诗集》。二是范成大早年曾在寺庙里读书，长达十年，与妙玉的经历相似。他的诗作虽然风格轻巧，但好用佛家典故，所以深得妙玉的嘉许。

"纵有千年铁门槛，终须一个土馒头"，这两句字面上很通俗，但蕴含着深沉的人生感慨。千年不坏的铁做成的门槛，能挡住迈出去的脚步吗？尤其是人生的脚步，更是挡不住的。那么，脚步终将迈向何处？无论什么人，无论男女老少，无论身份地位，也无论是笑着走还是哭着走,是欢天喜地地走还是愁肠百结地走,都无一例外地指向同一个地方,"终须一个土馒头"。"土馒头"很形象,每个人的归宿都是一个坟包,一个用土堆成的"馒头"。今天活在城里的人,其实都是馒头馅而已。这种冷峻,的确醒人心目。所以,妙玉喜欢。不仅喜欢,还给予了最高的评价:古人自汉晋五代唐宋以来皆无好诗,只有这两句好。因此她给自己起了个名号,叫作"槛外人"。

宝玉听了,这才知道,"槛外人"原来是这么个来历。岫烟接着指点迷津:

> 所以他自称"槛外之人"。又常赞文是庄子的好,故又或称为"畸人"。他若帖子上是自称"畸人"的,你就还他个"世人"。畸人者,他自称是畸零之人;你谦自己乃世中扰扰之人,他便喜了。如今他自称"槛外之人",是自谓蹈于铁槛之外了;故你如今只下"槛内人",便合了他的心了。

这一番话,让宝玉如同"醍醐灌顶"一般,彻底解惑了。赶快回去写了一个帖子,署上"槛内人宝玉熏沐谨拜",并亲自送到拢翠庵,没敲门,从门缝里投进去,转身回到了怡红院。这份虔敬,能够传达给妙玉吗?

妙玉"能持否"?

宝玉过生日,妙玉竟然给他送来了贺帖。这似乎不像是那个一心读经、不问俗务、心高气傲的妙玉做出来的事儿。看看第五回太虚幻境里关合妙玉性格和归宿的那首《世难容》的曲词：

> 气质美如兰，才华阜比仙。天生成孤癖人皆罕。你道是啖肉食腥膻，视绮罗俗厌；却不知太高人愈妒，过洁世同嫌。可叹这，青灯古殿人将老；辜负了，红粉朱楼春色阑。到头来，依旧是风尘肮脏违心愿。好一似，无瑕白玉遭泥陷；又何须，王孙公子叹无缘。

前七句说的是妙玉的才具、性格和处境，后五句则预示了她令人叹惋的结局。前面出现的四句判词"欲洁何曾洁，云空未必空。可怜金玉质，终陷淖泥中"。虽然简略，但也明确地与曲词相呼应，可惜后面的故事随着文稿的亡佚而失落了。

妙玉的"太高"和"过洁"，是面对世俗的一种回避。如果有能够接受的人或者实在不能不接受的人，她还是给面子的。例如，她在闭门读经的日子里，至少有过三次"破例"，甚至是主动迎合。

先看看第一次，是刘姥姥来，贾母两宴大观园。吃完了饭之后，贾母带着刘姥姥和一众人，到栊翠庵来讨一杯茶吃。当然妙玉是被动接待，赶快捧出茶来。贾母可是东家的大家长，无论妙玉如何清高，却也应该做到礼数周全。贾母当然知道妙玉的为人，依她的学养，也会安排得很得体。贾母说，我们就不往里边去了，我们都喝了酒，吃了荤腥，不要冲了菩萨，我们就在外头讨一杯茶吃就走。妙玉自然领会了贾母的意思，于是亲自张罗了一番。

后边可是妙玉主动了，居然把黛玉和宝钗两个人邀到后边去吃"梯己茶"。这可不是虚客套，不是像接待贾母一行人的被动表现，而是自己愿意多出来的一件事。接待贾母，只要不失礼即可。奉上茶之后，大家自便，自己也就不陪着了。而真正招呼着林薛二人，才是一个主动行为。妙玉此举，固然是由于这一行人中，只有林薛二人超凡脱俗，可以入自己的法眼。其实细想一想，是不是还有别的意思呢？妙玉面上冷冷的，仿佛是拒所有人于千里之外的样子，其实心里隐隐地藏着一个宝玉。宝玉如果自己一个人来了，妙玉应该也是拒之于内室之外。而此行是贾母为首的一众人，妙玉固然要给贾母面子，心里是不是也为能够顺带见着宝玉而暗暗欣喜呢？谁都能想到，如果宝玉看见林薛二人被请入内室，不跟着进来才怪，这可就不是妙玉请进来的了。宝玉不请自来，又有林薛二人先到，妙玉断没有把宝玉撵出去的道理。于是一并接待，顺理成章。

作者这种既符合妙玉身份，又意在言外的安排，就是要提醒读者，谁是"槛外人"？如果还不明白，就看看妙玉下面的两个表现。

其一，妙玉取出两件稀世茶具，一个是"瓟斝"，一个是"点犀䀉"，分别给宝钗和黛玉斟上了茶，却貌似漫不经心地随手将"自己常日吃茶的那只绿玉斗来斟与宝玉"。宝玉不解风情，偏要矫情一下：

> 宝玉笑道："常言'世法平等'，他两个就用那样古玩奇珍，我就是个俗器了。"妙玉道："这是俗器？不是我说狂话，只怕你家里未必找的出这么一个俗器来呢。"

宝钗和黛玉是何等的聪明之人，怎么会看不懂这个局？何况妙玉进来时，刚吩咐过道婆，刘姥姥用过的"成窑茶杯"不要收进来了。后面宝玉讨要那个茶杯给刘姥姥，妙玉答应了，但说了句："幸而那杯子是我没吃过的；若是我吃过的，我就砸碎了也不能给他。"此刻却把自己的茶杯拿给宝玉斟茶，宝玉用过之后，怕是不但不会扔出去，自己还会接着"常日吃茶"用吧？当然妙玉还是有心病的，还是要打个岔：

> 遂又寻出一只九曲十环一百二十节蟠虬整雕竹根的一个大盒出来，笑道："就剩了这一个，你可吃的了这一海？"宝玉喜的忙道："吃的了。"妙玉笑道："你虽吃的了，也没这些茶糟踏。岂不闻'一杯为品，二杯即是解渴的蠢物，三杯便是饮牛饮骡了'。你吃这一海便成什么？"

她知道宝玉是不怕被抢白的，所以就用了这个法子掩饰一下。林薛二人正是看懂了，才配合着一起笑了。联系到后文第五十回李纨差宝玉去栊翠庵找妙玉乞一枝红梅，又因为下雪路滑，命人好好跟着。这时黛玉忙拦着说："不必，有了人反不得了。"正是前面"看懂了"的注脚。果然宝玉不辱使命，扛了一枝火红的梅花回来交差。

其二，正吃着茶，妙玉又跟宝玉说了一番话：

> 妙玉正色道："你这遭吃的茶是托他两个福，独你来了，我是不给你吃的。"宝玉笑道："我深知道的，我也不领你的情，只谢他二人便是了。"妙玉听了，方说："这话明白。"

妙玉还要再描一描，殊不知描给林薛二人看，岂不是越描越黑？所幸宝玉乖巧，应答得体，林薛二人又若无其事，妙玉这才踏实了。

再看看第二次，就是这个怡红夜宴。妙玉居然关心起宝玉过生日这件事，人虽然没来，但贺帖一如亲至。这一天的日间可是四个人一起过的生日，她并没有任何表示。却在夜间宝玉一个人庆生的时候，给宝玉送了贺帖。

第三次是第七十六回中秋节，贾母带着一家老小在"凸碧山庄"赏月。有两个人逃席了，一个是史湘云，一个是林黛玉。她们俩跑到山下的一处清净地方，此处名为"凹晶溪馆"。山上是凸碧山庄，水边是凹晶溪馆。一个凸一个凹，两个俗字用得恰到好处，却显出大雅之气。这凹晶溪馆也是赏月的佳处，黛玉和湘云不禁动了诗兴，要对月联句。两人商量着如何限韵，黛玉建议数栏杆，从头数起，数到最后一根，就用那个"数"指向的"韵"。结果栏杆是十三根，于是限韵"十三元"。"十三元"是个窄韵，联句用宽韵相对容易一些。但两人都是写诗的高手，又都是想逞才的人，窄韵更显本事，所以就这么定了。"十三元"除了字数少，还有一个问题。韵部里的字古时都是押韵的，但后世字音发生了变化，分成了"言蕃"和"盆魂"两种读音。例如李商隐的《登乐游原》："向晚意不适，驱车登古原。夕阳无限好，只是近黄昏。"这种情况，导致很多人在用韵的时候都会出问题。例如清代的诗人高心夔考试两次遇到"十三元"，都因为错韵而没考上，与他同时落榜的王闿运写了一副打趣他的对联，上联是"平生双四等"，下联是"该死十三元"。

黛玉和湘云艺高人胆大，就选了这个韵。最初的联句又称为"柏梁体"，据说起源于汉武帝的《柏梁台诗》，分别由二十六人各出一句，联结成为一篇，规矩是每句都要押韵。后世联句又多出一种"排律"，《红楼梦》中有两首联句诗，就是这种"排律"。第五十回"芦雪广联句"是第一首，第七十六回"凹晶溪馆联句"是第二首。前者是多人联句，后者是两人联句。两人联句更见功夫，尤其是要在"对句"之后接上"出句"。这样每人两句联下来，互相比着精彩。尤其是到了湘云的出句"寒塘渡鹤影"，既借了一只大白仙鹤凌波而起的佳景，又给黛玉出了难题。为什么难？正如黛玉所说：

> 了不得，这鹤真是助他的了！这一句更比"秋湍"不同，叫我对什么才好？"影"字只有一个"魂"字可对，况且"寒塘渡鹤"何等自然，何等现成，何等有景且又新鲜，我竟要搁笔了。

然而，黛玉岂是等闲之辈？略想了一想，对了句"冷月葬花魂"，简直是神来之笔！湘云不由得拍手叫好。不承想旁边又有一个人出声喝彩，原来是妙玉从假山后面转出来，评价了一番之后，竟然主动邀请二人随她去拢翠庵休息吃茶。并且亲自将她二人的联句二十二韵全部抄出，又乘兴在后面一口气续了十三韵，共计三十五韵。黛湘二人这才知道，妙玉原来竟是个深藏不露的大诗人。尤其是月明星稀的中秋之夜，妙玉竟不肯坐她的禅了，而是独自出来赏月，倾听凸碧山庄传来的笛声，又寻到黛湘二人联句的凹晶溪馆，复又将二人邀至下处吃茶论诗，最后竟然诗兴大发独自将联句续完。这哪里还是那个空门里的冷面清修的妙玉？几乎不认识了有没有？

"千红一窟"和"万艳同杯"

甲戌本第八回在"枫露茶"三个字的旁边有一句脂批："与千红一窟遥映。"这跟"枫露茶"相遥映的"千红一窟"，从字面上分析，至少有四层意思。其一是颜色的"遥映"，枫叶是红色的，"千红一窟"也带有一个"红"字；其二，"枫露茶"的"露"字含有

"水滴"的意象,"千红一窟"的"窟"字谐音"哭",也含有"水滴"的意象;其三,"枫露茶"是一种"茶","千红一窟"自然也应该是一种茶;其四,"枫露茶"与宝玉相关,"千红一窟"似乎也与宝玉相关。那么,"千红一窟"是个什么茶呢?出现在什么地方呢?跟宝玉又是一个什么样的关系呢?

《红楼梦》第五回,因宁国府花园里的梅花开放,贾珍之妻尤氏请荣国府的贾母等人到宁国府的花园里赏梅花。游玩之后又有茶酒,随行的宝玉一时倦怠,贾珍的儿媳妇秦可卿就把宝玉带到自己的房中小憩。秦氏房内,陈设绮靡,甜香袭人,宝玉不由得眼饧骨软,昏昏欲睡:

> 那宝玉刚合上眼,便惚惚的睡去,犹似秦氏在前,遂悠悠荡荡,随了秦氏,至一所在。但见朱栏白石,绿树清溪,真是人迹希逢,飞尘不到。宝玉在梦中欢喜,想道:"这个去处有趣,我就在这里过一生,纵然失了家也愿意,强如天天被父母师傅打呢。"

宝玉睡着了,做了个梦,梦中到了一个地方,这个地方叫作"太虚幻境",执掌"太虚幻境"的是"警幻仙姑"。按照"警幻仙姑"自己的说法,"太虚幻境"是在"离恨天、灌愁海、放春山、遣香洞"。这可不是一个地理概念,在人世间是绝对找不到这个地方的。

既然是"神仙洞府",就要说到"神仙"。上古的"神仙"很多,后来,道教把"神仙"分为九品,又出了"神仙谱"。从最早的"混沌""盘古",到"三清"("元始天尊""灵宝天尊""道德天尊"),再到"六御""五方五老""五岳""五斗""六丁六甲""八仙"等，多得不可胜数。并且道教分派，不同的门派又有许多各自不同的"神仙谱"。最匪夷所思的是，"儒教"也有自己的神仙谱。其实"儒教"与"儒家""儒学"是不同的概念。"儒家"是一种身份，"儒学"是儒家的学说，"儒教"则是后世的一种信仰，三者须区分开来。从上古的传说，到道教的"神仙"，到儒教的"神仙"，所有的神仙加在一起，总量实在是太多了。

但是，查遍所有的"神仙谱"，居然都没有"警幻仙姑"的名号，也没有"放春山""遣香洞"这样的"神仙洞府"。这是怎么回事儿呢？其实这就是作者曹雪芹想象并虚构出来的另一个维度的世界，包括"太虚幻境"，都只出现在《红楼梦》里。然而，两百多年以来的无数读者，都接受了这个说法，并且丝毫不觉牵强。读者被作者无形的手推着，不知不觉中跟着贾宝玉，跟着警幻仙姑，也进入了这种从未体验过的情境，从而获得了一种莫大的审美享受。也就是说，"太虚幻境"的第一个特点是只存在于《红楼梦》中。

"太虚幻境"的第二个特点，这里只有女的没有男的。都是女神仙，没有男神仙。有人可能要说，"茫茫大士""渺渺真人"不是到过这个地方吗？"宁荣二公"不是也来过吗？还有一个甄士隐呢？但是这几位都不属于"太虚幻境"。"茫茫大士""渺渺真人"是从"大荒山、无稽崖、青埂峰"下把那块顽石幻化成一块美玉来交给"警幻仙姑"，然后就离开了；"宁荣二公"是与警幻仙姑路遇，托付了宝玉的事情；甄士隐只是梦中到了牌坊门口，并没有进来。真正有缘进入"太虚幻境"的男性，只有一个贾宝玉。并且，也是在睡梦中。

"太虚幻境"的第三个特点，"警幻仙姑"管的事与别的"神仙"不同。"神仙谱"上的各路神仙，有管天的，有管地的，有管四时的，有管星辰的，有管山川湖海的，有管人间生死的，有管度人成仙的……"太虚幻境"里的"警幻仙姑"管什么呢？她自己说：

> 吾居离恨天之上，灌愁海之中，乃放春山遣香洞太虚幻境警幻仙姑是也：司人间之风情月债，掌尘世之女怨男痴。因近来风流冤孽，缠绵于此处，是以前来访察机会，布散相思。

这"警幻仙姑"在幻境之中，管的却是人间尘世上的事，这就奇了。更奇的是，贫富穷通她不管，生老病死她不管，只管"女怨男痴"，只管"风情月债"。也就是说，不管老的，不管小的，管的只是少男少女，管的只是他和她、他们和她们的"风流冤孽"之事，管的只是"不是冤家不聚头"的"缠绵""相思"的情债。

"太虚幻境"的第四个特点，甄士隐和贾宝玉在"太虚幻境"入口处，都见到一座牌坊，牌坊上是一副对联。上联："假作真时真亦假"；下联："无为有处有还无"。这就提出了一个非常重要的哲理——"真""假""有""无"。这个哲理线索，贯穿了整部的《红楼梦》。人世间的一切事，端看你的立足点在何处。立足于"真"，对立的那个地方就是"假"；立足于"假"，对立的那个地方就是"真"。同样的道理，立足于"有"，对立的那个地方就是"无"；立足于"无"，对立的那个地方就是"有"。那么，这个"立足处"，自己能决定吗？决定不了。那怎么办？那就要"随机"想一想，这里是"立足处"吗？是"真"还是"假"呢？是"真相"还是"幻相"？然后，再从这个"立足处"想开去，循环往复，直至"假作真时真亦假，无为有处有还无"。这就是《红楼梦》要启发读者思考的一个非常有趣的不同凡响之处。

"太虚幻境"的第五个特点，以谐音之法，隐喻女儿们的命运。

例如,"警幻仙姑"招待宝玉的茶:

> 大家入座,小丫鬟捧上茶来。宝玉自觉清香异味,纯美非常,因又问何名。警幻道:"此茶出在放春山遣香洞,又以仙花灵叶上所带之宿露而烹,此茶名曰'千红一窟'。"宝玉听了,点头称赏。

茶的名字叫作"千红一窟","窟"谐音"哭","千红"自然就是隐喻女儿们了。为什么要"哭"?命运多舛才要"哭";为什么是"千红"?女众薄命是谓"千红";为什么"宝玉自觉清香异味,纯美非常"?因为只有宝玉才能够欣赏女儿们的美。由此联想到与"千红一窟"相"遥映"的"枫露茶",以及与"枫露茶"直接相关的茜雪和晴雯。茜雪因"枫露茶"被撵出贾府,不知道遭遇了多少苦难;晴雯更是被撵出贾府含冤而死,宝玉只能以"枫露之茗"致祭。其他人呢?贾府败落之后,风流云散,哪一个不是"哭"着走的?就连宝玉唯一的知己黛玉,一年三百六十日,有几天是不流泪的?直到"你失我自失"的时候,终于"泪尽而逝"。这不就是"千红一窟(哭)"吗?宝玉在"太虚幻境"中品茶时尚未觉悟,但历尽梦幻之后,回想起"警幻仙姑"的种种警示,该是什么样的慨叹和感悟呢?人世间的"枫露茶"只在枫叶红了的时候,采下来制成茶才好喝。"太虚幻境"中的"千红一窟"也只有在"警幻仙姑"感叹宝玉"痴儿至今未悟"的时候才是"清香异味,纯美非常"。然而,是真是幻,不曾"翻过跟斗"的人,谁真的能够品出个中滋味来呢?

"太虚幻境"中,不仅有茶,还有酒:

> 宝玉因闻得此酒清香甘冽，异乎寻常，又不禁相问。警幻道："此酒乃以百花之蕊，万木之汁，加以麟髓之醅、凤乳之麯酿成，因名为'万艳同杯'。"宝玉称赏不迭。

"万艳同杯"同样用了谐音法，"杯"谐音"悲"，"万艳"自然也是隐喻女儿们了。至于"警幻仙姑"说这种酒所用的原料，是"百花之蕊，万木之汁"；所用以酿制的酒曲，是"凤乳"——凤凰的乳汁；所用以勾兑的酒醅，是"麟髓"——麒麟的骨髓。一如前边介绍的"千红一窟"，这种茶的产地，是"放春山遣香洞"；烹茶所用的水，是"仙花灵叶"上所带的"宿露"。原料都不是尘世间的等闲之物，都在无迹可求的仙境之中，都是从来没有人听说过的绝品。作者用这种别样的笔法，成功地营造了一种不可言喻的"隔离感"，使得读者在完全堕入其间、由衷地相信了这"艺术的真实"的同时，也不由自主地感受到了这种"隔离感"所带来的"陌生化"效果。

这就顺理成章地带出了"太虚幻境"的第六个特点，它是读者所熟知的大观园以及众多女儿的一个镜像，它是在另外一个维度里的女儿国。乃至整个《红楼梦》的故事，都是不断地从"太虚幻境""切出"，又不断地从现实生活中"闪回"。始于"太虚幻境"，终于"太虚幻境"。似乎现实生活中真实不虚的人物故事，却又无一不是"太虚幻境"的"镜像"而已。这种互为"镜像"、互为表里、互相呼应、互相发明的亦真亦幻的关系，倾倒了多少读者。从庙堂之高，到江湖之远；从恂恂儒者，到贩夫走卒；从大革命家，到小布尔乔亚。正是：

> 满纸荒唐言，一把辛酸泪。
> 都云作者痴，谁解其中味！

至此，本书从《红楼梦》中的一饮一馔聊起，结在"枫露茶"上。而"枫露茶"所"遥映"的"千红一窟"，又把居常饮馔带入"太虚幻境"的一个全新的维度。从而把通部故事，提升到哲理的顿悟层次。站在这样一个高度，再回看《红楼梦》中的吃喝玩乐，是不是就具有了完全不同的意义呢？这就是选择这个话题的初衷。

后　记

疫情三年，自我封闭，年复一年的"讲课季"无奈终止。于是购置了简单的器材，做起了自媒体"周岭说红楼梦"。原计划不过是"晒晒肚皮"，把记忆中的一些心得以视频的方式随便聊聊，不料得到了网上"红友"们的热烈捧场，竟一发而不可收，连续做了三个"百题"并多个"数十题"的系列。主要的播出平台，是"今日头条"的"西瓜视频"，也在"微博"和"哔哩哔哩"上同步试水。本书的内容，便是这"无奈"系列的一个部分。这部分视频的题目，叫作"说饮食"。内容涵盖了《红楼梦》所写到的茶、酒、菜品、食材、餐茶酒具、炉灶炭薪以及饶有趣味的宴饮、娱乐、场景和相关的人物故事。

承蒙北京大学出版社的王立刚先生悃诚邀约，希望将视频整理成为文字稿结集出版。于是便有了这个系列的第一本书的问世，书名定为《〈红楼梦〉中的饭局》。

本书的架构与"说饮食"视频大致相同，内容却有较大幅度的调整。原因有三：其一，将诉诸视觉和听觉的视频课件转换成为书籍，必须符合阅读的要求。除了要做到"文从字顺"，还需要补充必要的书证，使得论述更有说服力。其二，读《红楼梦》是为了读懂中国，读本书是为了助读《红楼梦》。所以，从《红楼梦》饮食文化说开去，必然会涉及大量相关的历史人物故事、伦常制度礼仪、游艺民俗节令及诗词曲赋文章等方面的内容。而这些看似"多出来"的文字，除了对于理解原著的相关内容有所助益之外，还能够使读者"顺势"多了解一些传统文化的常识。其三，把握《红楼梦》的精神，在就事论事的同时，于"故作正经"处要替作者做出"假作真时真亦假"的辨析；于"烟云模糊"处要替读者做出"不要被作者瞒蔽了去，方是巨眼"的提醒。要让读者既能跟着作者"入梦"，也能跟着作者"出梦"。

这个原则，同样适用于本系列后续出版的书籍。

视频制作不易，首先要感谢我的妻子李诗屿，我的"视频团队"其实只有我们两人，我管前期，她管后期。本视频的剪接、字幕、片头片尾制作及音乐选用，均由她一手操刀。最勉为其难的，她是第一次试手此等陌生的活计。

书稿整理不易，还要感谢我的学生王秀秀，她在自媒体上观看我发出的视频时，主动请缨，将视频上的字幕逐字记录下来转发给我，使我得以据之修订书稿。

同时，还要感谢我的老友任少东先生，他知道我客居在外，手边无书，于是助我查证了所引原书并核对了全部的引文。

更念及我的两位忘年交杨乃济先生和邓云乡先生。我担任央视1987版电视剧《红楼梦》编剧的时候，他们两位都是该剧的顾问。本书的诸多话题，都是四十多年前我们"共襄盛举"时无数次畅聊所及。如今，杨先生与邓先生都已经辞世了。此刻，他们的音容笑貌时在眼前浮现，还是当年意气风发的样子。

本书由北京大学出版社出版，固我所愿也。因为自 1984 年应邀在北京大学开讲，至今已记不清有多少次站在该校的讲台上，与红学同好分享过我的心得了。再次感谢北京大学出版社，感谢王立刚先生、责任编辑任慧女士以及为这个系列的下一本书稿记录整理文字的几位小友。

周　岭
2024 年 1 月

图书在版编目（CIP）数据

《红楼梦》中的饭局 / 周岭著. —— 北京：北京大学出版社，2024.7. —— ISBN 978-7-301-35197-0

I.I207.411

中国国家版本馆 CIP 数据核字第 2024D1T964 号

书　　　名	《红楼梦》中的饭局
	《HONGLOUMENG》ZHONG DE FANJU
著作责任者	周　岭 著
责 任 编 辑	任　慧　闵艳芸
标 准 书 号	ISBN 978-7-301-35197-0
出 版 发 行	北京大学出版社
地　　　址	北京市海淀区成府路 205 号　100871
网　　　址	http://www.pup.cn　　新浪微博：@北京大学出版社
电 子 邮 箱	zpup@pup.cn
电　　　话	邮购部 010-62752015　发行部 010-62750672
	编辑部 010-62753154
印 刷 者	北京中科印刷有限公司
经 销 者	新华书店
	880 毫米×1230 毫米　A5　18 印张　418 千字
	2024 年 7 月第 1 版　2024 年 7 月第 1 次印刷
定　　　价	98.00 元

未经许可，不得以任何方式复制或抄袭本书之部分或全部内容。
版权所有，侵权必究
举报电话：010-62752024　电子邮箱：fd@pup.cn
图书如有印装质量问题，请与出版部联系，电话：010-62756370